MAN POCKET

D1407796

ELIZABETH GEORGE

Aska
och ära

Översättning av Ulla Danielsson

MånPocket

Omslag av P.LF Design/Pia Forsberg
Omslagsfoto: Beppe Arvidsson/Bildhuset
Originalets titel:
Playing for the Ashes
© Susan Elizabeth George 1994
© Svensk översättning: Bokförlaget Rabén Prisma
Published by arrangement wit Bantam Books, a division of
Bantam Doubleday Dell Publishing Group, Inc.
Översättning av Ulla Danielsson

Denna MånPocket är utgiven enligt överenskommelse
med Bokförlaget Rabén Prisma AB, Stockholm

Tryckt i Danmark hos
Nørhaven Rotation 1996

ISBN 91-7643-271-8

TILL FREDDIE LACHAPELLE
MED TILLGIVENHET

*Jorden och sanden brinner. Lägg ditt ansikte mot den
brinnande sanden och mot marken på vägen, ty alla de
som sårats av kärleken måste ha ett tecken i ansiktet,
ett ärr som alla kan se.*

FÅGLARNAS SAMMANKOMST av Farîd al-Dîn 'Aṭṭâr

Författarens anmärkning

I England betyder termen "the Ashes" (Askan) seger i en kricketlandskamp mot Australien.

Detta uttryck går tillbaka på följande händelse i krickethistorien:

När det australiensiska landslaget besegrade det engelska kricketlaget i landskampen 1882 var det första gången England hade besegrats på hemmaplan. Med anledning av denna förlust infördes i *Sporting Times* en dödsannons där det stod att den engelska kricketen "hade gått bort på kricketplanen i London den 29:e augusti 1882". I anslutning till denna dödsruna fanns en notis som informerade läsarna om att "kroppen kommer att kremeras och askan föras till Australien".

Efter denna ödesdigra match for det engelska landslaget till Australien för att spela ytterligare en serie landskamper. Lagledare var en viss Ivo Bligh, och man sade att laget hade gett sig ut på en pilgrimsfärd för att *återerövra askan*. Efter det australiensiska lagets andra nederlag tog några kvinnor från Melbourne en av tvärpinnarna (de trästycken som är placerade tvärs över tre korta, vertikala käppar och som tillsammans med dessa utgör den så kallade "grind" som slagmannen försvarar mot kastaren), brände tvärpinnen och gav askan till Bligh. Denna aska förvaras numera på Lord's kricketstadion i London, den engelska kricketens Mecka.

Fastän man i kricketlandskamperna mellan England och Australien inte erövrar några troféer, brukar man alltid, när man möts i de fem matcher som utgör det som kallas landskampen, säga att man spelar om Askan.

OLIVIA

Chris har tagit ut hundarna på en promenad längs med kanalen. Jag kan fortfarande se dem, för de har ännu inte nått fram till bron vid Warwick Avenue. Beans springer på höger sida, snubblande nära att falla i vattnet, och Toast håller sig till vänster. Vid ungefär vart tionde steg håller Toast nästan på att dratta omkull, för han glömmer bort att han bara har tre ben.

Chris sa att han inte skulle stanna borta länge, för han vet hur jag känner mig när jag skriver det här. Men han tycker om att få motion och har han väl börjat, kommer solen och vinden snart att få honom att glömma. Till slut kommer han att springa ända bort till zoologiska trädgården. Jag ska försöka att inte deppa ihop för den sakens skull. Just nu behöver jag Chris mer än någonsin, och därför intalar jag mig att han alltid menar väl och att jag måste försöka lita på det.

När jag arbetade i zoologiska trädgården hände det ibland att de tre kom och hämtade mig mitt på eftermiddagen, och vi gick till kaféet för att dricka kaffe. Var det fint väder kunde vi sitta ute på en bänk så att vi såg fasaden på Cumberland Terrace. Vi brukade studera konturerna hos de statyer som stod uppradade mot husgaveln och vi hittade på historier om vilka de föreställde. Chris kunde till exempel kalla en av dem för Sir Boffing Bigtoff, han som fick häcken full i slaget vid Waterloo. Jag döpte en annan till Dame Tartsie Twit, efter damen som uppförde sig som om hon var helt blåst men som egentligen var en kvinnlig motsvarighet till Röda Nejlikan. Eller en gubbe i toga kunde få vara Makus Sictus, han som tappade både sitt mod och sin frukost den femtonde mars. Och sedan satt vi och fnissade åt våra dumheter medan vi såg på hur hundarna roade sig med att smyga på både fåglar och turister.

Jag slår vad om att ni inte kan föreställa er mig göra allt det där; sitta och fantisera ihop luddiga historier med en kopp kaffe i handen, hakan lutad mot knäna och med Chris Faraday på bänken bredvid mig. Då var jag inte ens svartklädd, som jag alltid är nuförtiden, utan bar den uniform vi anställda på zoo hade: kakibyxor och olivgrön skjorta.

På den tiden trodde jag att jag visste vem jag var. Jag hade kommit underfund med mig själv. För gott och väl tio år sedan bestämde jag mig för att utseendet inte betyder någonting, och om folk inte kan acceptera mitt stubbade hår, om folk har något emot mina kolsvarta testar, om de blir skakis av en ring i näsan och om det vänder sig i magen på dem när de ser örhängen uppradade som i en medeltida rustning, då skiter jag i dem. För då kan de ju inte se bakom ytan. Då har de inte lust att ta reda på hurdan jag egentligen är innerst inne.

Vem är jag då egentligen? Vad är jag? För åtta dar sedan skulle jag ha kunnat tala om det för er, för då visste jag det. Jag hade en filosofi som jag med utgångspunkt från Chris tankar vrängt till så att den passade mig. Den hade jag spätt ut med sådant som jag snappat upp från mina kurskamrater under de två år jag tillbringade vid universitetet. Sedan hade jag blandat upp alltsammans rejält med vad jag lärt mig under de fem år när jag varje morgon med dånande huvudvärk och en mun som sågspån brukade kravla mig upp ur diverse sängar med klibbiga lakan utan att ha något som helst minne av den gångna natten eller av vad killen som snarkade bredvid mig hette. Jag var väl bekant med kvinnan som hade gått igenom allt det där. Hon var arg. Hon var hård. Hon kunde inte förlåta.

Jag är fortfarande sådan, och det har jag all anledning att vara. Men jag är någonting annat också, någonting som jag inte kan sätta fingret på. Men så fort jag får tag i en tidning och läser artiklarna och vet att domen väntar mig, så kan jag känna det.

Till att börja med intalade jag mig att jag var dödstrött på att se rubrikerna stirra mot mig. Jag var trött på att läsa om det förbannade mordet. Jag var utled på att se hur ansiktena på alla de inblandade stirrade mot mig från sidorna i *Daily Mail* och *Evening Standard*. Jag trodde att jag kunde fly från eländet genom att istället bara läsa *The Times*, för det enda jag säkert kunde lita på var att *The Times* höll sig till fakta och avstod från att vältra sig i skvaller. Men till och med *The Times* har börjat intressera sig för historien, och jag märker att jag nu inte längre kan komma undan den. *Att ge fan i det hela* räcker nu inte längre för att avleda tankarna, för jag bryr mig om det, och det är jag medveten om. Även Chris vet det, och det är den egentliga anledningen till att han har tagit ut hundarna och för att låta mig få tid med mig själv. Han sa: "Du Livie, jag tror faktiskt vi ska ta och springa en längre runda idag", och så bytte han om till träningsoverall. Han kramade mig så där kamratligt som han brukar göra – från sidan för att undvika alltför mycket kroppskontakt – och så gav han sig iväg. Jag sitter uppe på pråmens däck med ett gult skrivblock i knäet, en ask Marlboro i fickan och en burk full med blyertspennor vid fötterna. Alla pennorna är nyvässade. Det fixade Chris innan han gav sig iväg.

Jag ser ut över vattnet mot Browning's Island, där pilträden vid den lilla piren doppar grenarna i vattnet. Äntligen är träden alldeles utslagna, och det betyder att det snart är sommar. Man brukade alltid kunna glömma på somrarna när solen gassade så att problemen försvann. Därför intalar jag mig att om jag bara håller ut några veckor till och inväntar sommaren, kommer allt detta att tillhöra det förgångna. Då behöver jag inte längre tänka på det. Då behöver jag inte göra någonting. Jag intalar mig att det inte är mitt problem. Men det är inte riktigt sant, och det är jag medveten om.

När jag inte längre kan låta bli att titta i tidningarna, börjar jag med bilderna. Jag ser mest på bilderna av honom. Jag ser hur han håller huvudet, och jag vet att han tror att han har lyckats försvinna någonstans där ingen kan skada honom.

Jag förstår. En gång i tiden trodde jag själv att jag äntligen hade kommit dithän. Men sanningen är den att om man till slut börjar lita på någon, när man väl låter sig beröras av någon annans inneboende godhet – och den finns faktiskt förstår ni, den där grundläggande godheten som vissa människor är utrustade med – då är det för sent. Inte nog med att murarna har raserats, också rustningen har blivit genomborrad. Och man blöder som en mogen frukt när skalet skurits itu av en kniv så att köttet blottats. Han känner ännu inte till det. Så småningom kommer han att göra det.

Så jag antar att det är för hans skull som jag skriver. Och för att i grund och botten, längst in i den här smeten av livsöden och känslor, är det jag som är skuld till allting.

Historien började faktiskt med min far, och med det faktum att det var jag som orsakade hans död. Som ni ska märka var det inte mitt första brott, men det var ett brott som min mor inte kunde förlåta. Och bara för att hon inte kunde förlåta att jag hade dödat honom, blev våra liv så trassliga. Och folk råkade illa ut.

Det är inte lätt att skriva om mor. Det kommer antagligen att se ut som smutskastning, som ett utmärkt tillfälle för mig att ge igen. Men det finns någonting som ni måste känna till om ni ska läsa det här, något som karaktäriserar mor: Hon gillar hemlighetsmakeri. Därför skulle hon, om hon fick möjlighet till det, utan tvekan med viss finess förklara att hon och jag kom på kant med varandra för tio år sedan på grund av mitt "olycksaliga förhållande" till en musiker som hette Richie Brewster, men hon skulle aldrig berätta hela historien. Hon skulle inte vilja att ni fick reda på att jag under

11

en period var en gift killes "andra kvinna", att han placerade mig ute på vischan och sedan sjappade, att jag tog honom till nåder och lät honom smitta mig med herpes, att jag till slut hamnade på gatan i Earl's Court där jag gjorde det för ett par hundra spänn i baksätet på en bil när jag absolut måste ha en sniff kokain och inte kunde slösa bort tid på att ta med torskarna till något hotellrum. Mor skulle aldrig berätta det för er. Hon skulle dölja fakta och övertyga sig själv om att det var mig hon skyddade. Men hela tiden är sanningen den, att mor alltid döljer fakta för att skydda sig själv.

Från vad? undrar ni.

Från sanningen, svarar jag. Sanningen om sitt liv, om sina besvikelser och framför allt om sitt äktenskap. Något som – om man undantar mitt eget oaptitliga beteende – jag tror ledde in mor på den vägen som slutligen fick henne att tro att hon besatt något slags gudomlig rätt att blanda sig i andra människors liv.

Naturligtvis skulle de flesta som bryr sig om att studera min mors liv inte tycka att hon var den sorten som blandade sig i. De skulle istället anse att hon var en kvinna med ett beundransvärt socialt samvete. Och hon har verkligen förutsättningar för det: före detta lärare i engelsk litteratur i en illaluktande grundskola på Isle of Dogs, en gång i tiden brukade hon på söndagarna läsa högt för blinda, hon fungerade som fritidspedagog för efterblivna barn under skolloven och hon samlade alltid in massor av pengar till det handikapp som massmedia för stunden favoriserade. Ytligt sett kan mor liknas vid en kvinna som har ena handen i en burk med vitaminpiller och den andra på nedersta stegpinnen på väg att klättra upp mot heligheten.

"Det finns problem som är viktigare än våra egna", sa hon alltid till mig om hon inte med sorgsen stämma frågade mig: "Tänker du ge mig problem idag igen, Olivia?"

Men mor är mycket mer än bara en kvinna som under trettio år flängde runt i London som en modern doktor Bernardo. Inom henne finns orsaken till att hon gjorde det. Och det har att göra med hennes sätt att skydda sig själv.

Medan jag bodde i samma hus som mor hade jag gott om tid att försöka förstå mig på hennes svaghet för välgörenhet. Jag insåg så småningom att hon tjänade andra bara för att samtidigt kunna tjäna sig själv. Så länge hon höll sig sysselsatt med att hasta runt i den eländiga värld som beboddes av Londons fattiga, behövde hon aldrig fundera särskilt mycket på sin egen lilla värld. I synnerhet behövde hon inte fundera över min far.

Jag har förstått att det nuförtiden är modernt att gå till grunden med sina föräldrars äktenskap, så som det var när man var barn. Det är ju det bästa sättet att hitta en ursäkt för alla överdrifter, brister och svagheter som finns i den egna karaktären. Men var i alla fall snäll och följ med mig på denna lilla utflykt genom min familjehistoria. Den förklarar varför mor är som hon är. Och mor är den person som ni måste försöka förstå.

Även om hon aldrig skulle erkänna det tror jag att min mor accepterade min far, inte för att hon älskade honom, utan för att han passade henne så väl. Han hade inte tjänstgjort i kriget, vilket medförde vissa problem, i alla fall när det gällde nivån på hans sociala ambitioner. Men trots ett lätt hjärtfel, en skadad knäskål och ärftlig dövhet på högra örat hade far i alla fall anständighet nog att känna skuld för att han hade sluppit ifrån militärtjänstgöringen. 1952 försökte han betala tillbaka sin skuld genom att gå med i en av de organisationer som sysslade med återuppbyggnaden av London. Det var där han mötte min mor. Hon trodde att hans närvaro där tydde på ett socialt samvete som var lika stort som hennes eget, och inte på ett behov av att glömma bort den förmögenhet som han och hans far hade gjort sig genom att i sin fabrik i Stepney från 1939 ända fram till krigsslutet trycka propagandamaterial för regeringen.

De gifte sig 1958. Till och med nu när far har varit död i alla dessa år undrar jag ibland hur den första tiden av deras äktenskap gestaltade sig för mina föräldrar. Jag undrar hur lång tid det tog innan mor insåg att fars sätt att uttrycka passion inte spände över större register än från tystnad till ett svagt men gulligt leende. Jag föreställde mig att de stunder de tillbringade tillsammans i sängen måste ha varit någonting i stil med grabba tag, svettas, stöta, stöna och mot slutet ett hastigt utslungat "väldigt fint, älskling", och det var därför, trodde jag, som jag var deras enda barn. Jag kom till 1962, en liten figur, avlad under vad jag var övertygad om var ett av deras möten i missionärsställning som ägde rum två gånger i månaden.

Till mors förtjänst måste sägas att hon under tre års tid spelade rollen av en plikttrogen hustru. Hon hade fått tag på en make, uppnått ett av de mål som strax efter kriget var uppställda för kvinnor, och hon försökte göra så gott hon kunde med honom. Men ju bättre hon lärde känna William Whitelaw, desto mer övertygad blev hon om att han hade friat till henne under falska förespeglingar. Han var inte den passionerade man som hon hade hoppats på. Han var inte någon revolutionär. Han hade inget mål i livet. Innerst inne var han bara en tryckare från Stepney, en bra karl, men en karl vars värld begränsades av pappersbruk och tryckerier, en man som sysslade med att hålla maskinerna igång och att se till att fackföreningarna inte alldeles ruinerade honom. Han skötte sitt jobb, kom hem, läste tidningen, åt middag, såg på teve och gick och lade sig. Han hade inte många

13

intressen i livet. Han hade inte mycket att säga. Han var stabil, trogen, beroende och förutsägbar. Han var – kort sagt – tråkig.

Därför såg sig mor om efter någonting som kunde förgylla hennes liv. Hon kunde ha valt antingen otrohet eller alkoholism, men istället valde hon välgörenhet.

Detta erkände hon emellertid aldrig. Att erkänna att hon alltid hade velat ha ut mer av livet än vad far hade kunnat ge henne skulle ha varit detsamma som att erkänna att hennes äktenskap inte var precis vad hon hade hoppats på att det skulle bli. Till och med nu, om man åkte till Kensington och frågade henne, skulle hon säkert utmåla sitt liv tillsammans med William Whitelaw som en välsignelse från första stund. Men eftersom det inte var så arbetade hon med sina sociala förpliktelser. Välgörenhet blev för mor en ersättning för välbefinnande. Ädla gärningar blev ett substitut för fysisk passion och kärlek.

I gengäld fick mor någonstans att ta vägen när hon kände sig nere. Hon fick en känsla av att hon uträttade någonting, att hon gjorde någonting värdefullt. Hon fick ta emot uppriktig och ärligt menad tacksamhet från dem, vars svårigheter hon dagligen lindrade. Hon fick höra lovord både från klassrummen, styrelserummen och sjukrummen. Man tog henne i hand. Man kysste hennes kinder. Hon fick höra tusentals olika röster säga: "Gud välsigne Er, Mrs. Whitelaw." Hon hade sysselsättning ända fram till den dag då far dog. Hon fick faktiskt allt det hon behövde, genom att sätta samhällets behov i främsta rummet. Och till slut, när min far hade dött, fick hon dessutom Kenneth Fleming.

Ja, så var det. För många, många år sedan. Den berömde Kenneth Fleming.

KAPITEL 1

Mindre än en kvart innan Martin Snell upptäckte brottsplatsen hade han varit sysselsatt med att leverera mjölk. Han hade redan avslutat turerna genom Greater och Middle Springburn, och nu körde han i sin blåvita mjölkbil längs med Water Street på väg mot Lesser Springburn och han njöt av sin favoritsträcka.

Water Street var den smala landsväg som skilde byarna Middle och Lesser Springburn från centralorten Greater Springburn. Vägen slingrade sig mellan gulbruna stenmurar, förbi äppelodlingar och rapsfält. Den följde nivåskillnaderna hos landskapet som den genomkorsade och den var skuggad av askar, lindar och alträd, vars lövverk nu äntligen började grönska.

Det var en underbar, molnfri dag. Endast en lätt ostlig bris, en ljusblå himmel och solen som speglade sig i den ovala inramade bilden som dinglade i en silverkedja från mjölkbilens backspegel.

"En fantastisk dag, Ers Höghet", sa Martin till fotografiet. "Tycker Ni inte att det är en underbar morgon? Hörde Ni det där? Det var göken nu igen. Och där borta... till och med en lärka som drillar. Är det inte ett härligt ljud? Det är verkligen vårens ljud."

Martin hade länge haft för vana att småprata kamratligt med drottningens fotografi. Han tyckte inte alls att det var någonting konstigt med det. Hon var rikets monark, och enligt honom borde ingen i högre grad kunna uppskatta Englands skönhet än kvinnan som satt på dess tron.

Deras dagliga samtal handlade emellertid även om andra saker än om flora och fauna. Drottningen var Martins närmsta följeslagare, den som fick dela hans innersta tankar. Det han uppskattade mest hos henne var att hon trots sin höga börd var en avgjort vänlig kvinna. Till skillnad från hans hustru, som för fem år sedan med hjälp av en bibeltrogen cementtillverkare hade återfötts i helig vrede, knäföll drottningen aldrig i bön just som han gjorde ett av sina klumpiga försök till kommunikation. Till skillnad från hans son, som var hemfallen åt sjuttonåringars hemlighetsfulla tigande eftersom han inte hade mycket mer än samlag och sitt eget utseende i huvudet, avvisade hon aldrig Martins närmanden. Hon lutade sig alltid en smula framåt och log uppmuntrande med ena handen höjd för att vinka från karossen, som i all evighet körde henne till kröningen.

Naturligtvis talade inte Martin om allting för drottningen. Hon kände dock till hur hängiven Lee var Återfödelsens och Frälsningens Kyrka. Martin hade ingående och mer än en gång beskrivit hur religionen hade saboterat hans en gång så hemtrevliga middagar. Och hon kände till att Danny jobbade hos Tesco's, där han såg till att hyllorna var fyllda med allt från slafsiga ärtor till torkade bönor, och Martin hade berättat om flickan från teaffären som hans pojke var så galen i. Med rodnande kinder hade Martin till och med så sent som i förra veckan avslöjat sina senkomna försök att förklara livets fakta för sin son. Så hon hade skrattat – Martin hade till och med själv måst skratta – åt tanken på hur han bläddrade genom alla böckerna i Greater Springburns antikvariat på jakt efter någonting som hade med människans biologi att göra, och hur han istället hade hittat en bok med diagram som handlade om grodor. Han hade gett den till sin son tillsammans med ett paket kondomer som han hade haft i sin byrålåda sedan någon gång 1972. Det här duger nog för att få igång ett samtal, hade han tänkt. "Vad är grodorna till för, Pappa?" skulle vara den fråga som automatiskt ledde in på ett avslöjande av det som Martins egen far så hemlighetsfullt hade kallat för "den äktenskapliga omfamningen".

Inte för att han och Drottningen brukade diskutera den äktenskapliga omfamningen som sådan. Martin hade alltför mycket respekt för Hennes Majestät för att mer än antyda ämnet och sedan tala om någonting annat.

Under de senaste fyra veckorna hade emellertid deras samtal under mjölkutdelningen brukat ebba ut någonstans uppe på den högsta punkten av Water Street, just där landskapet åt öster breder ut sig i humlefält och i väster sluttade ner mot en gräsbevuxen brant som slutar i en damm där det växte vattenkrasse. Här hade Martin börjat ta för vana att köra in mjölkbilen på den smala remsa med svinmålla som fungerade som vägren, för att där kunna sitta och fundera i lugn och ro några minuter.

Den här morgonen gjorde han likadant. Han lät motorn gå på tomgång och såg ut över humlefältet.

Störarna hade nu stått där i mer än en månad, rad efter rad med smala, ungefär tjugo fot höga kastanjepinnar från vilka snören var spända kors och tvärs mot marken. Dessa snören bildade ett spjälverk som humlen så småningom skulle slingra sig uppför. När Martin såg ut över fältet märkte han att humlen hade blivit omskött. Sedan i går morse hade man hunnit med hela fältet, de unga plantorna hade fästs så att de nu klättrade ett par decimeter uppför snörena. De kommande månaderna skulle humlen kunna klara sig på egen hand och bilda en labyrint med mörkgröna väggar som skulle sträcka sig mot solen.

Martin suckade belåtet. Utsikten skulle bli vackrare för var dag; medan plantorna växte till full storlek skulle marken mellan raderna förbli sval. Han och hans älskade skulle vandra där, bara de två, hand i hand. Tidigare i år – faktiskt så sent som igår – skulle han ha kunnat visa henne hur man snurrar fast plantornas späda klängen vid snörena. Hon skulle ha lagt sig på knä i dammet så att hennes florstunna blå kjol flöt ut som spillt vatten, när hon vilade sin fasta unga bakdel mot sina nakna hälar. Ny på arbetet och i desperat behov av pengar för att... för att sända till sin fattiga mor som var änka efter en fiskare i Whitstable och hade åtta små barn som hon måste försörja, skulle hon kämpa med plantorna och inte våga be om hjälp för att inte på något sätt avslöja sin okunnighet och gå miste om den enda inkomstkälla som hennes åtta syskon hade förutom de slantar som hennes mor förtjänade på att virka spetsar för att pryda damkragar och damhattar, pengar som hennes far hänsynslöst super upp på puben så att han berusad ramlar omkull när han inte drunknar under en storm till sjöss medan han försöker fånga tillräckligt mycket torsk för att kunna betala den operation som skulle kunna rädda livet på hans yngsta barn. Hon är klädd i en vit blus med korta puffärmar och den är så urringad att när han, den kraftigt byggde förmannen, böjer sig ner för att hjälpa henne, kan han se hur svettdroppar, stora som knappnålshuvuden, glänser på hennes bröst och också hur dessa bröst hastigt höjs och sänks eftersom han som är så manlig står så tätt inpå henne. Han fattar om hennes händer och visar henne hur hon ska sno humlerankorna runt snörena så att skotten inte bryts. Och vid hans beröring börjar hon andas fortare och hennes bröst häver sig och han känner hennes mjuka blonda hår mot sin kind. Han säger: Det är så här Ni ska göra, miss. Hennes händer darrar. Hon förmår inte möta hans blick. Ingen man har hittills rört vid henne. Hon vill inte att han ska gå sin väg. Hon vill att han ska fortsätta. När han rör vid henne blir hon svag. Och så svimmar hon. Ja, hon svimmar och han bär henne till utkanten av fältet med hennes långa kjol svepande runt benen när han manligt kliver fram mellan raderna, hennes huvud är bakåtböjt så att den obefläckade vita halsen blottas. Han lägger ner henne på marken. Han fuktar hennes läppar med vatten från en liten tennmugg som räckts till honom av den tandlösa gamla kärring som följer lantarbetarna i sin lilla vagn och säljer vatten till dem för två pence koppen. Hennes ögonlock fladdrar till och öppnas. Hon ser honom. Hon ler. Han för hennes hand mot läpparna. Han kysser…

En bil tutade bakom honom. Martin hajade till. Föraren till en stor röd Mercedes hade tydligen inte lust att riskera stänkskärmarna genom att försöka klämma sig fram mellan häcken på ena sidan och mjölkbilen på den andra. Martin vevade upp rutan och satte bilen i rörelse. Han tittade fåraktigt på Drottningen för att se om hon kände till den scen han hade målat upp för sitt inre. Hon såg emellertid inte ut att misstycka. Hon bara log och vinkade där hon for mot katedralen klädd i sin gnistrande tiara.

Han styrde bilen nerför kullen mot Celandine Cottage, en liten stuga som på fjortonhundratalet varit både verkstad och bostad åt en vävare, och som låg bakom en stenmur på en liten kulle just där Water Street svängde av mot nordost och en stig gick västerut mot Lesser Springburn. Han kastade återigen en blick på Drottningen, och trots att hennes milda ansiktsuttryck sa honom att hon inte alls fördömde honom, kände han sig tvungen att ursäkta sig.

"Hon vet ingenting, Ers Majestät", sa han till sin monark. "Jag har aldrig sagt någonting. Jag har aldrig gjort… Nej, jag skulle aldrig kunna göra det, det vet Ni."

Hennes Majestät log. Martin märkte att hon inte trodde riktigt på honom.

Han parkerade mjölkbilen nere på vägen, men han svängde av från körbanan så att Mercedesen som hade avbrutit hans dagdrömmar lätt kunde komma förbi. Kvinnan som körde den blängde på honom och gjorde en obscen gest. Londonbo, tänkte han resignerat. Det hade börjat gå utför med Kent den dag de öppnade motorvägen och gjorde det lättare för londonborna att bo på landet och pendla till arbetet.

Han hoppades att Drottningen inte hade sett kvinnans ohyfsade gest. Eller den han i sin tur gjorde så fort Mercedesen hade försvunnit bakom kurvan och fortsatt i riktning mot Maidstone.

Martin vred på backspegeln så han kunde granska sin spegelbild. Han kontrollerade så att han inte hade någon skäggstubb på kinderna. Han strök lätt över håret som han var så noga med att kamma och spraya varje morgon tio minuter efter det att han hade masserat in en matsked GroMore Super Strength i hårbottnen. Nu hade han i över en månad verkligen ansträngt sig att förbättra sitt utseende, ända sedan Gabriella Patten en morgon för första gången hade svept ut genom grinden till Celandine Cottage för att personligen hämta mjölken hos honom.

Gabriella Patten. Blotta tanken på henne fick honom att sucka. I ebenholtssvart sidenmorgonrock som prasslade när hon gick. Med de blåklintsblå ögonen fortfarande sömndruckna och det trassliga håret som glänste likt vete i solskenet.

När Martin hade fått beställningen att återigen börja leverera mjölk till Celandine Cottage hade han registrerat det i den del av hjärnan som med autopilot förde honom runt på hans dagliga runda. Han hade inte brytt sig om att fundera över varför den ordinarie beställningen på en liter hade ändrats till en halv. En morgon parkerade han helt enkelt nere på vägen, hämtade den kalla glasflaskan i skåpbilen, torkade fukten av den med trasan, som han hade liggande på golvet, och knuffade upp den vita trägrinden som skilde vägen upp till stugan ifrån Water Street.

Han höll just på att ställa ner flaskan i den skuggade lådan som fanns vid foten av en silvergran, när han hörde fotsteg på stigen som svängde av från vägen mot köksdörren. Han tittade upp och skulle precis säga "Morrn", men orden fastnade någonstans mellan halsen och tungan när han för allra första gången fick syn på Gabriella Patten.

Hon gäspade och snubblade nästan på den ojämna stenläggningen där hon kom gående med den öppna morgonrocken fladdrande.

Han visste att han borde vända sig bort, men han blev helt förtrollad av kontrasten mellan morgonrocken och hennes bleka hud. Och en sådan hud sen, som undersidan av kronbladen hos nattviol, vit som ejderdun med rosa kanter. Det rosa hos henne fick hans ögon, hals och ljumskar att värka. Han stirrade på henne och sa: "Herre Gud, jag hade ingen aning om…" Hon förde tre fingrar mot överläppen och log bakom dem. "Jag är förskräckligt ledsen men jag trodde inte det var någon här. I alla fall inte ni. Jag har alltid trott att mjölken kom i gryningen."

Han ryggade tillbaka samtidigt som han sa: "Nä, den kommer alltid vid den här tiden. Vid tiotiden här i trakten." Han sträckte upp handen mot mössan för att skjuta fram den i pannan så att den skulle dölja mer av hans ansikte eftersom det kändes glödhett. Men just idag hade han inte tagit på sig sin mössa. Från och med första april var han alltid barhuvad hur vädret än var. Så till slut stod han där och drog i håret som någon idiot i ett av de där teve-programmen där folk är utklädda.

"Det är visst en hel del jag måste lära mig om landet, eller hur mr…?"

"Martin", sa han. "Snell. Martin Snell."

"Jaha, mr Martin Snell. Martin." Hon gick ut genom trägrinden som skilde vägen från gräsmattan. Hon böjde sig ner – han vände bort blicken – och fällde upp locket till mjölklådan. "Det är underbart", sa hon. "Tack ska ni ha," och när han återigen tittade på henne hade hon tagit upp mjölkflaskan och höll den mellan brösten i ringningen på morgonrocken. "Det är kallt", sa hon.

"Det ska bli soligt idag", svarade han bestämt. "Den borde titta fram vid middagstiden."

Hon log igen. Hennes ögon blev så milda när hon log. "Jag menade mjölken. Hur bär ni er åt för att hålla den så kall?"

"Jaså? Det är mjölkbilen. Jag har speciellt isolerade lådor i den."

"Lovar ni att jag alltid kommer att få den så här?" Hon vred på flaskan så att den tycktes gräva ner sig ännu djupare mellan hennes bröst. "Jag menar så här kall."

Därefter såg han henne flera gånger i veckan, men aldrig mer i morgonrock. Inte för att han behövde någon påminnelse om hur hon såg ut i den. Gabriella. Gabriella. Han tyckte ordet lät underbart när han tänkte på det, det vibrerade som violinmusik.

Martin rättade till backspegeln, belåten med sitt utseende. Även om håret inte var mycket tjockare än när han hade påbörjat behandlingarna, var det inte alls så spretigt nu när han börjat använda hårspray. Han letade bak i bilen för att plocka fram den mjölkflaska som var kallast. Han torkade av imman och putsade foliekapsylen mot skjortan.

Han gick genom grinden och då han märkte att den inte var ordentligt stängd sa han: "Grind, grind, grind", med halvhög röst för att inte glömma bort att nämna det för henne. Naturligtvis fanns det inget lås på grinden, men man behövde inte underlätta för folk att tränga sig på henne.

Göken som han hade gjort Hennes Majestät uppmärksam på gol igen, någonstans på andra sidan hagen norr om stugan. Lärksången hade fått sällskap av kvittret från gråsiskorna som häckade i barrträden vid kanten av vägen. En häst gnäggade och en tupp gol. Martin tänkte att det var en ljuvlig dag.

Han lyfte locket till mjölklådan och skulle just sätta ner sin leverans i den då han hejdade sig och rynkade pannan. Det var någonting som inte stämde.

Gårdagens mjölkflaska hade inte blivit hämtad. Flaskan var varm. Om det hade funnits någon imma på den som runnit ner längs flaskans sidor, så hade den för länge sedan förångats.

Tja, tänkte han först, hon är allt vimsig, den där miss Gabriella. Hon har rest någonstans utan att lämna något meddelande om mjölken. Han tog gårdagsflaskan och stoppade den under armen. Han skulle inte leverera någon ny mjölk förrän han hörde av henne igen.

Han började gå mot grinden när han kom ihåg en sak. Grinden, grinden. Den hade inte varit stängd, tänkte han, och huttrade till.

Långsamt gick han tillbaka mot mjölklådan. Han ställde sig framför trägrinden till trädgården. Han såg att ingen hade tagit in tidningarna. *Daily Mail* och *The Times* – både gårdagens och dagens – fanns i sina fack. Och när han sneglade mot dörren på framsidan av stugan som var försedd med ett metallklätt brevinkast, såg han en liten vit triangel avteckna sig mot den väderbitna ekdörren, och han tänkte: Hon har inte hämtat in posten heller. Hon måste ha rest sin väg. Men gardinerna var inte fördragna, och det verkade inte praktiskt eller klokt att lämna dem så om man skulle ge sig iväg. Inte för att miss Gabriella tycktes vara särskilt praktisk eller klok, men hon var säkert inte så dum att hon lämnade stugan så uppenbart obebodd. Eller var hon det?

Han var inte säker. Han såg sig över axeln mot garaget, en byggnad i tegelsten och tunna bräder vid slutet av uppfartsvägen. Han bestämde sig för att det var bäst att titta efter. Han behövde bara kasta en blick för att försäkra sig om att hon hade gett sig av. Så skulle han tå bort mjölken, bära bort tidningarna till sophögen och ge sig iväg. När han hade kastat en blick.

Garaget var tillräckligt stort för två bilar, och dörrarna till det öppnades på mitten. För det mesta var de låsta med ett hänglås, men Martin kunde utan att gå närmre se att de inte var ordentligt stängda. Den ena dörrhalvan stod på glänt. Martin höll andan, kastade en blick mot stugan, knuffade upp dörren lite till och tryckte ansiktet mot springan.

Han såg en glimt av krom när ljuset träffade kofångaren på den gröna Aston Martin som han mer än ett dussin gånger hade sett henne susa fram längs vägarna i. Det surrade konstigt i huvudet på honom när han såg den. Han tittade återigen upp mot stugan.

Om bilen var här och hon var här, varför hade hon då inte hämtat in sin mjölk?

Han sa till sig själv att hon kanske hade varit borta ända sedan i går morse. Hon hade kanske kommit hem sent och alldeles glömt bort mjölken.

Men tidningarna då? Till skillnad från mjölken syntes de tydligt i sina fack. Hon skulle ha varit tvungen att passera förbi dem för att komma fram till stugan. Varför hade hon inte tagit dem med sig?

För att hon hade varit i London för att handla och hade famnen full av paket, och senare, när hon lagt från sig paketen, hade hon helt enkelt glömt bort att hämta in tidningarna.

Men posten då? Den borde ligga precis innanför ytterdörren. Varför hade hon bara lämnat den där?

För att klockan var mycket och hon var trött, ville komma i säng, och förresten hade hon inte gått in genom dörren på framsidan. Hon hade gått in genom köksdörren, så hon hade inte sett posten. Hon hade traskat raka vägen förbi den och gått upp till sin säng, där hon fortfarande låg och sov.

Sov. Hon sov, den vackra Gabriella. I sin svarta sidenmorgonrock med lockigt hår och ögonfransar som smörblommornas ståndare mot huden.

Det skulle inte skada att titta efter, tänkte Martin. Det skulle absolut inte skada att titta efter. Hon skulle inte bli stött. Hon var inte sån. Hon skulle bli rörd över att han var omtänksam mot henne, en ensam kvinna här ute på landsbygden som inte hade någon man som såg efter henne. Antagligen skulle hon bjuda in honom. Hon skulle kanske till och med bjuda honom på en kopp kaffe.

Han rätade på ryggen, tog tidningarna och knuffade upp grinden. Han gick fram längs trädgårdsgången. Solen hade ännu inte nått fram till den här delen av trädgården, så daggen låg fortfarande som en pärlbroderad sjal över stenläggningen och gräsmattan. Lavendel och lackviol växte på båda sidor om den gamla dörren. Från lavendelknopparna steg en stark doft. Lackviolens blommor böjde sig under tyngden av morgondaggen.

Martin sträckte sig mot dörrklockan och hörde hur den pinglade precis innanför dörren. Han väntade på att få höra ljudet av hennes fotsteg eller hennes röst eller slamret av nyckeln i låset. Men ingenting hände.

Hon tar kanske ett bad, tänkte han, eller så är hon i köket, där hon antagligen inte kan höra dörrklockan. Det vore nog klokt att titta efter.

Det gjorde han, och när han gick runt stugan för att banka på köksdörren undrade han hur folk kunde gå in genom den utan att slå sig fördärvade mot den låga dörrposten. Och det fick honom att tänka på att… Tänk om hon hade haft bråttom för att komma ut. Tänk om den söta lilla människan hade slagit sig medvetslös. Varken något svar eller någon rörelse hördes från andra sidan den vita bräddörren. Tänk om hon i detta ögonblick låg på det kalla köksgolvet och väntade på att någon skulle hitta henne.

Till höger om dörren, under ett lövvalv, fanns köksfönstret. Och Martin kikade in genom det. Men han kunde inte se någonting annat än ett litet bord med en duk på, arbetsbänken, spisen, diskbänken och den stängda matrumsdörren. Han måste hitta ett annat fönster. Och helst ett på baksidan av huset, för det gjorde honom illa till mods att stå och kika in i huset som en annan fönstertittare. Det gick inte an att man såg honom från vägen. Gud vet hur det skulle gå med affärerna om någon körde förbi och såg Martin Snell, mjölkutkörare och monarkist, kika in genom fönstren hos folk.

Han var tvungen att kliva i blomsterrabatten för att nå matrumsfönstret som fanns på samma sida av huset. Han gjorde sitt bästa för att inte trampa ner violerna. Han trängde sig in bakom en syrenbuske och nådde fram till glasrutan.

Konstigt, tänkte han. Han kunde inte se in genom den. Han kunde se hur gardinerna som inte var fördragna avtecknade sig mot rutan, men ingenting annat. Fönstret tycktes vara smutsigt, faktiskt riktigt grisigt, och det var så mycket underligare som köksfönstret hade varit rent som källvatten och hela stugan var ren som snö. Han gned fingret mot glaset. Ännu underligare. Glasrutan var inte smutsig. I alla fall inte på utsidan.

En liten klocka ringde i hans huvud, som en varning han inte kunde förstå. Det lät som en flock snösparvar på flykt, först tyst och sedan allt högre. Ljudet i hans huvud fick armarna att kännas svaga.

Han klev ut från blomsterrabatten. Han gick samma väg tillbaka. Han kände på dörren på baksidan. Låst. Han skyndade sig till huvudingången. Den var också låst. Han gick runt till södra sidan av huset där det växte blåregn mot de svarta timmerstockarna. Han svängde runt hörnet och gick längs med den stenlagda gången som följde husets västra vägg. Längst bort fann han det andra matrumsfönstret. Det var inte smutsigt, varken på utsidan eller insidan. Han grep tag i fönsterbrädet, tog ett djupt andetag och tittade in.

Vid första ögonkastet tycktes allting vara normalt. Det skrovliga matbordet, stolarna som stod runt det, den öppna spisen där det mot tegelstenarna hängde en eldgaffel av järn och en sängvärmare av koppar. Allting såg ut att vara i sin ordning. På skänken av furu stod tallrikar, på en antik kommod drinktillbehör. På ena sidan om eldstaden fanns en stor fåtölj, och i andra delen av rummet, precis nedanför trappan, stod den andra fåtöljen...

Martin grep hårdare tag i fönsterbrädet. Han kände hur en trästicka grävde sig in i handflatan. "Oh, Ers Majestät, Gabriella, miss Gabriella", och han grävde frenetiskt med ena handen i fickan i ett hopplöst försök att hitta någonting som han kunde lirka upp fönstret med. Hela tiden höll han ögonen fästa mot fåtöljen.

Den stod i vinkel mot väggen nedanför trappan, vänd in mot matrummet. Den ena kanten stötte mot väggen under det fönster som var så smutsigt att han inte hade kunnat se in genom det. Det var bara det att nu kunde Martin, från sin utsiktspunkt på andra sidan huset se att fönstret inte var normalt smutsigt. Istället var det nedsotat av rök, rök som hade stigit upp i ett hemskt, tjockt moln från öronlappsfåtöljen, rök som hade sotat ner fönstret, gardinerna, väggen, rök som även i trappan hade lämnat spår efter sig när den sögs uppåt mot sovrummet där miss Gabriella i detta ögonblick, den söta miss Gabriella...

Martin ryggade bort från fönstret. Han sprang tvärs över gräsmattan. Han klängde sig över muren, störtade nerför stigen i riktning mot dammen.

Klockan var strax efter tolv när kriminalkommissarie Isabelle Ardery såg Celandine Cottage för första gången. Solen stod högt på himlen så att granarna som fanns på båda sidor om uppfarten bara kastade små runda skuggor. Vägen var avspärrad med polisens gula plastband. En polisbil, en röd Sierra, och en blå och vit mjölkbil stod i rad på vägen.

Hon parkerade bakom mjölkbilen och såg sig omkring, ganska bister trots att hon till att börja med hade blivit glad över att så snart skickas ut på ett nytt uppdrag. Terrängen såg inte lovande ut med tanke på eventuella ledtrådar. Det fanns flera hus längre neråt vägen, stocktimrade med tegeltak, precis som den stuga där det hade brunnit, men de låg tillräckligt utspridda för att alla skulle få lugn och ro. Så om det visade sig att eldsvådan berodde på mordbrand – något som antyddes av orden *brandorsak okänd* som fanns klottrade längst ner på de anteckningar Ardery hade fått från sin överkonstapel för mindre än en timme sedan – skulle det kanske visa sig att ingen av grannarna hade hört eller sett någonting misstänkt.

Med väskan med utrustning i handen kröp hon under plastbandet och öppnade grinden vid uppfartens bortre ände. På andra sidan hagen åt öster, där ett brunt sto betade, stod en handfull åskådare lutade mot ett sprucket spjälstaket. Medan hon gick uppför uppfarten kunde hon höra deras mumlande gissningar. Jo faktiskt, sa hon tyst för sig själv till dem samtidigt som hon gick genom en mindre grind in i trädgården, till och med när det gäller en eldsvåda har man en kvinnlig utredare. Det går verkligen utför med vårt samhälle.

”Kommissarie Ardery?” Det var en kvinnoröst. Isabelle vände sig om och fick syn på en kvinna som väntade på den stenlagda gång som dels ledde fram till ytterdörren, dels löpte runt hörnet till baksidan av huset. Det var tydligen därifrån hon hade kommit. ”Kriminalassistent Coffman”, sa hon muntert, ”vid kriminalpolisen i Greater Springburn.”

Isabelle gick fram till henne och sträckte fram handen. ”Bossen är inte här just nu. Han åkte med kroppen till sjukhuset i Pembury.”

Det lät så konstigt att Isabelle rynkade pannan. Polismästaren i Greater Springburn var den som från början hade bett henne åka hit. Det var ett brott mot polisetiketten att lämna platsen innan hon hann fram. ”Sjukhuset?” undrade hon. ”Fanns det ingen polisläkare som kunde följa med kroppen?”

Coffman höjde hastigt blicken mot skyn. ”Jodå, han var också här, och hade vänligheten att förklara för oss att kroppen var död. Men det ska hållas en presskonferens där de offentliggör offrets identitet, och bossen älskar sånt. Ge honom en mikrofon och fem minuter av din tid och han blir överlycklig."

"Vilka är då kvar här?"

"Ett par polisaspiranter som för första gången får möjlighet att snoka reda på saker. Och så killen som upptäckte eländet. Snell heter han."

"Brandkåren då?"

"Den har varit här och gett sig av igen. Snell ringde larmcentralen från grannens, huset på andra sidan dammen. Och de skickade hit brandkåren."

"Och?"

Coffman log. "Där hade du tur. Så fort de kom in kunde de se att elden hade varit släckt flera timmar. De rörde ingenting. De bara ringde efter polisen och väntade tills vi kom hit."

De var i alla fall skönt. En av de största svårigheterna när det gällde att utreda mordbrand var att brandsoldaterna måste vara där. De var utbildade för två saker: för att rädda liv och att släcka eld. Eftersom de inte tänkte på någonting annat brukade de för det mesta slå in dörrar, översvämma rummen och rasera taken så att de samtidigt utplånade alla spår.

Isabelle lät ögonen svepa över byggnaden. "Bra", sa hon, "då börjar jag med att se mig omkring här ute."

"Ska jag…"

"Jag vill helst vara ensam."

"Visst", sa Coffman. "Jag låter dig sköta det." Hon gick mot baksidan av huset, hejdade sig vid det nordöstra hörnet, vände sig om och strök bort en kastanjebrun hårlock från ansiktet. "När du är klar finns de intressanta ställena åt det här hållet", sa hon. Hon började höja pekfingret i en kamratlig hälsning, men kom sedan på andra tankar och försvann runt hörnet.

Isabelle gick från den stenlagda gången tvärs över gräsmattan bort till det mest avlägsna hörnet av trädgården. Där vände hon sig om och betraktade först stugan och sedan dess omgivningar.

Om det rörde sig om mordbrand skulle det inte bli lätt att hitta några bevis utanför byggnaden. Det skulle ta flera timmar att genomföra en grundlig undersökning, för Celandine Cottage var en amatörträdgårdsmästares dröm; på södra sidan var huset översållat med nyutslaget blåregn, omgivet av blomsterrabatter där det växte allt från förgätmigej till ljung, från vita violer till lavendel, från aubrietia till lackviol, från penséer till tulpaner. Där det inte fanns rabatter bestod trädgården av gräsmatta, tjock och välskött. Och där det inte fanns gräsmatta växte blommande buskar. Bakom buskarna stod träd, som delvis utgjorde ett skydd mot vägen och mot den närmsta grannen. Det skulle bli svårt att hitta eventuella fotavtryck, avtryck från bildäck, bortslängda redskap, bränslebehållare eller tändsticksaskar här.

Isabelle gick försiktigt runt huset, från öster mot nordväst. Hon granskade fönsterna. Hon studerade marken. Hon tittade på taket och på dörrarna. Till slut fortsatte hon till baksidan där köksdörren stod öppen. Under en pergola där bladen till en vinranka började slå ut, satt en medelålders man vid ett korgbord med huvudet lutat mot bröstet och händerna sammanpressade mellan knäna. Ett orört vattenglas stod framför honom.

"Mr Snell?"

Mannen lyfte huvudet. "De tog med sig kroppen, det gjorde de", sa han. "Man hade täckt över henne från topp till tå. Hon var insvept och fastbunden. Det såg ut som om de hade lagt henne i något slags påse. Det är inte rätt, är det det? Det är nästan oanständigt. Det är inte ens respektfullt."

Isabelle drog fram en stol, satte sig bredvid honom och placerade sin undersökningsutrustning på marken. Hon tyckte först att det var hennes plikt att trösta honom, men det verkade meningslöst att slösa kraft på medlidande. Den som var död var död, vad man än försökte säga. För de efterlevande kunde ingenting ändra på det. "Mr Snell, när ni kom, var dörrarna då låsta eller ej?"

"När hon inte svarade försökte jag ta mig in. Men det gick inte. Därför kikade jag genom fönstret." Han vred sina händer och drog ett darrande andetag. "Hon plågades väl inte, gjorde hon det? Jag hörde en av dem säga att kroppen inte ens var bränd, och att det var därför de inte genast kunde säga vad det var. Då var det väl röken hon dog av?"

"Vi kan inte vara säkra på någonting förrän efter obduktionen", sa konstapel Coffman. Hon hade gått fram till dörren. Hennes svar lät professionellt försiktigt.

Det såg ut som om mannen accepterade detta. "Vad hände med kattungarna?" sa han.

"Kattungarna?"

"Miss Gabriellas kattungar. Var är de? Ingen har tagit ut dem."

"De måste vara utomhus någonstans", sa Coffman. "Vi har inte hittat dem inne i huset."

"Men hon skaffade ju två små förra veckan. Två kattungar. Från andra sidan dammen. Någon hade lagt dem i en kartong alldeles vid stigen. Hon tog hem dem. Hon tog hand om dem. De sov i hennes kök i sin egen lilla korg och…" Snell gned över ögonen med baksidan av handen. "Jag måste sköta om mjölkleveransen. Innan mjölken surnar."

"Har du fått hans vittnesmål?" frågade Isabelle Coffman samtidigt som hon hukade sig under den låga dörrposten för att gå in till kriminalkonstapeln i köket.

"Så mycket det nu är värt. Jag trodde kanske att du ville prata med honom själv. Ska jag låta honom gå?"

"Om vi har hans adress."

"Visst, det ordnar jag. Det är där inne på andra sidan." Coffman gjorde en gest mot en innerdörr. På andra sidan den kunde Isabelle se konturerna av ett matbord och hörnet av en väggfast eldstad.

"Vilka har varit där inne?"

"Tre killar från brandkåren. Och polisen."

"Brottsplatsundersökarna?"

"Bara fotografen och patologen. Jag tyckte det var bäst att inte släppa in de andra förrän du hade fått ta en titt."

Hon förde in Isabelle i matrummet. Två polisaspiranter stod på var sin sida om det som fanns kvar av en öronlappsfåtölj som var placerad snett ut från väggen nedanför trappan. De stod och såg ner på den, och båda två tycktes försjunkna i djupa tankar. En såg ärlig ut. Den andre såg ut att besväras av den skarpa lukten från uppbränd stoppning och fyllnadsmaterial av cellulosa. Ingen av dem såg ut att vara mer än tjugotre år gammal.

"Kommissarie Ardery", sa Coffman för att presentera Isabelle. "Stjärnskottet från Maidstones polisdistrikt. Nu drar ni er undan så att hon får lite plats. Och försök anteckna lite när ni ändå är här."

Isabelle nickade mot de unga männen och koncentrerade sig på det som tydligen var brandhärden. Hon ställde sin utrustning på bordet, lade måttbandet i jackfickan tillsammans med en pincett och en tång, tog fram sin anteckningsbok och gjorde en preliminär skiss över rummet. "Ingenting har väl blivit flyttat?" frågade hon.

"Inte ett hårstrå", svarade Coffman. "Det var därför jag ringde efter bossen när jag hade sett det. Det är den där stolen vid trappan. Titta. Det ser underligt ut."

Isabelle höll inte omedelbart med polisassistenten. Hon visste att den andra kvinnan syftade på den logiska frågan: Varför stod fåtöljen i en så konstig vinkel nedanför trappan? Man skulle vara tvungen att klättra över den för att komma upp till övervåningen. Det såg ut som om den hade flyttats dit.

Men å andra sidan var rummet fyllt av andra möbler som visserligen inte hade brunnit men som alla var missfärgade av rök eller täckta med sot. Förutom matbordet och de fyra stolarna runt det stod en gammaldags länstol och ännu en öronlappsfåtölj på båda sidor om den öppna spisen. Mot ena väggen stod en skänk med porslin, mot den andra ett bord fyllt med karaffer och mot den tredje väggen fanns en byrå med porslin på. Och på alla väggarna hängde målningar och tryck. Tydligen hade själva väggarna varit vita. Nu var den ena svartbränd och de andra skiftade i olika nyanser av grått. Det gjorde spetsgardinerna också, som sotfläckiga och sladdriga hängde från sina gardinstänger.

"Har du undersökt mattan?" frågade Isabelle polisassistenten. "Om den där stolen har flyttats kommer vi att hitta avtryck från den någon annanstans. Kanske i ett annat rum."

"Det är just det", sa Coffman. "Titta här."

"Vänta en stund", sa Isabelle och gjorde färdigt sin teckning genom att skugga de ställen där väggen blivit nersmutsad. Bredvid gjorde hon en liten översiktskarta och markerade de olika föremålen; möbler, eldstad, fönster, dörrar och trappan. Först därefter gick hon fram till brandhärden. Här gjorde hon en tredje skiss som föreställde själva stolen, och hon markerade hur stoppningen var bränd. Detta var det vanliga tillvägagångssättet.

En koncentrerad eld som den här spred sig i V-form, där den ursprungliga eldhärden fanns i spetsen på V-et. Den här elden hade uppfört sig helt normalt. Längs med fåtöljens högra sida, som stod i fyrtiofem graders vinkel mot trappan, var förkolningen som starkast. Elden hade till att börja med legat och pyrt – antagligen i flera timmar – och sedan bränt genom både stoppning och klädsel samtidigt som den åt sig uppåt mot det högra armstödet innan den dog ut. Just på högra sidan fanns ett mönster av brännmärken i två vinklar från eldhärden, en sned och en rak, så att de ungefär bildade ett V. Vid första påseendet såg Isabelle ingenting hos stolen som talade för mordbrand.

"Jag tycker det ser ut som en cigarett som legat och pyrt", sa en av de två unga poliskonstaplarna. Han lät otålig. Klockan var över tolv, han var hungrig. Isabelle såg hur assistent Coffman kastade en kylig blick på honom som tydligt sa: "Ingen har frågat dig, grabben." Han ändrade snabbt sin attityd genom att tillägga: "Men vad jag inte förstår är hur det kommer sig att hela stället inte brann ner till grunden."

"Var alla fönster stängda?" frågade Isabelle assistenten.

"Det var de."

"Elden i stolen förbrukade allt det syre som fanns i stugan. Sedan slocknade den", förklarade Isabelle över axeln för polisaspiranten.

Assistent Coffman satte sig på huk bredvid den förkolnade fåtöljen. Isabelle satte sig bredvid henne. Heltäckningsmattan hade en gång varit enfärgad – beige. Under stolen låg en tjock driva svarta sotflagor. Coffman pekade på tre skålformiga gropar, var och en ungefär fem centimeter från motsvarande stolsben. "Det var det här jag talade om", sa hon.

Isabelle hämtade en borste från väskan med utrustning. "Det är en möjlighet", sa hon och borstade sedan försiktigt bort sotet från den närmsta gropen och därefter från nästa. När hon var klar med båda två såg hon att de märken som stolen gjort på sin ursprungliga plats i mattan låg i perfekt linje med varandra.

"Se här. Den har flyttats. Man har snurrat den på ena benet."

Isabelle vilade kroppen mot hälarna och studerade stolens placering i förhållande till de andra möblerna i rummet. "Någon skulle ha kunnat springa på den."

"Men tror du inte...?"

"Vi måste ta reda på mer."

Hon flyttade sig närmre stolen. Hon studerade det ställe där elden hade börjat, ett ojämnt förkolnat sår där man såg hoptrasslat material från den uppbrända stoppningen. Liksom vid de allra flesta pyrande eldsvådor hade stolen brunnit långsamt och gett från sig en envis, giftig rök samtidigt som den glödande substansen i den ursprungliga eldhärden – som ett glödande kolstycke – hade ätit sig genom klädseln in mot stoppningen. Men som vid de flesta andra glödbränder hade stolen endast blivit delvis förstörd, och eftersom allt tillgängligt syre redan hade förbrukats när elden slutligen tog fart hade den dött.

På så sätt kunde Isabelle undersöka det förkolnade såret genom att försiktigt flytta det brända tyget så att hon kunde följa eldhärdens väg ner genom stolens högra sida. Det var ett tålamodskrävande arbete, en tyst granskning av varje centimeter i skenet från den ficklampa som Coffman stadigt höll ovanför hennes axel. Det tog mer än en kvart innan Isabelle fann det hon letade efter.

Med hjälp av pincetten plockade hon fram sitt fynd. Hon betraktade det nöjd innan hon höll upp det.

"Då var det i alla fall en cigarett." Coffman lät besviken.

"Nej." I motsats till assistenten kände sig Isabelle mycket belåten. "Det är ett redskap för att anlägga en eldsvåda." Hon såg på de unga kriminalkonstaplarna vars ansikten nu intresserat sken upp vid hennes ord. "Nu måste vi sätta igång med en första undersökning utomhus", sa hon till dem. "Gå i spiral utåt. Titta efter fotspår, avtryck från bildäck, en tändsticksask, redskap, olika slags behållare, allting som ser konstigt ut. Rita först en karta. Fotografera sedan och samla in det ni funnit. Har ni förstått?"

"Visst", sa den ene. "Precis", sa den andre. De gick ut genom köket.

Coffman rynkade pannan när hon såg cigarettfimpen som Isabelle fortfarande höll. "Jag förstår ingenting", sa hon.

Isabelle pekade på de taggiga märkena i cigarettens hölje.

"Vad då?" sa Coffman. "Jag tycker i alla fall att det ser ut som en cigarett."

"Det är meningen att det ska se ut som det. Håll ljuset närmre. Håll dig så långt borta från stolen som möjligt. Bra. Precis där."

"Du menar att det inte är någon cigarett?" undrade Coffman medan Isabelle fortsatte att undersöka den. "Är det inte en riktig cigarett?"

"Både och…"

"Jag förstår inte."

"Det är naturligtvis det som gärningsmannen hoppas på."

"Men…"

"Om jag inte har fel – och det kommer vi att få veta om några minuter – för det ska den här stolen berätta för oss – har vi här en primitiv tidsinställd apparat. Den ger mordbrännaren mellan fem och sju minuter att försvinna innan den riktiga elden börjar."

Coffman skakade till med ficklampan när hon började säga någonting, hejdade sig sedan. "Jag är ledsen", sa hon och riktade in ljuset som tidigare. Hon fortsatte: "Om det är så, varför brann inte hela stolen upp när flammorna äntligen hade tagit fart? Skulle inte den som satte fyr ha velat det? Jag vet att fönstren var stängda, men nog fanns det väl så mycket tid innan syret tog slut att elden skulle kunnat ta sig från stolen till gardinerna och upp längs väggen. Varför gjorde den inte det? Varför sprängdes inte fönsterrutorna av hettan så att det kom in mer luft? Varför brann inte hela jäkla stugan upp?"

Isabelle fortsatte med sin noggranna undersökning. Det var ett företag inte olikt att ta sönder hela stolen, en tråd i taget. "Du talar om eldens utbredning", sa hon. "Utbredningen beror på stolens klädsel och stoppning, i kombination med hur pass dragigt det var i rummet. Det beror på trådarna i tyget. Och på hur gammal stoppningen är och om den blivit behandlad med några kemikalier." Hon fingrade på en bit av det material hon talade om. "Vi måste göra tester för att få svar på de frågorna. Men det finns en sak jag skulle kunna slå vad om."

"Mordbrand?" sa Coffman. "Som var menad att se ut som någonting annat?"

"Det var ju det jag sa."

Coffman såg mot trappan bakom stolen. "Det gör att det blir riktigt otäckt." Hon lät osäker.

"Det vill jag lova. Mordbrand är oftast otäckt." Isabelle plockade från stolens innandöme ut den första träflisan som hon hade letat efter. Hon lade den med ett belåtet leende i insamlingsburken. "Perfekt", mumlade hon. "Så bra man kan hoppas på." Hon var säker på att det skulle finnas ytterligare åtminstone fem brända träflisor begravda bland de förkolnade resterna av stolen. Hon fortsatte med sin undersökning, sållade och silade.

"Vem var hon förresten?"

"Vem då?"

"Offret. Kvinnan med kattungarna."

"Det är just det som är problemet", svarade Coffman. Det är därför som de har åkt till Pembury med kroppen. Det är därför som det ska hållas presskonferens senare. Och som det är så otäckt nu."

"Varför?"

"Du förstår, det är en kvinna som bor här."

"Är det en filmstjärna eller någonting. Någon viktig person?"

"Det är inte det. Hon är inte ens en hon."

Isabelle rätade på nacken. "Vad betyder det?"

"Snell vet inte. Ingen mer än vi vet.

"Ingen vet vad då?"

"Kroppen där uppe var en man."

KAPITEL 2

När polisen dök upp i Billingsgate Market var det mitt på eftermiddagen, och om rätt ska vara rätt borde Jeannie inte ens ha varit där, för vid den tidpunkten var fiskmarknaden i London lika tom och död som en tunnelbanestation klockan tre på morgonen. Men hon *var* där och väntade på en reparatör som skulle komma till Crissys Café för att laga spisen. Den hade gått sönder vid sämsta tänkbara tillfälle, mitt under rusningstiden som för det mesta inföll vid halv tio-tiden på förmiddagen, när fiskhandlarna hade avslutat sina affärer med inköparna från stans tjusiga restauranger och renhållningsarbetarna var klara med att rensa den stora parkeringsplatsen från plastlådor och fisknät.

Flickorna – för på Crissys sa man alltid *flickorna* om dem, fastän den äldsta var femtioåtta, och Jeannie själv med sina trettiotvå år var yngst – hade i alla fall lyckats få spisen att halvt om halvt fungera under resten av morgonen, så att de kunde fortsätta att duka fram stekt bacon och bröd, ägg, blodpudding, welsh rabbit och smörgåsar med stekt korv som om ingenting hade hänt. Men om de ville undvika att kunderna gjorde uppror – eller ännu värre, om kunderna försvann till Catons en trappa upp – måste den lilla caféspisen repareras med en gång.

Flickorna drog lott om vem som skulle ordna det, liksom de hade dragit lott om allting under de femton år Jeannie hade arbetat tillsammans med dem. De brukade tända tändstickor exakt samtidigt och vänta medan de brann ner. Den första av flickorna som tappade sin sticka hade förlorat.

Jeannie var lika duktig som någon av de andra på att hålla ut tills lågorna slickade fingrarna, men idag ville hon förlora. Att vinna skulle ha betytt att hon måste gå hem. Att stanna och vänta Gud vet hur länge på att reparatören skulle dyka upp betydde att hon ännu en stund kunde skjuta upp sina försök att komma på vad hon skulle göra med Jimmy. Alla, både grannarna och lärarna, använde ordet omogen på ett sätt som Jeannie inte tyckte om när de talade om hennes son. De sa det på samma sätt som de skulle

32

kunna säga *slashas* eller *gangster* eller *jävla yngel*, och inget av det stämde. Men det kunde de ju inte veta, för de såg bara till ytan, och hejdade sig aldrig för att fundera över vad som fanns där bakom.

Under ytan mådde Jimmy dåligt. Han hade mått dåligt i fyra år precis som hon hade gjort.

Jeannie satt vid ett av fönsterborden med en kopp kaffe och knaprade på en av de morotsstavar som hon alltid hade med sig hemifrån i en påse, när hon hörde bildörren slå igen. Hon antog att det äntligen var reparatören. Hon kastade en blick på väggklockan. Den var över tre. Hon slog igen sitt exemplar av *Women's Own* mitt i artikeln om "Hur man får reda på om man är bra i sängen", rullade ihop tidningen, stoppade ner den i kappfickan och sköt tillbaks stolen. Det var inte förrän då hon såg att det var en polisbil med en man och en kvinna i. Och just för att en av dem var kvinna, och för att hon såg allvarlig ut när hon med dystra ögon granskade byggnadens ojämna fasad samtidigt som hon rätade på axlarna och ordnade bluskragens trekantiga flikar, kände Jeannie en obehaglig föraning.

Hon såg automatiskt ännu en gång på klockan och tänkte på Jimmy. Hon bad en bön att det äldsta av hennes barn skulle ha gått till skolan trots sin besvikelse över att hans sextonårsdag hade blivit förstörd. Om han inte hade gjort det, om han hade skolkat ännu en gång, om polisen hade plockat upp honom någonstans där han inte borde vara, om den här kvinnan och den där mannen – varför var de två? – hade kommit för att informera modern om ännu ett pojkstreck… Jeannie orkade inte tänka på vad som kunde ha inträffat sedan hon hade lämnat hemmet tio i fyra samma morgon.

Hon gick fram till disken och letade fram ett paket Dunhill från en av de andra flickornas hemliga gömställen. Hon tände cigaretten, kände hur röken sved i halsen och fyllde lungorna och blev nästan omedelbart lite yr i huvudet.

Hon mötte mannen och kvinnan i dörren till Crissys. Kvinnan var lika lång som Jeannie och precis som Jeannie hade hon mjuk hy som rynkade sig runt ögonen och ljust hår som man varken kunde kalla blont eller brunt. Hon presenterade sig och höll fram sitt ID-kort, som Jeannie när hon väl hade hört namnet och titeln inte brydde sig om att titta på. Coffman, sa hon. Kriminalassistent. Agnes, tillade hon, som om hennes närvaro skulle vara lättare att uthärda bara för att hon hade ett förnamn. Hon sa att hon kom från Greater Springburns polisdistrikt, och hon presenterade den unge mannen i sitt sällskap som kriminalkonstapel Dick Payne eller Nick Dane eller någonting i den stilen. Jeannie uppfattade det inte exakt, för så fort kvinnan hade sagt Greater Springburn kunde hon inte höra någonting annat klart.

"Är ni Jean Fleming?" sa assistent Coffman.

"Jag var", sa Jeannie. "I elva år var jag Jean Fleming. Nu heter jag Cooper. Jean Cooper. Varför? Vem har med det att göra?"

Assistenten vidrörde med knogen en fläck mellan ögonbrynen, som om det skulle hjälpa henne att tänka. "Enligt vad jag har förstått..." sa hon. "Ni *är* väl Kenneth Flemings hustru?"

"Jag har inte fått skilsmässohandlingarna ännu, om det är det ni tänker på. Och då antar jag att vi fortfarande är gifta", svarade Jeannie. "Men att vara gift är väl inte exakt samma sak som att vara någons hustru?"

"Nej, jag antar det." Men det var någonting i assistentens sätt att yttra dessa fyra ord, och ännu mer någonting i hennes sätt att betrakta Jeannie samtidigt som hon sa dem, som fick Jeannie att dra ett djupt bloss på sin cigarett. "Mrs Fleming... Miss Cooper... Ms Cooper..." fortsatte assistent Agnes Coffman. Den unge polismannen vid hennes sida såg ner i marken.

Och då visste Jeannie. Innehållet i budskapet fanns i denna uppräkning av hennes namn. Jeannie behövde inte ens höra assistenten uttala orden. Kenny var död. Han hade omkommit på motorvägen eller blivit knivskuren på plattformen till tunnelbanestationen vid Kensington High Street eller hade kastats iväg hundra meter vid ett övergångsställe efter att ha blivit påkörd av en buss eller... Vad spelade det för roll? Hur det än hade gått till, så var det äntligen över. Nu kunde han inte komma tillbaka ännu en gång för att sitta på andra sidan köksbordet och prata och le. Han kunde inte göra så att hon fick lust att sträcka ut handen för att röra vid det rödgula håret på ovansidan av hans hand.

Under de senaste fyra åren hade hon mer än en gång trott att hon skulle bli glad när det hände. Hon hade tänkt: Om bara någonting kunde utplåna honom från jordens yta så att jag kunde sluta älska den knölen till och med nu när han har gått ifrån mig och alla vet att jag inte var bra nog, att vi inte dög, att vi inte var tillräckligt mycket familj... Jag önskade om och om igen att han skulle dö, jag ville att han skulle försvinna, jag ville att han skulle krossas och att han skulle lida.

Hon tänkte på hur konstigt det var att hon inte ens darrade. "Är Kenny död då?" sa hon.

"Vi skulle behöva en officiell identifikation. Jag är rädd att ni måste se kroppen."

Varför ber ni inte henne göra det? ville Jeannie säga. Hon som var så ivrig att se kroppen medan den levde.

Istället sa hon: "Ursäkta mig, men jag måste först ringa ett samtal", och då sa polisassistenten att visst kunde hon det och drog sig tillsammans med konstapeln bort till andra änden av caféet, där de stirrade ut genom fönstret tvärs över hamnen mot Canary Wharfs pyramidkrönta glastorn, ännu ett av dessa misslyckade löften om hopp, arbeten och utveckling som de där höjdarna från City med jämna mellanrum slängde åt Lower East End.

Jeannie ringde till sina föräldrar och hoppades att det skulle vara modern som svarade, men istället fick hon tag på Derrick. Hon försökte behärska sin röst så att hon inte förrådde någonting. Hennes mor skulle ha gått hem till barnen och väntat hos dem utan att ställa några frågor bara Jeannie hade bett henne om det. Men när det gällde Derrick måste hon vara försiktigare. Brodern ville alltid tränga sig på alldeles för mycket.

Därför ljög hon och sa åt Derrick att reparatören som hon väntade skulle komma till caféet hade blivit försenad, och att hon därför undrade om han kunde gå hem till henne och titta till ungarna. Om han kunde laga eftermiddagsmål åt dem? Försöka hindra Jimmy från att smita ut i kväll igen? Se till att Stan borstade tänderna ordentligt? Hjälpa Sharon med läxorna?

Hennes bön tilltalade Derrick, eftersom han hade ett stort behov av att ersätta de två familjer han redan mist genom skilsmässor. Om han gick hem till Jeannie betydde det att han skulle missa sitt dagliga träningspass vid skivstången – en fortlöpande process för att omvandla varenda muskel i kroppen till monstruös perfektion – men i gengäld skulle han få tillfälle att leka pappa utan att drabbas av de medföljande livslånga skyldigheterna ett faderskap innebar.

Jeannie vände sig till polisen: "Då är jag klar." Så följde hon dem ut till deras bil.

Det tog förskräckligt lång tid att komma dit, för av någon anledning som Jeannie inte riktigt förstod använde de varken siren eller saftblandare. Det var rusningstrafik. De körde över floden och kröp fram genom förorterna förbi en oändlig mängd sotiga tegelstensbyggnader från efterkrigstiden. När de äntligen kom fram till motorvägen rullade det på lite bättre.

En gång svängde de in på en ny motorväg och lämnade denna först när skyltarna som annonserade avfarten till Tonbridge började synas. De körde genom två mindre byar och gled mellan höga häckar ut mot ett öppnare landskap för att sakta ner när de kom fram till en stad. Slutligen stannade de vid sidoingången till ett sjukhus där ett halvt dussin fotografer som gömde sig bakom en provisorisk mur av soptunnor började klicka med sina kameror och skjuta av blixtar i samma stund som konstapel Payne eller Dane öppnade bildörren på Jeannies sida.

Jeannie tvekade och grep tag om sin handväska. "Kan ni inte få dem att...?" undrade hon.

"Jag är ledsen, men vi har hållit oss undan från dem ända sedan i middags", svarade assistent Coffman över axeln.

"Men hur kunde de *veta?* Har ni talat om för dem?"

"Nej."

"Men i så fall hur…?"

Coffman klev ut ur bilen och gick bakåt mot Jeannies dörr. "Det finns de som tar reda på alla polisnyheter. Andra som lyssnar på polisradion med kortvågsmottagare. Och några – på polisstationen är jag rädd – som brukar prata bredvid mun. Massmedia lägger ihop ett och ett. Men de kan inte vara säkra på någonting ännu, och ni behöver inte tala om någonting för dem. Klarar ni det?"

Jeannie nickade.

"Bra. Här. Snabbt nu. Låt mig hjälpa er."

Jeannie strök med handen över sin arbetsrock och kände det sträva tyget mot handflatan. Hon klev ut ur bilen. "Mrs Fleming! Kan ni säga oss…" ropade några samtidigt som kamerorna började surra. Mellan den unge kriminalkonstapeln och assistenten skyndade hon in genom glasdörrarna som öppnades automatiskt när de närmade sig.

De gick in genom akutmottagningen där det luktade desinfektionsmedel. "Det är för fan i bröstet som det gör ont!" var det någon som skrek. Till att börja med såg Jeannie inte mycket annat än det kalla vita ljuset. Figurer i vita rockar och uniformer som rörde sig, lakanen på vagnarna, papperen på bårarna, hyllorna som tycktes täckta med gasbinda och bomull. Sedan började hon urskilja ljuden. Fotsteg mot linoleumgolvet, svischandet när en dörr slog igen, de gnisslande hjulen på en bår. Och rösterna, en hel kör av röster.

"Jag vet att det är hans hjärta."

"Kan inte någon av er titta…"

"…har inte ätit på två dar…"

"Vi måste ta ett EKG."

"…Solu-Cortef. Stat."

Och någon som ropade: "Ur vägen" och klampade förbi med en vagn där det fanns en maskin med ledningar, visartavlor och knappar.

Genom alltsammans kunde Jeannie känna hur assistent Coffman med ett mjukt grepp lade sin hand på hennes arm precis ovanför armbågen; handen var fast och varm. Konstapeln rörde inte vid henne, men höll sig tätt intill. Först gick de nedför en korridor, sedan ytterligare en. Slutligen nådde de fram till en metalldörr i en avdelning som var tyst och ännu vitare och som spred en ny känsla – kyla. Jeannie visste att de var framme.

"Skulle ni vilja ha någonting att dricka först? Te? kaffe? Coca Cola? Lite vatten?" sa assistent Coffman.

Jeannie skakade på huvudet. "Jag klarar mig", sa hon.

"Hur mår ni? Ni har blivit alldeles vit i ansiktet. Seså. Sätt er ner."

"Jag mår bra. Jag står upp."

Assistent Coffman studerade hennes ansikte en kort stund som om hon tvivlade på hennes ord. Sedan nickade hon åt konstapeln, som knackade på dörren och försvann in genom den. "Det kommer att gå fort", sa assistent Coffman. Jeannie tänkte att det hade tagit tillräckligt lång tid, det hade hållit på i åratal. Men hon sa: "Bra."

Konstapeln var borta mindre än en minut. När han stack ut huvudet genom dörren och sa: "De kan ta emot er", tog assistent Coffman återigen Jeannies arm och de gick in.

Hon hade väntat sig att genast få se hans kropp, framrullad, tvättad, lämplig att betraktas och med stolar utplacerade runt omkring, precis så som det brukade vara i gamla filmer. Men istället gick de in på ett kontor där en sekreterare såg på hur en printer spottade ut papper. På var sin sida om hennes skrivbord fanns två stängda dörrar. En man i grön operationsdräkt stod bredvid en av dem med handen på handtaget.

"In hit", sa han med dämpad röst. Han öppnade dörren och när Jeannie gick närmre hörde hon assistent Coffmans mjuka röst: "Har ni luktsalt?" och hon kände hur den gröne mannen tog hennes arm "Ja", svarade han.

Där inne var det kallt. Det var ljust. Det var skinande rent. Det såg ut som om det fanns rostfritt stål överallt. Där fanns skåp, långa arbetsbänkar, hyllor på väggarna och en enda bår som sköt ut under dem. Den var täckt av ett grönt lakan, i samma ärtgröna färg som mannens operationsdräkt. De gick fram mot den som om de var på väg mot ett altare. Och liksom i kyrkan teg de, som om de kände vördnad, när de stannade. Jeannie insåg att de andra väntade på att hon skulle ge dem ett tecken på att hon var redo. "Låt mig se honom då", sa hon och den gröne mannen böjde sig framåt och vek undan lakanet så att ansiktet blev synligt.

"Varför är han så röd i ansiktet?" undrade hon.

"Är detta er make?" frågade den grönklädde.

"När kolmonoxid kommer in i blodomloppet gör det att huden rodnar," sa assistent Coffman.

Det är så enkelt att säga ja, att få det överstökat och att komma bort härifrån. Så lätt att vända och gå tillbaka ut genom de där korridorerna, att möta kamerorna och frågorna utan att ge några svar, för egentligen finns det inte några svar – och det hade aldrig funnits några. Så enkelt att bara krypa in i bilen igen, att bli körd härifrån och be att de skulle sätta på sirenerna så att det gick fort. Men hon kunde inte forma det rätta ordet. *Ja.* Det verkade så lätt. Men hon kunde inte säga det.

Istället sa hon åt dem att dra undan lakanet.

Den grönklädde tvekade. "Mrs... ms...", sa Coffman med plågad röst. "Dra undan lakanet."

De skulle inte kunna förstå, men det spelade ingen roll, för om ett par timmar skulle de ha försvunnit bort ur hennes liv. Men Kenny, däremot, skulle finnas där för alltid, han skulle finnas i barnens ansikten, i det oväntade ljudet av fotsteg i trappan, i det evinnerliga svischandet av en läderboll på ett välklippt grönt fält någonstans i världen när slagträet av pil träffar den och sänder den skyhögt bortom gränsmarkeringarna.

Hon märkte att assistenten och den grönklädde mannen tittade på varandra och undrade vad de skulle göra. Men det var ju hon som hade bestämt att hon ville se resten också. Det hade ingenting alls med dem att göra.

Den grönklädde mannen vek med båda händerna undan lakanet, och började vid likets axlar. Han gjorde det mycket ordentligt så att varje veck blev exakt tio centimeter brett och så långsamt att han skulle kunna hejda sig så fort hon sa till honom att hon hade sett tillräckligt.

Det var bara det att hon aldrig skulle kunna se nog. Det visste Jeannie i samma stund som hon förstod att hon aldrig skulle kunna glömma åsynen av den döde Kenny Fleming.

Hon sa till sig själv att hon borde fråga dem om någonting. Hon borde ställa sådana frågor som normala människor skulle göra. Man måste göra det. Det är nödvändigt.

Vem fann honom? Var fanns han? Var han så här naken? Hur kommer det sig att han ser så fridfull ut? Hur dog han? När? Var hon tillsammans med honom? Finns hennes kropp i närheten?

Men hon tog istället ett steg närmre båren och tänkte på hur mycket hon hade älskat den rena linjen hos hans nyckelben och musklerna i hans axlar och armar. Hon kom ihåg hur fast hans mage var, hur tjockt och strävt håret växte kring hans lem, att hans lår var seniga och muskulösa som hos en löpare, hur magra hans ben var. Hon tänkte på hur han en gång varit den tolvårige pojke som för allra första gången fumlade med hennes underbyxor bakom packlårarna vid varvet i Invicta Wharf. Hon tänkte på den man han hade blivit och på den kvinna hon var och på hur deras fingrar fortfarande hade funnit varandra och kramats som blinda föremål med en alldeles egen vilja till och med den där eftermiddagen när han hade kört sin tjusiga bil till Cubitt Town och satt sig i köket för att dricka en kopp kaffe och han hade sagt ordet *skilsmässa*, det ord som hon redan i fyra års tid hade väntat på att han skulle säga.

Hon tänkte på deras år tillsammans – Kenny och Jean – år som i resten av hennes liv skulle förfölja henne som hungriga, envisa hundar. Hon tänkte på de år som låg framför henne likt ett oändligt band av sorg. Hon ville ta hans kropp och slänga den på golvet och stampa på hans ansikte. Hon ville klösa hans bröstkorg och banka sina knytnävar mot honom. Hatet dunkade i hennes huvud och pressade samman hennes bröst som ett skruvstäd och talade om för henne hur mycket hon fortfarande älskade honom. Och det fick henne att hata honom ännu mer. Det fick henne att önska att han skulle dö om och om igen i all oändlighet.

"Ja", sa hon och tog ett steg bort från båren.

"Är detta Kenneth Fleming?" sa assistent Coffman.

"Det är han." Jeannie vände sig bort. Hon gjorde sig fri från assistentens hand. Hon buffade till sin handväska så att den precis passade in i hennes armveck. "Jag skulle vilja köpa cigaretter. Det finns väl ingen tobaksaffär i närheten?"

Assistent Coffman sa att hon skulle ordna cigaretter så fort hon kunde. Det fanns papper som skulle undertecknas. Om mrs Fleming…

"Cooper", sa Jeannie.

Om ms Cooper skulle vilja följa med den här vägen…

Den grönklädde stannade kvar tillsammans med liket. Jeannie hörde hur han andades ut, när han rullade bort båren mot ljusrampen som hängde ner mitt i rummet. Hon tyckte att hon hörde hur han muttrade *Jesus*, men då hade dörren nästan stängts bakom dem och hon placerades vid ett skrivbord under en affisch som föreställde en strävhårig taxvalp klädd i en pytteliten stråhatt.

Assistent Coffman sa med låg röst någonting till sin konstapel och när Jeannie uppfattade ordet *cigarett* sa hon: "Köp Embassy, är ni snäll", och började sedan skriva sitt namn på blanketterna där sekreteraren hade ritat prydliga röda x. Hon visste inte vad det var för blanketter eller varför hon måste skriva under dem och faktiskt inte heller vad hon avsade sig eller gav tillåtelse till. Hon bara fortsatte att skriva sitt namn och när hon var klar låg det ett paket Embassys och en ask tändstickor på skrivbordet. Hon tände en. Sekreteraren och konstapeln hostade diskret och Jeannie tog ett djupt härligt bloss.

"Då är vi klara för idag", sa assistent Coffman. Om ni vill komma med den här vägen kan vi snabbt ta er ut härifrån och köra er hem."

"Bra", sa Jeannie. Hon reste sig upp, stoppade ner cigaretterna och tändstickorna i handväskan och följde efter assistenten tillbaka ut i korridoren.

Frågorna vräktes över dem och fotoblixtarna avfyrades så fort de kom ut i kvällsluften.

"Är det Fleming?"

"Självmord?"

"Olyckshändelse?"

"Kan ni berätta för oss vad som hänt? Vad som helst, mrs Fleming."

Jag heter Cooper, tänkte Jeannie. Jean Stella Cooper.

Kriminalkommissarie Thomas Lynley gick uppför yttertrappan till den byggnad vid Onslow Square där lady Helen Clydes våning fanns. Han nynnade några takter som liksom hungriga moskiter hade surrat i hans huvud ända sedan han lämnade sitt kontor. Han hade flera gånger försökt jaga dem på flykten genom att snabbt recitera öppningsmonologen ur *Richard III*, men var gång han försökte koncentrera sig på att ur djupet av sitt hjärta hälsa George, den sluge Duke of Clarence, så kom den förbannade melodin tillbaka.

Det var inte förrän han hade gått in i byggnaden och höll på att springa uppför trapporna till Helens våning som han kom på orsaken till den musikaliska plågan. Och då var han tvungen att le åt det omedvetnas förmåga att kommunicera med hjälp av ett medium som han inte hade ägnat sig åt på åratal. Han brukade anse sig själv som en älskare av klassisk musik, allra helst klassisk rysk musik. Han skulle för egen del knappast ha valt Rod Stewart som sjöng "Tonight's the Night" för att betona kvällens betydelse. Men det var ändå ganska lämpligt. Och det var förresten även Richards öppningsmonolog, eftersom han precis som Richard hade smitt planer, visserligen inte lika farliga men ändå i syfte att leda i en bestämd riktning. Konserten, en sen supé, en promenad efter middagen till den där mycket lugna och svagt upplysta restaurangen strax bakom King's Road, där man kunde lita på att det i baren fanns stilla musik framförd av en harpist, vars instrument gjorde det omöjligt för henne att vandra runt bland borden och avbryta samtal som var avgörande för ens framtid... Jo, Rod Stewart passade kanske hans iscensättning bättre än *Richard III*. För i kväll var det en viktig kväll.

"Helen", ropade han när han stängde dörren bakom sig. "Är du klar, älskling?"

Tystnaden slog emot honom. Det fick honom att rynka pannan. Han hade talat med henne klockan nio samma morgon. Han hade sagt att han skulle komma förbi kvart över sju. Även om detta gav dem tre kvart för en bilfärd på tio minuter, kände han Helen tillräckligt väl för att inse att när det gällde hennes förberedelser inför en utekväll måste han ha god marginal för alla misstag och för hennes obeslutsamhet. Men hon brukade ändå svara och ropa: "Jag är här, Tommy", från sovrummet, där han för det mesta brukade finna henne i färd med att försöka välja mellan sex eller åtta olika par örhängen.

Han gick för att leta reda på henne och fann henne utsträckt på soffan i vardagsrummet, omgiven av ett berg med shoppingkassar i grönt och guld vars firmamärke han bara alltför väl kände igen. Där hon led alla de plågor som drabbar en kvinna, som envist bortser från det sunda förnuftet när hon väljer fotbeklädnader, var hon ett talande bevis för de strapatser det innebär att jaga det som är modernt samtidigt som det är billigt. Hon hade ena armen böjd över huvudet. När han för andra gången sa hennes namn stönade hon.

"Det var som en krigsskådeplats", mumlade hon bakom armen. "Jag har aldrig sett så mycket folk på Harrod's. Och rovgiriga var de. Tommy, det är ett alldeles för milt ord för att beskriva de kvinnor jag var tvungen att slåss mot bara för att komma fram till damunderkläderna. Damunderkläder, för Guds skull! Man skulle ha kunnat tro att de slogs om ett begränsat antal halvlitersflaskor med vatten från ungdomens källa."

"Sa du inte att du skulle arbeta tillsammans med Simon idag?" Lynley gick fram till soffan, lyfte bort hennes arm, kysste henne och lade tillbaka armen i samma ställning. "Var det inte meningen att han skulle ha fullt upp med att förbereda sitt vittnesmål för… Vad var det nu igen, Helen?"

"Jo, visst gjorde jag det, och det höll han på med. Det är någonting som har att göra med hur man bedömer känsligheten hos vattenbaserad sprängdeg. Aminer, aminosyror, silikongelé, cellulosalameller. När klockan var halv tre snurrade alla de där orden runt i huvudet på mig. Och den vidriga karlen hade så bråttom att han insisterade på att vi skulle hoppa över lunchen. Lunchen, Tommy."

"Verkligen hårda bud", sa Lynley. Han lyfte upp hennes ben, satte sig ner och tog hennes fötter i knäet.

"Jag var samarbetsvillig ända till halv fyra, jag slet vid ordbehandlaren tills jag nästan var blind, men då – betänk att jag var svimfärdig av hunger – då tog jag adjö av honom."

"Och gick till Harrod's. Trots att du var svimfärdig av hunger."

Hon lyfte armen, blängde på honom och sänkte sedan åter armen. "Jag hade dig i tankarna hela tiden."

"Hade du? Hur så?"

Hon gjorde en svag gest mot shoppingkassarna som omgav dem. "Där. Allt det där."

"Där, vad då?"

"Det jag köpt."

Han såg uttryckslöst på kassarna. "Har du handlat till mig?" sa han samtidigt som han funderade på hur han skulle tolka ett så udda beteende. Det var inte det att Helen aldrig överraskade honom med någonting lustigt som hon hade lyckats komma över på Portobello Road eller marknaden vid Berwick Street, men ett sådant överflöd... Han granskade henne förstulet och undrade om hon hade förutsett hans planer och avsikter och gett med sig.

Hon suckade, satte fötterna i golvet och började gräva runt i kassarna. Hon kastade undan en som såg ut att vara fylld med tunna tyger, och även nästa som innehöll kosmetika. Hon rotade genom en tredje, sedan den fjärde. "Titta, här är den", sa hon slutligen. Hon räckte den till honom, fortsatte leta samtidigt som hon sa: "Det finns en till mig också."

"En vad då?"

"Titta efter!"

Han drog fram ett berg av silkespapper och funderade över hur stor andel Harrod's hade i skövlingen av jorden. Han började veckla upp paketet och satt till slut där och stirrade ner på en marinblå träningsoverall och funderade över vad den betydde.

"Är den inte fin?"

"Perfekt. Tack, min älskling, det är precis vad jag..."

"Det är precis vad du behövde, eller hur?" Nu hade hon funnit vad hon letade efter och reste sig triumferande upp med en träningsoverall till sig själv, marinblå den också, men med vita kantband. "Man ser dem överallt."

"Träningsoveraller?"

"Joggare. Folk som försöker komma i form. I Hyde Park. I Kensington Gardens. Längs med The Embankment. Det är dags att vi också börjar. Skulle inte det vara skojigt?"

"Att jogga?"

"Visst. Jogga. Det är det man måste göra. Få frisk luft efter en hel dag inomhus."

"Du menar alltså att vi ska göra det efter arbetet? På kvällarna?"

"Eller före en dag på kontoret."

"Så du menar att vi skulle göra det i gryningen?"

"Eller på lunchen, eller på eftermiddagen. Istället för lunch eller istället för eftermiddagste. Vi blir ju inte yngre och det är hög tid att vi gör någonting för att hejda medelåldern."

"Du är trettiotvå, Helen."

"Och förutbestämd att bli blekfet och plussig om jag inte gör någonting positivt nu." Hon återvände till shoppingkassarna. "Det ska finnas skor också. Någonstans. Jag var inte riktigt säker på din storlek, men du kan alltid byta dem. Jag undrar var de är... Titta här." Hon plockade triumferande fram dem. "Klockan är ju inte mycket än, så vi skulle lätt kunna byta och jogga ett par varv runt torget." Hon lyfte upp huvudet och såg plötsligt tankfull ut. Det verkade som om hon först nu såg hur han var klädd. Smokingen, flugan och de välputsade skorna. "Jösses. I kväll. Vi skulle... I kväll." Hon blev alldeles röd om kinderna och fortsatte snabbt. "Tommy. Älskling. Vi skulle ju gå ut."

"Hade du glömt det?"

"Nej, inte alls. Det är sant. Jag har faktiskt inte ätit ännu. Jag har inte ätit ett dugg."

"Ingenting alls. Så du stärkte dig inte en smula på vägen mellan Simons labb, Harrod's och Onslow Square? Hur kan det komma sig att jag har så svårt att tro på det?"

"Jag tog bara en kopp te." När han tvivlande höjde det ena ögonbrynet tillade Helen: "Jo, du har rätt. Kanske en eller två kakor på Harrod's. Men bara de allra minsta bakelserna, éclairs, du vet hur små de är. Alldeles ihåliga."

"Jag har en känsla av att de brukar vara fyllda med... Vad är det? Smörkräm? Vispad grädde?"

"Bara en liten klick", försäkrade hon. "En patetisk liten tesked. Det kan nästan inte räknas alls och det är absolut inte någon måltid. Det är faktiskt ren tur att jag överlevt dagen så lite som jag har fått i mig."

"Det måste vi väl göra någonting åt."

Hon sken upp. "Då ska vi gå ut och äta. Underbart. Jag trodde väl det. Och säkert på ett trevligt ställe, eftersom du satt på dig den där hemska rosetten som jag vet att du avskyr." Med förnyad energi reste hon sig upp från shoppingkassarna. "Då var det ju bra att jag inte hade hunnit äta. Så att aptiten inte blivit förstörd."

"Visst. Efteråt."

"Efter...?"

Han tog fram sin fickklocka och öppnade den. "Klockan är fem i halv åtta och det börjar klockan åtta. Vi måste ge oss av."

"Vart då?"

"Till Albert Hall."

Helen blinkade.

"Till konserthuset, Helen. Jag fick nästan sälja min själ för att få tag på biljetterna. Strauss. Mer Strauss. Och när du tröttnat, ännu mera Strauss. Låter det bekant?"

Nu strålade hela hon. "Tommy! Strauss? Du menar att du på riktigt tar mig med för att höra Strauss. Du lurar mig väl inte? Är det säkert att det inte blir Stravinsky efter pausen? *Våroffer* eller någonting annat lika hemskt?"

"Strauss", sa Lynley. "Både före och efter pausen. Och sedan middag."

"Thailändskt?" frågade hon ivrigt.

"Thailändskt", svarade han.

"Gode Gud, det kommer att bli himmelskt", förklarade hon. Hon plockade till sig sina skor och famnen full av shoppingkassar. "Jag är klar om tio minuter."

Han log och samlade ihop resten av kassarna. Allting utvecklades efter ritningarna.

Han följde efter henne ut ur vardagsrummet, genom korridoren och förbi köket, och när han kastade en blick in i det kunde han konstatera att Helen höll fast vid sin likgiltighet inför hushållsarbetet. Frukostdisken stod utspridd över diskbänken och kaffebryggaren var påslagen. Själva kaffet hade för länge sedan avdunstat och lämnat kvar en trögflytande massa på bottnen av glaskannan medan en doft av rostade bönor fyllde luften. "För Guds skull, Helen. Märker du inte hur det luktar? Du har låtit kaffet stå på hela dagen."

Hon hejdade sig i sovrumsdörren. "Har jag? Så synd. Sådana där maskiner borde automatiskt stänga av sig själva."

"Och tallrikarna borde väl själva hoppa in i diskmaskinen?"

"Det skulle verkligen vara väluppfostrat av dem om de gjorde det." Hon försvann in i sovrummet och han hörde hur hon släppte paketen i golvet. Han lade ifrån sig dem han burit på bordet, tog av sig kavajen, stängde av kaffebryggaren och gick fram till diskbänken. Vatten, diskmedel och tio minuter senare var köket i ordning, fast kaffekannan skulle behöva stå i blöt för att bli ordentligt ren. Han lämnade kvar den i diskhon.

Han fann Helen stående iklädd en blågrön morgonrock bredvid sin säng. Hon trutade tankfullt med läpparna medan hon studerade de tre klänningar hon hade lagt fram. "Vilken tycker du passar ihop med *Donauwellen* och himmelsk thailändsk mat?"

"Den svarta."

"Hmm." Hon tog ett steg bakåt. "Jag är inte så säker, älskling. Jag tycker…"

44

"Den svarta är jättebra, Helen. Sätt på dig den nu. Kamma dig. Sen kan vi gå."

Hon tog sig om hakan. "Jag är inte säker, Tommy. Man vill alltid vara elegant på en konsert, men samtidigt inte alltför uppklädd till middagen. Tycker du inte att den är för enkel för konserten och samtidigt alltför elegant för middagen?"

Han tog upp klänningen, drog ner dess blixtlås och räckte den till henne. Han gick bort till hennes toalettbord. Till skillnad från köket var alla föremål där placerade i en minutiös ordning som kom en att tänka på de kirurgiska instrumenten i en operationssal. Han öppnade hennes smyckeskrin och plockade fram ett halsband, örhängen och två armband. Sedan gick han bort till garderoben och tog fram skor. Han gick tillbaka till sängen, slängde smyckena och skorna på den, vände henne om så att han såg henne i ansiktet och knöt upp skärpet till hennes morgonrock.

"Du är fruktansvärt besvärlig i kväll", sa han.

Hon log. "Men ser du inte vad jag lyckats med. Jag har fått dig att klä av mig."

Han sköt ner morgonrocken från hennes axlar. Den föll till golvet. "Du behöver väl inte vara besvärlig för att få mig till det." Han kysste henne och lät händerna glida genom hennes hår. Det kändes som svalt vatten mellan hans fingrar. Han kysste henne en gång till. Trots att det var otroligt frustrerande att vara inblandad i hennes liv älskade han ändå att vidröra henne, han älskade hennes doft och smaken av hennes mun.

Han märkte att hon höll på att knäppa upp hans skjorta. Hon lossnade hans kravatt. Hennes händer gled över hans bröst. Med läpparna mot hennes mun sa han: "Helen, jag trodde att du ville ha middag i kväll?"

"Och jag trodde att du ville ha mig påklädd, Tommy?"

"Visst. Men var sak har sin tid." Han svepte ner alla klädesplaggen på golvet och drog ned henne på sängen. Han lät handen glida över hennes höft.

Telefonen ringde.

"Fan också!"

"Bry dig inte om den. Jag väntar inga samtal. Telefonsvararen är påslagen."

"Jag har jourtjänst den här helgen."

"Det är inte sant."

"Tyvärr."

Båda två stirrade på telefonen. Den fortsatte att ringa.

"Nå", sa Helen. Det ringde fortfarande. "Vet Yarden om att du är här?"

"Denton vet var jag är. Han kan ha talat om det."

"De vet inte annat än att vi redan kan ha gett oss iväg."

"De har numret till biltelefonen och vet vilka platser vi skulle ha på konserten."

"Men det är kanske ingenting. Det kan vara min mamma."

"Vi borde kanske ta reda på det."

"Kanske." Hon vidrörde hans ansikte med fingrarna, tecknade ett mönster över hans haka och läppar. Hennes egna läppar öppnades.

Han tog ett djupt andetag. Hans lungor kändes konstigt brännheta. Hennes fingrar flyttade sig från hans ansikte till hans hår. Telefonen slutade ringa och efter en stund hördes en röst från telefonsvararen i det andra rummet. Det var en röst som bara var alltför lätt att känna igen. Den tillhörde Dorothea Harriman, sekreterare åt Lynleys chef, överkommissarien. När hon någon gång verkligen ansträngde sig för att spåra upp honom kunde det bara betyda det värsta. Lynley suckade. Helens händer föll ner i hennes knä. "Jag är ledsen, älskling", sa han, sträckte sig efter telefonen som stod på nattygsbordet och avbröt Harriman mitt i det meddelande som hon höll på att läsa in. "Ja, hallå Dee. Jag är här", sa han.

"Kriminalkommissarie Lynley?"

"Just det. Vad är det?"

Samtidigt som han talade sträckte han sig ännu en gång efter Helen. Men hon höll redan på att flytta sig längre bort från honom; hon gled ner från sängen och sträckte sig för att nå sin morgonrock som låg i en hög på golvet.

KAPITEL 3

Efter tre veckor i sin nya bostad insåg kriminalassistent Barbara Havers att det hon tyckte bäst om med sitt ensamma liv i Chalk Farm var att hon själv kunde välja på vad sätt hon skulle lösa sina transportproblem. Om hon inte ville grubbla över vad det kunde betyda att hon på tjugoen dagar ännu inte hade talat med en enda levande själ i grannskapet bortsett från en flicka från Sri Lanka som hette Bhimani och som arbetade som kassörska i den lokala livsmedelsaffären, behövde hon bara tänka på den tvivelaktiga fröjden av att dagligen kunna pendla till och från New Scotland Yard.

Redan långt innan Barbara hade skaffat sig sin lilla stuga hade den varit en symbol för henne. Den hade betytt att hon hade gjort sig fri från ett liv som under åratal hade kedjat fast henne vid hennes plikter och vid de åldrande föräldrarna. Men samtidigt som beslutet hade gett henne den frihet hon hade drömt om, hade friheten också medfört en ensamhet som drabbade henne de stunder hon var som minst redo att möta den. Därför hade Barbara blivit förtjust när hon upptäckte att hon kunde välja mellan två sätt att ta sig till arbetet om morgnarna, ironiskt nog båda lika fyllda av tandagnisslan, nervöst värkande mage och – bäst av allt – förströelse som jagade hennes ensamhet på flykten.

Hon kunde i sin gamla Mini kämpa sig fram genom trafiken, tränga sig nerför Camden High Street fram till Mornington Crescent, där hon kunde välja mellan minst tre olika vägar som alla slingrade sig fram genom ett nästan medeltida gytter av hus, som för varje dag tycktes befinna sig allt närmre det totala förfallet. Hon kunde emellertid också ta tunnelbanan, något som betydde att hon lät sig uppslukas av Chalk Farm Station, där hon med falnande hopp väntade på ett tåg i sällskap med alla andra förhoppningsfulla men begripligt nog allt mer irriterade resenärer på den nyckfulla Norra linjen. Och även om det kom ett tåg så dög det inte med vilket som helst; det måste vara ett som passerade förbi Embankment Station, där hon kunde byta och åka vidare mot St. James's Park.

47

Det var en situation som i allt illustrerade en gammal klyscha: Barbara var varje dag tvungen att välja mellan pest och kolera. Just denna dag hade hon med hänsyn till bilens allt mer olycksbådande skrammel valt koleran, och hon hade därför tillsammans med sina medpassagerare plöjt nerför rulltrappor, genom tunnlar och över plattformar och stod nu och klängde sig fast vid en stång av rostfritt stål medan tåget rusade fram genom mörkret och kastade passagerarna fram och tillbaka på varandras fötter.

Hon uthärdade med resignation alla irritationsmoment. Ännu en jävla försening. Ännu ett tillfälle att konstatera att hon egentligen inte behövde bry sig om sin ensamhet eftersom hon vid slutet av dagen i alla fall varken skulle ha tid eller kraft över för något umgängesliv.

Klockan var halv åtta när hon började sin mödosamma vandring uppför Chalk Farm Road. Hon stannade till vid Jaffris speceriaffär, en butik som var så fullproppad med "delikatesser som fröjdar en känslig gom" att det kvarvarande fria utrymmet inte var större än i en smalspårig järnvägsvagn och ungefär lika bra upplyst. Hon klämde sig förbi en frestande utställning av soppburkar – mr Jaffri var mycket förtjust i "läckra soppor från de sju haven" – och kämpade med glasdörren till frysskåpet där en skylt talade om att på de fullpackade hyllorna med Häägen-Dazs glass kunde hon finna "precis varenda smak under solen". Det var emellertid inte Häägen-Dazs hon ville ha, även om det inte skulle sitta illa med salt- och vinägerchips nersköljda med vanilj- och mandelkolaglass till middag. Däremot ville hon ha den enda produkt mr Jaffri höll i lager av rent kommersiella skäl eftersom han var övertygad om att traktens tilltagande välstånd och de oundvikliga cocktailpartyn som skulle följa i dess spår skulle göra den mycket efterfrågad. Hon ville ha is. Mr Jaffri sålde is i påsar, och ända sedan Barbara flyttade in i sin stuga hade hon använt is i en hink under diskbänken för att på ett primitivt sätt hålla maten fräsch.

Hon grävde fram en påse ur frysen och slängde den på disken där Bhimani satt hopsjunken i väntan på ett tillfälle att banka på tangenterna till den nya kassaapparaten, som inte bara dånade som Big Ben när hon slog in slutsumman, utan även med klara blå siffror talade om för henne den exakta summa växelpengar som hon skulle ge tillbaka till kunden. Som alltid skedde inköpen under tystnad, medan Bhimani slog in priset, log med stängd mun och nickade ivrigt mot slutsumman när den visade sig på digitalskärmen.

Hon sa aldrig ett ord. Till att börja med hade Barbara trott att hon var stum. Men en kväll hade hon kommit på flickan mitt i en gäspning och fått se en skymt av allt det guld som kantade de flesta av hennes tänder. Ända sedan dess hade hon undrat om Bhimani lät bli att le bara för att hon inte ville visa hur värdefulla guldarbeten hon hade i sina tänder eller om hon, när hon kom till England och såg vanliga engelsmän, hade insett hur ovanligt det var här med guld i munnen och att hon därför inte hade lust att visa det.

"Tack så mycket, adjö då", sa Barbara och så fort Bhimani hade gett henne sjuttiofem pence i växel tog hon sin is. Hon hivade upp sin axelremsväska, tog isen i famnen och gick tillbaka ut på gatan.

Hon fortsatte vägen fram. På andra sidan gatan passerade hon den lokala puben och funderade en kort stund på att klämma sig in bland gästerna med is och allt. Sorgligt nog såg de alla ut att vara minst tio år yngre än hon, men hon hade ännu inte fått veckans pint med Bass och tanken på den var så lockande att hon gjorde en beräkning över hur mycket energi som skulle gå åt för att komma fram till baren, beställa en pint, tända en cigg och försöka se vänlig ut. Hon skulle kanske kunna använda isen som samtalsämne, för att bryta isen. Hur mycket skulle hinna smälta om hon tog sig en kvart ledigt för att beblanda sig med fredagseftermiddagens efterjobbet-publik? Hon skulle kanske kunna bekanta sig med någon. Hon skulle kanske kunna få en vän. Och även om hon inte gjorde det kände hon sig uttorkad som en öken. Hon var i starkt behov av vätska. Dessutom skulle hon behöva någonting som piggade upp henne. Hon kände sig trött efter dagens arbete, och törstig efter promenaden hem och varm efter färden med tunnelbanan. En lagom sval dryck skulle sitta fint. Skulle det inte?

Hon stannade och såg över gatan. Där stod tre män tillsammans med en långbent flicka, de skrattade alla fyra och alla fyra drack. Flickan som stod med höften lutad mot pubens fönsterbräde, lyfte sitt glas och tömde det. Två av männen sträckte sig samtidigt efter det. Flickan kastade skrattande tillbaka huvudet. Hennes tjocka hår fladdrade som en hästman, och männen flyttade sig allt närmre.

En annan kväll kanske, tänkte Barbara.

Hon traskade vidare med huvudet nerböjt och blicken fäst mot trottoaren. *Trampa på en sten, så bryter du mammas ben, trampa på en skarv, så får du inget arv...* Nej, det ämnet hade hon inte lust att tänka på just nu. Genom att vissla försökte hon jaga bort rimmet ur tankarna. Hon valde den första melodi som föll henne in: "Get Me to the Church on Time". Den passade inte precis in på hennes situation, men den tjänade sitt syfte. Och medan hon visslade insåg hon att hon måste ha kommit att tänka på den eftersom kommissarie Lynley hade gjort upp en utstuderad plan för att Ställa Frågan just i kväll. Hon kluckade inombords av skratt vid tanken på hans förvånade min – och naturligtvis även hans irritation, eftersom han inte precis ville att hans planer skulle vara allmänt kända – när hon hade gått förbi hans kontor och sagt: "Lycka till, jag hoppas hon säger 'ja' den här gången", strax innan hon hade gått från jobbet. Till att börja med hade han låtsats som om hennes kommentar gjorde honom förvånad, men hon hade hela veckan hört hur han ringde runt för att försöka få tag på konsertbiljetter, och hon hade bevittnat hur han hade frågat ut sina kollegor för att försöka hitta den bästa thailändska restaurangen. Och eftersom hon visste att Strauss och thailändsk mat betydde att kvällen var tänkt att glädja Lady Helen Clyde, hade hon lätt kunnat räkna ut resten. "Elementärt", sa hon till svar på hans häpna tystnad. "Jag vet att ni hatar Strauss." Hon hötte med fingret mot honom. "Oj, oj kommissarien, vad offrar man inte för kärleken?"

Hon svängde in på Steel's Road och passerade under de nyutslagna lindarna. Där höll fåglarna på att slå sig till ro för kvällen, precis som familjerna gjorde i de reveterade tegelstenshus som kantade gatan. När hon nådde Eaton Villas svängde hon ännu en gång. Hon hivade upp ispåsen högre i famnen och trots sin hopplösa ensamhet gladde hon sig vid tanken på att detta i alla fall var sista gången hon skulle bli tvungen att släpa hem is från Jaffris livsmedelsbutik.

Under hela tre veckor hade hon bott i sin stuga utan moderna kylmöjligheter och hon hade fått stuva ner mjölk, smör, ägg och ost i en metallbehållare. Hela tiden hade hon under kvällar, veckoslut och luncher hållit på att leta efter ett kylskåp som hon hade råd med. Slutligen, förra söndagen, hittade hon det, den perfekta apparaten som passade både storleken på hennes stuga och på hennes kassa. Det var förstås inte exakt vad hon hade letat efter, skåpet var knappt en meter högt och dekorerat med förskräckliga blommiga klistermärken. Men när hon betalade det och blev ägare till apparaten som – förutom de osmakliga dekorationerna i form av rosor, tusenskönor, fuchsior och linblommor – även gav ifrån sig ett ljudligt skrammel så fort man stängde dess dörr, tänkte Barbara filosofiskt att man får ta vad man kan få. Flyttningen från Acton till Chalk Farm hade kostat henne mer än hon hade räknat med, nu måste hon spara och det här kylskåpet fick duga. Och eftersom ägarens son hade en son som körde en pickup åt en trädgårdsfirma, och eftersom den sonsonen var villig att till helgen titta förbi hos sin käre gamle farfar och hämta kylskåpet och för bara några tior transportera det hela vägen från Fulham upp till Chalk Farm, hade Barbara varit villig att överse inte bara med det faktum att apparaten troligen hade begränsad livslängd, men också med att hon säkert skulle behöva hålla på en halv dag för att lyckas skrapa bort käre gamle farfars klistermärken. Vad som helst för ett bra pris.

Hon knuffade med knäet upp grinden till den villa i Eaton Villas bakom vilken hennes lilla stuga låg. Huset var gult och hade en röd dörr bakom en vit förstukvist. Denna var övervuxen med blåregn som växte upp från en liten fyrkantig jordplätt bredvid de franska fönstren på nedre botten. Genom dessa fönster kunde Barbara i kväll se hur en liten mörk flicka höll på att duka ett bord. Hon var klädd i skoluniform och hennes midjelånga hår var prydligt flätat och hade små rosetter längst ut. Hon höll på att tala med någon längre in i rummet, och medan Barbara såg på skuttade hon glatt utom synhåll. Familjemiddag, tänkte Barbara. Sedan suddade hon ut minnesbilden, ryckte på axlarna och gick nedför asfaltgången som gick runt huset in mot trädgården.

Hennes stuga lutade sig mot muren i bortre delen av trädgården, ett robiniaträd ruvade över den och fyra fönster vätte ut mot gräsmattan. Det var en liten stuga byggd av tegelsten med trädetaljer målade i samma gula färg som hade använts till det stora huset och den hade ett nytt skiffertak som sluttade upp mot en murad skorsten. Det var från början ett fyrkantigt hus som hade blivit förlängt genom att man byggt till ett litet kök och ett ännu mindre badrum.

Barbara låste upp dörren och tände taklampan. Den lyste svagt. Hon glömde hela tiden bort att hon skulle köpa en starkare glödlampa.

Hon satte ifrån sig sin axelremsväska på bordet och isen på diskbänken. Hon grymtade när hon lyfte upp hinken från skåpet under vasken och hon släpade sig iväg med den mot dörren och svor till när det kalla vattnet skvätte ut på hennes skor. Hon tömde hinken, bar den tillbaka in i köket och började fylla den med is samtidigt som hon funderade över vad hon skulle äta till middag.

Hon lagade snabbt en måltid åt sig – skinksallad, en två dagar gammal småfranska och det som fanns kvar i en burk med rödbetor – och gick sedan fram till bokhyllorna som stod på var sin sida om den lilla eldstaden. Hon hade lagt sin bok där föregående kväll innan hon släckte ljuset, och efter vad hon kom ihåg så höll hjälten Flint Southern precis på att ta den sexiga hjältinnan Star Flaxen i sin famn så att hon inte bara kunde känna hans muskulösa lår som var instängda i trånga jeans utan också hans skälvande manslem, som naturligtvis darrade och alltid bara hade darrat för just henne. På de följande sidorna skulle de fullända detta desperata skälvande som åtföljdes av styva bröstvårtor och fåglar som flög upp och efteråt skulle de ligga i varandras armar och undra varför det hade tagit dem etthundraåttio sidor att nå fram till detta mirakulösa ögonblick. Det fanns inget bättre sällskap till en utsökt måltid än stor litteratur.

Barbara tog romanen och skulle just gå tillbaka till bordet när hon såg att lampan på telefonsvararen blinkade. En blinkning, ett meddelande. Hon betraktade den en stund.

Det här veckoslutet stod hon på tjänstgöringslistan, men hon hade svårt att tänka sig att man åter kallade in henne till arbetet mindre än två timmar efter det att hon hade gått därifrån. Av den anledningen och eftersom hon inte stod i telefonkatalogen kunde det bara vara Florence Magentry, mrs Flo som skötte hennes mor, som hade ringt.

Barbara funderade över vad som skulle bli följden av att hon tryckte på knappen och lyssnade på meddelandet. Om det var Yarden skulle hon vara tillbaka i arbete nästan innan hon hade hunnit avsluta sin måltid och pusta ut. Om det var mrs Flo skulle hon återigen drabbas av enorma skuldkänslor. Barbara hade inte som planerat åkt till Greenford förra helgen för att träffa sin mor. Hon visste att hon skulle bli tvungen att resa dit det här veckoslutet om hon skulle kunna fortsätta att stå ut med sig själv, men hon ville inte och hon ville inte grubbla över varför hon inte ville och att tala med Florence Magentry – till och med att lyssna till hennes röst på telefonsvararen – skulle få henne att börja fundera över orsakerna till att hon undvek sin mor och tvinga henne att nämna dem vid sina rätta namn: själviskhet, tanklöshet och allt det andra.

Hennes mor hade bott på Hawthorne Lodge i nästan sex månader nu. Barbara hade klarat av att hälsa på henne åtminstone var fjortonde dag. Genom att flytta till Chalk Farm hade hon äntligen fått en ursäkt som hon bara alltför gärna hade gripit att inte åka dit, och hon hade ersatt sina besök med telefonsamtal där hon räknade upp för mrs Flo alla orsaker till att hennes regelbundna besök i Greenford olyckligtvis måste skjutas upp ännu en gång. Och visst fanns det giltiga skäl, som mrs Flo själv försäkrade henne under något av deras vanliga måndags- eller tisdagssamtal. Barbara skulle inte behöva anklaga sig själv för att hon inte kunde komma ut till sin mamma med en gång. För Barbara måste ju få leva sitt eget liv, och ingen väntade sig ju heller att hon skulle avstå från det. "Du måste se till att bli hemmastadd i det där nya huset du skaffat", sa mrs Flo. "Mamma har det så bra under tiden, Barbie. Är det något så ringer jag."

Barbara tryckte på uppspelningsknappen och gick tillbaka till bordet där hennes skinksallad väntade.

"Hej Barbie." Det var mrs Flos mjuka godnattsageröst som hälsade henne. "Jag ville bara att du skulle veta att Mamma är lite förkyld. Jag tyckte det var bäst att ringa och tala om det med en gång."

Barbara rusade tillbaka till telefonen beredd att knappa in mrs Flos nummer. Som om mrs Flo hade gissat detta fortsatte hon.

"Nåja, jag tror inte alls det är nödvändigt att kalla på doktorn, Barbie, men Mamma har lite feber och de senaste dagarna har hon haft hosta..." Mrs Flo gjorde en paus och under tiden kunde Barbara höra hur en av hennes andra inackorderingar sjöng tillsammans med Deborah Kerr, som var i färd med att bjuda upp Yul Brunner till dans. Det måste vara mrs Salkild. *Kungen och jag* var hennes älsklingsvideo, och hon insisterade på att få se den minst en gång i veckan. "Faktiskt", fortsatte mrs Flo försiktigt, "så har Mamma också frågat efter dig. Det var nu på eftermiddagen, så jag tycker inte du ska jaga upp dig för det, men eftersom hon så sällan nämner någon vid namn tänkte jag att det skulle muntra upp Mamma att höra din röst. Du vet själv hur det är när man känner sig lite vissen, eller hur, raring? Så försök ringa om du kan. Hej då, Barbie."

Barbara sträckte ut handen efter telefonen.

"Så snällt av dig att ringa, raring", sa mrs Flo när hon hörde Barbaras röst, som om det inte var hon själv som först hade telefonerat och bett henne ringa upp.

"Hur mår hon?" frågade Barbara.

"Jag har precis varit och kikat in i hennes rum, och hon sover så sött."

Barbara höll upp sin armbandsklocka mot den svaga lampan i stugan. Hon var inte åtta än. "Sover hon? Men varför ligger hon? Hon brukar ju inte lägga sig så här tidigt. Är det säkert att..."

"Hon kunde inte äta någonting vid middagen, förstår du raring, och då tyckte vi att hennes mage nog skulle lugna ner sig om hon vilade en liten stund och lyssnade på sin bandspelare. Och sedan låg hon och lyssnade till musik och slumrade till. Du vet att hon älskar att lyssna på sin bandspelare."

"Hör här", sa Barbara. "Jag skulle kunna vara där halv nio. Eller kvart i nio. Trafiken ser inte ut att vara så besvärlig i kväll. Jag kör snabbt."

"Efter en lång dag på arbetet? Var nu inte dum, Barbie. Mamma mår så bra och eftersom hon sover skulle hon inte ens märka att du var här, eller hur? Men jag ska berätta för henne att du har ringt."

"Hon kommer inte att förstå vem du talar om", protesterade Barbara. Vid det här laget betydde namnet Barbara absolut ingenting för mrs Havers om hon inte samtidigt såg ett fotografi eller hörde dotterns röst på telefon. Och även om hon såg ett foto eller hörde hennes röst var det ändå inte alltid säkert att hon kände igen sin enda dotter.

"Barbie", sa mrs Flo milt men bestämt. "Jag ska se till att hon förstår vem

53

jag talar om. Hon nämnde ditt namn flera gånger idag på eftermiddagen, så hon kommer att veta vem Barbara är om jag talar om för henne att du har ringt."

Men även om mrs Havers hade vetat vem Barbara var på fredag eftermiddag, var det inte alls säkert att hon skulle ha en aning om det på lördagsmorgonen när hon åt sitt förlorade ägg med rostat bröd. "Jag kommer i morgon", sa Barbara. "På förmiddagen. Jag har skaffat några broschyrer över Nya Zeeland. Kan ni säga det åt henne. Berätta att vi ska planera en ny semesterresa för hennes album."

"Visst ska jag göra det, raring."

"Och ring om hon frågar efter mig igen. Det spelar ingen roll vad klockan är. Lova att ni ringer mig."

Mrs Flo sa att hon naturligtvis skulle ringa. Nu skulle Barbara äta i lugn och ro, lägga upp fötterna och ha en skön kväll så att hon var stark och pigg i morgon och kunde köra ut till Greenford.

"Mamma kommer att se fram emot det", sa mrs Flo. "Jag lovar att jag ska sköta om hennes mage."

De lade på. Barbara fortsatte att äta. Skinkskivan såg nu ännu mindre aptitlig ut än den hade gjort när hon lade den på tallriken. Rödbetorna som hon hade tagit upp med en sked ur burken och arrangerat runt omkring den, såg grönaktiga ut i lampskenet. Och salladsbladen, som låg som öppna handflator och kramade både skinkan och rödbetorna, var sladdriga eftersom de blivit blöta och svarta i kanterna eftersom de hade kommit i alltför nära kontakt med isen i hinken. Det var den middagen, tänkte Barbara. Hon knuffade bort tallriken och funderade på att promenera till falafelförsäljaren borta på Chalk Farm Road. Eller unna sig en kinesisk middag, sitta på restaurang vid ett dukat bord som en riktig människa. Eller gå tillbaka till puben och äta korv eller shepherd's pie...

Hon ångrade sig genast. Vad i helvete tänkte hon på! Hennes mor mådde inte bra. Det spelade ingen roll vad mrs Flo sa, hennes mor behövde träffa henne. Nu! Därför skulle hon sätta sig i Minin och köra till Greenford. Och om modern fortfarande sov skulle hon stanna där tills hon vaknade. Även om det dröjde ända tills i morgon bitti. För det var vad döttrar gjorde för sina mödrar, i synnerhet om det hade gått mer än tre veckor sedan de träffades senast.

Samtidigt som Barbara sträckte sig efter sin axelremsväska och sina nycklar ringde det igen. Hon blev alldeles kall inombords och tänkte omedelbart: Nej, gode Gud, det är inte möjligt, inte så snabbt. Hon fruktade det värsta när hon gick för att svara.

"Vi ska jobba", sa Lynley i andra änden av linjen när han hörde hennes röst.

"Helvete!"

"Jag instämmer. Jag hoppas att jag inte avbröt någon speciellt intressant händelse i ert liv."

"Nej. Jag var på väg för att åka och hälsa på mamma. Och så hoppades jag på middag."

"Det första kan jag inte göra någonting åt, tjänstgöringslistorna är ju som de är. Det andra kan avhjälpas med en snabb tur genom personalmatsalen."

"Det låter ju verkligen aptitretande."

"Det är precis vad jag alltid tyckt. Hur snabbt kan ni vara här?"

"Det tar mig gott och väl trettio minuter om det är mycket trafik vid Tottenham Court Road."

"Och om det inte är det?" undrade han muntert. "Jag håller maten varm åt er."

"Perfekt. Det finns ingenting bättre än att tillbringa kvällen tillsammans med en riktig gentleman."

Han skrattade och lade på luren.

Det gjorde Barbara också. I morgon tänkte hon. Det första jag gör i morgon bitti. I morgon skulle hon åka till Greenford.

När hon hade visat sin ID-bricka för den uniformerade poliskonstapeln, som bara tittade upp från sin mazarin tillräckligt länge för att gäspa och försäkra sig om att han inte släppte in en besökare från IRA, lämnade hon sin Mini i det underjordiska garaget vid New Scotland Yard. Hon ställde sig bredvid Lynleys silverfärgade Bentley, och lyckades tränga sig in så nära som möjligt, förtjust över att han skulle rysa vid tanken på att hennes bildörr möjligen skulle kunna skrapa den dyrbara lackeringen på hans.

Hon tryckte på hissknappen och skakade fram en cigarett. Hon rökte så intensivt hon kunde för att lagra så mycket nikotin som möjligt innan hon var tvungen att beträda Lynleys fromt rökfria territorium. Under mer än ett år hade hon försökt locka honom tillbaka till tobakens tjusningar eftersom hon trodde att deras samarbete skulle bli så mycket lättare om de i alla fall delade en dålig vana. Men det enda hon lyckades uppnå var ett eller två stönanden av ångest när hon under de sex första månaderna av hans avhållsamhet blåste rök i ansiktet på honom. Nu hade han inte rökt på sexton månader, och han började uppträda som en nyfrälst.

Hon fann honom på hans kontor, elegant klädd för den avbrutna romantiska kvällen med Helen Clyde. Han satt bakom sitt skrivbord och drack svart kaffe. Han var emellertid inte ensam, och när Barbara såg hans sällskap rynkade hon pannan och hejdade sig i dörröppningen.

Det stod två stolar framdragna till hans skrivbord och i den ena satt en kvinna. Hon såg ung ut och hade långa ben som hon inte hade korsat. Hon var klädd i gulbruna långbyxor, fiskbensmönstrad kavaj, benvit blus och välpolerade pumps med förståndiga klackar. Hon smuttade på någonting ur en plastmugg och betraktade Lynley som höll på att läsa genom en bunt papper. Medan Barbara iakttog henne och undrade vem i helvete hon var och vad hon gjorde på New Scotland Yard en fredagskväll, slutade kvinnan dricka för att skaka bort en bärnstensfärgad hårlock som hade fallit ner på kinden. Det var en så sensuell gest att den fick Barbaras nackhår att resa sig. Automatiskt kastade hon en blick mot raden av dokumentskåp som stod vid bortre väggen för att försäkra sig om att Lynley inte i smyg hade flyttat undan fotografiet av Helen innan han inbjöd miss Lyxiga Modeplansch till sitt kontor. Fotot stod på sin plats. Men vad katten var det då som pågick?

"God kväll", sa Barbara.

Lynley såg upp. Kvinnan vände sig om i stolen. Hennes ansikte avslöjade ingenting, och Barbara märkte att miss Lyxiga Modeplansch inte brydde sig om att bedöma hennes utseende som vilken annan kvinna som helst skulle ha gjort. Hon tycktes inte ens lägga märke till Barbaras röda joggingskor.

"Bra", sa Lynley. Han lade ifrån sig pappersbunten och tog av sig glasögonen. "Havers. Äntligen."

Hon såg att det fanns en smörgås i cellofanpapper, ett paket chips och en mugg med lock på framsatt på skrivbordet åt henne vid den tomma stolen. Hon kastade sig över det och grep smörgåsen som hon packade upp och luktade misstänksamt på. Hon lyfte på brödet. Det såg ut att vara leverpastej blandad med spenat på det. Det luktade som fisk och hon rös till.

"Det var det bästa jag kunde hitta", sa Lynley.

"Giftsörja på fullkornsbröd?"

"Som sköljs ner med ett motgift av buljong."

"Ni skämmer bort mig med er omtänksamhet, sir." Barbara nickade åt kvinnan både för att visa att hon lagt märke till henne och för att demonstrera sitt ogillande. Så fort dessa artighetsbetygelser var avklarade slog hon sig ner i stolen. Chipsen var i alla fall salta med vinägersmak. Hon slet upp påsen och började mumsa i sig.

"Nå, vad är det som är på gång?" undrade hon. Hon lät nonchalant men hennes blick i riktning mot den andra kvinnan sa resten: Vad i helvete är det där för en skönhetsdrottning och vad fan gör hon här och var katten är Helen om ni behöver sällskap just den fredag när ni hade tänkt fria eller sa hon nej en gång till och lyckades ni verkligen hämta er från besvikelsen så snabbt, er förbaskade knöl.

Lynley förstod vad hon tänkte, sköt tillbaka sin stol och såg lugnt på Helens porträtt. "Får jag presentera kriminalkommissarie Isabelle Ardery från Maidstones polisdistrikt för er, assistenten", sa han efter en stund. "Hon har varit vänlig nog att komma hit med en del information. Kan ni sluta upp med ogrundade spekulationer som inte har någonting alls med fallet att göra och istället lyssna till fakta?" Bakom frågan kunde hon förstå hans outtalade svar på hennes outtalade beskyllningar: Var snäll och misstro mig inte hela tiden.

Barbara ryckte till. "Ursäkta mig, sir." Hon torkade av handen mot långbyxorna och räckte den mot kommissarie Ardery.

Ardery tog hennes hand. Hon betraktade dem men hon låtsades inte förstå vad de menat. Hon tycktes i själva verket vara ointresserad av det. Hennes läppar kröktes en smula i riktning mot Barbara, men det som skulle föreställa ett leende var bara ett kallt professionellt nödtvång. Hon var kanske när allt kom omkring inte Lynleys typ, tänkte Barbara.

"Vad rör det sig om?" Hon tog locket från sin buljongmugg och tog en klunk.

"Mordbrand", sa Lynley. "Dessutom ett lik. Skulle ni vilja berätta för min assistent, kommissarien?"

Med fast och formell röst redogjorde kommissarie Ardery för detaljerna: en restaurerad fjortonhundratalsstuga i Kent, inte långt från en landsortsstad vid namn Greater Springburn; stugan bebodd av en kvinna; mjölkbudet som kom på morgonen; tidningarna och posten som inte hade hämtats in; en titt genom fönstren; en förbränd stol; spår av dödlig rök på väggen och fönstret; ett trapphus som – precis som trapphus alltid gör när elden kommer lös – hade fungerat som skorsten; en död kropp en trappa upp och slutligen orsaken till eldsvådan.

Hon öppnade sin axelremsväska som hade legat på golvet vid hennes fötter. Ur den plockade hon fram ett paket cigaretter, en ask tändstickor och ett gummiband. Ett ögonblick trodde Barbara förtjust att kommissarien faktiskt skulle tända en cigarett, så att Barbara själv skulle få en ursäkt att göra likadant. Men istället hällde hon ut sex tändstickor ur asken på skrivbordet och skakade ut en cigarett ovanpå dem.

"Mordbrännaren använde sig av en anordning för att anlägga elden", sa

Ardery. "En primitiv anordning som inte desto mindre var mycket effektiv." Hon gjorde en bunt av tändstickorna runt cigaretten och satte med gummibandet fast dem med svavlet uppåt ungefär tre centimeter från cigarettens topp. Sedan lade hon alltsammans i handflatan och visade dem. "Det fungerar som en tidsinställd tändare. Vem som helst kan göra en."

Barbara tog cigaretten från Arderys handflata och undersökte den. Kommissarien fortsatte att tala. "Mordbrännaren tänder cigaretten och placerar den där han vill att det ska ta fyr, i detta fall var det mellan dynan och armstödet i en öronlappsfåtölj. Han går sin väg. Det tar mellan fyra och sju minuter för cigaretten att brinna ner så att tändstickorna flammar upp och elden tar fart."

"Hur kan man veta tidsintervallen?" undrade Barbara.

"Olika cigarettmärken brinner med olika hastighet."

"Vet vi vilket märke det rörde sig om?" Lynley hade tagit på sig glasögonen igen. Han satt och ögnade genom rapporten.

"Inte för ögonblicket. Sakerna – cigaretten, tändstickorna och bandet som höll samman dem – finns på mitt labb. Vi ska…"

"Letar ni efter saliv och dolda fingeravtryck?"

Hon gav honom ett snett leende. "Som ni måste förstå, kommissarien, har vi ett bra laboratorium i Kent, och vi vet hur vi ska utnyttja det. Men vad beträffar fingeravtryck är det inte troligt att vi kan hitta några som är fullständiga, så jag är rädd att vi inte kan hoppas på mycket hjälp av det."

Barbara noterade att Lynley ignorerade den outtalade tillrättavisningen. "Och när det gäller märket?" frågade han.

"Vi kommer att med hundraprocentig säkerhet få reda på märket."

Lynley räckte Barbara några fotografier samtidigt som Ardery talade. "Det var meningen att det skulle se ut som en olyckshändelse. Men mordbrännaren visste inte att cigaretten, tändstickorna och gummibandet inte skulle brinna upp helt och hållet. Det är naturligtvis inte så underligt att han gjorde ett sådant misstag. Och vi har glädje av det eftersom det säger oss att han inte var professionell."

"Varför brann de inte upp?" undrade Barbara. Hon började bläddra genom fotografierna. De illustrerade den bild kommissarie Ardery hade gett av scenen: den utbrända fåtöljen, mönstret på väggarna, det hemska spåren av rök. Hon lade dem åt sidan och tittade upp för att få ett svar innan hon fortsatte med bilderna av kroppen. "Varför brann de inte upp?" frågade hon en gång till.

"För att cigaretter och tändstickor vanligen hamnar överst i högen av aska och sot."

Barbara nickade tankfullt. Hon grävde fram de sista chipsen, åt upp dem och kramade ihop påsen till en boll som hon kastade i papperskorgen. "Men varför är vi inkopplade?" frågade hon Lynley. "Det skulle ju kunna vara ett självmord. Som var iscensatt som en olycka med hänsyn till försäkringen."

"Det är en möjlighet man inte får bortse från", sa Ardery. "Stolen gav ifrån sig lika mycket koloxid som ett avgasrör."

"Kunde alltså inte offret själv ha fixat till stolen så att den skulle börja brinna, tänt cigaretten, svalt sex eller åtta piller, tagit ett par drinkar och så var det klappat och klart?"

"Ingen kan påstå att det är omöjligt", sa Lynley, "men om man tar hänsyn till omständigheterna tycks det mindre troligt."

"Omständigheterna? Vilka då?"

"Dödsorsaken har ännu inte fastställts. Man tog kroppen raka vägen till obduktionen. Enligt kommissarie Ardery hoppade obducenten över tre andra lik bara för att ta hand om det här. Vi kommer alldeles strax att få uppgift om mängden koloxid i blodet, men det kommer att ta lite tid att få reda på eventuella spår av droger."

Barbara såg från Lynley till Ardery. "Visst", sa hon. "Jag har förstått. Men det brukar ta veckor att få besked om droger, så jag undrar varför vi har blivit inkopplade redan nu?"

"Det beror på offret."

"Offret?" Hon tog resten av bilderna. De var tagna i ett sovrum med lågt i tak. Snett över sängen låg kroppen av en man. Han låg på magen, delvis klädd i grå byxor, svarta strumpor och en blekblå skjorta med uppkavlade ärmar. Huvudet vilade mot den vänstra armen som låg på kudden. Den högra var utsträckt mot nattygsbordet där det fanns ett tomt glas och en flaska Bushmills. Han hade fotograferats ur alla upptänkliga vinklar, på nära håll och på avstånd. Barbara bläddrade fram till närbilderna.

Ögonen var nästan slutna, man såg bara en smal strimma av ögonvitan. Huden var rödflammig, nästan helt röd på läpparna och kinderna, mera rosa vid den synliga tinningen, pannan och hakan. En smal rännil blod sipprade fram från ena mungipan. Även det var rosa. Barbara studerade hans ansikte. Det verkade välbekant på något sätt, men hon kunde inte placera det. En politiker, undrade hon, eller en TV-kändis?

"Vem är det?" frågade hon.

"Kenneth Fleming."

Hon tittade upp från bilderna, först på Lynley och sedan på Ardery. "Inte...?"

"Jo."

Hon höll upp fotografiet och studerade ansiktet. "Vet massmedia om det?"

Det var kommissarie Ardery som svarade. "Polischefen i distriktet väntade just en formell identifiering, som…" hon vred på handleden och såg på en elegant guldklocka, "bör ha ägt rum vid det här laget. Men det var bara en ren formalitet, eftersom mr Flemings identitetspapper fanns i rummet, i hans kavajficka."

"Men", sa Barbara, "det skulle kunna vara ett villospår, om den här killen var tillräckligt lik honom, och någon ville att folk skulle tro…"

Lynley hejdade henne genom att höja handen. "Det är föga troligt, Havers. Polisen från trakten kände själva igen honom."

"Jaha." Hon var tvungen att erkänna att alla som gillade kricket lätt skulle kunna känna igen Fleming. Fleming var för närvarande landets främste slagman, och de senaste två åren hade han varit något av en legend. Han hade blivit utvald att spela i landslaget för England när han var trettio år gammal, en ovanligt hög ålder. Och han hade inte kommit sig fram någon av de vanliga vägarna, varken genom att spela i gymnasiet och universitetet eller genom något pojklag i landsorten. Istället hade han spelat ligamatcher för ett fabrikslag i East End av alla platser, där han en dag hade blivit upptäckt av en pensionerad tränare från grevskapet Kent, som erbjudit sig att ta sig an honom. Därefter följde en lång period av privat träning. Och det var en av de saker som folk hade emot honom, man kallade det för en variant på silverskedssyndromet.

Första gången han spelade för England hade det slutat med förödmjukelse inför den nästan fullsatta kricketplanen Lord's, då en av Nya Zeelands utespelare hade lyckats fånga hans första och enda skott. Det var en av alla de saker man hade emot honom.

Fleming lämnade planen under buandet från sina landsmän, genomled vanäran att tvingas gå förbi medlemmarna i Marylebone kricketklubb, som alltid höll hov i den marmorklädda Paviljongen och som varken tänkte glömma eller förlåta detta. Dessutom besvarade han det dämpade hånet som mötte honom i Long Room med en avgjort mycket osportslig gest. Även detta hade man emot honom.

Allt detta skrev man sedan om i tidningarna, framför allt i kvällspressen. Inom en vecka var landet uppdelat mellan dem som tyckte man skulle ge den stackars killen en chans och dem som ville stänga av den där klåparen. Eftersom uttagningskommittén aldrig brukade ge efter för den allmänna opinionen bestämde man sig för att ge honom en chans. Andra gången

Kenneth Fleming spelade i landslaget var i en match i Old Trafford. Han spelade under ett mellanting av tystnad och allvarlig tillbakadragenhet. När han var klar hade han hundra poäng och när kastaren till slut lyckades slå ut honom hade han gjort 125 varv för England. Han hade aldrig sett sig om.

"Polisen i Greater Springburn begärde hjälp från länspolisen i Maidstone", sa Lynley. "Och Maidstone", tillade han med en nick åt kommissarie Ardery, "beslöt att lämna över fallet åt oss."

Ardery instämde, men hon lät inte som om hon tyckte om att göra det. "Det var inte jag, kommissarien, det var min polischef som ringde till er."

"Bara för att det var Fleming?" frågade Barbara. "Jag skulle kunna tro att ni gärna hade velat behålla fallet själva."

"Ja, jag skulle ha föredragit det", sa Ardery. "Olyckligtvis tycks de inblandade i detta speciella dödsfall vara spridda över hela London."

"Jag förstår, ansvarsfördelning."

"Ja, det kan man verkligen säga."

De visste alla tre hur det fungerade. London var indelat i olika polisdistrikt. Protokollet skulle kräva att polisen i Kent för att kunna hålla ett förhör eller en utfrågning i något av dem varje gång fick klartecken från chefen för respektive polisdistrikt. Pappersarbetet, telefonsamtalen och kringsnacket skulle kunna ta lika mycket tid som själva utredningen. Då var det mycket enklare att överlämna alltsammans till höjdarna på New Scotland Yard.

"Kommissarie Ardery kommer att ha hand om fallet i Kent", sa Lynley.

"Vi har redan kommit en bra bit på väg", klargjorde Ardery. "Våra brottsplatsundersökare har varit vid stugan ända sedan klockan ett idag."

"Medan vi gör vår del av jobbet i London", avslutade Lynley.

Barbara rynkade ögonbrynen åt den underliga arbetsfördelningen som de hade planerat, men hon var medveten om att kommissarie Ardery begripligt nog var mån om att försvara sitt revir, så hon formulerade sina invändningar med omsorg. "Kommer det inte att bli förskräckligt rörigt, sir? När vänstra handen inte vet? En blind som leder en blind. Ni förstår vad jag menar."

"Det borde inte behöva uppstå några problem. Kommissarie Ardery och jag kommer att samordna utredningen."

Kommissarie Ardery och jag. Han fällde kommentaren på ett lättsamt, generöst sätt, men Barbara hörde den underförstådda meningen lika tydligt som om han hade uttalat den med hög röst. Ardery ville ta hand om fallet ensam. Hennes överordnade hade tagit det från henne. Lynley och Havers skulle bli tvungna att stryka Ardery medhårs om de skulle få den erforderliga hjälpen från hennes brottsplatsundersökare.

"Visst", sa Barbara. "Vad tar vi först itu med då?"

Ardery reste sig upp i en enda smidig rörelse. Barbara såg nu att hon var mycket lång. När även Lynley reste sig upp var han med sina en och nittiotre bara en knapp decimeter längre än hon.

"I det här läget finns det säkert saker ni behöver diskutera, kommissarien. Jag skulle knappast tro att ni behöver mig längre. Jag har lämnat mitt telefonnummer överst i rapporten."

"Det har ni gjort." Lynley grävde i sin skrivbordslåda och plockade fram ett visitkort som han räckte till henne.

Hon lade ner det i sin axelremsväska utan att ens kasta en blick på det. "Jag ringer er i morgon bitti, för då borde jag ha fått lite upplysningar från labbet."

"Bra." Han tog rapporten som hon hade haft med sig, och stoppade in fotografierna på sin plats under några papper. Han placerade rapporten mitt på skrivbordsunderlägget som i sin tur fanns mitt på hans skrivbord. Det var tydligt att han väntade på att hon skulle gå, och lika tydligt att hon väntade sig att han skulle säga någonting innan dess. *Jag ser fram emot att arbeta tillsammans med er*, skulle kanske ha varit lämpligt, men det skulle också ha varit att tänja lite för mycket på sanningen.

"God kväll då", sa kommissarie Ardery till slut. "Och jag ber verkligen om ursäkt för att ha förstört era planer för weekenden", tillade hon och såg med ett roat leende på Lynleys klädsel, nickade åt Barbara, och sade endast det enda ordet "Assistenten" som avsked till henne.

Hennes fotsteg ekade genom korridoren när hon gick från Lynleys rum mot hissen. "Tror ni att man förvarar henne i en frysbox i Maidstone, för att kunna tina upp henne endast vid speciella tillfällen?"

"Jag tror att hon har ett tufft jobb i ett ännu tuffare yrke." Han satte sig åter ner och började bläddra genom några papper. Barbara såg snett på honom.

"Jösses! *Gillade* ni henne verkligen? Visst är hon söt, och jag erkänner att när jag först såg henne sitta här trodde jag att ni... Nåja, det gissade ni ju, eller hur? Men tyckte ni verkligen om henne?"

"Det krävs inte att jag ska tycka om henne", sa Lynley. "Det enda man kräver av mig är att jag ska samarbeta med henne. Och med er också. Ska vi sätta igång?"

Han satte henne på plats, något som han sällan brukade göra. Det irriterade Barbara, men hon visste att eftersom han och Ardery hade samma rang betydde det att de skulle komma att hålla ihop när det kärvade till sig. Och att det inte var någon idé att sticka upp. "Visst", svarade hon därför.

"Vi har flera intressanta fakta här", sa han och syftade på rapporten. "Enligt den första undersökningen dog Fleming i onsdags kväll eller tidigt i torsdags morse. För närvarande tror man att det skedde någon gång mellan midnatt och klockan tre på morgonen." Han läste en stund och markerade någonting i rapporten med en blyertspenna. "Han hittades idag på morgonen... kvart i elva, när polisen från Greater Springburn kom dit och lyckades ta sig in i stugan."

"Varför tycker ni att det är intressant?"

"För att från onsdag kväll ända till fredag morgon – och det är den första intressanta punkten – hade inte någon anmält att Kenneth Fleming saknades."

"Han hade kanske rest bort för att tillbringa ett par dar ensam i lugn och ro."

"Det leder oss fram till den andra intressanta punkten. Det var nämligen inte ensamhet han sökte i den här speciella stugan i Springburn. Det fanns en kvinna som bodde där. Gabriella Patten."

"Är hon känd på något vis?"

"Hon är gift med Hugh Patten."

"Vem är...?"

"Chef för ett företag som heter Powersource. Det är de som sponsrar säsongens testmatcher mot Australien. Och hon – Gabriella, hans fru – saknas. Men hennes bil står fortfarande i garaget vid stugan. Vad säger det er?"

"Att vi har en misstänkt?"

"Det skulle jag mycket väl kunna tänka mig."

"Eller att det rör sig om kidnapping?"

Han viftade fram och tillbaka med handen i en gest som tydde på att han knappast trodde att hon hade rätt. "Den tredje intressanta punkten", fortsatte han, "är att fastän man fann Fleming i sovrummet var kroppen – som ni såg – fullt påklädd så när som på kavajen. Och det fanns ingen övernattningsväska varken i sovrummet eller någon annanstans i stugan."

"Hade han kanske inte tänkt stanna. Han kan ha blivit slagen medvetslös och släpad upp dit så att det skulle se ut som om han hade bestämt sig för att ta en tupplur."

"Och den fjärde punkten av intresse är att hans hustru och hans barn bor på Isle of Dogs. Medan Fleming själv sedan två år tillbaka bor i Kensington."

"Då är de alltså skilda. Men hur kan det vara en speciellt intressant punkt?"

"För att i Kensington bor han tillsammans med den kvinna som äger stugan i Kent."

"Den här Gabriella Patten?"

"Nej. Det är faktiskt en tredje kvinna. En dam som heter…" Lynley lät fingret löpa nerför sidan, "Miriam Whitelaw."

Barbara lade upp det ena benet över det andra och började leka med skosnörena till sina röda joggingskor. "Han hade fullt upp, den där Fleming, när han inte spelade kricket. En fru på Isle of Dogs, en – vad ska man kalla det? – älskarinna i Kensington?"

"Det ser ut så."

"Men vem var då hon i Kent?"

"Det är det som är frågan", sa Lynley. Han reste sig. "Ska vi sätta igång och leta efter svaret?"

KAPITEL 4

Husen i Staffordshire Terrace låg på den södra sluttningen av Campden Hill och de återspeglade höjdpunkten hos den viktorianska arkitekturen i norra delen av Kensington. Deras stil var klassiskt italiensk med balustrader, burspråk, hundtandskornischer och andra ornament i vit stuckatur som dekorerade vad som annars skulle ha varit släta, grå tegelstensytor. De kantade den smala gatan bakom svarta järnsmidesstaket och skilde sig från varandra endast genom valet av blommor i fönsterlådor och i urnor.

Vid nummer 18 hade man valt att ha jasmin som i odisciplinerat överflöd vällde ut ur tre lådor kring ett burspråk. Till skillnad från de flesta andra hus vid gatan hade nummer 18 inte omvandlats till lägenheter. Det fanns inte någon rad med dörrklockor, bara en enda som Lynley och Havers ringde på, ungefär tjugo minuter efter det att kommissarie Ardery hade lämnat dem.

"Tjusigt va?" Havers nickade i riktning ut mot gatan. "Jag räknade till tre BMW, två Range Rovers, en Jaguar och en Coupe de Ville."

"Coupe de Ville?" sa Lynley och såg sig om på gatan där tre viktorianska gatlyktor spred ett gult sken. "Är Chuck Berry i närheten?"

Havers gjorde en grimas. "Och jag som trodde att ni aldrig hade lyssnat till rock'n'roll."

"Vissa saker känner man till genom osmos, assistenten, genom att människan utsätts för en gemensam kulturell erfarenhet blir det så småningom en del av den lagrade kunskapen. Jag kallar det subliminal assimilation." Han såg på det solfjäderformiga fönstret över dörren. Det strömmade ut ljus genom det. "Ni ringde väl till henne?"

"Precis innan vi gav oss iväg."

"Vad sa ni?"

"Att vi ville tala med henne om stugan och eldsvådan."

"Men var..."

Från andra sidan dörren hördes en bestämd röst. "Vem är det?"

Lynley presenterade sig och sin assistent. De hörde hur nyckeln vreds om i låset. Dörren öppnades så att de stod ansikte mot ansikte med en gråhårig kvinna elegant klädd i sjömansklänning med matchande jacka som nådde nästan ända ner till klänningsfållen. Hon hade moderna storbågade glasögon som glänste i ljusskenet när hon såg från Lynley till Havers.

"Vi har kommit hit för att träffa Miriam Whitelaw", sa Lynley och räckte fram sitt ID-kort till kvinnan.

"Ja", sa hon, "det vet jag. Det är jag. Var snälla och kom in."

Lynley mer kände än såg hur Havers kastade en blick mot honom. Han visste att hon liksom han funderade över om de inte raskt borde omvärdera de slutsatser de tidigare dragit angående arten av förhållandet mellan Kenneth Fleming och den kvinna han levde tillsammans med. Fastän Miriam Whitelaw var både välklädd och välvårdad såg hon ändå ut att vara gott och väl sextio år gammal, alltså mycket äldre än den döde mannen i Kent. Nuförtiden hade uttrycket *att leva tillsammans med* fått en ny innebörd som både Lynley och Havers utan att tänka sig för hade tagit för given. Med ett visst självförakt insåg Lynley att det inte bådade särskilt gott för den fortsatta utvecklingen av fallet.

Miriam Whitelaw tog ett steg tillbaka från dörren och tecknade åt dem att komma in. "Ska vi sätta oss i vardagsrummet?" sa hon och gick före dem genom en korridor mot trappan. "Jag har tänt en brasa där."

Det skulle kunna behövas, tänkte Lynley. Trots att det snart var sommar kändes huset bara ett par grader varmare än ett kylskåp.

Det verkade som om Miriam Whitelaw hade läst hans tankar, för utan att vända sig om sa hon: "Min avlidne make och jag lät i slutet på sextiotalet, när min far hade fått ett slaganfall, installera centralvärme. Nuförtiden sätter jag inte så ofta på den. Jag är nog mer lik min far än jag hade trott. Bortsett från elektriciteten, som han till slut gick med på att skaffa strax efter andra världskriget, så ville han att huset skulle förbli precis som det var när hans föräldrar lät bygga det på 1870-talet. Jag vet att det kan tyckas sentimentalt, men så är det."

Efter vad Lynley kunde se hade man i allt följt faderns önskemål. Det var som om tiden hade stått stilla på Staffordshire Terrace 18; William Morris-tapeter, mängder av tryck på väggarna, persiska mattor på golven, vägglampor gjorda av gamla gaslyktor med blå kupor, en eldstad i vars mitt det hängde en gong-gong i brons. Det var verkligen ett mycket underligt ställe.

Känslan av att ha hamnat i fel tidsålder ökade när de gick uppför trappan där väggarna först var fyllda med bleknade idrottsaffischer, och därefter

66

på andra sidan avsatsen upptogs en hel vägg av inramade skämtteckningar från *Punch*, ordnade efter årtal. De äldsta var daterade 1858.

Lynley hörde hur Havers drog efter andan. "Herre Jesus", sa hon och såg sig omkring. Han såg hur hon rös till och han var säker på att det inte berodde på kylan.

Det rum som Miriam Whitelaw förde in dem i skulle antingen ha kunnat passa som miljö för en TV-serie från tiden, eller på ett museum som en kopia av ett vardagsrum från den viktorianska eran. Där fanns två eldstäder i tegel, båda klädda med marmor och med venetianska speglar i förgyllda ramar ovanför, framför vilka det stod klockor i brons, etruskiska vaser och små bronsskulpturer föreställande Merkurius, Diana och seniga nakna män som brottades med varandra. I den bortre av de två eldstäderna var en brasa tänd och Miriam Whitelaw gick fram mot den. När hon gick förbi en spinett fastnade en av hennes ringar i fransen till den silkessjal som låg på den. Hon hejdade sig för att trassla ut ringen och för att rätta till ett av de dussintals fotografier i silverramar som stod på det lilla pianot. Rummet liknade mest en hinderbana med tofsar, sammet, arrangemang av torkade blommor, öronlappsfåtöljer och små pallar som skulle kunna få en oförsiktig person att falla pladask. Lynley tyckte i sitt stilla sinne att det var rena skräckkabinettet.

"Man vänjer sig vid en miljö som den här förstår kommissarien", sa mrs Whitelaw som om hon hade läst hans tankar. "När jag var barn tyckte jag det var underbart att komma hit in. Alla dessa spännande tingestar att titta på, tänka på och fantisera om. När jag fick överta huset kunde jag inte förmå mig till att ändra på någonting. Slå er för all del ner."

Själv valde hon en fåtölj klädd i grön plysch och visade dem mot ett par länstolar närmare den glödheta eldstaden. De sjönk ner och uppslukades nästan av de djupa stoppade länstolarna.

Bredvid fåtöljen stod ett litet trebent bord där det fanns en karaff och små glas på fot. Ett av dessa var halvfullt. Miriam Whitelaw tog en klunk ur det. "Jag tar alltid ett glas sherry efter middagen", sa hon. Jag vet att det strider mot etikettsreglerna, det skulle vara mera passande med brandy eller cognac. Men jag har aldrig tyckt om varken det ena eller det andra. Får det vara ett glas sherry?"

Lynley tackade nej. Havers såg ut som om hon skulle ha kastat sig över ett glas Glenlivet om hon blivit erbjuden det. Men hon skakade på huvudet och grävde i axelremsväskan för att plocka fram sitt anteckningsblock.

Lynley förklarade för mrs Whitelaw hur fallet skulle behandlas, och att undersökningarna i Kent och i London skulle samordnas. Han uppgav kommissarie Arderys namn. Därefter räckte han fram ett av sina visitkort. Hon tog emot det, läste, vände på det och lade det bredvid sitt glas.

"Ursäkta mig", sa hon. "Jag tror inte att jag förstår. Vad menar ni med samordnas?"

"Har ni inte talat med polisen i Kent?" undrade Lynley. "Eller med brandkåren?"

"Jag har talat med en man från brandkåren. Det var strax efter lunch, men jag kan inte minnas vad han hette. Han ringde upp mig på arbetet."

"Var arbetar ni?" Lynley såg att Havers började skriva.

"På ett tryckeri. I Stepney."

När Havers hörde detta lyfte hon huvudet. Miriam Whitelaw såg varken ut som en tryckeriarbetare eller som om hon skulle passa in i Stepney.

"Whitelaws tryckerier", förklarade hon. "Jag sköter det." Hon tog fram en näsduk ur fickan och började snurra den runt fingrarna. "Kan ni vara snäll och tala om för mig nu exakt vad det rör sig om?"

"Hur mycket har ni hittills fått reda på?" frågade Lynley.

"Mannen från brandkåren berättade att det hade varit en eldsvåda i stugan. Han sa att man hade varit tvungen att bryta upp dörren. Han sa också att elden var släckt och att det inte var så stora skador, bortsett från rök och sot. Jag ville åka ut dit själv, men han sa att man hade förseglat stugan och att jag inte skulle kunna komma in förrän undersökningen var avslutad. Då frågade jag vad det var för undersökning. Jag undrade varför man behövde göra en undersökning om elden var släckt. Han frågade vem som bodde i stugan och det berättade jag för honom. Tack så mycket, sa han, och lade på luren." Hon fortsatte att snurra näsduken runt fingrarna. "Jag har ringt ner dit två gånger idag på eftermiddagen, men ingen kunde berätta någonting för mig. Varje gång tog de reda på mitt namn och telefonnummer och sa att de skulle ringa upp så fort de fått reda på någonting. Det var allt. Och nu är ni här... Snälla ni, berätta vad som har hänt."

"Ni berättade för dem att det bodde en kvinna vid namn Gabriella Patten i stugan", sa Lynley.

"Ja, hon bor där. Mannen som ringde undrade hur hennes namn stavades, och så frågade han om hon bodde där ensam. Jag sa att det gjorde hon så vitt jag visste. Gabriella hade åkt ut dit för att få vara i fred, och jag kan inte tänka mig att hon hade haft lust att ta emot gäster. Jag frågade mannen om Gabriella mådde bra. Han sa att han skulle höra av sig så fort han fått reda på det." Hon förde upp handen med näsduken i mot sitt halsband. Det bestod av tunga guldkedjor och hon hade örhängen som passade till. "Så fort han hade fått reda på det", sa hon eftertänksamt. "Hur kan det komma sig att han inte visste…? Har hon blivit skadad, kommissarien? Är det därför ni har kommit hit? Är Gabriella på sjukhus?"

"Elden började i matrummet", sa Lynley.

"Så mycket vet jag redan. Var det mattan? Gabriella tycker om att elda i öppna spisen, och om det ramlade ut glöd medan hon var i ett annat rum…"

"Det var faktiskt en cigarett i en av fåtöljerna. För ett par kvällar sedan."

"Cigarett?" Miriam Whitelaw sänkte blicken. Hennes ansiktsuttryck förändrades. Det syntes att hon inte hade lika lätt att förstå detta som tanken på att det kunde ha varit en gnista från eldstaden som hade råkat orsaka eldsvådan.

Lynley lutade sig framåt. "Mrs Whitelaw, vi har kommit hit för att tala med er om Kenneth Fleming."

"Ken? Varför det?"

"Eftersom det tyvärr har skett ett dödsfall i er stuga. Och vi måste försöka skaffa oss information så att vi kan ta reda på vad som hänt."

Till att börja med satt hon alldeles stilla. Sedan rörde hon lite på fingrarna som höll i näsduken, hon rullade den åter hårt samman. "Ett dödsfall? Men det sa brandkåren ingenting om. De frågade mig hur hon stavade sitt namn. Och så sa de att de skulle låta mig få veta så fort de hade kommit underfund med någonting… Och nu säger ni att de hela tiden *visste*…" Hon drog efter andan. "Varför sa de ingenting till mig? Vi talades vid i telefon och de brydde sig inte ens om att tala om att någon var död. *Död*. I min stuga. Och Gabriella… Oh, gode Gud. Jag måste underrätta Ken."

I hennes ord hörde Lynley ett svagt eko från den skotske hövdingens förtvivlade hustru i Inverness. *Hur så, i vårt hus?* "Det är en person som har dött, mrs Whitelaw, men det är inte Gabriella Patten", sa han.

"Är det inte…?" Hon såg från Lynley till Havers. Så stelnade hon till i stolen som om hon plötsligt insåg vidden av den fasa som skulle drabba henne. "Så det var alltså därför som mannen undrade om det fanns någon annan som bodde tillsammans med henne i stugan." Hon svalde. "Vem är det, var snäll och tala om det för mig."

"Det är tyvärr Kenneth Fleming."

Hennes ansikte blev först alldeles uttryckslöst. Sedan såg hon närmast häpen ut. "Ken? Det är omöjligt."

"Tyvärr är det sant. Kroppen har blivit identifierad."

"Av vem då?"

"Hans…"

"Nej", sa hon. Färgen försvann snabbt från hennes ansikte. "Det måste vara ett misstag. Ken är inte ens i England."

"Hans hustru identifierade kroppen idag på eftermiddagen."

"Det är inte sant. Det är omöjligt. Varför bad man inte *mig...?*" Hon sträckte sig mot Lynley. "Ken är inte här. Han har rest bort tillsammans med Jimmy. De seglar... De har rest iväg för att segla. De har tagit en kort semester och... De seglar och jag kan inte komma ihåg. Vart skulle han? Varthän?"

Hon kämpade sig upp på fötter som om hon skulle kunna tänka bättre när hon stod upp. Hon såg från höger till vänster. Hon rullade farligt med ögonen och välte omkull det lilla trebenta bordet med drinken när hon föll.

"Helvetes jävlar", sa Havers.

Kristallkaraffen och glasen krossades och spriten rann ut över den persiska mattan. Sherryn luktade sött som av honung.

Lynley hade rest sig upp lika snabbt som mrs Whitelaw föll, men inte tillräckligt snabbt för att kunna fånga henne. Nu sträckte han sig mot hennes hopkrupna kropp, kontrollerade hennes puls, tog av henne glasögonen och lyfte på hennes ögonlock. Han tog hennes hand mellan sina. Hennes hud kändes fuktig och kall.

"Försök att hitta en filt någonstans", sa Lynley. "Sovrummen är på övervåningen."

Han hörde hur Havers rusade ut ur rummet och störtade uppför trappan. Han tog av mrs Whitelaw hennes skor, drog fram en av de små pallarna och lade upp hennes fötter på den. Han kontrollerade hennes puls på nytt. Den var stark och hon andades normalt. Han tog av sig sin smokingkavaj och lade den över henne och började gnida hennes händer. Samtidigt som assistent Havers åter stormade in i rummet med en grön pläd i famnen fladdrade mrs Whitelaws ögonlock till en smula. Hon rynkade pannan så att det uppstod en djup linje mellan ögonbrynen.

"Mår ni bra?" sa Lynley. "Ni svimmade. Rör er inte."

Han bytte ut smokingkavajen mot pläden, som Havers tydligen slitit bort från någon av sängarna på övervåningen. Han reste upp det trebenta bordet och hans assistent samlade ihop karaffen och glasen och sög med hjälp av ett paket pappersnäsdukar upp en del av den sherry som hade runnit ut och bildat en blöt fläck i form av Gibraltar på mattan.

Mrs Whitelaw låg under pläden och skakade. Hon sträckte fram ena handens fingrar och grep tag om dess kant.

"Ska jag hämta någonting till henne?" undrade Havers. "Vatten eller en whisky?"

När mrs Whitelaw försökte tala darrade hennes läppar. Hon fäste blicken på Lynley. Han lade sin ena hand över hennes fingrar. "Jag tror att hon hämtar sig", sa han till sin assistent och bad mrs Whitelaw att hon skulle ligga stilla.

Hon knep ihop ögonen och hennes andning blev oregelbunden, men det verkade mera vara ett sätt att kämpa mot sina känslor än ett tecken på fysisk kris.

Havers lade flera nya kolbitar på elden och mrs Whitelaw förde ena handen mot tinningen. "Huvudet", viskade hon. "Gode Gud, det bankar."

"Ska vi ringa efter er läkare? Ni har kanske slagit i det."

Hon skakade svagt på huvudet. "Det kommer och går. Det är migrän." Hennes ögon blev fulla med tårar och hon spärrade upp dem i vad som tycktes vara ett försök att hindra dem från att rinna över. "Ken... han visste."

"Han visste?"

"Han visste vad man skulle göra." Hennes läppar verkade torra och huden såg ut att ha krackelerat precis som gammalt glas eller porslin. "Mitt huvud. Han visste. Han kunde alltid få smärtan att försvinna."

Men den här gången kan han inte göra det, tänkte Lynley. "Är ni ensam här i huset, mrs Whitelaw?" sa han. Hon nickade. "Ska vi ringa efter någon?" Hon formade ordet *nej* med läpparna. "Min assistent kan stanna hos er under natten."

Hennes ena hand skakade som tecken på att hon inte ville det. "Jag... jag kommer..." Hon blinkade flera gånger. "Snart kommer jag... att bli bra." Hennes röst var svag. "Ni måste ursäkta mig. Jag är så ledsen. Det var chocken."

"Ingenting att be om ursäkt för. Det är bra nu."

De väntade, och tystnaden avbröts endast av sprakandet när kolen brann och tickandet från alla klockorna i rummet. Lynley tyckte att det kändes som om rummet krympte samman runt honom. Han hade lust att öppna fönstren men förblev istället sittande i samma ställning med ena handen på mrs Whitelaws axel.

Hon började resa sig upp. Assistent Havers skyndade fram till henne. Hon och Lynley hjälpte den gamla kvinnan att sätta sig och sedan att komma upp på fötter. Hon vacklade till. De tog henne under armbågarna och ledde fram henne till en av de stoppade fåtöljerna, och assistent Havers räckte henne glasögonen. Lynley hittade näsduken under den ena länstolen och räckte den till henne. Han svepte pläden runt hennes axlar.

Hon harklade sig. "Tack ska ni ha", sa hon med viss värdighet, satte på

71

sig glasögonen och rättade till sina kläder. "Om ni skulle vilja… jag vill gärna ha mina skor också", sa hon prövande och väntade tills hon hade fått dem på sig innan hon sa någonting mer. Och när hon till slut yttrade sig pressade hon samtidigt sina darrande fingrar mot tinningen i ett försök att dämpa vad det nu var för bultande hon kände inuti huvudet. "Är ni alldeles säkra", sa hon med svag stämma.

"Att det var Fleming?"

"Om det var en eldsvåda är det väl tänkbart att kroppen var…" Hon pressade samman läpparna så hårt att man såg avtrycken av hennes tänder genom huden. "Man kan ha tagit fel, eller hur?"

"Ni har visst glömt bort att det inte var den sortens eldsvåda", sa Lynley. Han var inte bränd. Kroppen var bara lätt missfärgad. Av koloxid", tillade han snabbt som för att lugna henne när hon skakade till. "Han hade andats in röken, så hans hud var troligen ganska röd. Men det kan inte ha hindrat hans hustru från att känna igen honom."

"Ingen berättade någonting för mig", sa hon matt. "Ingen brydde sig ens om att ringa."

"Polisen brukar oftast i första hand meddela familjen. Och sedan är det familjen som underrättar alla andra."

"Familjen", upprepade hon. "Ja, visst."

Lynley satte sig i den fåtölj där mrs Whitelaw tidigare suttit, och Havers återtog sin förra plats och plockade fram sitt anteckningsblock. Mrs Whitelaw såg fortfarande förskräckligt blek ut och Lynley undrade hur många frågor hon skulle orka med.

Hon stirrade på mönstret på den persiska mattan. Hon talade långsamt, som om hon tänkte efter innan hon sa någonting.

"Ken sa att han skulle… Det var Grekland. Några dagars segling i Grekland, sa han. Tillsammans med sin son."

"Ni menar Jimmy?"

"Ja, hans son. Jimmy. Det var en födelsedagspresent. Det var därför Ken avbröt träningen för att kunna resa bort. Han tog… de skulle flyga från Gatwick."

"När var detta?"

"I onsdags kväll. Han hade planerat det i månader. Det skulle vara en födelsedagspresent till Jimmy. De skulle resa, bara de två."

"Är ni säker på det här med resan? Är ni säkra på att han hade tänkt ge sig av i onsdags kväll?

"Jag hjälpte honom att bära ner bagaget till bilen."

"Till en taxi?"

72

"Nej, till hans egen bil. Jag sa att jag kunde köra honom till flygplatsen, men han hade bara haft bilen ett par veckor. Han tyckte om att få en anledning att köra den. Han hade tänkt hämta Jimmy, och sedan skulle de ge sig iväg. Bara de två. På en båt. Runt öarna. Bara ett par dagar, eftersom den första testmatchen ligger så nära inpå i tiden." Hennes ögon fylldes med tårar. Hon baddade med näsduken under dem och klarade strupen. "Ursäkta mig."

"För all del." Lynley väntade en stund medan hon åter försökte samla sig. "Vad hade han för sorts bil?" sa han sedan.

"En Lotus."

"Och vilken modell?"

"Det vet jag inte. Den var gammal. Renoverad. En låg bil, med strålkastare som såg ut som frökapslar."

"Kan det ha varit en Lotus-7?"

"Den var grön."

"Det fanns inte någon Lotus vid stugan. Bara en Aston Martin i garaget".

"Det måste ha varit Gabriellas", sa hon. Hon flyttade näsduken och tryckte den mot överläppen. Hon höll handen för munnen när hon talade, och ögonen svämmade över av ännu mera tårar. "Jag kan inte tro att han är död. Han var här i onsdags. Vi åt en tidig middag tillsammans. Vi talade om tryckeriet och om testmatcherna i sommar. Den australiensiske kastaren – hans skruvade bollar. Vilken utmaning han skulle bli för en slagman. Ken undrade om han skulle bli utvald till landslaget en gång till. Han tvivlade alltid när urvalsproceduren hade kommit igång. Jag sa åt honom att han inte hade någonting att oroa sig för. Han är en så fantastisk spelare. Hans form ligger alltid på topp. Varför skulle han behöva oroa sig för att inte bli utvald? Han är… Presens. Oh, min Gud! Jag talar i presens. Det är för att han har varit, för att han var… Var snäll och förlåt mig. Om jag bara kunde samla mig. Jag får inte bryta samman. Jag bara får inte det. Senare. Jag kan bryta samman senare. Det är så mycket man måste ordna med. Jag är medveten om det. Det är jag verkligen."

Lynley lyckades hälla upp lite sherry från det som fanns kvar i karaffen. Han räckte henne ett glas och hjälpte henne att hålla handen stadigt. Hon svalde spriten som om det hade varit medicin.

"Jimmy", sa hon. "Var han också i stugan?"

"Bara Fleming."

"Bara Ken." Hon vände blicken mot elden. Lynley såg att hon svalde, såg att hon spände fingrarna och sedan slappnade av.

"Vad är det?" sa han.

"Ingenting. Det är säkert inte alls viktigt."

"Låt mig få avgöra det, mrs Whitelaw."

Hon fuktade läpparna. "Jimmy måste ha väntat att hans far skulle hämta honom på onsdagen för att åka till flygplatsen. Om Ken inte dök upp borde han ha ringt hit för att få veta varför."

"Och det gjorde han inte?"

"Nej."

"Var ni kvar här hemma när Fleming hade åkt i onsdags? Ni gick inte ut själv? Inte ens en kort stund? Skulle ni ha kunnat missa om han ringde?"

"Jag var här. Och det var inte någon som ringde." Hennes ögon vidgades en smula när hon sa de sista orden. "Nej, det är inte riktigt sant."

"Det var någon som ringde."

"Tidigare. Strax före middag. Det var till Ken, inte till mig."

"Vet ni vem det var?"

"Guy Mollison."

Kaptenen för det engelska laget sedan lång tid tillbaka. Det var inte så underligt att han hade ringt till Fleming. Men tidpunkten var intressant. "Kunde ni höra vad Fleming sa?"

"Jag tog telefonen i köket. Ken tog samtalet i vardagsrummet."

"Lyssnade ni till vad de sa?"

Hon vände ögonen från elden mot honom. Det tycktes som om hon var alltför utmattad för att bli förolämpad. Men hennes röst var i alla fall kylig när hon svarade: "Naturligtvis inte."

"Inte ens precis innan ni lade på luren? Inte bara en liten stund för att vara säker på att Fleming hade fått samtalet? Det skulle ha varit naturligt att göra det."

"Jag hörde Kens röst. Och därefter Guys. Det var allt."

"Och vad sa de?"

"Jag vet inte riktigt. Någonting... Ken sa hallå. Och Guy sa någonting om ett bråk."

"Grälade de?"

"Han sa någonting om att han ville ha tillbaka Askan. Någonting i stil med: 'Vi vill väl för helvete ha tillbaka Askan. Kan vi inte glömma bråket och fortsätta som om ingenting hänt?' Det var kricket-prat, ingenting annat."

"Och bråket?"

"Jag vet inte. Ken sa ingenting. Jag förutsatte att det hade med kricket att göra, kanske med hur Guy kunde påverka uttagningen."

"Hur länge pågick samtalet?"

"Han kom ner till köket, fem eller kanske tio minuter senare."

"Sa han någonting om det då? Eller när ni åt middag?"

"Inte någonting."

"Uppförde han sig annorlunda efter samtalet med Mollison? Var han kanske mera tystlåten? Eller mera tankfull, upprörd?"

"Inte det minsta."

"Och på sista tiden? Den senaste veckan? Tycker ni att han har uppfört sig annorlunda då?"

"Annorlunda? Nej, han var sig precis lik." Hon sköt fram huvudet. "Varför? Varför frågar kommissarien det?"

Lynley funderade över på vad sätt han bäst skulle kunna besvara den frågan. För närvarande hade polisen ett försprång, eftersom man visste något som annars bara mordbrännaren kunde veta. Han valde sina ord med omsorg. "Det finns några frågetecken kring branden i stugan."

"Ni sa att det var en cigarett. I en av fåtöljerna."

"Har han varit dyster de senaste veckorna?"

"Dyster? Det är klart att han inte var dyster. Visst var han orolig för att inte bli utvald till landslaget. Kanske lite bekymrad för att han var tvungen att resa bort med sin son mitt under träningen. Men inte någonting annat. Vad i hela fridens namn skulle han ha att vara nedslagen över?"

"Hade han personliga problem? Familjeproblem? Vi vet att han inte levde tillsammans med sin hustru och sina barn. Hade han problem med dem?"

"Inte mer än vanligt. Jimmy – den äldste – var en ständig källa till oro för Ken, men vilken sextonåring ger inte sina föräldrar problem?"

"Skulle Fleming ha lämnat efter sig ett brev till er?"

"Ett brev? Varför det? Vad då för slags brev?"

Lynley lutade sig framåt i stolen. "Mrs Whitelaw, innan vi kan fortsätta undersökningen måste vi vara säkra på att det inte var självmord."

Hon stirrade på honom. Han märkte hur hon försökte bringa klarhet i alla de känslor som först chocken av Flemings död och nu hänsyftningen på ett eventuellt självmord hade framkallat.

"Kan vi få titta oss omkring i hans sovrum?"

Hon svalde, men hon svarade inte.

"Ni måste förstå att det är en nödvändig formalitet, mrs Whitelaw."

Hon reste sig tvekande med ena handen stödd mot stolen. "Den här vägen", sa hon med låg röst och förde dem ut ur rummet och uppför ännu en trappa.

Kenneth Flemings rum låg på tredje våningen med utsikt över trädgården. Det mesta utrymmet upptogs av en stor mässingssäng och mitt emot den stod en enorm orientalisk skärm framför eldstaden. Medan mrs Whitelaw satte sig i rummets enda stol – en öronlappsfåtölj som stod i ena hörnet – gick Lynley fram till byrån som fanns under fönstret och Havers öppnade den spegelklädda garderobsdörren.

"Är det här hans barn?" undrade Lynley. Han tog upp det ena fotografiet efter det andra som stod ovanpå byrån. Det fanns nio stycken, slumpmässigt inramade fotografier av spädbarn, småbarn och barn.

"Han har tre barn", sa mrs Whitelaw. "De har vuxit mycket sedan de där korten togs."

"Finns det inga nytagna bilder?"

"Ken ville alltid fotografera dem, men Jimmy var aldrig samarbetsvillig när hans far plockade fram kameran. Och syskonen gör precis som Jimmy."

"Hade Fleming mycket problem med sin äldste son?"

"Jimmy är sexton", upprepade hon. "Det är en svår ålder."

Lynley var tvungen att hålla med om det. Från den dag han själv blev sexton hade hans egna relationer till sina föräldrar bara försämrats ända fram tills han blev trettiotvå.

Det fanns ingenting annat ovanpå byrån och på handfatet hittade de bara en tvål och en hopvikt handduk. Ingenting var heller framlagt på sängen för att det skulle synas och på sängbordet fanns bara ett slitet exemplar av Graham Swifts *Vaterland*. Lynley bläddrade genom boken, men det föll inte ut någonting ur den.

Han började leta genom byrålådorna och märkte att Fleming hade varit nästan maniskt ordentlig. Varenda tröja var prydligt hopvikt. Till och med strumporna låg ordnade efter färg i lådan. I andra änden av rummet kunde assistent Havers tydligen dra samma slutsats av raden med skjortor på sina hängare, åtföljda av byxor och sedan kavajer, och med skorna i en prydlig rad under dem.

"Jösses!" utbrast hon. "Vilkèn ordning! Men de gör ju så ibland, eller hur, sir?"

"Vad gör de?" frågade Miriam Whitelaw.

Havers såg ut som om hon ångrade att hon hade sagt någonting. "De som tar livet av sig", svarade Lynley. "För det mesta städar de först upp efter sig."

"Men de lämnar väl också för det mesta ett brev?" sa mrs Whitelaw.

"Inte alltid. Särskilt inte om de vill att självmordet ska se ut som en olyckshändelse."

"Men det *var* en olyckshändelse", sa mrs Whitelaw. "Det måste ha varit en olycka. Ken röker inte. Så om han hade tänkt ta livet av sig, och velat att det skulle se ut som en olyckshändelse så skulle han väl inte ha använt en cigarett?"

Jo, för att kasta misstankarna på någon annan, tänkte Lynley. För att det skulle se ut som mord. Han besvarade hennes frågor med en motfråga. "Vad kan ni berätta för oss om Gabriella Patten?"

Till att börja med svarade mrs Whitelaw inte alls. Hon såg ut att fundera över vad det kunde betyda att Lynley hade ställt en fråga istället för att svara på hennes. "Vad vill ni veta?"

"Till exempel om hon röker."

Mrs Whitelaw tittade bort mot fönstret där deras bilder reflekterades av de mörka glasrutorna. Hon tycktes försöka föreställa sig Gabriella Patten både med en cigarett och utan. "Hon rökte aldrig här, i det här huset", sa hon till slut. "För jag röker inte, och det gör inte Ken heller… gjorde. Men annars vet jag inte, det kan hända att hon röker."

"Vad hade hon för förhållande till Fleming?"

"De hade ett förhållande." Och när Lynley höjde på ögonbrynen fortsatte hon: "Det var inte allmänt känt. Men jag visste om det. Vi talade om det på kvällarna – Ken och jag – det har vi gjort ända sedan situationen mellan dem uppkom."

"Situationen?"

"Han var förälskad i henne. Han ville gifta sig med henne."

"Och hon?"

"Ibland sa hon att hon ville gifta sig med honom."

"Bara ibland?"

"Det var hennes sätt. Hon tyckte om att hålla honom på halster. De har träffats ända sedan…" Hon började fingra på sitt halsband medan hon tänkte efter. "Det var någon gång förra hösten som det började. Han visste från början att han ville gifta sig med henne. Men hon var inte lika övertygad."

"Jag har förstått att hon redan är gift."

"De har separerat."

"När hon och Fleming började umgås?"

"Nej, inte då."

"Och nu?"

"Menar ni formellt?" undrade hon.

"Och juridiskt."

"Så vitt jag vet hade hon talat med sina advokater. Och hennes man

77

hade talat med sina. Enligt Ken hade de träffats fem sex gånger, men ännu inte kommit fram till någon överenskommelse."

"Men skilsmässan var på gång?"

"Från hennes sida? Antagligen, men jag vet inte säkert."

"Vad sa Fleming om det hela?"

"Ken tyckte ibland att hon var väldigt långsam, men han var... otålig. Han ville ha allting i sitt liv ordnat så fort som möjligt. Det var alltid samma sak när han hade bestämt sig för någonting."

"Och i sitt eget liv. Hade han vidtagit några åtgärder?"

"Han hade äntligen kommit sig för att tala med Jean om skilsmässa, om det är vad ni syftar på."

"När hände det?"

"Ungefär samtidigt som Gabriella lämnade sin man. I början av förra månaden."

"Gick hans hustru med på skilsmässa?"

"De har levt var och en på sitt håll under fyra år, kommissarien. Hon kunde faktiskt inte ha mycket att invända."

"Men hade hon trots det några invändningar?"

Mrs Whitelaw tvekade. Hon ändrade ställning i stolen, och den knarrade när hon rörde sig. "Jean älskade Ken. Hon ville ha honom tillbaka. Det hade inte förändrats under alla de år han varit borta, så jag kan inte föreställa mig att hon skulle ha ändrat inställning bara för att han talade om skilsmässa."

"Och mr Patten? Vad vet ni om honom? Vad hade han för åsikt om allt detta? Visste han om att hans hustru hade ett förhållande med Fleming?"

"Det tror jag knappast. De försökte vara diskreta."

"Men om hon bodde i er stuga", insköt assistent Havers och vände sig från garderoben där hon systematiskt hade gått igenom Flemings kläder. "Tycker ni inte att det avslöjar hela situationen?"

"Efter vad jag har förstått, talade Gabriella inte om för någon var hon bodde. Hon behövde någonstans att bo när hon hade lämnat Hugh, och då frågade Ken mig om hon kunde få låna stugan. Det gick jag med på."

"Var det ert sätt att godkänna deras förhållande?" frågade Lynley.

"Ken frågade aldrig efter mitt godkännande."

"Och om han hade gjort det?"

"Han har i åratal varit som en son för mig. Jag ville att han skulle vara lycklig. Om han trodde att han skulle kunna bli lycklig genom att gifta sig med Gabriella, tyckte jag att det var bra."

Det var ett intressant svar, tänkte Lynley. Det lilla ordet *trodde* innebar väldigt mycket. "Mrs Patten har försvunnit", sa han. "Har ni någon aning om var hon skulle kunna vara?"

"Ingen aning, om hon inte har gått tillbaka till Hugh. Var gång hon och Ken grälade hotade hon med att göra det. Hon har kanske gjort allvar av sina hotelser."

"Hade de grälat?"

"Det tvivlar jag på. Ken brukade alltid diskutera med mig när de hade gjort det."

"Brukade de gräla?"

"Gabriella tycker om att genomdriva sin vilja. Men det gör Ken också. Det hände att de hade svårt att kompromissa. Det var ingenting annat." Det såg plötsligt ut som om hon förstod vad frågorna syftade på. "Ni kan väl inte på allvar tro att Gabriella... Det är absolut inte troligt, kommissarien."

"Vem mer än Fleming visste om att hon bodde i stugan?"

"Grannarna måste naturligtvis ha vetat om det. Brevbäraren. Mjölkbudet. Folk i Lesser Springburn, om hon brukade gå till byn."

"Jag menar här, här i London."

"Ingen", sa hon.

"Ingen mer än ni."

Hon såg allvarligt men inte sårat på honom. "Det stämmer", sa hon. "Ingen mer än jag. Och Ken."

Hon såg Lynley i ögonen som om hon väntade på en anklagelse och trodde att han skulle framställa den. Lynley sa ingenting. Hon hade påstått att Fleming var som en son för henne. Han undrade om det stämde.

"Här är någonting", sa assistent Havers. Hon höll på att öppna ett smalt kuvert som hon hade tagit ut ur en av hans kavajfickor. "Flygbiljetter", sa hon och såg upp. "Grekland."

"Står det något avresedatum på dem?"

Havers höll upp dem mot ljuset. Hon rynkade pannan när hon granskade texten. "Här är det. Ja, avresedatum..." Hon räknade i huvudet ut vilken dag det rörde sig om. "Förra onsdagen."

"Han måste ha glömt dem", sa mrs Whitelaw.

"Eller aldrig brytt sig om att ta dem med sig."

"Men bagaget, kommissarien", sa mrs Whitelaw. Han hade ju sitt bagage. Jag såg på när han packade. Jag hjälpte honom att bära ner sakerna till bilen. I onsdags. På kvällen."

Havers slog tankfullt biljetterna mot sin ena handflata. "Han hade kanske ändrat sig. Skjutit upp resan. Bestämt sig för att resa senare. Det skulle förklara varför hans son aldrig ringde när Fleming inte kom för att hämta honom i onsdags kväll."

"Men det förklarar inte varför han packade som om han hade tänkt resa", envisades mrs Whitelaw. "Eller varför han innan han körde, sa att han skulle skicka mig ett kort från Mykene."

"Det är lätt att förklara", sa Havers. "Av någon anledning ville han just då att ni fortfarande skulle tro att han hade rest till Grekland."

"Eller kanske ville han inte att ni skulle få reda på att han först åkte till Kent", tillade Lynley.

Han gjorde en paus medan mrs Whitelaw tycktes anstränga sig att smälta upplysningarna. Att det var svårt för henne syntes tydligt på hennes blick som fladdrade av osäkerhet. Hon försökte förgäves se ut som om hon inte var det minsta förvånad över att Kenneth Fleming hade ljugit för henne.

Precis som en son, tänkte Lynley. Han undrade om Flemings lögner gjorde honom mer eller mindre lik en son i mrs Whitelaws ögon.

OLIVIA

När sightseeingbåtarna passerar känner jag hur vår pråm gungar till lite på vattnet. Chris påstår att jag bara inbillar mig eftersom de bara har ett skrov och nästan inte lämnar några svallvågor alls efter sig, medan vår pråm har dubbla och är så gott som omöjlig att rubba. Men jag svär på att jag ändå kan känna ebb och flod. Om jag har lagt mig och släckt ljuset känns det som jag föreställer mig att det skulle vara inne i en livmoder.

Längre ner, i riktning mot Regent's Park, har alla pråmarna bara ett skrov. De är målade i klara färger och ligger uppradade som järnvägsvagnar längs båda sidor av kanalen. Turisterna brukar åka till Regent's Park eller till Camden Lock för att fotografera dem. De försöker antagligen föreställa sig hur det är att bo ombord på en pråm mitt i storstaden. De tror antagligen att man helt och hållet kan glömma bort att man befinner sig mitt i en stad.

Vår pråm blir inte fotograferad lika ofta. Chris byggde den inte för att den skulle vara pittoresk utan praktisk, och därför är den inte mycket att se på men den duger som bostad. Jag är för det mesta här i hytten och ser på när Chris gör skisser till sina gjutformar. Det är jag som tar hand om hundarna.

Chris har ännu inte kommit tillbaka från sin joggingtur. Jag visste att han skulle vara borta en evighet. Om han har gett sig iväg ända bort till parken och har tagit med sig hundarna in dit kommer han inte tillbaka på flera timmar. Men i så fall kommer han också att ta färdiglagad mat med sig hem. Olyckligtvis blir det då säkert något slags tandoori. Han glömmer alltid bort att jag inte tycker om det, men det lastar jag honom inte för, eftersom han har så mycket att tänka på.

Det har jag också.

Jag kan inte undgå att se hans ansikte. En gång i tiden skulle det ha fått mig rasande – tanken på att en person som jag inte ens känner skulle ha fräckheten att ställa moraliska krav på mig, och till och med be mig att ha principer. Men underligt nog har dessa outtalade krav gett mig en märklig sinnesro. Chris skulle nog säga att det beror på att jag äntligen har fattat ett beslut och handlar i enlighet med det. Kanske har han rätt. Kom bara ihåg att jag inte alls är förtjust i tanken på att tvätta min smutsiga byk offentligt, men jag har sett hans ansikte gång på gång – jag ser det fortfarande hela tiden – och det är hans ansikte som har fått mig att acceptera det faktum att om jag tar på mig ansvaret måste jag också förklara hur och varför.

Ni förstår, jag var något av en besvikelse för mina föräldrar, även om den jag var och vad jag gjorde berörde min mor mycket starkare än min far. Det vill säga, mor var mycket tydligare i sina reaktioner på mitt beteende. Hon talade med stora bokstäver om vem jag var: En Sådan Besvikelse. Hon uttryckte saken så, hon sa att hon tvådde sina händer i fråga om mig. Och alla problem jag förorsakade henne handskades hon med på ett mycket ovanligt sätt: hon såg till att ha annat att tänka på.

Ni märker säkert hur bitter jag är. Ni skulle antagligen inte tro på mig om jag sa att jag inte bryr mig så mycket om det nuförtiden. Men då gjorde jag det. Jag kände mig fruktansvärt bitter. Under hela min barndom såg jag på hur hon ilade från det ena mötet till den andra välgörenhetstillställningen, jag hörde henne berätta om alla som var fattiga men begåvade i den femteklass där hon undervisade och jag försökte på alla sätt få henne mera intresserad av mig, vilket bara resulterade i att hon sa att Nu Är Olivia Besvärlig Igen. Och visst var jag det. När jag var tjugo var jag arg som ett instängt vårtsvin, och ungefär lika attraktiv också. Jag använde mig av Richie Brewster för att få mor att förstå hur missnöjd jag var med livet. Men så uppfattade jag det inte på den tiden. Jag trodde att det var kärlek.

Jag träffade Richie en fredagskväll i Soho. Han spelade saxofon på en klubb som hette Julip's. Den är stängd numera, men ni kommer säkert ihåg den; det var ungefär hundra kvadratmeter fyllda med rök och svettiga kroppar i en källare på Greek Street. På den tiden brukade man rikta strålkastare med blått ljus mot taket, och det ansågs mycket inne trots att det fick alla människor att se ut som heroinister på jakt efter ännu en sil. Då och då kunde stället skryta med att mindre viktiga kungligheter med åtföljande *paparazzi* frekventerade det. Där fanns skådespelare, konstnärer och författare. Det var dit man skulle gå om man ville se eller synas.

Jag ville varken det ena eller det andra. Jag gick dit med mina vänner. Vi hade åkt ner från universitetet för att lyssna på en konsert på Earl's Court, vi var fyra tjuguåriga tjejer som ville koppla av före våra examina.

Det var en ren slump som gjorde att vi hamnade på Julip's. Det stod en folksamling på trottoaren och väntade på att få komma in, och vi ställde oss också där för att se vad det var. Det dröjde inte länge förrän vi upptäckte att det cirkulerade en massa marijuanacigaretter och vi tackade och tog emot.

Nuförtiden använder jag cannabis för att glömma. När framtiden tycks riktigt hemsk, röker jag det och försvinner bort. Men då var det inkörsporten till något roligt. Jag tyckte det var underbart att bli hög. Jag kunde ta några bloss och bli en helt ny människa, Liv Whitelaw, den fredlösa, orädd och förfärlig. Alltså var det jag som spårade upp varifrån gräset kom: det var tre killar från Wales, medicinstuderande som var ute för att få en kväll med musik, sprit, knark och tjejer. Det var tydligt att de redan hade tillgång till de tre första sakerna. När vi kom fick de även resten. Men vi märkte snart att det blev ojämna par, och om inte en av killarna ville jobba dubbla skift så var det en av tjejerna som blev utan. Jag hade aldrig varit särskilt bra på att fånga karlar, så jag förstod från första stund att det var jag som skulle bli förloraren.

I vilket fall som helst var det ingen av killarna som tilltalade mig. Två av dem var alldeles för korta och den tredje hade en andedräkt som stank som en kloak. Mina väninnor kunde gott få dem.

Så fort vi hade kommit in på nattklubben började de grovhångla på dansgolvet. Eftersom det var brukligt på Julip's var det inte någon som brydde sig särskilt mycket om det. Jag koncentrerade mig på musikerna.

När orkestern tog en paus hade två av mina kompisar redan lämnat stället med orden: "Vi ses i plugget, Liv", vilket var deras sätt att säga till mig att inte stanna kvar och vänta medan de blev påsatta. Jag lutade mig tillbaka i stolen för att tända en cigarett. Det var Richie Brewster som tände den åt mig.

Nu verkar det så blekt, det ögonblicket då en tändare flammade upp en liten bit från mitt ansikte och lyste upp hans. Men Richie hade sett alla gamla svartvita filmer som gjorts och trodde själv att han var ett mellanting mellan Humphrey Bogart och David Niven. "Får jag slå mig ner?" sa han, och Den Fredlösa Liv Whitelaw svarade: "Gör som ni behagar", och ordnade ansiktsdragen så att hon skulle se riktigt uttråkad ut. Efter vad jag kunde se var Richie gammal, en bit över fyrtio, kanske nästan femtio. Huden hängde slappt runt hakan och han hade påsar under ögonen. Jag var inte intresserad.

Men varför följde jag då med honom den där kvällen när orkestern hade spelat sista dansen och Julip's stängde? Jag skulle kunna säga till er att det berodde på att sista tåget till Cambridge redan hade gått och jag inte hade någon annanstans att bo, men sanningen är den att jag skulle ha kunnat ta mig hem till Kensington. Men istället såg jag möjligheten till att få lite erfarenheter och uppleva någonting spännande när Richie bjöd ut mig på en drink då han hade packat ihop sin saxofon, tänt två cigaretter och gett den ena till mig. "Visst, varför inte", svarade jag och ändrade därmed inriktningen på hela mitt liv.

Vi tog en taxi till Bayswater. Richie sa åt chauffören att köra till Commodore på Queensway, lade handen på mitt lår och tryckte till.

Allt detta kändes vuxet och olovligt. I hotellreceptionen byttes pengar mot två flaskor, vi gick upp till rummet och öppnade dörren. Hela tiden sneglade Richie i riktning mot mig och jag log konspiratoriskt mot honom. Jag var Liv Whitelaw, Den Fredlösa, ett sexuellt djur, en kvinna som med halvslutna ögonlock och brösten lockande framskjutna hade total makt över mannen. Gud en sådan dumbom jag var!

Richie tog bort plastomslaget från dricksglasen som stod på en skranglig byrå. Han svepte snabbt tre glas vodka. Han hällde upp ett fjärde glas som han tömde långsamt innan han hällde upp ett glas gin åt mig. Han tog båda flaskorna och bar dem tillsammans med glasen bort till det runda bordet som stod mellan rummets två stolar. Dessa var klädda med ärtsoppsfärgad vinylplast, och i skenet från den skära kinesiska lykta som hängde i taket fick de samma färg som de vissna bladen på en rosenbuske. Richie slog sig ner, tände en cigarett och började tala.

Jag kommer fortfarande ihåg vilka ämnen han valde: musik, konst, teater, resor, böcker och film. Jag lyssnade, fylld av vördnad över hans bildning. Jag fällde ett par kommentarer. Senare upptäckte jag att allt som krävdes av mig var att jag var tyst och såg uppmärksam ut, men just då tyckte jag att det var helt fantastiskt att vara i närheten av en man som verkligen Visste Hur Man Konverserar En Kvinna.

Vad jag däremot inte förstod var att Richie Brewster använde prat som förspel. Han var totalt ointresserad av att smeka en kvinnlig kropp. Han blev istället upphetsad av att hans egen röst smekte luften. När han den kvällen hade arbetat sig upp till den nivå då han trodde sig kunna prestera någonting, reste han sig upp från stolen, drog upp mig ur min stol, stoppade in sin tunga i min mun, knäppte upp sina byxor och drog fram sin lem. Han lade min hand runt den, drog ner mina jeans och kände med två fingrar efter om jag var redo. Han förde mig baklänges mot sängen och log mot mig. "Oh, ja", sa han mångtydigt och tog av sig byxorna. Han hade inga kalsonger. Han berättade senare för mig att han aldrig hade underkläder eftersom de bara var i vägen. Han skalade jeansen och underbyxorna av mitt ena ben. "Det är fint, baby", sa han apropå ingenting och tog tag med händerna om min stjärt. Han lyfte upp mina höfter. Han dök in i mig.

Han var verkligen energisk där han pumpade på, han tvinnade mina ben runt sin rygg och grep tag i mitt hår med fingrarna. Han flämtade, stönade och suckade i mitt öra. Ungefär hundra gånger sa han *Guud* och *Jeesus* och när det gick för honom skrek han "Liv, Liv, Liv."

Efteråt gick han ut i badrummet. Vattnet spolade och stängdes sedan av. Han svassade tillbaks in i rummet med en handduk som han leende kastade till mig. "Är du alltid lika blöt?" sa han. Jag tog det som en komplimang. Sedan gick han bort till byrån och hällde upp var sin drink till åt oss. "Helvete vad jag mår bra", sa han, slängde sig på sängen och snusade mig i nacken. "Du var verkligen någonting i särklass. Det var åratal sedan det gick för mig på det här sättet."

Vad jag kände mig mäktig. Den sex jag hade ägnat mig åt tidigare föreföll betydelselös. Fram till natten på Commodore inskränkte sig mina erfarenheter till svettiga omfamningar av pojkar, småungar som inte hade någon aning om hur man Älskade.

Richie rörde vid mitt hår. På den tiden var det råttfärgat, inte blont som nu, och långt och rakt som ett järnvägsspår. Han lät fingrarna glida genom det. "Hmm, mjukt," sa han. Han höll ginglaset mot mina läppar och gäspade. Han kliade sig i huvudet. "Fan också, det känns som om jag hade känt dig i evigheter", sa han och i det ögonblicket bestämde jag mig för att jag älskade honom.

Jag stannade kvar i London eftersom jag insåg att jag aldrig hade passat in i Cambridge, omgiven av snobbar, bögar och idioter. Vem fan ville göra karriär i samhällsvetenskap – det var mors idé från början och hon hade ju dragit i alla upptänkliga trådar för att få in mig vid ett college som hette Girton – när jag kunde ha ett hotellrum i Bayswater och en riktig man som betalade för det och som kom hem var dag för att få grymta och stöna en smula på en knölig madrass?

Efter en vecka, när mina kompisar inte längre trodde att de skulle ha något för om de fortsatte att skydda mig, efterlyste man mig från Girton. Min handledare ringde till mina föräldrar. Mina föräldrar ringde till polisen. Den enda ledning de hade kunnat ge snuten var Julip's i Soho, men eftersom jag var myndig och inga kvinnliga lik som liknade mig hade kastats i Themsen på sista tiden och eftersom IRA just hade fått smak för att placera bomber i bilar, i varuhus och i tunnelbanestationer så kastade polisen sig inte över fallet. Därför gick det tre veckor innan mor dök upp med pappa i släptåg.

Jag blev riktigt förbannad när de kom dit. Klockan var strax efter åtta på kvällen och jag hade druckit sedan fyra. När jag hörde att det knackade på dörren trodde jag att det var portiern som kom upp för att hämta hyran. Han hade redan varit där två gånger. Jag hade sagt åt honom att pengarna fick Richie stå för och att han fick vänta. Men han var en sådan där envis typ från Västindien – inställsam och hotfull på samma gång – så han gav inte upp.

Jag tänkte att nu fick väl snart den jäkla lille svartingen låta mig vara ifred. Jag slängde upp dörren redo att slåss, och så stod de där. Jag kan fortfarande se dem för mig: mor, klädd i en av de där klänningarna som hon i någon variant hade haft ända sedan Jackie Kennedy gjorde dem populära, och pappa som var klädd i kostym och slips som om han skulle gå bort.

Jag är övertygad om att mor fortfarande kan se mig för sig: jag var klädd i en av Richies krympta T-shirts och ingenting annat. Jag vet inte vad hon hade trott sig finna på Commodore när hon kom förbi den där kvällen. Men hennes ansiktsuttryck visade alldeles tydligt att hon inte hade väntat sig att det skulle vara Liv Whitelaw, Den Fredlösa, som öppnade dörren.

"Gode Gud, Olivia", sa hon. Pappa tittade på mig, vände bort blicken och tittade sedan igen. Det såg ut som om han darrade inuti sina kläder.

Jag stod i dörröppningen med ena handen på handtaget och den andra mot låret. "Vad är det frågan om", sa jag och lät ytterligt uttråkad. Jag insåg vad som komma skulle – skuldkänslor, tårar och försök att lirka med mig, för att inte tala om alla försök att få bort mig från Commodore – och jag visste att det skulle bli jävligt jobbigt.

"Vad har hänt?" sa hon.

"Jag har träffat en kille. Vi är ihop. Det är allt."

"Man ringde från universitetet. Dina handledare är utom sig av oro. Dina vänner undrar vad som hänt."

"Cambridge är ingenting för mig längre."

"Tänk på din utbildning, ditt framtida liv", sa hon. Hon valde sina ord med omsorg. "Vad tänker du egentligen på?"

Jag drog i underläppen. "Tänker. Hmmm... jag tänker på att jag ska knulla Richie Brewster så fort han kommer tillbaka."

Mor tycktes växa. Pappa sänkte blicken mot golvet. Hans läppar rörde sig i ett svar som jag inte kunde uppfatta.

"Vad säger du, farsan?" sa jag och lutade ryggen mot dörrposten. Men jag höll hela tiden kvar ena handen på handtaget. Jag var inte dum. Om jag släppte in min mor i rummet skulle mitt liv tillsammans med Richie vara över.

Men det verkade som om hon hade tänkt försöka en annan metod, hon skulle åberopa det sunda förnuftet och försöka få Olivia Att Ta Sitt Förnuft Till Fånga. "Vi har talat med rektorn och din handledare. De kan ta dig tillbaka på prov. Nu måste du packa dina saker."

"Nej."

"Olivia..."

"Du fattar visst inte? Jag älskar honom. Han älskar mig. Vi har vårt liv här."

"Detta är inte något liv." Hon såg från höger till vänster som om hon gjorde en bedömning av på vad sätt korridoren skulle kunna bidra till min utbildning och framtid. Hon lät förnuftig när hon fortsatte. "Du är så oerfaren. Du har råkat ut för en förförare. Det är begripligt att du tror att du älskar den här mannen, och att du tror att han älskar dig. Men detta... Som du har det här, Olivia..." Jag märkte att hon ansträngde sig för att inte tappa självbehärskningen. Hon försökte vara Årets Mor. Men hon hade plockat fram modersrollen alldeles för sent. När jag såg henne hålla på så där kände jag hur nackhåren reste sig.

"Ja", sa jag. "Vad är det jag har här?"

"Här finns ingenting annat än billigt gin i utbyte mot sex. Du måste inse det."

"Det som jag inser", sa jag och kisade mot dem eftersom lampan i korridoren bländade mig, "är att jag har fan så mycket mer än ni kan föreställa er. Men man kan väl inte hoppas på att ni ska kunna förstå någonting. Ni har väl knappast någon erfarenhet av passion?"

"Livie", sa min far och såg på mig.

"Du har druckit för mycket", sa min mor. "Du kan inte tänka klart." Hon pressade fingrarna mot sina tinningar och blundade en kort stund. Jag kände igen symtomen. Hon försökte avvärja en migränattack. Om jag höll ut ett par minuter så skulle jag ha vunnit slaget. "Vi ringer till universitetet och säger att du kommer i morgon eller i övermorgon. Just nu måste du komma med hem."

"Nej. Vi måste ingenting annat än att säga god natt. Jag är färdig med Cambridge. Där är det förbjudet för en del att beträda gräsmattorna, där har man olika akademiska dräkter och där är det viktigt vem det är som smular sönder dina terminsuppsatser. Det kallar jag inte att leva. Det är det här som är livet."

"Tillsammans med en gift man?"

Min far tog henne i armen. Det var tydligt att detta var ett trumfkort de hade hoppats på.

"Och sitta här och vänta tills han har tid att smita ifrån sin fru?" Och eftersom mor visste hur hon skulle utnyttja situationen sträckte hon sig nu fram efter mig. "Olivia, min älskade Olivia", sa hon, men jag skakade henne av mig.

Ni förstår, det hade jag inte vetat om, och det visste mor förbannat väl. En sådan idiotisk liten självupptagen tjuguåring, det sexuella djuret, Liv Whitelaw, Den Fredlösa, med en medelålders man som åt ur handen på henne. Jag hade inte vetat. Jag borde ha kunnat lägga samman två och två, men det hade jag inte gjort, eftersom allting mellan oss var så annorlunda, så nytt och så jäkla spännande. Men nu när alla fakta fladdrade förbi i mitt huvud så som fakta brukar göra när man har fått en chock, insåg jag att min mor hade talat sanning. Han stannade inte alltid kvar hela nätterna. Han påstod att det berodde på spelningar i andra städer, och på sätt och vis var det så. För det var i Brighton han hade sin fru, sina ungar och sitt hem.

"Du visste alltså inte om det, raring", sa mor med medlidsam röst.

"Det skiter väl jag i", sa jag. "Det är klart att jag visste om det, jag är väl ingen idiot heller?"

Men det var precis vad jag var. För jag lämnade inte Richie Brewster med en gång.

Ni undrar förstås varför. Det är enkelt. Jag tyckte inte jag hade något val. Vart skulle jag tagit vägen? Tillbaka till Cambridge och låtsats vara en exemplarisk student, samtidigt som alla bara väntade på att jag skulle trampa snett. Hem till Kensington, där mor skulle ha varit ädel och pysslat om mina emotionella skador. Ut på gatan? Nej. Det fanns inga alternativ. Jag stannade kvar. Jag visste vad jag ville och det tänkte jag också visa. "Om ni nu måste veta det, så ska han lämna sin fru." Så stängde jag dörren och kontrollerade att den var ordentligt låst.

De höll på att banka en stund. Mor i alla fall. Jag kunde höra min far. "Det räcker nu, Miriam", sa han med låg röst en bit därifrån. Jag letade genom byrålådan efter ett paket cigaretter. Jag tände en, hällde upp en ny drink åt mig och väntade på att de skulle försvinna. Och under tiden funderade jag på vad jag skulle säga och hur jag skulle handla när Richie visade sig igen och jag fick honom på knä.

Alla mina fantasier slutade med att Richie bad om nåd. Men det dröjde två veckor innan han kom tillbaka till Commodore, för på något sätt hade han fått reda på att jag visste. Och när han till slut dök upp hade jag redan i tre dagar vetat om att jag väntade barn.

OLIVIA

Idag är det molnfritt, men himlen är inte blå och jag vet inte vad det beror på. Den höjer sig som baksidan på en opolerad sköld bakom de där förskräckliga hyreskolosserna av sandsten som man har byggt där Robert Browning en gång bodde, och jag sitter här och betraktar den och fantiserar över varför den har förlorat sin färg. Jag kan inte minnas när jag senast såg en alldeles klarblå himmel och det oroar mig. Kanske är det solen som äter upp den blå färgen, som börjar med att bränna himlen i kanterna som när ett papper sveds av eldslågorna, och som sedan allt snabbare kryper inåt ända tills det till slut inte finns någonting annat ovanför oss än ett snurrande vitt eldklot som störtar sig ner mot det som redan blivit till ett glödande kol.

Det verkar inte som om någon annan lägger märke till att himlen har förändrats. När jag påpekar det för Chris skuggar han för ögonen med ena handen och kastar en blick mot den. "Ja, faktiskt", säger han. "Enligt mina beräkningar har vi luft kvar i vår nuvarande miljö så att den räcker i ungefär två timmar. Tycker du att vi ska leva upp den här eller störta iväg mot Alperna?" Så rufsar han om mig i håret och går ner i hytten där jag kan höra hur han börjar vissla och plocka ner sina arkitekturböcker från hyllorna.

Han håller på att arbeta med att göra en kopia av ett stycke kornisch till ett hus vid Queens Park. Det är en ganska lätt uppgift, för kornischen är av trä, och för det mesta tycker han bättre om att arbeta i trä än i gips. Han påstår att han blir nervös av gips. "Jösses, Livie, vem tror jag egentligen att jag är som försöker greja ett Adams-tak?" brukar han säga. Med tanke på hur många människor som ber honom arbeta med restaureringen av deras hus, så fort det blir känt att ett nytt område håller på bli populärt, trodde jag en gång i tiden att det var falsk blygsamhet från hans sida, men det var innan jag lärde känna honom ordentligt. Jag trodde att han var en kille som helt och hållet hade lyckats befria sig från osäkerhet och tvivel på den egna förmågan, men så småningom insåg jag att detta var en roll han föll in i när det behövdes en ledare. Den verklige Chris har precis som alla vi andra sin beskärda del av tvivel. Han har en mask han kan ta på sig nattetid när det så krävs. På dagarna däremot, när makten inte är lika viktig för honom, då är han som han är.

Jag har från första början önskat att jag kunde vara mera lik Chris. Till och med när jag var som mest irriterad på honom – i början när jag brukade ta med mig andra killar till pråmen och satte på mig det där elakt mångtydiga lilla leendet och sedan låg med dem tills de ylade och jag kunde vara säker på att Chris visste vad jag gjorde och med vem – då ville jag ändå bli lik honom. Jag skulle ha önskat att jag kunde få byta både kropp och själ med honom. Jag skulle ha önskat att jag vågat visa upp mig som jag var. "Se här", skulle jag velat säga, "så här är jag under all den där skiten." Men bara för att jag inte kunde göra det och inte kunde vara som han, försökte jag istället såra honom. Jag försökte skuffa bort honom ända till yttersta kanten så att han skulle falla ner. Jag ville förstöra honom, för om jag hade kunnat göra det skulle det ha betytt att hela hans sätt att leva var en lögn. Och jag ville att hans liv skulle vara en lögn.

Jag skäms för mig själv, så som jag var då. Chris säger att jag inte har någonting att skämmas för. "Du var som du måste vara, Livie. Glöm bort det nu." Men det kan jag aldrig göra. Var gång jag tror att jag ska kunna öppna min hand, spreta med fingrarna och låta minnena rinna bort liksom sand i vattnet, är det någonting som skrämmer mig så att jag hejdar mig. Ibland är det ett musikstycke jag hör eller en kvinna som skrattar gällt och falskt. Ibland är det den sura lukten hos kläder som legat otvättade alltför länge. Ibland är det åsynen av ett ansikte som plötsligt blir hårt av ilska eller en blick från en främling vars ögon är ogenomträngliga av förtvivlan. Och trots att jag inte vill det, sveps jag då med tillbaka i tiden och placeras på tröskeln till det liv jag en gång levde. "Jag kan inte glömma", säger jag till Chris. Det händer i synnerhet när jag väcker honom för att kramperna gripit tag om mina ben och han kommer till mitt rum med Beans och Toast i hälarna och ett glas varm mjölk som han propsar på att jag ska dricka. "Du behöver inte glömma", säger han, och hundarna slår sig ner på golvet vid hans fötter. "Att glömma skulle betyda att du var rädd för att lära dig någonting av det förgångna. Men du måste lära dig att förlåta." Och jag dricker mjölken fast jag inte vill ha den, och jag för glaset med båda händerna till min mun och försöker låta bli att jämra mig av smärta. Chris märker det. Han sätter igång att massera mig så att musklerna åter blir mjuka.

Var gång detta händer säger jag att jag är ledsen. "Vad har du att vara ledsen över, Livie?" säger han då.

Och det är just det som är frågan. När jag hör honom ställa den är det som musik, skratt, tvätt, åsynen av ett ansikte, en hastig blick. Återigen är jag en resenär som svepts bakåt i tiden för att möta mig själv som jag en gång var.

Jag var tjugo år gammal och gravid. Jag tänkte mer på det som en massa bekymmer än som en baby som växte inuti mig. Richie såg det hela som en chans att sticka. Han var vänlig nog att betala hotellräkningen innan han gav sig iväg, men på samma gång talade han om för portiern att jag från och med nu fick klara mig på egen hand. Och jag hade redan gjort mig omöjlig hos personalen på Commodore, så de var bara glada över att kunna bli av med mig.

Det första jag gjorde när jag hamnade på gatan var att ta en kopp kaffe och en varm korv på ett hak mitt emot Bayswater Station. Jag satt där och funderade över vilka alternativ jag hade, och stirrade på den välkända röda, vita och blå tunnelbaneskylten, ända tills logiken stod helt klar och jag såg botemedlet på alla mina problem. Den fanns ju där, ingången till både innerstads- och förortslinjerna knappast tjugofem meter från platsen där jag satt. Och bara två hållplatser söderut fanns High Street Kensington. Vad fan, tänkte jag. Och så bestämde jag på stående fot att det minsta jag kunde göra här i livet var att ge min mor en ärlig chans att sluta spela Elizabeth Fry för att istället satsa ordentligt på Florence Nightingale. Jag åkte hem. Ni undrar kanske varför de tog mig till nåder igen. I så fall är ni nog en sådan där människa som aldrig gett sina föräldrar ett enda ögonblick av sorg, och därför kan ni kanske inte föreställa er hur en sådan som jag skulle kunna vara välkommen tillbaka någonstans. Då har ni glömt bort vad som egentligen menas med ett hem. Det är ett ställe dit man går, knackar på dörren, ser ångerfull ut och blir insläppt. När man sedan väl är inne och har packat upp sina pinaler kan man tala om alla de dåliga nyheterna som från början fick en att åka hem.

Jag väntade två dar innan jag berättade för mor att jag var gravid; jag passade på medan hon höll på att rätta skrivningarna från en av sina kurser i engelska. Hon satt i matrummet mot gatan och hade tre högar med uppsatser travade framför sig och en ångande kanna med Darjeeling te vid ena armbågen. Jag tog den uppsats som låg högst upp i en av högarna och läste på måfå den första meningen. Jag kan fortfarande komma ihåg den: "När man utforskar Maggie Tullivers karaktär kommer man som läsare osökt att tänka på skillnaden mellan öde och slump." Så profetiskt.

Jag kastade ifrån mig uppsatsen. Mor såg upp och tittade på mig över kanten på sina läsglasögon utan att röra på huvudet.

"Jag är gravid", berättade jag för henne.

Hon lade ifrån sig blyertspennan, tog av sig glasögonen och hällde upp ännu en kopp te åt sig. Hon använde varken mjölk eller socker men rörde i alla fall om i koppen. "Vet han om det?"

"Tydligen."

"Hur så, tydligen?"

"Han har ju schappat."

Hon smuttade på teet. "Jag förstår." Hon tog upp blyertspennan och bankade den mot sitt lillfinger. Hon log hastigt och skakade på huvudet. Hon hade örhängen av guld i form av snodda rep och ett halsband som passade ihop med dem. Jag kommer fortfarande ihåg hur de glittrade i ljusskenet.

"Vad då?" sa jag.

"Ingenting", sa hon och tog en ny klunk te. "Jag trodde du hade tagit ditt förnuft till fånga och brutit med honom. Jag trodde det var därför som du kom tillbaka."

"Vad spelar det för roll? Det är slut. Jag har kommit tillbaka. Räcker inte det?"

"Vad tänker du göra nu?"

"Med ungen?"

"Med ditt liv, Olivia."

Jag hatade lärarinnetonen i hennes röst. "Det är väl min sak", sa jag. "Kanske behåller jag ungen. Kanske inte."

Jag visste vad jag hade tänkt göra, men jag ville att det skulle vara hon som föreslog det. Under så många år hade hon låtsats vara företrädare för Det Sociala Samvetet, och nu hade jag behov av att avslöja henne.

"Jag måste fundera på det här", sa hon och återvände till sina uppsatser.

"Gör vad du vill", sa jag och började gå ut ur rummet.

När jag gick förbi hennes stol sträckte hon ut en hand för att hejda mig så att den en kort sekund – jag antar att det var oavsiktligt – hamnade på min mage där hennes barnbarn växte. "Vi säger ingenting till din far", sa hon. Alltså visste hon vad jag hade tänkt göra.

Jag ryckte på axlarna. "Jag tvivlar på att han skulle förstå. Har pappa egentligen en aning om varifrån spädbarn kommer?"

"Gör inte narr av din far, Olivia. Han är mer man än den som övergav dig."

Med tummen och pekfingret lyfte jag bort hennes hand från min kropp och lämnade rummet.

Jag hörde hur hon reste sig upp och gick bort till sideboardet, öppnade en låda och letade genom den en stund. Sedan gick hon till vardagsrummet, slog ett telefonnummer och började tala.

Hon beställde en tid till tre veckor senare. Skickligt av henne. Hon ville att jag skulle oroa mig. Under tiden låtsadslevde vi någonting som var mitt emellan normalt familjeliv och väpnat stillestånd. Mor försökte flera gånger dra in mig i samtal om det som hade varit – och då handlade det mest om Richie Brewster – och om framtiden – att jag skulle återvända till Girton College. Men hon nämnde inte babyn en enda gång.

Jag genomgick aborten nästan en månad efter det att Richie hade lämnat mig på Commodore. Mor körde mig, hon höll händerna högt uppe på ratten och hennes fot pumpade nervöst på gaspedalen. Hon hade valt en klinik så långt norrut man kunde komma i Middlesex, och hon körde oss dit en ruggig morgon med regn och dieselångor och jag undrade om hon hade valt just den kliniken för att vara säker på att vi inte skulle stöta ihop med någon av hennes bekanta. Det skulle vara just likt henne, tänkte jag, det skulle stämma ypperligt med hennes skenheliga karaktär. Jag kröp ihop i sätet, stoppade in händerna i kappärmarna och jag kände hur jag bet ihop tänderna.

"Jag vill ha en cigarett", sa jag.

"Inte i bilen."

"Jag vill röka."

"Det går inte för sig."

"Jag vill."

Hon körde in till trottoaren. "Olivia, du kan inte bara…"

"Jag kan inte vad då? Kan inte röka för det skulle skada babyn? Skitsnack."

Jag såg inte på henne. Jag stirrade ut genom fönstret, såg på hur två män lastade av kemtvätt från en gul lastbil och skyndade in med den genom dörren till en tvättinrättning. Jag kunde känna i luften hur arg mor var och att hon försökte behärska sin ilska. Jag njöt av det faktum att jag fortfarande inte bara kunde provocera henne utan att hon också måste kämpa för att förbli samlad så fort hon och jag var tillsammans.

"Jag hade tänkt säga att du inte kan få fortsätta så här", sa hon försiktigt.

Tjusigt. Ännu en föreläsning. Jag slappnade av och rullade med ögonen. "Ska vi se till att bli klara med det här nu då", svarade jag. Jag gjorde en gest mot vägen med fingret. "Kan du inte sätta fart nu, Miriam?"

Jag hade aldrig tidigare kallat henne vid förnamn, och samtidigt som jag bytte ut *mor* mot *Miriam* kände jag att maktbalansen vägde över åt mitt håll.

"Du tycker visst att det är roligt med små elakheter?"

"Lägg av! Nu kör vi."

"Jag kan inte förstå mig på den sortens människor", sa hon med ett tonfall som om det var förnuftets röst som talade. "Jag försöker, men jag kan inte förstå det. Berätta för mig var du får alla dina elakheter från. Hur tror du jag ska kunna klara av dem?"

"Du, det räcker om du kör. Ta mig till den där kliniken så att vi kan få det gjort."

"Inte förrän vi har talats vid."

"Jesus! Vad i helvete är det du vill? Om du vill att jag tacksamt ska kyssa din hand precis som de där stackars typerna vars liv du trasslar till brukar göra, så kommer det inte att ske."

"Alla de där stackars typerna...", sa hon tankfullt. "Olivia, min älskling." Hon bytte ställning i sätet och jag visste att hon satt vänd mot mig. Jag kunde mycket väl föreställa mig hennes ansiktsuttryck, för jag kunde höra det i hennes röst och jag kunde förstå det av hennes ordval. *Min älskling* betydde att jag hade gett henne tillfälle att visa all sin förståelse och medföljande medlidande. *Min älskling* var ett sätt att skickligt få maktbalansen att tippa över igen. "Olivia, är det mitt fel att du gjort så här?"

"Försök inte ta åt dig äran."

"Är det på grund av alla mina projekt, min karriär, min..." Hon rörde vid min axel. "Har du inbillat dig att jag inte älskar dig? Älskling, har du försökt att..."

"Herre Gud! Kan du hålla käften och köra nu! Kan du i alla fall göra det för min skull? Kan du köra och hålla ögonen på vägen och sluta tafsa på mig."

"Ja visst. Naturligtvis", sa hon en liten stund senare, när mina ord hade studsat runt i bilen och riktigt sjunkit in, och då insåg jag att jag än en gång hade spelat efter hennes regler. Jag hade gett henne tillfälle att känna sig som den sårade parten.

Det var alltid på det viset med min mor. Så fort jag trodde att jag hade övertaget skyndade hon sig att visa mig hur det egentligen förhöll sig.

När vi väl hade kommit fram till kliniken och fyllt i alla papper, tog inte själva proceduren särskilt lång tid. En liten skrapning, en liten utsugning, och vi hade ett bekymmer mindre. Efteråt låg jag i ett trångt vitt rum i en smal vit säng och tänkte på vad mor väntade sig av mig. Gråt och tandagnisslan, naturligtvis. Skuldkänslor. Något slags bevis på att jag hade Lärt

Min Läxa. Framtidsplaner. Vad det nu än var hon ville, så tänkte jag inte göra den satkärringen till viljes.

Jag stannade kvar två dagar på kliniken för att blödningen skulle upphöra och för att jag skulle bli kvitt en infektion som läkarna inte tyckte om. De ville att jag skulle stanna där en vecka, men det gick jag absolut inte med på. Jag skrev ut mig själv och åkte hem i taxi. Mor mötte mig i dörren. Hon hade en reservoarpenna i ena handen, ett mattgult kuvert i den andra och läsglasögonen på nästippen. "Olivia, vad menar du...? Doktorn sa åt mig att..."

"Jag behöver pengar till taxin", sa jag, och lät henne klara upp det medan jag själv gick in i matrummet och hällde upp en drink åt mig. Jag stod vid sideboardet och funderade över vad jag skulle ta mig till nu. Inte med mitt liv, utan med den här kvällen.

Jag stjälpte i mig en gin, hällde upp en ny och hörde hur ytterdörren stängdes. Mors fotsteg kom genom korridoren och stannade i dörröppningen till matrummet. Hon talade med min ryggtavla.

"Läkarna berättade för mig att du hade fått blödningar. Och en infektion."

"Det är lugnt." Jag snurrade runt ginet i mitt glas.

"Olivia, jag vill att du ska veta att orsaken till att jag inte besökte dig, var att du gjort klart för mig att du inte ville ha mig där."

"Det stämmer, Miriam." Jag knackade mot glaset med nageln och lade märke till att ljudet blev dovare ju längre upp mot kanten jag kom. Raka motsatsen till vad man skulle kunna vänta sig.

"Eftersom du inte kunde komma med hem samma dag var jag ju tvungen att säga någonting till din far, så jag..."

"Skulle han inte klara av att få reda på sanningen?"

"Så jag sa till honom att du hade varit i Cambridge för att ta reda på vad du behövde göra för att kunna börja där igen."

Jag skrattade utan att öppna munnen.

"Och det är vad jag vill att du ska göra", sa hon.

"Jag förstår." Jag tömde mitt glas, funderade på om jag skulle ta mig en tredje drink, men de första två hade redan påverkat mig snabbare än jag hade väntat. "Och om jag inte gör det då?"

"Jag misstänker att du kan räkna ut konsekvenserna."

"Vad ska det betyda?"

"Att din far och jag har bestämt att vi är villiga att försörja dig om du studerar vid universitetet, annars inte. Att ingen av oss tänker stå bredvid och se på hur du slänger bort ditt liv."

"Jaha. Tack så mycket. Jag har förstått." Jag ställde glaset på sideboardet, gick tvärs över rummet och knuffade mig ut genom dörren.

"Du kan tänka på det tills i morgon", sa hon. "Då vill jag få reda på vad du tänker göra."

"Visst", sa jag. Dumma kossa, var vad jag tänkte.

Jag gick uppför trappan. Mitt rum låg på översta våningen i huset, och när jag kommit upp dit skakade mina ben och jag var alldeles fuktig i nacken. Jag stod en stund och lutade pannan mot dörren. Jävla kärring, tänkte jag. Jävla skit. Jag kände att jag behövde komma ut. Det var botemedlet och biljetten till friheten. Jag var på väg mot badrummet för att fixa till ansiktet just som Richie Brewster ringde.

"Jag saknar dig, älskling", sa han. "Det är slut. Jag har gått från henne. Jag vill att du ska må bra igen."

Han sa att han ringde från Julip's. Orkestern hade precis skrivit på ett kontrakt för sex månaders spelning. De hade varit på turné i Nederländerna och fått tag på lite riktigt bra hasch i Amsterdam som de hade smugglat ut. På Richies andel stod det *Älskade Liv* med stora bokstäver, och just nu fanns den där bakom scenen och bara väntade på att jag skulle komma och röka den.

"Kommer du ihåg så fint vi hade det på Commodore? Det kommer att bli ännu bättre den här gången. Jag var en idiot som lämnade dig, Liv. Du är det bästa som har hänt mig på åratal. Jag behöver dig, baby. Du får mig att spela som ingen annan."

"Jag gjorde mig av med babyn. För tre dagar sedan. Jag är inte på humör. Okay?"

Om Richie inte var någonting annat, så var han i alla fall musiker. Han missade inte en enda nyans. "Men baby, min älskade baby. Helvete också!" Jag kunde höra hur han andades. Han röst blev tjock. "Vad kan jag säga. Jag blev skraj, Liv. Jag sprang min väg. Du hade kommit mig alldeles för nära. Du fick mig att känna saker jag inte hade räknat med. Du måste förstå, det blev alldeles för mycket för mig. Jag har aldrig tidigare känt på det viset. Därför blev jag skraj. Men den här gången förstår jag bättre. Låt mig försöka göra allting bra igen. Jag älskar dig, baby."

"Jag har inte tid att lyssna till mer skitsnack nu."

"Det kommer inte att gå som förra gången. Det kommer inte att ta slut igen."

"Nej, just det."

"Ge mig en chans, Liv. Om jag trasslar till det igen vet jag att jag förlorar dig. Men ge mig en chans." Och sedan väntade han och andades i luren.

Jag lät honom hålla på med det. Jag tyckte om tanken på att ha fått Richie Brewster precis dit jag ville.

"Men lyssna nu, Liv. Minns du inte hur vi hade det? Det kommer att bli ännu bättre", sa han.

Jag vägde de olika alternativen mot varandra. Det verkade som om det fanns tre att välja på: återvända till Cambridge och de tvång och regler som livet där innebar, ge mig ut på gatan och försöka klara mig på egen hand eller att göra ett nytt försök med Richie. Richie som hade ett arbete, som hade pengar, som hade knark och som nu sa att han dessutom hade någonstans att bo, en lägenhet på nedre botten i Shepard's Bush. Och han hade ännu mer att erbjuda nu, sa han, fast han ville inte säga vad det var. Men jag visste, för jag kände honom. Det var fester, folk, musik, liv och rörelse. Hur skulle jag kunna välja vare sig Cambridge eller gatan om allt jag just nu behövde göra var att ta mig till Soho för att vara mitt i det verkliga livet?

Jag slutade sminka mig och tog min väska och jacka. Jag sa till mor att jag skulle gå ut. Hon satt i vardagsrummet vid mormors sekretär i färd med att adressera en bunt kuvert och nu tog hon av sig glasögonen och sköt tillbaka stolen. Hon frågade vart jag skulle gå.

"Ut", upprepade jag.

Hon visste redan vart, som mödrar alltid gör. "Han har hört av sig, eller hur? Jag förmodar att det var han som ringde?"

Jag förmodar att... Typiskt för engelsklärare. Till och med när det krisar till sig är de noga med grammatiken. Jag svarade inte.

"Olivia, gör det inte", sa hon. "Du kan göra någonting bättre av ditt liv. Du har gått igenom en svår period, älskling, men det betyder inte att du behöver ge upp hoppet. Jag kan hjälpa dig. Din far kommer att hjälpa dig. Men du måste komma oss till mötes på halva vägen."

Jag förstod att hon höll på att arbeta upp sig genom att prata skit. Hennes ögon hade blivit typiskt glansiga.

"Lägg av, Miriam", sa jag. "Jag går nu. Jag kommer tillbaka senare."

Det där sista var lögn, men jag ville bli kvitt henne. Hon bytte snabbt taktik. "Du är inte frisk, Olivia. Du har haft allvarliga blödningar, för att inte tala om infektionen. För mindre än tre dagar sedan..." Inbillade jag mig eller var det verkligen svårt för henne att uttala ordet? "...genomgick du en operation."

"Jag gjorde abort", sa jag och njöt av att se hur hon rös till av avsky.

"Jag tycker det är bäst att vi försöker glömma och gå vidare."

"Just det. Du kan glömma genom att fortsätta skriva kuvert och jag går vidare."

"Din far… Olivia, gör inte detta!"

"Pappa kommer över det. Och det gör du också." Jag vände på klacken.

Hennes röst ändrades från att ha varit förnuftig till att bli beräknande. "Olivia, om du går härifrån i kväll – efter allt vad du har gått igenom och efter alla våra försök att hjälpa dig…" Hon tycktes bli osäker. Jag vände mig om. Hon såg fullständigt samlad ut, men hon kramade sin reservoarpenna som om den hade varit en dolk.

"Ja?"

"Då tvår jag mina händer."

"Plocka fram tvålen då."

Jag lämnade henne där hon stod och försökte se ut som en sörjande moder. Jag gick ut i natten.

På Julip's ställde jag mig i baren, såg på folk och hörde på när Richie spelade. När första avdelningen var slut trängde han sig fram genom hopen med ögonen fästa på mig som om jag varit en magnet och han struntade i alla som försökte tala med honom. Han tog min hand och vi gick in bakom scenen. "Liv, min baby", sa han och höll i mig som om jag varit en ädelsten och lät fingrarna leka i mitt hår.

Jag stannade kvar bakom scenen resten av kvällen. Mellan spelningarna rökte vi hasch och jag satt i hans knä. Han kysste min hals och mina handflator. När de andra killarna i bandet kom i närheten sa han åt dem att försvinna. Han sa att han inte var någonting värd utan mig.

När Julip's stängde för natten gick vi till ett kafé för att dricka kaffe. Där var belysningen stark och jag märkte med en gång att Richie inte såg frisk ut. Hans ögon var ännu mera hundlika än de hade varit tidigare och huden hängde lös. Jag frågade om han hade varit sjuk. Han sa att det hade varit jobbigare än han trodde det skulle bli att bryta upp från frun. "Loretta älskar mig fortfarande, raring. Du måste få veta det, för nu ska det inte längre finnas några lögner mellan oss. Hon ville inte att jag skulle flytta. Till och med nu vill hon ha mig tillbaka. Men jag fixar det inte. Inte utan dig." Han sa att han hade kommit underfund med sanningen första veckan efter det att jag hade stuckit. "Jag är svag, baby", sa han. "Men du ger mig styrka på ett sätt som ingen annan kan göra." Han kysste mina fingerspetsar. "Vi åker hem, Liv", sa han. "Låt mig ställa allt till rätta."

Det blev annorlunda den här gången, precis som han hade sagt. Vi bodde inte längre i ett illaluktande rum tre trappor upp med mattstumpar på golvet och möss som sprang i väggarna. Vi hade en hyreslägenhet på nedre botten med burspråk och stiliga korintiska pelare på var sida om porten. Vi hade en eldstad som var uppmurad i järnsmide och tegelsten. Vi hade ett sovrum och ett kök och ett badkar med lejontassar. Eftersom Richies band spelade på Julip's gick vi dit varje kväll och när man stängde där gick vi ut på stan. Vi festade och vi drack. Så ofta vi kunde sniffade vi kokain. Vi fick till och med tag på lite LSD. Vi dansade, hånglade i baksätena på taxibilar och vi var aldrig hemma före tre. Vi åt färdiglagad kinamat i sängen. Vi köpte vattenfärger och målade varandras kroppar. En kväll när vi var berusade gjorde han hål i näsan på mig. På eftermiddagarna spelade Richie med bandet, och när han blev trött kom han alltid till mig.

Så var det den här gången. Och jag var inte tappad bakom en vagn, jag visste när det var allvar. Men bara för att vara på den säkra sidan väntade jag i två veckor för att se om Richie skulle sjabbla till allting igen. När han inte gjorde det åkte jag hem till Kensington och hämtade mina pinaler.

Mor var inte hemma när jag kom. Det var snålblåst och vinden kom i byar så att man fick en känsla av att någon uppe i himlen höll på att skaka jättestora lakan. Först ringde jag på dörrklockan. Jag väntade, kurade ihop mig mot vinden och ringde igen. Sedan kom jag ihåg att mor alltid brukade bli sen på torsdagarna eftersom hon då var nere på Isle of Dogs och hade handledning för snillena i femte klassen, och manade dem att ha öppna sinnen så att hon skulle kunna fylla dem med Sanningen. Eftersom jag hade mina nycklar med mig öppnade jag dörren och gick in.

Jag sprang uppför trappan och kände det som om jag med varje trappsteg lämnade ett stycke förstoppat, inskränkt borgerligt familjeliv bakom mig. Jag hade väl inget behov av denna leda som generationer av engelska kvinnor – för att inte tala om min mor – förkvävts under medan de gjorde det som var passande? Jag hade Richie Brewster och ett riktigt liv istället för allt det som detta ruvande mausoleum i Kensington förde med sig.

Ut härifrån, tänkte jag, ut härifrån, ut... här...ifrån.

Mor hade förutsett vad jag skulle göra. Hon hade åkt till Cambridge och samlat ihop mina saker. Hon hade packat ner dem i pappkartonger tillsammans med allt annat som jag ägde och de stod prydligt hoptejpade på mitt sovrumsgolv.

Tack ska du ha, mor, tänkte jag. Gamla kossa, gamla hora. Tack så hemskt mycket för att du har ordnat med allt på ditt ordentliga sätt.

Jag gick igenom kartongerna, valde vad jag ville ha och slängde resten på sängen och golvet. Efteråt gick jag runt en halvtimme i huset. Richie hade sagt att vi började få ont om pengar, så jag tog vad jag kunde för att hjälpa honom; ett silverföremål här, en tennmugg där, en eller två porslinsfigurer, tre eller fyra ringar, några miniatyrmålningar som låg på ett bord i vardagsrummet. Alltsammans var ju delar av mitt framtida arv, jag föregrep bara sakernas gång en smula.

Varje månad hade vi lika ont om pengar. Lägenheten och våra utgifter gick på mer än vad Richie tjänade. För att bidra en smula tog jag jobb på ett fik vid Charing Cross Road där jag lade fyllning i ugnsbakad potatis, men det var lika lätt för mig och Richie att hålla i pengarna som att jaga fjädrar i full storm. Därför bestämde Richie att den enda lösningen var att han skulle försöka få några extra spelningar utanför stan. "Jag vill inte att du ska behöva arbeta mer än du redan gör", sa han. "Låt mig ta den här spelningen i Bristol" – eller i Exeter eller York eller Chichester – "för att vi ska komma på fötter."

Nu när jag ser tillbaka inser jag att jag borde ha förstått vad alla dessa ekonomiska problem i kombination med en massa extra spelningar betydde. Men till att börja med gjorde jag inte det. Inte för att jag inte ville utan för att jag inte kunde förmå mig till det. Jag hade investerat mycket mer än pengar i Richie, men det brydde jag mig inte om att fundera över. Därför ljög jag och blundade för sanningen. Jag intalade mig att eftersom vi hade ont om pengar var det rimligt att han kanske behövde resa för att tjäna lite mer. Men när ekonomin bara blev sämre och hans resande inte tycktes göra någon skillnad på våra inkomster, blev jag tvungen att lägga samman två och två. Orsaken till att han inte bidrog med mer var att han hade andra utgifter.

Jag anklagade honom. Han erkände. Hans utgifter höll på att dränka honom. Han hade en fru i Brighton, han hade mig i London och han hade ett fnask som hette Sandy i Southend-on-Sea.

Fast till att börja med berättade han ju inte om Sandy. Han var inte dum. Han såg till att jag bara fick reda på om frun, denna stackars Loretta som fortfarande älskade honom, som inte kunde förmå sig till att skiljas från honom, som var mor till hans barn och så vidare... Han hade börjat med att hälsa på i Brighton då och då, som en ansvarskännande far borde göra. Han hade utsträckt sina visiter med tre eller fyra – eller var det fem, Richie? – utflykter i Lorettas brallor. Nu var hon gravid.

Han grät när han berättade det för mig. Han sa att han inte kunnat göra annorlunda, de hade varit gifta i åratal, hon var mor till hans barn, han kunde inte vända ryggen åt hennes kärlek när hon erbjöd honom den, när hon inte kunde glömma honom, när hon aldrig skulle kunna komma över honom.... Det *betydde* ingenting, hon betydde ingenting, att de två var tillsammans betydde ingenting för "Du är den enda, Liv. Du får mig att skapa musik. Allting annat är skit."

Bortsett från Sandy, visade det sig. Jag fick höra talas om Sandy en onsdag morgon, strax efter det att doktorn hade förklarat för mig att det som jag trodde var en obehaglig och otrevlig infektion i själva verket var herpes. Redan torsdag kväll hade jag gjort slut med Richie. Jag orkade nätt och jämt kasta hans tillhörigheter utför yttertrappan och se till att låset i ytterdörren blev utbytt. Fredag kväll trodde jag att jag skulle dö. På lördagen sa läkaren att det var "en mycket intressant och livskraftig infektion", vilket var hans sätt att säga att han aldrig hade sett något liknande.

Och hur var det då? Det var som feber och det sved, och jag var tvungen att skrika i en handduk var gång jag gick på toaletten, det kändes som om det satt råttor och bet stora stycken av musen. Under sex veckor tänkte jag på Sandy, på Richie och på Southend-on-Sea när jag åkte fram och tillbaka mellan doktorn och toaletten och min säng, och jag var övertygad om att kallbrand inte kunde vara värre än detta som slet mig i stycken.

Jag vande mig snabbt vid att inte ha någon mat, att ha smutstvätt i högar i dörröppningarna, att ha trasigt porslin vid dörrarna och väggarna. Jag vande mig snabbt vid att inte ha några pengar. Det sociala tog hand om läkarräkningarna, men det fanns ingen som tog hand om någonting annat.

Jag minns att jag satt vid telefonen och tänkte Helvetesjävlar, har det gått så långt? Jag kommer ihåg att jag skrattade. Jag hade suttit hela morgonen och druckit upp det sista av ginet, och det krävdes en blandning av gin och desperation för att till slut ringa. Det var vid tolvtiden på söndagen.

Pappa svarade: "Jag behöver hjälp", sa jag.

"Livie?" sa han. "Var i herrans namn är du någonstans? Vad har hänt min älskling?"

Hur länge sedan var det som jag senast talade med honom? Jag kunde inte påminna mig det. Hade han alltid låtit så sympatisk? Hade hans röst alltid varit så vänlig och så dämpad?

"Du mår visst inte bra? Har du råkat ut för någon olycka? Är du skadad? Är du på sjukhus?"

Det var en underlig känsla jag fick. Hans röst fungerade både som skalpell och bedövning. Jag kunde öppna mig för honom utan att det gjorde ont.

Jag berättade allting för honom. "Pappa, hjälp mig", sa jag när jag hade gjort det. "Snälla, hjälp mig att ta mig ut ur det här."

"Låt mig sköta det härifrån. Låt mig göra vad jag kan. Din mor är…"

"Jag kan inte stanna kvar här", sa jag till honom. Jag började gråta. Jag hatade mig själv för att jag gjorde det, för han skulle säkert berätta för henne att jag gråtit, och då skulle hon tala med honom om barn som försöker med konster och föräldrar som är bestämda och som står vid sitt ord och sin

101

lag och sin eländiga övertygelse att det bara är deras sätt att leva som är det rätta. "Pappa!" Jag måtte ha tjutit, för jag kunde höra ordet eka i lägenheten en lång stund efter det att jag hade sagt det i luren.

"Ge mig ditt telefonnummer, Livie", sa han med mjuk röst. "Ge mig din adress så ska jag tala med din mor. Jag hör av mig."

"Men jag…"

"Du måste lita på mig."

"Lova."

"Jag ska göra vad jag kan, men det kommer inte att bli lätt."

Jag tror nog att han framlade fallet så skickligt som möjligt, men mor hade alltid varit experten när det handlade om Familjeproblem. Hon ändrade inte ståndpunkt. Två dagar senare sände hon mig 50 pund i ett kuvert. Runt sedlarna hade hon vikt ett vitt papper och på det hade hon skrivit: "Ett hem måste vara en plats där barnen lär sig att leva efter föräldrarnas regler. När du kan garantera att du har för avsikt att följa våra regler kan du låta oss få veta det. Tårar och böner räcker helt enkelt inte längre. Vi älskar dig, raring och det kommer vi alltid att göra." Och det var allt.

Miriam, tänkte jag. Gamla goda Miriam. Jag kunde läsa mellan raderna som hon hade skrivit med sin perfekta handstil. Det var det här som hon menade när hon sade att hon tvådde sina händer. För vad mor anbelangar, så hade jag bara fått vad jag förtjänade…

Nåja, må fan ta henne, tänkte jag. Jag nedkallade alla förbannelser jag kunde komma på över henne. Alla sjukdomar, alla olyckor, alla missöden. Eftersom hon tydligen njöt av att jag mådde dåligt skulle jag njuta när hon gjorde det.

Det är konstigt att tänka på hur det sedan gick.

OLIVIA

Solen känns varm mot mina kinder. Jag ler, lutar mig tillbaka och sluter ögonen. Jag räknar sekunderna som jag har lärt mig att göra tills en minut har gått: ettusenett, ettusentvå och så vidare. Jag borde fortsätta till tre-hundra, men sextio är allt jag klarar av just nu. Och trots det händer det lätt när jag har kommit till fyrtio att jag skyndar på för att bli klar. Jag kallar minuten för en vilopaus, och det är meningen att jag ska ta en sådan flera gånger om dagen. Jag vet inte varför. Jag tror att man säger åt folk att vila sig när man inte har någonting mera produktivt att komma med. De vill att man ska blunda och långsamt sväva bort. Jag gillar inte den tanken. Det är ungefär som att säga åt en person att vänja sig vid det oundvikliga innan man är redo för det, eller hur?

Skillnaden är bara den att det oundvikliga är någonting svart, kallt och evigt, medan jag här i min fällstol på pråmen kan se röda strimmor av sol-sken mot ögonlocken och känna hur värmen trycker mot mitt ansikte. Min tröja ångar av värme och tightsen sprider ut hettan över mina skenben. Allting – världen i synnerhet – verkar så fruktansvärt jobbigt.

Ursäkta. Jag dåsade bort alldeles. Problemet med mig är att jag kämpar mot sömnen hela nätterna så att det ibland händer att den överrumplar mig under dagen. Men det är faktiskt bättre för det är så fridfullt, som att långsamt dras med tidvattnet ut från stranden. Och de drömmar som kom-mer när sömnen på dagen har suddat ut ens medvetande – de är de allra ljuvaste.

Jag drömde att jag var tillsammans med Chris. Jag vet att det var han för jag var så säker på att han inte skulle tappa mig. Jag klamrade mig fast vid hans rygg och vi svävade högt över en grönsvart klippkust som liknade Cliffs of Moher, där oceanen sänder vattenkaskader flera hundra meter upp i luften. Och av någon anledning hade han långt hår, det såg inte alls ut som Chris hår utan var långt, svart och rakt som ett spjutskaft. Det dolde mig när vi flög fram. Och jag kände hans axlar, styrkan i hans ben och vinden mot mitt ansikte. När vi landade var det på en öde plats, ungefär som Burren. "Det är här det kommer att ske, Livie", sa han. "Vad då?" undrade jag. "Barn kommer fram ur stenarna", sa han. Och när han log såg jag att det var min far.

Jag dödade min far. Det är någonting jag måste leva med, det och med allting annat. Chris säger till mig att jag inte alls har så stor skuld i min fars död som jag tycks vilja ta på mig. Men Chris kände mig inte på den tiden. Då hade han ännu inte släpat fram mig ur soporna och på sitt förståndiga sätt sagt åt mig att uppföra mig lika vuxet som jag pratade och prata så vuxet som han trodde att jag innerst inne kunde. Senare har jag frågat honom varför han tog sig an mig. Då rycker han på axlarna. "Instinkt, Livie", säger han, "Jag såg vem du var. Du fanns längst inne i dina ögon." "Var det för att jag påminde dig om dem?" säger jag. "Dem?" undrar han. "Vilka?" men han vet vilka jag menar och vi vet båda två att det är sant. "Räddningsaktioner", säger jag, "det är visst din starka sida." "Du behövde någonting att tro på", säger han. "Det gör vi alla." Men om sanningen ska fram så har Chris alltid inbillat sig att jag är bättre än jag är. Han anser att jag har ett gott hjärta. Jag anser att jag inte har något hjärta alls.

Och något hjärta hade jag inte sista gången jag stod ansikte mot ansikte med min far.

Det var en fredagkväll som jag fick syn på mor och far precis utanför Covent Garden Station. De hade varit på operan. Trots att jag var så packad kunde jag förstå det för mor var klädd i svart från topp till tå och bar ett fyraradigt pärlhalsband. Det var en pärlcollier, och jag hade alltid sagt åt henne att det gjorde hennes hals kortare och fick henne att se ut som Winston Churchill i kvinnokläder. Pappa var klädd i smoking och luktade lavendel. Han var ganska nyklippt och det hade blivit alldeles för kort. Det gjorde att öronen såg ut som snäckor fastlimmade vid huvudet, och fick honom att se både förvånad och oskuldsfull ut. Någonstans hade han lyckats gräva fram ett par lackskor som han hade putsat så att de glänste som speglar.

Jag hade varken sett eller talat med någon av dem sedan den där dagen, när jag ringde till pappa för att be om hjälp. Det var för nästan två år sedan. Jag hade haft sex olika jobb, delat lägenhet med fem olika killar och levt mitt liv som det föll sig, inte behövt stå till svars inför någon och jag trivdes med det.

Jag var i sällskap med två killar som jag hade träffat på en pub på King Street som hette någonting i stil med Bocken eller Oxen. Vi var på väg till en häftig fest som tydligen var på gång i Brixton. Jag var i alla fall på väg dit. Killarna bara hängde med. Vi hade sniffat lite coke på herrtoaletten och efteråt – när allting verkade lustigare än det brukade vara i vanliga fall – hade vi skrattat gott åt tanken på att göra det alla tre med mig i mitten. De var heltända på att få göra det med mig och de svor på hur skönt jag skulle tycka att det var för de var krigare, de var kungar, de var hingstar. De knuffades och buffades och hetsade upp sig och kokainet fick mig att svettas. Jag förstod att här gällde det vem som skulle få vad av vem och när det skulle ske, och jag var smart nog att inse att samma minut som jag gav efter för dem skulle det vara slut med mig.

Ni tycker visst att det är ruskigt att läsa det här? Ni lägger ifrån er det jag skrivit och tittar ut genom fönstret ända tills allt det vackra där utanför har gjort er tillräckligt starka för att återvända till mig.

För ni har väl inte levt samma sorts liv som jag? Jag tror aldrig ni har knarkat, så ni kan inte veta vad för sorts slödder man kan råka ut för när man har lust att bli hög. Ni kan säkert inte se er själva, knäböjande på det trasiga kakelgolvet på herrtoaletten medan en kille som på dagarna brukar leka på bankerna i City fumlar med blixtlåset till sina läderbyxor (de som han har när han är inkognito) och skrattande grabbar tag i ert huvud. "Sätt igång. Gör det nu!" Det kan ni säkert inte föreställa er. Ni kan inte ens föreställa er att ni skulle kunna komma på en sådan tanke, för ni har ingen aning om hur det är efteråt, när de där nödvändiga men ganska otäcka minuterna av knäböjande på herrtoaletten med huvudet mot någons skrev har gett er makt, kvickhet, energi och övertygelsen om att ni är den mest fantastiska varelse som Gud någonsin skapat.

För det är så det känns när man drar upp kokainet i näsan och ögonen börjar brinna. Men jag var inte så beroende av det att jag hade glömt bort hur jag skulle sköta mina kort för att få det jag ville ha. Därför instämde jag i deras skratt, knäböjde på kakelplattorna så att en trasig kant skar in i mina jeans, och gav var och en av killarna precis så mycket att de kunde föreställa sig kommande fröjder. När de var tillräckligt uppvärmda lutade jag mig tillbaks på hälarna, gäspade och lät ögonlocken nästan falla ihop. "Jag behöver dra en lina till", sa jag för jag tänkte inte låta någon av dem få någonting mer av mig förrän jag lagt vantarna på min andel av deras narkotika.

Det var enkla killar, trots deras internatskoleuttal och deras tjusiga jobb i City. De trodde att de hade fått mig dit de ville, och därför tyckte de att de kunde börja snåla med knarket. Jag tror att de hoppades kunna hålla mig intresserad genom att vara knussliga.

De hade fel. "Stick iväg då, småflickor", sa jag, och det räckte för att de skulle tro att de var tvungna att visa lite god vilja för att deras smutsiga små drömmar skulle bli verklighet. Vi stannade tillräckligt länge för att dra ett par linor bakom en bil, och sedan gick vi arm i arm bort mot stationen. Jag vet inte hur det var med dem, men jag kände mig tjugo meter hög.

Clark sjöng "Satisfaction" med nya ord som beskrev hur han trodde att hans kommande sexuella upplevelser skulle bli. Barry stoppade omväxlande långfingret i min mun och gned sig själv med det för att hålla sig i form till det lilla roliga. Som en varm kniv i vispgrädde plöjde vi fram genom hopen av fotgängare som alltid trängdes runt Covent Garden. En enda blick på oss räckte för att få folk att helt enkelt gå ned från trottoaren. Ända tills vi stötte ihop med mina föräldrar.

Jag har fortfarande inte förstått vad de gjorde vid stationen den där kvällen. När mor inte kan köra själv brukar hon alltid ta taxi, hon tillhör de där kvinnorna som uppför sig som om de hellre skulle låta någon dra ut deras tånaglar en efter en än att gå genom ingången till en tunnelbanestation. Pappa hade aldrig haft något emot allmänna kommunikationer. För honom var en tunnelbanefärd ingenting annat än en tunnelbanefärd, effektiv, billig och relativt bekymmersfri. Han åkte fram och tillbaka till sitt arbete med pendeltåget varje vardag, och jag tvivlar på att han någon enda gång tänkte på vem som satt bredvid honom eller hur det skulle kunna tolkas att han kom till tryckeriet på något annat sätt än med en Ferrari.

Kanske hade han just den kvällen lyckats övertala henne att pröva hans sätt att färdas. Kanske hade det inte funnits några lediga taxibilar när de kom ut från operan. Eller kanske hade pappa föreslagit att de skulle spara ett par slantar till sin årliga semester på Jersey genom att ta en tur med Picadillylinjen. Hur som helst råkade de befinna sig där jag minst hade väntat mig att få se dem.

Mor sa ingenting. Först kände pappa begripligt nog inte igen mig. Jag hade klippt håret kort och färgat det körsbärsrött och fräschat upp topparna med purpur. Jag hade inte på mig några kläder som han hade sett tidigare – utom jeansen – och jag hade nya örhängen. Och dessutom fler.

Jag var precis lagom upphetsad för att ställa till med en scen. Jag slog ut med armarna som en operasångare som ska till att ta höga C. "Har man sett på fan. Killar, här är mina köttsliga föräldrar."

"Vem är köttslig?" undrade Barry. Han lutade hakan mot min axel, sträckte ner handen och tog mig mellan benen. "Vet du om brudar är köttsliga, Clark?"

Vid det laget visste Clark inte mycket om någonting. Han stod och vajade till vänster om mig. Jag började fnittra och gnuggade mig mot handen som höll tag i mig. Så lutade jag mig mot Barry. "Du får nog lägga av nu", sa jag. "Annars blir mamma jävligt svartsjuk."

"Varför då? Vill hon också ha sig en omgång?" Han knuffade bort mig och vacklade fram mot henne. "Får du det inte regelbundet?" frågade Barry och lade en hand på hennes axel. "Gör han inte vad en duktig pojke bör göra?"

"Han är en duktig pojke", sa jag. "Han vet vad som är vad." Jag sträckte mig fram och klappade pappa på knäet. Han ryckte till.

Mor skakade bort Barrys hand från sin axel. Hon betraktade mig. "Hur lågt tror du egentligen att du kan sjunka?" sa hon.

Det var då pappa tycktes ha insett att det inte var tre huliganer som bråkade med honom och som tänkte klå upp honom och förödmjuka hans fru. Han stod ansikte mot ansikte med sin dotter.

"Gode tid", sa han, "är det du, Livie?"

Mor tog tag i hans arm. "Gordon", sa hon.

"Nej, nu räcker det. Nu kommer du med hem, Livie."

Jag blinkade åt honom. "Det kan jag inte", sa jag. "Jag ska suga kuk i kväll." Clark kom upp bakom mig och gned sig mot mig. "Ohh, det är skönt det där", sa jag. "Men det är inte lika bra som de äkta grejorna. Tycker du om att knulla, pappa?"

Mor rörde knappast på läpparna när hon sa: "Gordon, kom nu med här."

Jag skakade mig fri från Clark och gick fram till pappa. Jag klappade honom på bröstet och lutade pannan mot honom. Han var stel som en pinne. Jag vände på huvudet och tittade på mor. "Nå, gör han det?" frågade jag henne.

"Gordon", upprepade hon.

"Han har inte svarat. Varför svarar han inte?" Jag lade armarna om midjan på honom och lutade huvudet bakåt för att kunna se på honom. "Tycker du om att knulla, pappa?"

"Gordon, vi kan inte diskutera med henne när hon befinner sig i det här tillståndet."

"Med mig?" frågade jag. "Tillstånd?" Jag flyttade mig närmre och gned höfterna mot far. "Okay, då ställer vi frågan på ett annat sätt. Skulle du vilja knulla mig? Barry och Clark vill gärna göra det. De skulle göra det här på gatan om de fick. Skulle du vilja göra det? Om jag sa ja? För du förstår, det skulle jag kanske göra."

"Då så." Clark rörde åter sin kropp bakom mig så att vi tre utgjorde en böljande sexuell sandwich där på gatan.

Barry började skratta. "Gör det", sa han och jag började nynna. "Pappa vill göra't, göra't, göra't."

Folkhopen runt oss på trottoaren drog efter andan.

Jag kände mig som en av de små färgbitarna längst ut i ett kalejdoskop. Jag var en liten del i en virvel som förändrades när jag rörde på huvudet. Sedan blev jag händelsernas centrum. Jag blev envåldshärskarinna. Och sedan blev jag slav.

Från en annan planet hörde jag mors röst: "Gordon, för Guds skull..."

"Gör det!" sa någon.

"Oooohhhh", skrek någon.

"Rid henne då!" ropade någon.

Sedan brände det till runt mina handleder.

Jag hade inte vetat att pappa var så stark. När han grep tag om mina armar, vred dem loss från sig och knuffade bort mig gjorde det ont ända upp i axlarna.

"Stopp där", sa jag.

Han tog ett steg bakåt, tog fram sin näsduk och tryckte den mot munnen. "Behöver ni hjälp, sir?" sa någon och jag såg i ögonvrån hur det glimmade till av silver. En poliskonstapel i hjälm.

"Räddad av snuten. Tur för dig, pappa", flinade jag.

"Tack ska ni ha", sa mor till poliskonstapeln. "De här tre..."

"Det är ingenting", sa pappa.

"Gordon." Mors röst var tillrättavisande. Nu hade de ju chansen att lära sin lilla slyna en ordentlig läxa.

"Det var ett missförstånd", sa pappa. "Tack så mycket, konstapeln. Vi ska ge oss av nu." Han lade handen på mors armbåge. "Miriam", sa han, och alla förstod vad han menade.

Mor skakade i hela kroppen, det såg jag eftersom pärlorna flimrade i ljuset. "Du är ett monster", sa hon vänd mot mig.

"Tycker han det också?" sa jag. "För jag vet, förstår du pappa", ropade jag efter dem när de gick. "Men oroa dig inte, det är vår hemlighet. Jag ska inte berätta för någon."

För ni förstår, han hade blivit upphetsad av det hela. Han hade blivit hård som järn. Och jag tyckte det var ett härligt skämt, jag älskade att ha sådan makt. Tanken på att han skulle behöva gå genom den klart upplysta stationen så att alla kunde se hur hans byxor putade ut – så att Miriam kunde se det – tyckte jag var vansinnigt lustig. Tänka sig att jag hade fått den tystlåtne, svale Gordon Whitelaw att reagera. Om jag kunde åstadkomma det, här till allmänt beskådande med Gud vet hur många vittnen, då kunde jag göra vad som helst. Jag var allsmäktig.

"Ge er iväg nu", sa polisen till oss. "Det finns ingenting mer att titta på nu", sa han till de kvarvarande åskådarna.

Barry, Clark och jag hittade aldrig den där festen i Brixton. Vi försökte inte ens. Vi ordnade istället en egen fest i lägenheten i Shepherd's Bush. Två gånger låg vi med varandra alla tre, en gång var vi två och till slut masturberade vi en och en uppeggade av varandra. Vi hade så mycket knark att det räckte hela natten, och på morgonen hade Clark och Barry bestämt sig för att de gillade alltsammans tillräckligt mycket för att flytta in hos mig, och det tyckte jag väl var acceptabelt. De delade på mig. Det var ett arrangemang som verkade lovande för oss alla tre.

Efter en vecka hade vi bestämt oss för att fira. Vi låg lyckligt utspridda på golvet med tre gram kokain och en halv liter eukalyptusolja för massage när telegrammet kom. Hon hade på något sätt lyckats få det utburet och inte lämnat per telefon. Hon ville nog vara säker på att jag aldrig skulle glömma det.

Till att börja med brydde jag mig inte om att läsa det. Jag såg på när Barry drog ett rakblad genom kokainet och jag hade bara en tanke i huvudet: *snart*.

Det var Clark som öppnade när det ringde på dörren. Han kom in med telegrammet i vardagsrummet. "Till dig, Liv", sa han och slängde det i mitt knä. Han satte på musik och öppnade flaskan med olja. Jag tog av mig tröjan och sedan jeansen. "Tänker du inte läsa det?" sa han.

"Senare", svarade jag. Han hällde ut lite olja och satte igång. Jag slöt ögonen och kände hur njutningen spred sig från axlarna och armarna ner över brösten till höfterna. Jag log och lyssnade till det klickande ljudet när Barry preparerade det magiska pulvret med sitt rakblad. När det var klart, fnittrade han och sa att spelet kunde börja.

Jag glömde bort telegrammet ända tills nästa morgon när jag vaknade upp i en dimma med smak av smält aspirin i halsen. Clark, som alltid var den av oss som hämtade sig snabbast, höll på att raka sig för att göra sig klar för en ny dag av finansiella trollkonster i City. Barry låg fortfarande helt utslagen precis där vi hade lämnat honom halvvägs nerhasad från soffan. Han låg på magen och hans lilla stjärt såg ut som två skära bullar, och hans fingrar rörde sig krampaktigt som om han försökte gripa tag i någonting i drömmen.

Jag traskade in i vardagsrummet och daskade honom på stjärten, men han vaknade inte. "Han kommer inte att klara av det idag. Kan du få så mycket liv i honom att han kan ringa till jobbet?" sa Clark.

Jag sparkade till Barry med foten och han stönade. Han vände sig in mot soffan. "Nej", sa jag åt Clark."

"Kan du låtsas vara hans syster? I telefon, menar jag."

"Varför det. Har han sagt att han bor tillsammans med sin syster?"

"Det har han gjort fram tills nu. Och det skulle vara lättare om du…"

"Skit också. Men jag gör det." Jag ringde och sa att han hade fått magin-fluensa. Att han hade mått illa hela natten och precis lyckats somna. "Klart", sa jag när jag hade lagt på.

Clark nickade och rättade till slipsen. Han verkade tveka och såg gran-skande på mig. "Liv", sa han. "Om i går kväll." Han hade kammat håret bakåt i en frisyr som jag inte gillade. Jag sträckte mig upp och rufsade till det, men han böjde bort huvudet. "Om i går kväll", upprepade han.

"Vad är det med det? Fick du inte tillräckligt. Vill du ha mer? Nu?"

"Det är bäst att Barry inte får reda på någonting. Tycker inte du det?"

Jag rynkade pannan. "Vad menar du?"

"Säg ingenting till honom. Vi pratar om det senare." Han kastade en blick på klockan. Det var en Rolex, en present från hans stolta mamma när han hade gått ut London School of Economics. "Jag måste ge mig iväg. Jag har ett möte halv tio."

Jag ställde mig i vägen för honom. Jag tyckte inte om Clark när han var nykter – han uttryckte sig snobbigt och hela han var fisförnäm – och den här morgonen tyckte jag ännu mindre om honom. "Du går ingenstans för-rän du förklarat vad du menar. Vad är det jag inte ska berätta för Barry? Och varför?"

Han suckade. "Att det bara var du och jag i går kväll. Liv, du förstår väl vad jag menar."

"Vad spelar det för roll? Han var utslagen, han skulle inte ha kunnat även om han hade velat."

"Jag är medveten om det, men det är inte det saken gäller." Han bytte fot. "Säg bara ingenting till honom. Vi hade en överenskommelse, han och jag, och jag vill inte spoliera den."

"Vad då för överenskommelse?"

"Det spelar ingen roll. Hur som helst kan jag inte förklara det nu."

Jag stod fortfarande i vägen för honom. "Det är nog bäst att du förklarar. Om du vill hinna till ditt möte, alltså."

Han suckade. "Helvete", muttrade han.

"Vad då för avtal, Clark? Om i går kväll."

"Nåja. Innan vi flyttade in här hos dig kom vi överens om att aldrig…", han klarade strupen, "vi var överens om att utan den andre skulle vi ald-rig…" Han drog handen genom håret och trasslade själv till det. "Vi skulle alltid göra det båda två. Samtidigt. Med dig. Det var vår överenskommelse."

"Jag förstår. Ni skulle knulla mig tillsammans, menar du. Alla tre på en gång. Och bara två när den tredje tittade på."

"Om du nödvändigtvis måste uttrycka det på det sättet."

"Finns det något annat sätt att uttrycka det på?"

"Jag antar att det inte gör det."

"Bra. Bara så att vi vet vad vi talar om."

Han slickade sig på läpparna. "Då så. Vi ses i kväll."

"Visst." Jag gick åt sidan och såg honom gå mot dörren. "Du Clark?" Han vände sig om. "Om du inte har märkt det, så har du snor som rinner från näsan. Jag vill inte att du ska se ovårdad ut på ditt möte."

Jag vinkade åt honom, och när han hade stängt dörren efter sig gick jag in till Barry. Vi skulle väl se vem det var som hade Liv, och när.

Jag daskade till hans bak. Han stönade. Jag kittlade hans testiklar. Han log. "Seså, rör på dig, ditt fläskberg. Det är någonting vi ska göra", sa jag och satte mig ner på huk för att vända på honom. Det var då jag fick syn på telegrammet som låg på golvet precis under den sovande Barrys hand.

Först sparkade jag undan det och satte mig på golvet för att få liv i Barry. Men när jag märkte att ingenting kunde väcka honom ur hans dvala, än mindre få honom att ställa upp på någonting svor jag till och sträckte mig efter telegrammet.

Jag var så klumpig att jag råkade riva sönder själva telegrammet när jag slet upp kuvertet. Jag såg orden *krematorium* och *tisdag* och trodde först att jag hade fått en dyster påminnelse om hur jag skulle förbereda min hädanfärd. Men sedan såg jag ordet *far* högst upp. Och nära det stod det *tunnelbana*. Jag höll samman de två halvorna och läste meddelandet.

Hon sa så lite som möjligt. Han hade dött på tunnelbanan mellan Knightsbridge och South Kensingtonstationen på väg hem från operan den där kvällen när vi hade mötts. Han hade kremerats tre dagar senare. Dagen därpå hade man hållit en minnesgudstjänst.

Senare – mycket senare när vårt förhållande hade förändrats – berättade hon resten för mig. Att han hade stått bredvid henne bland alla de där hemska människorna som alltid tränger ihop sig på det fyrkantiga tomma utrymmet vid vagnsdörrarna, att han till att börja med inte ens hade fallit utan med en djup suck lutat sig mot en ung kvinna som trodde att han försökte vara närgången och hade knuffat undan honom, att han hade fallit ner på knä och sedan tagit överbalansen åt sidan när vagnsdörrarna öppnades och folk bytte tåg vid South Kensington.

Till medpassagerarnas heder måste sägas att de hade hjälpt mor att få ut honom på perrongen, och någon hade sprungit efter hjälp. Men det dröjde mer än tjugo minuter innan han kom till närmsta sjukhus, och om det hade varit möjligt att rädda honom var det nu alldeles för sent.

Läkarna sa att han hade fått en snabb död. Hjärtsvikt, sa de. Kanske var han till och med död innan han nådde golvet.

Men som jag redan har sagt fick jag reda på det först långt senare. Just då hade jag bara det magra men tydliga meddelandet som fanns i telegrammet och det omfattande men otydliga budskap som gick fram mellan raderna.

Jag minns att jag tänkte: *Varför, din satans jävla markatta, din eländiga kossa!* Jag kände mig spänd och varm, som om brännande band pressades runt mitt huvud. Jag måste göra någonting. Nu! Jag gjorde en boll av telegrammet och pressade in det i ansiktet på Barry, tog tag med händerna i hans hår och drog hans huvud bakåt.

Jag skrattade och jag skrek. "Vakna, vakna din jävel, vakna! Förbannade typ, vakna!" Han stönade och jag bankade hans huvud mot soffan. Jag gick ut i köket, fyllde en kanna med vatten. När jag gick tillbaka mot soffan skvätte det över mina fötter, och hela tiden hojtade jag: "Upp, upp med dig!" Jag drog i Barrys arm och hans kropp följde efter precis dit jag ville ha den, ner på golvet. Jag vände på honom och hällde ut vattnet över honom. "Vad nu då?" sa han, och det räckte.

Jag kastade mig ovanpå honom. Jag slog honom. Jag klöste och bankade. Han viftade med armarna som väderkvarnsvingar. "Vad fan", sa han och försökte gripa tag i mig, men han var fortfarande alldeles för borta för att orka.

"Era jävla knölar", skrek jag skrattande.

"Sluta, Liv", sa han och rullade runt på magen.

Jag hängde mig på honom, red honom, slog honom och bet i hans axlar medan jag skrek. "Ni båda. Knölar. Du vill det. Vill du inte?"

"Vad menar du?" sa han. "Vad i he…"

Jag tog tag i flaskan med det som fanns kvar av eukalyptusolja som låg på golvet tillsammans med tallrikarna från vår middag. Jag slog den i huvudet på honom, men den gick inte sönder. Jag slog honom på halsen och på axlarna, och hela tiden vrålade jag. Och jag skrattade och skrattade. Han lyckades kravla sig upp på knä. Jag fick in ännu ett ordentligt slag innan han kastade mig bakåt. Jag hamnade nära eldstaden, där jag grep tag i en eldgaffel som jag började svänga runt. "Jag hatar dig. Nej. Båda två. Avskum! Äckel!" Och för vart ord svängde jag eldgaffeln runt.

"Förbannade skit", skrek Barry och rusade ut i badrummet. Han slog igen dörren efter sig och jag bankade på den med eldgaffeln. Jag kände hur träflisorna flög ur dörren. När mina axlar var alldeles ömma och jag inte orkade lyfta eldgaffeln mer kastade jag ut den i gången och gled ner på golvet.

Det var först där som jag äntligen började gråta. "Du måste göra det, Barry. Med mig. Nu genast."

Efter ett par minuter öppnades dörren på glänt. Jag höll huvudet lutat mot knäna och tittade inte upp. "Knasiga fruntimmer", hörde jag Barry muttra när han trängde sig förbi mig. Sedan talade han med folk i korridoren utanför lägenheten. Jag hörde hur han sa *oenigheter* och *humör* och *typiskt kvinnor* och *missförstånd* med den där radiorösten han har. Jag lutade huvudet tillbaka och bankade det mot väggen.

"Du måste", snyftade jag. "Med mig. Nu genast. Du måste."

Jag släpade mig upp på knä, tänkte på dem båda två, Barry och Clark, och började gå bärsärkagång genom lägenheten. Jag krossade allt som kunde gå sönder. Jag krossade porslin mot arbetsbänken och slängde glas mot väggarna och lamporna kastade jag i golvet. Allt som var gjort av tyg eller täckt med tyg hackade jag sönder med en kniv, och de få möbler vi hade välte jag omkull och förstörde så gott jag kunde. Till slut föll jag ihop på den trasiga och fläckiga madrassen på vår säng och kröp samman i fosterställning.

Men då blev jag tvungen att tänka på honom. På tunnelbanestationen vid Covent Garden... Jag klarade inte av att tänka. Jag var tvungen att gå ut. Jag måste sätta mig över det, fly bort. Jag behövde kraft, jag behövde någonting, någon, det spelade ingen roll vad eller vem, bara jag kom härifrån, bort från de här väggarna som dansade runt mig och oredan och lukten. Hur kunde jag tro att Shepherd's Bush kunde vara någonting, när det fanns en hel värld där ute som jag kunde erövra och vem behövde förresten det här eländet, vem ville ha det och vem hade förresten bett om att få leva.

Jag lämnade lägenheten och kom aldrig tillbaka. Lägenheten tvingade mig att tänka på Clark och Barry. Och Clark och Barry fick mig att tänka på pappa. Då var det bättre att försöka hitta lite knark. Bättra att stoppa i sig piller. Bättre att försöka hitta någon kille med flottigt hår som ville lägga ut pengar på gin i förhoppning om att han skulle få ihop det med mig i baksätet på hans bil. Bättre att göra vad som helst. Bäst att dra.

Jag började ute i Shepherd's Bush. Jag arbetade mig vidare över mot Notting Hill där jag hängde runt Landbroke Road ett slag. Jag hade bara tjugo pund med mig – knappast tillräckligt för att åstadkomma så mycket skada som jag ville – därför var jag inte så berusad som jag skulle ha velat vara när jag till slut kom fram till Kensington. Men jag var tillräckligt packad.

Jag hade inte funderat på vad jag skulle göra. Jag ville bara se henne i ansiktet ännu en gång så att jag kunde spotta i det.

Jag vacklade ner längs gatan med dess prydliga vita hus med doriska kolonner och burspråk med vita spetsgardiner. Jag vinglade fram mellan de parkerade bilarna. "Nu vi ska ses, Miriam, din jävla kossa", muttrade jag. "Se ditt fula tryne." Jag stapplade fram tills jag stod på andra sidan gatan framför den där blanka svarta dörren med dess polerade portklapp i mässing. Jag lutade mig mot en urgammal Deux Chevaux och tittade på trappan. Jag räknade trappstegen. Sju. Det såg ut som om de rörde sig. Eller kanske var det jag. Fast hela gatan tycktes luta på ett underligt sätt. Och det sänkte sig en dimma ner mellan mig och mitt mål, och sedan klarnade det och blev så åter dimmigt. Jag började både svettas och skaka. Det vände sig i magen på mig och sedan kastade jag upp.

Jag kräktes på huven till Deux Chevauxen. Sedan på trottoaren och så i rännstenen.

"Det är du", sa jag till kvinnan inuti huset på andra sidan gatan. "Det här är du."

Inte för din skull. Inte på grund av dig. Utan du. Vad tänkte jag egentligen på? Inte ens nu förstår jag det. Kanske trodde jag att jag skulle kunna bli kvitt de oupplösliga banden genom en så enkel handling som att spy upp dem på gatan.

Nu vet jag att det inte går. Det finns djupare och mera varaktiga sätt att klippa av banden mellan mor och barn.

När jag kunde stå på mina ben lufsade jag iväg på trottoaren samma väg som jag hade kommit. Jag gned munnen mot tröjan. Jävlar ett sånt misslyckande, tänkte jag. Hon ansåg att det var mitt fel att han hade dött, det visste jag. Hon hade bestraffat mig på det allra bästa sätt hon kunde komma på. Men jag kunde ju också anklaga och bestraffa. Vi får väl se, tänkte jag, vem som lyckas bäst.

Därför började jag smida planer och jobbade de följande fem åren som en mästare i att anklaga och bestraffa.

OLIVIA

Chris har kommit tillbaka. Han har köpt färdiglagad mat med sig hem precis som jag trodde att han skulle göra, men det är inte tandoori. Det är thailändsk mat från ett ställe som heter Bangkok Hideaway. Han höll fram påsen under näsan på mig. "Mmmmm, lukta Livie. Det här har vi nog inte prövat ännu. De kokar jordnötter och böngroddar tillsammans med nudlarna", sa han och tog det sedan med sig ner, genom sin verkstad och in i kabyssen där jag kan höra honom stöka omkring med köksredskapen. Han sjunger dessutom. Han älskar amerikansk country and western, och just nu sjunger han "Crazy", bara en liten smula sämre än Patsy Cline gör. Han gillar den där biten om att gråta och förlåta. Han brukar bröla fram de raderna och delar alltid upp ordet *crazy* i tre stavelser: *cuh-RAY-zee*. Jag är så van vid Chris sätt att sjunga, så när han spelar Patsy Cline på stereon, har jag svårt att tro på att det är henne och inte honom jag hör.

Från min plats på pråmens däck kunde jag se Chris komma tillsammans med hundarna längs med Blomfield Road. De sprang inte nu längre, och av Chris sätt att gå förstod jag att han balanserade både med hundarnas koppel, med en påse och någonting annat som han hade stoppat in under armen. Hundarna verkade intresserade av detta någonting annat. Beans försökte hoppa upp för att ta sig en titt. Toast linkade på och knuffade på Chris arm, kanske i hopp om att vad det nu var skulle ramla ner. Det gjorde det inte, och när de kom ombord alla tre – hundarna först med sina koppel släpande efter sig – såg jag kaninen. Den skakade så mycket att den såg ut som någonting suddigt grått och brunt med flaxande öron och den hade ögon som såg ut som choklad bakom glas. Jag såg från honom till Chris.

"Från parken", sa han. Beans grävde fram honom under en hortensia. Ibland får folk mig att må illa."

Jag förstod vad han menade. Någon hade tröttnat på att ha besvär med ett sällskapsdjur och tänkt att han skulle bli mycket lyckligare om han blev fri. Man struntade i att han inte var född i frihet. Han skulle nog vänja sig och trivas med det bara inte någon hund eller katt fick tag på honom först.

"Han är underbar", sa jag. "Vad ska vi kalla honom?"

"Felix."

"Är inte det ett kattnamn?"

"Det är dessutom latin och betyder *lycklig*. Och det hoppas jag att han är nu när han sluppit från parken." Så gick han ner.

Nu har Chris just kommit upp på däck med hundarna. Han har med sig deras skålar och han tänker ge dem mat. För det mesta brukar han mata dem där nere, men jag vet att han vill att jag ska ha sällskap. Han ställer ner skålarna i närheten av min fällstol och ser på när hundarna kastar sig över käket. Han sträcker på sig och svänger sedan armarna. De sista solstrålarna gör att det ser ut som om hans huvud är täckt med rostrött dun. Han tittar ut över vattnet mot Brownings Island. Han ler.

"Vad då", säger jag, och tänker på hans leende.

"Det är något visst med nyutslagna pilträd. Se hur vinden får grenarna att vaja. De ser ut som dansare. De påminner mig om Yeats."

"Och det får dig att le? Yeats får dig att le?"

"Hur kan man skilja dansaren från dansen?" säger han.

"Vad menar du?"

"Det är Yeats. 'Hur kan vi skilja dansaren från dansen.' Tycker du inte att det passar in?" Han sätter sig på huk vid min stol. Han ser hur många sidor jag redan har fyllt, tar upp burken med sådana där stora blyertspennor för barn som jag har och ser efter hur många jag hittills har använt. "Ska jag vässa dem åt dig?" säger han och det är hans sätt att fråga hur det går och om jag känner för att fortsätta.

"Var har du gjort av Felix?" säger jag och det är mitt sätt att säga att det går bra.

"För närvarande är han på bordet i kabyssen. Han håller på med sitt eftermiddagsmål. Jag måste nog titta till honom. Har du lust att komma ner?"

"Nej, inte ännu."

Han nickar. Han reser sig och tar med sig min pennburk. "Ni båda stannar ombord", säger han till hundarna. "Beans, Toast. Hör ni mig? Smit nu inte iväg. Ni ska hålla ett öga på Livie."

De viftar på svansarna. Chris går ner under däck. Jag kan höra surret från pennvässaren och jag lutar mig tillbaka och ler. *Håll ett öga på Livie.* Som om jag skulle gå någonstans.

Vi har utvecklat ett speciellt stenografiskt sätt att tala med varandra, Chris och jag. Det känns skönt att kunna uttrycka vad man känner utan att behöva vidröra ämnet. Det enda problemet med det tycker jag är att jag ibland inte kan finna de ord jag vill, och budskapet blir förvirrat. Jag har till exempel ännu inte kommit på hur jag ska tala om för Chris att jag älskar honom. Inte för att det skulle förändra vårt förhållande om jag berättade det för honom. Chris älskar inte mig – inte i den betydelse vi vanligen lägger in i ordet älska – och det har han aldrig gjort. Och han åtrår mig inte heller, och har aldrig gjort det. Förr i tiden anklagade jag honom för att vara homo. *Stjärtpojke* kallade jag honom, *fjolla, fikus*. Och då brukade han luta sig framåt i stolen med armbågarna mot knäna och händerna knäppta under hakan. "Du måste tänka på ditt språkbruk", kunde han säga helt allvarligt. "Fundera över vad det du säger betyder. Märker du inte hur din egen trångsynthet är ett tecken på någonting mycket värre, Livie? Och det som är så fascinerande är att man faktiskt inte kan anklaga dig för det. Det är samhällets fel. För varifrån får vi annars våra fördomar om inte från det samhälle vi lever i?" Där satt jag med öppen mun och hade lust att vråla. Men man kan inte slåss mot en man som inte bär vapen.

Chris kommer tillbaka med min pennburk. Han har tagit med sig en kopp te också. "Felix har börjat äta upp telefonkatalogen", säger han.

"Så bra att jag inte har någon att ringa till", säger jag.

Han klappar mig på kinden. "Du blir kall. Jag ska hämta en filt."

"Det behövs inte. Jag vill komma ner om en liten stund."

"Men fram till dess…" Och så är han borta. Han kommer att hämta filten och stoppa den om mig. Han kommer att krama mig om ryggen och kanske kommer han att kyssa mig på huvudet. Han kommer att säga åt hundarna att lägga sig en på var sida om min stol. Sedan kommer han att duka fram middag. Och när det är klart kommer han för att hämta mig. "Får jag lov att eskortera Damen till bordet?" kommer han att säga, för *eskortera* ingår också i vårt stenografiska sätt att prata.

Ljuset blir svagare allt eftersom solen försvinner, och jag kan se hur lamporna som lyser på de andra pråmarna reflekteras mot vattenytan. Det är skimrande rektanglar i praktfulla färger och mot dem rör sig då och då en skugga.

Det är lugnt. Jag har alltid tyckt att det var underligt, för man skulle kunna tro att bullret från Warwick Avenue, Harrow Road eller någon av broarna skulle nå fram hit, men på något sätt drar ljuden iväg åt ett annat håll eftersom vi befinner oss under gatunivån. Chris skulle kunna förklara det för mig. Jag måste komma ihåg att fråga honom. Och även om han tycker att det är en dum fråga kommer han inte att låtsas om det. Han kommer bara att se tankfull ut och dra ett finger genom den hårtofs som lockar sig bakom hans högra öra. "Det har att göra med ljudvågorna, de omgivande byggnaderna och trädens inverkan", kommer han att säga, och om jag ser ut att bli intresserad kommer han att plocka fram papper och penna – eller ta min penna från mig. "Får jag visa dig vad jag menar", kommer han att säga och börjar sedan teckna. Förr i tiden trodde jag att han hittade på alla de där förklaringarna han har till allting. För vem är han egentligen? En mager kille med koppärriga kinder som slutade på universitetet för att "förändra världen, Livie. Det kan man bara göra på ett sätt, förstår du. Och det spelar ingen roll om man tillhör strukturen eller infrastrukturen, bara man försöker hålla det djuriska vid liv inom sig." Förut trodde jag att en person som så samvetslöst kunde blanda ihop olika metaforer knappast kunde ha tillräckligt mycket bildning för att veta någonting, än mindre vara delaktig av någon framtida stor social omvälvning. "Jag tror att du menar 'att man bör hålla grunden stabil'", kunde jag ytterligt uttråkad säga i ett försök att göra honom generad. Men bortsett från mitt tydliga behov av att smutskasta honom, var jag i allt min mors dotter när jag sa så. Min mor som var lärare i engelska språket, och en som upplyste sinnena.

Det var den rollen som Miriam Whitelaw till att börja med spelade i Kenneth Flemings liv. Men det känner ni antagligen redan till eftersom det tillhör legenden om Kenneth Fleming.

Kenneth och jag är jämngamla även om jag ser mycket äldre ut. Men det skiljer faktiskt bara en vecka på oss, det och mycket annat fick jag reda på vid middagsbordet där hemma, mellan soppan och efterrätten. Första gången jag hörde talas om honom var vi runt femton båda två. Han gick i mors engelskklass på Isle of Dogs, för på den tiden bodde han i Cubitt Town tillsammans med sina föräldrar, och om han hade några idrottsliga talanger visade han dem mest i Millwall Park på de fuktiga planerna vid floden. Jag vet inte om det fanns något kricketlag i hans skola. Det gjorde det antagligen och Kenneth kan mycket väl ha spelat med i skollaget. Men om han gjorde det tillhör det den del av legenden om Fleming som jag aldrig har hört. Och jag fick faktiskt höra det mesta om honom, kväll efter kväll tillsammans med biffstek, kyckling, rödspätta eller fläsk.

Jag har aldrig varit lärare så jag vet inte hur det är att ha en mönsterelev. Och eftersom jag aldrig var tillräckligt disciplinerad eller tillräckligt intresserad för att sköta mina studier, vet jag verkligen inte hur det är att vara en mönsterelev och hitta en mentor bland de lärare som brukade stå längst fram i klassrummet och mumla i all oändlighet. Men sådant var förhållandet från första början mellan Kenneth Fleming och min mor.

Jag tror att han var det som hon alltid hade trott att hon skulle kunna finna, odla och förmå till att växa upp ur den gräsbevuxna flodjorden och de hemska hyreskaserner som utgjorde Isle of Dogs. Han var det mål hon hade försökt skaffa sig här i livet. Han var möjligheterna personifierade.

Höstterminen hade pågått en vecka när hon började tala om "denne duktige unge man som jag har i min klass", och på så sätt introducerade honom för pappa och mig som ett nytt ämne för vår middagskonversation. Han kunde uttrycka sig så väl, berättade hon för oss, och han var underhållande. Han undervärderade sig själv på det mest förtjusande sätt. Han umgicks utan problem både med lärare och andra vuxna. När de i klassrummet diskuterade Dickens, Austen, Shakespeare och Brontë visade han förvånande kunskaper både i ämnet, motiven och gestalterna. På fritiden läste han Sartre och Beckett. Under lunchen talade han om Pinters företräden. Och han skrev – "Gordon, Olivia, det är det som är så härligt med den här pojken" – verkligt begåvat. Han hade ett ifrågasättande sinne och ett gott huvud. Han kastade sig in i diskussioner och nöjde sig inte med att framföra de tankar som han visste att läraren ville höra. Kort sagt var han en önskedröm som hade förverkligats. Och varken under höst-, vår- eller sommarterminen var han frånvarande en enda dag.

Jag avskydde honom. Vem skulle inte ha gjort det? Han var allt det som jag inte var och han hade lyckats bli det utan att ha några som helst sociala eller ekonomiska försprång.

"Hans far är hamnarbetare", fick vi reda på av mor. Hon verkade alldeles till sig över det faktum att sonen till en hamnarbetare kunde vara det som hon alltid hade hävdat att sonen till en hamnarbetare mycket väl kunde vara, nämligen framgångsrik. "Hans mor är hemmafru. Han är äldst av fem barn. Han går upp halv fem på morgnarna för att läsa sina läxor eftersom han måste hjälpa till hemma med småbarnen på kvällarna. Idag höll han ett alldeles fantastiskt anförande inför klassen. Den där uppgiften som jag berättade för er om att jag hade gett dem, som skulle handla om dem själva. Han har studerat – vad var det nu igen? Judo? Karate? – och han gick fram och tillbaka i klassrummet iklädd den där pyjamaslika dressen de bär. Han talade om självdisciplin och skönhet och sedan... kan ni tänka er Gordon och Olivia, han krossade en tegelsten med handen!"

Min far nickade och log. "Gode tid, en tegelsten, tänka sig", sa han. Jag gäspade. Gud vad trist hon var, och hon sen. Nästa gång skulle jag säkert få höra hur denne käre Kenneth hade gått tvärs över Themsen utan bro.

Det var ingen tvekan om att han skulle ta sin examen med glans. Eller att han skulle låta höra talas om sig. Han skulle komma att göra sina föräldrar stolta, min mor skulle bli stolt och det skulle naturligtvis hela skolan också bli. Och han skulle säkert lyckas klara av allt med ena handen bak-

119

bunden, stående på huvudet i en hink full med vinäger. Och sedan skulle han fortsätta sina studier och utmärka sig på alla upptänkliga sätt. Därefter skulle han fortsätta i Oxford för att ta examen i något svårbegripligt ämne. När plikten sedan kallade skulle han säkert ge vika och bli Premiärminister. Och när man frågade efter hemligheten bakom alla hans framgångar skulle naturligtvis det namn som först kom på hans läppar vara Miriam Whitelaw, hans älskade lärare. För Kenneth älskade henne, min mor. Han hade utsett henne till den som skulle hjälpa honom att förverkliga sina drömmar. Med henne delade han det som fanns i djupet av hans hjärta.

Det var därför hon kände till Jeannie Cooper innan någon annan gjorde det. Och vi – pappa och jag – fick höra talas om Jean samtidigt som mor berättade om Kenneth.

Jean var hans flickvän. Hon hade varit hans flickvän ända sedan de var i tolvårsåldern, på den tiden när det inte betydde någonting annat att ha en flickvän än att man visste tillsammans med vem man skulle stå och hänga vid muren runt skolgården. Hon var söt på ett skandinaviskt sätt, med ljust hår och blå ögon. Hon var slank som en vidja och snabb som ett föl. Hon betraktade världen med vuxna ögon i en tonårings ansikte. Hon gick bara i skolan när hon hade lust. När hon inte hade lust skolkade hon tillsammans med sina kompisar och stack genom gångtunneln bort till Greenwich. När hon inte gjorde det hände det att hon knyckte sin systers veckotidningar och läste om musik och mode hela dagarna. Det hände att hon målade sig, lade upp sina kjolar mycket kort och rullade upp håret.

Jag var ganska intresserad av min mors berättelser om Jeannie Cooper, för jag visste att om det var någon som skulle komma att sätta en käpp i hjulet för Kenneth Flemings klättring mot ära och berömmelse så skulle det bli Jean. Jean visste vad hon ville och det handlade inte alls om att ta grundskoleexamen för att kunna gå vidare till gymnasiet och därifrån fortsätta till universitetet. Det handlade däremot i allra högsta grad om Kenneth Fleming. Det var i alla fall vad min mor sa.

Både Kenneth och Jean fick sina slutbetyg från grundskolan. Kenneths var strålande medan Jeans betyg var sisådär. Och det förvånade ju ingen. Men det gladde min mor, för jag är säker på att hon trodde att det äntligen skulle gå upp för Kenneth att det fanns en stor intellektuell obalans i förhållandet mellan honom och hans flickvän. Om Kenneth bara fick det klart för sig skulle han göra sig av med Jean så att han kunde fortsätta på sin utbildning. Det är faktiskt en ganska lustig tanke. Jag förstår inte riktigt hur mor från början kunde ha fått för sig att ett förhållande mellan tonåringar handlar om intellektuell jämställdhet.

Direkt efter skolan började Jean arbeta i Billingsgate Market. Kenneth fick ett stipendium så han kunde börja vid en liten internatskola i West Sussex. Där spelade han faktiskt med i skolans kricketlag, och blev en sådan stjärna att det mer än en gång hände att talangjägare från olika lag i division tre kom för att se hur han på skolmatcherna slog både fyra- och sexpoängare utan synbar ansträngning.

Han kom hem under veckosluten. Pappa och jag fick höra talas om det också, för Kenneth tittade alltid in i sin gamla skola för att berätta för mor om sina framsteg i studierna. Det verkade som om han ägnade sig åt alla idrottsgrenar, var med i alla föreningar, utmärkte sig i alla ämnen och blev populär hos rektorn, personalen, skolkamraterna, internatsföreståndaren, husmor och vartenda grässtrå som han trampade på. När han inte var sysselsatt med att uppnå fantastiska resultat eller ta emot beröm så var han hemma på helgerna och hjälpte till med sina småsyskon. Och när han inte hjälpte till med syskonen var han i sin gamla skola där han småpratade med mor och var ett gott exempel för alla femteklassare på vad en elev kan lyckas med bara han siktar in sig mot ett mål. Kenneths mål var Oxford, att få representera sitt universitet i kricket, att spela minst femton år i det engelska landslaget om han kunde klara av det och att få alla de fördelar som följde med när man spelade i landslaget: resor, berömmelse, sponsorernas stöd, pengar.

Eftersom han nu fått möjlighet till allt detta, trodde inte mor att han längre skulle kunna ha tid över för "den där människan Cooper" som hon med en föraktfull fnysning kallade Jean. Hon kunde inte ha haft mera fel.

Kenneth fortsatte att umgås med Jean ungefär på samma sätt som han hade umgåtts med henne de senaste åren. De bara flyttade tidpunkten för sina träffar till lördagskvällarna. De gjorde vad de hade gjort ända sedan de var fjorton, och då redan hade känt varandra i två år: de gick på bio eller på någon fest, de lyssnade på musik tillsammans med några av sina kompisar, tog långpromenader eller åt middag med familjen, åkte buss till Trafalgar Square, gick runt bland folk och såg vattnet strömma från fontänerna. Förspelet hade inte så stor betydelse för vad som skulle hända efteråt, för efteråt hände alltid samma sak: de låg med varandra.

När Kenneth kom till hennes klassrum den där fredagen i maj när han gick i sexan och berättade att Jean väntade barn, gjorde mor misstaget att inte ge sig tid till att tänka igenom situationen ordentligt. Hon kunde både se hopplöshet och skam i hans ansikte och hon sa det första som föll henne in: "Nej! Det kan inte vara möjligt. Inte nu."

Han talade om för henne att det var möjligt. Att det faktiskt till och med var mycket troligt. Sedan bad han om ursäkt.

Hon visste vad som skulle följa på ursäkten så hon försökte hindra honom från att fortsätta. "Ken", sa hon, "just nu är du upprörd, men du måste ändå lyssna på mig. Är du verkligen säker på att hon är gravid?"

Han sa att Jean hade sagt att hon var det.

"Men har du talat med hennes läkare? Har hon ens varit hos någon läkare? Har hon varit på sjukhuset och fått prover tagna?"

Han svarade inte. Han såg så eländig ut att mor var säker på att han skulle springa ut ur rummet innan hon hann förklara allt för honom. Därför skyndade hon sig att fortsätta. "Hon kan ha fel. Hon har kanske räknat fel på dagarna."

Han sa nej, det var inget misstag. Hon hade inte räknat fel. Redan för två veckor sedan hade hon sagt att det kunde vara så. Och den här veckan hade hon varit säker på sin sak.

"Kan det inte vara möjligt, Ken", sa mor eftertänksamt, "att hon försöker få dig fast eftersom du varit borta så mycket och hon saknar dig. Att hon har hittat på det här med att hon väntar barn för att få dig att sluta skolan. Och om ni skulle gifta er kommer hon kanske om en månads tid att låtsas få missfall."

Han sa att det inte var på det sättet, för Jean var inte sådan.

"Hur vet du det?" frågade mor. "Om du inte har träffat hennes läkare, om du inte själv har sett provresultaten, hur kan du då veta att hon talar sanning?"

Han sa att hon hade varit hos en läkare. Han hade sett provresultaten. Han var ledsen. Han hade gjort alla besvikna. Han hade gjort sina föräldrar besvikna. Han hade gjort mrs Whitelaw och skolan besvikna. Han hade gjort stipendienämnden besviken...

"Herre Gud, menar du att du tänker gifta dig med henne?" sa mor. "Du tänker alltså lämna skolan, kasta bort allting och gifta dig med henne? Det får bara inte ske."

"Det finns ingen annan möjlighet", sa han. Han hade lika stort ansvar som hon för vad som skett.

"Hur kan du säga så?"

För att Jean hade haft slut på sina piller, det hade hon berättat för honom. Hon hade inte velat... Och det var *han* – inte Jean – som hade sagt att hon säkert inte skulle bli med barn första gången de gjorde det efter det att hon hade slutat ta piller. Det kommer att gå bra, hade han försäkrat henne. Men det hade det inte gjort. Och nu... Han lyfte händerna och lät dem sedan sjunka igen, de där skickliga händerna som brukade hålla i slagträet när det träffade bollen, samma händer som höll i pennan som skrev så fantastiska uppsatser, samma händer som med ett enda slag hade krossat en tegelsten samtidigt som han helt lugnt hade talat om definitionen av självet.

"Ken." Mor försökte behålla sitt lugn, men det var inte lätt med tanke på allt som tydligen berodde på detta enda samtal. "Lyssna nu på mig, min käre vän. Du har en strålande framtid. Du har din utbildning att tänka på. En karriär."

"Inte nu längre", sa han.

"Jo, den finns fortfarande kvar. Och du får inte ens tänka på att kasta bort den på ett billigt stycke som inte skulle kunna inse dina möjligheter även om man förklarade dem bit för bit för henne."

Jean var bättre än så, sa han. Det var inget fel på henne. De hade känt varandra nästan hela livet. Han skulle se till att de klarade upp det på något sätt. Han var så ledsen. Han hade svikit alla. I synnerhet mrs Whitelaw, som hade varit så snäll mot honom.

Det var tydligt att han tyckte att konversationen var över nu. Mor spelade försiktigt ut sitt trumfkort. "Nåja, du måste ju göra som du själv tycker är bäst, men… Jag vill inte göra dig illa. Men jag måste ändå tala om det. Du måste fundera på om du ens kan vara säker på att babyn är din, Ken." Han såg så häpen ut att mor fortsatte. "Du vet inte allting, min käre vän", fortsatte hon. "Du kan ju inte veta allting. Och du kan framför allt inte veta vad som händer här när du är nere i West Sussex, eller hur?" Hon samlade ihop sina tillhörigheter och lade dem försiktigt i sin portfölj. "Ibland, käre Ken, är en flicka som kan ligga med en pojke bara alltför villig. Du förstår säkert vad jag menar."

Hon sa inte det hon egentligen menade: "Det otäcka lilla fnasket har i åratal gått i säng med vem som helst. Gud vet vem det är som har gjort henne på smällen. Det kan ha varit precis vem som helst."

Med låg röst sa han att det naturligtvis var hans baby. Jeannie låg inte med några andra och hon ljög inte.

"Det beror kanske bara på att du aldrig har ertappat henne", sa mor. "Med att ligga med andra eller med att ljuga. Du för din del har fortsatt dina studier", sa hon med så vänlig röst hon förmådde. "Du har höjt dig över henne. Det är begripligt att hon på något sätt vill försöka få dig tillbaka. Det kan man inte svärta ner henne för. Men tänk dig för ordentligt, Ken", slutade hon. "Gör ingenting förhastat. Lova mig det. Lova mig att du väntar minst en vecka innan du gör någonting eller berättar för någon vad som hänt."

Tillsammans med en detaljerad skildring av hennes möte med Kenneth fick vi redan samma kväll som han hade sökt upp henne, höra mors tankar om att ännu en Man hade Fallit. "Kära nån då, så förfärligt för alla parter", var pappas svar. Jag bara flinade. "Ännu en papperstiger som har fallit", sa jag för mig själv. Mor kastade en ilsken blick på mig och sa att vi skulle nog få se vem som var papperstiger och inte.

Redan nästa måndag sökte hon upp Jean, och hon tog ledigt från skolan för att kunna göra det. Hon ville inte besöka henne i hennes hem och hon ville komma överraskande. Därför åkte hon till Billingsgate Market, där Jean arbetade på något slags fik.

Mor var övertygad om att hon visste precis hur hennes möte med Jean Cooper skulle utvecklas. Hon hade redan haft många sådana sammanträffanden med ogifta blivande mödrar, och hon brukade alltid kunna styra mötena mot ett lyckat resultat. De flesta av de unga flickor som hade fallit i händerna på mor hade till slut tagit sitt förnuft till fånga. Mor var expert på mild övertalning och hon koncentrerade sig alltid på barnets framtid och moderns framtid och sedan satte hon dessa två i motsats till varandra. Det fanns ingen anledning att tro att hon skulle ha några svårigheter med Jean Cooper, som var henne underlägsen både mentalt, emotionellt och socialt.

Hon fann inte Jean på fiket utan på toaletten, där hon tog sig en rökpaus och satt och askade i handfatet. Hon var klädd i en vit arbetsrock översållad med flottfläckar och hon hade samlat ihop håret slarvigt under mössan. Från foten löpte en maska uppför insidan av hennes vänstra ben. Om man skulle jämföra det yttre så hade mor från första stund övertaget.

Hon hade aldrig haft Jean som elev. På den tiden var det mycket vanligt att man bara följde med strömmen och Jean hade tillbringat sina år i grundskolan tillsammans med småfisken. Men mor visste vem hon var. Man kunde inte känna Kenneth Fleming utan att veta vem Jeannie Cooper var. Och Jean visste vem mor var. Hon hade säkert redan fått höra Kenneth berätta så mycket om mrs Whitelaw att hon måtte ha varit dödstrött på henne långt innan mötet i Billingsgate Market.

"Kenneth var likblek i ansiktet när jag träffade honom i fredags kväll", var det första Jean sa. "Han ville inte säga någonting. Han åkte tillbaka till sin skola redan på lördagen istället för i söndags kväll. Jag misstänker att det var ni som hade en finger med i spelet, eller hur?"

Mor började med sin standardfras. "Jag skulle vilja att vi talades vid lite grann om framtiden."

"Vems framtid? Min? Babyns? Eller Kenneths?"

"Alla tres framtid."

Jean nickade. "Jag är bergsäker på att ni bekymrar er förskräckligt mycket för min framtid, mrs Whitelaw. Ni ligger säkert sömnlös och oroar er. Jag kan slå vad om att ni redan har stakat ut den åt mig och jag behöver bara lyssna när ni talar om hur allt ska bli." Hon släppte cigaretten på det spruckna linoleumgolvet, mosade den med tåspetsen och tände omedelbart en ny.

"Jean, det där är inte bra för barnet", sa mor.

"Det är jag som bestämmer vad som är bra för barnet, bara så att ni vet det. Det är jag och Kenny som bestämmer det själva."

"Har någon av er möjlighet att kunna fatta några beslut? På egen hand, menar jag."

"Vi vet vad vi vill."

"Ken studerar, Jean. Han har ingen erfarenhet av arbetslivet. Om han slutar skolan nu, kommer ni att sitta fast under resten av livet, utan några framtidsutsikter. Det måste du inse."

"Det är mycket jag inser. Jag inser att jag älskar honom, och att han älskar mig och att vi vill leva tillsammans och tänker göra det också."

"*Du* tänker göra det", sa mor. "Bara du Jean. Ken har inga planer på det. Ingen pojke har några sådana planer när han är sexton. Och Ken har precis *fyllt* sjutton. Han är nästan bara ett barn. Och du, du är... Jean, vill du verkligen ta ett sådant steg – äktenskap och småbarn – när du är så ung? När du inte har några ekonomiska tillgångar. När du måste lita till att få hjälp från din familj, och din familj redan som det är har det knapert? Är det vad du tycker är bäst för er alla tre, för Ken, babyn och för dig själv?"

"Jag förstår ganska mycket", sa Jeannie. "Jag vet ju att vi har haft sällskap i åratal och att vi har det bra tillsammans och att det inte förändras ett dugg av att han går i en tjusig skola. Vad ni än tycker."

"Jag vill bara att det ska gå bra för er."

Jean fnös och koncentrerade sig på sin cigarett medan hon betraktade mor genom röken. "Jag förstår en hel del", upprepade hon. "Jag förstår att ni har talat med Kenny och lyckats få honom upprörd."

"Han var upprörd redan tidigare. Gode Gud, du måste ju inse att han inte precis hälsar den här nyheten" – hon gjorde en gest mot Jeans mage – "med glädje. Det håller på att förstöra hans liv."

"Jag förstår att det var ni som fick honom att titta så där undrande på mig. Jag inser vilka frågor ni fick honom att ställa sig. Jag förstår vad han tänker: 'Tänk om Jeannie har ihop det med tre eller fyra andra killar också', och jag förstår vem som satte de idéerna i huvudet på honom, för hon står just nu framför mig och gör sig bred."

Jean kastade cigaretten på marken bredvid den första. "Om ni ursäktar så måste jag fortsätta jobba nu", sa hon och sänkte huvudet för att torka sig om kinderna när hon passerade min mor.

"Du är upprörd just nu. Det är begripligt. Men Kens frågor är befogade. Om du nu tänker kräva att han kastar bort sin framtid måste du acceptera att han kanske vill vara säker på sin sak innan han gör det."

Hon vände sig om så snabbt att mor blev osäker. "Jag kräver ingenting. Babyn är hans och det har jag talat om för honom eftersom jag tyckte att han hade rätt att få veta det. Om han bestämmer sig för att sluta skolan för att vara tillsammans med oss är det bra. Om han väljer att inte göra det klarar vi oss utan honom."

"Men det finns andra utvägar", sa mor. "För det första måste du inte alls föda babyn. Och även om du föder den behöver du inte behålla den. Det finns tusentals män och kvinnor som längtar efter att få adoptera ett barn. Det finns ingen orsak till att sätta oönskade barn till världen."

Jeannie grep så hårt tag i mors arm att hon fick blåmärken – som hon senare visade oss när vi satt och åt middag – där fingrarna grävde sig in. "Ni vågar inte kalla den oönskad, förbannade häxa, ni bara vågar inte!"

Det var nu mor insåg hurdan Jean Cooper innerst inne var. En flicka som skulle kunna göra vad som helst för att få som hon ville. En flicka som till och med skulle kunna bruka våld. Och det rådde inget tvivel om att hon nu hade tänkt bruka våld. Hon hade tänkt slå till mor och hon skulle ha gjort det om inte en främmande dam hade kommit in just då och fastnat med sin högklackade sko i en av golvspringorna. "Helvete också", sa hon. "Oj, förlåt mig, avbröt jag er?" "Nej", svarade Jean, släppte mors arm och gick därifrån.

Mor följde efter henne. "Det kommer aldrig att fungera mellan er två. Jean, tvinga honom inte till detta. Eller vänta i alla fall tills…"

"…tills ni har kunnat få honom själv", avslutade Jean meningen.

Mor hejdade sig några meter därifrån, utom räckhåll för Jean. "Nu är du löjlig", sa hon. "Var inte så absurd."

Men hon hade inte helt fel, Jean Cooper. Hon var sexton år gammal och hon förutspådde framtiden, även om hon inte då kunde ha vetat det. På den tiden måste hon bara ha trott att hon vann en seger, för Ken lämnade faktiskt skolan när terminen var slut. De gifte sig inte med en gång. I stället förvånade de alla genom att vänta, arbeta och spara pengar så att de kunde gifta sig först sex månader efter det att deras förste son Jimmy hade fötts.

Efter det fick vi äta i lugn och ro i Kensington. Vi hörde inte mer om

Kenneth Fleming. Jag vet inte vad pappa tyckte om att middagskonversationen plötsligt upphörde, men jag för min del gladde mig hjärtligt över att den där gullgossen på Isle of Dogs hade visat sig vara en vanlig dödlig med fötterna på jorden. Mor för sin del övergav förstås inte Kenneth helt och hållet. Det var inte hennes stil. Istället övertalade hon pappa att skaffa honom anställning vid tryckeriet så att han skulle ha ett fast arbete och kunna ta hand om sin familj. Men Kenneth Fleming var inte längre det strålande exempel på hur ett ungt löfte kunde lyckas här i livet som mor en gång i tiden hade hoppats att han skulle bli. Därför hade hon heller ingen anledning att varje kväll berätta om honom och hans framgångar så att vi kunde beundra dem.

Mor tvådde sina händer i fråga om Kenneth Fleming, på samma sätt som hon några år senare skulle två sina händer i fråga om mig. Den enda skillnaden var att hon, när hon – inte långt efter det att min far hade dött – fick tillfälle till det, plockade fram en handduk och torkade dem.

Då var Kenneth tjugosex. Mor var sextio.

KAPITEL 5

"Kenneth Fleming", avslutade korrespondenten från ITN:s nyhetskanal, och talade in i mikrofonen med det allvar som han tyckte lämpade sig för tillfället. "Död vid trettiotvå års ålder. Kricketvärlden har mycket att sörja över i kväll." Kameran gled förbi hans axel mot de dekorerade väggarna och det utsirade järnsmide som utgjorde Grace Gate vid Lord's kricketplan och som tjänade som bakgrund för hans rapport. "Om en stund kommer vi att få höra reaktionerna från hans lagkamrater, och från Guy Mollison, lagkapten för det engelska laget."

Jeannie Cooper lämnade sin plats vid fönstret i vardagsrummet. Hon tryckte fingret mot tevens avstängningsknapp. Hon såg hur bilden på skärmen löstes upp, blev suddig i kanterna för att sedan bli svart. Den tycktes lämna kvar en skuggbild efter sig.

Hon tänkte: Jag måste skaffa mig en ny teve, undrar hur mycket en sådan kostar.

Att tänka på vad för slags teve hon skulle köpa var ett enkelt sätt att skingra tankarna, att fundera över hur stor skärm den skulle ha, om hon ville ha stereohögtalare och inbyggd video och om hon ville ha en stor möbel som den hon hade nu, ett ruvande monster lika stor som ett kylskåp och lika gammal som Jimmy.

När sonens namn fladdrade förbi i hennes tankar utan att hon egentligen ville det, bet Jeannie sig hårt i läppen. Hon försökte suga i sig blod. Hon tänkte att en öm läpp, det var en smärta som hon kunde uthärda. Men att fundera över var någonstans Jimmy hade hållit sig undan hela den här långa dagen var däremot outhärdligt.

"Kom Jimmy aldrig hem?" hade hon frågat sin bror när polisen hade kört hem henne efter fasorna i Kent.

"Hade inte ens varit i skolan, det sa i alla fall Shar till mig. Den här gången har han skolkat på allvar." Derrick tog ett par av sina tyngdlyftarattiraljer från soffbordet. De såg ut som tänger och han kramade dem omväxlande i båda händerna samtidigt som han muttrade: "Spänna, slappna av, spänna..."

"Brydde du dig om att leta efter honom, Der? Du gick aldrig till parken, eller hur?"

Hon och hennes bror hade fört detta samtal vid halv sjutiden, strax innan han gav sig iväg. Nu var klockan över tio. Hennes två yngre barn hade redan legat över en timme i sina sängar. Och ända sedan Jeannie hade stängt dörrarna till deras rum och gått nerför trappen hade hon stått vid fönstret, lyssnat till surret av röster från teven och stirrat ut i natten efter Jimmy.

Hon gick till soffbordet för att hämta sina cigarretter och grävde i fickan efter tändstickorna. Hon var fortfarande klädd i sin arbetsrock och i de bekväma skor som hon hade satt på sig halv fyra samma morgon. Det började kännas som om kläderna hade växt fast vid henne som en andra hud. Det enda klädesplagg hon hade tagit av sig på hela dagen var mössan, och den hade hon lagt från sig bredvid kassaapparaten på Crissys innan hon gav sig iväg till Kent. Det kändes som om det hade varit i ett tidigare liv, den period hon hädanefter skulle tänka på som Innan Polisen Kom till Billingsgate.

Jeannie tog ett bloss på cigarretten. Hon gick från soffbordet tillbaka till fönstret mot gatan och drog undan gardinen från glasrutan.

Hon såg någonting som rörde sig på trottoaren tre hus längre ner på gatan. Hon kände en vild förhoppning att figuren som närmade sig skulle vara hennes äldste son. Det *var* en lång och mager gestalt såg hon, han gick lika energiskt och var lika smidig som sin pappa... Ett ögonblick tillät hon sig att känna den där lättnaden när spänningen släpper. Sedan såg hon att det inte alls var Jimmy utan mr Newton som gick den vanliga kvällspromenaden fram och tillbaka till Crossharbour Station med sin lilla hund.

Jeannie funderade på att ge sig ut för att leta efter sin äldste son, men slog sedan bort tanken. Det fanns saker hon måste få reda på av honom, och enda sättet att lirka det ur honom var att stanna där hon var, just i det här rummet så att hon var den första i familjen som Jimmy såg när han äntligen kom hem. Hon var tvungen att vänta. Hon måste be.

Men hon visste ju att hon inte kunde be om att det som redan hade hänt skulle bli ogjort.

På tionyheterna hade hon fått reda på detaljer som hon inte hade undrat över tidigare: när Kenneth hade dött, den inofficiella dödsorsaken i avvaktan på obduktionsresultaten, var man hade funnit hans kropp, den omständigheten att han var ensam. "Nu har polisen bekräftat att eldsvådan i stugan orsakades av en cigarett som låg och pyrde i en fåtölj", hade nyhetsuppläsaren sagt. Han hade tittat in i kameran och hans sorgsna huvudskakning hade sagt resten: "Mina damer och herrar, sanna mina ord. Cigaretter är dödliga på mer än ett sätt."

Jeannie lämnade fönstret för att fimpa sin egen i ett snäckskalsformat askfat av metall där orden Weston-Super-Mare fanns tryckta med guldbokstäver. Hon tände en ny, tog askfatet och återvände till sin utsiktspunkt.

Hon skulle ha velat säga att det var cykeln som var problemet, att hon hade börjat få problem med Jimmy redan första dagen när han kom hem med den där förbaskade motorcykeln. Men sanningen var mer komplicerad än ett gräl mellan mor och son om innehavet av ett transportmedel som modern önskade att sonen aldrig hade fått ögonen på. Sanningen stod att finna i alla de samtalsämnen som de under årens lopp hade undvikit.

Hon lät gardinen falla tillbaka på sin plats framför fönstret. Hon rätade ordentligt till den vid fönsterkarmen. Hon funderade över hur stor del av sitt liv som hon hade tillbringat så här stående vid något fönster, väntande på någon som aldrig kom.

Hon flyttade sig till vardagsrummet, till den gamla grå soffan som tillhörde den dystra tredelade grupp hon och Kenneth hade ärvt efter hennes föräldrar när de gifte sig. Hon tog ett tummat nummer av Women's Own och satte sig längst ut på kanten av en av plymåerna. Den var så sliten att fyllningen för länge sedan hade klumpat ihop sig till hårda små bollar. När Kenneth började spela för England hade han velat ersätta det gamla möblemanget med någonting mera storstilat. Men när han kom med det erbjudandet var han redan sedan två år försvunnen ur deras liv, och Jeannie hade sagt nej.

Hon lade den uppslagna Women's Own i knäet. Hon böjde sig fram över sidorna. Hon försökte läsa. Hon började på "En brudklännings dagbok", men när hon hade börjat om fyra gånger på samma mening som berättade om de fantastiska äventyr en uthyrningsklänning råkade ut för, slängde hon tillbaka tidningen på soffbordet, knep ihop ögonen och försökte be.

"Gud", viskade hon. "Gode Gud..." Vad då? frågade hon sig. Vad skulle Gud kunna göra? Förändra verkligheten? Ändra på fakta?

Mot sin vilja såg hon honom igen: orörlig och utsträckt i det där kalla rummet som var fyllt med stängda skåp och rostfritt stål, röd i skinnet som rökt lax, stel som en staty, han som en gång hade varit så full av rastlös energi, av flykt och fläkt...

Snabbt reste hon sig upp ur soffan och började gå fram och tillbaka i rummet. Hon pressade högerhandens knogar hårt in i den vänstra handflatan. Var är han, tänkte hon, var är han, var är han.

Hon hejdades av ljudet från motorcykeln. Den knattrade nerför gången som skilde husen på Cardale Street från dem som låg bakom. Den dröjde sig länge kvar vid trädgårdsgrinden på baksidan, som om föraren försökte bestämma sig för vad han skulle göra. Sedan knarrade grinden när den öppnades och stängdes, brummandet från motorn kom närmre och motorcykeln rapade en sista gång innan motorljudet dog bort på andra sidan köksdörren. Jeannie återvände till soffan och satte sig ner. Hon hörde hur köksdörren gled upp och sedan stängdes. Fotsteg gick över linoleummattan och där stod han, med sina metallbeslagna Doc Martens löst snörda, jeansen hängande löst utan bälte runt höfterna och en smutsig T-shirt full med små hål runt halsen. Med handen föste han det långa håret bakom ena örat och han lade över tyngden på ena foten så att den magra höften sköt fram.

Bortsett från klädseln och det faktum att han var smutsig som en tiggare var han så lik fadern i sextonårsåldern att det tycktes som om en dimma sänkte sig mellan honom och Jeannie. Hon kände det som om ett spjut pressades in strax under vänster bröst, och hon höll andan för att smärtan skulle försvinna.

"Var har du varit, Jim?"

"Ute." Han höll som alltid huvudet lutat mot ena sidan som för att försöka dölja hur lång han var.

"Tog du glasögonen med dig?"

"Nej."

"Jag tycker inte om att du kör den där motorcykeln utan glasögon. Det är farligt."

Med baksidan av handen strök han håret från pannan. Han gjorde en likgiltig rörelse med axlarna.

"Var du i skolan idag?"

Han kastade en blick mot trappan. Han fingrade på jeansens skärpöglor.

"Har du hört om pappa?"

Hans unga adamsäpple rörde sig upp och ner på halsen. Ögonen fladdrade bort mot henne och sedan tillbaka mot trappan. "Han har kolat."

"Hur fick du reda på det?"

Han bytte tyngdpunkt så att den andra höften sköt fram. Han var så mager att Jeannies handflator värkte när hon såg på honom.

Han grävde ner näven i ena fickan och fick fram ett hopskrynklat paket JPS-cigaretter. Han borrade in ett smutsigt pekfinger i det och krökte det runt en cigarett. Han stoppade den i munnen. Han tittade på soffbordet och lät sedan blicken vandra till teven.

Jeannies hand kramade tändsticksasken som hon hade i fickan. Hon kände hur dess kant grävde sig in i tummen.

"Hur fick du reda på det, Jim?" frågade hon en gång till.

"Hörde det på teve."

"Var?"

"BBC."

"Var någonstans? Vems teve?"

"Hos en kille i Deptford."

"Vad heter han?"

Jimmy vred cigaretten mellan läpparna som om han höll på att skruva i en skruv. "Det är ingen du känner. Han har aldrig varit här."

"Vad heter han?"

"Brian." Han såg henne rakt i ansiktet, ett säkert tecken på att han bluffade. "Brian Jones."

"Är det där du har varit idag? Hos Brian Jones i Deptford?"

Han körde åter ner händerna i fickorna, först framtill och sedan i bakfickorna. Han försökte bli lugn. Han rynkade pannan.

Jeannie lade tändsticksasken på soffbordet och nickade mot den. Jimmy tvekade som om han trodde hon skulle spela honom ett spratt. Sedan lufsade han fram. Han ryckte snabbt åt sig tändstickorna och tände en av dem mot kanten på tumnageln. Samtidigt som han förde den mot cigaretten betraktade han sin mor.

"Pappa dog i en eldsvåda", sa Jeannie. "I stugan."

Jimmy tog ett djupt bloss på cigaretten och sträckte upp huvudet mot taket som om han ville hjälpa röken att nå ner i lungorna och stanna där längre. Hans hår hängde rakt ner från huvudet i flottiga testar liknade råttsvansar. Det var rågblont liksom faderns, men det var så länge sedan han tvättade det att det såg ut som nerpissat halm på ett stallgolv.

"Hörde du vad jag sa, Jim?" Jeannie försökte hålla rösten lugn, som en nyhetsuppläsare. "Pappa dog i en eldsvåda. I stugan. I onsdags kväll."

Han tog ett bloss till på cigaretten. Han ville inte titta på henne. Men hans adamsäpple guppade upp och ner som en jo-jo.

"Jim."

"Va sa du?"

"Eldsvådan berodde på en cigarett. En cigarett i en stol. Pappa var på övervåningen. Han sov. Han blev rökförgiftad. Koloxid…"

"Vem bryr sig om det?"

"Du, hoppas jag. Stan, Sharon, jag."

132

"Visst. Som om *han* skulle ha brytt sig om ifall någon av oss dog? Ett sånt jävla skämt. Han skulle inte ens ha kommit till begravningen."

"Prata inte på det viset!"

"Hur då?"

"Låtsas inte som om du inte vet vad jag menar."

"Menar du 'jävlar'? Eller menar du att jag säger som det är?"

Hon svarade inte. Han drog fingrarna genom håret, gick fram till fönstret, tillbaka igen och hejdade sig sedan. Hon försökte förstå vad han menade och undrade exakt vid vilken tidpunkt hon hade mist förmågan att ögonblickligen begripa vad som rörde sig i huvudet på honom.

"Säg inga dumheter i det här huset", sa hon lågt. "Du måste föregå med gott exempel. Du har syskon som ser dig som sin idol."

"Och dom är ju bara till besvär." Han fnös. "Stan är en barnunge som suger på napp. Och Shar är…"

"Våga inte tala illa om dom!"

"Shar är stor som ett hus med deg i hjärnan. Är du säker på att vi är släkt? Är du säker på att det inte var någon mer än pappa som rullade runt i bingen med dig?"

Jeannie for upp. Hon tog ett steg mot sin son men hejdades av hans ord.

"Du skulle kunna ha gjort det med andra killar också, eller hur. Hur var det egentligen på fiskmarknaden? Rullade du runt i skiten på golvet efter stängningsdags?" Han tappade aska från cigaretten på benet till sina jeans och gned på det med fingrarna. Han gnäggade, sedan gjorde han en grimas och slog sig för pannan, hårt. "Visst. Det är naturligtvis så det ligger till! Att jag inte fattade det tidigare."

"Fattade vad då?"

"Att vi har olika pappor. Min är den berömde slagmannen, och det gör att jag både är smart och snygg…"

"Nu håller du tyst, Jimmy!"

"Shars är brevbäraren, och det är därför som hon ser ut som om hon fått en stämpel i ansiktet."

"Jag sa att det räcker nu!"

"Och Stans är en av karlarna som kommer med ål från träskmarkerna. Hur farao kunde du göra det med en fiskhandlare, mamma? Men jag antar att den ena kuken är lika bra som den andra om man blundar och inte bryr sig om lukten."

Jeannie gick runt soffbordet. "Var har du fått de där dumheterna ifrån, Jim?"

"Jag fattar väl själv. Alla de där karlarna. All den där fisken. Lukten på-

133

minner dem väl om vad det är de gått miste om." Han sken upp och rösten gick upp i falsett. "Så om de får tag på en donna som inte är så nogräknad med vem som sätter på henne, eller var och när, så..."

"Jag ska tvätta munnen på dig, unge!"

"...så sätter de bara igång och drar ner byxorna."

"Nu lägger du av! Genast!"

"Hon ser hur hård den är och säger fnittrande att den ser jättefin ut, och så drar hon ner byxorna och han knuffar in henne i ett av de där kylrummen, men hon bryr sig inte om att det är kallt för han flåsar över henne som en gorilla, och..."

"Jimmy!"

"...och han knullar henne tills hon blir yr och innan man vet ordet av är hon på smällen, och sen spelar det ingen roll vem hon knullar med, förrän ungen ploppar ut, ful som en potatis med ben." Han drog ett djupt bloss på cigaretten. Hans händer skakade.

Jeannie kände en brännande smärta över ögonen. Hon blinkade bort den, för hon förstod. "Oh, Jimmy", mumlade hon. "Pappa menade aldrig att göra dig så illa. Du måste förstå det."

Han lade händerna stelt över öronen. Han höjde rösten. "Därför går hon med en annan kille nästa dag, förstår du. Alla ser på och det gillar hon. De står i ring runtomkring och hejar på."

"Pappa är död, Jim. Han är borta."

Han knep ihop ögonen. "Först är det en som drar över henne. Sen är det en annan som sätter igång. Hon fnyser. Hon ylar. Hon säger till dom att komma och ta henne allihopa för det är så hon vill ha det. Hon gillar det."

Jeannie gick fram till honom och lade sina händer ovanpå hans. Hon försökte slita bort dem från hans öron, men resultatet blev bara att hon knuffade cigaretten ur munnen på honom. Den föll ner på golvet. Hon tog upp den och fimpade den i askfatet.

"Så dom sätter på henne, förstår du, hela jävla hopen. Dom knullar henne sönder och samman, men hon får aldrig nog." Hans röst dog bort. Han flyttade händerna från öronen till ögonen. Fingrarna krafsade i skinnet.

Jeannie rörde vid hans arm. Han skrek till och drog sig undan.

Hon sa: "Pappa älskade dig. Han älskade dig. Alltid."

Med händerna för ansiktet fortsatte han: "Så dom sätter på henne. Om och om igen. Och när de är färdiga med henne och hon ligger där i skiten med ett fånigt leende fastklistrat på läpparna, tycker hon att hon har fått vad hon ville ha, det som hon... ville ha för hon har fått alla de där karlarna, förstår du, fast hon inte kunde behålla honom, och hon tänker, hon tänker, hon kan inte ens tro att det var så här det skulle bli." Han började gråta.

Jeannie lade armen om axlarna på honom. Han slet sig lös och sprang bort mot trappan.

"Varför skilde du dig inte från honom?" snyftade han. "Varför gjorde du inte det? Varför inte? Herre Gud, mamma. Du kunde ha skilt dig!"

Jeannie betraktade honom när han gick uppför trappan. Hon hade lust att gå efter. Men hon orkade inte.

Hon gick ut i köket, där middagens skålar och tallrikar med kotletter, potatis och bönor stod kvar på bordet och diskbänken eftersom ingen hade ätit. Hon plockade ihop dem och sköljde av dem, travade dem i diskhon. Hon skvätte lite Fairy Liquid över dem och vred på varmvattenskranen och såg på hur det bildades bubblor, så att det såg ut som spetsarna till en brudklänning.

Klockan var nästan elva när Lynley från Bentleyn ringde upp Gabriella Pattens man medan han och Havers körde uppför Campden Hill i riktning mot Hampstead. Det verkade inte som om Hugh Patten blev förvånad över att polisen ringde upp honom. Han frågade inte varför de måste tala med honom och inte heller försökte han avfärda Lynley genom att fråga om mötet inte kunde uppskjutas till nästa dag. Han talade bara om för dem hur de skulle köra och sa åt dem att ringa tre gånger på dörrklockan när de kom fram.

"Jag är ganska van vid att bli besvärad av journalister", var hans förklaring.

"Vem är den här killen egentligen när han är sig själv?" frågade Havers samtidigt som de svängde in på Holland Park Avenue.

"För närvarande vet ni lika mycket som jag", sa Lynley.

"En bedragen äkta man."

"Det verkar så."

"Tänkbar mördare."

"Det är det vi ska ta reda på."

"Och sponsor till serien med testmatcher mot Australien."

Färden till Hampstead tog lång tid. De åkte under tystnad. De svängde in på High Street där flera barer var öppna för den sena kvällspubliken, och fortsatte därefter uppför Holly Hill ända tills husen ändrade karaktär och blev till herrgårdar. Bakom en stenmur, övervuxen med klematis som blommade i blekt rosa randat med rött, hittade de Pattens hem.

"Mysig kåk", sa Havers och nickade mot huset samtidigt som hon klev ur bilen. "Han behöver visst inte kämpa för brödfödan."

Det stod två andra bilar på uppfarten, en Range Rover av senaste modell och en liten Renault med trasigt bakljus på vänster sida. Medan Havers promenerade längs kanten av den halvcirkelformade uppfarten, gick Lynley bort till en annan väg som vek av från huvuduppfarten. Kanske femton meter därifrån fanns ett stort garage. Det såg nybyggt ut, men var i samma georgianska stil som själva huset, och precis som huset var det med jämna mellanrum upplyst med strålkastare som lyste upp över tegelstensfasaden. Garaget var stort nog att rymma tre bilar. Han knuffade upp en av dörrarna och såg hur det blänkte i en vit Jaguar av sportmodell där inne. Den såg ut att vara nytvättad. Den hade varken repor i lacken eller bucklor. När Lynley satte sig på huk för att granska däcken såg han att till och med de var skinande rena.

"Hittade ni någonting?" frågade Havers när han kom tillbaka till henne.

"En Jaguar. Nytvättad."

"Det finns lera på Rovern. Och Renaultens baklykta…"

"Ja, jag såg det. Anteckna det."

"Det har jag gjort."

De gick fram till ytterdörren som fanns mellan två urnor av terrakotta fyllda med murgröna. Lynley ringde på dörrklockan, väntade och ringde sedan två gånger till.

En mansröst hördes bakom dörren, den talade inte till Lynley utan med någon annan, vars svar inte gick att höra. Mannen sade återigen någonting, och efter en stund öppnades dörren.

Han granskade dem. Med ett enda ögonkast inregistrerade han Lynleys smoking. Hans blick fortsatte mot assistent Havers och gled över henne från den oklippta frisyren till de röda joggingskorna. Det ryckte i mungiporna på honom. "Polisen skulle jag tro? Eftersom det inte är karneval i stan."

"Mr Patten?" undrade Lynley.

"Kom med den här vägen", svarade han.

Han förde dem tvärs över ett polerat parkettgolv över vilket en mässingsljuskrona hängde med glödlampor som lyste med fladdrande sken. Han var en ståtlig man som hade dolt sin välbyggda kropp i jeans och en blekt rutig skjorta och skjortärmarna var upprullade till armbågarna. En blå tröja – det såg ut att vara kashmir – hängde nonchalant knuten runt halsen. Han var barfota och fötterna, liksom resten, var just så solbrända att de förde tankarna till semester vid Medelhavet och inte till kroppsarbete i solen.

Som de flesta georgianska hus hade Pattens en enkel planlösning. Den stora hallen öppnades mot en avlång salong där det i sin tur fanns flera dörrar åt vänster och höger och en rad franska fönster ut mot terrassen. Det var ut genom dessa franska fönster som Hugh Patten ledde dem, fram till en sittgrupp som utgjordes av en schäslong, två stolar och ett bord och som var till hälften skuggad av huset. Kanske två meter från terrassen sluttade trädgården ner mot en näckrosdamm och bortom den glimmade ljusen från London likt en oändlig glittrande ocean utan skönjbar horisont.

På bordet stod fyra glas, en bricka och tre flaskor Macallan, var och en märkta med årtalet när den destillerats: 1965, 1967 och 1973. 65:an var halvtom. 73:an var fortfarande oöppnad.

"Är ni samlare?" undrade Lynley.

Patten hällde upp ett kvarts glas åt sig och med det gjorde han en gest mot flaskorna. "Har ni lust att pröva? Eller är det inte tillåtet? Jag förstår att ni är i tjänst?"

"En droppe skulle inte skada", sa Lynley. "Jag tror jag prövar 65:an."

Havers valde 67:an. När de hade fått sina drinkar gick Patten till schäslongen och satte sig med höger arm bakom huvudet och ögonen fästa på utsikten. "Fan vad jag gillar det här stället. Slå er ner. Koppla av en stund."

Ljus från bortre änden av salongen sipprade ut genom de franska fönstren och bildade ett parallellogram på stenläggningen, men när de satte sig ner märkte Lynley att Patten hade ställt stolarna så att bara översta delen av hans huvud var belyst. Detta gjorde att de av hans utseende kunde dra en, troligtvis alldeles oviktig, slutsats om mannen de hade framför sig: hans mörka hår hade den speciella metalliska lyster som ibland uppkommer när man ofta själv färgar sitt hår.

"Jag har hört om Fleming." Patten höjde sitt glas och fortsatte studera utsikten. "Det blev känt idag på eftermiddagen. Guy Mollison ringde. Han underrättade alla aktuella sponsorer. Bara sponsorerna, sa han, så vi skulle för Guds skull hålla tyst om det tills det blev offentligt." Patten skakade föraktfullt på huvudet och snurrade whiskyn i glaset. "Han tänker alltid på Englands bästa."

"Mollison?"

"Han kommer trots allt att bli lagkapten i år också."

"Är ni säker på hur dags det var?"

"Jag hade precis kommit hem efter lunch."

"Konstigt att han visste redan då att det var Fleming. Han ringde tydligen innan kroppen hade blivit identifierad", sa Lynley.

"Innan hustrun identifierade den. Polisen kände redan till vem det var." Patten vände blicken från utsikten. "Eller berättade de inte det för er?"

"Det tycks som om ni har en hel del information."

"Det beror på att jag har pengar."

"Det beror nog på mer än pengar, har jag förstått."

Patten reste sig upp från schäslongen. Han gick fram till kanten av terrassen där stenläggningen övergick i en mjukt sluttande gräsmatta. Han stannade och såg demonstrativt på utsikten.

"Miljoner." Han gjorde en gest med glaset. "Folk släpar sig genom livet utan att tänka på vad det handlar om. Och när de till slut upptäcker att det kanske finns andra saker i livet än att tjäna pengar, äta, skita och knulla i mörkret, då är det för sent för de allra flesta att göra någonting åt det."

"Så var tydligen fallet med Fleming."

Patten fortsatte att betrakta de skimrande ljusen från London. "Han var en annorlunda människa, våran Ken. Han visste att det fanns mer att sträva efter än det han hade. Och han tänkte skaffa sig det."

"Er hustru, till exempel."

Patten svarade inte. Han stjälpte i sig resten av sin whisky och återvände till bordet. Han sträckte sig efter den oöppnade flaskan från 1973. Han bröt sigillet och skruvade av korken.

"Hur mycket kände ni till om er hustru och Kenneth Fleming?" frågade Lynley.

Patten gick tillbaka till schäslongen och satte sig på kanten av den. Han såg road ut när assistent Havers bläddrade genom sitt anteckningsblock för att finna en ren sida. "Tänker ni av någon anledning anhålla mig?"

"Det skulle vara förhastat", sa Lynley. "Fast om ni skulle vilja ha er advokat närvarande…"

Patten skrattade. "Francis har hört från mig så ofta den senaste månaden så det räcker för att han ska kunna dricka sitt favoritportvin ett helt år. Jag tror att jag kan klara mig på egen hand."

"Ni har alltså juridiska problem?"

"Jag har skilsmässoproblem, alltså."

"Visste ni om att er fru hade en historia vid sidan av?"

"Jag hade ingen aning om det förrän hon sa att hon tänkte lämna mig. Och i början visste jag inte ens att det berodde på en kärlekshistoria. Jag trodde bara att jag inte hade gett henne tillräckligt mycket uppmärksamhet. Jag är väl en egoist, skulle jag tro." Hans mun förvreds av ett snett leende. "Vi grälade som fan när hon sa att hon tänkte lämna mig. Jag var rätt grov mot henne: 'Vem tror du vill ha en sån tjockskallig degklump som du, Gabriella? Var i Herrans namn tror du att du kan få tag på nån annan kille som skulle vara villig att ta sig an ett intelligensbefriat fnask? Inbillar du dig verkligen att du kan gå ifrån mig utan att bli vad du var när jag först plockade upp dig? En lågavlönad kontorsslav utan andra kvalifikationer än svårigheter med att sortera saker i bokstavsordning?' Det var ett sånt där riktigt otäckt äktenskapligt gräl under en middag på Capital Hotel. I Knightsbridge."

"Konstigt att hon valde en offentlig plats för det samtalet."

"Inte alls konstigt om man känner Gabriella. Det måste ha tilltalat hennes svaghet för dramatik, fast jag misstänker att hon inte trodde att jag skulle bli förbannad, utan istället börja snyfta över soppan."

"När inträffade detta?"

"Samtalet? Jag vet inte. I början av förra månaden."

"Och då berättade hon att hon tänkte lämna er för Fleming?"

"Inte alls. Hon hade tänkt sig en skilsmässa i godo, och hon var tillräckligt smart för att inse att hon skulle få jäkligt svårt att få det hon ville ha av mig rent ekonomiskt om jag visste att hon hade knullat med någon vid sidan om. Till att börja med nöjde hon sig med att försvara sig. Ni kan tänka er hur det lät: 'Du har ingen aning om hur enkelt det skulle vara för mig att hitta en ny kille, Hugh. Jag kan gå min väg lätt som en plätt, för du förstår grabben, alla tycker inte att jag är en korkad hönshjärna'." Patten satte ner sitt glas på stenläggningen och lade upp benen på schäslongen och återtog sin tidigare ställning med huvudet lutat mot högra armen.

"Men hon sa ingenting om Fleming?"

"Gabriella är inte dum, trots att hon ibland bär sig åt som om hon vore det. Och hon är absolut inte född i farstun när det gäller att se om sin ekonomi. Det sista hon skulle göra vore att bränna sina broar vad gäller mig innan hon var säker på att ha hittat ett nytt sätt att ta sig över floden." Han drog handen genom håret med spretande fingrar i en gest som tycktes understryka hur tjockt det var. "Jag visste att hon hade flörtat med Fleming. Fan, jag hade *sett* hur hon flörtade med honom. Men jag trodde inte det betydde någonting, för det var inte ovanligt att Gabriella drog till sig karlar. Hon går på autopilot i fråga om killar, det har hon alltid gjort."

"Är ni inte besvärad av det?" Det var assistent Havers som frågade. Hon hade druckit ur sin whisky och ställt sitt glas bredvid det som Patten tidigare hade flyttat till ena sidan av bordet.

Patten svarade med ett enda ord: "Lyssna", sa han och höjde fingret för att tysta samtalet. Långt bortifrån högra sidan av trädgården, där den begränsades av en bänk och en samling popplar, hade en fågel börjat sjunga. Dess sång var böljande och steg till ett crescendo. Patten log. "Näktergalen. Är det inte fantastiskt? Det får mig nästan – men bara nästan – att tro på Gud." Och sedan vände han sig till assistent Havers och sa: "Jag tyckte om att veta att andra män fann min hustru attraktiv. Det var en del av tjusningen. Till att börja med."

"Och nu?"

"Allting förlorar sitt underhållningsvärde med tiden, assistenten."

"Hur länge har ni varit gifta?"

"Om två månader blir det fem år."

"Och innan dess?"

"Hur sa?"

"Är hon er första fru?"

"Vad har det med saken att göra?"

"Jag vet inte. Är hon det?"

Patten vände hastigt bort blicken och såg ut över landskapet. Hans ögon smalnade som om ljuset var för starkt. "Min andra", sa han.

"Och er första?"

"Vad är det med henne?"

"Vad hände med henne?"

"Vi skildes."

"När då?"

"Om två månader blir det för fem år sedan."

"Aha." Assistent Havers antecknade snabbt.

"Kan jag få veta vad *aha* betyder, assistenten?"

"Ni skilde er från er första hustru för att kunna gifta er med Gabriella."

"Det var vad Gabriella ville, om jag ville ha Gabriella. Och jag ville ha Gabriella! Jag har faktiskt aldrig velat ha någon lika mycket."

"Och nu?" undrade Lynley.

"Jag skulle inte vilja ha henne tillbaka, om det är det ni undrar. Jag är inte speciellt intresserad av henne längre, och även om jag vore det, så har saker och ting gått för långt."

"På vad sätt?"

"Folk vet."

"Att hon har lämnat er för Fleming?"

"Någonstans går gränsen. Och när det gäller mig är det vid otrohet."

"När ni är otrogen?" frågade Havers. "Eller gäller det bara er hustru?"

Patten vände huvudet, som fortfarande vilade mot schäslongen, i riktning mot henne. Han log stillsamt. "Den manliga-kvinnliga dubbelmoralen. Den är inte speciellt snygg. Men jag är som jag är, en hycklare när det gäller den kvinna jag älskar.

"Hur fick ni reda på att det var Fleming?" frågade Lynley.

"Jag lät skugga henne."

"Till Kent?"

"Först försökte hon ljuga. Hon sa att hon bara skulle bo i Miriam White-laws stuga medan hon redde ut sina tankar om vad hon skulle göra med sitt liv. Fleming var bara en god vän, som hjälpte till, sa hon. Det var ingenting mellan dem. Om hon hade haft en historia med honom, om det hade varit för hans skull som hon lämnade mig, skulle hon då inte ha levt öppet till-sammans med honom? Men det gjorde hon inte eller hur, och det bevisar att det inte handlade om otrohet, det bevisar att hon hade varit en god och trogen hustru och att det var lika bra jag sa åt min advokat att hålla det i minnet när han träffade hennes för att diskutera villkoren för skilsmässan."

Patten gned tummen mot käken där hans ansikte skuggades av skäggstubb. "Så jag visade henne fotografierna. Och de fick henne i alla fall henne lugn."

Det var fotografier av henne och Fleming, fortsatte han ogenerat, tagna i stugan i Kent. Hjärtliga välkomnanden i dörröppningen på kvällen, pas-sionerade avsked på uppfartsvägen i gryningen, energiska famntag i en fruktträdgård inte långt från stugan, ett entusiastiskt samlag på gräsmattan.

När hon såg fotografierna såg hon samtidigt hur hennes framtida ekono-miska ställning snabbt försämrades, berättade han för dem. Hon flög på honom som en ilsken katta, hon kastade fotografierna i den öppna spisen i matsalen, men hon visste att spelet nästan var förlorat.

"Då har ni alltså varit i stugan?" sa Lynley.

Visst hade han varit där. Första gången när han lämnade henne fotogra-fierna. Andra gången när Gabriella hade ringt och bett honom att de skulle tala ut för att försöka komma fram till ett civiliserat och förståndigt sätt att avsluta äktenskapet på. "Det där att vi skulle tala, det var en eufemism", tillade han. "Det har aldrig varit Gabriellas starka sida att använda mun-nen till att tala med."

"Er hustru har försvunnit", sa Havers. Lynley kastade en blick i riktning mot henne när han hörde det lugna och dödligt artiga tonfallet i hennes kommentar.

"Har hon?" frågade Patten. "Jag undrade just varför man inte nämnde hennes namn på nyheterna. Först trodde jag att hon hade lyckats få tag på alla journalisterna och fått dem att inse att det skulle löna sig att hålla hen-ne utanför. Men det skulle ha varit ett enormt arbete, till och med för nå-gon med Gabriellas förmåga."

"Var befann ni er onsdags natt, mr Patten?" Havers pressade pennan mot papperet när hon skrev. Lynley undrade om hon skulle kunna läsa sina anteckningar. "Och i torsdags morse?"

"Varför det?" Han såg intresserad ut.

"Det räcker om ni svarar på frågan."

"Det ska jag göra, bara jag får veta vad det har med det hela att göra."

Havers såg irriterad ut. Lynley ingrep: "Kenneth Fleming kan möjligen ha blivit mördad", sa han.

Patten satte ner sitt glas på bordet. Han höll kvar fingret mot dess kant. Den andra handen knöts långsamt. Det såg ut som om han försökte utläsa ur Lynleys ansiktsuttryck hur allvarlig situationen var. "Mördad?"

"Då kanske ni förstår varför jag är intresserad av var ni uppehöll er", sa Lynley.

Återigen steg näktergalens sång upp från träden. I närheten svarade en ensam syrsa. "Onsdag natt, torsdag morgon", mumlade Patten mer för sig själv än till dem. "Jag var på Cherbourg Club."

"På Berkeley Square?" frågade Lynley. "Hur länge var ni där?"

"Klockan måste ha blivit två eller tre. Jag är svag för baccarat och för en gångs skull vann jag."

"Hade ni sällskap av någon?"

"Man brukar inte spela baccarat ensam, kommissarien."

"Någon bekant?" sa Havers prövande.

"Under en del av kvällen."

"Vilken del?"

"I början. Jag skickade hem henne i taxi ungefär... Jag vet inte riktigt. Halv två? Två?"

"Och sedan?"

"Jag fortsatte att spela. Jag kom hem, gick och lade mig." Patten flyttade blicken från Lynley till Havers. Han såg ut att vänta på ytterligare frågor. Slutligen fortsatte han: "Men det är knappast troligt att jag skulle ha mördat Fleming, om det är det ni syftar på."

"Vem var det som skuggade er fru?"

"Vem gjorde vad då?"

"Vem var det som tog bilderna. Vi måste få reda på namnet."

"Visst, ni ska få det. Men hör nu här! Det kan väl hända att Fleming knullade min fru, men han var en jäkligt bra kricketspelare – den bäste slagman vi har haft på mer än femtio år. Om jag skulle ha velat sätta stopp för hans historia med min fru, så skulle jag inte ha dödat honom. Inte honom. För då skulle i alla fall inte de där jävla testmatcherna ha påverkats. Förresten visste jag inte ens om att han var i Kent i onsdags. Hur skulle jag ha vetat det?"

"Ni kunde ha låtit skugga honom."

"Vad skulle det ha varit bra för?"

"Hämnd?"

"Om jag skulle ha önskat livet ur honom, ja. Men det gjorde jag inte."

"Och Gabriella?"

"Vad är det med Gabriella?"

"Ni önskade inte livet ur henne?"

"Jo. Det skulle ha varit mycket mera lönsamt än att tvingas skiljas från henne. Men jag vill gärna tro att jag är lite mera civiliserad än andra äkta män brukar vara när deras fruar bedrar dem."

"Hon har inte låtit höra av sig?" frågade Lynley.

"Gabriella? Nej, inte ett ord."

"Så hon är inte här i huset?"

Patten höjde ögonbrynen och han såg uppriktigt överraskad ut. "Här? Nej." Sedan tycktes han inse varför frågan hade ställts. "Jaså? Det var inte Gabriella."

"Har ni något emot att förtydliga er?"

"Om det ska vara nödvändigt så."

"Ja tack."

Patten försvann in i huset. Havers lutade sig tillbaka i stolen och studerade honom med kisande ögon. "Ett sånt svin", muttrade hon.

"Har du fått reda på någonting från Cherbourg?"

"Jag jobbar ju på det, kommissarien."

"Ursäkta mig." Lynley gav henne bilnumret till Jaguaren i garaget. "Vi får fråga polisen i Kent om Jaggan eller Range Rovern har varit synliga i närheten av Springburns. Och Renaulten också. Den som står på uppfarten."

Hon fnös. "Tror du verkligen han skulle sänka sig till att tuffa runt i den där?"

"Om han skulle kunna sänka sig till mord, så…"

Ett av de franska fönstren längst bort öppnades. Patten kom tillbaka till dem. Han hade sällskap av en flicka som inte var mycket mer än tjugo år gammal. Hon var klädd i en jättestor tröja och tights. Hon rörde sig på små bara fötter smidigt fram över stenläggningen. Patten lade handen på hennes nacke, precis nedanför håret som var onaturligt svart och klippt i en kort geometrisk frisyr som fick hennes ögon att se jättestora ut. Han drog henne intill sig och en stund såg det ut som om han andades in den doft som kom från hennes huvud.

"Jessica", presenterade han henne.

"Er dotter?" frågade Havers dumt.

"Assistenten", sa Lynley.

Flickan såg ut att förstå meningen bakom denna ordväxling. Hon lät pekfingret glida in i en av skärpöglorna på Pattens jeans och sa: "Kommer du upp nu, Hugh? Det håller på att bli sent."

Hans hand gled nerför ryggen på henne, nästan som när en man smeker en vinnande tävlingshäst. "Om några minuter", sa han. Sedan vände han sig till Lynley: "Kommissarien?"

Lynley höjde handen för att utan ett ord visa att han inte hade några frågor att ställa till flickan. Han väntade tills hon hade gått tillbaka in i huset innan han sa: "Var någonstans skulle er hustru kunna uppehålla sig, mr Patten? Hon har försvunnit. Och det har Flemings bil också. Har ni någon aning om vart hon kan ha åkt?"

Patten började skruva på kapsylerna på whiskyflaskorna. Han ställde dem på brickan tillsammans med glasen. "Inte den blekaste aning. Men var hon än är, så tror jag inte att hon är ensam."

"Liksom ni", sa Havers och slog igen sin anteckningsbok.

Patten betraktade henne. Han såg lugn ut. "Ja. I det avseendet har Gabriella och jag alltid varit mycket lika varandra."

KAPITEL 6

Lynley sträckte sig efter mappen med information från Kent. Han började med rynkade ögonbryn ovanför glasögonen bläddra igenom fotografierna från brottsplatsen. Barbara betraktade honom och undrade hur han bar sig åt för att se så klarvaken ut.

För egen del var hon totalt utslagen. Klockan var nästan ett på natten. Sedan de kom tillbaka till New Scotland Yard hade hon druckit tre koppar kaffe, och trots koffeinet – eller kanske på grund av det – tycktes hennes hjärna slå kullerbyttor samtidigt som kroppen bestämt sig för att ge upp. Hon skulle vilja luta huvudet mot Lynleys skrivbord och snarka, men istället reste hon sig upp, sträckte på sig och gick fram till fönstret. Gatan var folktom. Ovanför dem var himlen mörkgrå eftersom den myllrande miljonstaden under den gjorde att den aldrig kunde bli riktigt svart.

Hon drog tankfullt i underläppen medan hon studerade utsikten. "Låt oss anta att Patten gjorde det", sa hon. Lynley svarade inte. Han lade fotografierna åt sidan, läste ett avsnitt ur kommissarie Arderys rapport och höjde huvudet med ett tankfullt uttryck i ansiktet. "Nog för att han har motiv, alltid", fortsatte Barbara. "Om han gör slut på Fleming har han fått hämnd på den kille som lekte i Gabriellas brallor."

Lynley strök under en mening. Sedan ännu en. Klockan är ett, tänkte Barbara äcklad, och han håller fortfarande på.

"Nå?" frågade hon honom.

"Kan jag få se era anteckningar?"

Hon gick tillbaka till sin stol och letade fram sitt anteckningsblock ur axelväskan och räckte det till honom. Medan hon återvände till fönstret lät Lynley pekfingret löpa över de båda första sidorna av hennes förhör med mrs Whitelaw. Han läste någonting på tredje sidan, någonting annat på den fjärde, vände fram en ny sida och snurrade sin blyerts mot den.

"Han sa till oss att för hans del går gränsen vid otrohet", sa Barbara. "Kanske är gränsen för honom detsamma som mord."

Lynley såg i riktning mot henne. "Akta er för att låta er styras av era antipatier, assistenten. Vi har inte tillräckligt mycket fakta."

"Men trots det, kommissarien…"

Han viftade med pennan för att hejda henne, samtidigt som han sa: "Och när vi har skaffat fram fakta är jag rädd att de bara bekräftar att han var på Cherbourg Club i onsdags kväll."

"Även om han var på Cherbourg Club blir han inte mindre misstänkt för det. Han skulle ha kunnat få någon annan att tutta eld. Han har redan medgett att han hade hyrt någon som skulle skugga Gabriella. Och det var säkert inte han själv som smög runt i buskarna och tog de där bilderna av henne och Fleming som han talade om. Då hade han också hyrt någon."

"Ingetdera var olagligt. Möjligen tvivelaktigt. Och garanterat smaklöst. Men inte olagligt."

Barbara gapskrattade och återvände till sin stol och slängde sig ner i den. "Ursäkta mig, kommissarien, men lyckades vår lilla Hugh verkligen få er att tro att han inte skulle nedlåta sig till någonting så smaklöst som mord? Hur lyckades han göra det? Var det innan han beskrev sin hustrus häpnadsväckande skicklighet i fellatio eller efter det att han hade kommit dragande med den där vad hon nu hette och demonstrativt klämt henne om stjärten som om det nu fanns risk för att vi stackars snutar var alldeles för korkade för att förstå vad som var på gång mellan dem?"

"Jag har inte avskrivit honom", sa Lynley.

"Tack och lov för det."

"Men om vi antar att Patten gjort sig skyldig till överlagt mord på Fleming, så förutsätter det att han visste var Fleming befann sig i onsdags kväll. Han har förnekat all kännedom om det. Och jag är inte säker på att vi kan bevisa motsatsen." Lynley lade tillbaka rapporten och fotografierna i mappen. Han tog av sig glasögonen och gned fingrarna över näsan.

"Om Fleming hade ringt upp Gabriella och sagt åt henne att han skulle komma", påpekade Barbara, "kunde hon ha ringt upp Patten och låtit honom få reda på det. Kanske inte medvetet. Inte med syfte att få Patten att rusa dit och ta kål på Fleming. Bara för att ha någonting att kasta i ansiktet på den käre gamle Hugh. Det stämmer i så fall med vad han berättade för oss om henne. Att det fanns andra killar som ville ha henne och att det fanns bevis här."

Det verkade som om Lynley funderade på assistentens ord. "Telefonen", sa han tankfullt.

"Vad är det med den?"

"Samtalet som Fleming hade med Mollison. Han kanske nämnde för honom att han planerade att åka till Kent. Han var ju tvungen att ställa in sin Greklandsresa. Eller i alla fall skjuta upp den. Han måste ha sagt någonting till dem. Han *måste* ha berättat någonting för dem, eftersom sonen... vad var det nu han hette?"

Lynley bläddrade genom hennes anteckningar och fick upp två andra sidor. "Jimmy."

"Just det. För Jimmy ringde ju inte upp mrs Whitelaw på onsdagskvällen när hans pappa inte dök upp. Och om Jimmy visste varför resan hade blivit inställd berättade han det kanske för sin mamma. Det skulle ha varit naturligt. För hon trodde ju att pojken skulle resa. Och det hade han inte gjort. Hon borde ha undrat vad som hade hänt. Och han skulle ha förklarat det. Vad kan vi få fram av det?"

Lynley tog ut ett randat block ur översta skrivbordslådan. "Mollison", sa han samtidigt som han skrev. "Flemings fru. Hans son."

"Patten", tillade Barbara.

"Gabriella", sa Lynley slutligen. Han strök under namnet först en gång, sedan en gång till. Han betraktade det fundersamt. Sedan strök han under det ytterligare en gång.

Barbara såg en stund på honom. "Vad beträffar Gabriella vet jag verkligen inte, kommissarien", sa hon sedan. "Det stämmer inte riktigt. Vad skulle hon ha gjort? Tagit livet av sin älskare och sedan helt lugnt kört iväg med hans bil? Det verkar för enkelt. Alldeles för iögonenfallande. Vad hade hon egentligen i huvudet om hon gjorde någonting så dumt? Bomull?"

"Enligt Patten hade hon det."

"Nu är vi tillbaks hos honom, märker ni det. Allting leder dit."

"Visst har han motiv. Och vad beträffar resten..." Lynley pekade på mappen med fotografier, "kommer vi att få se hur bevisen radar upp sig. I morgon förmiddag kommer brottsplatsundersökarna att vara klara med stugan. Om det finns någonting där kommer de att ha hittat det."

"Vi vet i alla fall att det inte var självmord", sa Barbara.

"Det var det inte. Men det var kanske inte mord heller."

"Ni kan inte påstå att det var en olyckshändelse. Inte efter cigaretten och tändstickorna som Ardery hittade i fåtöljen."

"Jag har inte sagt att det var en olyckshändelse." Lynley gäspade, lutade hakan i händerna och gjorde en grimas när skäggstubben i ansiktet tycktes få honom att inse vad klockan var. "Vi måste ta reda på bilnumret till Flemings bil", sa han. "Och så måste vi skicka runt en beskrivning av den. Grön, sa mrs Whitelaw. En Lotus. Troligen en Lotus-L. Bilpapperen måste finnas någonstans. Antagligen i huset i Kensington."

147

"Visst." Barbara sträckte sig efter sitt anteckningsblock och krafsade ner en minnesanteckning på det. "Lade ni möjligen märke till att det fanns en extra dörr i hans sovrum? I Whitelaws hus?"

"I Flemings rum?"

"Bredvid garderoben. Såg ni den?" Det hängde en badrock på en krok där."

Lynley betraktade dörren till sitt kontor som om han försökte minnas. "Brun sammet", sa han, "med gröna ränder. Ja. Vad är det med den?"

"Dörren, inte badrocken. Den leder in till hennes rum. Det var där inne som jag hittade pläden en stund tidigare."

"Mrs Whitelaws sovrum?"

"Tycker ni inte att det är intressant? Med en dörr mellan sovrummen. Vad får det er att tänka på?"

Lynley reste sig upp. "Sömn", sa han. "Det är vad vi båda borde försöka få just nu." Han sträckte sig efter rapporterna och fotografierna och stoppade in dem under armen. "Kom nu, assistenten. Vi måste komma igång tidigt i morgon bitti."

När Jeannie inte kunde skjuta upp det längre gick hon uppför trappan. Hon hade diskat upp efter middagen som ingen hade ätit. Hon hade hängt handduken prydligt på stången som var fastsatt vid sidan om kylskåpet, precis under Stans schema och en klumpig teckning av en av Sharons fåglar. Hon hade rengjort spisen och fortsatt med att torka av den gamla röda vaxduk som täckte köksbordet. Sedan hade hon stått där och omedvetet kommit att tänka på när han hade suttit där och fingrat på den slitna fläcken på vaxduken. "Det är inte ditt fel, gumman, det är mitt", hade han sagt. "Det handlar om henne, att jag vill någonting med henne och inte vet vad det är. Och det känns fel att du och ungarna ska behöva sitta här och vänta på vad som ska hända med er. Jeannie, jag mår inte bra, kan du inte märka det? Jag vet ju inte vad jag vill. Fan också Jeannie, gråt inte. Här. Ta. Jag avskyr när du gråter." Utan att vilja det kom hon ihåg hur hans fingrar hade torkat av hennes kinder, hur hans hand hade slutit sig runt hennes handled, hur han hade lagt sin arm runt hennes axlar och hur han med munnen mot hennes hår hade bett henne att göra det lätt för dem alla. Något som hon inte kunde.

Hon försökte sudda ut bilden ur sitt minne genom att sopa golvet. Hon fortsatte med att skrubba diskbänken, göra rent ugnen och hon tog till och med ner de blommiga gardinerna från fönstret för att tvätta dem. Men hon kunde inte sätta igång med att tvätta så här sent på kvällen, så hon buntade ihop dem och lämnade dem på en stol, för nu hade det blivit dags att titta till barnen.

Hon gick långsamt uppför trappan och försökte bli fri från tröttheten som fick hennes ben att skaka. Hon stannade till vid badrummet och stänkte kallt vatten i ansiktet, tog av sin arbetsrock och satte på sig den gröna städrocken och lät fingrarna glida över dess mönster med hopsnodda rosenknoppar och sedan löste hon upp håret. Hon hade haft det hopsamlat alldeles för länge för hon hade dragit bort det från ansiktet i morse när hon skulle börja på Crissys och hade inte haft tid att släppa ut det eftersom polisen hade kommit för att ta med henne till Kent. Nu värkte det i hårbottnen när hon lossade på den breda hårskenan med solrosor på och hon grimaserade och märkte att hon fick tårar i ögonen när hon ordnade håret kring ansiktet och bakom öronen. Hon satte sig ner på toalettstolen, inte för att kissa men för att tiden skulle gå.

Vad fanns det kvar att säga till dem, undrade hon. Under de senaste fyra åren hade hon försökt ge barnen tillbaka deras far. Vad skulle hon nu kunna säga till dem?

"Vi har levt skilda åt tillräckligt länge", hade han sagt. "Vi kan få skilsmässa nu utan att någon behöver ta på sig skulden."

"Jag har varit trogen mot dig, Kenny", hade hon svarat. Hon hade stannat kvar på andra sidan köket, så långt bort som möjligt från honom, och diskbänkskanten hade pressats hårt mot hennes rygg. Det var första gången han hade använt det hot som hon hade fruktat ända sedan den dag han lämnade dem. "Jag har aldrig varit tillsammans med någon annan kille än dig. Aldrig. Inte en enda gång."

"Jag har inte krävt att du skulle vara trogen mot mig. När jag hade flyttat härifrån kunde jag ju inte begära det."

"Jag har avlagt ett löfte, Kenny. Jag sa 'tills döden skiljer oss åt'. Jag sa att jag gärna skulle ge dig vad du än krävde av mig. Och du kan inte påstå att jag nekat dig någonting."

"Det kan jag inte göra."

"Men tala då om för mig varför. Och var ärlig mot mig, Kenny. Inte sådana där dumheter som 'att försöka hitta tillbaka till sig själv'. Låt oss vara uppriktiga mot varandra. Vem är det som du har en historia med vid sidan av och som du nu skulle vilja kunna knulla helt lagligt?"

"Lägg av, gumman. Det här handlar inte om att knulla."

"Inte? Varför har du då blivit alldeles röd om öronen? Vem är det som du sätter på nuförtiden? Är det mrs Whitelaw? Är det henne du byter olja på två gånger i veckan?"

"Var inte vulgär, är du snäll."

"Vi gick till kyrkan du och jag och där sa vi 'tills döden skiljer oss åt'."

"Vi var sjutton år då. Folk förändras. Det kan man inte rå för."

"Jag har inte förändrats." Hon tog ett djupt andetag för hon kände sig alldeles sträv i halsen. Det värsta, tänkte hon, det är att inte veta vad det är man vet, att inte ha ett namn eller ett ansikte att inrikta sitt hat på. "Jag har varit trogen mot dig, Kenny. Därför är du skyldig att säga mig sanningen. Vem är det som du ligger med nu när du inte längre ligger med mig?"

"Jean…"

"Det är bara det att jag kanske inte uttrycker det helt riktigt."

"Det som gått snett mellan oss handlar inte om sex. Där har det aldrig varit några problem, det vet du."

"Vi har tre ungar. Vi har ett liv här. Åtminstone hade vi det tills mrs Whitelaw blandade sig i."

"Det här handlar inte om Miriam."

"Jaså, det är Miriam nu? Hur länge har det varit Miriam? Är hon Miriam på dagen också eller är det bara på natten när du inte behöver se den där degklumpen som du håller på och knådar?"

"För helvete, Jean, tänk på vad du säger. Jag ligger inte med Miriam Whitelaw. Hon är en förbannat gammal dam."

"Men vem är det då? Berätta! Vem?"

"Du lyssnar inte till mig. Det handlar inte om sex."

"Ja, det var så sant. Vad är det då? Har du blivit religiös? Har du hittat någon som du kan sjunga psalmer med på söndagsmorgnarna?"

"Det har funnits en klyfta mellan oss som inte borde ha funnits där. Och så har det alltid varit."

"Vad då för klyfta. Vad menar du?"

"Du förstår visst inte. Det är det som är det största problemet."

Hon skrattade men till och med hon själv tyckte att det lät gällt och nervöst. "Du är galen, Kenny Fleming. Säg mig ett enda annat par som har haft hälften så mycket gemensamt som vi har haft ända sedan vi var tolv år gamla."

Han skakade på huvudet. Han såg trött och resignerad ut. "Jag är inte tolv år gammal längre. Jag behöver någonting mer. Jag behöver en kvinna som jag kan dela allt med. Dig och mig… du och jag… vi har det bra på en del sätt men inte på andra. Och inte på de sätten som räknas utanför sovrummet."

Jeannie kände hur diskbänkskanten skar in i köttet. Hon rätade på ryggen. "Det finns män som skulle krypa över glödande kol för att få en sådan som jag."

"Det är jag medveten om."

"På vad sätt är det då som jag inte duger?"

"Jag har inte sagt att du inte duger."

"Du sa att du och jag hade det bra tillsammans på en del sätt men inte på andra. Hur? Berätta! Nu!"

"Våra intressen. Vad vi gör. Vad som betyder någonting för oss. Vad vi talar om. Vilka planer vi har. Vad vi vill få ut av livet."

"Det har vi alltid haft. Det vet du mycket väl."

"Visst, till att börja med. Men vi har växt ifrån varandra. Du märker det. Du vill bara inte erkänna det."

"Vem är det som sagt åt dig att vi inte hade det bra tillsammans? Är det hon? Är det mrs Whitelaw som proppar dig full med all den här skiten? För hon hatar mig, Kenny. Det har hon alltid gjort."

"Jag har redan sagt dig att det inte handlar om Miriam."

"Hon anklagar mig för att du slutade skolan. Hon kom till Billingsgate när jag väntade Jimmy."

"Detta har absolut ingenting med det att göra."

"Hon sa att jag skulle förstöra ditt liv om du och jag gifte oss…"

"Det där tillhör det förgångna. Glöm det."

"Hon sa att du inte skulle kunna bli någonting om jag lät dig sluta skolan."

"Hon är vår vän. Hon var bara orolig för oss."

"Vår *vän* säger du? Hon ville att jag skulle göra mig av med barnet. Hon ville att jag skulle döda det. Hon ville säkert att jag skulle dö. Hon har alltid tyckt illa om mig, Kenny. Hon har alltid…"

"Nu är du tyst! Han slog näven i bordet. Saltkaret i keramik – i form av en isbjörn för att passa ihop med keramikpantern för peppar – föll till golvet och slog i ett av bordsbenen. Det gick sönder och saltet rann ut i en vit flod mot den gröna linoleummattan. Kenny tog upp det. Det föll i två bitar när han tog i det. Mer salt rann som vit sand ut mellan hans fingrar. "Du har totalt fel i fråga om Miriam", sa han och såg på saltet, inte på henne. "Hon har varit snäll mot mig. Hon har varit snäll mot oss. Dig och ungarna."

"Men berätta då för mig vem som är bättre för dig än jag."

Med fingret ritade han ett mönster av krumelurer i saltet. Sedan svepte han handen över mönstret så att det utplånades och började rita på nytt. "Hör på mig, gumman", sa han. "Det handlar inte om att knulla", och det var saltet, inte henne, som han vände sig till. Av hans tonfall kunde hon förstå att han hade bestämt sig för att säga sanningen. Av hans hållning förstod hon att sanningen skulle bli värre än hon hade kunnat föreställa sig.

"Det handlar inte alls om sex", upprepade han. "Förstår du det?"

"Visst", sa hon och försökte låta munter. "Då handlar det inte om sex. Tänker du gå i kloster nu, Kenny?"

"Okay, jag har legat med henne. Ja. Vi har legat med varandra. Men det handlar inte om sex. Det är större än det. Det handlar om…" Han pressade ner handloven i saltet och gned det fram och tillbaka. Han skrapade upp det med den trasiga kanten på saltkaret, hällde ut det och tryckte åter ner handen i det. "Det handlar om att vilja ha", sa han.

"Och det är alltså inte sex. Lägg av nu, Kenny."

Han betraktade henne och hon kände hur hon blev iskall om fingrarna. Hon hade aldrig sett hans ansikte så slitet. "Jag har aldrig tidigare känt på det här sättet", sa han. "Jag vill känna henne på alla sätt som det är möjligt. Jag vill äga henne. Jag vill vara hon. Det är så det känns."

"Det där låter inte klokt." Jeannie försökte låta föraktfull, men hon lät bara rädd.

"Jag har krympt, Jean. Det är som om jag varit i en kastrull på spisen och har kokt bort. Det finns bara den innersta kärnan kvar. Och den kärnan är viljan att äga. Henne. Jag vill äga henne. Jag kan inte tänka på någonting annat."

"Du pratar skit, Kenny."

Han vände bort huvudet. "Jag trodde inte heller att du skulle förstå."

"Men hon förstår väl? Fröken-vem-det-nu-är."

"Ja. Det gör hon."

"Men vem är hon då? Vem är denna kvinna som du så innerligt vill *vara?*"

"Vad har det för betydelse?"

"Det har betydelse för mig. Och du är skyldig mig att tala om vad hon heter. Om det nu är slut mellan oss som du vill att det ska vara."

Därför berättade han det för henne. "Gabriella", var det enda han sa, och han sa det lågt, upprepade det med huvudet i händerna och saltet från vaxduken som små vita fräknar mot hans handled.

Jeannie behövde inte höra mer. Det behövdes inte något efternamn. Det kändes som om han gått lös på henne med en köttyxa, som när slaktaren hackar biff. Hon kände sig yr och gick fram mot bordet. "Är det Gabriella Patten som du vill lära känna på alla sätt? Som du vill äga? Som du vill vara?" Hon sjönk ner på en stol. "Jag tänker inte låta dig göra det."

"Du förstår inte… Du vet inte… Jag kan inte förklara hur det känns." Han slog sin knutna näve mot pannan som om han ville att hon skulle se rakt in i hans hjärna.

"Jodå, jag vet hur det känns. Och jag skulle hellre dö, Kenny, än att låta dig få henne."

Men det hade inte blivit så. Någon hade dött. Men det var fel kropp de hade. Jeannie knep ihop ögonen tills hon såg vita prickar mot insidan av ögonlocken. När hon visste att hon åter skulle kunna tala med normal röst om hon måste – vilket hon bad att hon inte skulle behöva göra – gick hon ut ur badrummet.

Sharon hade inte somnat. När Jeannie öppnade hennes dörr på glänt såg hon att dottern satt upp i sängen vid fönstret. Hon höll på att sticka. Hon hade inte tänt någon lampa. Hon satt hopkrupen, slog stickorna mot varandra och snodde runt garnet. "En avig och en rät, en rät och en avig", viskade hon. Över filtarna slingrade sig halsduken som hon hade börjat arbeta på förra månaden. Den var till hennes pappa, en födelsedagspresent som Kenny, oberoende av väderleken, skulle ha burit för att glädja sin dotter från det ögonblick i slutet på juni när han skulle ha öppnat presenten.

När Jeannie knuffade upp dörren tittade Sharon inte åt hennes håll. Hon koncentrerade sig så hårt att hennes lilla ansikte var spänt, men eftersom hon inte hade satt på sig sina glasögon hade hon trasslat till arbetet.

Glasögonen låg på nattygsbordet bredvid kikaren som Sharon använde när hon tittade på sina fåglar. Jeannie tog upp dem och strök med fingrarna över skalmarna samtidigt som hon frågade sig hur gammal dottern måste vara innan hon kunde låta henne få börja med linser. När hon hade fått reda på att det fanns tre glin i skolan som mobbade Sharon och kallade henne Grod-Öga hade hon tänkt fråga Kenny om det. Inte för att det skulle ha gjort någon skillnad om hon frågade honom eller ej, för Jeannie visste vad svaret skulle ha blivit. Kenny skulle genast ha sett till att Sharon fick linser, han skulle ha hjälpt henne att lära sig använda dem, och han skulle ha fått henne att fnittra åt tjockskalliga pojkar som måste göra narr av fjortonåriga flickor för att kunna känna sig tuffa.

"Avig, avig, avig", viskade Sharon. "Rät, avig, avig, avig."

Jeannie räckte henne glasögonen. "Behöver du inte de här, Shar? Ska jag tända lampan? Du kan ju inte se vad du gör när det är så här mörkt."

Sharon skakade frenetiskt på huvudet. "Rät", sa hon. "Avig, avig, avig." Stickorna lät som pickande fåglar.

Jeannie satte sig på dotterns sängkant. Hon fingrade på halsduken. Den var full av klumpar i mitten och missformad vid kanterna och dessutom ännu värre nära stickorna där kvällens arbete var fullt med knutar.

"Pappa skulle ha tyckt om den här, raring", sa Jeannie. "Den skulle ha gjort honom stolt." Hon lyfte handen för att röra vid dotterns hår, men hejdade sig och slätade istället till filtarna. "Det är bäst att du försöker sova. Vill du komma med mig in i min säng?"

Sharon skakade på huvudet. "Rät", muttrade hon. "Avig, avig, rät."

"Vill du att jag ska stanna här? Om du flyttar lite på dig kan jag sitta hos dig en stund." Första natten tror jag kommer att bli värst, ville hon säga, när smärtan gör att man vill krossa fönsterrutan med näven. "Vi kan kanske gå till floden i morgon", sa hon istället. "Vad skulle du tycka om det? Vi kan försöka hitta någon av de där fåglarna du har tittat efter. Vad är det nu de heter, Shar?"

"Avig", viskade Sharon. "Avig, avig, rät."

"De hade ett så konstigt namn. Någonting med smörgås."

Sharon drog fram mer garn från nystanet och snodde det runt handen. Hon såg inte på det, inte ens på stickningen. Hennes rygg var böjd över arbetet, men hon hade ögonen fästa på väggen där hon hade nålat upp mängder av fågelteckningar hon gjort.

"Vill du att vi ska gå till floden, raring? Försöka se några nya fåglar? Och du kan ta ditt ritblock med dig. Och så glömmer vi inte matsäcken."

Sharon svarade inte. Hon flyttade sig bara åt sidan, med ryggen mot modern, och hon fortsatte att sticka. Jeannie betraktade henne en stund. Hennes hand dröjde sig kvar, hon liksom strök dottern över axlarna utan att röra vid henne. "Ja, det tycker jag är en bra idé. Försök nu att sova, raring", sa hon och gick in i sönernas rum på andra sidan korridoren.

Där luktade det cigarettrök, otvättade kroppar och smutsiga kläder. I den ena sängen låg Stan lugnt, skyddad på alla sidor av mjukisdjur som han hade ställt upp runt omkring sig. Hopkrupen mitt bland dem sov han med filtarna nere vid fötterna och ena handen instucken i pyjamasbyxorna.

"Han runkar varenda kväll, Stan. Han behöver inga kompisar han, han har ju sin snopp."

Jimmys röst kom från det mörkaste hörnet av rummet där lukten var som starkast och där en svag röd glöd lyste upp en bit av en läpp och en halv knoge. Hon lät Stan ha kvar sin hand där den var och drog upp filtarna över honom. "Hur många gånger har vi talat om att man inte ska röka i sängen?" sa hon med låg röst.

"Minns inte."

"Kommer du att bli glad när huset brinner upp?"

Han fnös till svar.

Hon drog bort gardinerna från fönstret och öppnade det för att släppa in lite frisk luft. Månskenet föll in över den bruna mattan och en stråle träffade vraket av ett segelfartyg som låg på sidan med alla tre masterna avbrutna

154

och ett stort hål i sidan.

"Vad har hänt här?" Hon böjde sig över modellen. Det var handskuret och handmålat balsaträ, resterna av Jimmys högt skattade kopia av *Cutty Sark*. Den hade tagit månader att tillverka, den hade varit både sonens och faderns stolthet där de tillbringat timmar och dagar vid köksbordet med att rita, skära, måla och klistra. "Oh, nej", snyftade hon. "Jim, så hemskt. Var det Stan…"

Jimmy fnös. Hon tittade upp. Cigarettglöden lyste till och bleknade bort. Hon hörde hur röken blåstes ut ur hans näsa. "Det var inte Stan", sa han. "Stan har fullt upp med att runka så han hinner inte röja upp. Det där är förresten bara för småungar. Vem fan bryr sig om det?"

Jeannie såg bort mot bokhyllan under fönstret. På golvet låg resterna av *Golden Hind*. Bredvid den *Gipsy Moth IV*. Bakom den låg de söndertrampade resterna av *Victory* tillsammans med delarna till ett vikingaskepp och en romersk galeas.

"Men du och pappa", började Jeannie helt i onödan. "Jimmy, du och pappa…"

"Visst mamma. Vad är det med mig och pappa?"

Så konstigt, tänkte hon, att de där träbitarna, snörstumparna och tygbitarna kunde ge henne lust att gråta. Det hade hon inte haft när hon fick reda på att Kenny var död. Och inte heller när hon såg hans nakna kropp. Hon hade inte reagerat så när journalisterna frågade ut henne och fotograferade henne. Hon hade varit helt känslolös när hon berättade för Stan och Sharon att deras far var död, men nu när hon stod och såg på vraken av de här skeppen kände hon sig lika krossad som resterna av dem, där de låg utspridda på mattan.

"Det var ett minne av honom", sa hon. "De här skeppen. De var du och pappa. De här skeppen."

"Den knölen är ju död nu. Då är det ingen idé att behålla en massa minnessaker. Du borde själv sätta igång med att röja upp, mamma. Bilder, kläder. Gamla slagträn. Hans cykel. Kasta ut skiten. Vem har någon glädje av det?"

"Prata inte så där."

"Du tror väl i alla fall inte att han sparade på minnessaker av oss?" Jimmy böjde sig fram, in i månskenet. Han knäppte händerna runt sina beniga knän, tappade aska på sängöverkastet. "Han ville säkert inte påminnas om fru och ungar i känsliga stunder, våran pappa? De skulle kunnat vara i vägen. Bilder av våra nunor på sängbordet. Det skulle säkert ha stört hans kärleksliv. Våra hårlockar i en brosch som var fäst vid kricketkläderna. Det skulle alldeles säkert ha spolierat hans förbannade spel. En av Sharons fågelteckningar. Eller ett av Stans mjukisdjur." Glöden på hans cigarett darrade som en eldfluga. "Eller lite av allt ditt holländska krimskrams som han brukade ha så roligt åt. Eller kanske den där fåniga kotillbringaren som det rinner mjölk ur som om den mådde illa? Den skulle han kanske kunna ha använt till sina frukostflingor. Men det var bara det att när han så hällde upp mjölk och kom att tänka på dig så tittade han upp och såg någon annan sitta där istället. Nej du!" Han balanserade på armbågen och fimpade cigaretten mot sidan av en leksaksdödskalle som glödde i mörkret. "Han skulle inte ha velat ha saker från sitt gamla liv inblandat i sitt nya. Inte. Aldrig. Inte våran pappa. Absolut inte."

Jeannie kunde från andra sidan av rummet känna lukten av honom. Hon undrade när han senast hade tvättat sig. Hon kunde till och med känna lukten av hans andedräkt som var unken av cigarettrök.

"Han hade bilder av er, ungar", sa hon. "Minns du inte hur han kom hit för att hämta dem? Han ramade in dem men det blev fel ramar. För stora eller för små. Oftast för stora så Shar skar till papper för att fylla ut tomrummen. Du hjälpte till med det. Du valde själv ut den bild av dig som du ville att han skulle ha."

"Jaha. Jag var ju bara en liten unge på den tiden? Snorig och kletig. Och jag hoppades att pappa skulle komma tillbaks om vi smörade tillräckligt mycket. Ett sådant skämt. Jag är glad…"

"Det tror jag inte, Jim."

"Varför inte? Vad är det med dig, mamma?" Hans röst var spänd. "Är du ledsen för att han är borta?" tillade han.

"Han var inne i en dålig period av sitt liv. Han försökte komma underfund med saker och ting."

"Jaha. Det gör vi väl alla? Det är bara det att man tänker dåligt när man håller på att dra över en hora."

Hon var tacksam för mörkret. Det dolde henne och skyddade henne. Men skuggorna var också en nackdel. Eftersom han inte kunde se henne och alltså inte kunde se att hans ord som otäcka små fiskekrokar grävde sig in i hennes kinder, kunde hon inte heller se honom, inte som en mor måste kunna se sin son när hon vill ställa en fråga och nästan allt som gör hennes liv värt att leva beror på vilket svar hon kommer att få.

Men hon kunde inte ställa den frågan utan valde istället att säga: "Vad är det som du försöker säga?"

"Jag visste allt om pappa. Allt om den där blondinen. Allt om sökandet efter den djupa själen som pappa antogs hålla på med när han skumpade upp och ner på henne. Han skulle finna sig själv. Ett sånt jävla skitsnack!"

"Det som han gjorde med..." Jeannie kunde inte säga hennes namn, inte till sin son. För ögonblicket var det för mycket begärt av henne att hon skulle bekräfta det han hade sagt genom att nämna det vid namn. Hon stoppade händerna i fickorna på sin hemmarock för att lugna ner sig. Hennes vänstra hand fann en hopskrynklad pappersnäsduk, hennes högra en tandlös kam. "Det hade ingenting med dig att göra, Jimmy. Det var mellan mig och pappa. Han älskade dig lika mycket som alltid. Och Shar och Stan också."

"Var det därför som han tog oss med på den där flodturen som han alltid hade lovat? Vi hyrde en husbåt som han hade sagt att vi skulle göra och seglade uppför Themsen. Såg slussarna. Tittade på svanar. Stannade till vid Hampton Court och sprang i labyrinten. Vi till och med vinkade åt Drottningen som stod på bron vid Windsor och bara väntade på att vi skulle segla förbi och svepa med hattarna."

"Han hade tänkt ta er med ut på floden. Du får inte tro att han hade glömt bort det."

"Och regattan vid Henley. Den såg vi ju? Vi var uppklädda till tusen. Och vi hade en fylld matsäckskorg med oss. Chips till Stan. Kokosbollar till Shar. Hamburgare till mig. Och när vi var klara med det åkte vi på den där fantastiska födelsedagsresan – de grekiska öarna, en hyrd båt, bara pappa och jag."

"Jim, han behövde tid för att samla tankarna. Vi hade varit tillsammans sedan vi var småungar, pappa och jag. Han behövde tid för att ta reda på om han ville fortsätta. För att fortsätta leva med mig, med *mig*, inte med er. För i fråga om er ungar hade ingenting förändrats för pappa."

"Visst mamma. Ingenting. Och visst skulle han ha kunnat övertala henne till att vilja ha oss i närheten. Hon skulle ha gillat att ha Stan som runkade i hennes gästrum på helgerna och Shar som nålade fast fågelbilder på hennes tapeter och jag som spillde ut motorolja på hennes mattor. Visst, hon skulle ha varit stormförtjust i att få oss som styvbarn. Jag kan faktiskt inte tänka mig att hon inte sa till farsan att hålla sig undan tills han kunde garantera henne att hon säkert skulle få oss på köpet. Han sparkade av sig sina Doc Martens. De slog i golvet med en duns. Han buffade till kudden och lutade sig mot sänggaveln så att ansiktet kom i det mörkaste hörnet. "Hon måste nog vara alldeles uppriven nu, den där blondinen. Vad tror du, morsan? Farsan har kilat vidare, och det är förskräckligt, för då kan hon ju inte bli påsatt när hon har lust. Men det allra värsta är naturligtvis att nu kommer hon inte att få *oss* som styvbarn heller. Och jag kan slå vad om att det är det som gör henne mest upprörd av allt." Han fnös stilla.

Ljudet fick en rysning att löpa längs Jeannies ryggrad. Fingrarna på hennes vänsterhand letade sig fram till kammen som låg i fickan och de grävde sig ner i mellanrummet där det saknades tänder. "Jimmy", sa hon. "Det är någonting som jag måste fråga dig om."

"Fråga på du bara, morsan. Fråga om vad som helst. Men jag har inte satt på henne, om det nu är det du vill veta. Farsan var inte den sorten som delade med sig av godbitarna."

"Du vet alltså vem hon var?"

"Kanske det."

Hennes högra hand kramade pappersnäsduken. Hon började smula sönder den till små kulor i fickan. Hon ville inte veta svaret, för hon visste det redan. Men hon ställde ändå frågan: "Vad sa han till dig, Jim, när han berättade att båtresan var inställd? Berätta det för mig Jim. Vad sa han?"

Jimmys hand gled fram ur skuggorna. Den sträckte sig efter någonting som låg bredvid leksaksdödskallen. Någonting flammade upp, det hördes ett väsande ljud och han höll upp en tänd tändsticka bredvid sitt bleka ansikte. Han såg henne rakt i ögonen medan tändstickan brann ner. När elden slickade hans fingrar gjorde han inte en min. Och han svarade inte heller.

Lynley hittade till slut en plats på Sumner Place. Ren bondtur, skulle assistent Havers ha kallat det. Han var inte så säker på det. Han hade hållit på i tio minuter med att köra upp- och nedför Fulham Road, cirkla runt South Kensington Station, och han hade blivit mer bekant än han trott det var möjligt med den restaurerade Michelinbyggnaden vid Brompton Cross. Han skulle precis ge upp när han gjorde ett sista försök på Sumner Place just som en gammal Morgan lämnade en plats inte mer än femtio meter från hans mål: Onslow Square.

I Helens våning var alla lampor utom en släckta. Hon hade låtit en lampa i vardagsrummet vara tänd, precis innanför den lilla balkongen som vette mot torget. Han log när han såg det. Helen kände honom bättre än han kände sig själv.

Han gick in, gick uppför trapporna och öppnade dörren till våningen. Han såg att hon hade läst innan hon somnade, för det låg en bok uppslagen på täcket med framsidan ner. Han tog upp den och försökte utan framgång läsa titeln i det nästan mörka rummet, lade den på nattygsbordet och stoppade in hennes guldarmband för att markera sidan. Han betraktade henne.

Hon låg på sidan med högra handen under kinden så att de mörka ögonfransarna syntes mot huden. Hon trutade med munnen som om hon försökte koncentrera sig i drömmen. En hårlock föll fram från ena örat mot hennes mun, och när han viftade bort den rörde hon på sig, men hon vaknade inte. Det fick honom att le. Han hade aldrig träffat någon som sov lika tungt som hon.

"Någon skulle kunna bryta sig in, ta med sig alla dina tillhörigheter utan att du märkte det", hade han fullkomligt utmattad sagt till henne när han jämförde hennes tunga sömn med sin egen oroliga lätta slummer. "För Guds skull, Helen, det är nästan osunt. Du somnar inte, du förlorar medvetandet. Jag tycker du borde uppsöka en specialist för problemet."

Hon skrattade och klappade honom på kinden. "Det är fördelen med att ha ett alldeles rent samvete, Tommy."

"Det skulle du inte ha särskilt mycket nytta av om det blev eldsvåda och huset brann upp någon natt. Du skulle säkert inte ens höra brandvarnaren."

"Antagligen inte. Hemska tanke." Hon såg ett ögonblick dyster ut, men sken sedan upp. "Men du skulle höra den, eller hur? Och det får mig att tänka på att jag kanske borde fundera på att se till att ha dig i närheten."

"Gör du det?"

"Vad då?"

"Funderar på det."

"Mer än du anar."

"Och?"

"Och nu borde vi äta middag. Jag har lite fantastisk kyckling. Färskpotatis. *Haricots verts*. En *Pinot grigio* att skölja ner det med."

"Har du lagat middag?" Detta var verkligen något nytt. En förtjusande bild av huslighet, tänkte han.

"Jag?" Helen skrattade. "Du är inte klok, Tommy, det är inte *lagat*. Jo, jag läste och läste i en av Simons böcker. Deborah visade mig till och med ett par recept som hon inte trodde skulle övergå mina begränsade kulinariska talanger. Men det verkade så förskräckligt komplicerat."

"Det är bara kyckling."

"Jo, men i receptet står att man ska panera den. *Panera*, kan du tänka dig. Är inte det vad man gör med träsk? Håller man inte jämt på och panerar där, eller är det dränera? Hur i hela fridens namn skulle jag kunna göra det med en kyckling?"

"Kunde du inte komma på någonting?"

"Jag vill inte ens tala om vad jag kom att tänka på i fråga om dränering. Du skulle tappa aptiten för gott."

"Det vore kanske inte så dumt om jag hade hoppats på att snart få mat."

"Nu är du besviken. Jag har gjort dig besviken. Förlåt mig, min älskling.

Jag är totalt oduglig. Kan inte laga mat. Kan inte sy. Kan inte spela piano. Inte duktig på att teckna. Kan inte sjunga rent."

"Du håller inte på att provspela för en roll i någon Jane Austen-roman."

"Och jag somnar när vi går på konsert. Har inga intelligenta synpunkter på Shakespeare eller Pinter. Jag trodde att Simone de Beauvoir var en drink. Hur kan du stå ut med mig?"

Det var en svår fråga. Han kunde inte komma på något svar.

"Vi hör ihop, Helen", sa han tyst för att inte väcka henne. "Vi är alfa och omega. Vi är det positiva och det negativa. Vi är menade för varandra."

Han tog fram en liten ask från en juvelerare ur kavajfickan och placerade den ovanpå romanen på nattygsbordet. För trots allt var det ikväll det skulle ske. Han som hade tänkt att de skulle få en kväll att minnas. En romantisk afton. Göra det med rosor, levande ljus, kaviar, champagne. Se till att det fanns bakgrundsmusik. Besegla det med en kyss.

Nu kvarstod bara det sista alternativet. Han satte sig på sängkanten och vidrörde hennes kind med sina läppar. Hon rörde sig, och lade sig på rygg. Han kysste hennes mun.

"Kommer du och lägger dig", mumlade hon utan att öppna ögonen.

"Hur kan du vara säker på att det är jag. Eller säger du så till alla som dyker upp i ditt sovrum klockan två på morgonen?"

Hon log. "Bara om han verkar lovande."

"Jag förstår."

Hon öppnade ögonen. De var lika mörka som hennes hår, och avtecknade sig mot huden så att hon såg ut som natten. Hon var skugga och månsken. "Vad var det?" undrade hon mjukt.

"Ett komplicerat fall", sa han. "En kricketspelare. Från landslaget."

"Kricket", mumlade hon. "Det är ett hemskt spel. Är det någon som fattar vad det går ut på?"

"Lyckligtvis behöver man inte fatta det för att lösa fallet."

Hon slöt ögonen igen. "Kom och lägg dig. Jag saknar att ha dina snarkningar i örat."

"Snarkar jag?"

"Är det aldrig någon annan som har beklagat sig?"

"Nej. Och jag skulle tro..." Han insåg att han gått i en fälla när hennes läppar sakta kröktes i ett leende. "Det är meningen att du ska sova, Helen."

"Det gör jag. Och det borde du också göra. Kom och lägg dig, älskling."

"Trots..."

"Trots ditt befläckade förflutna. Ja. Jag älskar dig. Kom och lägg dig för jag fryser."

"Det är inte kallt."

"Vi kan väl låtsas?"

Han lyfte hennes hand, kysste handflatan, böjde hennes fingrar runt sin hand. Hennes grepp var slappt. Hon höll på att somna om. "Jag kan inte", sa han. Jag måste gå upp tidigt."

"Uff", mumlade hon. "Du kan väl sätta väckarklockan?"

"Jag skulle inte ha lust att gå upp. Du får mig hela tiden på andra tankar."

"Det tycks inte lova särskilt gott för vår gemensamma framtid."

"Har vi en gemensam framtid?"

"Det vet du att vi har."

Han kysste hennes fingrar och stoppade ner hennes hand under täcket. Rent reflexmässigt vände hon sig om på sidan. "Sov gott", sa han.

"Hmmm. Det ska jag. Ja."

Han kysste henne på tinningen, reste sig och gick mot dörren.

"Tommy?" Det var nästan bara ett mummel.

"Ja?"

"Varför kom du förbi?"

"Jag har lämnat någonting till dig."

"Till frukost?"

Han log. "Nej, inte till frukost. Den får du klara av på egen hand."

"Vad är det då?"

"Det får du se."

"Vad är det bra för?"

Det var en bra fråga. Han gav henne det självklara svaret. "För kärleken, antar jag." Och för livet, tänkte han, och alla dess svårigheter.

"Det låter trevligt", sa hon. "Omtänksamt av dig, älskling."

Hon grävde ner sig under täcket för att hitta en så bra ställning som möjligt. Han stod kvar i dörröppningen och väntade tills hennes andetag blivit djupare. Han hörde hur hon suckade.

"Helen", viskade han.

Hon fortsatte att andas lugnt.

"Jag älskar dig", sa han.

Hon fortsatte att andas lugnt.

"Gift dig med mig", sa han.

Hon fortsatte att andas lugnt.

Nu när han hade lyckats göra det som han hade lovat sig själv att utföra innan veckan var slut stängde han dörren bakom sig och lämnade henne till hennes drömmar.

KAPITEL 7

Miriam Whitelaw sa ingenting förrän de hade kört över floden, passerat genom Elephant and Castle och svängt in på New Kent Road. Då ryckte hon upp sig bara för att sedan med svag röst säga: "Det har faktiskt aldrig funnits något bra sätt att ta sig till Kent från Kensington", som om hon ville be om ursäkt för det omak hon orsakade dem.

Lynley tittade på henne i backspegeln, men han svarade inte. Bredvid honom satt assistent Havers framåtböjd och skickade via Lynleys biltelefon med låg röst iväg bilnumret och beskrivningen på Kenneth Flemings Lotus-7 till kriminalkonstapel Winston Nkata på New Scotland Yard. "Skicka ut det över polisradion", sa hon. "Och faxa det dessutom till den lokala polisstationen... Vad då?... Vänta ska jag kolla." Hon höjde huvudet och vände sig mot Lynley. "Vill ni att det går ut till massmedia?" Och när han nickade sa hon: "Ja, det är okay. Men ingenting annat för tillfället. Förstått?... Bra." Hon hängde upp telefonen och lutade sig tillbaka i sätet, såg ut över den igenkorkade gatan och suckade. "Vart i helsike är alla människor på väg? Har ni sett så jäkla mycket bilar?"

"Det är veckoslut", sa Lynley. "Hyggligt väder."

De satt fast mitt i en massutvandring från staden till landet. Ibland rullade trafiken på i hyfsad takt för att sedan istället plötsligt börja krypa fram. Hittills hade de varit på väg i fyrtio minuter, först trasslat sig fram till Embankment, sedan till Westminster Bridge och därifrån till den ständigt växande del av staden som utgörs av södra London. Det såg ut som om det skulle ta mycket mer än fyrtio minuter till, innan de nådde fram till Springburns i Kent.

De hade ägnat dagens första timmar åt att gå igenom Kenneth Flemings papper. En del av dem fanns, tillsammans med mrs Whitelaws egna, instoppade i lådorna i den sekretär som stod i vardagsrummet på bottenvåningen i huset. Andra fanns prydligt hopvikta i hans nattygsbordslåda. Och några fanns i en brevhållare på arbetsbänken i köket. Bland dem hittade de hans nuvarande kontrakt med idrottsklubben i Middlesex, hans tidigare kontrakt som visade hela hans kricketkarriär i Kent, ett halvdussin ansökningshandlingar för arbeten vid Whitelawtryckerierna, en broschyr om segling i Grekland, ett tre veckor gammalt brev – som Havers stoppade på sig – som bekräftade ett möte med en advokat i Maida Vale och de upplysningar om hans bil som de letade efter.

Mrs Whitelaw gjorde en ansats att vilja hjälpa till med att leta, men det var tydligt att det mest positiva man kunde säga om hennes tankeförmåga för tillfället var att den var bedövad. Hon var klädd i samma fodral, jacka och smycken som hon hade haft föregående kväll. Hennes kinder och läppar var färglösa. Hon var rödögd och rödnäst. Håret var okammat. Om hon över huvud taget hade varit i säng de senaste tolv timmarna tycktes hon i alla fall inte ha fått någon som helst vila.

Lynley tittade återigen på henne i backspegeln. Han undrade hur länge till hon skulle hålla ut utan läkaringripande. Hon pressade en näsduk mot munnen – liksom hennes kläder såg också den ut att vara från föregående dag – och med armbågen mot armstödet satt hon långa stunder och bara blundade. Så fort Lynley hade bett om det hade hon gått med på att åka med dem till Kent, men när han nu betraktade henne började han inse att det var en av hans mindre lyckade idéer.

Men det kunde inte hjälpas. De behövde ha henne med när de skulle undersöka stugan. Hon skulle kunna tala om för dem om någonting saknades, om det var någonting som var konstigt eller kanske helt fel. Men om hon skulle kunna hjälpa dem måste hon ha viss observationsförmåga. Och man måste vara klar i huvudet för att kunna lägga märke till saker och ting.

”Jag är inte säker på att det här är så bra, kommissarien”, hade Havers redan i Staffordshire Terrace muttrat till honom tvärs över Bentleyns tak, när de hade stoppat in mrs Whitelaw i baksätet.

Det hade inte han heller varit. Och ännu mindre nu, när han i backspegeln kunde se hur spända senorna i hennes hals var och hur glittrande tårar trängde sig ut under hennes slutna ögonlock.

Han ville säga någonting för att trösta den gamla kvinnan. Men han visste inte vilka ord han skulle använda eller hur han skulle börja, för han förstod inte riktigt vad slags sorg det var hon kände. Det han undrade mest över var vilken relation hon egentligen hade haft till Fleming, och det var något som han måste, om än mycket finkänsligt, diskutera med henne.

Hon öppnade ögonen. Hon upptäckte att han såg på henne, vände huvudet mot fönstret och låtsades se på utsikten.

När de kommit till andra sidan Lewisham och trafiken lättade avbröt

Lynley slutligen hennes tankar. "Hur mår ni, mrs Whitelaw?" undrade han. "Vill ni att vi gör en kaffepaus någonstans?"

Utan att vända blicken från fönstret skakade hon på huvudet. Han styrde över Bentleyn till höger körfält och körde om en gammal Morris med en medelålders hippie vid ratten.

De fortsatte under tystnad. En gång ringde biltelefonen. Havers svarade. Det var ett mycket kort samtal. "Ja?... Vad då?... Vem i helvete vill veta det?... Nej. Säg till honom att vi inte tänker bekräfta någonting. Han får skaffa sig en tillförlitlig källa någon annanstans." Hon lade på luren. "Journalister", sa hon. "De har börjat lägga samman två och två."

"Vilken tidning var det?" undrade Lynley.

"Just nu var det *Daily Mirror*."

"Jösses! Vem var det där?" sa Lynley och nickade mot telefonen.

"Dee Harriman."

Det var skönt, tänkte Lynley. Ingen var bättre på att klara av journalister än chefens sekreterare. Hon brukade få dem att tappa tråden genom att snabbt fråga dem hur det egentligen förhöll sig med de kungliga äktenskapen, och om det var någon ny skilsmässa på gång.

"Vad frågar de om?"

"De undrar om polisen för det första kan bekräfta att Kenneth Fleming – som dog till följd av en pyrande cigarett – inte alls var rökare. Och om han inte var rökare, undrar de om vi då försöker antyda att cigaretten i fåtöljen hade lämnats där av någon annan? Och i så fall, av vem? ... etc etc. Ni vet hur valserna går."

De körde förbi en flyttbil, en likbil och en militärlastbil med soldater på bänkar på flaket. De körde också förbi en hästtransportvagn, tre husvagnar som snigelformade kröp fram i snigelfart. När de saktade in vid ett rödljus vaknade mrs Whitelaw till liv.

"De har ringt till mig också", sa hon.

"Tidningarna?" Lynley tittade på henne i backspegeln. Hon hade vänt sig från fönstret och bytt ut sina glasögon mot ett par solglasögon. "När då?"

"I morse. Det var två samtal innan ni ringde. Tre stycken efteråt."

"Om rökningen?"

"Om vad som helst som jag ville berätta för dem. Sant eller falskt. Jag tror knappast att de bryr sig om vilket. Så länge det bara handlade om Ken."

"Ni måste inte tala med dem."

"Jag har inte talat med någon." Hon fortsatte att titta ut genom sidofönstret. "Vad skulle det tjäna till?" sa hon mer för sig själv än till dem.

"Vem skulle kunna förstå?"

"Förstå?" undrade Lynley nonchalant och koncentrerade sig demonstrativt på bilkörningen.

Mrs Whitelaw brydde sig inte om att svara med en gång. När hon slutligen gjorde det var det med låg röst. "Vem skulle ha kunnat tro", sa hon "att en ung man på trettiotvå – stark, manlig, atletisk och energisk – faktiskt valde att leva, inte tillsammans med någon ung skönhet med fast hull och len hud, utan med en hopskrumpen gammal kvinna. En kvinna som var trettiofyra år äldre än han. Gammal nog att vara hans mor. Faktiskt tio år äldre än hans riktiga mor. Det är nästan oanständigt eller hur?"

"Snarare en egendomlighet, skulle jag vilja säga. Det är en ovanlig situation. Men det inser ni naturligtvis."

"Jag har fått höra viskningar och fnitter. Jag har läst i skvallerspalterna. Oidipuskomplex. Oförmåga att slita sig loss från tidigare band som bevisats genom hans val av bostad och hans ovilja att avsluta sitt äktenskap. Bristande förmåga att lösa problem från barndomen i förhållande till sin mor och därför sökte han en ny mor. Från min sida: Oförmåga att acceptera åldrandets realiteter. Sökande efter en berömmelse som jag inte själv fick när jag var ung. Längtan efter att hävda mig genom att skaffa mig kontroll över en yngre man. Alla har en åsikt. Ingen kan godta sanningen."

Assistent Havers vände sig om i sätet så att hon kunde se på mrs Whitelaw. "Vi skulle vara intresserade av att höra sanningen", sa hon. "Det är faktiskt så att vi måste få reda på den."

"Vad kan mitt förhållande till Ken ha med hans död att göra?"

"Flemings förhållande till kvinnor över huvud taget har kanske ganska mycket med hans död att göra", svarade Lynley.

Hon plockade fram sin näsduk och studerade sina händer medan hon vek den om och om igen tills den var en lång tunn remsa. "Jag har känt honom sedan han var femton år gammal", sa hon. "Han var en av mina elever."

"Är ni lärare?"

"Inte nu längre. Då var jag det. På Isle of Dogs. Han gick i en av klasserna där jag undervisade i engelska. Jag blev närmre bekant med honom för han var…" Hon harklade sig. "Han var fruktansvärt duktig. En riktig toppenkille, brukade de andra barnen säga, och de tyckte om honom för att han var så lättsam, enkel att umgås med. Han var den sortens pojke som från början visste vem han var och inte tyckte att han behövde låtsas vara någonting annat. Han hade heller inte något behov av att skriva de andra barnen på näsan att han var mera begåvad än de. Det tyckte jag väldigt mycket om honom för. Men också för andra saker. Han hade drömmar. Det beundrade jag. På den tiden var det en ovanlig egenskap för en tonåring i East End. Det uppstod en sorts vänskap mellan elev och lärare. Jag uppmuntrade honom och försökte knuffa honom i rätt riktning."

"Vilken riktning då?"

"Mot gymnasiet och sedan universitetet."

"Gick han där?"

"Han gick bara första året på gymnasiet, i Sussex med hjälp av ett stipendium. Sedan kom han hem och började arbeta för min make i tryckeriet. Strax därefter gifte han sig."

"Det var ungt."

"Ja." Hon vecklade upp näsduken, slätade ut den mot knäet. "Ja, Ken var ung."

"Kände ni den flicka han gifte sig med?"

"Det förvånade mig inte när han till slut bestämde sig för att separera. Jean är en bra flicka innerst inne, men när allt kom omkring var hon ingenting för Ken."

"Och Gabriella Patten?"

"Det skulle tiden ha fått utvisa."

Lynley mötte i backspegeln den tomma blicken från hennes solglasögon. "Men ni känner henne, eller hur? Och ni kände honom. Vad tror ni?"

"Jag tror att Gabriella är precis som Jean", sa hon stilla. "Fast med ganska mycket mer pengar och en garderob från Knightsbridge. Hon är inte... var inte jämbördig med Ken. Men det är förresten inte så konstigt. Har ni inte märkt att män sällan vill gifta sig med någon som är jämbördig?. Det är alltför påfrestande för deras självkänsla."

"Den ni hittills har beskrivit tycks inte ha varit en man som kämpade mot en bristande självkänsla."

"Nej, det behövde han inte. Han kämpade mot en mänsklig benägenhet att upptäcka det välkända och upprepa det förflutna."

"Och vad var det förflutna?"

"Att ha gift sig med en kvinna på grund av sin fysiska passion för henne. Att ärligt och naivt ha trott att både den fysiska passionen och den emotionella hänryckning som orsakas av fysisk passion är bestående tillstånd."

"Diskuterade ni era betänkligheter med honom?"

"Vi diskuterade allting, kommissarien. Trots allt vad kvällspressen vid något tillfälle har antytt om oss, så var Ken som en son i mitt liv. Han *var* faktiskt på alla sätt, utom rent formellt, som en son för mig."

"Ni har inga andra barn?"

166

Hon betraktade en Porsche som körde förbi dem, följd av en motorcyklist med långt rött hår som fladdrade ut som en vimpel under en SS-formad hjälm. "Jag har en dotter", sa hon.

"Bor hon i London?"

Det dröjde åter länge innan hon svarade, som om trafiken runt omkring dem kunde ge henne någon vink om vilka ord hon skulle välja och hur många. "Så vitt jag vet. Hon och jag har inte haft någon kontakt på många år."

"Det måste ha gjort att Fleming blev ännu viktigare för er", inflikade assistent Havers.

"För att han tog Olivias plats? Jag önskar att det hade varit så enkelt, assistenten. Men man kan inte ersätta ett barn med ett annat. Det är inte som att äga en hund."

"Men en relation kan väl ersättas?"

"En ny relation kan utvecklas. Men ärret efter den gamla kvarstår. Och på ett ärr kan ingenting växa. Och ingenting kan växa genom det."

"Men den kan bli lika betydelsefull som den relation som föregick den", påpekade Lynley. "Kan ni hålla med om det?"

"Den kan bli ännu viktigare", sa mrs Whitelaw.

De körde upp på en motorväg och fortsatte i sydöstlig riktning. Lynley sa ingenting förrän de susade fram i god fart i det högra körfältet.

"Ni är ganska förmögen", sa han. "Ni äger fabriken i Stepney, huset i Kensington, stugan i Kent. Jag misstänker att ni dessutom har andra investeringar, särskilt om tryckeriet går bra."

"Jag är inte någon rik kvinna."

"Jag skulle våga påstå att ni inte heller är speciellt fattig."

"Vinsten från företaget återinvesteras i företaget, kommissarien."

"Vilket gör det till en värdefull tillgång. Är det ett familjeföretag?"

"Min svärfar startade det. Min make ärvde det. När Gordon dog tog jag över."

"Och efter er? Har ni gjort några arrangemang inför framtiden?"

Assistent Havers som tydligen förstod vart Lynley ville komma, vände sig om i sätet för att koncentrera sin uppmärksamhet på mrs Whitelaw. "Vad står det i ert testamente om er förmögenhet, mrs Whitelaw? Vem kommer att få vad?"

Hon tog av sig sina solglasögon och lät dem glida ner i ett läderfodral som hon hade tagit fram ur sin handväska. Hon satte på sig sina vanliga glasögon. "I mitt testamente står Ken som förmånstagare."

"Jag förstår", sa Lynley tankfullt. Han såg att assistent Havers plockade fram sitt anteckningsblock ut axelremsväskan. "Kände Fleming till detta?"

"Jag är rädd att jag inte förstår vart ni vill komma med er fråga."

"Skulle han ha kunnat berätta det för någon? Har ni talat om det för någon?"

"Det spelar knappast någon roll nu när han är död."

"Det kan spela ganska stor roll. Om det är orsaken till att han är död."

Hennes hand grep tag i det tunga halsbandet nästan på samma sätt som hon hade gripit efter det föregående kväll. "Menar ni att..."

"Att någon kanske inte uppskattade det faktum att ni hade gjort Fleming till er arvtagare. Att någon kanske ansåg att han brukat..." Lynley sökte efter en eufemism "...exceptionella metoder för att vinna er tillgivenhet och ert förtroende."

"Sånt händer", sa Havers.

"Jag försäkrar er att så inte var fallet." Mrs Whitelaws ord balanserade mellan artigt lugn och iskall vrede. "Som jag sa, jag har känt... jag kände Fleming från det att han var femton år gammal. Han började som min elev. Med tiden blev han som en son och min vän. Men han var inte... han var *inte...*" Hennes röst brast och hon hejdade sig tills hon kunde kontrollera den igen. "Han var inte min älskare. Även om, kommissarien, jag uppriktigt sagt fortfarande är tillräckligt mycket kvinna för att mer än en gång ha önskat att jag var tjugofem år och hade livet och inte döden att se fram emot. En önskan som, och det tror jag nog att ni håller med mig om, inte är alldeles ologisk. Kvinnor är alltid kvinnor, män är alltid män hur gamla de än är."

"Och om åldern inte har någon betydelse. För någon av dem?"

"Ken var olycklig i sitt äktenskap. Han behövde tid för att tänka igenom saker och ting. Jag var glad över att kunna ge honom det. Först i Springburns, när han spelade för Kent. Sedan i mitt hem när han erbjöds ett kontrakt av laget i Middlesex. Om folk tycker att det ser ut som om han lekte gigolo eller som om jag försökte sätta mina knotiga klor i en yngre man så kan det inte hjälpas."

"Ni blev utsatta för skvaller."

"Och det betydde ingenting för oss. Vi visste hur det förhöll sig. Nu vet ni det också."

Lynley var inte så säker på det. Det var länge sedan han hade upptäckt att sanningen sällan är så enkel som en förklaring vill göra den.

De lämnade motorvägen och började leta sig fram längs landsvägarna mot Springburns. I landsortsstaden Greater Springburn betydde lördagsförmiddagen att det var torgdag, så torget var fyllt och gatorna igenkorkade av bilar som letade efter parkeringsplatser. De kröp genom trafiken och svängde av mot öster på Swan Street där dekorativa körsbärsträd strödde ut blommor av samma färg som spunnet socker över marken.

På andra sidan om Greater Springburn visade mrs Whitelaw dem vägen genom en mängd gator kantade med häckar av idegran och björnbärssnår. Till slut svängde de in på en gata som hette Water Street. "Den här vägen är det", sa hon när de körde förbi en rad med stugor vid kanten av ett öppet fält med lin. På andra sidan fältet följde de en krokig väg ner mot en stuga som låg på en liten sluttning omgiven av barrträd och en mur vars uppfart var avstängd med polisens avspärrningsremsor. Två bilar stod parkerade vid muren, en polisbil och en Rover i blå metalliclack. Lynley parkerade framför Rovern och lirkade in Bentleyn så att den delvis stod på uppfarten mot stugan.

Han tittade ut över området – humlefältet mittemot, ansamlingen av gamla stugor längre nerför vägen, de typiska skorstenarna på torkhusen, den gräsbevuxna hagen alldeles intill. Han vände sig mot mrs Whitelaw. "Behöver ni ta igen er en stund?"

"Jag är redo."

"Det har blivit en del skador inne i stugan."

"Jag förstår."

Han nickade. Assistent Havers hoppade ut och öppnade dörren för mrs Whitelaw. Den äldre kvinnan stod stilla en stund och andades in den starka doften från rapsen som låg som en enorm gul filt på en sluttning längre nedåt vägen. På avstånd kunde man höra en gök gala. Svalor svävade mot himlen och seglade högre och högre på sina böjda vingar.

Lynley kröp under avspärrningsbanden och höll sedan upp dem för mrs Whitelaw. Assistent Havers följde efter med anteckningsblocket i handen.

När de kommit uppför uppfarten öppnade Lynley garagedörren och mrs Whitelaw gick in för att bekräfta att den Aston Martin som stod där såg ut som Gabriella Pattens bil. Hon sa att hon inte kunde vara helt säker eftersom hon inte visste numret på Gabriellas bil. Men hon visste att Gabriella körde en Aston Martin. Hon hade sett den när Gabriella hade kommit till Kensington för att träffa Ken. Det här såg ut att vara samma bil, men hon kunde inte svära på det...

"Det räcker", sa Lynley och Havers skrev upp bilnumret. Han bad henne även se sig om i garaget om det var någonting som saknades.

Det fanns inte mycket där: tre cyklar, två med punktering, en cykelpump, en gammal tretandad grepe, flera korgar som hängde på krokar, en hopfälld vilstol, dynor till trädgårdsmöbler.

"Den där fanns inte här tidigare", sa mrs Whitelaw och syftade på en stor påse kattsand. "Jag har inte katt." Annars tycktes allt vara som det skulle, sa hon.

De återvände till uppfarten och gick genom grinden i spjälstaketet till trädgården framför huset. Lynley betraktade dess färgsprakande överflöd och noterade inte för första gången hur besatta hans landsmän tycktes vara av att driva upp blomsterprakt ur jorden. Han hade alltid misstänkt att det var en reaktion mot klimatet. Månad efter månad med trist grått väder gjorde att man reagerade genom att släppa lös en explosion i färg så fort våren tycktes visa sig.

De hittade kommissarie Ardery på terrassen bakom stugan. Hon satt vid ett korgbord i en berså och talade i mobiltelefon samtidigt som hon med kulspetspenna klottrade meningslösa krumelurer på ett block. "Hör nu på mig, Bob, jag struntar faktiskt totalt i dina och Sallys planer. Jag har ett fall här. Jag kan inte ta hand om pojkarna det här veckoslutet. Nu diskuterar vi inte längre... Ja. Jag skulle också ha sagt *kärring*... Våga bara inte göra det... Bob, jag kommer inte att vara hemma och det vet du om. Bob!" Hon stängde av telefonen. "Jävla knöl", muttrade hon. Hon lade telefonen på bordet, mellan den bruna mappen och anteckningsblocket. Hon tittade upp och fick syn på dem. "Före detta män", sa hon ogenerat. "De är en sort för sig. *Homo infuriatus*." Hon reste sig upp, plockade fram ett vitt hårband ur byxfickan och fäste med hjälp av det samman håret i nacken. "Mrs Whitelaw", sa hon och presenterade sig sedan. Hon plockade fram flera par kirurghandskar ur sin portfölj och räckte till dem. "Killarna har redan letat runt efter fingeravtryck, men jag skulle i alla fall vilja att vi var försiktiga."

Hon väntade tills de hade tagit på sig gummihandskarna innan hon böjde sig under dörrkarmen till köksdörren och gick före dem in i stugan. Mrs Whitelaw hejdade sig precis innanför dörren och fingrade på låset som brandkåren hade brutit upp för att komma in i stugan. "Vad ska jag..."

"Ta god tid på er", sa Lynley till henne. "Se er omkring i rummen. Lägg märke till så mycket ni kan. Jämför det ni ser med vad ni vet om stället. Assistent Havers kommer att vara med er hela tiden. Berätta för henne. Tala om allting ni kommer att tänka på." Han vände sig mot Havers. "Börja på övervåningen."

"Ska ske", svarade hon och förde mrs Whitelaw genom köket. "Finns trappan åt det här hållet?"

"Kära nån då", sa mrs Whitelaw när hon såg hur det såg ut i matrummet. "Och vilken lukt!"

"Sot. Rök. Mycket av det här måste nog tyvärr kasseras."

170

Deras röster dog bort när de gick uppför trappan. Lynley tog sig tid att granska köket. Själva byggnaden var mer än fyrahundra år gammal, men köket hade moderniserats så att det fanns nya bänkskivor på arbetsbänken, en grön Agaspis och förkromade kranar vid diskhon. I skåp med glasdörrar fanns tallrikar och tennföremål. På fönsterbrädena fanns krukor med ormbunkar.

"Vi har tagit det som fanns i vasken", sa kommissarie Ardery, när Lynley böjde sig ner för att granska en matskål för djur som stod precis innanför köksdörren. "Det såg ut som middag för en, tallrik, vinglas, vattenglas, kniv och gaffel, kall skinka och sallad från kylskåpet. Och chutney."

"Har ni hittat katten?" Lynley började öppna och stänga kökslådorna.

"Kattungarna", sa hon. "Enligt mjölkutköraren fanns det två stycken. Den där damen Patten hade hittat dem övergivna borta vid dammen. Vi lyckades hitta dem hos en av grannarna. Tidigt i torsdags morse hade de kommit gående på vägen. Kattungarna alltså, inte grannarna. Från det hållet har vi förresten fått lite intressanta nyheter. Ända sedan i går eftermiddag har jag haft ett par polisaspiranter ute för att förhöra grannarna."

Lynley hittade ingenting ovanligt i bestickslådorna: köksredskap och handdukar. Han gick bort mot skåpet. "Vad fick konstaplarna höra?"

"Det var faktiskt grannarna som fick höra någonting." Hon väntade tålmodigt tills Lynley hade vänt sig från skåpet, med handen på handtaget. "Ett gräl. Enligt vad John Freestone sa hade folk skällt ut varandra ordentligt. Han brukar jorden som börjar precis på andra sidan hästhagen."

"Det är nästan hundrafemtio meter dit. Han måste ha mycket bra hörsel."

"Han gick förbi stugan till fots. Omkring klockan elva i onsdags kväll."

"Underlig tid för en promenad."

"Han påstår att han ordinerats motion på grund av sin kärlkramp. Egentligen hade Freestone nog hoppats att få se en skymt av Gabriellas kvällstoalett. Enligt flera källor tåldes hon mycket väl att titta på och var inte speciellt noga med att alltid dra för gardinerna när hon började klä av sig."

"Gjorde han det? Fick sig en titt, menar jag?"

"Han hörde ett gräl. En man och en kvinna. Men det var mest kvinnan som skällde. Mycket färgstarkt språk, inklusive några intressanta och upplysande namn på sexuella aktiviteter och på de manliga könsorganen. I den stilen var det."

"Kände han igen hennes röst? Eller mannens?"

"Han sa att han tycker att alla kvinnor som skriker låter ungefär likadant. Han kunde inte vara säker på vem det var. Men han uttryckte viss förvåning över att en så fin dam använde ett sådant språk." Hon log svagt. "Jag tror inte han träffar särskilt mycket folk."

Lynley skrattade och öppnade det första skåpet bara för att finna en ordinär samling tallrikar, glas, koppar och tefat. Han öppnade det andra skåpet. Ett paket cigaretter av märket Silk Cut låg på hyllan framför en samling konservburkar med allt möjligt från potatis till soppa. Han undersökte paketet. Det var oöppnat.

"Tändstickor", sa han mer för sig själv än till Ardery.

"Vi hittade inga här", sa hon. "Men i vardagsrummet fanns det tändsticksaskar. Och en ask med sådana där långa braständstickor på en hylla på vänstra väggen i matrummet vid eldstaden.

"Man kunde inte haft sönder ett par av dem och använt runt cigaretten?"

"För tjocka."

Lynley flyttade frånvarande paketet med Silk Cut från den ena handen till den andra. Ardery lutade sig mot Agaspisen och betraktade honom. "Vi har tagit fingeravtryck, vad vi nu kan få ut av det. Och vi har tagit avtryck i Aston Martinen också, så att vi i alla fall kan skilja ut mrs Pattens avtryck från resten. Naturligtvis har vi Flemings också så att vi kan eliminera hans."

"Men då återstår alla som någon gång kan ha varit inbjudna hit på en pratstund. Hennes man har förresten varit här."

"För närvarande försöker vi få tag på alla besökare från trakten. Och konstaplarna letar efter andra som kan ha hört grälet."

Lynley lade ifrån sig cigaretterna på arbetsbänken och gick mot dörren som ledde till matrummet. Det såg ut exakt som Ardery hade beskrivit det, bortsett från att eldhärden – fåtöljen – var borta. Hon talade helt i onödan om att de hade tagit den till laboratoriet för att ta en del prover, och så började hon tala om fibrer, och bränntider och vad som kan ha påskyndat dessa. Under tiden duckade Lynley under en bjälke, gick tvärs över en gång som var lika djup som två eldstäder och kom in i vardagsrummet. Precis som i matrummet var detta fullproppat med antika möbler som alla var täckta med ett sotlager. När han såg från vilstolar till pallar, från hörnskåp till kistor tänkte han att Celandine Cottage tydligen tjänade som förråd för allt det som inte hade gått att klämma in i mrs Whitelaws hus på Staffordshire Terrace. Men hon var i alla fall konsekvent, tänkte han. Inga moderna danska möbler på landet för att avvika från de engelska artonhundratalsmöblerna i stan.

På ett trebent bord låg en veckotidning uppslagen vid en artikel som hade rubriken "Att få det", och som illustrerades med ett fotografi av en kvinna med fylliga läppar och massor av korpsvart hår. Lynley tog upp tidningen och bläddrade fram dess omslag. *Vogue*.

Isabelle Ardery stod i dörröppningen med armarna i kors framför bröstet och betraktade honom uttryckslöst, och han insåg att hon kanske inte var speciellt förtjust över att han hade klampat in på ett revir som de muntligen hade kommit överens om skulle vara hennes. "Beklagar", sa han, "men jag har en del fixa idéer."

"Det gör ingenting, kommissarien", sa hon lugnt. "Om våra roller hade varit ombytta skulle jag ha gjort likadant."

"Jag misstänker att ni hellre skulle vilja ta hand om fallet på egen hand."

"Det är mycket som jag skulle vilja göra hellre än det jag gör."

"Ni låter resignerad." Lynley gick fram till den smala bokhyllan och började plocka ut böckerna och öppnade dem sedan en efter en.

"Jag har fått en intressant rapport från den polisassistent som hämtade mrs Fleming för att identifiera kroppen", sa kommissarie Ardery. "Och förresten", tillade hon med tålmodig röst när Lynley öppnade en liten skrivpulpet och började bläddra genom de brev, broschyrer och andra papper som låg i den, "har vi gjort en förteckning över alla föremål i hela byggnaden. Och i uthusen också. Jag ger er mycket gärna listorna." När Lynley tittade upp fortsatte hon med ett visst mått av professionell likgiltighet som han inte kunde låta bli att beundra: "Det skulle faktiskt kunna spara en del tid. Våra brottsplatsundersökare har rykte om sig att vara mycket grundliga."

Han uppskattade hennes förmåga att kontrollera sina känslor, eftersom hon otvivelaktigt måste bli allt mer irriterad ju längre han höll på med sådant som hon redan hade gett sina brottsplatsundersökare order om att göra. "Det är en inbyggd reflex", sa han. "Snart kommer jag nog att börja plocka sönder möblerna." Han kastade en sista blick på rummet, noterade tavlorna i tunga förgyllda ramar och en eldstad som var lika stor som den i matrummet. Han tittade in i den. Spjället var igenskjutet.

"I matrummet också", sa kommissarie Ardery.

"Vad då?"

"Spjället. Det var stängt i eldstaden i matrummet. För det var väl det ni tittade efter?"

"Det bekräftar mordteorin", sa Lynley.

"Har ni uteslutit självmord?"

"Det finns absolut ingenting som tyder på det. Och Fleming rökte inte."

Han gick ut ur vardagsrummet och undvek de tjocka bjälkarna som fungerade som trösklar i dörröppningarna. Kommissarie Ardery följde efter honom ut på terrassen. "Vad var det som er kriminalassistent hade rapporterat till er?" frågade Lynley.

"Hon hade inte ställt en enda relevant fråga."

"Mrs Fleming?"

"Hon insisterade förresten på att man skulle kalla henne Cooper, inte Fleming. Hon såg kroppen och ville veta varför den var så rödaktig. När hon hade fått reda på att det berodde på koloxiden frågade hon inte ett dugg mer. De flesta människor som hör ordet *koloxidförgiftning* kommer väl att tänka på avgaser. Självmord i ett garage med hjälp av bilens motor. Men även om folk tror det, brukar de i alla fall ställa frågor. Var? Hur? Varför? När? Lämnade han något brev? Hon frågade inte någonting. Hon bara tittade på kroppen, konstaterade att det var Fleming och bad kriminalassistenten att vara snäll att köpa ett paket Embassy till henne. Det var allt."

Lynley såg ut över trädgården bakom huset. På andra sidan låg ännu en hage och bortom den lyste rapsfältet som en spegel mot solen. "Efter vad jag förstår har de under flera år levt var och en på sitt håll. Hon orkade kanske bara inte längre. Hon hade kanske nått den punkt där hon inte längre var intresserad av honom. Och varför skulle hon i så fall bry sig om att fråga?"

"Kvinnor brukar inte bli så likgiltiga för sina tidigare äkta män, kommissarien. Inte när det finns barn."

Han såg på henne. En svag rodnad färgade hennes kinder. "Det har ni rätt i", sa han. "Men det skulle också ha kunnat vara chocken som fick henne att vara tyst."

"Det har ni rätt i", sa hon. "Men kriminalassistent Coffman trodde inte det. Det var inte första gången hon ledsagade en hustru som skulle identifiera sin man. Coffman tyckte att det var någonting som var underligt."

"Det tjänar inte någonting till att generalisera", påpekade Lynley. "Och dessutom kan det vara farligt."

"Det är jag helt medveten om. Men om generaliseringen stöds av fakta och av de bevis man har, tror jag ni håller med om att man bör fundera över den."

Lynley noterade att hon fortfarande stod med armarna i kors. Han lade även märke till hennes tonfall och att hon såg honom rakt i ögonen. Han insåg att han ifrågasatte hennes teorier av samma orsak som hade fått honom att centimeter för centimeter krypa genom stugan för att försäkra sig om att hon inte hade förbisett någonting. Han tyckte inte om orsaken till att han misstrodde henne. Det var chauvinistiskt. Om Helen hade vetat att han hade problem med att en kollega med samma grad som han var kvinna, skulle han ha fått sina fiskar varma. Och gjort sig förtjänt av det.

"Ni har kommit på någonting", sa han.

Tänk att ni kunde räkna ut så mycket, sa honom hennes ansiktsuttryck.

"Den här vägen", sa hon.

Irriterad följde han efter henne över gräset mot den bortre delen av trädgården. Trädgården var delad i två avdelningar som skildes åt av ett stängsel. Två tredjedelar av den upptogs av en gräsmatta, blomsterrabatter, en paviljong byggd av kluvna trästänger, ett fågelbord, ett fågelbad och en liten näckrosdamm. Den andra tredjedelen var en gräsremsa med päronträd och delvis täckt av en komposthög. Det var mot denna bortre del av trädgården som kommissarie Ardery gick, bort mot det nordligaste hörnet där en buxbomshäck fungerade som avgränsning mellan trädgården och hagen på andra sidan. Själva hagen var inhägnad med ett stängsel av träpålar och stålvajer.

Med hjälp av en penna som hon tog fram ur fickan pekade kommissarie Ardery på den påle som stod precis på andra sidan buxbomshäcken. "Här fann vi sju tygfibrer. På stålvajern ytterligare en. De var blå, troligen denim. Och här precis under häcken kan ni fortfarande se ett fotavtryck, fast det är ganska svagt.

"Vad för slags sko?"

"För ögonblicket vet vi inte. Rund tåhätta, kraftig klack, tjock sula. Hundtandsmönster. Det var en vänsterfot som pressats djupt ner i marken som om någon hade hoppat över stängslet in i trädgården och landat på vänster fot. Vi har gjort en avgjutning."

"Fanns det några andra avtryck?"

"Inga att tala om i det här området. Jag har två konstaplar som är ute och letar efter fler som passar ihop med det här, men med tanke på hur lång tid som har gått sedan dödsfallet lär det inte bli lätt. Vi kan inte ens vara säkra på att det här avtrycket har någonting med onsdagskvällen att göra."

"Det är ändå en början."

"Ja, det är det jag tror." Hon pekade mot sydväst och förklarade att det fanns en källa ungefär åttio metar från stugan. Den rann ut i en liten bäck och längs med den slingrade sig en gångstig. Stigen användes av lokalbefolkningen eftersom den efter ungefär tio minuters promenad ledde fram till Lesser Springburn. Trots att stigen var täckt med gamla fjolårslöv och med nytt gräs syntes marken här och där tydligt, särskilt vid stättorna. Där skulle man kunna ha hittat fotavtryck, men eftersom det hade gått mer än ett dygn mellan dödsfallet och upptäckten av kroppen hade säkert eventuella avtryck som matchade det vid buxbomshäcken sedan dess dolts av andra.

"Ni tror att någon gick från Lesser Springburn?"

Hon sa att det var tänkbart.

"Någon från trakten?"

Inte nödvändigtvis, förklarade hon. Bara någon som kände till hur man skulle hitta stigen och som visste vart den ledde. Den var inte särskilt väl utmärkt i Lesser Springburn, där den började bakom några hus och nästan genast försvann in i en fruktträdgård. Därför måste man veta vad man letade efter för att över huvud taget komma på tanken att ta den vägen. Hon erkände att hon inte med säkerhet kunde säga att det var den vägen mördaren hade tagit, men hon hade sänt en konstapel för att försöka ta reda på om någon i byn under onsdagskvällen hade sett en person eller ljuset från en ficklampa på stigen, och om någon hade sett ett främmande fordon stå parkerat någonstans i omgivningen.

"Vi har också hittat bortslängda cigarettfimpar här." Hon gjorde en gest mot slutet av häcken. "Sex stycken som alla låg mindre än två decimeter från varandra. De var inte söndertrampade, utan hade fått brinna slut. Det fanns tändstickor också, arton stycken som var brutna från ett plån med reklamtändstickor och inte från en vanlig tändsticksask."

"Blåste det den kvällen?" undrade Lynley.

"Eller så var det en nervös och darrhänt rökare", fortsatte hon. Hon pekade mot framsidan av huset, i riktning mot Water Street. "Vi vill gärna tro att den som hoppade över stängslet och häcken här, först hade hoppat över muren och kommit genom hagen från gatan. Där är det bara gräs och klöver så man kan inte se några fotavtryck, men det verkar vettigare än att tro att någon smög sig uppför uppfarten mot stugan, kom in genom grinden, rusade över gräsmattan och gömde sig här för att hålla utkik en stund. Och med så många cigarretter skulle man väl kunna anta att någon stått och hållit utkik?"

"Men det behöver inte ha varit en mördare."

"Troligtvis en mördare. Som ville samla mod."

"Kan det ha varit en kvinna?"

"Ja, naturligtvis skulle det ha kunnat vara det." Hon såg bort mot stugan där Havers och mrs Whitelaw kom ut genom köksdörren. "Alltsammans finns på labbet: fibrerna, tändstickorna, fimparna och avgjutningen av fotavtrycket. Vi borde kunna få de första svaren redan i eftermiddag." Hennes nick mot Lynley markerade att detta yrkesmässiga informationsutbyte nu var avslutat. Hon började gå tillbaka mot stugan.

"Kommissarie Ardery", sa Lynley.

Hon stannade, vände sig om och såg mot honom. Hennes hårband hade glidit av och hon gjorde en irriterad min när hon satte fast det igen. "Ja?"

"Om ni har tid skulle jag gärna vilja att ni lyssnade till vad min assistent har att rapportera. Jag skulle uppskatta era synpunkter."

Hon gjorde honom förlägen genom att betrakta honom med stadig blick. Han var medveten om att granskningen säkert inte utföll till hans fördel. Hon nickade mot stugan. "Skulle ni ha burit er likadant åt där inne om jag hade varit man?"

"Det tror jag", sa han. "Men jag skulle nog ha varit tillräckligt finkänslig att göra det mera i smyg. Jag ber om ursäkt, kommissarien. Jag bar mig dumt åt."

Hon blinkade inte. "Ja", sa hon lugnt. "Det gjorde ni."

Hon väntade tills Lynley kom ikapp henne, sedan gick de över gräsmattan för att möta assistent Havers. Mrs Whitelaw stannade kvar vid korgbordet där hon slog sig ner, satte på sig solglasögonen och fäste blicken på garaget.

"Det verkar inte som om någon av hennes tillhörigheter saknas", berättade Havers tyst för dem. "Bortsett från fåtöljen i matrummet var allting exakt som det hade varit när hon var här senast."

"När var det?"

Hon tittade i sina anteckningar. "Den tjugoåttonde mars. Mindre än en vecka innan Gabriella flyttade in. Hon säger att alla kläderna i övervåningen tillhör Gabriella. Och också ett par resväskor i gästrummet är Gabriellas. Här finns ingenting som tillhörde Fleming."

"Det ser inte ut som om han hade tänkt stanna över natten", sa kommissarie Ardery.

Lynley tänkte på kattskålarna, på paketet med Silk Cut och på kläderna. "Det ser inte heller ut som om hon hade tänkt ge sig iväg. Det vill säga inte för att stanna borta länge." Han såg bort mot stugan. "De har ett häftigt gräl", fortsatte han tankfullt. "Mrs Patten snappar åt sig sin handväska och rusar ut i natten. Mannen som står vid buxbomshäcken och betraktar dem ser sin möjlighet..."

"Eller kvinnan", sa Ardery.

Lynley nickade. "Och han (om vi för enkelhetens skull låtsas att det är en man) går till stugan. Han låser upp och går in. Han har kommit väl förberedd, så det tar inte lång tid. Han tänder anordningen han har förberett, stoppar ner den i fåtöljen och ger sig iväg."

177

"Och låser dörren efter sig", tillade Ardery. "Vilket betyder att han hade en nyckel. Det är ett insticklås."

Assistent Havers skakade på huvudet. "Har jag missat någonting", undrade hon. "Någon som står och betraktar dem? Vem då?"

Medan de gick över gräsmattan bort till mrs Whitelaw som satt under trädet redogjorde Lynley för fakta. Liksom de andra hade mrs Whitelaw ännu inte tagit av sig kirurghandskarna och hennes händer såg underligt konstgjorda ut, vita och knäppta i hennes knä. Lynley frågade henne vem som hade nycklar till stugan.

"Ken", sa hon efter en stunds eftertanke, "Gabriella."

"Och ni?"

"Gabriella hade mina."

"Finns det några andra?"

Mrs Whitelaw höjde på huvudet för att se rakt på Lynley, men han kunde inte tolka hennes ansiktsuttryck bakom de mörka glasögonen. "Varför då?" undrade hon.

"För det ser ut som om Kenneth Fleming blev mördad."

"Men ni har ju sagt att det var en cigarett. I fåtöljen."

"Ja, det har jag sagt. Finns det några fler nycklar?"

"Folk älskade den här mannen. Älskade honom, kommissarien."

"Kanske inte alla. Finns det några andra nycklar, mrs Whitelaw?"

Hon pressade tre fingrar mot pannan. Det såg ut som om hon begrundade frågan, men för Lynley kunde det innebära två saker om man på det här stadiet begrundade frågan. Antingen trodde hon att ett svar skulle tyda på att hon accepterade deras tankegångar: att någon hade hatat Kenneth Fleming tillräckligt mycket för att mörda honom. Eller så försökte hon vinna tid medan hon funderade över vad hennes svar skulle kunna avslöja.

"Finns det några andra nycklar?" upprepade Lynley.

"Egentligen inte", svarade hon med svag röst.

"Egentligen inte? Antingen finns det eller så finns det inte några ytterligare nycklar."

"Det är ingen som har dem", sa hon.

"Men de finns? Var då?"

Hon lyfte hakan i riktning mot garaget. "Vi har alltid haft en extranyckel till köksdörren i redskapsskjulet. Under en lerkruka."

Lynley och de andra såg i den riktning hon hade pekat. Det syntes inget redskapsskjul, bara en hög idegranshäck med en öppning där det fanns en stenlagd gång.

"Vem känner till den nyckeln?" frågade Lynley.

Mrs Whitelaw bet sig i underläppen som om hon insåg hur underligt hennes svar skulle låta. "Jag vet faktiskt inte. Jag beklagar."

"Ni vet inte", upprepade Havers långsamt.

"Vi har haft den där i mer än tjugo år", förklarade mrs Whitelaw. "Om någonting behövde göras när vi var i London kunde hantverkarna ta sig in. Och om vi hade glömt nyckeln när vi kom ut på helgerna fanns det en extra där."

"Vi?" frågade Lynley. "Ni och Fleming?" När hon dröjde med att svara insåg han att han hade missförstått henne. "Ni och er familj." Han sträckte ut sin hand mot henne. "Vill ni vara snäll och visa oss."

Redskapsskjulet stod lutat mot baksidan av garaget. Det var knappast mer än ett ramverk med tak och sidor gjorda av presenningar, och hyllor var fastsatta vid de stående stolpar som utgjorde ramen. Mrs Whitelaw gick förbi en stege och skakade bort dammet från en hopfälld parasoll. Hon flyttade undan ett par utgångna herrskor och pekade på en av de fullproppade hyllorna ut en gul keramikanka vars ihåliga rygg kunde användas som blomkruka.

"Under den där", sa hon.

Assistent Havers lyfte med sina handskklädda fingrar försiktigt upp ankan i näbben och svansen. "Ingenting", rapporterade hon. Hon satte tillbaka ankan och tittade under den lerkruka som stod bredvid, sedan under en flaska med insektsmedel och fortsatte tills hon hade flyttat på allting på hyllan.

"Nyckeln måste finnas där", sa mrs Whitelaw när assistent Havers fortsatte att leta, men hennes tonfall tydde på att hon sagt så bara för att man väntade sig det.

"Jag antar att er dotter känner till extranyckeln", sa Lynley.

Det tycktes som om mrs Whitelaw stelnade till. "Jag försäkrar er, kommissarien, att min dotter inte har någonting med detta att göra."

"Kände hon till ert förhållande till Fleming? Ni nämnde att ni blivit som främlingar för varandra. Var det på grund av honom?"

"Nej. Naturligtvis inte. Vi har inte talat med varandra på många år. Det har ingenting att göra..."

"Han var som en son. Så till den grad att ni ändrat ert testamente till hans förmån. Gjorde ni er dotter arvlös samtidigt som ni gjorde den förändringen?"

"Hon har inte sett testamentet."

"Känner hon er advokat? Är det en familjefirma? Kan hon kanske av honom ha fått höra talas om testamentet?"

"Det är en absurd tanke."

"Vilken del av den?" sa Lynley med mjuk röst. "Att hon skulle känna till testamentet eller att hon skulle ha mördat Fleming?"

En rodnad steg upp från mrs Whitelaws hals och färgade hennes bleka kinder. "Tror ni verkligen att jag tänker svara på den frågan?"

"Jag tänker ta reda på sanningen", svarade han.

Hon tog av sig solglasögonen. Eftersom hon inte hade sina ordinarie glasögon med sig fanns det ingenting hon kunde ersätta dem med. Hon tycktes främst ha gjort gesten för att uppnå en effekt, en hör-nu-på-mig-unge-man-gest, värdig den lärare hon en gång hade varit.

"Gabriella visste också att det fanns en nyckel här ute. Jag berättade själv om den för henne. Hon kan ha sagt det till någon. Hon kan ha berättat det för vem som helst. Hon kan ha visat vem som helst var den fanns.

"Verkar det troligt? I går kväll sa ni att hon hade kommit hit för att få vara i fred."

"Jag vet inte vad som rörde sig i Gabriellas huvud. Hon tycker om män. Hon tycker om dramatik. Om möjligheten till ett drama där hon spelade huvudrollen skulle ha ökats av att hon lät någon veta var hon befann sig och var man kunde finna nyckeln, så skulle hon ha talat om det för honom. Hon skulle antagligen satt ut en annons i tidningen."

"Men hon skulle inte ha sagt det till er dotter", sa Lynley och fortsatte korsförhöret samtidigt som han i sitt stilla sinne noterade att hennes beskrivning av Gabriella stämde mycket väl överens med den beskrivning som Patten hade givit dem föregående kväll.

Mrs Whitelaw vägrade att låta sig dras in i en diskussion. "Ken bodde här två år när han spelade för Kent, kommissarien", sa hon med tillkämpat lugn. "Hans familj stannade kvar i London. De brukade hälsa på här under helgerna, Jean, hans fru, Jimmy, Stan och Sharon, hans barn. De kände alla till var nyckeln fanns."

"När träffade ni er dotter senast, mrs Whitelaw", sa Lynley som inte ville låta henne blanda bort korten.

"Olivia kände inte Ken."

"Men jag misstänker att hon kände till honom."

"De har aldrig ens träffats."

"Men tala i alla fall om när ni träffade henne senast?"

"Och även om hon hade gjort det, om hon hade vetat om allting skulle det inte ha gjort någon skillnad. Hon har alltid föraktat pengar och materiella ting. Hon skulle inte ha brytt sig ett dugg om vem som fick ärva vad."

"Ni skulle bli förvånad om ni visste hur mycket människor kan bry sig om gods och gull när det verkligen kommer till kritan. Vill ni vara snäll och tala om när ni senast träffade henne?"

"Hon gjorde inte…"

"När var det, mrs Whitelaw?"

Kvinnan väntade gott och väl en kvarts minut innan hon svarade. "Det var för tio år sedan", sa hon. "Fredagkvällen den nittonde april, vid tunnelbanestationen vid Covent Garden."

"Ni har ett fantastiskt minne."

"Det är ett datum jag aldrig glömmer."

"Varför då?"

"För att Olivias far var med mig den kvällen."

"Har det någon speciell betydelse?"

"För mig har det det. Han föll död ner efter det att vi träffat henne. Om ni ursäktar mig nu, kommissarien, skulle jag gärna vilja komma ut i friska luften. Det är ganska instängt här, och jag skulle inte vilja besvära er genom att svimma en gång till."

Han tog ett steg åt sidan för att låta henne passera. Han kunde höra hur hon slet av sig kirurghandskarna.

Assistent Havers räckte keramikkrukan till kommissarie Ardery. Hon såg sig omkring i redskapsskjulet med dess jordsäckar, dussintals lerkrukor och redskap. "En sådan röra", muttrade hon. "Om det finns några färska spår här är de blandade med femtio års samlade smörja." Hon suckade och vände sig mot Lynley: "Vad tror ni?"

"Jag tror att det är dags för oss att spåra upp Olivia Whitelaw", sa han.

OLIVIA

Chris och jag hade ätit middag och som vanligt hade jag diskat. Chris har ett sagolikt tålamod även när det tar tre kvart för mig att göra någonting han skulle ha blivit klar med på tio minuter. Han säger aldrig: "Låt mig göra det, Livie." Han knuffar aldrig undan mig. När jag slår sönder en tallrik eller ett glas eller tappar en kastrull på köksgolvet låter han mig ta hand om eländet själv och låtsas som om han inte märker någonting när jag svär och gråter för att sopkvasten och golvmoppen inte uppför sig som jag vill. Ibland går han upp på natten, när han tror att jag sover, och sopar upp de skärvor som jag missat. Ibland skurar han golvet för att få bort kladdet som jag spillt ur kastrullen. Jag låtsas aldrig om att han gör allt det där trots att jag hör när han håller på med det.

För det mesta brukar han glänta på min dörr för att titta till mig innan han går och lägger sig om kvällarna. Han låtsas att det är för att se om katten vill gå ut och jag låtsas att jag tror honom. "Sista chansen för alla små katter som har ytterligare renlighetsbehov. Finns det några frivilliga här?" brukar han säga om han märker att jag är vaken. "Hur är det med dig, Pandakatt?"

"Jag tror att hon har slagit sig till ro", säger jag då och han passar på att fråga om jag själv inte behöver någonting.

Jo, det gör jag. Hela jag är ett enda stort förkroppsligat behov. Jag har behov av att i ljuset från korridoren se honom ta av sig kläderna. Av att han kryper ner i sängen hos mig och håller om mig. Jag har enorma behov som aldrig kommer att uppfyllas. De gör att köttet slits från min kropp ett litet stycke i taget.

Jag fick höra att det första som skulle försvinna var stoltheten. Den skulle rinna av mig lika naturligt som svetten ur mina porer, och det skulle den börja göra i samma ögonblick som jag insåg att mitt liv låg i andra personers händer. Men jag kämpar mot den tanken. Jag håller fast vid den jag är. Jag manar fram den bleknade bilden av Liv Whitelaw, den fredlösa. "Jag behöver ingenting", säger jag därför till Chris. Jag har det bra", och jag tycker själv att det låter som om jag menar det.

"Jag tänker gå ut ett par timmar", säger han ibland sent på kvällarna nonchalant. "Klarar du dig själv? Ska jag be Max titta in?"

"Var inte fånig, jag har det bra", säger jag när jag istället vill fråga honom vem hon är, var de träffades och om han tycker illa om att inte kunna vara tillsammans med henne hela natten bara för att han måste komma hem och se till mig.

Och när han sådana kvällar kommer tillbaka och tittar in till mig innan han går och lägger sig, kan jag känna doften av sex från honom. Den är stark och rå. Jag blundar och försöker andas lugnt. Jag säger till mig själv att jag inte har rätt att kräva någonting. Han lever sitt liv, tänker jag, och jag lever mitt. Jag har vetat från början att det inte skulle bli någonting mellan oss, det förklarade han ju. Visst gjorde han väl det? Och jag förklarade att också jag ville ha det på det sättet. Jodå, det passade mig bra. Därför spelar det ju egentligen ingen roll vart han går eller vem han träffar. Jag känner mig inte det minsta sårad. Det är vad jag intalar mig när jag hör hur han spolar vatten och gäspar och vet hur hon har fått honom att känna sig. Vem hon nu än är. Var de än träffades.

Att skriva ner det här får mig att skratta. Jag inser det ironiska i min situation. Vem skulle ha kunnat tro att jag skulle längta efter en man, allra helst som denne man från början gjorde allt vad han kunde för att bevisa att han inte var min typ.

Ni förstår, min typ var en man som betalade för vad han fick av mig, på det ena eller andra sättet. Det hände att vi i förväg kunde göra upp om gin eller knark, men för det mesta var det kontanter. Detta kan inte komma som någon överraskning för er för ni vet säkert att det trots allt är mycket lättare att glida utför här i livet än att klättra uppåt.

Jag jobbade på gatan för att det var svårt och uselt att leva på gränsen. Ju äldre killen var desto mer tyckte jag om det, för de var så patetiska då. De var klädda i kostym och drev omkring på Earl's Court och låtsades att de hade tappat bort sig. Kan fröken berätta hur jag snabbast kommer till Hammersmith Flyover? till Parsons Green? till Putney Bridge? till en restaurang vid namn ... oj då, det ser ut som om jag glömt bort vad den hette. Och så väntade de med ett förväntansfullt leende på läpparna och med pannan blänkande i ljuset från kupébelysningen i bilen. De väntade på ett tecken, på att jag skulle säga: "Vill du göra affärer, raring?" och att jag skulle luta mig in genom det öppna bilfönstret och dra fingret från deras öra ner mot käken. "Jag kan göra precis vad du vill. Hur du vill. Vad kan en sådan härlig karl vilja? Berätta för Liv. Hon kan göra det fint för dig." De brukade stamma och börja svettas. De brukade prövande undra hur mycket det kostade. Då fortsatte mina fingrar ner längs med deras kroppar. "Det beror på vad du vill ha. Berätta för mig. Berätta för mig om allt snuskigt som du vill göra i kväll."

Det var så lätt. De hade inte särskilt mycket fantasi när de väl hade fått av sig kläderna och fläsket på höfterna hängde som tomma sadelpåsar från midjan. Då brukade jag le. "Seså, raring. Kom till Liv. Tycker du om det så här? Hmm. Känns det här bra?" Och de stönade. "Gode Gud. Oj, oj, oj. Oh, Ja." Och på fem timmar tjänade jag tillräckligt för att kunna betala vecko-hyran för rummet jag hittat i Barkston Gardens och ändå ha tillräckligt mycket över för att kunna köpa ett halvt gram kokain eller en påse tablet-ter som gjorde mig glad. Det var ett så enkelt liv att jag inte kunde förstå varför inte alla kvinnor i London levde så.

Då och då hände det att det kom någon yngre kille förbi och granskade mig. Men jag höll mig till de äldre, de som hade fruar som suckade och gick med på att ha sex åtta gånger om året, de som fick tårar av tacksamhet i ögonen så fort man ylade och sa: "Men en sådan snuskig typ du är. Vem skulle ha trott det när man såg dig?"

Naturligtvis hade allt detta att göra med min fars död. Jag behövde inte några nio eller tio sessioner med dr Freud för att fatta det. Tio dagar efter det att jag hade fått telegrammet som sa att min far var död, låg jag för första gången med en kille som var över femtio. Jag njöt av att förföra honom. "Har du några barn?" frågade jag. "Vill du att jag ska kalla dig pappa? Vad skulle du vilja kalla mig?" Och jag triumferade och kände mig på samma gång fördömd på något sätt, när jag såg hur de bleknade, när jag hörde dem kippa efter an-dan, när jag väntade på att de skulle stöna fram namn som Celia eller Jenny eller Emily. När jag hörde det visste jag deras värsta hemligheter, och på nå-got sätt uppvägde det allt det hemska jag visste om mig själv.

Det var så jag levde ända tills den eftermiddag ungefär fem år senare då jag träffade Chris Faraday. Jag stod nära ingången till tunnelbanestationen vid Earl's Court och väntade på en av mina stammisar, en tomtmäklare som såg ut som en basset och hade massor med hår i näsborrarna. Han hade en förkärlek för det som gjorde ont, och hade alltid med sig olika manicker för att framkalla smärta, i bagageluckan till sin bil. "Archie har varit dum igen", sa han dystert varje torsdag eftermiddag och söndag förmiddag när jag klev in i hans bil. "Hur ska vi kunna bära oss åt för att straffa honom idag?" Han brukade räcka över kontanter till mig och medan jag räknade dem bestämde jag dagens taxa för att sätta på honom handbojor och kläm-mor i bröstvårtorna, för att piska honom eller klösa honom runt könsorga-net. Jag tjänade bra på honom, men jag började tycka att det inte var så roligt längre. Han hade börjat kalla mig för Den Obefläckade Maria och bad att jag skulle kalla honom för Jesus. Han brukade skrika någonting i stil med "Detta är min kropp som jag utger till den allsmäktige som gottgörelse för edra synder" när jag ökade smärtan lite mer och ju mer jag slog, vred eller kramade, ju mer jag klämde åt med den där lilla tången eller den lilla tvingen runt hans kropp, desto mer älskade han det och desto mer ville han ha. Men fastän han snällt betalade i förskott och ännu snällare körde hem till sin fru i Battersea efteråt, såg han mer och mer ut som om han skulle kunna drabbas av en plötslig hjärtattack och jag hade inte lust att sitta där med ett leende lik på halsen. Därför var jag både besviken och lättad när Archie inte dök upp vid vår bestämda tid halv sex den där torsdagen.

Jag gick och funderade på den förlorade inkomsten när Chris korsade gatan i riktning mot mig. För en gångs skull hade Archie i förväg talat om vad han ville ha, och genom att skaffa kostymer och rekvisita – för att inte tala om den tid som gick åt att klä mig och klä av honom, låtsasbrottas och slita och dra i honom och allt detta nej-nu-kommer-du-inte-undan-din-elaka-lilla-pojke, binda honom, sätta på honom handbojor och använda lavemangskannan – skulle de pengar jag förlorade ha kunnat räcka till kokain i flera dagar. Därför var jag ganska dyster när jag såg den här magre killen med trasiga jeans gå så ordentligt på övergångsstället som om han var rädd att polisen skulle sy in honom om han vågade sätta foten utanför trottoaren någon annanstans. I ett koppel hade han en blandrashund, så blandad faktiskt att själva ordet *hund* tycktes vara en eufemism, och det såg ut som om han försökte gå i takt med hundens haltande och linkande gång.

"Det där var den fulaste varelse jag någonsin sett", sa jag när han gick förbi mig. "Varför gör du inte världen en tjänst och ser till att hålla den dold?"

Han hejdade sig. Han såg från mig till hunden, och gjorde det så långsamt att jag förstod att han gjorde en jämförelse som inte utföll till min förmån. "Var har du förresten hittat den där saken?" sa jag.

"Jag har stulit honom", sa han.

"*Stulit?* Den där? Ja, då har du verkligen dålig smak." För inte nog med att hunden var trebent, halva huvudet saknade dessutom päls. Där den skulle ha haft päls fanns röda sår som precis hade börjat läkas.

"Jo, han är verkligen sorglig att se på", sa Chris och tittade fundersamt på hunden. "Men han valde inte själv, och det är det som jag tycker är så rörande när det gäller djur. De har inget val. Därför måste någon bry sig tillräckligt mycket om dem för att fatta rätt beslut åt dem.

"Då borde någon fatta beslutet att skjuta den där saken. Han förstör utsikten." Jag grävde i min axelremsväska efter cigaretter. Jag tände en och

185

pekade på hunden. "Men varför stal du honom? Tänker du försöka vinna en tävling om vem som har det fulaste kräket?"

"Jag stal honom för att det är det jag sysslar med", sa han.

"Är det vad du sysslar med?"

"Just det." Han tittade ner mot kassarna vid mina fötter. Det fanns kostymer i dem och några av de nya manicker jag hade köpt för att underhålla Archie. "Och vad sysslar du med då?"

"Jag knullar för pengar."

"Med så mycket bagage?"

"Hur så?"

Han gjorde en rörelse mot kassarna. "Eller tar du bara en paus i shoppingen?"

"Tycker du verkligen det ser ut som om jag var klädd för shopping?"

"Nej, du ser ut som om du var klädd för att fnaska, men jag har aldrig tidigare sett en hora med så många kassar. Blir inte de blivande kunderna förvirrade?"

"Jag står och väntar på någon."

"Som inte har dykt upp."

"Hur kan du veta det?"

"Det finns åtta cigarettfimpar vid dina fötter. Det finns ditt läppstift runt filtret på allihopa. En gräslig färg förresten. Du klär inte i rött."

"Är du någon slags expert?"

"Inte på kvinnor."

"Men på sådana där kräk då?"

Han såg ner mot hunden som hade lagt sig ner på trottoaren, och låg där och blundade med huvudet mot sin enda framtass. Han satte sig på huk bredvid den och kupade försiktigt handen över dess hjässa. "Ja", sa han. "Det här är jag expert på. Det finns ingen som är skickligare än jag. Jag är som dimman vid midnatt, jag varken syns eller hörs."

"Ett sånt skitprat", sa jag, inte för att jag tyckte det utan för att det plötsligt var någonting kyligt hos honom som jag inte kunde sätta fingret på. En sådan liten stackare, tänkte jag, jag slår vad om att han inte kan få upp den varken för pengar eller för kärlek. Och när jag hade tänkt det var jag tvungen att ta reda på det. "Ska vi göra affärer", sa jag därför. "Betalar du några spänn extra kan din kompis få titta på."

Han rätade på huvudet. "Var då?"

Nu har jag dig, tänkte jag. "Ett ställe som heter Southerly på Gloucester Road. Rum nummer 69."

"Det var ju passande."

"Och…?" log jag.

Han reste på sig och hunden kravlade sig upp. "Jag skulle inte ha något emot ett mål mat. Det var det vi var på väg för att fixa, Toast och jag. Han har varit på utställning, så han är dödstrött och hungrig. Och lite purken också."

"Då *var* det i alla fall en tävling om fulaste hunden. Jag kan slå vad om att han vann."

"På sätt och vis gjorde han det." Han iakttog mig medan jag samlade ihop mina kassar och sa ingenting förrän jag hade fått upp dem i famnen. "Då så", sa han. "Kom nu så ska jag berätta för dig om min fula hund."

Ett sådant underligt sällskap vi var: en trebent hund med sönderslaget huvud, en trådsmal vänsterradikal typ i slitna jeans och med en sjalett knuten runt huvudet och ett fnask i röd regnrock, högklackade svarta skor och en silverring genom näsborren.

Jag trodde då att jag höll på att göra en mycket intressant erövring. Han verkade inte särskilt tänd på mig när vi stod och lutade oss mot stängslet utanför en kinarestaurang, men jag trodde att det nog skulle kunna bli fart på honom tids nog om jag skötte mina kort väl. Det brukade det bli på killar. Så vi åt vårrullar och drack två koppar grönt te var. Vi matade hunden med chop suey. Vi talade som folk gör när de inte vet om de kan lita på varandra och inte vet hur mycket de vågar säga – var kommer du ifrån? vad gör dina föräldrar? i vilken skola har du gått? hoppade du också av från universitetet? var det inte löjligt, allt det där struntet? – och jag lyssnade inte särskilt noga för jag väntade på att han skulle berätta vad han ville och hur mycket han hade tänkt betala. Han plockade fram en bunt sedlar ur fickan för att betala för maten så jag bedömde att han nog skulle vara villig att skiljas från gott och väl fyrtio spänn. När vi fortfarande satt och småpratade efter mer än en timme frågade jag till slut vad som nu skulle hända.

"Förlåt?" sa han.

Jag lade min hand på hans lår. "Handtralla? Avsugning? In och ut? Framifrån eller bakifrån? Hur vill du ha det?"

"Ingenting", sa han.

"Ingenting?"

"Jag beklagar."

Jag kände hur ansiktet blev varmt och ryggen spänd. "Menar du att jag har suttit här i nittio minuter och väntat på att du skulle…"

"Vi åt middag. Det sa jag ju till dig att vi skulle göra. Äta."

"Det gjorde du inte! Du undrade var och jag sa Southerly på Gloucester Road. Rum 69 sa jag. Du sa…"

"Att jag behövde äta. Jag var hungrig. Och det var Toast också."

"Jävla Toast. Nu har jag gått miste om nästan trettio spänn."

"Trettio spänn? Betalar han dig inte mer? Vad måste du göra för det? Och hur känner du dig när det är klart?"

"Det har du inte med att göra. Förbannade lilla avskum. Ge mig mina pengar annars ställer jag till med bråk här, mitt på gatan."

Han såg sig omkring på människorna som gick förbi, och tycktes fundera över erbjudandet. "Då så", sa han. "Men du måste jobba för det."

"Det har jag ju redan sagt att jag skulle göra."

Han nickade. "Visst. Kom med då."

Jag följde honom hack i häl. "Handtralla är billigast. Avsugning beror på hur lång tid det tar. Du måste ha gummi om det ska vara in och ut. Och så måste du betala extra om det ska vara mer än en ställning. Är det klart?"

"Kristallklart."

"Var är vi på väg?"

"Hem till mig."

Jag stannade. "Inte. Antingen Southerly eller ingenstans alls."

"Vill du inte ha dina pengar?"

"Vill du ha ditt knull?"

Vi stod vid en återvändsgränd vid West Cromwell Road, medan middagstrafiken susade förbi och fotgängare försökte passera oss. Lukten från dieselavgaserna gjorde att min mage vred sig i flottet från vårrullen.

"Hör nu här", sa han. "Jag har djur som väntar på att bli utfordrade i Little Venice."

"Fler likadana?" Jag sparkade med tån mot hunden.

"Du behöver inte vara rädd. Jag tänker inte göra dig illa."

"Som om du skulle kunna det."

"Ja, det var just det jag undrade." Han började gå. "Om du vill ha dina pengar kan du komma med eller slåss för dem här på gatan", sa han över axeln. "Du bestämmer själv."

"Då är jag alltså inget djur. Jag kan välja själv."

Han gav mig ett stort leende. "Du är smartare än du ser ut."

Därför gick jag med honom. Vad fan, tänkte jag. Archie skulle ändå inte ha dykt upp och eftersom jag bara hade åkt genom Little Venice tidigare kunde det ju inte skada att ta sig en närmre titt på stället.

Chris gick före. Han brydde sig aldrig om att titta efter om jag följde med. Han småpratade med hunden som ungefär nådde upp till höften på honom när den stod på bakbenen. Han klappade den på huvudet och uppmuntrade den att springa i förväg. "Du börjar visst bli dig lik igen, Toast", sa han. "Om en månad eller så kommer du nog att vara en riktigt fin hund. Det blir väl bra?"

Jag trodde att jag hade hittat en riktig knäppskalle. Och jag undrade hur han skulle vilja älska med en kvinna och om han skulle vilja göra det i hundställning, eftersom han verkade vara så förtjust i djur.

Det var redan mörkt när vi kom fram till kanalen. Vi gick över bron och nedför trappan till gångstigen vid kanalen. "Är det en pråm?" sa jag. "Ja, men den är inte riktigt klar. Vi jobbar på den."

Jag tvekade. "Vi?" Redan förra året slutade jag med gruppsex. De var inte värt pengarna. "Jag har aldrig sagt att jag tänker göra det med mer än en", sa jag till honom.

"Mer än...? Oj, förlåt mig, jag menade djuren."

"Djuren?"

"Ja. Vi. Djuren och jag."

Absolut helknäpp, tänkte jag. "Och de hjälper till med bygget, förstår jag."

"Man arbetar fortare om man har trevligt sällskap. Det måste du ha märkt i ditt yrke."

Jag blängde på honom. Han gjorde narr av mig. Satte sig på sina höga hästar. Vi skulle väl få se vem som till slut bad om nåd. "Vilken är din?"

"Den längst bort", sa han och ledde mig till den.

Den såg annorlunda ut då, än vad den gör idag. Den var knappt ens halvfärdig. Jo, utsidan var klar och det var tack vare det som Chris hade lyckats få tag på en kajplats. Inuti var det däremot bara bräder, trästycken, rullar med linoleum och heltäckningsmatta och massor av kartonger, kläder, modellflygplan, tallrikar, grytor och kastruller och skräp. Så vitt jag kunde se skulle det finnas massor med jobb för en lumpsamlare där. Det fanns bara ett enda tomt utrymme, framme i fören på pråmen, och det ockuperades av dem som Chris hade talat om som vi. Tre hundar, två katter, ett halvt dussin kaniner och fyra varelser med långa svansar som Chris sa var en sorts råttor. Alla hade fel på ögonen, öronen, pälsen eller skinnet.

"Är du något slags veterinär?" sa jag.

"Något slags."

Jag släppte mina kassar på golvet och såg mig omkring. Det såg inte ut som om det fanns någon säng. Och inte heller särskilt mycket fri golvyta. "Var hade du egentligen tänkt att vi skulle göra det?"

Han lossade på Toasts koppel. Hunden gick bort till de andra, som höll på att kämpa sig upp från de olika filtar de låg på. Chris gick genom något som en gång i framtiden skulle bli en dörr och letade igenom en överfylld arbetsbänk efter flera påsar med djurfoder; gröpe till hundarna, pellets till råttorna, morotsbitar till kaninerna och burkmat till katterna. "Vi kan bör-

189

ja här borta", sa han och nickade mot trappan som vi precis hade gått ner-för för att komma in i pråmen.

"Börja? Vad hade du egentligen tänkt dig?"

"Jag har lagt hammaren på hyllan precis över fönstret. Kan du se den?"

"Hammare?"

"Vi bör kunna få en hel del gjort. Du langar fram trä och ser till att jag har bräder och spik."

Jag stirrade på honom. Han höll på att hälla upp mat till djuren, men jag kan svära på att han log för sig själv.

"Din jävla förb…"

"Trettio spänn. Men för det väntar jag mig ett bra jobb. Kan du jobba bra?"

"Jag ska visa dig hur man jobbar, det ska jag verkligen."

Det var så det började mellan Chris och mig. Vi jobbade på pråmen. Hela första natten låg jag och väntade på att han skulle göra ett närmande. Jag fortsatte att vänta under de dagar och nätter som följde. Men det gjorde han aldrig. Och när jag bestämde mig för att själv göra ett närmande, att få honom riktigt het på gröten så att jag skulle kunna skratta åt honom och innan jag talade om för honom att när allt kom omkring var han ju precis som alla andra, då lade han händerna på mina axlar och höll mig på en armslängds avstånd. "Det är inte det som det handlar om, Liv. Mellan dig och mig. Jag är ledsen, jag vill verkligen inte såra dig. Men det är bara inte så."

Sent på nätterna tänker jag ibland att han visste. Han kunde känna det i luften, han kunde höra det på mina andetag. På något sätt visste han, och bestämde sig från början för att hålla ett visst avstånd till mig eftersom det var tryggare på det sättet, för då skulle han aldrig behöva bry sig om, för han ville inte bli kär i mig, han var rädd för att bli kär i mig, han kände att jag var alldeles för mycket, han tyckte att jag var en alltför stor utmaning…

Det är sådana tankar jag ältar när han är ute på nätterna. När han är ute med henne. Jag trodde att han var rädd. Och att det var därför som det aldrig hände någonting mellan oss. Om man älskar förlorar man. Och det ville han inte.

Men det skulle vara att inbilla sig att jag betyder mer för Chris än jag någonsin har gjort, och i mina ärliga stunder vet jag det. Jag vet också att den största motsägelsen i mitt liv är att jag, som levde för att trotsa min mor och de drömmar hon hade för mig, som var fast besluten att möta värl-den på mina villkor och inte på hennes, till slut blev förälskad i en man som hon gärna skulle ha sett att jag valde. För Chris Faraday står för nå-gonting. Och det är precis den sortens kille som mor i allra högsta grad

190

skulle ha gillat, eftersom en gång i tiden, innan det blev en sådan röra av namn, ansikten, önskemål och känslor, då stod även mor för någonting.

Det var då hon började med Kenneth Fleming.

Även sedan han lämnat skolan för att göra sin plikt mot Jean Cooper glömde hon honom inte. Som jag har sagt, ordnade hon så att han fick anställning i pappas tryckeri, där han arbetade vid en av pressarna. Och när han organiserade ett fabrikslag för att spela kricket mot de andra fabrikslagen i Stepney uppmanade hon pappa att uppmuntra "pojkarna" som hon kallade dem, till att ha lite trevligt tillsammans. "Det kommer att göra dem till en mer sammansvetsad grupp, Gordon", sa hon till honom, när han berättade för oss att unge K Fleming – pappa talade alltid om sina anställde bara som initialer – hade framlagt idén för honom. "Och när allt kommer omkring arbetar ju en väl sammansvetsad grupp mycket mera effektivt, eller hur?"

Pappa funderade, hans käkar och hans hjärna arbetade samtidigt som vi åt vår stekta kyckling och vår färskpotatis. "Det behöver inte nödvändigtvis vara helt fel", sa han. "Om bara ingen blir skadad, förstås. För i så fall kan han ju inte arbeta. Och då kommer han att vilja ha sjuklön. Det är sådant jag måste tänka på."

Men mor fick över honom på sin sida. "Du har rätt, Gordon, men motion är nyttigt. Och det är frisk luft också. Och kamratskap." Men när väl laget var organiserat gick hon aldrig till någon match för att se Kenneth spela. Jag föreställer mig att hon ansåg att hon hade gjort en insats för att ge pojken någonting trevligt i det hopplösa liv som hon säkert var övertygad om att han levde i äktenskapet med Jean Cooper. De hade fått sitt andra barn strax efter det första och det såg ut som om livet för dem skulle innebära ett barn om året och att de skulle bli medelålders innan de ännu hade fyllt trettio. Därför gjorde mor vad hon kunde och försökte glömma den strålande framtid Kenneth Flemings förflutna en gång hade förebådat.

Så dog pappa och då började det hända saker.

Till att börja med överlämnade mor skötseln av tryckeriet till en förman som hon hade anställt. Detta skilde sig inte mycket från pappas sätt att sköta det hela. Han hade aldrig varit mycket för att beblanda sig med fotfolket, som hans egen far före Andra världskriget hade lärt honom kalla dem. Därför skötte han företaget från den kliniska tystnaden i sitt kontor på tredje våningen och lämnade den dagliga skötseln av tryckningar, maskiner och fördelning av övertid till en förman som var en arbetare som hade jobbat sig upp.

Fyra år efter det att pappa hade dött slutade mor att undervisa. Hon hade fortfarande en hel massa välgörenhetsarbeten som hon skulle ha kunnat fylla upp sina veckor med, men hon beslöt att ge sig i kast med en större utmaning. Jag tror att hon till sin förvåning kände sig ensam. Klassrummet, förberedelserna och pappersarbetet hade hittills styrt hennes liv och utan det blev hon slutligen tvingad att inse hur tomt allting var. Hon och pappa hade aldrig varit själsfränder, men han hade åtminstone *varit* där, närvarande i huset. Nu var han inte det längre och hon hade ingenting som lät henne glömma ensamheten nu när hon varken hade sin undervisning eller honom. Hon och jag var så främmande för varandra som man kunde vara – båda två var fast beslutna att aldrig förlåta den andra för de fel vi begått och de skador vi åsamkat varandra. Det fanns absolut inget hopp om att hon skulle kunna få några barnbarn att skämma bort. Det fanns bara en viss mängd hushållsarbete som skulle utföras, bara ett visst antal möten hon skulle närvara vid. Hon behövde någonting mer.

Tryckeriet blev den logiska lösningen och mor tog över driften med en lätthet som förvånade alla. Till skillnad från pappa trodde hon emellertid på att ha kontakt med gossarna på verkstadsgolvet. Hon lärde sig företaget som en praktikant skulle ha gjort det, och genom att göra det fick hon inte bara jobbarnas respekt, hon fick även möjlighet att återknyta banden med Kenneth Fleming.

Jag har roat mig med att fantisera om hur deras första möte måste ha gått till, nu nio år efter det att han hade fallit i onåd. Jag har föreställt mig det i en miljö med buller från pressarna, doften av tryckfärg och olja och bilden av dokument eller något slags sidor som for fram på banan för att slutligen packas. Jag har sett hur mor arbetade sig fram från den ena maskinen till den andra under de där små och smutsiga fönstren med en förman utrustad med ett anteckningsblock hack i häl. Han skriker för att höras och hon nickar och ställer kritiska frågor. De stannar till vid en av pressarna. En man ser upp, han har smutsig overall, stänk av olja i håret, tjocka svarta sorgkanter under naglarna och en skruvnyckel i handen. "Den förbaskade maskinen har stannat igen", säger han. "Vi måste modernisera eller så får vi slå igen stället." Så lägger han märke till mor. Paus för dramatisk musik. De står ansikte mot ansikte. Mentor och elev. Efter alla dessa år. "Ken", säger hon. Han vet inte vad han ska säga, men han vrider vigselringen runt sitt smutsiga finger och på något sätt säger det mer än nog: Det har varit ett helvete. Jag är ledsen. Ni hade rätt. Förlåt mig. Ta mig tillbaka. Hjälp mig. Se till att mitt liv blir annorlunda.

Naturligtvis gick det antagligen inte alls till på det sättet. Men på något sätt gick det till. Och det dröjde inte länge förrän Kenneth Flemings intelligens och talanger blev mer uppmärksammade än de hade blivit under alla de år som han hade arbetat i det som brukar kallas färggropen.

Det första mor ville veta var vad Kenneth hade menat med att man borde modernisera stället. Det andra var hur hon skulle kunna få honom att börja om med att försöka göra någonting av sitt liv.

Hans första svar öppnade en ny värld för henne, en värld av ordbehandlare, datorer och laserprinting. Det andra antydde att hon skulle hålla sig undan. Jean hade alldeles säkert ett finger med i spelet när det gällde det senare. Hon hade säkert inte blivit särskilt glad när hon upptäckte att mrs Whitelaw åter helt oväntat hade dykt upp i utkanten av hennes liv.

Men mor var inte den som gav upp så lätt. Hon började med att befordra Kenneth från verkstadsgolvet till att bli direktör på deltid, bara så att han skulle få känna på hur det skulle kunna bli. När han visade sig vara duglig – han kunde ju inte gärna vara någonting annat om man betänker den skicklighet och den fördömliga smidighet som pappa och jag månader i sträck hade hört talas om över middagsbordet när han var tonåring – började hon plöja fåror i hans drömmars obrukade fält. Och under luncherna eller eftermiddagskaffet, efter någon diskussion om hur de bäst skulle handskas med löneförhandlingar eller anställningsproblem, upptäckte hon att hans drömmar fortfarande var intakta, efter nio år, tre barn och ändlösa dagar i bullret och smutsen på verkstadsgolvet.

Jag tror faktiskt inte att Kenneth så gärna avslöjade för mor att han fortfarande hoppades på att få se den körsbärsröda bollen flyga iväg bortom gränsmarkeringarna eller höra hopens jubel när en ny sexpoängare visade sig på resultattavlan på Lord's vid sidan om namnet K. Fleming. Nu var han en tjugosexårig trebarnsfar som var bunden till sin hustru och hade en avbruten utbildning bakom sig bara för att han en kväll hade försäkrat Jean Cooper att ingenting kunde hända första gången hon låg med någon utan att ha tagit p-piller. Han sa säkert inte: "Jag drömmer om att spela för England, mrs Whitelaw. Jag drömmer om att vandra längs med Long Room med slagträet i handen och uttagningskommitténs ögon på mig. Jag drömmer om att vandra nerför de där trappstegen från Paviljongen, om att gå ut på planen under en klar junihimmel, om att se den färgsprakande folkmassan, om att stå öga mot öga med kastaren, om att inta min ställning och känna den elektriska stöten genom armen när slagträet träffar bollen." Något sådant skulle Kenneth Fleming aldrig ha sagt. Istället log han alldeles säkert. "Det är småpojkar som har drömmar, mrs Whitelaw. Min Jimmy, han har drömmar. Och om ett eller två år kommer Stan också att drömma, när han har vuxit lite." Men för egen del hade han slutat med att drömma. Drömmar var ingenting för sådana som han, skulle han säga. Åtminstone inte nu längre.

Men med tiden hade hon nog fått honom att ge med sig, min mor. "Men visst måste det väl finnas någonting som du hoppas på, Ken", hade hon börjat. "Någonting annat än det här tryckeriet."

"Det här stället har varit bra för mig", hade han då sagt, "och det har varit bra för min familj. Jag har det bra som jag har det." Och då hade hon kanske berättat om någon av sina egna drömmar som aldrig gått i uppfyllelse. De satt kanske och småpratade över kvällskaffet. "Vet du, det här är väl fånigt... att berätta för en av mina före detta elever... att berätta för en man, till och med för en yngre man... " sa hon kanske, och avslöjade sedan någon liten detalj som ingen kände till, kanske någonting som hon hittade på just då, bara för att uppmuntra Kenneth att öppna sitt hjärta så som han hade brukat göra när han var pojke.

Vem vet hur exakt hon bar sig åt? Hon har aldrig berättat alla fakta för mig. Allt jag vet är att även om det tog henne nästan ett år att vinna hans förtroende så gjorde hon det ändå till slut.

Äktenskapet var det inget fel på, det berättade han antagligen någon kväll när de arbetade över och det var tyst som i graven i fabriken under dem. Det hade inte blivit så illa som man skulle kunna ha väntat sig att det skulle bli med tanke på hur det hade börjat. Det var bara det att... Nej, det var inte rättvist mot Jean. Det hade känts som om han svek flickan genom att tala om henne bakom hennes rygg. Hon gjorde så gott hon kunde, hans Jean. Hon älskade honom, hon älskade ungarna. Hon var en bra mor. Hon var en bra hustru.

"Men det är tydligen någonting som saknas", skulle mor ha kunnat svara. "Är det inte så, Ken?"

Kanske tog han upp en papperstyngd och knöt omedvetet fingrarna runt den som om det hade varit en kricketboll. "Jag hade kanske hoppats på mer", sa han kanske, med ett snett leende, men skyndade sig att tillägga: "fast jag köpte ju inte precis grisen i säcken."

"Vad hade du hoppats på?" ville mor nu veta.

Han såg säkert generad ut. "Ingenting att tala om. Det är bara dumheter." Han packade kanske ihop sina tillhörigheter och gjorde sig klar att gå hem för kvällen. Och till slut, när han stod vid dörren och skuggorna delvis skymde hans ansikte sa han kanske: "Kricket. Det är vad det handlar om. Visst är jag en idiot, men jag kan inte låta bli att tänka på hur det skulle ha varit att få spela."

"Men du spelar ju, Ken", sa mor kanske för att fortsätta samtalet.

"Inte så som jag skulle ha kunnat göra", hade han svarat.

Och dessa få meningar, all den längtan som låg bakom dem, men framför allt att han gjorde henne delaktig i sina drömmar, gav min mor det tillfälle hon behövde. Tillfälle att förändra hans liv, att förändra livet för hans fru och barn och att förändra sitt eget liv så att det slutade i katastrof för oss alla.

KAPITEL 8

Lynley släppte inte av assistent Havers vid New Scotland Yard förrän mitt på eftermiddagen. De stod på trottoaren nära Yardens roterande skylt och talade lågmält med varandra som om mrs Whitelaw skulle ha kunnat höra dem där hon satt inne i Bentleyn.

Mrs Whitelaw hade talat om för dem att hon inte visste var hennes dotter för närvarande vistades. Men efter ett telefonsamtal till Yarden och två timmars väntan var det problemet ur världen. Medan de lyckades hinna med en sen lunch på Plogen och Visslan i Greater Springburn gick kriminalkonstapel Winston Nkata genom adressregistret över London. Han skummade också personakter, krävde in gentjänster, pratade med kompisar på åtta olika avdelningar och talade med flera poliskonstaplar på deras kontor och fick dem att leta bland gamla handlingar efter ett omnämnande av Olivia Whitelaws namn. Han ringde upp Lynley i biltelefonen precis när Bentleyn kröp fram över Westminster Bridge. Det fanns en Olivia Whitelaw, sa Nkata, som bodde i Little Venice, på en pråm i Brownings Pool. "Damen i fråga tillhörde det lätta gardet i trakten av Earl's Court för några år sedan. Men enligt kommissarie Favorworth var hon för snabb för att åka dit. Är det förresten inte ett tjusigt namn han har? Det låter som om han själv var ett fnask. Hur som helst, om det dök upp någon civilklädd polis på gatan hade hon avslöjat honom så fort hon fick ögonen på honom. De gillade att skrämma upp henne en smula genom att så ofta de kunde ta in henne för en pratstund på stationen, men de lyckades aldrig komma åt henne."

För närvarande bodde hon ihop med en kille som hette Christopher Faraday, sa Nkata. De hade ingenting på honom. Inte ens en trafikbot.

Lynley väntade tills assistent Havers hade tänt sin cigarett, tagit två bloss och blåst ut de tunna grå resterna av rök i den allt kyligare eftermiddagsluften. Han såg på klockan. Den var snart tre. Hon kunde titta in om hos Nkata, hämta ut ett fordon och ge sig iväg till Isle of Dogs för att träffa Flemings familj. Inklusive den tid det tog henne att skriva sin rapport skulle hon behöva åtminstone två och en halv timme, kanske tre, för att bli klar med allting. Dagen höll snabbt på att ta slut. Kvällen såg ut att innebära nya plikter.

"Ska vi försöka ses på mitt tjänsterum halv sju?" sa han. "Gärna tidigare om ni hinner."

"Visst", sa Havers. Hon tog ett sista halsbloss på sin cigarett och gick mot Yardens svängdörrar, trängde sig förbi en skara turister som trötta studerade en karta och talade om "att ta en taxi nästa gång, George". När hon hade försvunnit in, satte sig Lynley i bilen och lade i en växel.

"Er dotter bor i Little Venice, mrs Whitelaw" sa han medan de svängde ut från trottoarkanten.

Hon kommenterade inte detta. Hon hade inte rört sig ur fläcken sedan de lämnade puben där de under spänd tystnad hade intagit en – i alla fall för hennes del – mycket lätt lunch. Hon rörde sig inte nu heller.

"Har ni aldrig stött på henne? Det är underligt när man tänker på hur kort det är mellan Kensington och Little Venice. Har ni verkligen aldrig sett henne någonstans. I någon affär? På gatan?"

Mrs Whitelaws huvud vändes en aning mot honom. "Min dotter och jag hade helt olika tider när hon bodde hemma, kommissarien. Jag skulle inte tro att hon har förändrats nu. Därför är det föga troligt att vi skulle vara ute vid samma tid på dygnet. Nej, jag har aldrig stött på henne."

"Ni har inte heller under årens lopp gjort några försök att finna henne?"

"Vi skildes som ovänner", sa hon. "Jag var inte intresserad av att söka upp henne. Och jag tvivlar inte det minsta på att den känslan var ömsesidig."

"När hennes far dog…"

"Snälla kommissarien, jag vet att ni gör ert arbete…"

Men och protesten som skulle ha följt förblev outsagd.

Lynley granskade henne hastigt i backspegeln. Vid det här laget, nu när hon hade vetat om Flemings död i arton timmar, såg Miriam Whitelaw ut som om hon hade blivit andligen massakrerad, hon verkade tio år äldre än hon hade gjort så sent som samma morgon när Lynley hämtade henne. Hennes glåmiga ansikte tycktes tigga om barmhärtighet.

Lynley visste att detta var ett perfekt tillfälle att pressa henne på svar, eftersom hennes förmåga att stå emot hans frågor blev allt mindre för var minut. Varenda en av hans kolleger vid polisen skulle ha insett detta. Och de allra flesta av dem skulle ha utnyttjat övertaget, vräkt frågor över henne och krävt svar ända tills de hade fått reda på vad de ville. Men enligt Lynleys åsikt kom man, när man förhörde personer som stod ett mordoffer nära, oftast till en punkt där svaren inte längre gav någonting; då de skulle kunna säga vad som helst för att få stopp på den oändliga utfrågningen.

"Du är alldeles för blödig", skulle kriminalkommissarie MacPherson säga. "Mord är mord. Hugg dem i strupen."

Det spelade egentligen aldrig någon roll vems strupe man högg i. Så småningom skulle man till slut träffa på rätt pulsåder.

Det var inte första gången som Lynley frågade sig om han var tillräckligt hårdhudad för att vara polis. Han avskydde att genomföra ett förhör med kniven på den utfrågades strupe. Men alla andra sätt fick honom alltför ofta att känna medlidande med de levande snarare än lust att hämnas de döda.

Han lotsade fram bilen genom trafiken nära Buckingham Palace, fastnade bakom en turistbuss som tömde ut en stor grupp blåhåriga kvinnor i polyesterbyxor och förståndiga skor på trottoaren. Han navigerade mellan taxibilarna på Knightsbridge, tog en omväg genom några bakgator för att slippa den långsamma trafiken söder om Kensington Gardens och kom slutligen fram mitt i trängseln av fotgängare och sena eftermiddagsshoppare på Kensington High Street. Därifrån var det mindre än tre minuters körning till Staffordshire Terrace där allt var lugnt och en ensam liten pojke lekte med en skateboard på trottoaren mitt emot nummer 18.

Lynley klev ut och hjälpte mrs Whitelaw ur bilen. Hon tog hans framsträckta hand. Hennes var kall och torr. Hennes fingrar grep hårt fast om hans hand, flyttade sig sedan till hans arm när han ledde henne fram mot trappan. Hon doftade svagt av lavendel, puder och damm.

Framme vid dörren fumlade hon med nyckeln i låset så att metall skrapade mot metall innan hon kunde komma in. När hon hade fått upp dörren vände hon sig mot honom.

Hon såg så dålig ut att Lynley sa: "Kan jag ringa efter en läkare åt er?"

"Jag klarar mig", sa hon. "Jag måste försöka sova lite, det kunde jag inte förra natten. Kanske i natt..."

"Skulle det inte vara bra om er läkare skrev ut någonting åt er?"

Hon skakade på huvudet. "Det finns ingen medicin att ta mot det här."

"Är det någonting ni vill att jag ska framföra till er dotter? Jag ska köra härifrån direkt till Little Venice."

Hennes blick såg förbi honom över hans axel, som om hon funderade på saken. Hennes munvinklar drogs nedåt. "Tala om för henne att jag alltid kommer att vara hennes mor. Säg henne att Ken inte... att Ken inte kunde ändra på det."

Lynley nickade. Han väntade för att se om hon skulle säga någonting mer. När hon inte gjorde det gick han tillbaka nerför trappan. Han hade redan öppnat bildörren när han hörde henne säga:

"Kommissarien?" Han rätade på huvudet. Hon hade kommit fram till kanten på det översta trappsteget. Hennes ena hand höll fast i gjutjärnsledstången där en gren från jasminbusken klättrade uppåt. "Jag vet att ni försöker göra ert arbete", sa hon. "Det är jag tacksam för."

Han väntade tills hon hade gått in och stängt dörren efter sig. Sedan styrde han liksom föregående kväll åter norrut under platanerna och sykomorerna på Campden Hill Road. Det var betydligt kortare väg från Kensington till Little Venice än det hade varit att köra till Hugh Pattens hus i Hampstead. Men då hade han kört efter elva på kvällen när trafiken var gles. Nu var gatorna igentäppta med fordon; de liknade floder fyllda med vatten efter ett oväder. Han använde den tid det tog att snigla sig genom Bayswater för att ringa till Helen, men det slutade bara med att han fick lyssna till hennes telefonsvarare som talade om att hon var ute och bad honom lämna ett meddelande. Han svor för sig själv medan han väntade på det djävulska pipet. Han hatade telefonsvarare. De var ytterligare ett bevis för den sociala upplösning som kännetecknar de sista åren av vårt århundrade. De var opersonliga och effektiva och påminde honom om hur lätt det var att ersätta människor med apparater. Där det en gång i tiden hade funnits en viss Caroline Shepherd som svarade på Helens telefon, lagade hennes mat och höll ordning på hennes liv, fanns det nu ett kassettband, färdiglagad kinesisk mat och en städerska från Country Clare som kom en gång i veckan.

"Hej älskling", sa han när pipet äntligen hade hörts. Och han tänkte: Hej älskling, och sen då? Hittade du ringen som jag lämnade? Tycker du om stenen? Vill du gifta dig med mig? Idag? I kväll? Fan också! Han avskydde telefonsvarare.

"Jag är rädd att jag får mycket att göra i kväll. Ska vi äta en sen middag tillsammans? Någon gång vid åttatiden?" Han gjorde en idiotisk paus som om han hade väntat sig ett svar. "Må så gott." Ännu en meningslös paus. "Du, jag ringer när jag kommer tillbaka till Yarden. Se till att du är ledig i kväll. Jag menar att om du hinner få det här meddelandet kan du väl se till att du är ledig. Men jag fattar naturligtvis att du kanske inte alls får meddelandet. Och om du inte får det kan jag ju inte vänta mig att du ska sitta inne för att vänta på att jag ska ringa eller hur? Helen, har du planerat någonting speciellt för i kväll? Jag har svårt att ringa upp igen. Kanske skulle vi…"

Han hörde ännu ett pipande. En mekanisk röst sa: "Tack för att ni ringde upp. Klockan är nu tre och tjugoett." Linjen kopplades ur.

Lynley svor. Han hängde tillbaka luren. Han tyckte verkligen förskräckligt illa om sådana där jäkla maskiner.

Eftersom det hade varit en vacker dag var det fortfarande ganska mycket folk i Little Venice, människor som hade tagit sig ledigt på eftermiddagen för att utforska några av kanalerna i London. De flöt runt i utflyktsbåtar och lyssnade till guidernas historier och skvaller och mumlade uppskattande till svar. De strövade längs med trottoarerna och beundrade de färgglada vårblommorna som växte i krukor på pråmarnas däck och tak. De häpnade över de färgglada räckena till Warwick Avenue Bridge.

Sydväst om bron bildade Browning's Pool en skev triangel av oljigt vatten, och längs med dess ena sida låg ännu flera pråmar. Dessa var stora, breda och flatbottnade fartyg som en gång i tiden hade dragits av hästar genom kanalsystemet som genomkorsade en stor del av södra England. Under artonhundratalet hade de använts till godstransporter. Numera låg de fast förankrade och fungerade både som bostäder och som motiv för konstnärer, författare och hantverkare.

Christopher Faradays pråm låg mitt emot Browning's Island, en pilklädd landremsa som höjde sig mitt i floden. När Lynley närmade sig den på gångstigen som löpte bredvid kanalen sprang en ung man i träningskläder förbi honom. Han hade sällskap av två flämtande hundar, och den ena av dem skumpade vacklande framåt på bara tre ben. Mitt framför Lynley störtade sig hundarna förbi löparen och uppför de två trappstegen till pråmen som han också var på väg mot.

När Lynley kom fram stod den unge mannen på däck och torkade med en handduk bort svetten från ansiktet och halsen och hundarna – en beagle och den trebenta blandrashunden, som såg ut som om han hade förlorat alltför många gatuslagsmål mot starkare konkurrenter – sörplade ljudligt i sig vatten från två rustika keramikskålar placerade på en hög med gamla tidningar. Ordet *hund* fanns målat på beaglens skål och på den trebenta byrackans stod det *hund två*.

"Mr Faraday?" sa Lynley och den unge mannen tog bort den blå handduken från ansiktet. Lynley visade sitt identitetskort och presenterade sig. "Är ni Christopher Faraday", upprepade han.

Faraday kastade från sig handduken på det midjehöga taket till kabinen och gick och ställde sig mellan Lynley och djuren. Beageln tittade upp från sin vattenskål med vatten droppande från käkarna. Ur hans strupe kom ett lågt morrande. "Det är ingen fara", sa Faraday. Det var svårt att avgöra om han talade med Lynley eller med hunden, eftersom han såg på den förre men sträckte ut handen för att klappa den senare på huvudet. Lynley lade märke till att ett gammalt ärr löpte över hundens huvud ner mellan dess ögon.

"Vad kan jag göra för er?" sa Faraday.

"Jag söker Olivia Whitelaw."

"Livie?"

"Jag har förstått att hon bor här."

"Vad gäller det?"

"Är hon hemma?"

Faraday sträckte sig efter handduken och slängde den runt halsen. "Gå till Livie", sa han till hundarna. Och medan djuren lydigt traskade bort mot ett slags inglasad förstuga som fanns framför kabinen och fungerade som ingång till den, sa han till Lynley: "Kan ni vänta en stund. Jag ska se om hon är uppe."

Uppe? undrade Lynley. Klockan var mer än halv fyra. Jobbade hon fortfarande på nätterna så att hon var tvungen att sova mitt på dagen?

Faraday gick in genom förstugan och nerför ett par trappsteg. Han lät kabindörren stå på glänt bakom sig. Lynley hörde hur en av hundarna skällde högt och sedan krafsandet av klorna mot linoleum eller trä. Han flyttade sig närmre förstugan och lyssnade. Han hörde dämpade röster.

Det gick knappast att urskilja vad Faraday sa: "… polisen… frågar efter… nej, det kan jag inte… du måste…"

Olivia Whitelaws röst var högre och lät irriterad: "Det kan jag inte. Förstår du inte, Chris. Chris!"

"… lugn… blir bra, Livie… "

Så hördes ljudet av någon som släpades mot golvet. Papper som skrynklades ihop. En skåpdörr som slog igen. Sedan ännu en. Så en tredje. Strax därefter närmade sig fotsteg dörren.

"Akta huvudet", sa Chris Faraday. Han hade tagit på sig träningsoverallsbyxor. En gång i tiden hade de varit röda men var nu blekta till samma roströda färg som hans hår hade. Detta var mycket tunt för hans ålder och hade gett plats åt en liten, munkliknande tonsur högst upp på huvudet.

Lynley följde efter honom in i ett avlångt, svagt upplyst rum med furupanel på väggarna. En del av det var täckt med heltäckningsmatta men under en stor arbetsbänk fanns linoleum och där hade blandrashunden lagt sig. På mattan låg också tre jättestora kuddar. Nära dem stod fem gamla udda fåtöljer, och i en av dessa satt en kvinna, från topp till tå klädd i svart. Lynley skulle först inte ha lagt märke till henne om det inte hade varit för hennes hårfärg, som lyste som en fyrbåk mot träväggarna. Det var gnistrande vitblont med en underlig gul ton och hårrötterna hade samma färg som smutsig motorolja. Det var kort och stubbat på ena sidan och hängde på andra sidan nedanför örat.

"Olivia Whitelaw?" sa Lynley.

Faraday gick bort till arbetsbänken och öppnade fönsterluckorna ett par centimeter. Genom öppningen föll ljuset mot furupanelen och gjorde att ett svagt sken även föll på kvinnan i stolen. Det fick henne att krypa ihop. "Fan Chris, var försiktig", sa hon och böjde sig sakta ner mot golvet bredvid stolen och plockade upp en tom konservburk från vilken hon tog fram ett paket Marlboro och en engångständare.

När hon tände sin cigarett fångades ljuset från lågan i hennes ringar. De var av silver och hon hade dem på alla fingrarna. De passade ihop med clipsen som satt som utväxter av krom i kanten på hennes högra öra och kontrasterade mot den stora säkerhetsnål som var fäst i det vänstra.

"Olivia Whitelaw. Just det. Vem är det som frågar och varför?" Cigarettröken reflekterade ljuset, så att man fick en känsla av att en fladdrande slöja hängde mellan dem. Faraday öppnade ännu några fönsterluckor. Olivia sa: "Nu räcker det. Varför kan du inte sticka din väg?"

"Jag är rädd att han måste stanna", sa Lynley. "Jag skulle vilja att han också svarade på ett par frågor."

Faraday tände ett lysrör över arbetsbänken. Det spred ett klart, vitt och mycket begränsat sken över en liten del av rummet. Samtidigt skapade det också ett lysande blickfång som ledde bort blicken från fåtöljen där Olivia satt.

Det fanns en pall framför arbetsbänken och Faraday valde att sitta uppflugen på den. Lynleys ögon skulle hela tiden behöva ställa om sig mellan ljus och skugga när han såg från den ene till den andra. Det var en skicklig iscensättning och den hade åstadkommits så snabbt och enkelt att Lynley undrade om alltsammans var repeterat, ett slags vad-ska-vi-göra-när-snuten-till-slut-kommer-på-oss.

Han valde att sätta sig i fåtöljen närmast Olivia. "Jag har ett meddelande från er mor", sa han.

Spetsen på hennes cigarett glödde. "Jaså? Tralala. Borde jag bli glad för det?"

"Hon sa att jag skulle berätta för er att hon alltid kommer att förbli er mor."

Olivia betraktade honom med sänkta ögonlock genom röken och höll med ena handen cigaretten redo ett par centimeter från munnen.

"Hon sa att jag skulle tala om för er att Kenneth Fleming inte har ändrat på någonting."

Hon stirrade på honom. Hennes ansiktsuttryck förändrades inte när Flemings namn nämndes. "Är det meningen att jag ska förstå vad som menas med det?" frågade hon till slut.

"Egentligen citerar jag henne fel. Hon sa faktiskt först att Kenneth Fleming inte ändrar på det."

"Det var ju skönt att hon fortfarande kan sin grammatik." Olivia lät ytterst uttråkad. Från andra sidan rummet hörde Lynley hur Faradays kläder prasslade när han rörde sig. Olivia tittade inte åt hans håll.

"Presens", sa Lynley. "*Inte ändrar*. Och sedan ändrade hon sig och använde imperfektum. *Inte ändrade*. Sedan i går kväll har hon fått byta tempus."

"Ändrar. Ändrade. Jag kan min grammatik. Och dessutom vet jag om att Kenneth Fleming är död, om det är det ni försöker komma fram till."

"Har ni talat med er mor?"

"Jag läser tidningarna."

"Varför då?"

"Varför? Vad är det där för en fråga? Jag läser tidningen för att jag brukar göra det när Chris kommer hem med den. Vad brukar ni göra med er? Klippa den i små fyrkanter som ni torkar er i ändan med?"

"Livie", sa Faraday från sin plats vid arbetsbänken.

"Jag skulle ha frågat varför ni inte ringde till er mor?"

"Vi har inte talat med varandra på åratal. Varför skulle jag ha ringt till henne nu?"

"Jag vet inte. För att ta reda på om det fanns någonting ni kunde göra för att lindra hennes sorg?"

"Någonting i stil med: 'ledsen att din dockpojke kilat vidare så snart'?"

"Då visste ni alltså att er mor hade något slags förhållande till Kenneth Fleming? Trots att ni inte har talat med varandra på flera år."

Olivia körde in cigaretten mellan läpparna. Lynley såg på hennes ansiktsuttryck att hon insåg hur lätt han hade fått henne att erkänna det. Han märkte också att hon funderade över om hon ofrivilligt hade avslöjat någonting annat.

"Jag sa ju att jag läser tidningarna", svarade hon. Det verkade som om hennes vänstra ben skakade mot stolen, kanske av kyla – men det var inte kallt inne i pråmen – kanske av nervositet. "Det har varit ganska svårt de senaste åren att inte läsa om deras historia."

"Vad känner ni till om den?"

"Bara det som stått i tidningarna. Han arbetade för henne i Stepney. De bor tillsammans. Hon har hjälpt honom i hans karriär. Hon verkar vara ett slags god fe för honom eller någonting i den stilen."

"Uttrycket dockpojke tyder på någonting mera."

"Dockpojke?"

"Uttrycket som ni använde för en stund sedan. 'Ledsen att din dockpojke kilat vidare så snart'. Håller ni inte med om att det antyder någonting mera än att bara vara en god fe för en ung man?"

Olivia askade sin cigarett i konservburken. Hon förde åter upp cigaretten mot munnen och talade bakom sin hand. "Förlåt mig", sa hon. "Jag har snuskig fantasi."

"Har ni hela tiden misstänkt att de hade ett förhållande?" frågade Lynley. "Eller har det hänt någonting på senaste tiden som fått er att tro det?"

"Jag har inte misstänkt någonting. Jag har inte brytt mig tillräckligt mycket om det för att misstänka något. Jag har bara dragit de logiska slutsatser, som man för det mesta drar om vad som händer när en ungkarl och en kärring – som varken är gifta eller släkt med varandra – bor under samma tak en längre tid. Det där med blommor och bin... Ståkuk och våt fitta. Jag tror inte att jag behöver förklara det för er."

"Men det är ganska oroande, eller hur?"

"Vad då?"

"Tanken på er mor tillsammans med en så mycket yngre man. Till och med yngre än ni själv eller lika ung." Lynley böjde sig framåt och lutade armbågarna mot knäna. Han försökte inta en ställning som inbjöd till ett uppriktigt samtal och lyckades samtidigt granska hennes vänstra ben på närmare håll. Det darrade faktiskt, och det gjorde det högra också. Men det verkade inte som om hon var medveten om det. "Låt oss vara uppriktiga", sa han och försökte låta okonstlad. "Er mor är inte någon speciellt ungdomlig sextiosexåring. Har ni aldrig frågat er om det inte var så att hon blint och tanklöst kastade sig i armarna på en man som var ute efter någonting annat än det tveksamma nöjet att gå i säng med henne? Han var en rikskänd idrottsman. Håller ni inte med om att han antagligen skulle ha kunnat välja och vraka bland kvinnor som inte var hälften så gamla som er mor? Och om det var så, vad tror ni att han var ute efter när han gav sig i lag med er mor?"

Hennes ögon smalnade. Hon funderade på hans frågor. "Han hade kanske ett moderskomplex som han försökte befria sig ifrån. Eller ett mormorskomplex. Han gillade kanske när de var gamla och skrynkliga. Eller så tyckte han inte att ett skjut var värt något om inte busken var grå. Välj själv. Jag kan inte förklara situationen."

"Men störde det er inte? Om deras förhållande nu var av det slaget? Förresten förnekar er mor det."

"Vad mig anbelangar kan hon säga och göra vad hon vill. Hon lever sitt liv." Olivia visslade svagt i riktning mot en dörr som såg ut att leda in till en kabyss. "Beans", ropade hon. "Kom ut hit. Vad är det han håller på med, Chris? Vek du ihop tvätten som du kom hem med. Annars ligger han säkert och sover bland den."

Faraday gled ner från pallen. Han nuddade vid hennes axel och försvann ut genom dörren medan han ropade: "Beans! Kom hit! Hej du! Jäklar!" Sedan skrattade han. "Han har tagit mina strumpor, Livie. Det förbaskade kräket tuggar på mina strumpor. Släpp dem, din byracka. Ge dem till mig!" Så hördes ljudet av buffande och en hunds lekfulla morrningar. Under arbetsbordet höjde den andra hunden huvudet.

"Du stannar där, Toast", sa Olivia. När hunden lydde lutade hon sig tillbaks i stolen. Det såg ut som om hon var nöjd med den avledande manöver hon hade åstadkommit.

"Om ni har räknat ut en sak angående er mors förhållande till Fleming", sa Lynley, "så tror jag inte det är särskilt svårt för er att räkna ut något annat också. Hon är en förmögen kvinna, om man räknar med hennes egendomar i Kensington, i Stepney och i Kent. Och ni och hon umgås inte längre?"

"Än sen då?"

"Är ni medveten om det faktum att Fleming är förmånstagare i er mors testamente?"

"Skulle det förvåna mig?"

"Hon måste naturligtvis ändra på det, nu när han är död."

"Och ni tror att jag hoppas på att hon ska lämna sina slantar till mig?"

"Flemings död gör att det blir tänkbart, tror ni inte det?"

"Jag skulle tro att ni har missbedömt graden av osämja mellan oss."

"Mellan er och er mor? Eller mellan er och Fleming?"

"Fleming", upprepade hon. "Jag kände inte den killen."

"Ni behövde inte ha känt honom."

"För vad då?" Hon drog ett djupt bloss på sin cigarett. "Försöker ni antyda att jag hade någonting med hans död att göra? För att jag ville komma åt min mors pengar. Det är verkligen att ta i."

"Var var ni i onsdags natt, miss Whitelaw?"

"Var jag var? Herre Gud!" Olivia skrattade, men hennes skratt gjorde att hon drabbades av någon form av krampryckningar. Hon drog häftigt efter andan och lirkade sig bakåt i stolen. Hon blev alldeles röd i ansiktet och tappade cigaretten i den tomma konservburken och hojtade: "Chris!" samtidigt som hon vred sig åt sidan bort från Lynley.

Faraday skyndade tillbaka in i arbetsrummet. Med händerna mot hennes axlar sa han lugnande: "Såja, såja. Andas bara djupt och slappna av." Han knäböjde vid hennes sida och började massera hennes ben samtidigt som beageln kom in i rummet och började nosa på hennes fötter.

En liten svart-vit katt promenerade nu in i arbetsrummet från kabyssen och jamade lågt. Under arbetsbänken började Toast kämpa sig upp på benen. Samtidigt som Faraday arbetade med Olivia sa han över axeln: "Nej! Stanna! Du också Beans! Stanna!" och han smackade försiktigt tills katten var inom räckhåll för honom. Så lyfte han upp den från golvet och släppte ner den i Olivias knä samtidigt som han sa: "Håll fast henne, Livie. Hon har trasslat till sitt bandage igen."

Olivia lade sin hand på katten, men hon pressade huvudet mot stolsryggen och såg inte på djuret. Hennes ögon var slutna och hon andades djupt – in genom näsan och ut genom munnen – som om hennes lungor när som helst kunde glömma bort hur de skulle arbeta. Faraday fortsatte att massera hennes ben. "Känns det bättre?" sa han. "Fint! Det håller på att gå över, inte sant?"

Till slut nickade hon. Hennes andning blev normal. Hon böjde ner huvudet och började pyssla med katten. "Det här kommer inte att läkas om hon inte har en ordentlig krage så att hon inte kommer åt med klorna, Chris", sa hon med ansträngd röst.

Lynley såg att det som han tidigare hade trott var en del av kattens vita päls, istället var ett bandage som gick runt dess vänstra öra och täckte ögat. "Kattslagsmål?" undrade han.

"Hon har förlorat ett öga", sa Faraday.

"Ni har ett riktigt menageri här."

"Ja, vi tar hand om de utstötta."

Olivia skrattade svagt. Vid hennes fötter bankade beaglens svans lyckligt mot hennes stol, som om han förstod och deltog i något slags underligt skämt.

Faraday drog fingrarna genom håret. "Fan också, Livie..."

"Det spelar ingen roll", svarade hon. "Nu drar vi inte upp våra problem, Chris. Kommissarien är inte intresserad av dem. Han bryr sig bara om var jag var i onsdags kväll." Hon höjde huvudet och såg mot Lynley. "Och också var du var, Chris", fortsatte hon. "Jag tror nog att han vill veta det också. Fast det går lätt och snabbt att svara på. Jag var där jag alltid är, kommissarien. Här."

"Finns det någon som kan intyga det?"

"Tyvärr visste jag inte att jag skulle behöva ett alibi. Beans och Toast ställer naturligtvis säkert mycket gärna upp, men på något sätt misstänker jag att ni inte talar särskilt bra hundiska."

"Och mr Faraday?"

Faraday reste sig upp. Han gned sig i nacken "Jag var ute", sa han. "Fest med grabbarna."

"Var då någonstans?"

"Clapham. Ni kan få adressen om ni vill."

"Hur länge var ni borta?"

"Det vet jag inte. Det var sent när jag kom hem. Jag körde en av killarna hem först, upp till Hampstead, så klockan måste ha varit nära fyra."

"Och ni sov?" Han vände sig mot Olivia.

"Jag kan väl knappast ha gjort någonting annat så dags." Olivia hade återtagit sin tidigare ställning med huvudet lutat mot stolens ryggstöd. Hon blundade. Hon smekte katten som ignorerade henne på ett utstuderat sätt och rytmiskt trampade runt i hennes knä för att hitta en bra sovställning.

"Det finns en extra nyckel till stugan i Kent", sa Lynley. "Er mor antydde att ni känner till den."

"Jaså, gör hon det?" mumlade Olivia. "Tja, då är vi två, då."

"Den är försvunnen."

"Och jag antar att ni skulle vilja leta efter den här, eller hur. Det är ett rättmätigt önskemål ur er synpunkt, men för det fordras ett tillstånd för husrannsakan. Har ni något sådant?"

"Jag föreställer mig att ni inser att jag utan alltför mycket besvär skulle kunna skaffa ett.

Hennes ögon öppnades i en smal springa. Det ryckte i läpparna av ett litet leende. "Hur kan det komma sig att jag tror ni bluffar, kommissarien?"

"Ta det lugnt, Livie", sa Faraday med en suck. Han vände sig mot Lynley: "Vi har inte någon nyckel till stugan. Vi har inte ens varit i Kent sedan... Ja, jag minns inte när."

"Men ni har varit där?"

"I Kent? Visst. Men inte i någon stuga. Jag visste inte ens att det *fanns* någon stuga där förrän ni förde det på tal."

"Då läser ni alltså inte själv tidningarna? De som ni köper hem och som Olivia läser."

"Jo, visst läser jag dem."

"Men ni noterade inte att det fanns en stuga, när ni läste om Fleming?"

"Jag läste inte historierna om Fleming. Livie ville ha tidningarna och

207

jag skaffade henne dem."

"Ville ha tidningarna. Ville hon uttryckligen ha dem? Varför då?"

"För att jag alltid vill ha tidningarna", fräste Olivia. Hon sträckte ut handen och grep tag om Faradays handled. "Spela inte med i hans spel", sa hon till honom. "Han försöker bara sätta dit oss. Han är ute efter att bevisa att vi tog livet av Fleming. Om han lyckas göra det innan middagen, hinner han kanske dra över sin flickvän ett varv. Om han nu har någon flickvän." Hon drog Faraday i handleden. "Hämta min rollator, Chris." Och när han inte rörde sig med en gång sa hon: "Det är okay. Det spelar ingen roll. Gå nu och hämta den."

Faraday gick ut genom dörren till kabyssen och kom tillbaka med en rollator i aluminium. Han sa: "Beans, flytta på dig!" och när hunden hade masat sig undan placerade han rollatorn framför Olivias stol. "Är det bra så?" sa han.

"Visst."

Hon räckte över katten till honom, och den jamade ilsket tills Faraday satte ner henne på den fläckiga manchestersitsen på en annan stol. Han vände sig mot Olivia, som grep tag om handtagen på rollatorn och började hiva sig upp i stående ställning. Hon grymtade. "Skit också. Jävla förbannat helvete", stönade hon när hon vinglade åt sidan. Hon skakade av sig Faradays hjälpande hand. När hon till slut stod upprätt blängde hon trotsigt på Lynley.

"En stilig mördare ni har fått tag på här, tycker ni inte det, kommissarien?" frågade hon.

Chris Faraday väntade vid foten av trappan inne i pråmen. Hundarna gruffades bredvid honom. De gned sina huvuden mot hans knän för de trodde säkert att han skulle ta dem ut på en joggingrunda. Ur deras synvinkel hade han rätt kläder på sig. Han stod framför dörren med ena handen på relingen. De kunde inte annat än tro att han vilket ögonblick som helst skulle störta iväg ut, och då tänkte de minsann göra honom sällskap.

I själva verket lyssnade han efter ljuden när Lynley gav sig iväg och väntade på att hjärtat skulle sluta banka i bröstkorgen. Det hade inte räckt med åtta års träning, åtta år av vad-man-ska-göra-när-och-om-det-händer, för att lära kroppen av med att på det mest förödande sätt förråda vad som rörde sig i huvudet. När han först såg Lynleys identitetskort, fick han omedelbart sådan panik att han blev lös i magen och knappast trodde att han skulle kunna hålla sig länge nog för att hinna till toaletten, än mindre sitta med en lämpligt obekymrad min under ett helt förhör. Det var en sak att planera, diskutera, till och med att repetera då någon av medlemmarna i den inre kretsen spelade polisens roll. Det var någonting helt annat att vara med om när det till slut, trots alla deras försiktighetsåtgärder, verkligen inträffade och plötsligt hundratals misstankar om vem som hade förrått dem trängdes i hjärnan.

Han tyckte han kände hur pråmen vickade till när polisen lämnade den. Han spetsade öronen för att höra hur ljudet av fotsteg avlägsna sig på gångstigen längs med kanalen. Till slut var han säker på att han hört dem och klättrade upp för att öppna dörren, inte så mycket för att kontrollera att kusten var klar som för att släppa in frisk luft. Han tog ett djupt andetag. Luften luktade svagt av dieselångor och ozon och var knappast mycket friskare än i den rökfyllda kabinen. Han satte sig på det näst översta trappsteget och funderade över vad han skulle göra härnäst.

Om han berättade för den inre kretsen om polisens besök skulle de säkert rösta för att upplösa enheten. Det hade man gjort tidigare av mindre alarmerande orsaker än ett besök från polisen, så han tvivlade inte på att de skulle bestämma sig för det. Under ungefär sex månader skulle han få tillhöra en av organisationens mindre avdelningar och medlemmarna av hans enhet skulle få en ny ledare. Det var det klokaste man kunde göra när det visade sig att det fanns en spricka i säkerheten.

Men det här var naturligtvis inte någon allvarlig spricka i säkerheten, eller var det det? Polisen hade kommit för att träffa Livie och inte honom. Det var bara en tillfällighet att rörelsens angelägenheter hade råkat sammanfalla i tiden med en mordutredning. Om han var ståndaktig och inte sa någonting och framför allt höll fast vid sin historia skulle polisens intresse för dem svalna. Intresset hade i själva verket säkert redan svalnat, nog hade det väl gjort det? Hade inte kommissarien strukit Livie från sin lista av möjliga misstänkta, så fort han fick se i vilket tillstånd hon befann sig? Det hade han säkert gjort. Han var väl ingen idiot, heller?

Chris slog höger knytnäve mot sin vänstra handflata och sa på skarpen åt sig själv att sluta förfalska sanningen. Han var tvungen att rapportera besöket av en kriminalkommissarie från New Scotland Yard för den inre kretsen. Han måste låta dem fatta beslutet. Det enda han kunde göra var att be dem se tiden an och hoppas att de skulle ta hans åtta år i organisationen och fem år som framgångsrik operativ ledare i beaktande innan man gick till omröstning. Om man röstade för att upplösa enheten kunde det inte hjälpas. Han skulle överleva. Han och Amanda skulle överleva tillsammans. Det skulle kanske förresten vara den bästa lösningen. Då skulle de inte längre behöva träffas i smyg, inte längre behöva låtsas att de bara var "affärsbekanta", inte längre behöva vara soldat och ledare, inte hela tiden behöva riskera att bli inkallade till den inre kretsen för att förgäves försöka förklara sig och sedan tvingas ta konsekvenserna av sitt handlande. De skulle äntligen bli nästan fria.

Nästan. Han måste fortfarande tänka på Livie.

"Tror du att han gick på det, Chris?" Livies röst lät sluddrig, som den alltid gjorde när hon hade gjort av med sin energi alltför fort och ännu inte hunnit samla nya krafter för att styra sin hjärna.

"Vad då?"

"Festen."

Han tog ett sista djupt andetag av den skämda luften och flyttade sin kropp tre steg nerför stegen. Olivia hade åter sjunkit ner i sin stol och slängt rollatorn mot väggen.

"Historien håller", svarade Chris, men han tillade inte att han var tvungen att ringa en del telefonsamtal och be om några tjänster för att kunna vara säker på att den skulle hålla.

"Han kommer att kontrollera det du berättade för honom."

"Vi har alltid vetat att det skulle kunna hända."

"Är du orolig?"

"Nej."

"Vem är det som ska backa upp dig?"

Han såg lugnt på henne och sa: "En kille som heter Paul Beckstead. Jag har berättat för dig om honom. Han tillhör gruppen. Han är..."

"Ja, jag vet." Hon lät honom slippa brodera ut historien. Det skulle hon inte ha gjort förr i tiden. Men hon hade slutat försöka komma på honom med motsägelser ungefär samtidigt som hon hade börjat sin rundvandring hos de olika läkarna.

De betraktade varandra från var sin sida av rummet. De var helt slut, som boxare som pustade ut i sina ringhörnor. Men i deras fall skulle slagen träffa hjärtat om de åter började hagla över dem, och lämna deras kroppar oskadade.

Chris gick bort till de skåp som fanns på båda sidor om arbetsbänken. Han plockade fram affischerna och kartorna som han i all hast hade plockat ner från väggen och började sätta upp dem igen: *Älska djuren, men ät dem inte. Rädda valarna. 125 000 döda varje timme. Det som drabbar djuren kommer också att drabba människan. Allting har ett samband.*

"Du kunde ha berättat sanningen om dig själv för honom, Livie." Han rullade en klump häftmassa mellan tummen ock pekfingret och fäste det omigen på kartan över Storbritannien som inte var indelad i landskap och grevskap utan delades av horisontella och vertikala linjer till ytor som kallades zoner. "Det skulle i alla fall ha gjort dig fri från misstankar. Jag har festen att skylla på men du har ingenting, utan du var här ensam. Det ser inte bra ut."

Hon svarade inte. Han hörde hur hon klappade på stolens armstöd och smackade med tungan efter Panda, som ignorerade henne som alltid. Panda gick alltid sina egna vägar. Hon var katt ut i svansspetsen och kunde lockas bara när det passade henne själv.

"Du kunde ha sagt som det var", upprepade Chris. "Det skulle ha fått dig ur klistret. Livie, varför…"

"Och riskerat att sätta dit dig. Var det meningen att jag skulle göra det? Skulle du ha gjort det mot mig?"

Han tryckte fast kartan mot väggen, såg att den satt snett och rättade till den. "Jag vet faktiskt inte."

"Var inte dum nu."

"Det är sant. Jag vet inte. Om jag tänker efter är jag faktiskt inte säker."

"Det spelar ingen roll. För jag vet."

Han såg på henne. Han borrade ner händerna i fickorna på sina träningsoverallsbyxor. Hennes ansiktsuttryck gjorde att han kände sig fastnaglad som en insekt på nålspetsen av hennes tilltro till honom. "Hör här", sa han, "inbilla dig inte att jag är något slags hjälte nu. Då blir du bara besviken i det långa loppet."

"Jo. Livet är fullt av besvikelser, eller hur?"

Han svalde. "Hur är det med benen nu?"

"Jag känner av dem."

"Det såg inte alls bra ut. Förbannat dålig timing."

Hon log sardoniskt. "Precis som en lögndetektor. Ställ en fråga och se efter om hon får krampryckningar. Plocka fram handklovarna och läs upp hennes rättigheter för henne."

Chris gick bort till henne och slängde sig i en av de andra stolarna, den som polisen hade valt, den mitt emot henne. Han sträckte ut benen så att tån på hans löparsko nuddade tån på hennes svarta tjocksulade känga. Hon hade köpt två par sådana när hon i början trodde att det enda hon behövde var att ständigt ha bättre stöd för fotvalven.

"Vi hör ihop", sa han och gned sin tå mot hennes fotsula."

"Vad menar du?"

"Jag höll på att göra på mig när han sa vem han var."

"Du? Det är inte sant. Det tror jag inte på."

"Jo, det stämmer. Jag trodde det var kört. Bombsäkert."

"Det kommer aldrig att hända. Du är för bra för att åka fast."

"Jag har aldrig trott att det skulle ske genom att jag blev tagen på bar gärning."

"Inte? Hur då då?"

"Ungefär på det här sättet. Genom någonting ovidkommande. Någonting som händer av en slump." Han noterade att hennes skosnöre hade gått upp och böjde sig ner för att knyta det. Sedan knöt han det andra också, fast det inte behövdes. Han smekte hennes vrist och rättade till hennes sockor. Hon sträckte sig fram och strök med fingrarna från hans tinning till örat.

"Om det blir nödvändigt ska du tala om för honom hur det är", sa han. Han kände hur hon plötsligt tog bort handen. Han såg upp.

"Kom hit, Beans", sa hon till beaglen som hade lagt framtassarna på stegen. "Du också, Toast! Kom hit båda två, era rackare. Chris, de försöker komma ut. Är du snäll och kollar dörren."

"Du kanske måste göra det, Livie. Det var kanske någon som såg dig. Om det blir nödvändigt ska du berätta sanningen för honom."

"Det rör inte honom vad jag gjorde", sa hon.

KAPITEL 9

Det första Jean Cooper sa, när hon öppnade dörren till sitt hus på Cardale Street och upptäckte att det hon stirrade på var assistent Havers identitetskort, var att hon redan hade talat med polisen från Kent. "Jag berättade för dem att det var Kenny. Jag har ingenting mer att tillägga. Och vad är det där för killar förresten? Kom de tillsammans med er? De har inte varit här förrän nu."

"Massmedia", sa Barbara Havers och syftade på de tre fotografer som så fort Jean Cooper öppnade dörren med sina kameror hade börjat knäppa bilder från andra sidan den midjehöga häck som där den växte precis bakom tegelstensmuren skilde trädgården från gatan. Själva trädgården var en trist betongfyrkant på tre sidor kantad med blomsterrabatter utan blommor och här och där pyntad med gipsmodeller av gulliga små stugor som var handmålade av en person helt i avsaknad av talang.

"Försvinn allihopa", skrek Jean till fotograferna. "Här har ni ingenting att hämta." De fortsatte i alla fall att plåta. Hon satte händerna i sidorna. "Hörde ni vad jag sa? Jag sa att ni skulle dra åt helvete."

"Mrs Fleming", hojtade en av dem åt henne. "Polisen i Kent påstår att det var en cigarett som orsakade eldsvådan. Brukade er man röka? Vi har fått veta från en tillförlitlig källa att han inte var rökare. Kan ni bekräfta det? Har ni några kommentarer? Var han ensam i stugan?"

Jean bet ihop käkarna så att hennes ansikte blev hårt. "Jag tänker inte säga någonting till er", skrek hon tillbaka.

"Vi har från en källa i Kent fått veta att det bodde en kvinna som heter Gabriella Patten i stugan. Gift med Hugh Patten. Känner ni till det namnet? Har ni några kommentarer till det?"

"Jag har precis *sagt* att jag inte…"

"Har era barn informerats? Hur tar de nyheten?"

"Ni ser jäkligt noga till att hålla er undan från mina barn! Om ni frågar dem en enda sak kommer jag att skära halsen av er. Har ni förstått det?"

213

Barbara gick uppför trappsteget till ytterdörren. Med bestämd röst sa hon: "Mrs Fleming..."

"Jag heter Cooper. *Cooper.*"

"Javisst. Ursäkta mig. Ms Cooper. Kan jag få komma in? De kan inte ställa fler frågor om ni går in, och de bilder de kan ta kommer inte att intressera tidningarna. Bra. Får jag komma in nu?"

"Följde de efter er hit? Gjorde de det? För om de gjorde det tänker jag ringa till min advokat och då..."

"De var redan här." Barbara försökte visa tålamod, men samtidigt var hon obehagligt medveten om surrandet från de motordrivna kamerorna och om hur ogärna hon ville bli fotograferad medan hon armbågade sig in i den förmodat sörjande änkans hem. "De hade parkerat borta på Plevna Street. Bakom en lastbil nära sjukhuset. Deras bilar var dolda." Automatiskt tillade hon: "Jag är ledsen."

"Ledsen", fnös Jean Cooper. "Försök inte med mig? Sådana som ni är aldrig ledsna."

Hon flyttade sig emellertid bort från dörröppningen och släppte in Barbara i det lilla radhusets vardagsrum. Det såg ut som om hon höll på med något slags storrengöring för på golvet stod flera stora halvfyllda sopsäckar, och när hon sparkade dem åt sidan så att Barbara kunde komma fram till den nedsuttna soffgruppen, kom en muskulös man nerför trappan bärande på tre kartonger. "Det klarade du bra, Pook", sa han och skrattade. "Men du borde ha sagt att vi var alldeles för upptagna med att snyfta i våra näsdukar för att kunna prata med dem nu. Oj. Var snäll och förlåt mig, snuten, jag kan inte diskutera nu för jag måste ha en sticka med hö." Han tjöt av skratt.

"Der", sa Jean. "Det här är polisen."

Mannen sänkte kartongerna. Han såg snarare stridslysten än generad ut över att ha ertappats med tanklöst prat. Han granskade Barbara misstroget och tycktes sedan omedelbart avfärda henne. *Ett sådant mähä, en sådan hopplös hora,* sa hans ansiktsuttryck. Barbara stirrade tillbaka. Hon låste fast honom med blicken tills han släppte kartongerna på golvet nära dörren som ledde till köket. Jean Cooper presenterade honom som sin bror Derrick.

"Hon är här angående Kenny", förklarade hon för honom.

"Verkligen?" Han lutade sig mot väggen och balanserade på ena foten medan han som en dansör gungade på den andra fotens tåspets. Han hade för sin storlek ovanligt små fötter, och de såg ännu mindre ut på grund av de rymliga röda byxorna som hölls samman av gummiband både runt midjan och vristerna och såg ut som någonting en haremsdansör skulle ha kunnat vara klädd i. De verkade vara anpassade efter hans lår som var tjocka som trädstammar. "Vad är det med honom, då? Frågade du mig skulle jag svara att den fisförnäme lille slagmannen äntligen fick vad han förtjänade." Han siktade med fingret mot sin syster och krökte tummen, även om hela uppvisningen till stor del verkade vara avsedd för Barbara. "Som jag har sagt hela tiden, Pook, du har det mycket bättre utan den där jävla runkaren. Mr Ärade Skitstövel. Mr Honungsröv som smakar så sött när man kysser den. Om du frågar mig så…"

"Har du hämtat alla Kennys böcker, Der?" frågade hans syster vasst. "Det finns fler i pojkarnas rum. Men kom ihåg att se efter inuti innan du packar dem, om hans namn står där. Ta inga av Stans."

Han lade armarna i kors över bröstet så gott han kunde med tanke på bröstkorgens omfång och att hans svällande biceps begränsade räckvidden. Men ställningen som han utan tvekan hade intagit för att visa sin dominans framhävde bara hans underliga kroppsbyggnad. Genom intensiv träning hade han lyckats förstora alla kroppsdelar utom dem vars storlek var förutbestämd på grund av att de saknade muskler eller för att benbyggnaden begränsade dem på ett naturligt sätt. Alltså såg hans händer, fötter, huvud och öron underligt späda ut.

"Försöker du bli av med mig? Är du rädd att jag ska berätta för den gulliga lilla snuten här vilken otäck liten typ du var gift med?"

"Nu räcker det", sa Jean ilsket. "Om du vill stanna här så gör det. Men håll truten för det är väldigt nära att jag… väldigt nära, Der…" Hon höll tummen mot pekfingret så att naglarna nästan möttes. Hennes hand skakade. Hon stoppade snabbt ner den i fickan till sin städrock. "Oh, fan också", viskade hon, "fan."

Omedelbart suddades broderns oförskämt aggressiva ansiktsuttryck ut. "Du är ju alldeles slut." Han flyttade sin kroppsmassa från väggen. "Du behöver en kopp te. Jag fattar att du inte vill äta. Det kan jag inte tvinga dig till. Men du ska få en kopp, och jag tänker stå över dig tills du har druckit varenda droppe. Jag ska fixa det, Pook." Han gick ut i köket och började spola vatten och slamra med skåpdörrarna som för att demonstrera hur viktigt det var."

Jean började flytta de halvfulla sopsäckarna närmre trappan. "Sitt ner, då," sa hon till Barbara. Säg vad ni har kommit för att säga, och låt oss sedan vara i fred."

Barbara förblev stående bredvid en gammal TV medan Jean fortsatte att flytta på säckarna och släpade in en av dem i ett djupt skåp under trappan.

215

Sedan drog hon fram en hög med klippböcker och album, och koncentrerade sig på de dammiga pärmarna, antingen för att slippa se på Barbara eller för att undvika att titta på innehållet i böckerna. Det såg ut som om det både fanns fotografier och tidningsklipp i dem, men alltsammans var tydligen dåligt fastklistrat för flera bilder och ännu fler artiklar fladdrade ner på golvet var gång Jean flyttade ett av de stora dammiga albumen från skåpet till sopsäcken.

Barbara satte sig på huk för att samla upp dem. Alla tidningsartiklarna hade namnet Fleming i rubriken, markerat med orange. Det verkade vara en dokumentation av slagmannens karriär. Fotografierna å andra sidan skildrade hans liv. Här fanns bilder av honom som barn, som leende tonåring med en förbjuden ginflaska höjd till hälsning och som ung far där han skrattande svängde runt med en liten pojke i famnen.

Om omständigheterna runt mannens död hade varit annorlunda skulle Barbara ha sagt åt Jean att hejda sig. "Vänta lite ms Cooper", skulle hon ha sagt. "Kasta inte bort de här. Spara dem. Även om ni kanske inte vill ha dem just nu för att smärtan är alltför svår, kommer ni så småningom att vilja det. Var snäll och ta det lugnt." Men även om hon kanske haft en känsla av att hon borde sagt några vänliga ord och manat till eftertanke försvann den när hon tänkte på vad som kunde vara orsaken till att en kvinna höll fast vid så många minnen av en man som hade lämnat henne.

Barbara släppte ner bilderna och urklippen i sin väska. "Talade er man med er om det här, ms Cooper?" sa hon och räckte Jean ett av de dokument hon samma morgon hade tagit från sekretären i mrs Whitelaws hus. Det var ett brev från Q. Melvin Abercrombie, Esq., Randolph Ave., Maida Vale. Barbara hade redan läst genom det korta innehållet som var en bekräftelse på en uppgjord tid med advokaten.

Jean läste genom brevet och räckte tillbaks det. Hon fortsatte med sin packning. "Han hade ett möte med en kille i Maida Vale."

"Det förstår jag, ms Cooper. Berättade han för er om det?"

"Fråga honom. Killen alltså. Mr Urvin Abrakadabra eller vem han nu var."

"Jag kan ringa upp mr Abercrombie och få all den information jag behöver", sa Barbara. "En klient är nämligen för det mesta mycket öppenhjärtig mot sin advokat när han står i begrepp att inleda skilsmässoförhandlingar, och en advokat är vanligen mer än glad att få berätta allting för polisen när klienten blivit mördad." Hon märkte hur Jeans händer kramade albumen. Fullträff, tänkte hon. "Det handlar om papper som ska arkiveras och andra som ska undertecknas och den här killen Abercrombie visste säkert exakt hur mycket er make hade hunnit med att göra. Så jag skulle kunna ringa upp honom för att få reda på det, men när jag fått veta vad jag vill kommer jag bara att åka hit igen för att tala med er en gång till. Och journalisterna kommer säkert fortfarande att finnas kvar där ute, knäppa med sina kameror och undra vad snuten nu vill och varför. Var är era barn förresten?"

Jean såg trotsigt på henne.

"Jag har förstått att de vet om att deras far har dött."

"De är inte födda i förrgår, assistenten. Vad i helvete tror ni egentligen?"

"Vet de också om att deras far helt nyligen hade talat med er om skilsmässa? För han *hade* väl talat med er?"

Jean granskade det slitna hörnet på ett av fotoalbumen. Med tummen gned hon på det spruckna konstlädret.

"Berätta för henne, Pook." Derrick Cooper hade kommit till köksdörren med en ask P.G. Tips i ena handen och en mugg dekorerad med Elvis Presleys berömda leende i den andra. "Vad spelar det för roll? Berätta för henne. Du behöver inte honom. Du har aldrig behövt honom."

"Och det är väl ganska bra det, med tanke på att han är död." Jean vände sitt bleka ansikte mot Barbara. "Jo", sa hon. "Men det visste ni väl redan, för han måste väl ha berättat för den där gamla kossan att han hade gett mig på båten, och kärringen var väl överlycklig att kunna tala om nyheten för alla människor i London, särskilt om det skulle kunna få mig att framstå i dålig dager, för det har hon försökt göra de senaste sexton åren."

"Mrs Whitelaw?"

"Just precis hon."

"Försökt få er att framstå i dålig dager? Varför då?"

"Jag var aldrig bra nog och dög inte åt Kenny." Jean fnös. "Som om Gabriella skulle vara det."

"Då visste ni att han hade tänkt gifta sig med Gabriella Patten."

Hon slängde ner det albumet hon höll i en av säckarna och såg sig omkring efter någonting annat att göra, men det verkade inte som om hon kom på någonting. "Dom här måste knytas ihop, Der. Var har du gjort av snöret? Är det kvar där uppe?" Och hon såg på honom när han lufsade upp till övervåningen.

"Berättade er man för barnen också om skilsmässan? Var är de förresten?"

"Håll dem utanför det här", sa Jeannie. "Låt dem vara i fred, va? De har haft det svårt nog. Fyra år räcker."

"Jag förstår att er son hade en ferie tillsammans med sin far inplanerad.

De skulle segla i Grekland. De skulle ha gett sig iväg i onsdags kväll. Varför reste de inte?"

Jean reste sig upp från golvet och gick fram till vardagsrumsfönstret, tog ett paket Embassy som låg på fönsterbrädet och tände en cigarett.

"Du borde sluta med det där" sa hennes bror medan han lufsade nerför trappan och slängde ett snörnystan på säckarna. "Hur många gånger har jag sagt åt dig det, Pook?"

"Visst", sa hon. "Du har rätt. Men tillfället är inte så lämpligt just nu. Höll inte du på att laga te? Jag hörde att kannan visslade."

Han gjorde en grimas och försvann ut i köket. Man kunde höra hur han hällde upp vatten och energiskt rörde runt med en sked. Han kom tillbaka med teet, satte det på fönsterbrädet och slängde sig i soffan. Där satte han sig och la upp fötterna på soffbordet i en ställning som tydde på att han hade tänkt stanna där under resten av förhöret. Låt honom stanna, tänkte Barbara, och tog åter upp tråden.

"Er man hade alltså sagt att han ville skiljas? Hade han också berättat att han tänkte gifta om sig? Talade han om att det var med Gabriella Patten som han tänkte gifta sig? Och berättade han allt detta för era barn? Eller talade ni om det för dem?"

Hon skakade på huvudet.

"Varför inte?"

"Folk kan ändra sig. Och Kenny var som folk är mest."

Hennes bror stönade. "Den skitstöveln var minsann inte som folk. Han var ju en jävla stjärna. Han höll på att bli legendarisk och ni här var ett avslutat kapitel. Varför vill du inte inse det? Varför kan du inte släppa taget?"

Jean kastade en blick på honom.

"Du skulle redan ha kunnat hitta någon annan. Du skulle ha kunnat ge dina ungar en riktig pappa. Du skulle ha kunnat…"

"Håll käften, Der!"

"Stopp ett slag. Tänk på vem det är du talar med."

"Nej, det är du som ska akta dig. Du kan få vara kvar om du vill, men då ska du hålla tyst. Om mig, om Kenny och om allting. Okay?"

"Hör du du. Vet du vad felet med dig är? Vad det alltid har varit? Du vill inte erkänna sanningen. Den där förbannade knölen trodde att han var Gud själv, och att alla vi andra bara existerade för att passa upp på honom. Men det kan du visst inte inse."

"Du snackar skit."

"Du vill fortfarande inte inse det. Han övergav dig, Pook. Han hittade en ny liten leksak. Du visste om det, men du väntade ändå på att han skulle tröttna på henne och komma tassande tillbaka till dig."

"Vi var gifta, och jag ville att äktenskapet skulle hålla."

"Och vilket äktenskap, sen." Hans små grisögon smalnade när han flinade. "Du var en dörrmatta som han torkade sina stövlar på. Gillade du när han trampade på dig?"

Jean fimpade cigaretten så försiktigt som om askfatet hade varit av finaste porslin och inte en plåtbit i form av en snäcka. "Nu njuter du, va? Känns det bra?"

"Jag säger bara det du borde förstå."

"Du säger bara det du har velat säga ända sedan du var arton."

"I helvete heller. Nu är du korkad."

"När du blev bekant med Kenny var han redan tio gånger mer karl än du någonsin skulle kunna bli."

Derricks armmuskler spändes och han satte ner fötterna på golvet.

"En förbannad knöl var han. Jävla skit. Förb…"

"Det är bra nu", sa Barbara. "Vi förstår vad ni menar, mr Cooper."

Derrick stirrade på henne. "Vad menar ni?"

"Det räcker nu. Vi har begripit vad ni tycker. Nu skulle jag vara tacksam om ni gick så att jag kunde få tala med er syster."

Han reste sig upp. "Vem i helvete tror ni att ni talar med?"

"Med er. Jag talar med er, det trodde jag ni förstod. Hittar ni ut själv eller ska jag hjälpa er?"

"Men hör på henne, då. Det är så att man skrattar på sig."

"I så fall skulle jag gå försiktigt om jag var i era kläder."

Han blev knallröd i ansiktet. "Din förbannade hora. Jag ska…"

"Der!" sa Jean.

"Se nu till att försvinna, Cooper", sa Barbara lugnt, för om ni inte ger er iväg ska jag se till att få er insydd fortare än kvickt."

"Din jävla fitta…"

"Men jag skulle satsa en veckolön på att de flesta sjärtgossarna där skulle gilla er."

En ådra svällde vid hans tinning. Han drog armen bakåt och böjde armbågen.

"Våga bara", sa Barbara och lade tyngden på fotsulorna. "Du skulle bara våga. Jag har tränat Kwai Tan i tio år och det kliar i fingrarna på mig att få testa det."

"Derrick. Jean ställde sig mellan Barbara och sin bror. Hans andhämtning påminde Barbara om en vattenbuffel hon en gång hade sett på zoo.

"Derrick", upprepade Jean. "Ta det lugnt nu. Hon är ju snut."

"Det skiter jag i."

"Nu gör du som hon säger, Derrick. Har du förstått? Derrick!" Hon grep tag i hans arm och skakade den.

Hans ögon tycktes bli dimmiga. Han flyttade blicken från Barbara till sin syster. Han höjde armen som om han hade tänkt klappa systern på axeln, men sänkte den igen innan den nådde fram till henne.

"Nu går du hem", sa hon och nuddade med pannan mot hans arm. "Jag vet att du vill väl, men nu måste hon och jag få tala i enrum."

"Mamma och pappa är alldeles förstörda av det här", sa han. "Av det här med Kenny."

"Det är inte så konstigt."

"De gillade honom alltid, Pook. Efter det att han hade stuckit också. De tog alltid hans parti."

"Jag vet det, Der."

"De trodde att det var ditt fel. Jag sa till dem att det inte var rättvist att tro det när de inte visste hur det var, men de hörde aldrig på mig. Pappa sa att jag inte kunde veta någonting om hur ett lyckligt äktenskap skulle vara."

"Pappa var nog bara upprörd. Han menade säkert inte att vara dum."

"De kallade honom alltid 'grabben', Pook. Varför då? Det var ju jag som var deras grabb."

Jean strök honom över håret. "Gå hem nu med dig, Der. Allting ska bli bra. Gå nu! Men ta bakdörren. Och låt inte murvlarna där ute få tag på dig."

"De skrämmer inte mig."

"Vi har ingen anledning att ge dom någonting att skriva om. Gå nu ut genom bakdörren."

"Drick upp ditt te."

"Jag ska."

Hon satte sig i soffan när hennes bror gick ut i köket. En dörr öppnades och stängdes. En stund senare gnisslade en grind i trädgården på sina rostiga gångjärn. Jean kramade tekoppen i händerna.

"Kwai Tan", sa hon till Barbara. "Vad är det?"

Barbara upptäckte att hon fortfarande stod på helspänn. Hon tog ett djupt andetag. "Jag har ingen aning. Jag tror att det är ett sätt att tillaga kyckling."

Hon letade i sin axelremsväska efter sina cigaretter, tände en, tog ett par bloss och undrade när brinnande cancerframkallande ämnen senast hade smakat så gott. Hon struntade i om det var nyttigt eller ej. Hon hade gjort sig förtjänt av det här blosset. Hon klev förbi två av sopsäckarna och gick bort och satte sig i en av fåtöljerna i soffgruppen. Dynorna var så gamla och tunna att det kändes som om de var fyllda med hagel. "Talade ni med er make någon gång under onsdagen?"

"Varför skulle jag ha gjort det?"

"Det var ju meningen att han skulle tagit er son med ut för att segla. De skulle ha gett sig av i onsdags kväll. Men så ändrades planerna. Ringde han för att berätta det för er?"

"Det var till Jimmys födelsedag. Det hade han i alla fall lovat. Gud vet om han menade det?"

"Han menade det", sa Barbara. Jean tittade hastigt upp. "Vi hittade flyg-biljetterna i en av hans kavajer i Kensington. Och mrs Whitelaw berättade för oss att hon hade hjälpt honom att packa och att hon hade sett på när han stuvade in sina saker i bilen. Men någon gång därefter ändrade han sina planer. Talade han om för er varför?"

Hon skakade på huvudet och tog en klunk ur temuggen. Barbara notera-de att det var en sådan där skämtmugg, där bilden förändrades när den blev varm. Bilden av den leende unge Elvis hade nu blivit till en gammal och fet rockstjärna i sidenkläder som dräglade i mikrofonen.

"Berättade han det för Jimmy?"

Jean slöt händerna runt muggen. Elvis försvann bakom hennes fingrar. Hon betraktade teet som skvalpade runt i muggen när hon vickade den fram och tillbaka. "Ja," sa hon till slut. "Han pratade med Jimmy."

"När hände det?"

"Jag vet inte hur dags det var?"

"Exakt klockslag behövs inte. Var det på morgonen? På kvällen? Precis innan de skulle ha gett sig av? Det var väl meningen att han skulle ha kört hit för att hämta pojken? Ringde han strax innan han skulle ha kommit?"

Hon böjde ner huvudet ännu mer och granskade teet ingående.

"Försök att gå igenom hela dagen i minnet. Ni steg upp, klädde på er, hjälpte kanske barnen att komma iväg till skolan. Vad mer? Ni gick till ar-betet. Ni kom hem. Jimmy hade packat inför resan. Eller hade han packat upp igen? Var han glad? Eller var han besviken? Berätta!"

Hon stirrade fortfarande ner i teet. Fastän hon höll huvudet sänkt kun-de Barbara se av käkrörelserna att hon satt och bet sig i underläppen. Jim-my Cooper, tänkte hon med stigande intresse. Vad skulle snutarna på den lokala polisstationen kunna ha att komma med när hon nämnde det nam-net?

"Var är Jimmy, förresten?" undrade hon. "Om ni inte kan berätta någonting för mig om den här Greklandsresan och om hans far…"

"Det var i onsdags eftermiddag", sa Jean. Hon såg upp när Barbara fimpade sin cigarett i plåtaskfatet. "I onsdags eftermiddag."

"Var det då han ringde?"

"Jag tog med Stan och Shar till en videobutik, så att de skulle få hyra var sin videofilm för att ha när Jimmy åkte bort med sin pappa. Så att de inte skulle vara ledsna över att de inte kunde följa med."

"Då var det alltså efter det att skolan hade slutat."

"När vi kom hem, var resan inställd. Vid halv fyratiden."

"Berättade Jimmy det för er?"

"Han behövde inte säga någonting. Han hade packat upp igen. Alla hans prylar låg kringslängda i hans rum."

"Vad sa han för någonting?"

"Att han inte skulle till Grekland."

"Varför?

"Jag vet inte."

"Men han måste ha vetat. Jimmy visste."

Hon lyfte upp temuggen och drack. "Jag tror det var någonting med kricket, någonting som hade inträffat och som Kenny måste ordna. Han hoppades på att bli uttagen till landslaget en gång till."

"Men Jimmy berättade ingenting?"

"Han var uppriven. Han ville inte prata."

"Då kände han sig alltså besviken på sin pappa."

"Han hade längtat förskräckligt mycket efter att få resa. Och sedan blev det ingenting. Jo, han var besviken."

"Arg? Ni nämnde att han inte direkt hade packat upp, utan bara hade slängt omkring sina kläder i rummet", sa Barbara för att förklara sig när Jean tittade ilsket på henne. "Det tycker jag låter som bevis på dåligt humör. Var han arg?"

"Det skulle väl vilken unge som helst blivit. Inte mer än så."

Barbara fimpade sin cigarett och funderade en stund på om hon skulle tända en ny eller ej. Så bestämde hon sig för att inte göra det. "Äger Jimmy något transportmedel?"

"Varför vill ni veta det?"

"Stannade han hemma i onsdags kväll? Stan och Shar hade sina videofilmer. Han var bara besviken. Stannade han hemma hos er eller gick han ut för att hitta på någonting som skulle kunna muntra upp honom? Ni sa att han var uppriven. Han ville säkert göra någonting för att bli på bättre humör."

"Han kom och gick. Det gör han alltid. Han tycker om att hänga ihop med sina kompisar."

"Och i onsdags kväll? Var han med sina kompisar då? Hur dags kom han hem?"

Jean satte ifrån sig temuggen på soffbordet. Hon stoppade ner sin vänstra hand i fickan på hemmarocken och tycktes leta efter någonting att hålla fast i. Ute på gatan hörde man en kvinnoröst vråla. "Sandy! Paulie! Tedags! Kom in innan det kallnar."

"Kom han över huvud taget hem, ms Cooper?" frågade Barbara.

"Det är klart att han gjorde", sa hon. "Jag vet bara inte hur dags. Jag sov. Han har en egen nyckel och kommer och går när han vill."

"Då var han här på morgonen när ni gick upp?"

"Var skulle han annars ha varit? I en soptunna?"

"Och idag? Var är han nu? Är han tillsammans med sina kompisar igen? Vad är det för några, förresten? Jag skulle vilja ha deras namn. Särskilt de som han var tillsammans med i onsdags."

"Han har tagit med sig Stan och Shar någonstans." Hon nickade i riktning mot sopsäckarna. "Så att de skulle slippa se när jag kastade deras pappas saker."

"Jag kommer att behöva tala med honom så småningom", sa Barbara. "Det skulle underlätta om jag kunde göra det med en gång. Kan ni berätta för mig vart han har gått?"

Hon skakade på huvudet.

"Eller när han kommer hem igen?"

"Vad skulle han kunna berätta för er som jag inte har sagt?"

"Han skulle kunna berätta för mig var han befann sig i onsdags kväll, och hur dags han kom hem."

"Jag förstår inte vad ni skulle kunna ha för nytta av att veta det."

"Han skulle kunna berätta för mig vad telefonsamtalet med hans far hade handlat om."

"Det har jag ju redan sagt. Att resan var inställd."

"Men ni har inte berättat varför."

"Jag förstår inte vad det kan spela för roll?"

"Jo, för då skulle vi ha kunnat få reda på vem som visste att Kenneth Fleming åkte till Kent." Barbara undrade hur Jean Cooper skulle reagera när hon hörde det, och visst reagerade hon. Men bara med en svag hudrodnad i ringningen där hennes blommiga hemmarock blottade en blek triangel av bröstkorgen. Färgen steg inte upp mot ansiktet. "Jag har förstått att ni brukade tillbringa helgerna där ute när er make spelade för laget i

Kent", sa Barbara. "Ni och era barn."

"Än sen då?"

"Brukade ni själv köra ut till stugan eller brukade er man komma och hämta er?"

"Vi körde dit."

"Och om han inte var inne när ni kom? Hade ni en egen uppsättning nycklar så att ni kunde ta er in?"

Jean stelnade till. Hon fimpade sin cigarett. "Jag förstår", sa hon. "Nu begriper jag vad ni menar. Var höll Jimmy hus i onsdags kväll? Kom han över huvud taget hem? Var han sur för att hans ferie hade blivit förstörd? Och om ni ursäktar att jag frågar, skulle han ha kunnat sno en uppsättning nycklar till stugan, stuckit iväg till Kent och slagit ihjäl sin egen pappa?"

"Det är en intressant fråga", anmärkte Barbara. "Jag skulle inte alls ha något emot om ni kommenterade den."

"Han var hemma, *hemma*."

"Men ni vet inte exakt hur dags."

"Och det finns inga jävla nycklar som någon skulle ha kunnat sno. Vi har aldrig haft några."

"Men hur kom ni då in i stugan när er make inte var där?"

Jean såg förvirrad ut. "Vad? När?" sa hon.

"På den tiden när ni brukade fara till Kent över helgerna. Hur kom ni in i stugan om er make inte var där?

Jean drog irriterat i sin krage. Det verkade lugna henne, för hon höjde huvudet. "Det fanns en nyckel som jämt låg i ett skjul, bakom garaget. Vi använde den för att komma in."

"Vem visste om den nyckeln?"

"Vem som visste om den? Vad spelar det för roll? Vi visste om den allihopa. Duger det?"

"Inte riktigt. Nyckeln är borta."

"Och ni tror att Jimmy tog den."

"Inte nödvändigtvis." Barbara tog upp sin väska från golvet och kastade upp den över axeln. "Säg mig, ms Cooper", sa hon sammanfattningsvis, trots att hon visste svaret innan hon hade hört det, "finns det någon som kan bekräfta var någonstans ni befann er i onsdags kväll?"

Jimmy betalade för chipsen, chokladkakorna och resten av godiset. Tidigare, nedanför trappan vid Island Garden Station där fruktförsäljaren hade sitt stånd, hade han snott två bananer, en persika och en nektarin medan en gammal kärring med alldeles för tunt blått hår på sin skära skalle hade hållit på att gnälla över priset på groddar. Som om någon vettig människa över huvud taget skulle vilja äta sådana där äckliga gröna grejor.

Han hade gott om pengar så han skulle ha kunnat betala för frukten. Mamma hade gett honom tio spänn samma morgon och sagt åt honom att ta med Stan och Shar till något trevligt ställe. Men bananer, persikor och nektariner räckte inte för att göra ungarna glada och i vilket fall som helst hade han snattat av rent principiella skäl. Fruktförsäljaren var en första klassens snåljåp och det hade han alltid varit och skulle alltid förbli. "Eländiga busfrön", brukade han muttra så fort någon av killarna från skolan kom lite för nära hans förbaskade tomater. "Sluta upp med att gå och drälla här i närheten. Stick och skaffa er något anständigt jobb, era hopplösa slashasar."

Därför räknades det som en hederssak bland killarna från George Green-skolan att sno så mycket frukt och grönsaker de kunde från den där misslyckade typen.

Jimmy hade däremot ingenting emot den gamle gubben som drev caféet vid Island Gardens. Därför hade han frivilligt slängt upp en femma på disken när de hade kommit fram till den låga byggnaden vid bortre sidan av gräsmattan och Shar hade bett om choklad och chips och Stan tyst hade pekat på godishyllan. "En härlig dag för en liten utflykt, eller hur raring" sa den gamle kufen och klappade honom på handen. Jimmy visste först inte hur han skulle svara, för han trodde att gubben var fikus och försökte stöta på honom för att få sig en snabbis bakom disken när ingen tittade på. Men när gubben räckte honom växelpengarna tittade Jimmy närmare på honom och såg då att han hade en dimmig hinna över ögonen och förstod att den stackars jäveln nästan var blind. Han hade sett Jimmys hår men hört Sharons röst och trott att han flirtade med någon av brudarna från trakten.

De hade redan ätit två äggsmörgåsar och en varm korv när de åkte med hamntåget från Crossharbour ner mot floden. Det var inte någon lång resa – bara två stationer – men de hade haft tid nog att sluka maten och skölja ner den med två Coca-Cola och en Apelsinfanta. "Jag tror inte att det är tillåtet att äta på tåget, Jimmy", hade Shar sagt. "Ät inte då, om du är skraj", sa Jimmy och tog en tugga på sin smörgås som han tuggade i sig med öppen mun precis vid hennes öra. "Mums, mums, mums", hade han sagt med munnen full av bröd och tänderna kladdiga av äggula. "Äter du för långsamt hamnar du i ungdomsfängelse. Nu kommer de och tar dig, Shar, nu kommer de!" Hon hade fnittrat och packat upp sitt smörgåspaket, ätit hälften och sparat resten.

Nu satt han och tittade på henne från ett av borden vid caféet vid Island

Gardens. Han kunde svagt se att hon hade delat på brödskivorna, noggrant torkat bort ägget med en pappersservett och nu tycktes lägga ut en rad med brödsmulor på kajmuren ungefär hundra meter från där han satt. När brödet var på plats rusade hon tillbaka över gräsmattan och tog ut sin kikare ur dess läderfodral.

"För mycket folk", sa Jimmy. "Du kommer inte att få se någonting annat än duvor, Shar."

"Det finns måsar vid floden. Massor av måsar."

"Än sen då? Måsar är ju bara måsar."

"Nähä! Det finns måsar och så finns det andra måsar", sa hon dunkelt. "Man måste ha tålamod."

Hon plockade fram en liten, fint inbunden anteckningsbok ur sin ryggsäck. Hon öppnade den och skrev ordentligt dagens datum högst upp på sidan. Jimmy tittade bort. Det var pappa som hade gett henne anteckningsboken i julklapp tillsammans med tre böcker om fåglar och en mindre men starkare kikare. "Den här ska man använda när man verkligen vill studera någonting", hade han sagt. "Ska vi testa den, Shar? Vi kan ta den med till Hampstead någon dag och se efter vad som flyger runt på heden. Skulle du vilja göra det?"

"Oh ja, snälla pappa", hade hon sagt med strålande ansikte och väntat allvarligt alltefter som tiden gick, helt övertygad om att pappa skulle hålla vad han hade lovat.

Men i oktober förra året hade det hänt någonting som hade förändrat honom, gjort att man inte längre kunde lita på vad han sa och som gjort att han var stingslig var gång de träffades. Han hade börjat dra sig nervöst i fingrarna, jämt gå fram till fönstret och tillbaka igen och rusa till telefonen så fort den ringde. Ena dagen bar han sig åt som om det skulle ha räckt med ett enda litet ord för att få honom helgalen, nästa var han alldeles vimsig, som om han hade tagit hem hundra poäng utan att ens försöka. Det hade tagit Jimmy några veckor och lite detektivarbete att ta reda på vad som hade hänt som kunde ha förändrat deras far på det sättet. Men så fort han hade fått reda på vad som "hade hänt" visste han också att ingenting i deras okonventionella familjeliv någonsin mer skulle bli sig likt.

Han slöt ögonen en kort stund och koncentrerade sig på ljuden. Måsarna som skrek, klapprandet av fotsteg på stigen bakom caféet, pladdret från turister som hade kommit för att ta hissen ner till gångtunneln mot Greenwich, gnisslet av metall när någon försökte fälla upp en av de smutsiga parasollerna som stod bland borden i uteserveringen.

"Har du sett, här finns svarthuvade måsar, fiskmåsar, blågröna måsar och alla möjliga sorters måsar", sa hans syster sällskapligt. Hon höll på att putsa sina glasögon på tröjärmen. "Men jag har hållit utkik efter en kryckja på sista tiden."

"Jaha. Vad är det? Jag tycker inte det låter som någon fågel." Jimmy öppnade en av Stans godispåsar och stoppade en karamell i munnen. På gräsmattan på andra sidan en rund rabatt med röda, gula och skära blommor försökte Stan vara både kastare och slagman i en enmans kricketmatch. Han kastade upp bollen och svängde vilt med bollträt efter den och missade den för det mesta men när han träffade skrek han som en galning. "Det var en fyra, en fyra. Såg du den?"

"En kryckja är en typisk sjöfågel", berättade Shar för Jimmy. Hon satte tillbaka glasögonen på näsan. "De kommer sällan in över kusten utom när de följer efter fiskebåtarna för att kunna stjäla mat från dem. På somrarna – det är det ju nästan nu – bygger de bo på klipporna. De bygger jättegulliga små runda bon av lera och trådbitar och gräs som de fäster fast vid stenarna."

"Jaså du? Och du tittar efter en kry… vad den nu heter?"

"Kryckja", sa hon tålmodigt. "För det skulle verkligen vara ovanligt att få syn på en. Det skulle vara en panggrej." Hon höjde sin kikare och granskade muren vid kajen där flera måsar – som inte lät sig skrämmas av de förbipasserande eller av eftermiddagsflanörerna som satt på bänkarna där – åt av brödsmulorna som hon hade lagt ut till dem.

"Kryckjor har brunsvarta ben", sa hon. "De har gula näbbar och mörka ögon."

"Det låter som alla andra måsar."

"Och när de flyger lutar de ganska mycket i svängarna och skär igenom vågtopparna med vingspetsarna. Det är det man känner igen dem på."

"Här finns inga vågor, Shar, om du inte hade lagt märke till det."

"Visst ser jag väl det. Därför kan vi inte se dem skära genom vågtopparna. Vi måste lita till andra kännetecken."

Jimmy tog en karamell till. Han grävde i fickan på sin vindtygsjacka och plockade fram sina cigaretter. "Du borde inte röka", sa Shar utan att ta ögonen från kikaren. "Du vet att det är farligt. Du får cancer av det."

"Tänk om jag vill ha cancer, då?"

"Varför skulle man vilja ha cancer?"

"Ett snabbt sätt att komma härifrån på."

"Men andra människor får också cancer av det. Det kallas passiv rökning. Visste de det? Det fungerar så att om du fortsätter att röka kan vi dö genom att andas in det, Stan och jag. Om vi var tillräckligt mycket i närheten av dig."

"Då har du kanske inte lust att vara i närheten av mig, då? Ingen förlust för någon av oss."

Hon sänkte kikaren och lade den på bordet. Hennes ögon såg stora ut genom glasögonen. "Pappa skulle inte ha velat att du rökte", sa hon. "Han tjatade jämt på mamma om att hon skulle sluta."

Jimmys fingrar slöt sig runt cigarrettpaketet, han hörde hur papperet prasslade när han krossade det.

"Tror du att om hon hade slutat röka…" Sharon hostade till lite som för att klara strupen. "Jag menar, han bad henne så ofta göra det. 'Jean, du måste lägga av med den där rökningen', sa han. 'Du tar livet av dig. Och du tar livet av oss allihopa.' Och jag undrar bara…"

"Var inte fånig nu", sa Jimmy fränt. "Killar går inte från sina fruar för att de röker. Herre Gud, Shar, en sådan liten dumsnut du är!"

Shar vände sin uppmärksamhet mot anteckningsboken som låg uppslagen på bordet. Försiktigt bläddrade hon ett par sidor bakåt till tidigare samma år. Hennes finger gled över teckningen av en brun fågel med svaga orange markeringar. Jimmy såg att det stod *nattskärra* prydligt skrivet under den.

"Var det vårt fel då?" sa hon. "För att han inte ville ha oss. Tror du att det var därför?"

Jimmy tyckte att det blev alldeles kallt runt honom. Han åt en karamell till och tog fram den snattade frukten ur jackfickan och lade på bordet framför dem. Det kändes som om hans mage var fylld med stenar, men han tog nektarinen och bet i den med ett slags raseri.

"Men varför då?" frågade Sharon. "Hade mamma gjort någonting elakt? Hade hon hittat en annan kille? Slutade pappa att älska…"

"Sluta prata om det nu!" Jimmy reste sig upp, gick ner mot kajen. "Vad spelar det för roll?" skrek han. "Han är ju död. Håll nu käften!"

Hennes ansikte blev alldeles skrynkligt, men han vände sig bort. "Och dessutom borde du använda dina glasögon", hörde han Shar ropa efter honom. "Pappa skulle ha velat att du använde dina glasögon." Han sparkade vilt på gräset och Stan kom springande mot honom med slagträet släpande efter sig som ett roder.

"Kan du inte kasta åt mig, Jimmy?" bad Stan ivrigt. "Snälla. Jag kan inte slå ordentligt om det inte är någon som kastar."

Och det var naturligtvis precis det som pappa skulle ha velat att han gjorde. *Du har en bra arm, Jim. Du har en riktig kastararm. Kom så går vi ner på planen. Du kastar, jag slår.*

Jimmy var nära att börja skrika rakt ut. Han grep tag i järnräcket som löpte överst på muren vid kajen. Han lutade pannan mot det och slöt ögonen. Det gjorde alldeles för ont att tänka, prata och att försöka förstå...

Hade mamma gjort någonting elakt? Hade hon hittat en annan kille? Slutade pappa att älska henne?

Jimmy slog pannan mot järnräcket. Han knöt händerna så hårt om det att det kändes som om det smälte in i hans egen kropp och blev en del av hans skelett. Till slut tvingade han sig att öppna ögonen och se ut över floden. Tidvattnet var på väg in. Vattnet var i rörelse och strömmen var stark. Han tänkte på roddklubben vid Saundersnes Road, på båtvarvet där den grova sanden alltid var översållad med tomma plastflaskor, kolapapper, cigarettfimpar, använda kondomer och rutten frukt. Där skulle man kunna promenera rakt ut i floden. Ingen mur att klättra över och inget stängsel att krypa under. *Fara! Djupt vatten! Förbjudet att simma!* Det fanns en varningsskylt uppsatt på lyktstolpen vid ingången till varvet. Men det var precis det han ville ha. Fara och djupt vatten.

Om han ansträngde sig kunde han på andra sidan floden nätt och jämnt skymta den klassiska kupolen på Royal Naval College, och med hjälp av sin fantasi kunde han tänka sig resten: pilastrar och pelare, den ädla fasaden. Strax väster om byggnaden stod *Cutty Sark* i torrdocka, och även om de inte var tillräckligt kraftiga för att han skulle kunna urskilja dem härifrån den norra flodstranden, kunde han tänka sig klipperns tre stolta master och alla de tusentals meter rep som utgjorde hennes rigg. På kappseglingarna med ull från Australien hade hon aldrig blivit slagen av något annat skepp. Hon hade byggts som te-klipper för att segla från Kina, men när man öppnade Suezkanalen hade hon fått anpassa sig.

Det var väl det som livet handlade om? Att anpassa sig. Pappa skulle ha kallat det för att låta banan styra ens spel.

Pappa. Pappa. Jimmy tyckte att det kändes som om glasbitar skar in i bröstet. Han kände sig brännande het. Han ville härifrån, men ännu hellre ville han komma bort från detta livet. Inte vara Jimmy längre, inte Kenneth Flemings son, inte en storebror som borde göra någonting för att hjälpa Sharon och Stan utan en sten i någons trädgård, ett omkullfallet träd ute på landet, en stig genom skogen. En stol, en spis, en tavelram. Vad som helst men inte det han var.

"Jimmy?"

Jimmy såg ner. Stan stod vid hans armbåge och nöp prövande i den blåa vindtygsjackan med fingrarna. Jimmy blinkade mot det uppåtvända ansiktet. Stan behövde snytas men eftersom Jimmy inte hade någon näsduk tog han kanten på sin T-shirt och torkade broderns överläpp.

"Det är äckligt, det är vad det är", sa han till Stan. "Kan du inte känna när det börjar droppa? Det är inte konstigt att alla ungarna tycker att du är en riktig dumskalle."

"Är jag ju inte", sa han.

"Mig lurar du inte."

Stans mungipor sjönk nedåt. Hans haka började darra som den alltid gjorde när han försökte låta bli att gråta.

"Du förstår", sa Jimmy med en suck, "du måste snyta dig. Du måste klara det själv. Du kan inte vänta på att någon annan ska göra det åt dig. För det kommer ju inte alltid att finnas någon annan i närheten."

Stans blinkade. "Mamma finns ju", viskade han. "Och Shar. Och du."

"Men du får inte hålla på att lita till mig. Och inte på mamma. Lita inte till någon annan än dig själv."

Stan nickade och tog ett snabbt andetag. Han sträckte på halsen och tittade ut över floden, fastän han knappast nådde upp med näsan över muren. "Vi kom aldrig iväg på någon segeltur. Och nu blir det väl inte av. Mamma kommer inte att ta oss med ut för att segla. För om hon skulle ta med oss skulle det påminna henne om honom. Så därför kommer vi nog inte att segla, eller hur Jimmy?"

Jimmy vände sig med svidande ögon från vattnet. Han tog kricketbollen ur broderns hand. Han såg ut över gräsmattan på Island Gardens och märkte att gräset var alldeles för långt för att vara en bra plan. Och även om det hade varit ordentligt klippt var marken ojämn. Det såg ut som om mullvadar hade börjat bygga vägar under träden.

"Pappa skulle ha tagit med oss till övningsplanen", sa Stan, som om han hade kunnat läsa Jimmys tankar. "Minns du när han tog med oss till övningsplanen den där gången? Han sa till de andra killarna att 'den här kommer en dag att bli stjärna som kastare i Englands lag och den här kommer att bli slagman'. Kommer du ihåg det? Han sa till oss 'Okay, tuffingar, visa nu vad ni går för.' Han var målvakt och han skrek, 'ett högt kast! Kom igen då! Vi vill se en riktig skruv, Jim!'"

Jim kramade den hårda läderbollen i handen. Han kunde höra hur fadern hade ropat: *Kom igen nu! Kasta med huvudet, Jimmy. Kom igen. Tänk på vad du gör!*

Varför, undrade han. Vad var meningen med alltsammans? Han kunde ju inte vara som sin far. Han kunde inte göra det som fadern hade gjort. Han hade inte ens lust att göra det. Men för att få vara tillsammans med honom, känna hans arm runt axlarna och hans haka nudda vid sitt huvud, för det skulle han kunna kasta. Skruvbollar, bollar som ändrar riktning, skruvar. Snabbt, lagom eller långsamt. Han skulle räta på ryggen, spänna musklerna och träna att starta och springa snabbt tills han föll ihop. Om det behövdes för att göra pappan glad. Om det kunde få honom att komma hem.

"Jimmy?" Stan drog i hans armbåge. "Vill du kasta åt mig nu?"

På andra sidan gräsmattan kunde Jimmy se konturerna av Shar där han hade lämnat henne framför caféet. Men nu stod hon upp, höll kikaren för ögonen och följde med blicken en grå-vit fågel som flög från öster mot väster, längs med floden. Han undrade om det var en kryckja. För hennes skull hoppades han att det var det.

"Planen är inte bra", sa Stan. "Men du skulle väl kunna kasta den lite. Det räcker för mig. Kan du inte kasta den, Jimmy?"

"Jovisst", sa han och gick förbi skylten där det stod Bollspel förbjudet med stora svarta bokstäver. Han gick före bort till den jämnaste delen av gräsplanen, strax under mullbärsträden.

Stan hängde efter honom med slagträet på axeln. "Du ska få se", sa han. "Jag börjar bli riktigt bra nu. En vacker dag kommer jag att bli lika bra som pappa."

Jimmy svalde och försökte bortse från att marken var alldeles för mjuk och att gräset var för långt och att det var för sent att bli lika bra som någon. "Se upp nu då", sa han till sin lillebror. "Nu får vi se vad du går för."

KAPITEL 10

Med kavajen slängd över ena axeln släntrade kriminalkonstapel Winston Nkata in på Lynleys kontor medan han tankfullt strök sig över det hårfina ärr som i form av en lie löpte tvärs över hans kaffefärgade hud från höger öga ner mot munnen. Det var ett minne från hans dagar på gatorna i Brixton – som ledande slagskämpe i Brixton Warriors – och han hade fått det av en medlem i ett rivaliserande gäng som för närvarande satt på kåken.

"Idag har jag levt livet." Nkata hängde försiktigt upp sin kavaj över ryggstödet på stolen framför Lynleys skrivbord. "Först besökte jag Shepherd's Market och tittade på några stiliga damer. Sedan begav jag mig till Berkeley Square där jag hamnade i en förtjusande trängsel på Cherbourg Club. Kommer jag att slippa sånt när jag blir polisassistent?"

"Det har jag ingen aning om", sa Havers och fingrade med kännarmin på tyget i hans kavaj. I fråga om kläder var han klart påverkad av den kriminalkommissarie som de båda arbetade för. "Jag för min del har tillbringat eftermiddagen på Isle of Dogs."

"Du har ännu inte mött rätt sorts människor, du, mina drömmars polisassistent."

"Tydligen inte."

Lynley höll på att tala i telefon med överkommissarien i dennes hem i norra London. De höll på att gå igenom tjänstgöringslistorna, och Lynley informerade sin överordnade om vilka kriminalkonstaplar som skulle få avstå från det som var kvar av deras veckoslutsledighet för att delta i mordutredningen.

"Och hur tänker du handskas med pressen, Tommy?" sa överkommissarie Webberly till honom.

"Jag funderar på hur vi ska kunna ha bäst nytta av dem. De är väldigt intresserade av fallet."

"Men ta det försiktigt. De gillar när det luktar skandal, de rackarna. Se till så att du inte ger dem någonting som kan skada fallet."

"Förstått." Lynley lade på luren. Han sköt stolen en liten bit från skrivbordet. "Nå, hur långt har vi kommit?" frågade han Nkata och Havers.

"Patten är oskyldig som det barn som föddes i förrgår", sa Nkata till dem. "Han var på Cherbourg Club hela onsdagskvällen och spelade något slags tjusigt kortspel i ett privat rum tillsammans med de riktiga storspelarna. Han gick inte därifrån förrän det var dags för mjölkbudet att komma nästa morgon."

"Är de säkra på att det var i onsdags?"

"Medlemmarna skriver på en närvarolista. Och de här listorna finns kvar i sex månader. Det enda dörrvakten behövde göra var att gå igenom listorna för förra veckan, och där fanns han, onsdag kväll i sällskap med en gäst av kvinnligt kön. Och även om de inte hade haft listorna är jag säker på att de skulle ha kommit ihåg Patten ändå."

"Varför då?"

"Enligt en av de anställda som jag småpratade lite med, brukar Patten spendera ett eller två tusen spänn vid spelborden ungefär en gång i månaden. Alla känner honom. Det handlar om att få honom att känna sig välkommen och göra vad man kan för att han ska trivas medan man spelar av honom alla hans pengar."

"Han sa att han vann i onsdags kväll."

"Det gjorde han, det bekräftas av de anställda. Men för det mesta förlorar han, inte tvärtom. Han dricker också. Har en plunta med sig. Man får inte dricka i spelrummet, men de anställda är tillsagda att titta bort när han tar sig en slurk."

"Vilka andra storspelare fanns i rummet den där kvällen?" frågade Havers.

Nkata kastade en blick i sina anteckningar. Han hade en mycket liten, brun anteckningsbok och han brukade skriva i den med en matchande stiftpenna, och hans välvårdade handstil som var ytterst liten rimmade illa med hans stora, gängliga kroppshydda. Han läste upp namnen på två överhusmedlemmar, en italiensk industriledare, ett välkänt hovrättsråd, en storföretagare som sysslade med det mesta från filmproduktion till färdiglagad mat och ett datasnille från Kalifornien som var på ferie i London och hellre än gärna betalade de tvåhundrafemtio pund det kostade att bli tillfällig medlem, bara för att kunna skryta med att han hade blivit skinnad i ett privat kasino."

"Patten gjorde inte ett enda uppehåll i sitt spel den kvällen", sa Nkata. "Vid ettiden på natten gick han ner för att sätta sin dam i en taxi, men det enda han gjorde då var att klappa henne på stjärten, lämna över henne till dörrvakten och gå tillbaka till spelbordet. Och sedan stannade han där."

"Hur var det på Shepherd's Market då?" sa Lynley. "Gick han dit för att få lite action efteråt?"

Shepherd's Market, som en gång i tiden hade varit välkända horkvarter, låg på gångavstånd från Berkeley Square och Cherbourg Club. Fastän det under senare år hade genomgått en omvandling kunde man fortfarande flanera på någon av de otaliga mysiga trottoarerna förbi barer, blomsterhandlare och parfymerier och få sådan kontakt med någon ensam kvinna som stod och hängde där, att det ledde till ett betalt samlag.

"Det skulle han ha kunnat göra", svarade Nkata. "Men dörrvakten sa att Patten körde sin Jagga den kvällen och att han fick den framkörd när det var dags att ge sig iväg. Han kunde ha promenerat till Shepherd's Market, för det är omöjligt att hitta parkeringsplats där. Naturligtvis kunde han också ha glidit genom och plockat upp en nattfjäril som han tog med sig hem. Men det är inte det som gör Shepherd's Market intressant." Nkata njöt av att få avslöja vad han visste, och han lutade sig tillbaka i stolen och smekte på nytt ärret i sitt ansiktet. "Gud välsigne trafikövervakningen", sa han hänfört. "Och parkeringsvakterna och de välsignade lapplisorna. Lapplisorna i synnerhet, i det här fallet."

"Vad har det att göra med…" sa Havers.

"Flemings bil", sa Lynley. "Du har hittat Lotusen."

Nkata log. "Du är snabbtänkt, gosse, det måste jag erkänna. Det var kanske inte bara utseendet som gjorde att du blev kommissarie så raskt."

"Var finns den?"

"Där den, enligt lapplisorna som hade vänligheten att låsa fast hjulen på den, inte får lov att vara. På ett markerat övergångsställe på Curzon Street. Den stod där och riktigt bad om att få en parkeringslapp."

"Fan också", stönade Havers. "Det är mitt i Mayfair. Hon kan vara precis var som helst."

"Det är ingen som har ringt för att få låsblocken borttagna? Ingen har betalt böterna?"

Nkata skakade på huvudet. "Bilen var inte ens låst. Och dessutom satt nycklarna i tändningslåset. Som om hon hade velat att någon skulle sno den." Han tycktes ha hittat en fläck på sin slips, för han rynkade pannan och gned sidenet mellan fingrarna. "Om ni skulle fråga mig, så tror jag att det finns en donna just nu som är topp tunnor rasande över någonting, och det är Gabriella Patten."

"Hon hade kanske helt enkelt bråttom", sa Havers.

"Man lämnar inte kvar nycklarna så där när man har bråttom. Det var

234

planerat. Hon hade funderat ut hur hon på bästa sätt skulle kunna sätta den knölen i en riktig knipa."

"Inga spår av henne någonstans?" frågade Lynley.

"Jag knackade dörr hela vägen från Hill Street till Picadilly. Om hon finns där har hon gått under jorden och ingen säger någonting. Men om ni vill kan vi sätta någon på att vakta bilen."

"Nej", sa Lynley. "Hon tänker säkert inte komma tillbaka till den nu. Det var väl därför som hon lämnade nycklarna. För att få den beslagtagen."

"Okey." Nkata klottrade ner en pytteliten anteckning i sin bok.

"Mayfair." Havers grävde i sin byxficka och fiskade upp ett paket kex som hon slet upp med tänderna. Hon skakade ut ett i handen och lät sedan paketet gå runt medan hon tuggade tankfullt. "Hon kan vara precis var som helst. På något hotell. I en lägenhet. Hemma hos någon i stan. Vid det här laget vet hon om att han är död. Varför ger hon sig inte till känna?"

"Jag skulle tro att hon är glad för det", sa Nkata. "Någon gjorde det hon själv hade velat göra."

"Tog livet av honom? Men varför? Han ville ju gifta sig med henne och hon ville gifta sig med honom."

"Men du har säkert också varit så förbannad att du har haft lust att slå ihjäl någon, trots att du inte på allvar ville att han skulle dö", sa Nkata. "Man blir rasande och säger: 'Jag skulle kunna *slå ihjäl* dig, jag önskar att du vore död', och just då menar man det. Men du förväntar dig inte att någon ska komma som en god men ondskefull fe och uppfylla din önskan."

Havers drog sig eftertänksamt i örsnibben som om hon funderade på vad Nkata hade sagt. "Då finns det kanske ett par goda men ondskefulla feer ute på Isle of Dogs." Hon berättade för dem vad hon hade fått veta och hon betonade Derrick Coopers antipati mot sin svåger, Jean Coopers svaga alibi för kvällen i fråga – "Hon låg och sov från halv tio och inte en själ kan bekräfta det, sir" – och att Jimmy Cooper hade försvunnit när han fått reda på att båtturen blivit inställd. "Hans mamma påstår att han fanns i sin säng nästa morgon där han sussade sött som Christopher Robin, men jag har en känsla av att han aldrig kom hem. Dessutom har jag talat med tre killar på polisstationen vid Manchester Road, och de påstår att han har varit på god väg mot ungdomsfängelse ända sedan han var elva."

Poliserna hade berättat för henne att Jimmy var en bråkstake. Han hade målat graffiti vid roddklubben, krossat fönsterrutor vid den gamla byggnaden för Brewis Transport, inte ens en halv kilometer från själva polisstationen, snott cigaretter och godis i närheten av Canaty Wharf, klått upp alla som han ansåg vara morsgrisar, gjort intrång i en av de nya yuppiebostäderna nere vid floden, och en gång, när han gick i fjärde klass, hade han slagit hål i klassrumsväggen och sedan skolkat under två eller tre veckor.

"Det är knappast förseelser som man skriver rapporter om", noterade Lynley torrt.

"Visst inte, det förstår jag. En ung, blivande gangster, som fortfarande skulle kunna komma på rätt köl om någon tog sig an honom. Men det var en sak till som jag tyckte var intressant." Hon tuggade på ett nytt kex samtidigt som hon bläddrade igenom sitt anteckningsblock. Det var större än Nkatas, inköpt på Rymans och hade skrynklig blå pärm och spiralbindning. De flesta av sidorna hade hundöron och flera av dem hade senapsfläckar. "Han tyckte om att sätta fyr", sa hon samtidigt som hon tuggade. "När han var... jävla skit, var har jag... här är det. När han var elva år gammal anlade vår käre Jimmy en eldsvåda i soptunnan vid sin lågstadieskola i Cubitt Town. Det var förresten inne i klassrummet, under lunchrasten. Han höll på att elda upp några NA-prov där när man upptäckte honom."

"Vad har han emot Darwin?" mumlade Nkata.

Havers fnös. "Rektorn ringde till polisen. Man kopplade in myndigheterna och under... låt se... tio månaders tid efter det, var Jimmy tvungen att regelbundet träffa en socialarbetare."

"Har han anlagt fler eldsvådor?"

"Det tycks ha varit en engångsföreteelse."

"Det hade kanske något att göra med att hans föräldrar separerat", anmärkte Lynley.

"Då kanske nästa eldsvåda hade någonting att göra med skilsmässan", tillade Havers.

"Visste han om att de ansökt om skilsmässa?"

"Jean Cooper säger att han inte visste om det, men det är väl vad man väntar sig att hon skulle säga. *Tillfälle och möjlighet* står skrivet med stora bokstäver över hela killen, och det vet hon förbaskat väl, så därför är det inte troligt att hon hjälper oss att hitta *motivet* också."

"Och vilket är motivet?" frågade Nkata. "Om du skiljer dig från mamma sätter jag fyr på din stuga. Visste han över huvud taget om att hans pappa var där?"

Havers slog snabbt in på ett annat spår. "Det hade kanske inte alls någonting med skilsmässan att göra. Han kan ha blivit arg för att pappan hade ställt in deras resa. Han talade med Fleming i telefon. Vi har ingen aning om vad de sa. Tänk om han fick reda på att Fleming skulle till Kent? Jimmy kan ha tagit sig ut dit på något sätt, han kunde ha fått syn på pappans bil på uppfarten, han kunde ha hört grälet som den där killen – vad hette han, kommissarien, den där bonden som promenerade förbi stugan?"

"Freestone."

"Just det. Han skulle ha kunnat höra samma gräl som Freestone hörde. Han kanske till och med såg när Gabriella Patten gav sig iväg. Då kanske han gick in i stugan och återföll i det hämndbeteende han visade när han var elva."

"Ni har inte talat med pojken?" undrade Lynley.

"Han var inte hemma och Jean ville inte tala om för mig vart han hade gått. Jag körde runt ett slag på A1206, men jag skulle fortfarande ha varit kvar där om jag skulle söka igenom alla gatorna. Hon stoppade in ännu ett kex i munnen och drog handen igenom håret så att hon rufsade till det. "Vi behöver mer folk på det här fallet, sir. Jag skulle åtminstone vilja ha någon på Cardale Street som kan anropa oss när ungen dyker upp. Och det kommer han att göra så småningom. Just nu är han tillsammans med sin bror och sin syster. Det säger i alla fall hans mamma. Och de kan inte stanna ute hela natten."

"Jag har kallat in förstärkning. Vi kommer att få hjälp." Lynley lutade sig tillbaka i sin stol och kände ett nervöst behov av en cigarett. För att ha någonting att göra med händerna, läpparna, lungorna... Han övervann känslan genom att skriva Kensington, Isle of Dogs och Little Venice bredvid listan på de poliskonstaplar som just i detta ögonblick fick höra av Dorothea Harriman att de just drabbats av jourtjänstgöringens negativa sida.

Havers kastade en blick på hans anteckningsblock "Jaså?" sa hon. "Vad är det med dottern?"

Han berättade för henne att denna var handikappad. Olivia Whitelaw kunde inte gå utan hjälp. Han fortsatte genom att berätta hur han själv hade sett när hon fick muskelkramper och han förklarade vad Faraday gjorde för att lindra dem.

"Är det något slags förlamning?" frågade Havers.

Det verkade vara någonting som bara påverkade hennes ben. Det var kanske en sjukdom snarare än ett medfött tillstånd. Hon hade inte förklarat vad det var. Och han hade inte frågat. Vad det än var hon led av tycktes det knappast – för närvarande i alla fall – ha något samband med Kenneth Flemings död.

"För närvarande?" undrade Nkata.

"Ni har kommit på någonting", sa Havers.

Lynley satt och studerade namnen på poliskonstaplarna och funderade över hur han skulle dela upp dem och hur många han skulle skicka till de olika platserna. "Någonting", sa han. "Det är kanske ingenting alls, men det är en sak jag vill dubbelkolla. Olivia Whitelaw hävdar att hon tillbringade hela kvällen på pråmen och att Faraday gick ut. Om då Olivia skulle ha lämnat Little Venice måste det ha varit ett helt företag. Någon skulle ha varit tvungen att bära henne. Eller hon skulle ha behövt att använda sin rollator. I vilket fall som helst skulle det ha gått mycket långsamt. Om hon därför gick ut i onsdags kväll efter det att Faraday gett sig av, borde någon ha lagt märke till det."

"Men hon skulle väl inte ha kunnat mörda Fleming?" protesterade Havers. "Om hon är så dålig som ni påstår skulle hon knappast ha kunnat ta sig in i trädgården bakom stugan.

"Hon skulle inte ha kunnat göra det ensam." Han ritade en ring runt orden Little Venice. Han ritade dessutom en pil som pekade på den. "Hon och Faraday har en hög med tidningar under hundarnas vattenskålar på pråmens däck. Jag kikade på dem innan jag gav mig av. De hade köpt varenda tidning som kommit ut idag, och dessutom även kvällstidningarna."

"Än sen då?" sa Havers och lekte djävulens advokat. "Hon är ju så gott som invalid och hon vill kanske läsa. Därför skickar hon ut sin pojkvän för att köpa tidningar."

"Och varenda en låg uppslagen på samma historia."

"Flemings död", sa Nkata.

"Ja. Och det fick mig att undra vad hon letar efter."

"Men hon var väl inte bekant med Fleming?" undrade Havers.

"Hon påstår att hon inte kände honom. Men om jag hade varit lagd åt vadhållning, skulle jag sannerligen satt en slant på att hon vet någonting."

"Eller vill få reda på någonting", sa Nkata.

"Ja, det är ju också en tanke."

Det fanns ännu en ledtråd i utredningen som måste följas upp, och det faktum att det var lördagskväll och klockan nästan var åtta gjorde det inte mindre nödvändigt. Men det behövdes bara två personer. När kriminalkonstapel Nkata hade tagit på sin kavaj, noggrant borstat av slagen på den och glatt gett sig iväg till de lördagsnöjen han hade i beredskap sa Lynley därför till assistent Havers att det fanns ännu en sak att uträtta.

Hon skulle just kasta det hopkramade tomma kexpaketet i hans papperskorg. Hon lät armen sjunka och suckade. "Det var den middagen, antar jag."

"I Italien äter man sällan före klockan tio på kvällen."

"Jösses. Här lever jag alltså la dolce vita utan att ens veta om det. Hinner jag åtminstone få i mig en smörgås?"

"Om det går fort."

Hon gav sig iväg mot polisens kafeteria och Lynley lyfte telefonluren och slog Helens nummer. Efter åtta signaler fick han för andra gången den dagen lyssna på hennes telefonsvarare. Hon kunde inte ta emot samtalet; om den som ringt upp ville vara snäll att lämna ett meddelande...

Han hade inte lust att lämna något meddelande. Det var henne han hade lust att tala med. Han väntade otåligt på det förbaskade pipet.

Trots att han var irriterad försökte han låta vänlig. "Jag jobbar fortfarande. Är du där, Helen?" Han väntade. Hon satt säkert just nu och väntade på att han skulle ringa, men hon var kanske i vardagsrummet. Då skulle det ta en stund innan hon kom fram till telefonen. Just nu reste hon sig upp, svävade ut i köket och tände lampan, sträckte sig efter luren och gjorde sig klar att förväntansfullt mumla: "Älskade Tommy." Han väntade. Ingenting hände. "Klockan är snart åtta", sa han och undrade var hon höll hus samtidigt som han förgäves försökte låta bli att känna sig sårad över att hon inte satt hemma och väntade på att han skulle ringa för att berätta om planerna för den allt mer krympande kvällen. "Jag trodde att jag skulle kunna bli klar med det här tidigare, men jag är rädd att det inte ser ut att lyckas. Jag har ett besök till att göra och vet inte när jag är klar. Kanske vid halv tiotiden. Det finns ingen anledning att du sitter hemma och väntar på mig. Fast det verkar förstås som om du redan slutat vänta?" Han gjorde en grimas för att han undsluppit sig den sista kommentaren. Den antydde att han var sårad. "Hör på mig", fortsatte han hastigt, "jag är ledsen, Helen, att den här helgen blivit så förbaskat rörig. Jag hör av mig så fort jag vet besked..."

Telefonsvararens opersonliga röst tackade honom för hans meddelande, talade om vad klockan var, trots att han redan visste det, och bröt förbindelsen.

"Fan också", sa han och slängde på luren.

Var höll hon hus klockan åtta en lördagskväll när det var meningen att hon skulle ha varit tillsammans med honom. När de hade planerat att tillbringa hela helgen tillsammans. Hon kunde vara hos sina föräldrar i Surrey, hos sin syster i Cambridge, hos Deborah och Simon St. James i Chelsea eller hos en gammal skolkamrat i Fulham som nyligen skaffat sig kontrakt på en lägenhet i ett mycket snofsigt kvarter där. Och så fanns det förstås hennes före detta älskare men han ville helst inte tänka på möjligheten att en av dem händelsevis hade kommit släntrande ut ur hennes förflutna just den helg då hela hennes framtid skulle avgöras.

"Fan också", sa han om igen.

"Precis min åsikt", sa Havers där hon traskade in på hans kontor med en smörgås i handen. "Ännu en lördagskväll när jag skulle ha kunnat klämma in mig i någonting av lamé och paljetter och buggat som en galning – dansar man förresten fortfarande bugg? Har någon någonsin gjort det? – och här sitter jag med piskan på ryggen och sätter tänderna i någonting som man i kafeterian kallar för *croque-monsieur*."

Lynley granskade smörgåsen som hon räckte fram mot honom. "Jag tycker det ser ut som stekt skinka."

"Men om man ger det ett franskt namn kan man ta mer betalt för det. Ni ska få se, nästa vecka sitter vi säkert och käkar *pommes frites* och betalar massor bara för nöjet att få göra det." Hon tuggade som en jordekorre med munnen full av mat och Lynley stoppade tillbaka sina glasögon i kavajfickan och tog fram bilnycklarna. "Då ger vi oss alltså iväg", sa hon. "Vart då?"

"Till Wapping", sa han när han gick före henne ut. "Guy Mollison har uttalat sig i media. Det var på radion idag på eftermiddagen. 'En tragedi för England, en strålande slagman bortryckt i blomman av sitt liv, ett hårt slag mot våra förhoppningar att kunna återvinna 'the Ashes' från australiensarna, en orsak för lagledningen att ta sig en allvarlig funderare."

Havers stoppade in den sista biten av den första halvan av smörgåsen i munnen. "Det är förstås en intressant synpunkt", sa hon med munnen full med mat. "Jag har inte tänkt på det förrän nu, men det var ju nästan säkert att Fleming skulle blivit utvald till att spela för England. Nu måste man hitta en ersättare. Alltså finns det någon vars lycka verkar vara gjord."

De körde uppför rampen från det underjordiska parkeringshuset. Havers kastade en längtansfull blick på den italienska restaurangen norr om Yarden medan Lynley svängde in på Broadway och körde förbi gräsplanen vid gatans bortre ände samtidigt som gatlyktorna tändes och deras ljus filtrerades ner genom de höga platanerna på Suffragette Scroll.

De körde i riktning mot Parliment Square. Så här dags på dygnet hade raderna med turistbussar försvunnit så statyn av Winston Churchill kunde i lugn och ro dystert få blicka ut mot floden.

Strax före Westminster Bridge tog de av mot norr och svängde in på Victoria Embankment för att fortsätta längs med floden. Nu körde de mot trafiken och så fort de hade passerat gångbroarna vid Hungerford Footbridge kom de ut på en väg som ledde in mot City dit ingen tycktes vara på väg en lördagskväll. På ena sidan om vägen fanns det trädgårdar och på den andra flöt floden och de hade gott om tid att begrunda hur efterkrigstidens arkitektur på flodens södra strand totalt förstörde stadens silhuett.

"Vad vet vi egentligen om Mollison?" undrade Havers. Hon hade ätit upp den andra halvan av sin smörgås och höll på att plocka fram någonting ur byxfickan. Det var en rulle minttabletter. Med hjälp av tummen plockade hon fram en och räckte rullen till Lynley. "Skulle ni vilja ha någonting sött efter maten, sir?" sa hon och härmade en utarbetad flygvärdinnas konstlat muntra röst.

"Ja tack", sa han och stoppade en minttablett i munnen. Den smakade damm, precis som om hon hade plockat upp ett öppnat paket någonstans på golvet och ansett att hon inte borde låta det förfaras.

"Jag vet att han spelade för Essex, när han inte spelade i landslaget", sa hon, "men det är ungefär allt jag vet."

"Han har spelat i landslaget de senaste tio åren", berättade Lynley för henne. Han fortsatte med att redogöra för vad han, genom att ringa upp sin gode vän, rättsmedicinaren och kricketfantasten Simon St. James, mer hade fått reda på om Mollison. De hade talat med varandra vid tedags, avbrutna flera gånger när St. James lade sin fjärde eller femte sockerbit i teet och av hans hustrus allvarliga kommentarer i bakgrunden. "Han är trettiosju..."

"Då har han inte så många aktiva år kvar som spelare."

"...och gift med en advokat vid namn Allison Hepple. Hennes far har förresten tidigare varit sponsor för laget."

"De där killarna tycks visst dyka upp överallt."

"Mollison har examen från Cambridge – Pembroke College – en ganska dålig trea i naturvetenskapliga ämnen. Han spelade kricket vid Harrow och sedan fick han ett idrottsstipendium till universitetet. Så fort han var klar med sina studier fortsatte han att spela."

"Det låter som om utbildningen bara var en ursäkt för att få spela kricket."

"Det verkar så."

"Då skulle han alltså vara mån om lagets bästa, vad nu det är."

"Vad nu det är."

Guy Mollison bodde i en del av Wapping som hade genomgått en grundlig ombyggnad. Det var en del av London, där enorma lagerlokaler ruvade över smala kullerstensbelagda gator längs med floden. Vissa var fortfarande i bruk fast en blick på en lastbil där det med färgglada bokstäver stod *Fruit of the Loom Active Wear* sa en hel del om den förvandling som Wapping hade genomgått. Det var inte längre ett vimlande hamnområde fullt av gangsters där skrikande stuveriarbetare knuffades på landgångarna när de kånkade på allt möjligt, från kimrök till sköldpaddsskal. Där en gång i tiden lastkajer och gator hade flödat över av balar, tunnor och säckar, rådde nu förnyelse. Där man på sjuttonhundratalet i närheten av puben The

Town of Ramsgate hade kunnat se hur dömda pirater vid lågvatten kedjades fast för att dränkas när tidvattnet kom in, kunde man nu studera nittonhundratalets unga karriärister. De bodde vid lastkajerna i de gamla lagerbyggnaderna som, eftersom de var klassade som kulturminnesmärken, inte fick rivas och ersättas med sådana vidunder som likt monoliter ruvade på den södra flodstranden ända från Royal Hall i Southwark fram till London Bridge.

Guy Mollison bodde i China Silk Wharf, en röd tegelstensbyggnad på sex våningar, som stod i hörnet av Garnet Street och Wapping Wall. Som dörrvakt fanns en kille som när Lynley och Havers kom höll ett mycket sporadiskt öga på porten där han satt nedsjunken framför en miniatyrteve i ett kontor som inte var större än en packlår och som vette ut mot varvsbyggnadens låsta tegelstensklädda entré.

"Mollison?" sa han när Lynley ringt på dörrklockan, visat sin polisbricka och talat om vem de sökte. "Ni får stanna kvar här båda två, förstått?" Han pekade mot en fläck av golvet och drog sig in på sitt kontor – med Lynleys polisbricka i handen – där han lyfte på luren och slog in några siffror medan publiken på teve vrålade av skratt vid åsynen av fyra tävlande som kröp fram genom stora tunnor med röd gelé i ett underhållningsprogram.

Han återvände med polisbrickan och en gaffel med lite av sin kvällsmåltid som såg ut att vara inlagd ål. "Fyra sjutton. Femte våningen. Åt vänster från hissen", sa han. "Och glöm inte bort att tala om för mig när ni går, förstått?"

Han nickade mot dem, stoppade gaffeln med ål i munnen och skickade iväg dem. De fann emellertid att det hade varit onödigt att ta reda på hur man skulle hitta Mollisons lägenhet, för när de öppnade hissdörren stod kaptenen för landslaget där och väntade på dem i korridoren. Han stod och lutade sig mot väggen mitt emot hissen med händerna nedkörda i fickorna till sina skrynkliga linnebyxor och med benen korsade.

Lynley kände igen Mollison på hans mest framträdande ansiktsdrag: en näsa som två gånger krossats på kricketplanen så att den blivit tillplattad över näsryggen och aldrig ordentligt hopläkt. Hans ansikte var rödlätt av solbränna, och han hade fräknar spridda över hela det V som bildades av hans höga hårfäste. Under vänstra ögat hade han ett blåmärke stort som en kricketboll – eller en knytnäve för den delen – som började skifta färg i kanterna från purpur till gult.

Mollison sträckte fram handen. "Kommissarie Lynley? Polisen från Maidstone sa att man skulle be Scotland Yard ta en titt på saken, och jag förstår att det är ni."

Lynley sa att det stämde, skakade hand med Mollison som hade ett fast handslag och presenterade sedan assistent Havers. "Ni har alltså varit i kontakt med Maidstone?"

Mollison nickade till Havers. "Jag har försökt få klara besked av polisen ända sedan i går kväll", sa han, "men där är man skicklig på att undvika att svara."

"Vad är det ni vill ha reda på?"

"Jag skulle vilja veta vad som egentligen hände. Ken rökte inte så jag undrar vad det är för dumheter när man talar om en fåtölj som brann och en cigarett? Och hur kan eld i en fåtölj och en cigarett på mindre än tolv timmar förvandlas till ett 'möjligt mord'?" Mollison lutade sig tillbaka mot den vitmålade tegelstensväggen och då träffades hans dammfärgade hår av takbelysningen så att det skimrade i gult. "Ärligt talat tror jag att jag reagerar så starkt bara för att jag fortfarande inte kan acceptera det faktum att han är död. Jag talade med honom så sent som i onsdags kväll. Vi småpratade och lade sedan på. Det var hur normalt som helst, och så hände det här."

"Det är just det telefonsamtalet som vi skulle vilja tala med er om."

"Ni vet redan att vi pratade med varandra?" Mollisons ansiktsdrag stelnade. Sedan tycktes han slappna av igen. "Javisst, Miriam. Naturligtvis, det var ju hon som svarade, det hade jag glömt bort." Han stoppade ner händerna i byxfickorna och lutade sig lite bekvämare mot väggen, som om han hade tänkt stanna där han var ett slag. "Vad vill ni veta av mig? Han tittade oskyldigt från den ena till den andra som om han inte alls tyckte det var någonting konstigt med att samtalet skedde i en korridor.

"Kan vi inte gå in i er lägenhet?" undrade Lynley.

"Det är lite besvärligt", sa Mollison. "Jag skulle om möjligt föredra att klara av samtalet här ute."

"Varför då?"

Han nickade i riktning mot sin lägenhet. "På grund av min fru", sa han med låg röst. "Allison. Om det går att undvika skulle jag vilja att hon inte behövde bli upprörd. Hon är i åttonde månaden och mår inte särskilt bra. Det är lite problematiskt just nu."

"Kände hon Kenneth Fleming?"

"Ken? Nej. Jo, hon hade talat med honom, alltså. De småpratade när de träffades på ett party eller någonting."

"Då antar jag att hon inte blivit speciellt chockad av att han är död?"

"Nej. Nej, det är ingenting sådant." Mollison gjorde en grimas och bankade huvudet lätt mot väggen som om han var arg på sig själv. "Ni förstår kommissarien, jag har så lätt för att oroa mig för allting. Det här är vår förste. En pojke. Och jag vill inte att det ska hända någonting."

"Vi ska tänka på det", sa Lynley vänligt. "Och om inte er hustru har någonting som hon vill berätta för oss angående Flemings död, behöver hon inte ens vara i rummet."

Mollison öppnade munnen som om han hade tänkt säga någonting. Han satte armbågarna mot väggen och rätade på sig. "Då så. Kom med här. Men tänk på hennes tillstånd är ni snälla."

Han gick före dem nerför korridoren till den tredje dörren som han öppnade mot ett jättestort rum med ekinramade fönster som vette ut mot floden. "Allie?" ropade han när han gick tvärs över golvet i björkträ mot sittgruppen med tre soffor i fyrkant vända mot glasdörrar som öppnade sig ut mot en av byggnadens ursprungliga lastplatser dit varor en gång i tiden hade hissats upp.

En kraftig vind fick bladen att fladdra i den tidning som låg uppslagen på ett soffbord. Mollison stängde dörrarna och vek ihop tidningen. "Slå er ner om ni har lust", sa han och ropade en gång till på sin hustru.

"Jag är i sovrummet", svarade en kvinnoröst. "Är du färdig med dem nu då?"

"Inte riktigt", sa han. "Stäng dörren, älskling, så att vi inte stör dig."

Till svar hördes fotsteg, men istället för att stänga in sig kom Allison in i rummet med en bunt papper i ena handen och den andra pressad mot korsryggen. Hon var synnerligen gravid, men hon såg inte ut att må så dåligt som hennes man hade antytt att hon gjorde. Tvärtom verkade det som om hon hade blivit avbruten mitt i sitt arbete, med glasögonen uppskjutna i pannan och en penna fäst vid rockkragen. "Håller du på med din sammanställning", sa hennes man. "Du behövs inte här. Eller hur?" tillade han med en ängslig blick mot Lynley.

"Dumheter", sa Allison innan Lynley hann svara. "Du behöver inte dalta med mig, Guy. Jag skulle önska att du ville sluta upp med det." Hon lade ifrån sig sina papper på ett matbord med glasskiva som stod mellan sittgruppen och köket där bakom. Hon tog av sig glasögonen och flyttade på pennan. "Kan jag få bjuda på någonting?" frågade hon Lynley och Havers. "Lite kaffe kanske?"

"Allie. Lugna dig. Du vet att du inte får…"

"Jag hade inte tänkt ta något själv", suckade hon.

Mollison gjorde en grimas. "Förlåt. Jag kommer att vara glad när det är över."

"Men du är ju inte ensam om det." Hans fru vände sig mot Lynley och Havers och upprepade sitt erbjudande.

"Jag tar gärna ett glas vatten", sa Havers.

"Ingenting för min del", sa Lynley.

"Guy?"

Mollison bad om en öl och tog inte blicken från sin fru när hon gick ut i köket där indirekt ljus sken ner över en arbetsbänk i fläckig granit och skåp med polerat krom. Hon kom tillbaka med en burk Heineken och en tillbringare med vatten och två isbitar. Hon placerade båda på soffbordet och satte sig själv i en pösig fåtölj. Lynley och Havers valde soffan.

Mollison, som inte låtsades se den öl han bett om, förblev stående. Han gick fram till de dörrar som han nyss hade stängt och öppnade dem åter. "Du ser varm ut, Allie. Det är visst lite instängt här."

"Det är bra. Jag mår bra. Allting är bra. Drick nu din öl."

"Jo, jag ska det." Men istället för att slå sig ner hos dem satte han sig på huk bredvid den öppna dörren där det stod en flätad korg framför två palmer i krukor. Han grävde i korgen och plockade fram tre kricketbollar.

Lynley kom att tänka på kapten Queeg och väntade sig halvt om halvt att trots bollarnas storlek få se honom börja rulla runt dem i handflatan.

"Vem kommer att ersätta Ken Fleming i laget?" undrade han.

Mollison blinkade. "Det förutsätter att Ken skulle ha blivit utvald till att en andra gång få spela i landslaget"

"Skulle han ha blivit utvald?"

"Vad har det med saken att göra?"

"Jag vet inte just nu." Lynley drog sig till minnes en annan sak som St. James hade berättat för honom. "Fleming fick ersätta en kille som hette Ryecroft, eller hur? Var inte det strax innan vinterturneringen för två år sedan?"

"Ryecroft hade skadat armbågen."

"Och Fleming fick hans plats."

"Så kan man uttrycka det."

"Och sedan dess har Ryecroft aldrig mer fått spela i landslaget."

"Han återfick aldrig sin förra form. Han spelar över huvud taget inte längre."

"Ni var tydligen kamrater både i Harrow och i Cambridge. Ni och Ryecroft?"

"Vad har min vänskap med Brent Ryecroft med Fleming att göra? Jag har känt honom sedan jag var tretton år gammal. Vi var skolkamrater. Vi spelade kricket tillsammans. Vi var best man åt varandra vid våra bröllop. Vi är vänner."

"Jag skulle våga påstå att ni dessutom har varit hans förespråkare."

"Ja, så länge han kunde spela. Men nu kan han inte det, så det är jag inte längre. Så är det med den saken." Mollison reste sig upp med två bollar i ena handen och en i den andra. Han jonglerade skickligt med dem i ungefär trettio sekunder innan han såg rakt genom dem och fortsatte: "Varför frågar ni? Tror ni att jag gjorde mig kvitt Fleming för att få tillbaka Brent i landslaget? Det var ett dåligt förslag. Numera finns det hundratals spelare som är bättre än Brent. Han vet om det och det gör jag också. Och de som väljer ut spelarna till landslaget vet om det."

"Visste ni om att Fleming skulle åka till Kent i onsdags kväll?"

Han skakade på huvudet och koncentrerade sig på bollarna som han jonglerade med. "Så vitt jag vet skulle han åka på semester med sin pojke."

"Han nämnde inte för er att han hade ställt in sin semesterresa? Eller flyttat fram den?"

"Han antydde absolut ingenting i den stilen." Mollison hoppade framåt när en boll hamnade bakom honom. Den slog i golvet och studsade vidare upp på en sjöskumsfärgad matta som begränsade det sittutrymme där de befann sig. Bollen rullade bort mot assistent Havers. Hon tog upp den och placerade den medvetet på soffan bredvid sig.

Åtminstone Mollisons fru förstod vad hon menade. "Sätt dig ner, Guy", sa hon.

"Det går inte", svarade han med ett pojkaktigt leende. "Jag är så uppskruvad. Har massor av energi jag måste göra av med."

"När babyn föds kommer jag att få ett barn till", sa Allison till dem med ett svagt leende. "Ville du ha din öl eller inte, Guy?"

"Jag ska dricka den har jag ju sagt." Nu jonglerade han med två bollar istället för med tre.

"Varför är du så förskräckligt nervös?" undrade hans fru. "Guy var här i onsdags kväll tillsammans med mig, kommissarien", tillade hon med en liten grymtning samtidigt som hon flyttade sig en smula för att kunna se Lynley direkt i ögonen. "Det är väl därför som ni har kommit hit för att tala med honom? För att kontrollera om han har något alibi? Om vi lägger korten på bordet från början kan vi glömma alla antaganden." Hon lade handen på magen som för att understryka sitt tillstånd. "Jag sover inte särskilt tungt längre. Jag försöker dåsa till när jag kan, men jag var uppe en stor del av natten. Guy var här. Om han hade gått någonstans skulle jag ha märkt det. Och om jag på något övernaturligt sätt inte skulle ha blivit väckt när han gick så skulle portvakten i alla fall ha märkt det. Jag förstår att ni har träffat portvakten."

"Allison, ta det nu lugnt." Mollison lade äntligen tillbaka bollarna i korgen, gick bort mot en av de andra stolarna, satte sig ner och öppnade sin ölburk. "Han tror faktiskt inte att jag dödade Ken. Varför skulle jag förresten göra det? Jag pratade bara skit."

"Vad var det ni grälade om?" frågade Lynley. Han brydde sig inte om att invänta Mollisons motfråga "Vilket gräl?" utan fortsatte: "Miriam Whitelaw hörde början av ert samtal med Fleming. Hon sa att ni nämnde ett gräl. Ni lär ha sagt någonting om att glömma bort grälet och gå vidare."

"Vi hade en sammandrabbning under en fyradagarsmatch förra veckan på Lord's. Det var lite spänt. Middlesex behövde nittioåtta poäng med åtta man utslagna. De fick slita utav bara helvete för att vinna. En av deras bättre slagmän hade fått stanna hemma med ett brutet finger, så det var inte ett särskilt muntert gäng. Efter tredje dagen råkade jag ute på parkeringen fälla en kommentar om en av deras pakistanska spelare. Det gällde spelet, inte mannen, men Ken ville inte uppfatta det så. Han ansåg att det var rasistiskt. Och så fortsatte det."

"De slogs", förklarade Allison lugnt. "Där ute på parkeringen. Guy fick ta emot de värsta smällarna. Två brutna revben och det där blåa ögat."

"Konstigt att det inte hamnade i tidningarna", anmärkte Havers. "Om man tänker på hur kvällspressen är."

"Det var sent", sa Mollison. "Det fanns ingen i närheten."

"Så det var bara ni två som var där?"

"Det stämmer." Mollison tog en klunk öl.

"Ni berättade inte för någon efteråt om ert bråk med Fleming? Varför inte?"

"För att det var så dumt. Vi hade druckit för mycket. Vi bar oss åt som idioter. Det var inte någonting som någon av oss ville att folk skulle få reda på."

"Och ni slöt fred med honom efteråt?"

"Inte direkt. Det var därför som jag ringde i onsdags. Jag antog att han skulle bli utvald till att spela i landslaget i sommar. Jag trodde att jag också skulle bli det. Vad mig anbelangar behövde vi inte direkt älska varandra för att spelet skulle flyta bra när australiensarna kom, men vi måste i alla fall kunna komma överens. Det var jag som hade börjat med att säga något dumt, så jag tyckte det vore klokt om jag föreslog att vi skulle sluta fred."

"Vad talade ni mer om i onsdags kväll?"

Han satte ifrån sig ölburken på bordet och knäppte händerna löst mellan knäna. "Om den australiensiske kastaren och hans skruvade bollar. Om utespelarnas prestationer. Hur många rundor vi kan förvänta oss av Jack Pollard. Den sortens saker."

"Nämnde Fleming under samtalet att han skulle åka till Kent samma kväll?"

"Absolut inte."

"Eller Gabriella Patten. Talade han om henne?"

"Gabriella Patten?" Mollison höjde förvånat på huvudet. "Nej, han nämnde inte Gabriella Patten?" Han såg rakt på Lynley när han talade, och såg så uppriktig ut att just det avslöjade honom.

"Känner ni henne?" frågade Lynley.

Han blinkade fortfarande inte. "Visst. Det är Hugh Pattens fru. Han sponsrar testmatcherna den här sommaren. Men det har ni säkert redan tagit reda på."

"Hon och hennes man lever åtskilda för närvarande. Visste ni om det?"

Mollison kastade en hastig blick på sin hustru innan han åter såg rakt på Lynley. "Det visste jag inte. Det var tråkigt. Jag har alltid haft intrycket att hon och Hugh var galna i varandra."

"Brukade ni träffa dem ofta?"

"Då och då. På fester. Ibland på någon testmatch. Ibland under vinterturneringen. De följer noga med vad som händer inom kricketsporten. Tja, det är väl inte så underligt, skulle jag tro, eftersom han sponsrar laget." Mollison lyfte sin öl och tömde burken. Med hjälp av tummarna började han gräva i sidorna på den. "Finns det fler?" frågade han sin fru. "Nej, stanna du, jag hämtar den", sa han och hoppade upp och gick ut i köket. "Vill du ha någonting, Allie?", sa han. "Du åt inte så att det räcker för två i middags. De här kycklingklubborna ser goda ut. Vill du ha en, älskling?"

Allison betraktade tankfullt den buckliga burk som hennes make hade lämnat på soffbordet. Han ropade hennes namn en gång till när hon inte svarade. "Jag är inte intresserad, Guy", sa hon då. "Av mat."

Han kom tillbaka in till dem och öppnade sin Heinecken med tummen. "Är det säkert att ni inte vill ha?" frågade han Lynley och Havers.

"Och matcherna ute i landet?" sa Lynley.

"Vad menar ni?"

"Brukade Patten och hans fru vara närvarande då också? Såg de till exempel någonsin en match i Essex? Har de något favoritlag när det inte är landslaget som spelar?"

"Jag skulle tro att de stöttar Middlesex. Eller Kent. De är ju från de trakterna, om ni förstår."

"Och Essex. Har de någonsin kommit för att se er spela?"

"Antagligen. Jag kan inte svära på det. Men som jag sa följer de spelet."

"Nyligen?"

"Nyligen, hur så?"

"Ja, jag undrade när ni senast träffade dem."

"Jag träffade Hugh förra veckan."

"Var då?"

"På Garrick. Vi åt lunch. Det ingår i mitt jobb att se till att den aktuelle lagsponsorn trivs med att vara sponsor för laget."

"Han berättade ingenting för er då om att han hade separerat från sin hustru?"

"Absolut inte. Jag känner honom ju inte. Jag menar, visst känner jag honom, men det ligger på ett ytligt plan. Vi diskuterar sport. Vem som verkar lämplig att bli förste kastare mot australiensarna. Hur jag planerar laguppställningen. Vilka som kanske kommer att bli utvalda till landslaget." Han höjde sin öl och drack.

Lynley väntade tills Mollison hade satt ner sin ölburk. "Och mrs Patten. När träffade ni henne senast?" frågade han.

Mollison såg på den enorma oljemålning som hängde på väggen bakom soffan, som om det hade varit en stor kalender där han kunde slå upp vad han hade gjort och när. "Om sanningen ska fram kommer jag inte ihåg det."

"Hon var med på middagen", sa Allison. "I slutet av mars. River Room, på Savoy", tillade hon när hennes man tycktes oförstående.

"Ja, visst ja. Ett sådant minne du har, Allie", sa Mollison. "Så var det. I slutet av mars. En onsdag..."

"Torsdag."

"En torsdagskväll. Det stämmer. Du hade på dig den där lila afrikanska saken."

"Den är persisk."

"Persisk, det stämmer. Och jag..."

Lynley avbröt duetten innan de kom fram till refrängen. "Så ni har alltså inte träffat henne sedan dess? Ni har inte träffat henne sedan hon flyttade till Kent?"

"Till Kent?" Han stirrade tomt framför sig. "Jag hade ingen aning om att hon var i Kent. Vad gjorde hon i Kent? Var då?"

"Där Kenneth Fleming dog. Faktiskt i samma stuga."

"Jävlar." Han svalde.

"Så Kenneth Fleming talade inte om för er, när ni talade med honom i onsdags kväll, att han var på väg till Kent för att träffa Gabriella Patten?"

"Nej."

"Ni visste inte att han hade ett förhållande med henne?"

"Nej."

249

"Ni visste alltså inte att han hade haft ett förhållande med henne ända sedan förra hösten?"

"Nej."

"Inte att de tänkte ta ut skilsmässa från sina äkta makar för att kunna gifta sig med varandra?"

"Nej. Absolut inte. Jag hade ingen aning om det. Kände du till det här, Allie", sa han och vände sig mot sin fru.

Hon hade suttit och iakttagit honom under hela Lynleys utfrågning. "Jag har knappast någon möjlighet att få reda på sådana saker", sa hon utan att ändra en min.

"Jag trodde att hon kanske hade sagt någonting till dig", sa Mollison. "I mars, på den där middagen."

"Hon var där tillsammans med Hugh."

"Jag menar på toaletten. Eller någonting."

"Vi var inte ensamma. Och även om vi hade varit det brukar man verkligen inte diskutera på toaletten om man ligger med någon man inte är gift med, Guy. Kvinnor gör i alla fall inte det." Både hennes ansiktsuttryck och hennes tonfall sa någonting annat än hennes ord. Och alltsammans gjorde att hennes man stirrade på henne. Det uppstod en pinsam tystnad och Lynley brydde sig inte om att avbryta den. Utanför den öppna dörren hörde man hur en båt på floden signalerade. Och som om det berodde på detta drog ett kyligt vinddrag genom rummet, en fläkt som fick palmbladen att vaja och blåste bort de lockar av Allisons kastanjebruna hår som hade lossnat från det persikofärgade band som höll samman det i nacken. Guy reste sig hastigt upp och stängde dörren.

Lynley reste sig också. Assistent Havers gav honom ett ögonkast som sa: "Är ni galen? Han ljuger ju som en häst travar." Lynley plockade fram ett visitkort. "Om ni drar er till minnes någonting annat, mr Mollison", sa han och när Mollison vände sig från dörren räckte han honom kortet.

"Jag har berättat allt", sa Mollison. "Jag vet inte vad mer…"

"Det händer att man kommer på saker. Ett yttrande. Ett samtal man råkat få höra. Ett fotografi. En dröm. Ring mig om det händer er."

Mollison stoppade ner kortet i bröstfickan på sin skjorta. "Visst. Men jag tror inte att…"

"Om det händer", sa Lynley. Han nickade åt Mollisons fru och avslutade konversationen.

Han och Havers sa ingenting förrän de var i hissen, på väg ner mot entrén där portvakten skulle öppna låsen och släppa ut dem på gatan. "Han är visst inte så noga med sanningen", sa Havers.

"Nej", sa Lynley.

"Men varför försöker vi inte klämma åt honom då?"

Hissdörren gled upp och de gick ut i entrén. Portvakten kom ut från sitt kontor och gick med dem till dörren som när en fångvaktare släpper ut fångar. Lynley sa ingenting när de gick ut i kvällen.

När de gick mot Bentleyn tände Havers en cigarett. "Sir, varför..." sa hon.

"Vi behöver inte göra det som hans hustru kan göra åt oss", var Lynleys svar. "Hon är advokat. Det är en välsignelse bara det."

Framme vid bilen stod de på motsatta sidor om den. Lynley såg bort i riktning mot Prospect of Whitby där några stamgäster hade kommit ut på gatan från puben. Havers blossade på sin cigarett så att hon skulle få i sig ordentligt med nikotin före den långa färden hem.

"Men hon kommer inte att vara på vår sida", sa Havers. "Inte med en baby på väg. Inte om Mollison är inblandad."

"Vi behöver inte ha henne på vår sida. Det räcker om hon talar om för honom vad han glömde bort att fråga."

Havers hejdade sig med cigaretten halvvägs till munnen. "Glömde bort att fråga?"

"'Var är Gabriella nu då?'" sa Lynley. "Elden bröt ut där Gabriella bodde. Polisen har ett lik som gör att de börjat snoka, men det liket är Flemings. Men var i helsike är då Gabriella?" Lynley stängde av billarmet. "Nog är det väl intressant", sa han när han öppnade bildörren och satte sig. "Allt vad folk avslöjar genom att inte säga någonting."

KAPITEL 11

Uteserveringen på tavernan Lord of Hay myllrade av liv. Kulörta lyktor glittrade från träden och utgjorde ett gnistrande tak över gästerna, sken på de bara armarna och de långa benen hos alla dem som njöt av det varma majvädret. Till skillnad från föregående kväll hade emellertid Barbara när hon körde förbi inte en tanke på att gå dit. Hon hade visserligen ännu inte kunnat njuta av veckans välförtjänta öl, hon hade fortfarande inte talat med någon annan i grannskapet än Bhimani i livsmedelsaffären men klockan var halv elva och hon hade varit uppe alldeles för länge och sovit alldeles för lite det senaste dygnet för att orka med. Hon var dödstrött.

Hon ställde sig på första bästa parkeringsplats bredvid ett berg med sopsäckar med gräsklipp och ogräs som svämmade ut över trottoaren. Det var på Steele's Road, precis under en stor al som sträckte upp sina grenar högt över gatan och var ett säkert tecken på att bilen skulle vara totalt nedsölad av fågelspillning nästa morgon. Inte för att det spelade så stor roll med lite fågelspillning om man betänkte i vilket tillstånd hennes Mini befann sig. Om hon hade tur, tänkte Barbara skulle det kanske komma så mycket guano att det täppte till hålen i bilens rostfläckiga motorhuv.

Hon trängde sig förbi sopsäckarna upp på trottoaren och gav sig av i riktning mot Eton Villas. Hon gäspade, gned sina värkande axlar och bestämde sig för att tömma ut innehållet i sin axelväska och göra ett allvarligt försök att rensa upp bland sina tillhörigheter. Vad var det egentligen hon hade i den förbaskade väskan undrade hon när hon traskade hemåt. Det kändes som om hon släpade runt med ett lass tegelstenar. Det kändes faktiskt som om hon hade stannat till i Jaffris livsmedelsaffär och hämtat ytterligare två påsar med is som hon stoppat ner tillsammans med allt det andra.

Hon hejdade sig vid tanken på Jaffris och is. Förbannat skit och helvetes jävlar, tänkte hon. Hon hade glömt bort kylskåpet.

Hon skyndade på stegen och svängde runt hörnet mot Eton Villas. Hon hoppades och bad att farfaderns sonson på egen hand skulle ha lyckats räkna ut hur det skulle vara när han nu hade kört hela den långa vägen från Fulham till Chalk Farm i sin öppna lastbil. Barbara hade inte talat om för honom exakt var han skulle lämna kylskåpet eftersom hon felaktigt hade trott att hon skulle vara hemma när han kom. Men eftersom hon inte hade varit det måste han väl ha kunnat fråga någon om vägen. Han kunde väl inte bara ha lämnat det där på trottoaren? Och han kunde väl absolut inte ha ställt det ifrån sig på gatan helt enkelt?

När hon kom fram till huset upptäckte hon att han varken hade gjort det ena eller det andra. Hon gick uppför uppfarten, förbi en Golf av senaste modell, knuffade upp grinden och såg att farfars sonson, med eller utan hjälp, hade lyckats manövrera kylskåpet tvärs över gräsmattan framför huset och nedför fyra smala cementtrappsteg. Nu stod det, till hälften insvept i en skär filt och med ena benet nedsjunket bland kamomillen som växte mellan stenarna framför källarvåningen.

"Fel", stönade Barbara. "Fel, fel, fel. Din förbaskade, oförlåtligt korkade *klantskalle*."

Hon sparkade till stenarna och lutade axeln mot repet som höll den skära filten på plats. Hon grymtade och knuffade på kylskåpet för att pröva hur tungt det var, nu när hon måste försöka få det tillbaka uppför de fyra trappstegen, fösa det runt huset och kånka in det i sin stuga längst ner i trädgården. Hon lyckades höja den ena sidan ett par centimeter, men det gjorde bara att den andra sidan sjönk ännu djupare ner bland kamomillen, som hyresgästen i källarvåningen alldeles säkert odlade där på grund av något akut medicinskt behov som nu inte skulle kunna tillgodoses på grund av farfaderns sons kompletta idiot till son.

"Jävla förbannat helvete", sa hon och försökte lyfta på kylskåpet en gång till. Det sjönk ännu djupare ner. Hon lyfte lite till och det sjönk lite till. "Skit också", sa hon med lika stor energi som hon hade använt till att försöka lyfta det, och stoppade ner handen i väskan för att plocka fram sina cigaretter. Hon gick helt tillintetgjord och satte sig på en träbänk som stod framför källarvåningens franska fönster och tände sin cigarett. Hon betraktade kylskåpet genom röken och försökte komma på vad hon skulle göra.

En lampa tändes ovanför huvudet på henne. Det franska fönstret öppnades. Barbara vände sig om och fick syn på den lilla mörka flicka som hade hållit på att duka fram till middagen föregående kväll. Nu hade hon förstås inte skoluniform på sig utan var klädd i ett långt skinande vitt nattlinne med en volang längst ner och ett knytband vid halsen. Håret var fortfarande flätat.

"Då är det alltså ditt?" frågade flickan allvarligt, och kliade sig på vristen med ena foten."Vi har just undrat."

Barbara tittade förbi flickan för att se resten av *vi*. Lägenheten låg i mörker utom den ljusstråle som föll ut från en öppen dörr längst bort.

"Jag glömde bort att man skulle leverera det i kväll", sa Barbara. "Och någon idiotisk kille ställde det här av misstag."

"Ja", sa flickan. "Jag såg honom. Jag försökte tala om för honom att vi inte skulle ha något kylskåp, men han ville inte lyssna på mig. Vi har redan ett, sa jag åt honom och jag skulle ha låtit honom komma in och se det själv, men jag får inte lov att släppa in någon när pappa inte är hemma, och han hade inte kommit än. Fast nu är han hemma."

"Är han?"

"Ja, men han sover. Det är därför som jag talar så tyst. Så att jag inte ska väcka honom. Han hade köpt hem kyckling till middag, och jag lagade till courgetter så vi fick *chapatis* och sedan somnade han. Jag får inte släppa in någon när han inte är hemma. Jag får inte ens öppna dörren. Men nu spelar det väl ingen roll, för nu är han hemma. Och jag kan ju skrika om jag skulle behöva honom."

"Visst", sa Barbara. Hon släppte lite aska på den prydliga stenläggningen och när flickans mörka ögon med tankfullt rynkade ögonbryn såg hur askpelaren föll till marken sträckte Barbara fram en av sina gymnastikskoklädda fötter och spred nonchalant ut askan till en gråsvart fläck. Flickan betraktade detta och sög på underläppen.

"Borde du inte vara i säng så här dags?" sa Barbara.

"Jag sover tyvärr inte särskilt bra. För det mesta brukar jag ligga och läsa tills jag inte längre kan hålla ögonen öppna. Fast jag måste vänta tills pappa somnat innan jag kan tända lampan, för om jag tänder medan han är vaken kommer han in i mitt rum och tar min bok. Han säger att jag ska räkna baklänges från etthundra för att kunna somna, men jag tycker det är mycket trevligare att läsa, tycker inte du det? Förresten kan jag räkna baklänges från etthundra fortare än jag kan somna, och när jag har kommit till noll, vad ska jag göra då?"

"Det har du rätt i, det är ett problem." Barbara kikade återigen in i lägenheten bakom barnet. "Men är inte din mamma här?"

"Mamma har rest för att hälsa på goda vänner. I Ontario. Det är i Kanada."

"Jo, jag vet."

"Fast hon har inte skickat något vykort till mig ännu. Hon har väl

254

mycket att göra kan jag tro, det har man ju när man hälsar på sina vänner. Hon heter Malak, min mamma. Men det är förstås inte hennes riktiga namn, det är vad pappa kallar henne. Malak betyder ängel. Är inte det vackert? Jag skulle önska att jag hette så. Men jag heter Hadiyyah, och det tycker jag inte alls låter lika vackert som Malak. Och det betyder inte ängel."

"Det är ett vackert namn ändå."

"Har inte du något namn?"

"Förlåt mig. Jag heter Barbara. Jag bor där på baksidan."

Hadiyyahs kinder blev runda när hon log. "I den där söta lilla stugan?" Hon tryckte händerna mot bröstet. "När vi flyttade hit ville jag så gärna att vi skulle bo där, men det är alldeles för litet. Det är precis som en lekstuga. Kan jag få komma och hälsa på?"

"Visst. Varför inte? Någon gång."

"Kan jag inte få hälsa på nu?"

"Nu?" frågade Barbara uttryckslöst. Hon började känna sig en liten smula illa till mods. Var det inte just så här som allting brukade börja precis innan en oskyldigt misstänkt blev anklagad för hemska våldsbrott mot ett litet barn? "Inte just nu, tror jag? Borde du inte gå och lägga dig? Tänk om din pappa vaknar?"

"Han vaknar aldrig innan det är morgon. Aldrig någonsin. Bara om jag drömmer mardrömmar."

"Men om han råkade höra ett buller och vaknade och du inte var här…"

"Men jag är ju här." Hon log änglalikt. "Jag är ju bara bakom huset. Jag skulle kunna skriva en lapp och lägga på min säng ifall han skulle vakna. Jag skulle kunna säga att jag bara har gått runt till baksidan av huset. Jag skulle kunna berätta för honom att jag var tillsammans med dig – jag kan ju skriva vad du heter, jag kan skriva att jag är med Barbara – och sedan kommer du med mig tillbaka när jag har sett stugan. Tycker du inte att det blir bra?"

Nej, tänkte Barbara. Vad som skulle vara bra just nu skulle vara en lång, varm dusch, en smörgås med stekt ägg och en kopp Horlicks, för en enda skiva stekt skinka och lite ost med ett konstigt franskt namn räckte inte som middag. Och efteråt, om hon kunde hålla ögonen öppna, skulle det också sitta bra med en kvarts litterära undersökningar av vad exakt det var hos Flint Southern som bultade för Star Flaxen i de där åtsittande jeansen som han var klädd i.

"En annan gång." Barbara lade väskremmen över axeln och reste sig upp från träbänken.

"Du är väl trött?" sa Hadiyyah. "Jag tror du är dödstrött."

"Just det."

"Pappa är så där när han kommer hem från jobbet. Han kastar sig på soffan och kan inte röra sig på en hel timme. Då gör jag te till honom. Han tycker om Earl Grey. Jag kan laga te."

"Verkligen?"

"Jag vet hur länge det ska dra. Det hänger på dragningen."

"På dragningen?"

"Visst." Den lilla flickan höll fortfarande händerna tryckta mot bröstet som om hon höll en talisman mellan dem. Hennes stora mörka ögon var så bedjande att Barbara fick lust att bryskt säga åt henne att bli lite tuffare, att vänja sig vid livet. Men istället slängde hon cigaretten på stenarna, trampade ut den med tåspetsen till gymnastikskon och stoppade ner fimpen i byxfickan.

"Skriv en lapp till honom", sa hon. "Jag väntar här."

Hadiyyah log lycksaligt och rusade in i lägenheten. Ljusstrimman blev bredare när hon gick in i rummet längst bort. Inom mindre än tio minuter var hon tillbaka.

"Jag lade lappen vid min lampa", anförtrodde hon Barbara. "Men han kommer nog inte att vakna. För det mesta gör han inte det. Om jag inte drömmer mardrömmar."

"Bra", sa Barbara och gick mot trappan. "Det här hållet."

"Jag hittar. Det gör jag faktiskt." Hadiyyah rusade i förväg. "Nästa vecka är det min födelsedag", ropade hon över axeln till Barbara. "Jag fyller åtta då. Pappa har sagt att jag ska få ha en fest. Han säger att jag ska få chokladtårta och smultronglass. Vill du komma? Du måste inte ta med någon present." Hon sprang vidare utan att vänta på svar.

Barbara märkte att hon var barfota. Snyggt, tänkte hon. Ungen kommer att få lunginflammation, och det är mitt fel.

Hon kom ifatt Hadiyyah på den lilla gräsplätt som låg mellan det stora huset och Barbaras stuga. Här hade barnet stannat till för att räta upp en omkullvält trehjuling. "Det är Quentins", sa hon. "Han lämnar alltid sina saker utomhus. Hans mamma blir alldeles vansinnig och skriker åt honom från fönstret, men han lyssnar aldrig på henne. Jag tror inte att han vet vad det är hon vill att han ska göra, vad tror du?"

Hon väntade inte på något svar utan pekade på en hopfällbar solstol och sedan på ett vitt plastbord och två tillhörande stolar. "Det är mrs Downeys. Hon sover i bäddsoffan. Har du träffat henne? Hon har en katt som heter Jones. Och de där tillhör Jensens. Jag tycker inte särskilt mycket om dem – jag menar Jensens alltså – men det behöver du väl inte tala om för dem."

"Inte ett ord ska komma över mina läppar."

Hadiyyah rynkade på näsan. "Du är visst lite näsvis. Pappa säger att jag inte får vara näsvis mot folk. Du måste lova mig att vara försiktig när du träffar honom. Det är viktigt att han tycker om dig, annars får du ju inte komma till kalaset. Mitt födelsedagskalas. Det är..."

"Nästa vecka, eller hur?"

Barbara ledde barnet fram till sin dörr och letade fram sin nyckel ur väskan. Hon låste upp och tände taklampan. Hadiyyah gick efter henne in.

"Oh, så gulligt!" utropade hon. "Det är precis som det ska vara, som ett dockhus." Hon ställde sig mitt i rummet och snurrade runt. "Jag skulle önska att vi bodde här, det gör jag verkligen."

"Du kommer att bli yr i huvudet." Barbara satte från sig sin väska på köksbänken och gick för att fylla tekitteln.

"Det blir jag visst inte", svarade Hadiyyah. Hon snurrade runt tre varv till, stannade sedan och vacklade. "Jo, kanske lite. " Hon såg sig omkring och gned händerna mot sitt nattlinne. Hon betraktade det ena föremålet efter det andra och sa slutligen med utstuderad artighet: "Du har gjort det mycket trevligt här, Barbara."

Barbara log snett. Antingen var Hadiyyah mycket väluppfostrad eller så hade hon dålig smak. Rummet var möblerat med saker som Barbara antingen tagit med sig från sitt föräldrahem i Acton eller hittat på någon loppmarknad. Och allt som kom från föräldrahemmet var gammalt, fläckigt och slitet medan det Barbara köpt på loppmarknad var funktionellt och ingenting annat. Den enda nya möbel hon hade unnat sig var en liggsoffa. Den var gjord i korgflätning och madrassen täcktes av en mängd olika kuddar och ett sängöverkast med indiskt tryck.

Hadiyyah gick fram till sängen och granskade ett inramat fotografi som stod på ett bord bredvid den. Hon hoppade från den ena foten till den andra så att Barbara nästan fick lust att fråga om hon behövde gå på toaletten. "Det föreställer min bror, Tony", sa hon istället.

"Men han är liten. Som jag."

"Kortet togs för många år sedan. Han dog."

Hadiyyah rynkade pannan och kastade en blick över axeln bort mot Barbara. "Så tråkigt. Är du fortfarande ledsen för det?"

"Ibland, men inte alltid."

"Ibland är jag ledsen. Det finns ingen här i närheten som jag kan leka med och jag har inga syskon. Pappa säger att det inte gör någonting om man är ledsen, bara man rannsakar sitt innersta så att man vet att det är en uppriktig känsla. Jag vet inte riktigt hur jag ska kunna rannsaka mitt inner-

257

sta. Jag har försökt göra det genom att titta mig i spegeln, men det fick mig att känna mig konstig när jag tittade länge. Har du gjort det någon gång? Tittat dig i spegeln och känt dig konstig?"

Mot sin vilja skrattade Barbara svagt. Hon tog fram hinken som stod under diskbänken och granskade det torftiga innehållet. "Det händer ofta", sa hon. Hon plockade upp två ägg och lade dem på skåpet och letade sedan i sin väska efter cigaretterna.

"Pappa röker. Han vet att han inte borde göra det, men han gör det i alla fall. Han höll upp i två år bara för att mamma inte tyckte om det. Men han har börjat igen, så hon kommer säkert att bli sur när hon kommer hem. Hon är…"

"I Kanada."

"Just det. Det hade jag visst redan berättat. Förlåt."

"Det spelar ingen roll."

Hadiyyah hoppade ut i köket till Barbara och granskade det tomma utrymmet där. "Där ska kylskåpet stå", förklarade hon. "Du ska inte vara orolig för kylskåpet, Barbara. När pappa går upp i morgon, kan han flytta hit det till dig. Jag ska berätta för honom att det är ditt. Jag ska säga att du är min vän. Får jag göra det? Det är nog klokt att säga det, för pappa hjälper säkert gärna en av mina vänner."

Hon stod på ett ben med händerna knäppta bakom ryggen och väntade ivrigt på Barbaras svar. "Visst kan du säga det", sa Barbara och undrade samtidigt vad hon gav sig in på.

Hadiyyah sken som en sol och svävade genom rummet fram till eldstaden. "Och den här är väl söt, den också. Tror du att den fungerar? Kan vi inte rosta marshmallows i den? Är det där en telefonsvarare? Titta, det är någon som har ringt, Barbara." Hon sträckte sig mot hyllan vid eldstaden. "Ska vi se vem som…"

"Nej!"

Hadiyyah drog tillbaka handen och backade snabbt bort från apparaten. "Jag borde inte ha…" Hon såg så kuvad ut att Barbara genast ångrade sig. "Förlåt mig", sa hon. "Jag menade inte att snäsa åt dig."

"Du är nog trött. Ibland snäser pappa åt mig när han är mycket trött. Ska jag laga lite te till dig?"

"Nej tack. Jag har satt på vatten så jag kan laga det själv."

"Visst." Hadiyyah såg sig omkring som om hon letade efter någonting att göra. "Jag borde nog ge mig iväg", mumlade hon när hon inte kunde komma på någonting.

"Det har varit en lång dag."

"Jo, det har det." Hadiyyah gick mot dörren och Barbara märkte först nu att hon hade små vita band som höll ihop flätorna. Hon undrade om flickan bytte hårsnoddar varje gång hon bytte kläder. "Ja, godnatt då, Barbara", sa flickan från dörren. "Det var trevligt att träffa dig."

"Detsamma", svarade Barbara, "vänta en stund så ska jag följa dig tillbaka." Hon hällde hett vatten i sin temugg och lade i en tepåse. När hon vände sig om mot dörren var flickan försvunnen. "Hadiyyah", ropade hon och gick ut i trädgården.

Där ute hörde hon henne ropa "God natt, god natt", och såg hur det vita nattlinnet fladdrade förbi när flickan sprang tillbaka samma väg hon hade kommit. "Glöm inte kalaset! Det är…"

"Ditt födelsedagskalas", sa Barbara med låg röst. "Ja, jag vet." Hon väntade tills hon hörde hur dörren till lägenheten på bottenvåningen stängdes, och gick sedan tillbaka till sitt te.

Telefonsvararen blinkade åt henne och påminde om att det var en sak till som hon hade glömt bort att göra i kväll. Hon behövde inte lyssna till meddelandet för att veta vem det var, så hon lyfte luren och slog numret till mrs Flo.

"Ja, här sitter vi just och dricker en god kopp Bourn-vita", sa mrs Flo när hon svarade. Och så äter vi lite rostat bröd. Mamma har skurit brödet i form av kaniner – visst har du väl det, raring – ja, de är så söta – och sedan stoppar vi dem i brödrosten och ser till att de inte blir brända."

"Hur mår hon?" undrade Barbara. "Jag är ledsen att jag inte kunde komma ut idag, men jag blev utkallad på ett uppdrag."

Man hörde ljudet av fotsteg som släpade sig fram över linoleumgolvet och hur mrs Flo talade med någon. "Kan du passa det ordentligt en liten stund, raring? Ja, stå där, det är bra. Fint. Du vet väl vad du ska göra när det börjar ryka? Kan du berätta det för mig, raring?"

Man hörde någon mumla ett svar, och sedan dämpat fnitter. "Nu är du allt riktigt olydig", sa mrs Flo, och sedan förändrades hennes röst, som om hon hade gått in i ett annat rum. "Barbie?"

Nu har hon gått ut ur köket och ställt sig i korridoren, tänkte Barbara. Hon kände sig plötsligt orolig.

"Jag har precis kommit hem från jobbet", sa Barbara. "Har någonting… Hur mår mamma?"

"Du arbetar alldeles för mycket, vännen", sa mrs Flo. "Äter du ordentligt? Du måste tänka på dig själv. Sover du tillräckligt?"

"Jag klarar mig fint. Allting är bara bra. Jag har ett kylskåp som står utanför min grannes lägenhet istället för inne i mitt kök, men bortsett från det är allt sig likt. Säg mig, mrs Flo, hur mår mamma? Är hon bättre?"

"Hon har haft problem med magen nästan hela dagen, så hon har inte ätit någonting, och det gjorde mig lite orolig. Men nu är det bättre. Fast hon längtar efter dig." Mrs Flo gjorde en paus, och Barbara kunde föreställa sig hur hon stod i den mörka korridoren till köket. Hon var säkert klädd i en av sina fläckfria skjortblusklänningar med någon av sina många blomsterbroscher fäst vid halsen. Strumpbyxorna gick säkert i färg med klänningen och lågskorna var blankpolerade. Barbara hade aldrig sett henne klädd på något annat sätt. Till och med när mrs Flo arbetade i trädgården var hon klädd som om hon väntade sig att kronprinsessan skulle titta in på en kopp te.

"Jo", sa Barbara. "Jag vet. Jag är förbaskat ledsen."

"Du behöver inte oroa dig och du ska inte ha några skuldkänslor", sa mrs Flo bestämt. Hennes röst var vänlig. "Du gör så gott du kan, och mamma mår nästan bra nu. Hon har fortfarande lite feber, men nu ska vi smaka på hennes rostade bröd."

"Det kan hon inte leva på."

"Det räcker fullkomligt för tillfället, raring."

"Kan jag få tala med henne?"

"Naturligtvis. Hon kommer att bli hur glad som helst när hon hör din röst." Mrs Flos egen röst förändrades när hon gick tillbaka ut i köket och talade med någon där. "Det är ett speciellt telefonsamtal, raringar. Vem tror ni det är som ringer bara för att tala med sin mamma? Men *vad* gör ni med sylten, mrs Pendelbury? Se så, raring, den ska ligga *ovanpå* brödet. Så där ja. Mycket bra, raring."

Det dröjde en stund, och Barbara försökte låta bli att tänka på rostat bröd, sylt eller på någon annan mat. Hennes mor var inte frisk och hon hade inte hälsat på henne, och det enda hon kunde tänka på var att få stoppa någonting att äta i munnen. Hon var ingen god dotter.

"Doris? Dorrie?" Mrs Havers röst darrade osäkert i andra änden av tråden. "Mrs Flo säger att det inte är mörkläggning längre, men jag sa att vi måste täcka för fönstren så att tyskarna inte kan hitta oss, fast hon sa att det inte behövdes. Det är inte krig längre, visste du det? Har mamma tagit bort mörkläggningsgardinerna där hemma?"

"Hej, mamma", sa Barbara. "Mrs Flo berättade att du inte mådde så bra igår, och inte idag heller. Är det magen som trasslar?"

"Jag såg dig tillsammans med Stevie Baker", sa mrs Havers. "Du trodde inte att jag såg dig, Dorrie, men det gjorde jag. Han hade dragit upp din kjol och haft av dig byxorna och du rullade runt med honom."

"Mamma, det här är inte moster Dorrie. Hon är död, kommer du inte ihåg det? Det var under kriget."

"Men det är ju inte krig längre. Mrs Flo sa…"

"Hon menade att kriget var över, mamma. Det här är Barbara. Din dotter. Moster Dorrie är död."

"Barbara." Mrs Havers upprepade namnet så eftertänksamt att Barbara nästan kunde se för sig hur hjulen i hennes förvirrade hjärna mödosamt försökte rotera. "Jag vet inte om jag kommer ihåg…"

Hon höll säkert med växande förundran på att snurra telefonsladden runt fingrarna och flacka runt köket med blicken som om hon skulle kunna hitta lösningen där någonstans.

"Vi bodde i Acton", sa Barbara med mild röst. "Du och pappa. Jag och Tony."

"Tony. Jag har en bild där uppe."

"Ja, den Tony, mamma."

"Han kommer aldrig och hälsar på mig."

"Nej. Du förstår mamma…" Barbara upptäckte plötsligt hur hårt hon kramade telefonluren, och hon gjorde en ansträngning för att lossa på greppet. "Han är också död." Precis som fadern. Precis som så gott som alla de som en gång hade utgjort moderns lilla värld.

"Är han? Hur gick det till? Dog han under kriget liksom Dorrie?"

"Nej. Tony var för ung för det." Det var värre, tänkte Barbara, inte alls så skonsamt som att under loppet av en kort sekund slungas genom blixt och eld rakt in i evigheten. "Han hade leukemi, mamma. Det är när det blir något fel på blodet."

"Leukemi, jaså?" Hennes röst blev klarare. "Det är inte det jag har, Barbie, bara lite problem med magen. Mrs Flo ville att jag skulle äta soppa till middag, men jag kunde inte få ner den. Fast nu äter jag. Vi har gjort rostat bröd. Och vi har björnbärssylt. Jag äter brödet och mrs Pendlebury äter sylten."

Barbara tackade himlen för den korta stunden av klarhet och grep snabbt tillfället innan modern återigen blev virrig. "Bra. Det är säkert nyttigt för dig, mamma. Du måste äta så att du blir stark. Hör här, jag är hemskt ledsen att jag inte kunde komma idag. Jag blev inkallad i tjänst i går kväll. Men jag ska försöka komma och hälsa på under veckan. Blir det bra?"

"Kommer Tony också? Och pappa, kommer han, Barbie?"

"Nej, det blir bara jag."

"Men det var så länge sedan jag fick träffa pappa."

"Jag vet det, mamma. Men jag ska ta med mig en present. Minns du att

261

vi brukade tala om att resa till Nya Zeeland? Att fira semester i Auckland?"

"När det är sommar är det vinter på Nya Zeeland, Barbie."

"Ja, det har du rätt i. Vad du kan, mamma." Det är underligt, tänkte Barbara, att vissa saker kommer hon ihåg och andra glömmer hon bort. Varifrån kommer egentligen vetandet, och hur förlorar vi det? "Jag har hämtat broschyrer till dig. Nästa gång jag kommer och hälsar på kan du börja ordna resan. Vi kan planera den tillsammans. Blir det inte bra?"

"Men vi kan väl inte ta semester om det är mörkläggning? Och Stevie Baker vill säkert inte att du reser utan honom. Men om du fortsätter rulla runt med Stevie Baker kommer det att hända en olycka. Jag såg honom, förstår du, och jag såg vad han gjorde med dig. Du trodde att jag var i köket och lekte, men jag följde efter er. Jag såg hur han kysste dig. Och du tog själv av dig underbyxorna. Och sedan ljög du för mamma. Du sa att du hade hjälpt Cora Trotter att rulla bandage. Du sa att du övade för att du ville bli lotta. Du sa…"

"Barbie?" Det var mrs Flos mjuka röst. I bakgrunden kunde man fortfarande höra hur mrs Havers räknade upp alla sin systers ungdomssynder. "Hon håller på att bli lite upprörd, raring. Men du behöver inte oroa dig, det är bara för att det var så spännande att du ringde. Hon kommer att lugna ner sig igen, när hon fått lite Bourn-vita och rostat bröd. Och sedan ska hon borsta tänderna och krypa i säng. Hon har redan tagit sitt bad."

Barbara svalde. Det var aldrig lätt. Hon var alltid beredd på det värsta och hon visste i förväg vad hon kunde vänta sig. Men då och då – vart tredje eller fjärde telefonsamtal med modern – kändes det som om hon snart inte orkade längre. Som om hon själv höll på att vittra bort som sandsten vid kusten.

"Det blir bra", sa Barbara.

"Du får lov att inte oroa dig."

"Just det", sa Barbara.

"Mamma vet att du kommer och hälsar på så ofta du kan."

Mamma hade inte den blekaste aning om det men det var snällt av mrs Flo att säga så. Det var inte första gången som Barbara undrade från vilken fantastisk källa som Florence Magentry hämtade sin sinnesnärvaro, sitt tålamod och sin grundmurade godhet. "Jag håller på med ett fall", upprepade hon. "Ni har kanske läst om det i tidningarna. Den där kricketspelaren. Fleming. Han som dog i en eldsvåda."

Mrs Flo mumlade medlidsamt. "Stackars sate", sa hon.

Ja, tänkte Barbara. Det kan man säga. Stackars sate.

Hon lade på luren och återvände till sitt te. På arbetsbänken låg äggen som hade börjat svettas så att de fanns små fuktdroppar på dem. Hon tog upp ett av dem och gned det mot kinden. Nu hade hon inte särskilt stor lust att äta längre.

När Lynley gick försäkrade han sig om att dörren till Helens lägenhet var ordentligt låst. Han stod en stund och funderade över mässingshandtaget och låskolven. Hon var inte hemma. Eftersom ingen hade plockat upp posten förstod han att hon inte hade varit hemma på hela dagen. Därför hade han precis som en klumpig amatördeckare gått runt i hennes lägenhet och letat efter ledtrådar som kunde förklara varför hon hade försvunnit.

I vasken stod frukostdisken kvar – för honom var det ständigt samma mysterium att Helen inte lyckades sätta in en skål som hon ätit flingor ur, en urdrucken kaffekopp, ett tefat och två skedar i diskmaskinen – och det såg ut som om hon hade vecklat upp och läst både The Times och Guardian. Då hade hon alltså inte haft bråttom, och det hade inte inträffat någonting som hade gjort henne så upprörd att hon inte hade kunnat äta. I själva verket hade han aldrig varit med om att någonting kunde få Helen att tappa aptiten, men det var ju åtminstone någonting att börja med: ingen brådska och inga stora katastrofer.

Han gick in i hennes sovrum. Sängen var bäddad, vilket stödde teorin att hon inte haft bråttom. Hennes toalettbord var i samma oklanderliga ordning som det hade varit föregående kväll. Hennes smyckeskrin var stängt. En silverklädd parfymflaska stod inte exakt på linje med de övriga och Lynley tog av korken.

Han undrade om det var ett illavarslande tecken att hon hade satt på sig parfym innan hon lämnade våningen. Hade hon alltid parfym? Hade hon haft det i går kväll? Han kunde inte minnas det. Han kände sig lite illa till mods när han funderade på om det var ett lika dåligt tecken att han inte kom ihåg, som det kunde vara att Helen hade satt på sig parfym för första gången på veckor. Och varför parfymerade sig egentligen kvinnor? För att locka, för att stegra intresset, för att hetsa, för att vara inbjudande?

Tanken fick honom att gå bort till garderoben och börja undersöka hennes kläder. Dräkter, klänningar, långbyxor, kostymer. Om hon skulle träffa någon kunde man säkert räkna ut könet på den personen om man visste hur hon hade klätt sig, även om klädseln inte skulle avslöja identiteten på hennes sällskap. Han började fundera på de älskare hon hade haft tidigare i livet. Hur hade hon varit klädd när han sett henne i sällskap med dem? Det var en fråga det inte gick att få något svar på. Det var helt hopplöst för han kunde inte komma ihåg det. Han upptäckte att han distraherades av att sidenmorgonrocken som hängde på insidan av garderobsdörren nuddade vid hans kind och att det kändes som svalt vatten.

Jag är galen, tänkte han. Nej, banal. Han slängde ilsket igen garderobsdörren. Vad höll på att hända med honom? Om han inte snart skärpte sig skulle han säkert börja kyssa hennes smyckeskrin eller smeka sulorna på hennes oanvända skor.

Där var det, tänkte han. Smycken. Sängbordet. Ringen. Den lilla asken låg inte där han hade lagt den föregående kväll, och den fanns inte heller i sängbordslådan. Och inte bland hennes andra smycken. Det betydde att hon bar ringen, och det betydde att hon hade accepterat, vilket betydde att hon säkert hade åkt till sina föräldrar för att berätta nyheten för dem.

Men då skulle hon bli tvungen att övernatta där, så hon måste ha tagit med sig en väska. Så var det naturligtvis. Varför hade han inte förstått det med en gång. Han gick snabbt till skåpet i korridoren för att få sin slutsats bekräftad. Fel igen. Hennes båda resväskor fanns kvar.

När han kom tillbaka in i köket såg han det som han redan lagt märke till men som han tvingat sig till att ignorera. Hennes telefonsvarare blinkade vilt. Det såg ut som om alla människor hade ringt henne under dagen. Han intalade sig själv att han inte fick sjunka så lågt. Om han började med att avlyssna hennes telefonsvarare skulle det inte dröja länge förrän han började ånga upp hennes brev också. Hon var helt enkelt ute, och hon hade varit ute hela dagen, och om hon tänkte komma hem snart fick hon klara sig utan att ha honom stående i buskarna som en kärlekskrank Romeo som väntade på att ljuset skulle tändas.

Alltså lämnade han hennes lägenhet och körde hem till Eaton Terrace, först genom Sydney Street och sedan kryssade han fram till det stillsamma kvarteren i Belgravia. Han intalade sig själv att han i alla fall var uttröttad, uthungrad och att det skulle sitta bra med en whisky.

"God kväll Ers Nåd. En lång dag för er idag." Denton mötte honom i dörren och bar en bunt ordentligt vikta vita handdukar under armen. Fastän Denton var klädd i sin vanliga kavaj och sina ordinarie byxor hade han redan satt på sig inneskorna, för att på så sätt markera att han inte var i tjänst. "Jag hade väntat er vid åttatiden."

De såg båda två mot farfarsklockan som stod i entrén och tickade ljudligt. Två minuter i elva.

"Åtta?" sa Lynley oskyldigt.

"Visst. Lady Helen sa…"

"Helen. Har hon ringt?"

"Det fanns ingen anledning att ringa."

"Ingen anledning…"

"Hon har varit här sedan klockan sju. Hon sa att ni lämnat ett meddelande. Sa att hon hade fått intrycket att ni skulle vara hemma vid åttatiden. Så hon tittade in och åt middag medan hon väntade på er. Jag är rädd att den har kallnat. Man kan inte vänta sig att pasta ska hålla sig så särskilt länge. Jag försökte säga åt henne att inte koka den förrän ni hade kommit hem, men hon brydde sig inte om vad jag sa."

"Lagat mat?" Lynley tittade häpet i riktning mot matrummet. "Menar ni, Denton, att Helen lagade middag? Helen?"

"Så sant som det är sagt, och jag vill inte gå in på vad hon gjorde med mitt kök. Men jag har städat upp igen." Denton tog handdukarna under den andra armen och gick mot trappan. Han pekade uppåt med huvudet. "Hon är i biblioteket", sa han och började gå uppåt. "Ska jag laga en omelett åt er? Tro mig, pastan kan man inte äta nu längre, den är stenhård."

"Lagat mat", upprepade Lynley förvånat för sig själv. Han gick i riktning mot matrummet utan att ge Denton något svar.

Vid det här laget, tre timmar efter det att måltiden borde ha konsumerats såg den ut som de där konstgjorda plastmiddagar man kan få se i Tokyos restaurangskyltfönster. Hon hade gjort ett hopkok på fettuccine och räkor, med sallad, mjuk sparris, skivad baguette och rött vin till. Hon hade öppnat vinflaskan men inte hällt upp något. Lynley fyllde glasen vid de två framdukade platserna och stirrade på måltiden.

"Lagat mat", sa han.

Han ville gärna veta hur maten egentligen smakade. Så vitt han visste hade Helen aldrig tidigare i sitt liv lagat en fullständig måltid utan hjälp.

Han tog sitt vinglas, gick runt bordet och granskade varje fat, gaffel och kniv. Han smuttade på vinet. När han hade gått ett varv i matrummet tog han en gaffel och fångade tre remsor fettuccini med den. Maten var förvisso iskall och bortom all den hjälp mikrovågsugnen skulle kunna ge den, men han skulle kanske fortfarande kunna få en uppfattning…

"Herre Gud", viskade han. Vad i all sin dar hade hon lagt i såsen? Tomater, det var säkert, men hade hon verkligen tagit dragon istället för persilja? Han sköljde ner pastan med en rejäl klunk vin. Kanske var det för att han hade kommit hem tre timmar för sent som han inte kunde uppskatta de kulinariska finesser som var framdukade på hans bord.

Han tog det andra glaset och gick ut ur rummet. De hade i alla fall vinet. Och det var en hyfsad bordeaux. Han undrade om hon själv hade valt den eller om Denton hade plockat upp den ur vinkällaren åt henne.

Tanken på Denton fick Lynley att le. Han kunde mycket väl föreställa sig betjäntens fasa – och hans försök att dölja den – när Helen spred förödelse i hans kök samtidigt som hon säkert viftade bort alla hans förslag. "Men snälla Denton, om ni fortsätter att störa mig så där kommer jag att röra till allting. Har ni förresten några kryddor? Jag har hört att kryddor är A och O i en god spaghettisås."

Helen hade aldrig lärt sig att skilja på olika kryddor. Hon skulle lika gärna ha kunnat strö muskot och kanel över en rätt istället för timjan och salvia.

Han gick uppför trappan där biblioteksdörren bara var så mycket öppen att en smal strimma ljus föll ut över mattan. Hon satt i en av de stora öronlappsfåtöljerna borta vid eldstaden så att skenet från en läslampa framkallade en ljusgloria kring hennes huvud. Vid ett hastigt ögonkast tycktes hon vara fördjupad i boken hon hade i knäet, men när Lynley gick närmare såg han att hon i själva verket satt och sov med kinden lutad mot handen. Hon hade hållit på att läsa *Henrik VIII:s sex fruar* av Antonia Fraser, och det bådade inte speciellt gott för Lynley. Men när han tittade efter vilken av fruarnas biografi hon hade hållit på med och såg att det var Jane Seymour, tog han det för ett gott tecken. Vid närmare granskning såg han emellertid att hon hade varit mitt i den löjliga rättegången mot Seymours företrädare, Anne Boleyn, och det var inte särskilt positivt. Å andra sidan, det faktum att hon hade *somnat* mitt i rättegången mot Anne Boleyn kunde ju tolkas som om...

Lynley insåg att han måste skärpa sig. Det hela var faktiskt ganska ironiskt. Med ett enda undantag var det under hela hans vuxna liv han som hade haft övertaget gentemot kvinnorna. Han hade gått sina egna vägar, och om deras hade råkat korsa hans hade det väl varit bra. Om inte hade han inte varit den som sörjt den förlorade kärleken. Men tillsammans med Helen hade hela hans *modus operandi* gått över styr. Under de sexton månader som gått sedan han erkände för sig själv att han på något sätt hade lyckats bli förälskad i en kvinna som under nästan halva hans liv hade varit en av hans närmaste vänner, hade han blivit en helt annan människa. Ena stunden trodde han att han verkligen förstod sig på kvinnor, nästa tvivlade han på att han över huvud taget någonsin skulle lyckas minska sin enorma okunnighet. När det var som allra svartast upptäckte han att han längtade tillbaka till det som han brukade kalla för "den gamla goda tiden" när kvinnor föddes och uppfostrades till att bli hustrur, gemåler, älskarinnor, kurtisaner eller någonting annat som krävde att de lärde sig total underkastelse i förhållande till mannen. Tänk så praktiskt det skulle ha varit att kunna vända sig till Helens far, anhålla om hennes hand, kanske till och med köpslå om hemgiften men framför allt få henne utan att behöva bekymra sig det allra minsta om vad hon hade för åsikt om saken. Om äktenskapen fortfarande hade arrangerats skulle han först ha kunnat få henne och sedan försökt vinna hennes tillgivenhet. Som det nu var blev han alldeles utarbetad av att försöka uppvakta och vinna henne. Han var inte – och hade aldrig varit – någon särskilt tålmodig man.

Han placerade hennes vinglas på bordet bredvid hennes stol, tog bort boken ur hennes knä, markerade hur långt hon hade kommit och stängde den. Han satte sig på huk framför henne och täckte hennes lediga hand med sin. Handen vändes och deras fingrar flätades samman. Han kände ett oväntat, fast, utskjutande föremål, sänkte blicken och märkte att hon bar den ring som han hade lämnat hos henne. Han lyfte upp hennes hand och kysste handflatan.

Då rörde hon äntligen på sig. "Jag drömde om Katarina av Aragonien", mumlade hon.

"Hur var hon?"

"Olycklig. Han behandlade henne inte särskilt väl."

"Olyckligtvis hade han blivit förälskad."

"Jo, men han skulle inte ha gjort sig av med henne om hon bara hade gett honom en son som överlevt. Varför är män så gräsliga?"

"Det var ett stort hopp."

"Från Henry VIII till män i allmänhet. Jag vet inte det." Hon sträckte på sig och lade märke till vinglaset som han höll i handen. "Jag ser att du har hittat din middag."

"Det har jag, älskling. Jag är ledsen. Om jag hade vetat…"

"Det spelar ingen roll. Denton fick smaka, och av hans ansiktsuttryck – vilket han till sin heder försökte dölja – förstod jag att jag inte precis åtstadkommit något kulinariskt mästerverk. Fast det var snällt av honom att låta mig låna köket. Har han berättat hur jag lyckats stöka till det?"

"Han uttryckte sig mycket försiktigt."

Hon log. Om du och jag gifter oss är jag säker på att Denton kommer att ta ut skilsmässa från dig, Tommy. Han skulle aldrig stå ut med att jag brände vid mat i alla hans kastruller."

"Har du gjort det?"

"Han uttryckte sig visst försiktigt. Så rart av honom." Hon sträckte sig efter sitt vinglas och snurrade långsamt på det. "Det var faktiskt bara en kastrull. Och dessutom en mycket liten. Och jag brände inte fast maten vid riktigt hela bottnen. Du förstår, i receptet stod det att man skulle sautera vitlök, och jag började sautera den och blev sedan distraherad av telefonen

– det var förresten din mor. Om brandvarnaren inte hade satt igång, hade du antagligen hittat en ruin när du kom hem istället för" – hon gjorde en gest i riktning mot matrummet, *"fettuccine à la mer avec crevettes et les moules."*

"Vad hade mor på hjärtat?"

"Hon lovprisade alla dina dygder. Intelligens, medkänsla, kvickhet, integritet, ryggrad. Jag frågade om du hade starka tänder också, men det visste hon inte."

"Du får fråga min tandläkare. Vill du ha hans telefonnummer?"

"Skulle du verkligen ge mig det?"

"Jag skulle kunna göra mer än så för dig. Jag skulle till och med kunna äta *fettuccine à la mer avec crevettes et les moules.*"

Hon log åter. "Jag smakade själv på det. Herregud, så hemskt det var. Jag är alldeles hopplös, Tommy."

"Har du ätit middag?"

"Denton hade förbarmande över mig vid halv tiotiden. Han svepte ihop någonting med kyckling och kronärtskockor som var alldeles himmelskt. Jag slukade det vid köksbordet och fick honom att lova att inte avslöja någonting. Men det finns lite kvar. Jag såg hur han stoppade in det i kylskåpet. Ska jag värma upp det åt dig? Det kan jag kanske i alla fall göra utan att elda upp huset. Eller har du redan ätit middag någonstans?"

Han sa att han inte hade gjort det och berättade att han hela kvällen hade hoppats att han snart skulle vara klar med arbetet men att utredningen bara hade svällt ju mer han grävde i den. Han erkände att han var uthungrad, drog upp henne på fötter och de gick nedför trappan. De undvek att gå in i matrummet med dess allt hårdare *fettuccine à l a mer* och gick istället ner till köket i bottenvåningen. Helen sökte igenom kylskåpet medan Lynley såg på. På något barnsligt sätt blev han lugn av att se henne leta bland burkar och plastpåsar för att till slut triumferande plocka fram en plastburk. Han undrade vad denna plötsliga känsla av välbehag berodde på? Var det ringen och det faktum att hon hade valt att bära den? Eller var det förhoppningen att snart få i sig en hyfsad måltid? Eller var det hennes uppträdande där hon flängde runt i hans kök och så målmedvetet uppförde sig som en god hustru mot honom; plockade fram tallrikar från skåpen, bestick från lådorna, lade kycklingen och kronärtskockorna i en rostfri kastrull som hon satte in i mikrovågsugnen och stängde dörren med en min av...

"Helen!" Lynley sprang tvärs över köket innan hon hann sätta på ugnen. "Du kan inte sätta in metall i den."

Hon såg oskyldigt på honom. "Varför inte då?"

"För att det kan man inte. För att metall och mikrovågor... Fan, jag vet inte. Jag vet bara att det inte går."

Hon betraktade ugnen. "Jösses. Jag undrar..."

"Vad då?"

"Det måste vara det som hände med min."

"Har du satt in något metallföremål i den?"

"Jag tänkte inte på att det var metall. Det gör man ju inte."

"Vad var det för någonting?"

"En burk soppa. Jag tycker inte om att äta den kall förstår du. Och jag tänkte att jag skulle kunna stoppa in den i mikrovågsugnen ett par minuter. Och det bullrade och väste och blixtrade och så dog den. Jag minns att jag tänkte att då är det ju inte så konstigt om man brukar servera vichyssoise kall. Men jag trodde att det berodde på soppan, jag satte aldrig bullret och väsandet och blixtarna i samband med själva burken." Hon såg slokörad ut och suckade. "Först fettuccine. Och nu detta. Jag vet inte, Tommy." Hon vred på ringen som hon hade på fingret. Han lade en arm runt hennes axlar och kysste hennes tinning.

"Hur kan det komma sig att du älskar mig?" undrade hon. "Jag är ju helt hopplös och kommer säkert aldrig att kunna bättra mig."

"Det är jag inte så säker på."

"Jag spolierar din middag. Jag förstör dina kastruller."

"Dumheter", sa han och vände henne mot sig.

"Jag ställde nästan till med en explosion i ditt kök. Gode Gud, du skulle vara säkrare tillsammans med IRA."

"Var inte fånig nu." Han kysste henne.

"Om jag fick hållas skulle jag säkert elda upp huset och hela Howenstow på köpet. Kan du tänka dig så hemskt. Har du tänkt på det?"

"Inte ännu. Men jag ska göra det. Så småningom." Han kysste henne en gång till och drog henne närmre och smakade på hennes mun och läppar med sin tunga. Hon passade honom så perfekt, och han förvånades över detta mirakel, över motsatserna mellan det manliga och kvinnliga. Kantighet motsvarades av kurvor, det sträva av det lena, det hårda av det mjuka. Helen var ett under. Hon var precis allt det han ville ha. Och så fort han hade fått någonting att äta skulle han bevisa det för henne.

Hennes armar gled runt hans hals. Hennes fingrar smekte längtansfullt hans hår. Hennes höfter trycktes mot hans. Han kände sig på samma gång yr i huvudet och alldeles het i ljumskarna och hans två hungerkänslor utkämpade en kamp för att ta kontroll över hans kropp.

Han kom faktiskt inte ihåg när han senast hade fått en välbalanserad stärkande måltid. Det måste ha varit åtminstone för trettiosex timmar sedan. Han hade ätit ett kokt ägg och en skiva rostat bröd i morse, men det kunde knappast räknas om man tänkte på hur lång tid som hade gått sedan dess. Han borde faktiskt äta. Kycklingen och kronärtskockorna stod på arbetsbänken. Det skulle inte ta fem minuter att värma upp dem. Och sedan skulle det ta fem minuter att äta. Disken skulle ta tre om han inte ville lämna den till Denton. Jo, det var nog inte någon dum idé. Mat. Om mindre än fem minuter skulle han må perfekt, vara stark som en oxe och i absolut toppform. Han stönade. Jesus! Vad var det som höll på att hända med honom? Han behövde näring. Genast. För om han inte åt skulle han omöjligt kunna...

Helens hand gled nerför hans bröst, och hon knäppte samtidigt upp hans skjortknappar. Den nådde ner till hans byxor och lossade på hans bälte.

"Har Denton gått och lagt sig, raring?" viskade hon med munnen mot hans mun.

Denton? Vad hade Denton med det här att göra?

"Han kommer väl inte ner i köket?"

I köket? Menade hon verkligen att de skulle... Nej. Nej. Hon kunde inte mena det.

Han hörde ljudet av hur hon öppnade hans blixtlås. En svart slöja tycktes falla ner över ögonen på honom. Han undrade om det fanns risk för att han skulle svimma av hunger. Sedan kände han hennes händer och det lilla blod han hade kvar tycktes bege sig någon annanstans.

"Helen, jag har inte ätit på flera timmar", sa han. "Ärligt talat är jag inte säker på att jag kan..."

"Dumheter." Hon tryckte sina läppar mot hans. "Jag är säker på att du klarar det bra."

Och det gjorde han.

OLIVIA

Jag har haft kramp i benen. På tjugo minuter har jag tappat fyra blyertspennor och jag orkar bara inte plocka upp dem. Så jag tar helt enkelt en ny ur burken. Jag fortsätter att skriva på och försöker strunta i hur min handstil har förändrats under de senaste månaderna.

Chris kom förbi för en stund sedan. Han ställde sig bakom mig. Han vilade händerna på mina axlar och knådade musklerna på det där sättet som jag tycker om. Han lutade kinden mot mitt huvud. "Du behöver inte skriva allt på en gång", sa han.

Jag sa: "Det är just det jag måste."

"Varför?"

"Fråga inte så dumt. Du vet ju."

Han lät mig vara ifred. Nu är han i verkstaden och snickrar på en bur till Felix. "Nästan två meter lång", berättade han för mig. "De flesta människor fattar inte hur mycket plats en kanin behöver." Han arbetar för det mesta med musik på, men nu har han varken satt på stereon eller radion för han vill att jag ska kunna tänka och skriva klart. Det skulle jag också vilja, men telefonen ringer och jag hör hur han svarar. Jag kan höra hur hans röst blir mjuk. Den har fått svagt rundade kanter, som brandy om man kunde jämföra brandy med ett ljud. Jag försöker ignorera det, hans "Ja... Nej... Egentligen ingen förändring... Jag tror inte jag kan... Nej... Nej, det är inte alls på det sättet..." En lång, fruktansvärd tystnad, och sedan säger han: "Jag förstår", med en röst som svider i mig för att den låter så sårad. Jag lyssnar efter mer, avslöjande, framviskade ord som *älskar*, som *vill*, *saknar* och *om bara*, avslöjande ljud som till exempel suckar. Jag anstränger mig för att höra samtidigt som jag rabblar alfabetet baklänges tyst för mig själv för att utestänga hans röst. Jag hör hur han säger: "Bara tålamod", och orden på papperet framför mig blir suddiga. Pennan glider undan och faller till golvet. Jag sträcker mig efter en ny.

Chris kommer in i kabyssen. Han sätter på tevattnet. Han tar ut en mugg ur skåpet och te från skafferiet. Han lutar händerna mot arbetsbordet och sänker huvudet som om han granskade någonting på det.

Jag känner hur hjärtat bankar i strupen på mig och jag vill säga: "Du kan gå till henne. Du kan gå om du vill", men jag säger det inte för jag är rädd att han skulle göra det.

Det gör alldeles för ont att älska. Varför tror vi att det ska vara så underbart? Kärlek är bara eländes elände. Det är som att hälla frätande syra över sitt hjärta.

Vattnet i kokaren börjar bubbla och den stänger av sig själv. Han häller upp vattnet. "Vill du ha en kopp, Livie?" säger han. "Ja tack."

"Oolong?"

"Nej, har vi inte Gunpowder hemma?"

Han letar i skåpet efter teburken. "Jag förstår inte hur du kan dricka det här blasket. Jag tycker bara det smakar vatten."

"Man måste nog ha en känslig gom", säger jag. "Vissa smaker är finare än andra."

Han vänder sig om och vi ser på varandra. I tystnad säger vi allt det vi inte vågar säga högt. "Jag måste nog göra färdigt den där buren", säger han till slut. "Felix behöver någonstans att sova i natt."

Jag nickar men känner hur stelt mitt ansikte är. När han går förbi mig nuddar hans hand vid min arm och jag vill gripa tag i den och trycka den mot min kind.

"Chris", säger jag och han hejdar sig bakom mig. Jag tar ett djupt andetag för det gör ondare än jag hade trott att det skulle göra. "Jag kommer nog att hålla på med det här ett bra tag till. Om du skulle vilja gå ut... rasta hundarna eller ... titta in på puben."

"Jag tror att hundarna har fått nog med motion idag", säger han lugnt.

Jag stirrar på det här gula randade blocket, det tredje sedan jag började skriva. "Du förstår, det kan inte bli mycket längre nu", säger jag.

"Ta tid på dig", säger han.

Han fortsätter med sitt arbete. "Säg mig, gubben", säger han till Felix, "vill du att din nya bostad ska ha utsikt mot öster eller väster?" och så börjar han hamra med snabba slag, ett-två för varje spik. Chris är stark och händig. Han gör aldrig några misstag.

Förut funderade jag ofta över varför han tog sig an mig. Jag har frågat honom om det var en tillfällig nyck. För jag kunde inte förstå varför han skulle plocka upp en hora, bjuda henne på en vårrulle och två koppar kaffe, ta henne med hem och sätta henne i arbete med att snickra och sedan låta henne stanna kvar, när han inte hade tänkt – och absolut inte hade lust –

att knulla henne. Först trodde jag att han ville att jag skulle jobba på gatan åt honom. Jag trodde han hade något beroende som kostade pengar så jag väntade mig när som helst hitta sprutor, skedar och paket med vitt pulver. "Vad handlar det här egentligen om", frågade jag till slut. "Vad då handlar om?" sa han då, och såg sig om på pråmen som om det hade varit den jag frågade om.

"Det här. Jag, här, tillsammans med dig."

"Måste det handla om något?"

"En kille och en tjej. Då brukar det för det mesta handla om något."

"Jaha!" Han lyfte upp en bräda och böjde huvudet. "Var har hammaren tagit vägen?" Och så fortsatte han att arbeta och såg till att jag också arbetade.

Medan vi byggde färdigt pråmen sov vi på två madrasser till vänster om trappan, i den delen av pråmen där djuren inte var. Chris sov i sina underkläder. Jag sov naken. Ibland tidigt på morgnarna hände det att jag kastade av mig täcket och lade mig på sidan så att mina bröst skulle se större ut. Jag låtsades sova och väntade att det skulle hända någonting mellan oss. En gång kom jag på honom med att iaktta mig. Jag märkte hur hans ögon vandrade över min kropp och såg hur tankfull han var. Nu händer det, tänkte jag. Jag sträckte på ryggen i en rörelse som jag av erfarenhet visste såg smidig ut.

"Du har en intressant kroppsbyggnad, Livie", sa han. "Brukar du motionera regelbundet? Joggar du?"

"Fan också", sa jag och skyndade mig att tillägga: "Jo, jag antar att jag kan springa om jag måste."

"Hur fort då?"

"Hur skulle jag kunna veta det?"

"Är du rädd för mörker?"

Jag sträckte på armen och lät min hand glida nerför hans bröst. "Det beror faktiskt på vad som händer i mörkret."

"Om man springer, hoppar, klättrar, gömmer sig."

"Vad talar du om? Om att leka krig?"

"Någonting i den stilen."

Jag lät mina fingrar glida ned innanför resåren i hans kalsonger. Han tog min hand i sin.

"Låt oss pröva", sa han.

"Vad då?"

"Om du är bra på någonting mer än det här."

"Är det något fel på dig? Är det så det är? Har du fel på driften eller nå-

273

gonting? Varför vill du inte göra det?"

"För att det inte är så det ska vara mellan oss." Han rullade av madrassen och reste sig upp. Han sträckte sig efter sina jeans och sin skjorta. På mindre än en minut hade han klätt sig med ryggen mot mig och huvudet nerböjt så att jag kunde se kotan i nackgropen, och se hur sårbar han verkade. "Du behöver inte vara så där mot män", sa han. "Det finns andra sätt att vara på."

"Vara hur då?"

"Så som du är. Lättillgänglig. Eller vad du nu är."

"Då så." Jag satte mig upp och drog filten om mig. Tvärs genom brädhögarna och de ännu inte färdiga väggarna i pråmen kunde jag se djuren längst bort. Toast var vaken och höll på att tugga på en gummiboll, och det gjorde också en beagle som Chris kallade för Jam. En av råttorna sprang i motionshjulet i sin bur. Det lät underligt, ungefär som ett maskingevär på avstånd: *rat-a-tat-tat*. "Sätt igång då", sa jag.

"Med vad?"

"Med den där föreläsningen du så gärna vill hålla för mig. Men du får vara försiktig, för jag är inte som de." Jag pekade med armen mot djuren. "Jag kan gå härifrån precis när jag vill."

"Varför gör du inte det då?"

Jag stirrade på honom, för jag kunde inte komma på något svar. Jag hade mitt inackorderingsrum i Earl's Court. Jag hade en stadig kundkrets. Varje dag hade jag möjlighet att skaffa ytterligare kunder ute på gatan. Så länge jag var villig att göra vad som helst och pröva allting hade jag en säker inkomstkälla. Varför stannade jag här då?

Då trodde jag att det var för att jag tänkte visa honom hur det gick till här i livet. Innan jag är färdig med dig, min lilla ärta, tänkte jag, ska jag ha fått dig att yla mot månen, jag ska ha fått dig så kåt att du ligger och gnäller vid mina fötter och tigger om att få slicka min vrist.

Och för att kunna göra det var jag naturligtvis tvungen att stanna kvar hos honom på pråmen.

Jag tog mina kläder som låg på golvet mellan madrasserna, krängde dem på mig och vek ihop min filt. Jag drog med fingrarna genom håret istället för att kamma det. "Då så", sa jag.

"Vad då?"

"Jag ska visa dig."

"Vad då?"

"Hur fort jag kan springa. Och hur långt. Och allt annat som du vill se."

"Kan du klättra?"

"Jadå."

"Krypa?"

"Visst."

"Åla på magen?"

"Du ska få se en expert."

Han blev röd i ansiktet. Det var den första och enda gången jag hade lyckats göra honom generad. Han tog en brädbit och kastade den åt sidan. "Livie" sa han.

"Jag hade inte tänkt ta betalt", sa jag.

Han suckade. "Det är inte för att du är en hora. Det har ingenting med det att göra."

"Det har det visst det", sa jag. "Jag skulle över huvud taget inte vara här om jag inte hade varit en hora." Jag klättrade upp på däck och han följde efter mig. Det var grått och blåsigt ute. Vissna löv virvlade över gångstigen. Medan vi stod där började regnet falla. "Visst", sa jag. "Springa, klättra, krypa och åla." Och jag gav mig iväg med Chris tätt bakom, för jag ville visa honom allt jag kunde göra.

Han prövade mina färdigheter, det förstår jag nu, men då trodde jag att han letade efter sätt att hålla sig borta från mig. Ni förstår, på den tiden visste jag inte att han hade några andra intressen. Under de första veckorna vi var tillsammans arbetade han på pråmen och träffade kunder som ville fråga honom om råd när det gällde att renovera sina hus och så tog han hand om djuren. Han stannade hemma på kvällarna och för det mesta läste han, men han lyssnade också till musik och ringde massor av telefonsamtal som jag – av hans affärsmässiga röst och av att han både hänvisade till stads- och generalstabskartor att döma – antog handlade om hans arbete med trä och gipsskivor. Ungefär fyra veckor efter det att han låtit mig flytta in gick han för första gången ut en kväll. Han sa att han skulle gå på ett möte – han sa att det var fyra gamla skolkamrater som han brukade träffa en gång i månaden och senare upptäckte jag att det på sätt och vis var sant – och han sa att han inte skulle bli sen. Och det blev han inte heller. Men sen gick han ut en gång till samma vecka och så ännu en gång. Fjärde gången kom han inte tillbaka förrän klockan tre på morgonen och när han kom hem bullrade han så att han väckte mig. Jag frågade honom var han hade varit. "Jag har fått för mycket att dricka", svarade han, och kastade sig på sin madrass och sov som en stock. En vecka senare började alltsammans om igen. Han sa att han träffade sina kompisar. Men den här gången kom han inte alls hem den tredje natten.

Jag satt uppe på däck tillsammans med Toast och Jam och väntade på honom. Och ju senare det blev, desto oroligare blev jag. Men jag sa mig själv att jag skulle ge igen så jag klädde mig i svart lamé, svarta strumpor och högklackade skor. Jag gav mig iväg till Paddington och plockade upp en australiensisk filmregissör som arbetade i Shepperton Studios på ett projekt. Han ville att vi skulle gå till hans hotell men det passade inte mig. Jag ville ta med honom till pråmen. Han var fortfarande kvar – sovande och spritt naken med ena armen över ögonen och en hand på mitt huvud som vilade mot hans bröst – när Chris till slut kom hem klockan sex på morgonen, tyst som en tjuv om natten. Han öppnade dörren och kom nerför trappan med kavajen under armen. Till att börja med kunde jag inte urskilja honom klart i motljuset. Jag kisade mot honom och sträckte sedan lyckligt på mig när jag fick syn på hans välbekanta kalufs. Jag gäspade och smekte australiensarens ben. Australiensaren grymtade.

"God morgon, Chris", sa jag. "Det här är Bri. Australiensare. Är han inte fin?" Och jag vände mig på sidan och började smeka honom så att Brian började stöna högt. "Inte en gång till", gnällde han. "Jag förmår inte mer, kan inte få upp den nu igen, Liv." Så vitt jag kunde se hade han inte öppnat ögonen.

"Skicka iväg honom, Livie", sa Chris. "Jag behöver dig."

Jag viftade avvärjande och fortsatte smeka Brian. "Va? Vem", sa han, satte sig upp och grep efter filten som han försökte skyla sig med.

"Det här är Chris", sa jag och borrade in näsan mot Brians bröstkorg. "Han bor här."

"Vem är han?"

"Ingen särskild. Han är Chris, det sa jag ju. Han bor här." Jag drog i filten, men Brian höll fast den. Med sin andra hand började han treva på golvet efter sina kläder. "Han har fullt upp", sa jag och sparkade till kläderna. "Vi kommer inte att störa honom. Se så, kom igen nu då. Du gillade det ju i går kväll."

"Jag har förstått vinken", sa Chris. "Nu kan du se till att bli av med honom."

Samtidigt hörde jag ett annat ljud, ett lågt gnällande, och jag märkte att det inte alls var kavajen som Chris höll under armen. Det var en gammal brun filt som var trasig i kanterna, och den var svept runt omkring något stort. Chris bar bort det till bortre änden av båten där djuren hade sina utrymmen och där toaletten fanns. Nu var kabyssen färdigbyggd, och det var även toaletten och djurens utrymme, så jag kunde inte förstå vad han sysslade med där borta. Jag kunde höra hur Jam skällde.

"Har du i alla fall gett djuren mat?" ropade Chris över axeln. "Och har du rastat hundarna? Fan också! Glöm det!" Sedan kom det mycket tystare: "Så ja. Det ska bli bra. Du är så fin…"

Vi stirrade efter honom. "Jag ska ge mig iväg", sa Brian.

"Visst", sa jag, men jag tog inte ögonen från kabyssdörren. Jag krängde på mig en T-shirt och hörde Brian klampa uppför trappan. Dörren stängdes efter honom och jag gick genom kabyssen ut till Chris.

Han stod lutad över arbetsbänken ute hos djuren. Han hade inte tänt utan ett svagt ljus silade in genom fönstret. "Det ska bli bra", sa han med mjuk röst. "Du kommer att bli frisk. Det var visst en jobbig natt, men nu är det över."

"Vad har du där?" sa jag och kikade över axeln på honom. "Oh, Herre Gud!" Det vände sig i magen på mig. "Vad har hänt? Var du full? Var har du fått tag på honom? Körde du på honom med bilen?"

Det var allt jag kunde tänka när jag såg beaglen för första gången, men om jag inte hade haft en sådan baksmälla borde jag ha förstått att ärren som löpte tvärs över hundens huvud från ögonen till nacken inte var tillräckligt färska för att ha blivit hopsydda på djurakuten samma natt. Hunden låg på sidan och andades långsamt. När Chris nuddade med baksidan av fingret under dess haka viftade den svagt på svansen.

Jag tog tag i Chris arm. "Han ser hemsk ut. Vad har du *gjort* med honom?"

Chris tittade på mig och jag såg inte förrän nu hur vit han var i ansiktet. "Jag stal honom", sa han. "Det är det jag gör."

"Stal? Den där…? Från…? Vad i Herrans namn är det med dig? Har du gjort inbrott hos en veterinär?"

"Han var inte hos någon veterinär?"

"Men var…"

"Man har lyft bort en del av skallbenet för att frilägga hjärnan. Man använder gärna beagles eftersom det är en så lugn ras. Det är lätt att vinna deras förtroende. Och det måste man naturligtvis göra innan…"

"De? Vem? Vad är det du talar om?" Han skrämde mig precis som han hade gjort första kvällen jag träffade honom.

Han sträckte sig efter en flaska och lite bomull och började badda stygnen. Hunden såg upp mot honom med sorgsna, dimmiga ögon och öron som hängde slappt ner vid det som fanns kvar av hans huvud. Chris nöp försiktigt i beaglens skinn. När han släppte det stannade vecket kvar.

"Uttorkad", sa Chris. "Vi behöver en nappflaska."

"Vi har inte…"

"Det vet jag. Passa honom. Låt honom inte resa sig upp." Han gick ut i kabyssen och jag hörde hur han tappade upp vatten. På arbetsbänken slöt hunden ögonen. Hans andning blev ännu långsammare. Det började rycka i hans tassar. Under ögonlocken såg jag hur ögonen flackade hit och dit.

"Chris", ropade jag. "Skynda dig!"

Toast hade rest sig upp och stod och buffade på min hand. Jam hade dragit sig tillbaka till ett hörn där han låg och gnagde på ett tuggben.

"Chris!" Han kom in med en skål friskt vatten. "Han dör", sa jag. "Jag tror att han är döende."

Chris satte ner vattenskålen och böjde sig över hunden. Han såg noga på den och lade handen mot dess sida. "Han sover", sa han.

"Men tassarna. Och ögonen."

"Han drömmer, Livie. Du förstår, djur drömmer, precis som vi gör." Han doppade fingret i vattnet och höll det mot beaglens nos. Den ryckte till och hunden öppnade ögonen. Han slickade bort droppen från Chris finger. Dess tunga var nästan helt vit. "Bra", sa Chris. "Det går bra så här. Långsamt. Ta det lugnt." Han doppade ner handen i vattnet en gång till, höll upp den och såg på när hunden slickade bort droppen från fingrarna. Nu började hundens svans försiktigt banka mot arbetsbänken. Den hostade. Chris stod lugnt kvar och gav den vatten. Det tog evigheter. När det äntligen var klart lade Chris försiktigt ner hunden på filtarna på golvet. Toast linkade fram för att sniffa runt kanterna på filtarna. Jam stannade kvar där han var och fortsatte att tugga.

"Var har du varit?" sa jag. "Vad har hänt? Var har du fått tag på honom? Då hördes en mansröst ropa från andra änden av pråmen. "Chris? är du där. Jag fick meddelandet alldeles nyss. Jag är ledsen."

"Jag är här inne, Max", ropade Chris över axeln.

En äldre kille kom in till oss. Han var skallig och hade en lapp för ena ögat, men var oklanderligt klädd i skepparkavaj, vit skjorta och prickig slips. Han bar på en svart läkarväska. Han kastade en blick på mig och sedan på Chris och tycktes tveka.

"Det är ingen fara", sa Chris. "Det här är Livie."

Killen nickade mot mig och vände sedan ryggen mot mig. "Hur gick det?" sa han till Chris.

"Jag fick tag på den här", sa Chris. "Robert har två till. Hans mamma har fyra. Den här är värst däran."

"Någonting annat?"

"Tio illrar. Åtta kaniner."

"Var då?"

"Hos Sarah och Mike."

"Och den här då?" Han satte sig på huk för att titta på hunden. "Strunt i det, jag förstår." Han öppnade sin väska. "Varför tar du inte ut de andra", föreslog han med en nick mot Toast och Jam.

"Du tänker väl inte göra slut på honom, Max? Jag kan sköta om honom. Ge mig bara vad som behövs så fixar jag det."

Max såg upp. "Ta ut hundarna, Chris."

Jag hämtade deras koppel som hängde på väggen. "Kom nu", sa jag till Chris.

Han ville inte gå längre bort än till gångstigen. Vi såg på när hundarna följde den bort mot bron. De sniffade på muren och hejdade sig ofta för att skvätta mot den. De rusade ner mot vattnet och skällde på änderna. Jam störtade iväg med öronen vilt fladdrande som om han hade blivit blöt. Toast gjorde likadant, tappade balansen, ramlade omkull och kravlade sig upp igen. Chris visslade. De vände om och började springa mot oss.

Max kom ut till oss. "Nå?" sa Chris.

"Jag skulle tro att det kommer att ta två dygn." Max stängde sin väska. "Jag har lämnat tabletter till dig. Ge honom en halv kopp kokt ris och fin-hackat lammkött. Vi får se hur det går."

"Tack ska du ha", sa Chris. "Jag tänker kalla honom Beans."

"Jag skulle kalla honom Lyckans ost."

När hundarna kom fram till oss klappade Max om Toast och drog Jam skämtsamt i öronen. "Den här kan få komma till en familj nu", sa han till Chris. "Det finns en i Holland Park."

"Jag vet inte. Vi får se."

"Du kan inte behålla alla."

"Jag är medveten om det."

Max tittade på klockan. "Bra", sa han och letade i fickan. De två hun-darna gnydde och sprang ett par steg bakåt. Han log och kastade åt dem var sin kaka. "Försök sova lite", sa han till Chris. "Det gjorde du bra." Han nickade återigen mot mig och gick i riktning mot bron.

Chris flyttade in sin madrass till djuren och sov hela morgonen bredvid Beans. Jag såg till att Toast och Jam var hos mig i arbetsrummet, där jag för-sökte sortera lådorna, verktygen och brädorna medan de lekte med en gam-mal leksak. Då och då tog jag emot telefonmeddelanden till Chris, och de var alla lika kryptiska. "Hälsa Chris att kenneln i Vale of March har sagt ja", "Vi vaktar på Laundry Farm", "Femtio duvor i Lancashire P-A-L", "Ännu inga nyheter om Boots. Vi väntar på att få höra från Sonia." När Chris vaknade kvart över tolv hade jag begripit det som jag varit alltför korkad för att inse tidigare.

Jag fick hjälp av BBC:s nyhetsprogram som rapporterade om vad Djurens Räddningsorganisation föregående natt hade åstadkommit i Whitechapel. När Chris kom in i arbetsrummet höll man precis på att intervjua någon som med upprörd röst förklarade: "...har genom sin blinda dumhet grymt spolierat femton års medicinsk forskning."

Chris hejdade sig i dörröppningen med en kopp te i handen. Jag studerade honom. "Du snor djur", sa jag.

"Det är det jag gör."

"Toast?"

"Jam?"

"Visst."

"De där konstiga råttorna?"

"Och katter och fåglar och möss. En gång en ponny. Och apor. Massor av apor."

"Men... det är ett brott."

"Det är det."

"Men varför..." Det var obegripligt. Chris Faraday, den rättrådige samhällsmedborgaren. Vem var han egentligen? "Var gör de med dem? Med djuren alltså? Vad?"

"Precis vad de vill. Elektriska chocker, gör dem blinda, slår sönder skallarna på dem, skär sönder magarna. Precis vad som helst. Det är ju bara djur. De kan väl inte känna smärta? Fast de har förstås ett centralt nervsystem precis som alla vi andra. Och känselceller och förbindelselänkar mellan dessa känselceller och nervsystemet. Och..." Han gned ögonen med baksidan av händerna. "Förlåt mig. Jag predikar visst. Det har varit en ansträngande natt. Nu ska jag titta till Beans."

"Kommer han att överleva?"

"Om jag har någonting att säga till om."

Han stannade hela dagen och hela natten hos Beans. Max kom tillbaka nästa morgon och de hade ett spänt samtal. "Hör nu på mig, Christopher", hörde jag Max säga. "Du kan inte..."

"Jo, jag tänker göra det", avbröt Chris.

Det slutade med att Chris fick som han ville bara för att han gick med på att kompromissa: Jam fick lyckligt och väl flytta till det hem som Max hade hittat åt honom i Holland Park och vi behöll Beans. Och när pråmen var färdiginredd blev den en anhalt för många andra djur som rövats bort i mörkret, ett centrum varifrån Chris med stor skicklighet i hemlighet utövade sin makt.

Makt. När vi såg fotografierna av vad som hade hänt vid floden i tisdags eftermiddag sa Chris att det var dags för mig att tala om sanningen. "Du kan stoppa allt detta, Livie", sa han. "Du har makt att göra det." Och det kändes konstigt att höra de orden, för det är ju precis vad jag alltid har velat ha.

I det avseendet antar jag att jag är mer lik min mor än jag tycker om. Och medan jag lärde mig att sköta om djuren, för första gången fick sitta med på möten med Organisationen och skaffade mig ett arbete som skulle kunna vara användbart för våra syften – jag blev sjukvårdsbiträde vid djursjukhuset i London Zoo – började mor förverkliga de planer hon hade för Kenneth Fleming. När hon väl hade fått reda på att hans hemliga dröm var att få spela kricket för Englands landslag hade hon också hittat den spricka i hans äktenskap med Jean Cooper som hon sökte efter. Mor skulle aldrig ha kunnat inse att Kenneth och Jean kanske inte bara var jämbördiga men också lyckliga med varandra och med det liv de hade lyckats skapa för sig och sina barn. När allt kom omkring var ju Jean Kenneth underlägsen i alla fall intellektuellt. Och visst hade hon väl lurat in honom i ett äktenskap som han hade funnit sig i på grund av plikt och ansvarskänsla men absolut inte på grund av kärlek. I mors ögon var han fastspänd vid en plog som för länge sedan hade kört fast i gyttjan. Kricket skulle kunna bli hans väg till frihet.

Hon handlade emellertid varken förhastat eller utan eftertanke. Kenneth var fortfarande med i fabrikens kricketlag, och hon började nu gå och titta på matcherna de spelade. Till att börja med blev karlarna skrämda av hennes närvaro, där hon satt i en solstol med en solhatt på huvudet vid bortre änden av deras plan i Mile End Park. Hon var chefen och kallades "Ma'am" av grabbarna på verkstadsgolvet, och både de och deras familjer stirrade storögt på henne.

Men det skrämde inte mor. Hon var van vid det. Hon visste att hon såg imponerande ut i sina sommarklänningar med matchande skor och väskor. Hon visste också att det var mycket mer än Hyde Park, Green Park och London City som skilde hennes liv och hennes erfarenheter från de anställdas. Men hon var övertygad om att hon så småningom skulle få deras förtroende. För var match som gick stannade hon kvar lite längre tillsammans med spelarnas fruar. Hon talade med deras barn. Samtidigt som hon försökte vara en av dem var hon lite annorlunda, där hon skrek: "Bravo, väl spelat, *väl spelat!*" från kanten av planen där hon satt bredvid tekannan och kakorna som hon alltid hade med sig, eller när hon under tepausen, efter matchen eller senare på arbetet fällde kommentarer om någon speciellt skicklig inneomgång. Spelarna och deras familjer kom så småningom att acceptera och till och med att se fram emot hennes närvaro. Så småningom började hon regelbundet organisera möten med laget och hon uppmuntrade dem att lägga upp strategi och spionerade på andra lag för att få tips.

Hon försökte också minska Jean Coopers misstänksamhet mot att hon var med på matcherna. Hon visste att Kenneths framtid var beroende av om hon kunde vinna Jeans förtroende och hon satte igång att visa sig värdig det. Hon låtsades vara intresserad av de två äldsta barnens skolgång, kastade sig in i långa diskussioner om den yngstes hälsa och utveckling, en treåring som hette Stan och som var sen med att börja tala och som fortfarande gick osäkert när han redan borde ha varit säker på foten. "Olivia var precis som Stan i den där åldern", anförtrodde mor dem. "Men när hon var fem kunde jag inte hålla fast henne och det skulle ha behövts munkorg för att hindra henne från att tala." Mor skrattade lite åt alla de bekymmer hon hade haft för så länge sedan. Visst oroar vi oss över dem?" Det var välfunnet, det där *vi*.

Det var som om det där olycksaliga mötet flera år tidigare på Billingsgate Market mellan Jean och mor aldrig hade ägt rum. Istället för skällsord utbytte de nu förtroenden om hur dyrt det var med barnpassning, om hur Jimmy liknade sin pappa, om Sharons modersinstinkter som började visa sig redan samma dag som Jean kom hem från sjukhuset med lille Stan. Mor undvek alla samtalsämnen som skulle ha kunnat få Jean att känna sig underlägsen. Om de skulle kunna bli bundsförvanter i planeringen av Kenneths pånyttfödelse måste de vara jämställda. Jean skulle så småningom tvingas gå med på det som tidigare hade varit otänkbart, och mor var klok nog att veta att det endast gick att få hennes samtycke om Jean trodde att en stor del av idén var hennes egen.

Jag undrar om mor hade lagt upp planerna systematiskt eller om hon lät sina intriger komma som de föll sig. Jag har också undrat om hon redan första gången hon fick syn på Kenneth Fleming på verkstadsgolvet visste hur hon ville ha det. Det som är så djärvt och så enastående hos hennes rävspel är att det verkar – till och med nu och till och med för mig som känner till sanningen – så helt igenom normalt, som en rad händelser som man inte på något sätt kan angripa om man hoppas på att finna en Machiavelli där i bakgrunden.

Varifrån kom idén från början att fabrikens kricketlag behövde en lagledare? Det var naturligtvis en helt logisk slutsats. Då och då hade hon mycket försiktigt framställt någon förvånad fråga: Men har inte landslaget en lagledare? Det är ju faktiskt så att varje kricketlag på varje skola måste ha en lagledare. Det skulle kanske inte vara så dumt om pojkarna från Whitelaw Printworks också hade en lagledare?

Pojkarna drog lott och valde sedan sin förman. Vem kunde planera lag-uppställningen bättre än den som övervakade dem på arbetstid? Men när allt kom omkring var det kanske inte någon god idé. De egenskaper som krävdes för att leda arbetet på Whitelawtryckerierna passade kanske inte lika bra på kricketplanen? Och även om, så borde man kanske försöka skil-ja på arbetstid och fritid, och hur skulle man kunna göra det om förman-nen på jobbet också var den som ledde laget på fritiden? Skulle det inte vara en god idé om förmannen bara var som en av de andra grabbarna i laget och inte lagkapten. Skulle inte det vara ett steg mot ökad jämlikhet om förmannen i detta avseende bara var som en av de andra grabbarna.

Jo visst. Grabbarna insåg att hon hade rätt och förmannen instämde. De bestämde sig för att välja någon annan, någon som kände till spelet, som hade spelat i skolan, någon som kunde inspirera de andra, antingen som slagman eller kastare. De hade två riktigt bra kastare: Shelby som var sättare och Franklin som såg till att maskinerna fungerade. Och de hade en verkligt bra slagman, Fleming som arbetade vid en av pressarna och som även hjälpte till med driften. Nå, vad tyckte de om Fleming? Skulle han duga. Om de valde honom skulle varken Shelby eller Franklin behöva kän-na att laget ansåg att den andre var den bättre kastaren. Varför inte be-stämma sig för Fleming?

Alltså blev Kenneth lagkapten. Det hade absolut ingenting med pengar att göra och det var ett uppdrag som inte heller medförde mycket prestige. Men det spelade ingen roll för syftet var bara att öka hans aptit på spelet, få honom att längta ännu mer efter det som han skulle ha kunnat bli och att locka honom bort från de dystra tankarna på allt han hade missat.

Ingen blev förvånad, minst av allt mor, när Kenneth hade stor framgång som lagkapten. Han planerade laguppställningen klokt och exakt, lät spe-larna byta plats med varandra tills han hade hittat de platser där var och en gjorde bäst ifrån sig. Han såg spelet som en vetenskap snarare än ett sätt att umgås med kamraterna. Hans egna insatser var alltid likadana: med slag-trä i handen var Kenneth Fleming en trollkarl.

Han spelade aldrig kricket för att få publikens hyllningar. Han spelade cricket för att han älskade själva spelet. Och den kärleken märktes i allt från eftertänksamheten när han ställde sig på pass vid gränslinjen till leen-det som klöv hans ansikte sekunden efter det att han hade träffat bollen. Därför tvekade han aldrig att med entusiasm acceptera erbjudandet när en gammal gentleman vid namn Hal Rashadam som tre eller fyra gånger hade kommit och tittat på matcherna erbjöd sig att ställa upp som lagtränare. "För en spottstyver", sa Rashadam. "Jag gillar själva spelet, brukade själv spela på den tiden jag kunde. Jag vill alltid se kricket korrekt spelat."

Skulle ett fabrikslag i kricket ha en tränare? Vem hade hört sådana dumheter. Och var hade han förresten kommit ifrån. Grabbarna hade sett honom där han stod vid kanten av spelplanen, vägde på hälarna, nickade och ibland talade för sig själv. De hade trott att han var en av traktens enstöringar och därför avfärdat honom som en sådan. När därför Rashadam kom fram till dem efter en speciellt knepig match mot ett bildäcksföretag från Haggerston och sa vad han tyckte om deras sätt att spela, hade grabbarna mest av allt lust att be honom sköta sig själv.

Det var mor som ingrep. "Vänta en stund mina herrar. Det är någonting... Vad gäller saken egentligen, sir?" Och hon såg antagligen så oskyldig ut när hon sa det att ingen av dem kunde ana hur lång tid det hade tagit henne att övertala Hal Rashadam att komma för att ta sig en titt på grabbarna från Whitelawtryckerierna, och särskilt på en av grabbarna. Men det råder ingen tvekan om att hon låg bakom Rashadams närvaro, det kunde vem som helst ha förstått om man hade tänkt efter när han presenterade sig och Kenneth Fleming slog sig för pannan. "Rashadam. *Rashadam?*" sa han och skrattade. "Crikey", sa han till sina lagkamrater, "era idioter. Vet ni inte vem den här mannen är?"

Harold Rashadam. Känner ni till det namnet? Troligtvis inte om ni inte följer med i kricket lika passionerat som Kenneth Fleming gjorde. Rashadam fick själv sluta spela för ungefär trettio år sedan på grund av en skadad axel som inte ville läkas ordentligt. Men under de två korta år som han spelade för Derbyshire och i landslaget utmärkte han sig som en fantastisk allround spelare.

Folk tror det som de vill tro och det verkade som om grabbarna från Whitelawtryckerierna ville tro att Hal Rashadam hade stött på deras lag under ett besök hos vem det nu var som han kunde känna i trakten av Mile End Park. Han talade om för dem att han bara hade råkat promenera förbi och den upplysningen slukade de med hull och hår. De ville också tro på honom när han sa att han kunde träna dem utan kostnad, inte av någon annan orsak än att han älskade kricket. Han sa att han hade dragit sig tillbaka och att han hade hur mycket tid som helst och gärna ville syssla med någonting som fick honom att glömma sin gamla skröpliga kropp. Dessutom ville de tro att Rashadam var intresserad av hela laget och inte bara av en speciell person, och att allihopa skulle kunna ha nytta av honom på något dunkelt sätt som egentligen hade mycket lite med kricket att göra.

Mor uppmuntrade dem. "Låt oss fundera på det, mr Rashadam", sa hon när han kom med sitt erbjudande, och när hon senare träffade grabbarna låtsades hon vara försiktig. "Är han verkligen den han utger sig för att vara", sa hon. "Och vem var denne Rashadam, när han var någon?"

Någon av dem tog reda på det åt henne, lyckades få fram gamla tidningsurklipp och skaffade ett exemplar av Wisden Cricketer's Almanack så att hon själv skulle kunna se. Då förvandlades mors försiktighet till intresse, och hon var säkert innerst inne förtjust över att se hur ivrig Kenneth Fleming hade blivit när Rashadam dök upp i Mile End Park.

Ni frågar er säkert hur hon hade stött på Rashadam, och undrar hur i hela världen den före detta lärarinnan Miriam Whitelaw hade burit sig åt för att trolla fram en tidigare kricketstjärna ur rockärmen.

Då måste ni ta i beaktande alla de år av sitt liv som hon hade ägnat åt välgörenhetsarbete och vad det hade inneburit i fråga om kontakter, människor hon kände, föreningar som på något sätt var skyldiga henne en gentjänst. Det enda hon behövde var en bekant till en bekant. Om man kunde övertala någon som Hal Rashadam att en söndagseftermiddag besöka Mile End Park, att promenera förbi spelplanen bakom åskådarna och deras solstolar och picknickkorgar, så skulle Kenneth Flemings talang göra resten, det var hon övertygad om.

Men naturligtvis rörde det sig också om pengar. Rashadam skulle inte ha gjort en sådan sak av ren godhet, och mor skulle inte ha velat be honom om det heller. Hon var en affärskvinna och detta var på sätt och vis affärer. Han hade antagligen nämnt en timpenning för att besöka, tala med och träna grabbarna. Och hon hade betalt.

Och jag kan höra hur ni frågar er varför. Varför skulle hon ha så mycket besvär och offra pengar på det?

För att det varken var besvär eller offer för mor. Det var helt enkelt någonting hon ville göra. Hon hade inte längre någon äkta man. Hon och jag hade klippt av banden mellan oss. Hon behövde Kenneth Fleming. Ni kan kalla honom vad ni vill: någonting för henne att koncentrera sin omtanke och uppmärksamhet på, någon som hon kunde slösa sin tillgivenhet på, en man som kunde ersätta den man som hade dött, ett barn som kunde ersätta det barn hon hade förskjutit. Hon tyckte kanske att hon hade svikit honom när han var hennes elev för tio år sedan. Kanske såg hon i detta förnyade förhållande en möjlighet att inte svika honom en andra gång. Hon hade alltid trott på honom. Kanske letade hon bara efter en möjlighet att bevisa att hon hade haft rätt. Jag vet inte exakt vad hon från början hoppades, tänkte, drömde eller planerade. Men jag tror att hon hade goda avsikter. Hon önskade det bästa åt Kenneth. Men hon ville även vara den som bestämde vad som var bäst för honom.

Alltså kom Rashadam med i fabrikslaget. Och det dröjde inte länge förrän han började ägna speciell uppmärksamhet åt Kenneth. Detta skedde först i Mile End Park, där Rashadam jobbade med att förbättra Kenneths sätt att handskas med slagträt. Men inom två månader föreslog den gamle kricketspelaren att de skulle boka in sig för ett par träningspass på Lord's.

På sätt och vis är man mera ifred där, berättade han för Kenneth. För vi vill väl inte att talangscouter från andra lag kommer och snokar i vad vi håller på att utveckla här?

Alltså begav de sig till Lord's, till att börja med på söndagsmorgnarna. Och ni kan säkert föreställa er hur Kenneth Fleming kände det när dörrarna till övningsplanen inomhus stängdes bakom honom och han hörde smällarna när slagträna träffade bollarna och svischandet av bollar som slogs iväg. Hur han måste ha känt det när han gick förbi de nätinhägnade banorna, hur nerverna fick honom att darra, oron gjorde att hans handflator blev fuktiga och hur upphetsningen fördunklade alla undringar han kunde ha haft om varför Hal Rashadam lade ner så mycket tid och energi på en ung man vars egentliga framtid inte var kricketen – han var ju faktiskt redan tjugosju år gammal – utan Isle of Dogs, i Cubitt Town, i ett radhus med fru och barn.

Och vad sa Jean, undrar ni? Var fanns hon, vad gjorde hon och hur reagerade hon när Kenneth fick så mycket uppmärksamhet av Rashadam? Till att börja med tror jag inte att hon märkte det. När Kenneth kom hem och sa att Hal tänker si eller så, Hal säger att, då nickade hon säkert och noterade att hennes makes hår blivit ljusare av att han varit så mycket ute i solen och att hans hy såg friskare ut än på länge, att han rörde sig smidigare än någonsin förut och att hans ansikte strålade av en livsglädje som hon hade glömt bort att han hade. Allt detta övergick kanske i åtrå. Och när de var i säng och deras kroppar rörde sig rytmiskt tillsammans, var den minst viktiga frågan varthän denna glöd för kricket skulle leda dem, för att inte tala om ifall en mans enkla sportintresse skulle kunna störta dem alla i olycka.

OLIVIA

Jag föreställer mig att Kenneth Fleming dolde sin allra djupaste och innerligaste önskan för sin hustru, eftersom det var en önskan som hade sprungit ur nattens förhoppningar och fantasier. Den hade mycket lite att göra med deras vardagsliv. Jeans tid upptogs antagligen av hennes sysslor i hemmet, av hennes barn och av hennes jobb på Billingsgate Market. Hon skulle antagligen ha fnyst åt tanken att Kenneth skulle lyckas med någonting mer än att avancera på Whitelawtryckerierna och kanske en dag bli fabrikschef. Hennes tvivel skulle inte ha berott på att hon inte kunde eller ville tro på sin make, de skulle ha varit en logisk slutsats av de faktiska förhållandena.

Det tycks mig som om Jean alltid varit den av de två som varit mest sansad. Kom ihåg att det var hon som för så många år sedan frågade sig om det verkligen var så klokt att ha sex när hon inte hade tagit p-piller och att det var hon som talade om att hon var gravid och att hon hade bestämt sig för att behålla barnet och klara av det vad än Kenneth tänkte göra åt saken.

Därför verkar det troligt att hon skulle ha kunnat se vad som var på gång redan när Hal Rashadam första gången promenerade in i deras liv. Kenneth närmade sig med stormsteg sin tjugoåttaårsdag, han hade aldrig spelat kricket utanför skolan eller tillsammans med barnen eller grabbarna på fabriken och det fanns en traditionstyngd väg att gå för dem som en gång hoppades få spela i landslaget.

Kenneth hade inte gått denna väg. Eller rättare sagt, han hade tagit första steget och spelat i skolan, men där upphörde hans engagemang.

Jean skulle försiktigt ha fnyst åt blotta tanken på att Kenneth skulle spela professionellt. "Nu drömmer du allt, min älskade Kenny", skulle hon ha sagt. Hon skulle ha retats med honom och frågat honom hur länge han trodde att det skulle dröja innan kaptenen för landslaget kom för att titta på århundradets uttagningsmatch mellan Whitelawtryckerierna och Cowpers reparationsverkstäder. Men om hon hade gjort det hade hon nog inte räknat med min mor.

Kanske var det mor som föreslog att Kenneth inte skulle berätta för Jean om sina drömmar. "Känner Jean till allt det här, min käre Kenneth?" sa hon kanske när han för första gången berättade för henne vad det var han gick och tänkte på. Om han då förnekade det svarade hon kanske försiktigt att det nog var klokt att inte nämna vissa saker, och lade på så sätt grunden till deras vuxna vänskap.

Om ni har hört talas om hur det gick till när Kenneth Fleming blev rik och berömd vet ni vad som hände sedan. Hal Rashadam såg tiden an medan han tränade Kenneth privat. Sedan bjöd han in styrelseordföranden för kricketlaget i Kent för att se ett träningspass. Denne blev tillräckligt intresserad för att vilja komma till en match i Mile End Park då grabbarna från Whitelawtryckerierna spelade mot Verktygsfabriken i East London Ltd. Efter matchen blev Kenneth Fleming presenterad för herrn från Kent. Denne bjöd ut honom på en öl och Kenneth tackade ja.

Mor var noga med att hålla sig i bakgrunden. Naturligtvis var det mors förslag att Rashadam skulle bjuda in styrelseordföranden från Kent, men det skulle ingen få reda på. Ingen skulle ana att det hela var planerat från början.

Över ett glas öl föreslog lagledaren från Kent att Kenneth skulle komma till en träningsmatch och se hur de spelade. Det gjorde han en fredagsmorgon i sällskap med Rashadam när mor hade sagt till honom att han kunde gott ge sig iväg, för de timmarna kunde han arbeta in senare. "Det är helt i sin ordning", sa hon och höll tummarna för honom. Rashadam hade sagt till honom i förväg att han skulle ha sina kricketkläder på sig. "Varför då?" undrade Kenneth.

"Det spelar väl ingen roll", sa Rashadam, "gör nu som jag säger."

"Men jag kommer att känna mig fånig", invände Kenneth.

"Jag undrar jag vilka som kommer att känna sig fåniga innan dan är över", svarade Rashadam.

Och innan dan var över hade Kenneth en plats i Kents kricketlag, tvärt emot alla regler för "hur man brukar bära sig åt". Det var på två dygn när, åtta månader sedan Hal Rashadam för första gången hade sett grabbarna från Whitelawtryckerierna spela.

Det var bara två problem med att börja spela för Kent. Det första var betalningen; han fick bara lite över hälften av vad han tjänat på Whitelawtryckerierna. Det andra var hans bostad: Isle of Dogs låg alldeles för långt bort från spelplanen och övningsfältet i Canterbury, i synnerhet för en nybörjare som lagkamraterna inte litade riktigt på ännu. Lagledaren tyckte att han måste flytta till Kent om han ville spela för Kent.

I huvudsak var nu den första etappen i mors plan för Kenneth avslutad. Den andra etappen omfattade flyttningen till Kent.

Kenneth måste ha låtit mor bli delaktig i hela det drama som nu utspelade sig. Först och främst för att de arbetade så nära varandra en stor del av tiden. Dessutom var det ju just tack vare det som han ansåg vara hennes generositet och att hon trodde så benhårt på honom som han hade blivit erbjuden en plats i laget. Men han frågade säkert både sig själv och henne vad han skulle kunna göra åt alla de problem som det skulle föra med sig att spela i laget i Kent. Han kunde inte flytta familjen till Kent. Jean hade sitt arbete vid Billingsgate Market, och om han tog den här chansen skulle det vara ännu viktigare för familjens försörjning. Även om han hade kunnat be henne börja pendla – något som han varken kunde eller ville göra, det var det absolut inte tal om – så skulle han aldrig ha velat att hon körde från Canterbury till East London mitt i natten i en gammal bil som mycket väl kunde gå sönder så att hon blev strandsatt mitt ute i obygden. Det var alldeles otänkbart. Dessutom hade hon hela sin familj på Isle of Dogs. Och barnen hade alla sina kamrater där. Och dessutom var det hela en fråga om kostnader. För även om Jean behöll sitt arbete på Billingsgate Market skulle de inte kunna klara sig på det, om han tjänade mindre än vad han gjorde på tryckeriet. Det var alldeles för många ekonomiska aspekter man måste tänka på. Kostnaden för att flytta, vad det skulle kosta att hitta en lämplig bostad, utgifterna för bilen… De hade helt enkelt inte råd.

Jag kan mycket väl föreställa mig mors och Kenneths diskussioner. De befinner sig på tredje våningen, på det kontor som hon övertagit efter far. Hon sitter och läser igenom några kontrakt vid skrivbordet, och på det står en tekanna i vitt porslin med blå kanter från vilken en skimrande Earl Grey-ånga stiger upp. Det är ganska sent – närmare åtta på kvällen – och tyst i fabriksbyggnaden, så när som på de fem städarna som går runt med kvastar, putsdukar och skurhinkar bland de orörliga maskinerna nere i själva fabriken.

Kenneth kommer in på kontoret med ännu ett kontrakt som mor ska titta på. Hon tar av sig glasögonen och gnider sig över tinningarna. Hon har släckt takbelysningen på kontoret för hon brukar alltid få huvudvärk av den. Skrivbordslampan kastar skuggor som ser ut som jättestora handavtryck på väggarna. "Jag har tänkt på en sak, Ken", säger hon.

"Jag har räknat på jobbet för jordbruksdepartementet", säger han. "Jag tror att vi har möjlighet att få det." Han räcker henne uträkningarna.

Hon lägger dem åt sidan på skrivbordet och häller upp ännu en kopp te åt sig. Hon går för att hämta en kopp åt honom också, och går sedan inte tillbaka till sin stol. Hon undviker att sitta bakom sitt skrivbord när han är inne på kontoret, för hon vet att det skulle vara att understryka den klyfta som finns mellan dem.

"Det jag har tänkt på", säger hon, "är dig. Och på Kent."

Han höjer händerna och låter dem sedan falla i en gest som visar att det inte finns någonting att göra. Han ser resignerad ut.

"Har du gett dem något definitivt svar ännu?" frågar mor.

"Jag har försökt dra ut på det", säger han. "Jag vill gärna hoppas in i det sista."

"När vill de ha besked?"

"Jag har sagt att jag ska ringa i slutet av veckan."

Hon häller upp te åt honom. Hon vet hur han vill ha det – socker men ingen mjölk – och hon räcker honom koppen. Det står ett bord i ett mörkt hörn av kontoret, och hon för honom dit och ber honom sätta sig. Han säger att han borde ge sig av för Jean kommer att undra var han har tagit vägen, han är redan sen, för de skulle hem till hennes föräldrar och äta middag. Men hon har antagligen redan gett sig av dit med barnen utan att vänta på honom... Men han gör ingen min av att ge sig iväg.

"Hon gör visst för det mesta som hon vill, din Jean", säger mor.

"Det gör hon", erkänner han. Han rör om i sitt te, men han dricker det inte med en gång. Han ställer ifrån sig koppen på bordet och sätter sig. Han är lång och gänglig – ännu mer nu än när han var pojke – och han fyller upp rummet på ett sätt som andra inte brukar göra. Han utstrålar något slags livskraft; det verkar som om han hade överskott på energi, men det är någonting annat också.

Mor märker det, och anpassar sig efter honom. "Finns det ingen möjlighet alls för henne att hitta något arbete i Kent?" frågar mor.

"Visst skulle hon kunna det", svarar han. "Men då skulle hon bli tvungen att stå i affär eller servera på något café. Och hon skulle i alla fall inte tjäna så att vi klarade oss."

"Har hon... ingen utbildning, Ken?" Naturligtvis vet mor svaret på frågan. Men hon vill höra honom säga det.

"Yrkesutbildning, menar ni?" Han snurrar koppen på fatet. "Nej, bara vad hon har lärt sig i kaféet i Billingsgate."

Inte särskilt mycket, är det exakta svaret. *Hon har serverat, skrivit notan, tagit upp beställningar, gett tillbaka växelpengar.*

"Ja, jag förstår. Då är det ju lite knepigare."

"Det gör det hela omöjligt."

"Låt oss säga att det gör det... svårt."

"Svårt. Knepigt. Omöjligt. Hopplöst. Det kommer på ett ut, eller hur? Och ni behöver inte tala om det för mig. Jag vet att som man bäddar får man ligga."

Det var nog inte riktigt så mor skulle ha uttryckt det, och det är kanske därför som hon skyndar sig att fortsätta innan han hinner säga någonting mera.

"Men det finns kanske en utväg i alla fall. Så att du inte behöver flytta på hela familjen."

"Jag skulle kunna be att få börja på prov i Kent bara. Och själv köra fram och tillbaka för att visa dem att det fungerar även om jag inte bor där. Men det är det där med pengarna..." Han skjuter ifrån sig tekoppen. "Nej, jag är en stor pojke nu, Miriam. Jean har slutat drömma om framtiden, så det är hög tid att jag också gör det."

"Är det vad hon säger åt dig att göra?"

"Hon säger att vi måste tänka på ungarna, vad som är bäst för dem och inte bara på vad vi själva vill. Och jag håller med henne. Jag skulle kunna säga upp mig här på tryckeriet och pendla fram och tillbaka till Kent i åratal utan att ändå få särskilt mycket ut av det. Hon har frågat mig om det verkligen är klokt att riskera så mycket när jag inte har några garantier."

"Men om du hade garantier, då? Ditt arbete här till exempel."

Han ser fundersam ut. Han ser mor rakt i ögonen precis som han brukar göra, som om han kunde läsa hennes tankar. "Jag skulle inte kunna be dig att låta mig få tillbaka arbetet om jag ville. Det skulle inte vara rättvist mot de andra arbetarna här. Och även om du garanterade att jag skulle kunna få tillbaka mitt jobb finns det i alla fall alldeles för många andra problem också."

Hon går bort till sitt skrivbord. När hon kommer tillbaka har hon ett anteckningsblock i handen. "Ska vi ta och skriva upp dem?" säger hon.

Han protesterar bara halvhjärtat. Så länge han har någon att dela sina drömmar med efter arbetstidens slut känns det inte riktigt som om han har gett upp hoppet. Han säger att han måste telefonera till Jean, för att tala om att han kommer att bli ännu senare. Och medan han ringer till sin fru och sin familj sätter mor igång med att skriva listor, och kommer fram till samma slutsats som hon säkert gjorde redan när hon allra första gången såg honom slå bollen långt över gränsmarkeringarna i Miles End Park. Visst hade han gått miste om möjligheten att komma till Oxford, men framtiden låg kanske ändå öppen för honom på något annat sätt.

De diskuterar. De bollar med idéer och tankar. Hon kommer med förslag. Han har invändningar. De grälar om detaljer. Till slut lämnar de kontoret och går ner till Limehouse för att äta kinamat och fortsätta älta problemet. Men mor har ett äss i rockärmen som hon har varit noga med att inte plocka fram alltför tidigt. Celandine Cottage i Springburns. Och i Kent.

Celandine Cottage har funnits i vår familj sedan någon gång på 1870-talet. Under en period lät min farfars far sin älskarinna och hennes två barn bo där. Sedan ärvde min farfar stugan, och han hyrde ut den till lantarbetare ända till den dag när det blev modernt att ha ett week-end-ställe på landet. När jag var tonåring brukade vi åka dit ibland, men för det mesta stod det tomt.

Tänk om, föreslog mor, Kenneth skulle använda sig av Celandine Cottage som bas. Då skulle han kunna vara så mycket han behövde i Kent. Skulle han inte kunna reparera det som behövde repareras, sköta om trädgården, måla det som behövde målas och mura lite där det behövdes, kort sagt ta hand om stället? Det skulle han kunna göra istället för att betala hyra. Tänk om han fortsatte att arbeta vid tryckeriet när han kunde och försökte dra in nya kunder på sin fritid? Mor lovade att han skulle få betalt för det, så då behövde han inte längre bekymra sig för de ekonomiska problemen heller. Tänk om Jean och barnen stannade kvar på Isle of Dogs – så att Jean kunde behålla sitt arbete och barnen fick ha kvar alla sina släktingar och vänner omkring sig – och de åkte och hälsade på Kenneth över veckosluten? Då skulle det inte behöva bli så stora förändringar i deras liv, familjen skulle kunna hålla ihop och barnen skulle få komma ut på landet i friska luften. Om sedan Kenneth inte lyckades slå sig fram som professionell kricketspelare skulle han i alla fall ha försökt.

Mor var som den lede Frestaren. Hon var i sitt esse nu. Fast hon ville ju väl, jag tror faktiskt att hon hade goda avsikter. Jag tror att innerst inne har nog de allra flesta det...

"Livie, titta på det här", ropar Chris och jag drar tillbaka min stol och vrider på huvudet för att kika genom kabyssdörren in i arbetsrummet. Han är klar med buren och Felix håller på att undersöka den. Han hoppar lite försiktigt och sniffar runt. Ett litet skutt till.

"Han skulle behöva en trädgård att sniffa i", anmärker jag.

"Det har du rätt i. Men eftersom vi inte har någon trädgård får det här duga tills han kan få ett nytt hem." Chris studerar hur Felix skuttar in och går bort till vattenflaskan för att dricka. Flaskan skramlar mot burgallret så att det låter som en järnvägsvagn som skramlar över spåret.

"Hur vet de hur de ska bära sig åt?" undrar jag.

"Vad då? Dricka från en flaska?" Han lägger tillbaka spiken i deras olika askar. Han stoppar undan hammaren och sopar ordentligt bort sågspånet från arbetsbänken ner i sophinken. "Jag skulle tro att det är genom att iakt-ta och utforska. Han undersöker sitt nya krypin, träffar på vattenflaskan och utforskar den med nosen. Men han har förresten bott i bur tidigare så han vet antagligen vad som ska finnas i en sån."

Vi studerar kaninen, jag från min stol i kabyssen och Chris från sin plats vid arbetsbänken. Chris studerar i alla fall kaninen. Jag studerar Chris.

"Det har varit väldigt lugnt på sista tiden", säger jag. "Telefonen har inte ringt på flera dar."

Han nickar. Ingen av oss nämner det telefonsamtal han fick för bara en timme sedan, för vi vet båda två vad jag menar. Jag talar inte om vänner som ringer eller kunder, utan om telefonsamtal från Organisationen. Han drar med handen längs överkanten på Felix bur, hittar en ojämnhet och börjar gnida den med sandpapper.

"Är det ingenting på gång då?" frågar jag.

"Bara i Wales."

"Vad är det där?"

"En kennel med beagles. Om vår enhet ska göra något åt det, kommer jag att vara borta några dar."

"Vem är det som bestämmer det?" undrar jag. "Om ni ska göra något åt det, menar jag."

"Det är jag."

"Men gör det då."

Han ser på mig, snurrar sandpapperet runt sitt ena finger, drar åt det och lossar på det. Sedan undersöker han det rör han har åstadkommit och rullar det fram och tillbaka i handen.

"Jag klarar mig", säger jag. "Det går fint. Du kan ju be Max titta in så att han kan ta ut hundarna. Sen kan vi spela alfapet efteråt."

"Vi får se."

"När måste du bestämma dig?"

"Det är gott om tid", säger han och lägger tillbaka sandpapperet.

"Men beaglarna… Chris, är kenneln klar att leverera dem?"

"Det är de alltid klara att göra."

"Då måste du…"

"Vi får se, Livie. Om jag inte gör det, kommer någon annan att göra det. Oroa dig inte. Hundarna kommer inte att hamna i något laboratorium."

"Men du är den av er som är bäst på att göra det. Särskilt när det gäller hundar. Och de kommer att vara på sin vakt, ägarna till kenneln, om hun-darna är stora nog att levereras. Någon måste åka dit. Den som är bäst på det måste åka dit."

Han släcker lysröret över arbetsbänken. Felix rumsterar om i sin bur och Chris kommer in i kabyssen.

"Hör du. Du behöver inte passa mig", säger jag. "Jag avskyr när du gör det. Det får mig att känna mig som en krympling."

Han sätter sig ner och tar min hand. Han vänder på den och studerar min handflata. Han böjer mina fingrar och ser när jag rätar ut dem. Vi vet båda två att jag anstränger mig för att det ska bli en mjuk rörelse.

När min hand är öppen igen täcker han dem med sin andra hand. "Jag har två nya medlemmar i enheten, Livie. Jag är inte säker på att de är redo för någonting som det här i Wales ännu. Och jag vill inte riskera hundarna för mitt egos skull." Han kramar min hand. "Det är därför. Det har ingenting med dig att göra. Eller med det här. Förstår du det?"

"Nya medlemmar?" säger jag. "Det har du inte berättat." En gång i tiden skulle jag ha fått veta. Då skulle vi ha diskuterat det.

"Det har jag kanske glömt. De har varit i min grupp i nästan sex veckor nu."

"Vilka är det?"

"En kille som heter Paul och hans syster Amanda."

Han ser mig så uppriktigt rakt i ögonen att jag inser att det måste vara hon. Det känns som om hennes namn hänger som en dimridå mellan oss.

"Amanda, det är ett vackert namn. Det är hon, eller hur? Men berätta då. Hur gick det till när ni blev förälskade, hur länge dröjde det innan ni låg med varandra?" vill jag säga.

"Livie", skulle han då svara och se olycklig ut. "Men är det inte att bryta mot reglerna?" skulle jag fortsätta som om det inte gjorde mig någonting. "Förbjuder organisationen inte medlemmar att engagera sig i varandra? Är det inte det du alltid har sagt till mig. Och eftersom medlemmarna i enheten – för att inte tala om medlemmarna i hela den jävla gruppen – bara vet förnamnen på de andra medlemmarna blir din förälskelse lite krånglig? Eller har ni redan utväxlat mer än kroppsvätskor? Vet hon vem du är? Har ni gjort upp planer för framtiden?"

Om jag säger allt det där fort nog behöver jag inte föreställa mig de två tillsammans. Jag behöver inte fundera på om och hur de gör det. Om jag bara kan förmå mig att ställa frågorna och få honom på defensiven skulle jag inte behöva tänka på det.

Men jag kan inte göra det. En gång i tiden skulle jag ha kunnat göra det, men numera tycks jag inte längre med en fnysning kunna kasta mig ut på sju famnars djup för att försöka såra folk.

Han betraktar mig. Han vet att jag vet. Om jag bara säger ett enda ord skulle vi kunna ha den diskussion han utan tvekan har lovat Amanda att vi ska ha. "Jag ska berätta för henne", viskar han antagligen till henne när deras kroppar är slappa och svettiga efter att de har älskat. "Jag ska berätta för henne, jag lovar", säger han och kysser henne på halsen, på kinderna och munnen. Hon slingrar benen runt honom. "Amanda", säger han, eller kanske "Mandy", så att det låter som en kyss. De slumrar.

Nej. Jag tänker inte föreställa mig dem så. Jag ska inte alls tänka på dem. Chris har rätt att ha ett eget liv precis som jag har haft. Och när jag var aktiv medlem bröt jag själv mot tillräckligt många av Organisationens regler.

När jag väl hade bevisat för Chris att jag rent fysiskt kunde klara av det han begärde av mig – att springa, hoppa, krypa, åla och allt annat han begärde – började jag gå på de öppna mötena i Organisationens utbildningsavdelning. Dessa hölls i kyrkor, i skolor och i samlingslokaler där motståndare till vivisektion från ett halvdussin olika organisationer tvingade information på lokalbefolkningen. På så sätt lärde jag mig varför forskning bedrivs med hjälp av djurförsök och hur. Vad Boots sysslar med i Thurgarton, hur det är på djurfarmar, hur många av byrackorna på Laundry Farm som man trodde var stulna sällskapsdjur, hur de nervösa besvären yttrade sig hos minkarna som hölls i bur i Halifax, hur många uppfödare det finns som levererar djur till laboratorier. Jag läste allt jag kom över och lyssnade till vad man berättade.

Från allra första början ville jag vara medlem i en aktiv gren. Jag brukade hävda att det hade räckt för mig att kasta en blick på Beans den morgonen han kom till pråmen för att jag skulle bli övertygad. Men sanningen var den, att anledningen till att jag ville vara med i en grupp inte så mycket var min vilja att rädda djur som att få vara i närheten av Chris. Vad jag ville ha av honom, och vad jag ville bevisa för honom. Naturligtvis erkände jag inte det. Jag intalade mig själv att jag ville vara med i en aktiv grupp eftersom det verkade vara spännande att befria djuren, man kunde ju bli fast och – viktigast av allt – jag ville uppleva den fantastiska lyckan av att ha varit med om att genomföra ett framgångsrikt uppdrag. Vid den tiden var det ett par månader sedan jag gick på gatan. Jag var rastlös och behövde en rejäl dos av den spänning som man får av det okända, av faran och av att med knapp nöd undslippa faran. Och det verkade vara precis det jag skulle få vara med om i en aktiv grupp.

De aktiva enheterna bestod av specialister och löpare. Specialisterna banade väg – infiltrerade flera veckor i förväg målet, läste igenom handlingar, fotograferade djuren, gjorde upp kartor över omgivningarna och tog reda på var larmanordningarna fanns och kopplade till slut bort dem innan löparna kom. Löparna genomförde nattetid själva operationen, under ledning av en chef vars ord var lag.

Chris begick aldrig några misstag. Han träffade sina specialister, han hade möten med den styrande gruppen inom Organisationen och han hade sammanträden med sina löpare. De olika grupperna träffades aldrig. Han var förbindelselänken mellan dem.

Min första operation tillsammans med en enhet ägde rum nästan ett år efter det att Chris och jag hade träffats. Jag hade velat att det skulle ske snabbare, men han ville inte låta mig ta några genvägar i den utbildning som alla måste genomgå. Alltså arbetade jag mig uppåt i organisationen och hade målet inställt på att bryta igenom det som jag trodde var Chris försvar mot mig. Ni ser hur tarvlig jag var.

Den första aktiva operation jag var med om riktades mot ett forskningsprojekt angående ryggradsskador som pågick i en universitetsbyggnad av tegel två timmars färd från London, där Chris redan hade haft sina specialister på plats i sju veckor. Vi kom dit i fyra bilar och en minilastbil, och samtidigt som vaktposterna ryckte fram för att släcka strålkastarljuset, gömde vi andra oss bakom en idegranshäck och lyssnade till Chris avslutande instruktioner.

Han sa att vi först och främst skulle sikta in oss på djuren. I andra hand skulle vi ta itu med forskningen. Befria de förra, förstöra det andra. Men inte ge oss på det andra målet förrän det första var uppnått. Vi skulle ta alla djuren. Senare skulle man besluta vilka av djuren som man kunde behålla.

"Behålla?" viskade jag. "Men Chris, vi har väl kommit hit för att rädda allesammans? Vi kan väl inte lämna tillbaks några av dem?"

Han låtsades som om han inte hade hört mig och drog ner sin mask för ansiktet. I samma stund som strålkastarbelysningen slocknade skickade han iväg den första styrkan av enheten, befriarna.

Jag kan fortfarande se dem framför mig, kolsvarta figurer som rörde sig som dansare i mörkret. De gled fram över gården i skydd av trädens djupa skuggor. Vi förlorade dem ur sikte när de vek runt hörnet på byggnaden. Chris lyste med en ficklampa på sin klocka och en flicka vid namn Karen skuggade ljusstrålen med händerna.

Det gick två minuter. Jag koncentrerade mig på byggnaden. En ljusspringa skymtade i ett fönster på bottenvåningen. "De är inne", sa jag.

"Nu", sa Chris.

Jag tillhörde den andra avdelningen inom enheten, transportörerna. Utrustade med transportburar störtade vi hopkrupna tvärs över gården. När vi kom fram till byggnaden hade två av fönstren öppnats. Vi blev indragna med hjälp av utsträckta händer. Det var någons kontor vi hade hamnat i, det var fyllt med böcker, pärmar, en ordbehandlare och en printer, och på väggarna satt diagram och kartor. Vi smög oss ut i en korridor. Ett ljus blinkade till en gång på vänster sida. Befriarna var redan inne i laboratoriet.

Det enda som hördes var våra andetag, ljudet av burar som öppnades och det svaga pipandet från kattungarna. Ficklampor tändes och släcktes så att man nätt och jämnt kunde kontrollera att djuren fanns i burarna. Befriarna lyfte ut katter och kattungar. Transportörerna störtade tillbaka till det öppna fönstret med transportkartongerna. Och mottagarna – enhetens sista grupp – rusade tysta tillbaka till bilarna och minilastbilen med kartongerna. Det var inte meningen att hela operationen skulle ta mer än tio minuter.

Chris var den siste som kom in. Han bar med sig målarfärg, sand och honung. Medan transportörerna försvann tillbaka in i natten för att förena sig med mottagarna vid bilarna, sysslade han och befriarna med att spoliera för forskningen. De tillät sig att stanna kvar två minuter bland papper, diagram, datorer och pärmar. När tiden var ute gled de genom fönstret och störtade över gården. Fönstret stängdes efter dem och låstes precis som det hade varit innan. När vi väntade i andra änden av gården – återigen i skydd av häcken – dök vaktposterna upp runt hörnet av byggnaden. De försvann in i de djupa skuggorna under träden innan de till slut kom tillbaka till oss.

"En kvart", viskade Chris. "För långsamt."

Han gjorde en gest med huvudet och vi följde efter honom mellan byggnaderna tillbaka till bilarna. Mottagarna hade redan ställt djuren i Chris minilastbil och gett sig iväg.

"Tisdag kväll", sa Chris med låg röst. "Praktiska övningar." Han klättrade upp i lastbilen, drog av sig sin ansiktsmask. Jag följde efter honom. Vi väntade tills resten av bilarna hade kört iväg i olika riktningar. Chris startade lastbilen och vi körde mot sydväst.

"Härligt, härligt, *härligt*", sa jag. Jag lutade mig mot Chris, drog honom till mig och kysste honom. Han rätade på sig och höll ögonen fästa på vägen. "Det var fantastiskt. Det var verkligen någonting. Herre Gud! Såg du oss? *Såg* du oss? Vi var ju för fan oslagbara." Jag skrattade och klappade händer. "När ska vi göra det igen? Chris, svara mig. När ska vi göra det igen?"

Han svarade inte. Han tryckte gaspedalen i botten. Minilastbilen susade fram. Bakom oss gled pappkartongerna en smula bakåt. Några kattungar jamade.

"Vad ska vi göra med dem? Chris, svara mig. Vad ska vi göra med dem? Vi kan inte behålla dem allihopa. Chris, du tänker väl inte behålla dem."

Han sneglade på mig, och koncentrerade sig sedan åter på vägen. Ljusskenet från manöverpanelen gjorde att hans ansikte såg gult ut. Strålkastarna fångade in en vägskylt som visade M20. Han körde upp lastbilen på motorvägen.

"Har du redan hittat nya hem åt dem? Ska vi lämna av dem redan nu på morgonen, precis som man brukar leverera mjölk. Men vi kan väl få behålla en av dem. Som ett minne."

Han gjorde en grimas. Det såg ut som om han hade någonting som sved i ögonen.

"Blev du skadad?" undrade jag. "Skar du dig? Har du gjort händerna illa? Vill du att jag ska köra. Chris, kör in till sidan. Låt mig köra."

Han ökade farten. Jag såg hur visaren på hastighetsmätaren kröp allt högre upp. Kattungarna gnällde.

Jag vände mig om i sätet och drog en av kartongerna mot mig. "Okay", sa jag, "låt oss se vad vi har här nu då."

"Livie", sa Chris.

"Vem är du? Vad heter du? Är du inte glad över att ha kommit bort från det där otäcka stället?"

"Livie", sa Chris.

Men jag hade redan öppnat locket och höll på att lyfta upp det lilla pälsknytet i händerna. Jag såg att det var en randig kattunge, gråbrun och vit med alldeles för stora öron och ögon. "Oh, så söt man kan vara", sa jag och lade kattungen i knäet. Den jamade och dess små klor fick tag i mina tights. Den började krypa upp mot mina knän.

"Lägg tillbaka den", sa Chris samtidigt som jag lade märke till kattungens bakben. De släpade oanvändbara och förvridna bakom den. Längs med ryggraden hade den ett långt smalt ärr som var sammanhållet av blodiga metallstygn. Vid skuldrorna rann det ut var från såret så att pälsen blev kladdig.

Jag kände hur jag ryggade tillbaka. "Skit också", sa jag.

"Lägg tillbaka den i kartongen", sa Chris.

"Jag... Vad har den... Vad har man gjort...?"

"De har krossat dess ryggrad. Lägg tillbaka den."

Jag kunde inte. Jag kunde inte förmå mig till att röra vid den. Jag tryckte huvudet mot ryggstödet.

"Ta den", sa jag. "Snälla Chris."

"Vad trodde du egentligen? Vad i helvete inbillade du dig?"

Jag knep ihop ögonen. Jag kände de små klorna mot mitt skinn. Trots att jag blundade hade bilden av kattungen etsat sig fast. Mitt ansikte hettade. Kattungen jamade. Jag kände hur den gned sitt lilla huvud mot min hand.

"Jag tror att jag kommer att kräkas", sa jag.

Chris svängde in på en rastplats. Han gick ur bilen, slängde igen dörren och kom runt till min sida. Han öppnade min bildörr och jag kunde höra hur han svor.

Han tog kattungen från mig och drog ut mig ur lastbilen. "Vad trodde du egentligen?" sa han. "Trodde du att det var en lek? Vad i helvete trodde du att det handlade om?"

Han talade med hög röst. Det var snarare ljudet av den än orden som fick mig att öppna ögonen. Han såg ut precis som jag kände mig: som om någon hade slagit mig i magen. Han höll kattungen tryckt mot bröstet.

"Kom här", sa han. Han gick till baksidan av lastbilen. "Jag sa att du skulle komma hit!"

"Tvinga mig inte..."

"För fan. Kom nu hit, Livie!"

Han öppnade bakluckan och började slita av locken från transportlådorna. "Titta här", sa han. "Livie. Kom nu. Jag säger åt dig att titta."

"Jag behöver inte se det."

"Här har vi krossade ryggrader."

"Sluta!"

"Här har vi öppna hjärnskålar."

"Nej!"

"Vi har kontakter fastsatta vid skallarna och..."

"Chris!"

"... elektroder inopererade i musklerna."

"Snälla."

"Nej. Titta. *Titta nu!*" Och så sprack hans röst, han lutade pannan mot lastbilen och han började gråta.

Jag såg på honom. Jag kunde inte ta ett enda steg mot honom. Jag hörde hur hans gråt blandades med djurens skrik. Jag kunde inte tänka på någonting annat än att jag ville vara så långt bort som möjligt från den här smala mörka rastplatsen där en sval bris blåste från kanalen i fjärran. Hans axlar skakade. Jag tog ett steg mot honom. I den stunden visste jag att jag måste titta. Titta på de till hälften rakade och grundligt förstörda kropparna, de krossade lemmarna, svullnaderna och de hopsydda såren, det torkade blodet.

Först blev jag varm och sedan kall. Jag tänkte på vad jag hade sagt. Jag funderade på allt det som jag inte visste. Jag vände mig bort. "Chris, ge den till mig", sa jag. Jag tog kattungen från Chris och höll den i mina kupade händer, lade sedan tillbaks den i transportlådan. Jag lade på locken på de andra lådorna. Jag stängde bakluckan och tog Chris under armen. "Se så", sa jag och ledde honom till passagerarsätet.

"Var är det Max väntar på oss?" sa jag när vi båda var inne i bilen, för nu visste jag vad han hade hållit för sig själv genom hela planeringen och genomförandet av kuppen. "Chris", upprepade jag, "var ska vi träffa Max?"

Alltså dödade vi dem, en efter en, alla de där katterna och kattungarna. Max gav dem injektioner. Chris och jag höll dem. Vi höll dem mot våra bröst, så det sista de små djuren kände var hur ett mänskligt hjärta slog mot deras kroppar.

När vi var klara kramade Max mina axlar. "Det var nog inte precis en sådan början du hade väntat dig."

Jag skakade stumt på huvudet. Jag lade ner den sista lilla kroppen i kartongen som Max hade tagit med sig för det ändamålet.

"Bra gjort, gumman", sa Max.

Chris vände på klacken och gick ut i den tidiga morgonen. Det var precis före soluppgången, när himlen ännu inte har bestämt sig om den ska vara mörk eller ljus, utan allt samtidigt är både ljus och mörker. I väst var himlen molnig, duvgrå. I öst var den beströdd med fjäderlätta guldkantade moln.

Chris stod bredvid minilastbilen och höll sina knutna händer på dess tak. Han betraktade soluppgången.

"Varför gör människor så där?" sa jag.

Han skakade stumt på huvudet och gick in i lastbilen. När vi körde tillbaka till Little Venice höll jag hans hand. Jag ville att allt skulle bli bra.

När vi kom tillbaka till pråmen möttes vi i dörren av Toast och Beans. De gnällde och snodde runt våra ben.

"De vill gå ut", sa jag. "Ska jag göra det?"

Chris nickade. Han kastade sin ryggsäck i en stol och gick mot sitt rum. Jag hörde hur han stängde dörren.

Jag tog ut hundarna och vi sprang och lekte utmed kanalen. De jagade en boll, bråkade med varandra och morrade, kom rusande för att lägga bollen vid mina fötter och störtade sedan glatt skällande iväg för att hämta den. När de hade fått nog och det började dyka upp skolbarn och pendlare på väg till jobbet återvände vi till pråmen. Det var mörkt där inne så jag öppnade fönsterluckorna till arbetsrummet. Jag gav hundarna mat och vatten, sedan smög jag försiktigt genom korridoren och stannade utanför Chris dörr. Jag knackade, men då han inte svarade prövade jag handtaget och gick in.

Han låg på sängen. Han hade tagit av sig jackan och skorna, men var för övrigt fortfarande klädd i jeans, svart tröja och svarta strumpor som hade ett hål på högra hälen. Han sov inte. Istället låg han och stirrade på ett fotografi som stod bland böckerna i hans bokhylla. Jag hade inte sett det tidigare. Det föreställde Chris och hans bror, fem och åtta år gamla. De låg på knä på marken och grinade lyckligt mot kameran med armarna om halsen på en babyapa. Chris var utklädd till Sir Galahad och hans bror var klädd som Robin Hood.

Jag knuffade med knäet mot sängkanten och lade handen på hans ben.

"Konstigt", sa han.

"Vad då?"

"Det där. Det var meningen att jag också skulle bli advokat precis som Jeffrey. Har jag berättat det för dig?"

"Bara att han är advokat. Ingenting annat."

"Jeff har fått magsår. Det ville jag inte ha. Jag sa till honom att jag ville åstadkomma förändringar, men det här är inte sättet. Förändringar åstadkommer man genom att arbeta inifrån systemet, sa han. Jag trodde inte på honom, men det var jag som hade fel."

"Det hade du visst inte."

"Jag vet inte. Kanske inte."

Jag satte mig på sängkanten. "Du hade inte fel", sa jag. "Se bara hur du har förändrat mig."

"Folk ändrar själva på sig."

"Inte alltid. Inte nu."

Jag lade mig ner bredvid honom, med huvudet på hans kudde och mitt ansikte tätt intill hans. Han slöt ögonen. Jag nuddade med fingrarna vid hans ögonlock, smekte hans sandfärgade ögonfransar och såg på ojämnheterna han hade i hyn över kindbenen.

"Chris", viskade jag.

Han hade inte rört sig. "Hmm?"

"Det var ingenting."

Har ni någon gång haft så stor lust efter någon att ni fått värk mellan benen? Det var så det kändes. Mitt hjärta slog precis som vanligt och min andning förändrades inte. Men inom mig bultade det och sved. Jag kände behovet efter honom bränna som ett glödgat järn i min kropp.

Jag visste hur jag skulle bära mig åt, var jag skulle lägga mina händer, hur jag skulle röra mig, när jag skulle knäppa upp hans kläder och slita av mig mina egna. Jag visste hur jag skulle göra för att hetsa upp honom. Jag visste exakt vad han skulle tycka om, hur jag skulle få honom att glömma.

301

OLIVIA

Värken steg upp genom min kropp som ett vitglödgat spjut. Och jag hade förmåga att utplåna smärtan. Det enda jag behövde göra var att vända tillbaka till det förflutna. Bli en ung svan som flöt på Serpentin-sjön, ett moln på himlen, en hind i skogen eller bli en ponny som löpte fritt i vinden på Dartmoorheden. Att bli vad som helst som tillät mig att fungera utan att känna. Göra någon av de hundratals handlingar jag tidigare likgiltigt hade gjort för pengar, och värken skulle lösas upp, samtidigt som Chris kapitulerade.

Jag gjorde ingenting. Jag låg på hans säng och såg på när han sov. När smärtan hade spritt sig genom min kropp så att den nått upp till halsen hade jag för mig själv erkänt det allra svåraste – om kärleken.

Till att börja med hade jag hatat honom. Jag hatade det han hade gjort med mig. Jag hatade den kvinna som han hade visat mig att jag skulle kunna bli.

Då svor jag på att jag skulle utplåna alla känslor jag hade, och jag började genom att ligga med varenda kille jag kunde få tag på. Jag gjorde det i bilar, i tomma hus, på tunnelbanestationer, på parkeringsplatser, i parker, på offentliga toaletter och på pråmen. Jag fick dem att skälla som hundar. Jag fick dem att svettas och gråta. Jag fick dem att tigga och be. Jag såg på när de krälade på golvet. Jag hörde hur de ylade. Chris reagerade aldrig. Han sa inte ett ord, inte förrän jag började ge mig på killarna som hörde till vår kommandoenhet.

De var så lättfångade. Först och främst var de känsliga och de blev lika upphetsade som jag efter en lyckad raid. När jag föreslog dem att vi skulle fira ett lyckat tillslag reagerade de precis så oskyldigt som man skulle kunna vänta sig. "Men vi får inte", sa de först och fortsatte sedan: "Som jag har förstått det är vi utanför Organisationens ordinarie aktiviteter inte tillåtna att…" eller: "Jösses, Livie, vi bara kan inte. Vi har gett vårt ord på det. Att inte engagera oss." "Puh", svarade jag då, "vem skulle få reda på någonting?

Jag tänker inte berätta det för någon, gör du?" "Naturligtvis skulle jag aldrig berätta", svarade de då medan rodnaden steg på deras persikomjuka kinder. "Jag är inte sån." "Hur då?" svarade jag då med storögd oskuld, "jag har bara talat om att ta en drink tillsammans." "Visst", stammade de då, "jag menade inte. Jag skulle aldrig inbilla mig att..."

Jag tog med de här killarna till pråmen. "Livie, vi kan inte", sa de. "I alla fall inte här. Om Chris kommer på det är det slut med oss." "Låt mig ta hand om Christopher", svarade jag då och stängde dörren bakom oss. "Eller vill du inte?" sa jag. Jag grep tag om deras skärpspännen och drog dem mot mig, lyfte min mun mot deras. "Eller vill du inte?" sa jag och förde försiktigt in ett finger i deras jeans. "Nå?" sa jag med munnen tryckt mot deras samtidigt som jag lade en arm runt deras midjor. "Vill du eller inte? Nu får du nog bestämma dig."

Det lilla förstånd de hade kvar när jag kommit så långt var inriktat på en enda tanke, och det var förresten inte mycket till tanke. Vi ramlade ner på min säng och sparkade av oss kläderna. Jag föredrog dem som var högljudda, för då brukade det bli ganska bullrigt, och jag ville ha det så bullrigt som möjligt.

Tidigt en morgon efter ett tillgrepp höll jag på med två stycken när Chris avbröt det hela. Han kom in i mitt rum, vit i ansiktet, och grep den ene killen i håret och den andre i armen. "Det räcker", sa han, "det är slut med er nu", och så knuffade han ut dem genom korridoren mot kabyssen. "Men är du inte lite väl skenhelig nu, Faraday", sa den ene medan den andre bara vrålade. "Ut! Ta era kläder", sa Chris. När dörren till pråmen hade slagit igen efter dem kom Chris tillbaka till mig.

Jag låg på min säng och tände en cigarett, den personifierade likgiltigheten. "Glädjedödare", sa jag och trutade med munnen. Jag var naken och jag brydde mig varken om att sträcka mig efter en filt eller min morgonrock.

Hans händer var hårt knutna. Det såg inte ut som om han andades. "Sätt på dig kläder! Nu!"

"Varför då? Tänker du kasta ut mig också?"

"Så lätt hade jag inte tänkt göra det för dig."

"Vad är du så förbaskat sur för?" suckade jag. "Vi hade ju bara lite kul." Jag rullade med ögonen och drog ett bloss på cigaretten.

"Blir du nöjd om du lyckas förstöra andan i hela enheten? Skulle det vara tillräckligt mycket straff för mig?"

"Straff för vad då?"

"För att jag inte vill ligga med dig. För det vill jag inte. Det har jag aldrig velat, och jag tänker inte göra det hur många dumskallar i London som än sätter på dig. Varför kan du inte acceptera det? Varför kan du inte låta oss ha det som vi har det? Och sätt för Guds skull på dig lite kläder."

"Om du inte vill ha mig, aldrig har velat det och inte tänker börja vilja ha mig nu heller, vad spelar det då för roll om jag är påklädd eller ej? Blir du upphetsad?"

Han gick bort till klädskåpet och tog fram min morgonrock. Han kastade den på mig. "Ja, jag blir upphetsad, men inte på det sättet som du vill."

"Det är inte jag som är den som vill", påpekade jag för honom. "Jag är den som tar."

"Och det är vad du gör med de där killarna? Tar vad du vill ha? Få mig inte att skratta."

"Om jag får syn på någon jag gillar så tar jag honom. Det bara är så. Vad är det för fel på det? Stör det dig?"

"Stör det inte *dig*?"

"Vad menar du?"

"Att ljuga och att förenkla? Att spela en roll? Snälla Livie, det är dags att du inser vem du är. Att du börjar acceptera sanningen." Han gick ut ur rummet och ropade på Beans och Toast för att de skulle gå ut.

Jag stannade där jag var och jag hatade honom. Dags att inse vem du är. Börja acceptera sanningen. Jag kan fortfarande höra hans ord. Och jag undrar vem han inser att han själv är och vilka sanningar han accepterar när han träffar Amanda.

Han bryter mot Organisationens regler precis som jag gjorde. Vad har han gjort för förenklingar för att kunna ursäkta sig själv? Jag är säker på att när de börjar vara tillsammans kommer han redan att ha hittat på något enkelt sätt att förklara sig. Han kanske tänker kalla det *blivande hustru* eller säga att han ska *pröva hennes lojalitet*. Kanske påstår han att *det var större än vi* eller *hon behöver mitt beskydd* eller *jag blev förförd* eller *till slut har jag träffat den kvinna jag kan offra allt för*. Jag är i alla fall övertygad om att han har hittat på någon tjusig ursäkt som han kommer att plocka fram för att försvara sig med när Organisationens styrelse kräver en förklaring.

Jag är rädd att jag låter cynisk och helt utan medkänsla för hans situation, bitter, hämndgirig och som om jag hoppades på att någon ska komma på honom med byxorna nere. Men jag känner mig inte cynisk och jag är inte medveten om hur indignerad jag egentligen är när jag tänker på Chris och henne. Jag känner mig inte manad att framföra några anklagelser. Jag anser endast att man måste förutsätta att de allra flesta människor då och då kommer med bortförklaringar. För om man inte vill bli tvingad till att svara ärligt finns det väl inget bättre sätt än bortförklaringar? Och ingen vill egentligen bli tvingad till att svara ärligt, inte när det kärvar till sig.

Det är för ditt eget bästa, brukade mor säga när hon inte ville svara ärligt. Ingen kunde vara så dum att han tackade nej till det som hon erbjöd Kenneth Fleming. Celandine Cottage i Kent, halvtidsarbete på tryckeriet under de månader då kricketlaget i Kent spelade, heltidsarbete under vintern. Hon hade förutsett alla tänkbara invändningar som Jean skulle kunna ha mot planen, och hon presenterade sitt erbjudande för Kenneth på sådant sätt att alla invändningar blev bemötta. Det var verkligen högsta vinsten för alla inblandade. Det enda Jean var tvungen att gå med på var att Kenneth flyttade till Kent och att de var skilda åt under veckorna.

"Tänk på vilka möjligheter du får", sa mor antagligen till Kenneth, i hopp om att han skulle föra det vidare till Jean. "Tänk på att du så småningom kanske kommer att få spela med i landslaget. Tänk på vad det kan betyda för dig."

"Att få möta världens bästa spelare", sa Kenneth säkert, där han satt tillbakalutad i stolen och nästan fick tårar i ögonen när han tänkte sig hur en kastare och en slagman möttes på Lord's kricketplan.

"Dessutom kommer du att få resa, du blir berömd, du blir accepterad. Och du kommer att tjäna pengar."

"Det är som att sälja skinnet innan..."

"Bara om du inte tror lika mycket på dig själv som jag tror på dig."

"Du får inte tro på mig, Miriam. Jag har redan svikit dig en gång."

"Nu ska vi inte tala om det som har varit."

"Tänk om jag sviker dig en gång till?"

Hon lät kanske för en kort stund sina fingrar vila mot hans handled. "Det skulle vara mycket allvarligare om du svek dig själv. Och Jean. Och barnen."

Ni kan själv föreställa er resten. Etapp två gick som på räls. Kenneth Fleming flyttade till Kent.

Jag behöver inte berätta för er att Kenneth lyckades. Ända sedan han dog har tidningarna inte gjort någonting annat än att berätta den historien. Direkt efter Kenneths död sa Hal Rashadam i en tidningsintervju att han aldrig hade sett en man mera skapad till att spela kricket. Kenneth hade en atletisk kropp och en naturlig fallenhet för spelet. Han väntade bara på att någon skulle hjälpa honom att få dem att fungera ihop.

Det krävdes både tid och arbete att få kroppen och begåvningen att smälta samman. Det räckte inte att öva tillsammans med Kents kricketlag och att spela med dem. Kenneth behövde ett program som kombinerade kost, bodybuilding, motion och träning för att kunna nå så långt som möjligt. Han måste studera världens bästa spelare så ofta han hade tillfälle till det. Han kunde lyckas bara om han visste vad han kämpade mot – och att han var bättre – både när det gällde fysisk kondition, skicklighet och i teknik. Han hade två stora brister som han måste övervinna: ålder och bristande erfarenhet. Det skulle komma att ta tid.

I kvällspressen har man spekulerat över orsaken till att Kenneths äktenskap med Jean tog slut, och undrat om det inte var den gamla vanliga visan. Alla de timmar och dagar han lade ner på att jaga efter en dröm betydde lika många timmar och dagar borta från Jean och barnen. Tanken att han skulle vara week-end-pappa sprack redan när Kenneth och Jean upptäckte hur mycket tid han i själva verket skulle behöva lägga ner på att komma i form, att förbättra sin förmåga att slå, att studera motståndarna, både de verkliga och de tänkbara. Det hände alltför ofta att Jean och barnen troget åkte ut till Kent på fredagskvällen bara för att upptäcka att maken-fadern skulle vara i Hampshire på lördagen och i Somerset på söndagen, och när han inte var borta antingen för att spela eller titta på någon match, då tränade han. Och när han inte tränade arbetade han med sina uppdrag åt Whitelawtryckerierna. Förklaringen till den klyfta som började vidgas i makarna Flemings äktenskap handlar alltså om den övergivna men fortfarande krävande hustrun och den frånvarande maken. Men det var inte enda orsaken.

Föreställ er bara, Kenneth Fleming spelar för Kent. För första gången i sitt liv får han nu klara sig på egen hand. Han hade flyttat hemifrån för att under en kort period studera vid en internatskola, från skolan hade han flyttat direkt in i äktenskapet. Och nu var han för första gången i sitt liv fri. Det var inte en frihet utan skyldigheter, men de skyldigheter han hade stod i direkt relation till möjligheten att nå sina drömmars mål; det handlade inte bara om att knega för att få pengar. Han behövde inte ens känna sig skyldig för att han kämpade på för att nå sitt mål, eftersom hans familj skulle få det mycket bättre om han uppnådde det målet. Alltså kunde han kasta sig in i det professionella kricketspelet utan att tänka på någonting annat, och om han dessutom tyckte det var skönt att slippa från fru och barn var det egentligen bara någonting han fick med på köpet.

Jag föreställer mig att det kändes lite konstigt för honom att flytta in i Celandine Cottage, särskilt den allra första kvällen. Han packade kanske upp sina tillhörigheter och lagade middag åt sig. När han åt kände han säkert den pressande tystnaden, så olik allting han var van vid. Kanske ringde han till Jean, men upptäckte att hon och barnen hade gått ut för att äta eftersom de inte ville sitta hemma i radhuset nu när pappan-maken inte var där. Om han ringde till Hal Rashadam för att gå igenom deras tidsplanering fick han kanske höra att Hal hade gått ut för att äta middag med sin dotter och hennes man just den kvällen. Till slut, när behovet att höra en mänsklig stämma började gå honom på nerverna, ringde han kanske till mor.

"Jag har kommit fram", sa han och försökte låta bli att titta ut genom fönstret mot den svarta tomma natten.

"Så bra, min vän. Har du allting du behöver?"

"Jag antar det. Ja, det tror jag."

"Vad är det, Ken? Är det något fel på stugan? Saknar du någonting? Du hade väl inte svårt att hitta dit?"

"Nej, det är inga problem. Det är bara det att... Nej, ingenting, men... Usch vad jag babblar. Det låter nog som om jag förlorat förståndet."

"Vad är det? Berätta nu för mig."

"Jag hade inte väntat mig att det skulle kännas så... annorlunda på något sätt."

"Är du sjuk?"

"Jag väntar mig hela tiden att få höra Stan slå bollen mot väggen i vardagsrummet, och jag sitter och väntar på att Jean ska skrika åt honom att sluta. Det känns konstigt att de inte är här."

"Det är fullkomligt naturligt att du saknar dem. Anklaga dig inte för det."

"Jo, jag antar att jag saknar dem."

"Visst gör du det. De representerar en stor del av ditt liv."

"Det är bara det att jag ringde och... Fan, jag borde verkligen inte beklaga mig inför dig. Du har gjort så mycket för mig. För oss alla. Sett till att jag fick den här chansen. Det kanske förändrar våra liv."

Det ingick i planen att deras liv skulle förändras. Den där kvällen rådde mor honom kanske i telefon att ta det lugnt, att vänja sig vid stugan och vid att bo på landet, att glädja sig åt den tur han hade haft.

"Jag ska hålla kontakt med Jean", sa hon kanske. "Jag kan åka förbi i morgon efter arbetet och se hur hon och barnen har det. Jag vet att det inte kan få dig att sakna dem mindre, men det kan kanske i alla fall göra dig lite lugnare."

"Du gör alldeles för mycket för oss."

"Jag gör så gott jag kan."

Sedan rådde hon honom kanske att ta en kopp kaffe eller en konjak med ut i trädgården och se upp mot stjärnhimlen som var helt olik den han kunde se från London. Därefter gav hon honom säkert rådet att se till att han sov gott, för det fanns mycket arbete för honom nästa dag, inte bara

307

kricket utan även sådant som behövde göras i stugan.

Han följde säkert hennes råd, som alltid. Bar ut konjaken, inte bara ett glas utan hela flaskan. Och sedan satte han sig nog på den oklippta gräsmattan, där den sluttar ner mot vägen. Han hällde upp ett glas åt sig och tittade upp mot stjärnorna. Han lyssnade till alla landsbygdens nattljud.

En häst som gnäggade i hagen bredvid, syrsor som sjöng från åkrar och fält, en uggla som hoade när dess nattliga jakt började, kyrkklockorna från någon av de närbelägna byarna, skramlet från ett tåg i fjärran. Med förvåning upptäckte han att det inte alls var tyst.

Han lutade sig kanske tillbaka på armbågen när han hällde upp drinken åt sig. Den första tömde han snabbt och hällde sedan upp en ny. Hans humör blev bättre. Han lade sig nog ner på rygg i gräset med armen bakom huvudet och tänkte på att han kunde bestämma över sitt eget liv.

Egentligen tror jag inte att det gick så fort, redan första kvällen. Det var antagligen en långsammare process, där plikten att träna, öva och jobba smälte samman med en begynnande känsla av frihet. Det som hade varit svårt i början blev till slut efterlängtat. Inga bråkiga barn, ingen fru vars konversation ibland kunde bli ganska långtråkig och tjatig, inget jobb han måste släpa sig iväg till på morgnarna, inga grannar vars gräl hördes genom väggarna, inga släktmiddagar som man måste försöka undvika. Han upptäckte att han tyckte om oberoendet. Och eftersom han tyckte om det ville han ha mera av det. Och i och med att han ville ha mera oberoende kom han på kollisionskurs med Jean.

Kanske hittade han till att börja med på ursäkter, när han förklarade varför han inte kunde träffa dem under helgerna. Jag har sträckt en ryggmuskel så jag ligger i sängen, älskling. Jag har fått en ny kund till tryckeriet som jag måste ta hand om. Jag har rivit ut hela köket och badrummet och håller på att få allt på plats igen åt mrs Whitelaw. Rashadam säger att jag måste åka upp till Leeds för att kolla på en match.

Det var säkert under dessa veckoslut utan familjen som han upptäckte att han klarade sig bra. Om han gick till någon fest som kricketklubben i Kent stod för, hände det att han drack lite och småpratade med de andra spelarna och med deras fruar eller flickvänner och då måste han ha upptäckt hur illa Jean skulle ha passat in i sällskapet. I början hade han kanske till och med tagit med henne och iakttagit hur hon umgicks med de andra, om hon nu över huvud taget gjorde det och bedömt att hennes sätt att hålla sig i utkanten av gruppen snarare berodde på att hon kände sig illa till mods än på att hon var tillbakadragen och på sin vakt. Han kom nog då fram till den bekväma slutsatsen att det skulle vara alltför jobbigt för hans hustru att behöva lyssna till männens skryt och kvinnornas ytliga konversation, om han inte såg till att skydda henne.

Därför fick han även inför sig själv något att skylla på när han inte träffade sin familj så ofta han skulle ha velat. Men när Jean började ifrågasätta hans agerande och påpeka för honom att hans ansvar som far innebar mer än de pengar han kunde sticka till henne, var han tvungen att hitta på en bättre anledning. Och när hon började ansätta honom och komma med krav som hotade hans frihet, måste han ha bestämt sig för att säga som det var, på det sätt som sårade henne minst.

Det är ingen tvekan om att han fattade det beslutet med finkänslig hjälp av sin förtrogna, min mor. Hon måtte ha stöttat honom ordentligt under denna tid av osäkerhet. Kenneth höll på att försöka utvärdera sin situation: Jag är inte längre säker på mina känslor. Älskar jag henne? Vill jag ha henne? Vill jag fortsätta att vara gift? Beror mina känslor på att jag varit fången så många år? Var det Jean som fångade mig? Om det är meningen att jag ska vara gift, varför känns det då nu som om jag äntligen har börjat leva, nu när vi är skilda åt? Hur kan jag känna så här? Hon är min hustru. De är mina barn. Jag älskar dem. Jag känner mig som en skitstövel.

Det var klokt av mor att föreslå dem att för en tid leva åtskilda, särskilt som de redan gjorde det. "Du behöver tänka igenom saker och ting, min vän. Du tycker att ditt liv är trassligt, och det är väl inte så konstigt. Se bara på alla de förändringar du har upplevt de senaste månaderna. Och inte bara du, utan även Jean och barnen. Unna er lite tid och andrum för att komma underfund med hur ni vill ha det. Ni har väl aldrig under alla dessa år haft möjlighet att göra det? Ingen av er."

Det var skickligt att formulera det på det sättet. Då var det ju inte bara Kenneth som behövde "tänka igenom sitt liv", utan båda två. Det spelade ingen roll att Jean inte hade något behov av att tänka igenom sitt liv, åtminstone inte fundera på om hon ville fortsätta att vara gift eller ej. När Kenneth väl hade bestämt att de båda två behövde en tid för att på egen hand komma underfund med var de stod och hur de skulle ha det i framtiden, så var tärningen kastad. Han hade ju redan flyttat. Jean kunde kräva att han skulle flytta hem igen, men det behövde han absolut inte göra.

"Allting har gått så fort", sa han säkert till henne. "Jag behöver ett par veckor för att samla tankarna, komma till klarhet med mina känslor."

"Vad då för känslor?" frågade hon. "För mig eller för barnen. Vad är det här för skitprat, Kenny?"

"Det handlar inte om dig eller om barnen. Det är jag som känner mig vilsen."

"Så lämpligt det kommer. Snack, Kenny, bara snack! Vill du skiljas? Är det vad det hela går ut på? Du vill skiljas men du är en sån sillmjölke att du inte vågar säga det rakt ut."

"Lägg av nu, älskling. Du är ute och cyklar. Har jag talat om skilsmässa?"

"Vem är det som ligger bakom allt det här? Säg nu som det är, Kenny. Har du träffat någon annan? Är det därför du inte vågar säga som det är?"

"Var inbillar du dig, gumman? Jösses! Som om jag skulle ha träffat någon annan? Jag har inte lust att träffa någon."

"Men varför? *Varför*? Jävla Kenny Fleming."

"Två månader, raring. Det är allt jag begär."

"Jag antar att jag inte har något val. Spela inte teater och kom här och *be* om två månader."

"Du behöver väl inte gråta. Ungarna blir nervösa."

"Som om de inte skulle bli fan så mycket nervösare av *det här*. Att inte få träffa sin pappa. Inte kunna veta om vi fortfarande är en familj eller ej. Skulle det inte göra dem nervösa?"

"Jag vet att det är själviskt av mig."

"Det har du förbannat rätt i."

"Men jag behöver det."

Hon hade inget val. Han skulle tänka igenom sitt liv och under tiden skulle de inte träffas. De två månader han hade begärt blev till fyra, sedan sex, därefter tio och så tolv. Ett år blev till två. Det är ingen tvekan om att han drabbades av obeslutsamhet i fråga om sin livssituation när han kom på kant med styrelsen för Kents krickeltklubb och tog steget att börja spela för Middlesex istället. Fast när Kenneth började närma sig sina drömmars mål, när uttagningskommittén för landslaget valde ut Middlesex nye och genom tiderna bäste slagman för att spela i landslaget, då existerade hans äktenskap endast på papperet.

Av olika anledningar som jag inte förstår drev han inte frågan om skilsmässa. Och det gjorde inte hon heller. Ni undrar varför. På grund av barnen? För att äktenskapet kändes som en trygghet? För att hålla skenet uppe? Jag vet bara att när han flyttade tillbaka till London för att kunna vara i närheten av Middlesex träningsplan som inte låg långt från Regent's Park, så flyttade han inte tillbaka till Isle of Dogs. Istället flyttade han in hos min mor i Kensington.

När allt kommer omkring låg huset nästan idealiskt till. Ett par steg uppför Ladbroke Grove, ett skutt över Maida Vale och efter en snabb promenad längs St John's Wood Road låg Lord's kricketplan där Middlesex spelar.

Det var en idealisk lösning. Mor bodde ensam i det enorma huset på Staffordshire Terrace och hade flera extra sovrum. Kenneth behövde någonstans att bo som inte kostade så mycket så att han inte hade råd att även i fortsättningen hjälpa sin fru och sina barn.

Vilket förhållande mor och Kenneth hade till varandra visste de sedan länge. Hon var dels maskot, dels en källa till inspiration och inre styrka. När han anförtrodde henne de problem som hängde ihop med hans beslut att sluta spela för Kent och gå över till Middlesex, måste han även ha berättat om hur tveksam han var till att återvända till sitt gamla liv. När mor hörde det frågade hon honom säkert allvarligt om Jean kände till det. "Jag har ännu inte sagt någonting till henne", svarade han då. "Kanske ni borde låta allting ta sin tid", rådde hon honom försiktigt. "Vänta och se vad som händer. Tänk om... Det kanske låter impulsivt, men tänk om du flyttade in hos mig en tid? Medan du funderar på hur du vill ha det i framtiden..." För det var nära till Lord's, för han tjänade ännu inte tillräckligt för att låta familjen flytta, för att... "Skulle det inte kunna underlätta för dig, min vän?"

Hon gav honom de argument som han säkert använde sig av. Hur han än framställde det hela blev resultatet att han flyttade in hos min mor.

Samtidigt som hon ägnade sig helt och hållet åt att pyssla om Kenneth Fleming arbetade jag i den zoologiska trädgården i Regent's Park.

Jag minns att jag efter den där morgonen i mitt sovrum tänkte: Vill du veta sanningen, Chris? Då ska jag visa dig. Han tror att han känner mig, den dumma karlen. Han vet inte ett jävla dugg.

Jag satte igång med att bevisa hur lite han visste. Jag jobbade i zoo, först slet jag tillsammans med djurskötarna och så småningom lyckades jag få jobb på djursjukhuset, där jag fick tillgång till deras databaser, något som visade sig vara ovärderligt och höjde min status inom Organisationen när man där fick för sig att man borde ta reda på varthän alla överflödiga djur tog vägen. Jag blev allt mer engagerad inom Organisationen. Om Chris kunde älska djur kunde jag älska dem ännu mer. Jag kunde visa min kärlek mer än han, jag kunde ta större risker.

Jag bad att få bli knuten till en annan kommandoenhet. "Vi går för långsamt fram", sa jag. "Vi gör inte tillräckligt mycket. Vi är inte snabba nog. Om ni låter några av oss arbeta i flera enheter kan vi fördubbla vår effektivitet. Kanske till och med tredubbla den. Tänk på alla djur vi kan rädda." Min anhållan avslogs.

Då började jag driva på vår egen enhet för att den skulle uträtta mer. "Vi sitter bara på våra ändor och väntar. Vi håller på att bli självbelåtna. Se till att vi gör någonting."

Chris iakttog mig med bekymrad min. Han hade levt tillräckligt länge tillsammans med mig för att ha rätt att fråga sig vilka mina innersta motiv var. Han bara väntade på att de skulle lysa igenom.

Om vi hade sysslat med någonting som inte var lika påfrestande skulle dessa motiv ha visat sig inom några veckor. När jag nu tänker på det är det ironiskt. Jag ökade mina ansträngningar inom Organisationen för att Chris skulle upptäcka vem jag innerst inne var, så att han skulle bli kär i mig och jag skulle kunna ligga med honom för att sedan avvisa honom och gå min väg, fylld av glädje över det faktum att jag inte brydde mig om honom. Jag tänkte helt kallblodigt utnyttja våra fritagningsaktiviteter och jag brydde mig inte mer om hur det gick för djuren än jag hade brytt mig om hur det gick för de karlar som jag förr i tiden plockade upp på gatan. Till slut kändes det som om någon hade klippt mitt hjärta i strimlor med en rostig sekatör.

Den här utvecklingen tog lång tid. Ingenting kunde tränga igenom min likgiltighet och jag kände absolut ingenting när den första beaglevalpen jag räddat från ett laboratorium där man studerade magsår, slickade mig med sin torra tunga. Jag lämnade helt enkelt över den till transportören och gick vidare till nästa bur, koncentrerad på att jobba snabbt och tyst.

När jag till slut bröt samman handlade det inte alls om vetenskapliga djurförsök, utan orsaken var en illegal valpfarm i Hampshire, inte långt från Walops, där vi gjorde en raid.

Har ni hört talas om sådana ställen? Man föder upp valpar för att tjäna pengar. De ligger alltid avsides, ibland i vad som ser ut att vara en helt vanlig bondgård.

Vi hade hört talas om den här valpfarmen genom en av våra spanare, som på ett besök hos mamma och pappa i Hampshire hade snokat runt på en loppmarknad och stött på den här kvinnan med valpar. Hon hade alltför uppriktigt berättat att hon hade två hundar hemma, som båda hade fått valpar samtidigt. Eftersom hon för ögonblicket hade alldeles för många valpar var hon villig att sälja dem för nästan ingenting, fast de var renrasiga hela bunten. Vår spanare tyckte inte om kvinnans utseende och gillade inte heller valparnas sorgsna miner. Han följde efter henne hem, längs en slingrande smal väg som övergick i två hjulspår med oljefläckat gräs mellan.

"Hon har dem i ladan", berättade han för oss. Han pressade samman sina handflator och höll dem som om han bad medan han talade. "De sitter i burar. Travade på varandra. Där finns varken ljus eller ventilation."

"Det låter snarare som om det var ett fall för djurskyddsföreningen", anmärkte Chris.

"Men det skulle ju ta veckor. Och även om man gjorde ett ingripande mot henne är det här..." Han såg allvarligt ut över gruppen. "Hör på mig. Den här damen måste stoppas för gott."

Någon tog upp transportproblemet. Och dessutom rörde det sig här inte om ett laboratorium som stod tomt nattetid. Här fanns det människor som bodde bara ett par hundra meter från ladan där valparna fanns. Tänk om hundarna började skälla, vilket de alldeles säkert skulle göra. Skulle inte ägaren då slå larm, ringa till polisen eller komma efter oss med bössa?

"Det var tänkbart", sa Chris. Han bestämde sig för att själv ta sig en titt på stället.

Han åkte ensam till Hampshire. Det enda han sa när han kom tillbaka var att vi skulle göra det nästa vecka.

"Nästa vecka?" sa jag. "Men Chris, vi hinner inte. Det skulle vara alltför riskabelt för oss alla."

"Nästa vecka", sa han och plockade fram en karta över gården. Han talade om vilka av vaktposterna som skulle ta hand om mrs Porter, ägaren, och han tillade att hon säkert inte skulle ringa till polisen så att det kom fram att hon drev en valpfarm. Men hon skulle kunna hitta på andra saker. Vaktposterna måste vara förberedda på att de kanske måste tysta henne. Han sa till oss att vi skulle ta på oss munskydd, och redan då borde jag ha förstått hur hemskt det skulle bli.

Vi kom fram dit klockan ett på natten. Vaktposterna smög iväg för att bevaka båda ingångarna till mangårdsbyggnaden, en mot gården och en som vette mot en välskött trädgård och en grusplan. När vaktposterna signalerat till oss med sina ficklampor att de var på plats gjorde vi befriare oss beredda för attacken mot ladan. För en gångs skull tänkte Chris göra oss sällskap. Ingen vågade fråga honom varför.

Vi hittade det första döda djuret i en bur precis utanför ladan. När Chris lyste på den med sin ficklampa kunde vi se att det hade varit en spaniel. Nu var det bara en klump men i skenet från Chris ficklampa såg det ut som om denna klump rörde sig i en böljande rörelse. Det var likmaskarna. I samma bur fanns en golden retriever vars päls var smutsig av gyttja och avföring. Denna hund kämpade sig upp på benen, vacklade till och föll ihop mot gallret.

"Fan", mumlande någon.

Retrievern började skälla precis som vi hade väntat.

"Sätt igång", sa Chris. "Ta hand om den här."

När vi hade kommit in i ladan hörde vi skrik från huset, men det blev snart bara en ljudkuliss till det som vi hittade där. Allihopa hade ficklampor som vi tände. Det fanns avföring överallt. Vi sjönk ner till anklarna i höet som låg över skiten.

Djuren gnällde. De var hopträngda i burar som var ungefär stora som skokartonger, travade ovanpå varandra, så att de understa hundarna levde i avföringen och urinen från dem ovanför. Under burarna låg tre svarta sopsäckar. En av dem hade gått sönder så att innehållet ramlat ut på golvet: fyra döda terriervalpar låg slängda bland våt päls, avföring och rutten mat.

Som vanligt sa ingen av oss någonting. Men för ovanlighetens skull började en av killarna gråta. Han snubblade bort mot ena väggen. "Patrick, Patrick, svik mig inte nu kompis", sa Chris. "Ge signalen", sa han till mig och gick bort till burarna.

Hundarna började gläfsa. Jag gick bort till ladugårdsdörren och blinkade med ficklampan till bärarna som väntade bakom häcken som löpte runt egendomen. Inne i huset slogs vaktposterna fortfarande med mrs Porter. Hon hade lyckats ta sig fram till yttertrappan. "Polis, polis, hjälp!" skrek hon innan en av vaktposterna lyckades få upp hennes armar bakom hennes rygg och medan en annan satte munkavle på henne. De släpade henne tillbaka in i huset och lamporna slocknade.

Bärarna kom springande över gårdsplanen in i ladan. En av dem halkade i sörjan och föll. Hundarna började yla.

Chris skyndade förbi raden med burar. Jag sprang för att hjälpa de andra i andra änden av ladan. Trots det svaga skenet från ficklampan kunde jag ändå se, och jag märkte att jag blev illamående. Det fanns valpar överallt, men inte sådana där gulliga små saker som man kan se på julklappskalendrar. Här fanns yorkshirevalpar, sheltisar, retrievrar och spaniels med utstående ögon och öppna sår. På hårlösa hudpartier kröp parasiterna.

En av de äldre killarna började svära. Två av kvinnorna grät. Jag försökte hålla andan och gjorde mitt bästa för att inte bry mig om de vågor av hetta och kyla som omväxlande svepte över mig. Det ringde i mina öron så att jag nästan inte kunde höra djurens gnällanden. Men jag var så rädd att ringandet skulle upphöra att jag började läsa allt jag kunde minnas utantill ur *The Bad Child's Book of Beasts* högt. Jag hade hunnit med både yaken, isbjörnen och valen när jag kom fram till den sista buren. I den låg en liten Lhasa apso. Jag stack in mina behandskade fingrar mellan burens spjälor och muttrade det jag kunde påminna mig från dikten om dronten. Den började med att man gick omkring. Det var någonting om solen och luften.

Jag öppnade buren och koncentrerade mig på dikten. Jag måste få ihop orden *around* och *air*. Jag kunde inte komma på rimmet.

Jag sträckte ut händerna efter hunden medan jag sökte efter rimorden.

Någonting som hade med marken att göra. La, la, la, bare. Vad var det för ord?

Jag drog hunden mot mig. Rund, sund? Jag kände att jag var tvungen att få ihop rimmet, för om jag inte lyckades med det skulle jag börja snyfta och det skulle jag inte stå ut med. Jag kunde inte komma på något annat sätt att undvika det än att snabbt fortsätta med en annan vers, en som jag kände bättre till, en som jag inte hade glömt orden till. Som Humpty Dumpty.

Jag lyfte upp hunden och fick syn på hennes högra baktass. Den dinglade slappt i en köttslamsa. Och i den köttslamsan kunde man inte missta sig på bitmärkena efter hundtänder. Som om hon hade försökt tugga av sig sin egen tass. Eller som om hunden i buren under hade försökt bita av den.

Mitt synfält krympte till en ljuspunkt stor som ett knappnålshuvud. Jag ropade men det var varken ett namn eller ett ord. Jag kände hur hunden låg livlös i mina armar.

Runt mig rörde folk sig hastigt, jag såg svarta fläckar där befriarna flyttade på djuren samtidigt som de försökte låta bli att andas. Jag kippade efter andan men fick ingen luft.

"Seså, låt mig ta den", sa någon vid min sida. "Livie, ge hunden till mig!"

Jag kunde inte släppa den. Jag kunde inte röra mig. Jag kunde bara känna hur jag smalt. Som om en jättestor låga brände bort allt kött från benen. Jag började gråta.

"Hennes tass", grät jag.

Efter allt vad jag hade sett under min tid med Organisationen verkade det konstigt att det skulle vara en hundtass som hängde i en liten bit skinn som knäckte mig. Men det var det. Jag kände raseriet inom mig. Jag kände hur hopplösheten drog ner mig som kvicksand. "Nu räcker det", sa jag. Och det var jag som tog tag i bensindunken där Chris hade ställt den i dörröppningen.

"Håll dig undan, Livie", sa han.

"Ta ut den där hunden ur buren!" sa jag. "Ut. Ta ut den. Jag sa att du skulle ta ut den, Chris." Och sedan började jag skvätta runt bensin över hela helvetet. När den sista hunden hade blivit utburen och den sista buren hade välts i golvet tände jag en tändsticka. Eldslågorna slog upp som en geysir, och jag hade aldrig i hela mitt liv sett en så vacker eld. Chris drog ut mig i armen, annars skulle jag kanske ha stannat kvar där inne och gått upp i rök tillsammans med resten av den där förbannade ladan. Men jag snubblade ut, försäkrade mig om att retrievern hade blivit räddad ur buren och sedan sprang jag därifrån. "Nu räcker det" sa jag hela tiden för mig själv och försökte låta bli att tänka på den enda patetiskt dinglande lilla tassen.

Vi stannade till vid en telefonkiosk i Itchen Abbas. Chris ringde brandkåren och rapporterade eldsvådan, sedan kom han tillbaka till minilastbilen.

"Det är mer än hon förtjänar", sa jag.

"Vi kan inte lämna henne där bunden. Mord vill vi inte ha på våra samveten."

"Varför inte. Hon har ju det."

"Det är det som skiljer oss från henne."

Jag såg ut i natten. Motorvägen låg framför oss som ett band av grå asfalt som delade landskapet.

"Det är inte skojigt längre", sa jag till min spegelbild i fönstret på passagerarsidan. Jag kände att Chris såg på mig.

"Vill du sluta?" undrade han.

Jag blundade. "Jag vill bara att det ska ta slut."

"Det kommer det att göra."

Vi fortsatte på motorvägen.

KAPITEL 12

Lynley väcktes av att sängkläderna prasslade men han brydde sig inte om att öppna ögonen, utan låg och lyssnade till hennes andetag. Underligt, tänkte han, att något så enkelt kan skänka så stor glädje.

Han vände sig på sidan för att kunna se på henne, försiktigt så att han inte skulle väcka henne. Men hon var redan vaken, hon låg på rygg med ena benet uppdraget och studerade stuckaturens akantusblad i taket.

Han sträckte sig efter hennes hand under sängkläderna och slöt den i sin. Hon sneglade på honom och han märkte att hon hade en mycket liten rynka mellan ögonbrynen. Han strök bort den med sin fria hand.

"Jag har insett en sak", sa hon.

"Vad då?"

"Du förvirrade mig i går kväll så jag fick aldrig något svar på min fråga."

"Efter vad jag minns var det du som förvirrade mig. Var det inte du som lovade mig kyckling och kronärtskockor? Var det inte därför vi drog iväg ner till köket?"

"Och jag har för mig att det var i köket som jag frågade dig. Men du svarade aldrig på frågan."

"Jag hade fullt upp att göra. Med dig!"

Ett leende krusade hennes läppar. "Knappast", sa hon.

Han skrattade tyst, lutade sig fram och kysste henne. Han lät fingret följa kurvan runt hennes öra där håret hade fallit åt sidan.

"Varför älskar du mig?" undrade hon.

"Vad menar du?"

"Det var det jag frågade dig om i går kväll. Minns du inte det?"

"Jaså, den frågan." Han rullade över på rygg och såg också han upp i taket. Han tryckte hennes hand mot sitt bröst och funderade över kärlekens väsen.

"Jag når inte upp till din nivå varken när det gäller utbildning eller erfarenheter", påpekade hon. Han höjde frågande på ögonbrynen. Hon log hastigt. "Men så är det. Jag har inte alls lika mycket utbildning som du. Jag är inte någon karriärkvinna. Jag tjänar inte ens särskilt mycket pengar. Jag har inga husmoderliga dygder, och hushållsarbete roar mig verkligen inte. Jag är nästan en bild av det personifierade lättsinnet. Visserligen kommer vi från liknande bakgrund, men vad har samhällsklasser med kärlek att göra?"

"En gång i tiden var det något mycket betydelsefullt för äktenskapet."

"Vi talar inte om äktenskap. Vi talar om kärlek. För det allra mesta har de två sakerna absolut ingenting med varandra att göra. Katarina av Aragonien och Henrik VIII var gifta, och se hur det gick för dem. Hon födde honom barn och fick sitta hemma och sömma. Han levde rullan och gjorde slut på sex fruar. Så var det med deras gemensamma bakgrund."

Lynley gäspade. "Vad hade hon egentligen väntat sig när hon gifte sig med en Tudor? Han var i sanning en son av Richmond. Hon blev en länk till det medeltida patrasket. Fega. Enkelspåriga. Våldsamma. Politiskt paranoida. Och det senare hade de förbaskat stor orsak att vara."

"Kära hjärtandes då. Vi siktar väl inte in oss på tronföljden eller att få arvprinsar, älskling? Då spårar vi nog ur en smula."

"Förlåt mig." Lynley tog hennes hand och kysste hennes fingertoppar. "Bara jag kommer att tänka på Henry Tudor blir jag smått rabiat."

"Det är ett bra sätt att undvika frågan."

"Jag undvek den inte. Bara sköt upp den en stund medan jag funderade."

"Och svaret? Varför? Varför älskar du mig? För om du varken kan förklara eller definiera vad kärlek är kanske det skulle vara bättre att med en gång erkänna att verklig kärlek inte existerar."

"Men om det är så, vad är det då vi känner, du och jag?"

Hon gjorde en otålig rörelse, nästan som om hon ryckte på axlarna. "Kättja. Passion. Lust. Någonting angenämt men ytligt, vad vet jag?"

Han reste sig så att han kunde luta sig mot armbågen och se på henne. "Om jag har förstått det rätt menar du alltså att vi måste vara medvetna om att vår relation bygger på kättja?"

"Måste du inte hålla med om att det kan vara så? Särskilt om du tänker på vad som hände i natt?"

"Vad hände då?" sa han.

"Först i köket. Och sedan i sovrummet. Jag erkänner att det var jag som tog initiativet, så jag kan inte påstå att du är den ende som kanske är ett offer för kroppens kemi och blind för verkligheten."

"Vilken verklighet?"

"För det första att det enda vi har gemensamt är kemi."

Han stirrade en lång stund på henne innan han kunde röra sig eller tala. Han kände hur hans magmuskler knöt sig och att blodet rusade upp i hjärnan. Men nu var det verkligen inte kättja han kände, fast ändå en sorts passion. "Vad i herrans namn har det tagit åt dig, Helen?" sa han.

"Vad är det för en fråga? Jag vill ju bara påpeka att det som du tror är kärlek kanske inte är någonting annat än en häftig förälskelse. Vore det inte klokt att fundera över det? För om vi gifter oss med varandra och upptäcker att det vi känner för varandra aldrig har varit något annat än..."

Han slängde av sig sängkläderna, gick upp ur sängen och kastade på sig sin morgonrock. "Lyssna nu för en gångs skull på mig, Helen. Lyssna ordentligt från början till slut. Jag älskar dig. Du älskar mig. Ska vi gifta oss eller ej? Det är bara det det handlar om. Förstår du det?" Han gick tvärs över rummet och muttrade småsvärande för sig själv. Han drog undan gardinerna så att det klara försommarljuset som fyllde trädgården bakom hans hus strömmade in i rummet. Fönstret var redan halvöppet men han sköt upp det ännu mer och fyllde lungorna med morgonluften.

"Tommy", sa hon, "jag ville bara veta..."

"Det räcker nu", sa han. Kvinnor, tänkte han. *Kvinnor*. De krånglar. De ifrågasätter. De kan aldrig bestämma sig. Herre Gud. Celibat vore bättre.

Det hördes en tveksam knackning på sovrumsdörren. "Vad är det?" fräste Lynley.

"Ursäkta, Ers Nåd", sa Denton. "Men ni har besök."

"Besök... Vad är klockan?" Samtidigt som han ställde frågan gick Lynley bort till nattygsbordet och tog väckarklockan.

"Snart nio. Ska jag be honom..."

"Vem är det?"

"Guy Mollison. Jag sa till honom att han skulle ringa till Yarden och tala med vakthavande, men han var envis. Han sa att ni skulle vilja veta vad han hade på hjärtat. Han sa att jag skulle berätta för er att han hade kommit ihåg någonting. Jag sa att han skulle lämna sitt telefonnummer, men han sa att det inte gick. Han sa att han måste träffa er. Ska jag be honom återkomma?"

Lynley var redan på väg mot badrummet. "Ge honom kaffe eller frukost eller vad han vill ha."

"Ska jag säga honom..."

"Tjugo minuter", sa Lynley. "Och kan ni vara snäll att ringa upp assistent Havers åt mig, Denton. Säg åt henne att komma hit så fort hon kan." Han svor igen en lång ramsa och stängde badrumsdörren bakom sig.

Han hade redan badat och höll på att raka sig när Helen kom in till honom.

"Säg inte ett enda ord till", sa han till hennes spegelbild samtidigt som han drog rakhyveln över sin inlöddrade kind. "Jag har inte lust att lyssna till fler dumheter. Om du inte kan inse att äktenskap är den normala följden av kärlek, så är det slut mellan oss. Om du bara tycker att det där..." han pekade med tummen mot sovrummet... "är trevligt att rulla runt i sängen, då får det vara för min del. Förstått? För om du är alltför korkad för att inse att... Aj! Helvete." Han hade skurit sig och tog en pappersservett som han tryckte mot blodfläcken.

"Du har för bråttom", sa hon.

"Jag vill inte höra mer. Vi har ju känt varandra sedan du var arton. Arton. *Arton.* Vi har varit vänner. Vi har varit förälskade. Vi har varit..." Han hötte med rakhyveln mot hennes spegelbild. "Vad är det du väntar på, Helen? Vad är det..."

"Jag talade om rakningen", avbröt hon.

Med halva ansiktet dolt av raklödder såg han tomt på henne. "Rakningen", upprepade han.

"Du rakar dig alldeles för fort. Du kommer att skära dig igen."

Han sänkte blicken mot rakhyveln som han höll i handen. Även den var täckt med raklödder. Han spolade vatten på den och sköljde också av rakborsten.

"Jag distraherar dig", sa Helen. "Det sa du själv i fredags kväll."

Han visste att hon fullföljde sina tankebanor, men för ögonblicket försökte han inte avbryta dem. Han funderade på ordet *distrahera*, vad det förklarade, vad det innebar. Slutligen hade han hittat svaret. "Det är det hela saken handlar om."

"Vad då?"

"Distrahera."

"Jag förstår ingenting."

Han avslutade rakningen, sköljde ansiktet och torkade det med en handduk som hon räckte honom. Han svarade inte förrän han hade klappat in after-shave på kinderna. "Jag älskar dig", sa han till henne, "för när jag är tillsammans med dig behöver jag inte fundera över sådant som jag annars skulle varit tvungen att grubbla över. Tjugofyra timmar om dygnet. Sju dar i veckan."

Han gick förbi henne in i sovrummet och började slänga fram sina kläder på sängen. "Det är därför jag behöver dig", sa han medan han klädde på sig. "För att ge mig perspektiv på världen. För att ge mig någonting som inte är svart och hemskt." Hon lyssnade medan han kastade på sig kläderna. "Jag älskar att komma hem till dig och undra över vad jag ska hitta. Jag älskar att jag måste undra. Jag älskar att jag måste oroa mig för att du kanske ska ha sprängt huset i luften med mikrovågsugnen, för när jag oroar mig för det, under de femton eller tjugofem sekunder som jag oroar mig för det så behöver jag inte tänka på det där mordet jag håller på att utreda, hur det mordet begicks och vem som utförde det." Han började leta efter ett par skor. "Det är därför, förstår du. Visst finns det passion och kättja med i bilden. Allt möjligt. Massor av lust, det har det alltid varit, för jag tycker om att ligga med kvinnor."

"Kvinnor?"

"Helen, försök nu inte starta ett gräl. Du vet vad jag menar." Under sängen hittade han skorna som han letade efter. Han stoppade in fötterna i dem och knöt snörena så hårt att det värkte ända upp mot knäna. "Och när den lusten jag känner för dig klingar av – som den väl så småningom kommer att göra – kommer jag ju att ha allt det andra kvar. Att du finns där för att distrahera mig. Och det råkar faktiskt vara anledningen till att jag älskar dig."

Han gick bort till byrån och drog hårborsten fyra gånger genom håret. Sedan återvände han till badrummet. Hon stod fortfarande kvar i dörröppningen. Han lade händerna på hennes axlar och kysste henne. Intensivt.

"Så är det", sa han till henne. "Nu vet du sanningen. Så nu får du bestämma vad du ska göra med den."

Lynley hittade Guy Mollison i vardagsrummet som vette ut mot Eaton Terrace. Denton hade omtänksamt nog försett kricketspelaren både med underhållning, i form av Rachmaninoff som strömmade ut ur stereon, och kaffe, croissanter, frukt och sylt. Lynley undrade vem det var som hade valt musiken och kom fram till att det måste vara Mollison. Om Denton fick göra som han ville hade han en svaghet för örhängen från olika musikaler.

Mollison satt med en kaffekopp i handen lutad över soffbordet och läste *The Sunday Times*. Tidningen låg utbredd bredvid brickan där Denton hade dukat fram måltiden. Han läste emellertid inte sportsidorna som man skulle ha kunnat vänta sig av en man som länge hade varit kapten för Englands landslag och som nu stod inför en testmatch mot Australien, utan en artikel om Flemings död och utredningen av den. När Lynley gick förbi bordet för att dämpa stereon noterade han att Mollison i huvudsak ägnade sig åt en notis som hade den nu inaktuella rubriken "Polisen söker efter en bil".

Lynley stängde av musiken. Denton stack in huvudet genom dörröppningen. "Er frukost är klar, Ers Nåd. Vill ni ha den här eller i matrummet?"

Lynley gjorde en stilla grimas. Han avskydde att man använde hans titel i samband med hans arbete. "Här inne", sa han bryskt. "Lyckades ni få tag på assistent Havers?"

"Hon är på väg. Hon var på Yarden. Hon sa att jag skulle berätta för er att killarna är på hugget. Förstår ni vad hon menade?"

Lynley förstod. Havers hade åtagit sig att kalla in de kriminalkonstaplar han hade valt ut till jourtjänstgöring. Det var mot reglerna – han skulle ha föredragit att själv tala med dem – men orsaken till att hon hade åtagit sig att göra det berodde på att han föregående kväll hade glömt bort att ställa väckarklockan innan han hamnade i säng tillsammans med Helen.

"Ja, jag förstår vad hon menar. Tack ska ni ha." När Denton hade försvunnit vände sig Lynley mot Mollison, som hade rest sig upp och med ohöljt intresse lyssnat till samtalet.

"Vem är ni?" undrade han. "I själva verket."

"Ursäkta?"

"Jag såg vapenskölden vid ringklockan, men jag trodde det var ett skämt."

"Det är det", sa Lynley. Mollison såg ut som om han hade någonting att invända. Lynley hällde upp mer kaffe till kricketspelaren.

"Ni visade en polisbricka för portvakten i går kväll", sa Mollison långsamt, nästan för sig själv. "Det var i alla fall vad han berättade för mig."

"Han talade sanning. Vad kan jag göra för er, mr Mollison? Jag hörde att ni hade någonting att berätta för mig."

Mollison såg sig omkring i rummet som om han värderade möbleringen och jämförde resultatet med vad han visste eller inte visste om polisens löner. Plötsligt såg han ängslig ut. "Jag skulle gärna själv vilja titta. Om ni inte misstycker. På era ID-papper."

Lynley plockade fram sin polisbricka och räckte den till Mollison, som undersökte den. Efter en lång granskning var han tydligen nöjd, för han räckte tillbaka den. "Det är bra. Jag föredrar att vara försiktig. För Allisons skull. Det är så många som håller på och snokar i våra liv. Det brukar ju bli så när man har ett känt namn."

"Naturligtvis", sa Lynley torrt. "Och vad var det ni ville berätta?"

"Jag var inte alldeles uppriktig mot er i går kväll, inte i fråga om allting. Jag är ledsen. Men det finns en del saker..." Han bet på pekfingernageln, gjorde så en grimas och knöt handen innan han lät den falla ner i knäet. "Det är så här", förklarade han, "att vissa saker kan man inte låta Allison höra. Även om det kan få juridiska konsekvenser. Förstår ni?"

"Och det var därför som ni helst hade velat att förhöret skulle äga rum i korridoren och inte i er lägenhet."

"Jag vill inte göra henne upprörd." Mollison lyfte sin kaffekopp. "Hon är i åttonde månaden."

"Ni nämnde det i går kväll."

"Men jag är säker på att när ni såg henne…" Han satte från sig kaffekoppen utan att ha rört den. "Hör här, jag säger bara det ni redan vet: Allison mår bra, barnet mår bra. Men för närvarande skulle det bli mycket trassligt om hon blev upprörd."

"Trassligt mellan er två?"

"Jag är ledsen att jag tänjde lite på sanningen när jag sa att hon inte mådde bra, men det var det enda jag kunde komma på att säga för att hindra er från att prata när hon var i närheten." Han började åter gnaga på nageln. Med en nick pekade han mot tidningen. "Söker ni efter hans bil?"

"Inte nu längre."

"Varför inte."

"Var det någonting ni ville berätta för mig, mr Mollison?"

"Har ni hittat den? Lotusen?"

"Jag trodde att ni hade kommit hit för att berätta någonting."

Denton kom in i rummet bärande på en ny bricka. Han ansåg tydligen att han måste åstadkomma storverk för att kompensera gårdagskvällens *fettuccine à la mer.* Han hade med sig cornflakes med banan, ägg, korv, stekta tomater och svamp, grapefrukt och rostat bröd. Dessutom hade han satt en ros i en vas och lagat en kanna Lapsang Souchong. Medan han höll på att duka fram frukosten ringde det på dörren.

"Det måste vara assistenten", sa han.

"Jag öppnar."

Denton hade haft rätt, det var Havers som stod utanför dörren.

"Mollison är här", sa Lynley och stängde dörren bakom henne.

"Vad hade han att komma med?"

"Hittills ingenting annat än ursäkter och undanflykter. Men han har avslöjat ett passionerat intresse för Rachmaninoff."

"Det måste ha glatt er. Jag hoppas att det fick er att genast stryka honom från listan över misstänkta."

Lynley log. Han och Havers passerade Denton som frågade om hon ville ha kaffe och croissanter. "Kaffe, tack", sa Havers. "Jag bantar så här dags."

Denton försvann grymtande sin väg. I vardagsrummet hade Mollison flyttat sig från soffan fram till fönstret där han stod och bet på sina naglar och skinnet runt dem. Han nickade åt Havers och Lynley fortsatte med sin frukost. Han sa ingenting förrän Denton hade kommit med ännu en

323

kaffekopp och hällt upp kaffe åt Havers innan han försvann igen.

"Letar ni efter hans bil?" undrade Mollison då.

"Vi har hittat den", sa Lynley.

"Men i tidningen stod det..."

"Vi brukar försöka vara ett steg före tidningarna om vi kan", anmärkte Havers.

"Och Gabbie?"

"Gabbie?"

"Gabriella Patten. Har ni talat med henne?"

"Gabbie." Lynley muttrade något om smeknamnet medan han satte igång med sina flingor. Föregående kväll hade han inte lyckats få i sig någon ordentlig måltid. Han kunde inte påminna sig när mat senast smakade så bra.

"Om ni har hittat bilen, så..."

"Hur skulle det vara om ni berättade vad ni har på hjärtat, mr Mollison?" sa Lynley. "Antingen är mrs Patten i högsta grad misstänkt eller huvudvittne i ett mordfall. Om ni vet var hon befinner sig är det lika bra att ni talar om det. Men det har väl er fru redan sagt er."

"Allison har ingenting med det här att göra. Det sa jag i går kväll och det menade jag."

"Jaha."

"Om ni kan garantera att det jag säger kommer att stanna mellan oss." Mollison lekte nervöst med tummen och pekfingret, som om han prövade hudens kvalitet.

"Jag är rädd att det inte är möjligt", sa Lynley. "Men ni kan ringa till er advokat om ni skulle vilja det."

"Jag behöver ingen advokat. Jag har inte gjort någonting. Jag vill bara vara säker på att min hustru... Hör här, Allison vet inte om någonting... Om hon på något sätt fick reda på att..." Han vände sig om mot fönstret och stirrade ut över Eaton Terrace. "Fan. Jag hjälpte ju bara till. Nej. Jag *försökte* bara hjälpa till."

"Mrs Patten?" Lynley sköt sina cornflakes åt sidan och fortsatte med äggen. Assistent Havers plockade fram sin tygklädda anteckningsbok ur väskan.

"Hon ringde till mig", suckade Mollison.

"När då?"

"I onsdags natt."

"Före eller efter det att ni hade talat med Fleming?"

"Efteråt. Flera timmar senare."

"Hur dags?"

"Klockan måste ha varit... Jag vet inte... strax före elva, kanske. Kanske lite senare."

"Var någonstans var hon?"

"I en telefonkiosk i Greater Springburns. Hon och Ken hade grälat, sa hon. Det var slut mellan dem. Hon behövde någonstans att ta vägen."

"Varför ringde hon till er och inte till någon annan? Någon väninna till exempel?"

"För Gabbie har inga kvinnliga vänner. Och även om hon hade haft det, ringde hon mig eftersom det från början var jag som var anledningen till grälet. Hon sa att jag var skyldig henne den tjänsten. Och det hade hon rätt i. Det var jag."

"Var skyldig henne?" undrade Havers. "Hade hon gjort er några tjänster?"

Mollison vände sig mot dem. Hans rödblommiga ansikte hade nu blivit knallrött; rodnaden började vid halsen och steg snabbt uppåt. "Hon och jag... En gång i tiden. Ni förstår."

"Nej, det gör vi inte", sa Havers. "Men ni kan väl förklara för oss."

"Vi har haft ganska skoj tillsammans. Och så där."

"Har ni och mrs Patten haft ett förhållande?" undrade Lynley. "När var det?" tillade han när Mollisons ansiktsfärg mörknade.

"För tre år sedan." Han gick tillbaka till soffan, tog sin kaffekopp och tömde den som en man i desperat behov av någonting som skulle ge honom styrka eller lugna hans nerver. "Det var så dumt alltsammans. Det kostade mig närapå mitt äktenskap. Vi... tja, vi missförstod varandras avsikter."

Lynley spetsade en korvskiva på gaffeln. Han lade på lite ägg. Han åt och såg stillsamt på hur Mollison studerade honom. Assistent Havers skrev så att pennan glödde.

"Det är så här, förstår ni", sa Mollison. "När man har ett namn finns det alltid kvinnor som tror att de gillar en. De vill... De är intresserade av... De fantiserar. Om en. Jag menar, man ingår i deras fantasier. Och för det mesta ger de sig inte förrän de har fått tillfälle att se hur nära verkligheten deras fantasier kommer."

"Så ni och Gabriella knullade som bara den?" Havers gjorde allt för att han skulle komma till saken. Hon till och med kastade en blick på sin Timex om nu hennes fina vink hade övergått Mollisons förstånd.

Mollison glodde på henne, en blick som sa att hon väl inte kunde veta någonting om något sådant. "Jag trodde bara hon ville ha vad alla andra..."

sa han och gjorde åter en grimas. "Jag är ju inte något helgon. Om en kvinna kommer med en invit, så tackar jag nog ja. Men det betyder inte något annat än en stunds avkoppling. Det vet kvinnorna alltid om."

"Men Gabriella Patten visste inte det", sa Lynley.

"Hon trodde att när hon och jag... när vi..."

"Låg med varandra ", fyllde Havers i.

"Problemet var att det fortsatte", sa Mollison. "Jag menar, vi gjorde det mer än en gång. Jag borde ha klippt av när jag insåg att hon betraktade... historien... som någonting mer än hon borde ha gjort."

"Så hon hade förväntningar på er?" sa Lynley.

"Jag förstod det inte till att börja med. Vad hon ville. Och när jag sen gjorde det, var jag redan så intrasslad i... med henne. Hon är... Hur ska jag förklara det så att det inte låter så förbaskat... Hon har något visst. När man har haft... Jag menar när man har varit med om... Saker och ting blir så... Fan också... Det låter gräsligt. Han slet upp en skrynklig näsduk ur fickan och torkade sig i ansiktet.

"Hon gav er stora skälvan", sa Havers.

Mollison tittade tomt på henne.

"Hon får jorden att darra."

Fortfarande inget svar.

"Hon är en het potatis att ha i sängen."

"Nej, hör nu", började Mollison, som själv var glödhet.

"Assistenten", sa Lynley milt.

"Jag försökte bara..." sa Havers.

Han lyfte ena ögonbrynet. Försök lite mindre, betydde det. Hon lutade sig tillbaka i stolen med pennan i högsta hugg.

Mollison stoppade tillbaka näsduken i fickan. "När jag förstod vad hon egentligen var ute efter trodde jag att jag kunde spela med ett slag. Jag ville inte mista henne."

"Och vad exakt var det hon ville ha?" undrade Lynley.

"Mig. Jag menar, hon ville att jag skulle lämna Allie så att hon och jag skulle kunna vara tillsammans. Hon ville gifta sig."

"Men hon var väl gift med Patten redan på den tiden?"

"Det var inte bra mellan dem. Jag vet inte riktigt."

"Berättade hon aldrig det?"

"Jag frågade inte. Det gör man inte. Jag menar, om det inte är på allvar, om man bara är intresserad av en sak, så håller man inte på och frågar om partnerns äktenskap. Man antar bara att det skulle kunna vara bättre, men man vill inte bli inblandad i någonting besvärligt, så man fördjupar sig inte

i det. Man tar drinkar. Äter kanske en bit om tiden tillåter det. Sedan..."
Han harklade sig.

Havers mun formade orden *knullar ni utav bara den*, men hon sa det inte
högt.

"Så det enda jag vet är alltså att hon inte var lycklig tillsammans med
Hugh. Jag menar, hon var inte... Hur ska jag kunna förklara utan att det
låter... Hon var inte lycklig rent sexuellt. Det var inte alltid han kunde...
Han gjorde inte... Och när de gjorde det så fick hon aldrig... Jag menar, jag
vet ju bara vad hon sa, och jag inser att eftersom hon berättade det precis
medan vi höll på att göra det, så kanske hon ljög. Men hon sa att hon aldrig
hade... Ni förstår. Med Hugh."

"Jag tror vi förstår", sa Lynley.

"Då så. Jo, det var vad hon berättade för mig. Men som jag sa, så berätta-
de hon det medan vi själva höll på, så... Ni vet hur kvinnor kan vara. Om
hon ville att jag skulle tro att jag var den ende som någonsin... Och det var
hon bra på. Jag trodde det. Men det var bara det att jag inte ville gifta mig
med henne. Hon var ett vänsterprassel. Omväxling. För jag älskar ju min
fru. Jag älskar Allie. Avgudar henne. Allt det där andra är bara sånt som
händer när man till exempel är en kändis."

"Känner er hustru till den här affären?"

"Det var faktiskt så jag slingrade mig ur den. Jag var tvungen att erkän-
na. Det gjorde Allie förbannat upprörd – och det gör mig fortfarande ledsen
– men jag lyckades i alla fall göra slut på historien med Gabbie. Och Allie
fick mig att svära på att jag aldrig mer skulle ha någonting med Gabbie att
göra. Utom de gånger då jag var tvungen att träffa henne tillsammans med
Hugh. När landslaget och tänkbara sponsorer träffas."

"Jag har förstått att det var ett löfte ni inte har hållit."

"Där har ni fel. Efter det att historien väl var slut har jag aldrig träffat
Gabbie om inte Hugh varit med. Inte förrän hon ringde i onsdags kväll."
Han stirrade olyckligt i golvet. "Och då behövde hon min hjälp. Så jag
hjälpte henne. Och hon blev... tacksam."

"Behöver vi fråga hur hon visade den tacksamheten?" undrade Havers
artigt.

"Helvete", viskade Mollison. Han blinkade hastigt. "Det hände inte i
onsdags kväll. Då träffade jag henne inte. Det var på torsdag eftermiddag."
Han lyfte huvudet. "Hon var upprörd. Hon var praktiskt taget hysterisk.
Det var mitt fel. Jag ville göra någonting för att hjälpa henne. Och så råka-
de det hända. Jag skulle helst se att Allie inte fick reda på det."

"Vad var det för sorts hjälp ni gav henne i onsdags kväll?" undrade Lyn-

327

ley. "Gav ni henne någonstans att bo?"

"I Shepherd's Market. Jag har en lägenhet där, tillsammans med tre andra killar från Essex. Vi använder den när vi…" Han såg åter ner i golvet.

"När ni vill ha lite prassel som frugan inte ska få reda på", sa Havers med trött röst.

Mollison reagerade inte. Han lät bara lika trött han, när han svarade: "När hon ringde i onsdags kväll sa jag att hon skulle få använda lägenheten."

"Hur tog hon sig in?"

"Vi har nycklarna där. I huset. Hos portvakten. Så att våra fruar… ni förstår."

"Och adressen dit?"

"Jag måste köra er dit. Ledsen, men i annat fall skulle hon inte släppa in er. Hon skulle inte ens svara när ni ringde på."

Lynley reste sig upp, och det gjorde även Mollison och Havers. "Angående ert gräl med Fleming, det som ni ringde honom om i onsdags kväll. Det hade väl inte att göra med några pakistanska spelare i Middlesexlaget?" sa Lynley.

"Det gällde Gabbie", sa Mollison. "Det var därför Ken åkte ut till Springburns för att träffa henne."

"Visste ni att han skulle dit?"

"Det visste jag."

"Vad hände där?"

Mollison höll händerna i sidorna men Lynley kunde i alla fall se hur han gned skinnet kring naglarna med sina tummar. "Det får Gabbie berätta för er", svarade han.

Det enda Mollison ville tillägga gällde orsaken till hans gräl med Kenneth Fleming. Han sa att han hade hittat på historien om pakistanska spelare för Allisons skull. Om de bara föregående kväll hade fortsatt förhöret ute i korridoren på China Silk Wharf, skulle han ha talat om sanningen. Men han kunde inte berätta som det var när Allison var närvarande. Då hade han löpt alltför stor risk att säga mot sig själv angående torsdagseftermiddagen. Dessutom hade han när Allison första gången fick syn på blåmärkena redan skyllt på ett gräl om spelare från Pakistan när han skulle förklara hur han blivit skadad.

De körde i riktning mot Mayfair över Eaton Square, där planteringen i mitten var en prunkande färgprakt av allt från tulpaner till penséer. När de svängde in på Grosvenor Place och susade förbi murarna som hindrade nyfikna från att kika in i trädgårdarna vid Buckingham Palace, fortsatte Mollison tala.

Han sa att det som hade hänt mellan honom och Fleming egentligen hade ägt rum efter den tredje dagen av den fyra dagar långa matchen mellan Middlesex och Kent. Och det hade faktiskt varit på parkeringsplatsen vid Lord's. Men det hade börjat i baren... "den i Paviljongen... bakom Långa Rummet... bartendern kan säkert intyga det om ni frågar honom"... där Mollison och Fleming och sex andra spelare i största vänskaplighet hade tagit en drink tillsammans.

"Jag drack Tequila", sa han. "Det är en stark liten jävel, som slår till direkt. Det stiger en åt huvudet innan man vet vad som hänt. Man blir mer lösmynt än man borde vara. Och fortare. Så man säger saker till killarna som man annars inte skulle ha sagt."

Mollison berättade för dem att han hade hört rykten, ett förfluget ord här och ett där som sa att det var någonting mellan Fleming och Gabriella Patten. Han hade aldrig hört eller sett något med egna ögon – "De var försiktiga, men Gabriella ville ha det så. Hon brukar inte basunera ut när hon har skaffat sig en älskare" – men när förhållandet började utvecklas i riktning mot äktenskap var de inte lika mycket på sin vakt längre. Folk såg. Folk spekulerade. Mollison hörde.

Han visste inte exakt vad det var som hade fått honom att öppna munnen, sa Mollison. Han hade inte... han hade inte *gjort* någonting tillsammans med Gabriella på de senaste två åren. När han hade gjort slut på förhållandet – nåja, när han hade bekänt sina synder för Allison så att han hade varit tvungen att göra slut på förhållandet – hade han känt sig lättad och mycket angelägen om att vårda sitt äktenskap, och den känslan hade hållit i sig i två månader. Under den tiden hade han varit trogen mot Allison. Inte vänsterprasslat med någon, inte ens för skojs skull. Men sedan hade han börjat sakna Gabbie. Han saknade henne så mycket så att han tillsammans med Allison inte ens ville... Han försökte låtsas, men vissa saker kan en kille inte fejka... Nåja, de förstod väl vad han menade. Han tröstade sig med tanken att Gabriella antagligen saknade honom också. Han tyckte att hon borde göra det, för Hugh drack alltid som en sjöman på vift, och det gjorde att han var en ren katastrof i sängen. Och hon hade inte ihop det med någon annan. Det trodde han i alla fall inte att hon hade. Efter en tid började saknaden efter henne gå över. Han hade ihop det med ett par andra kvinnor och det gjorde att hans förhållande till Allison blev mycket bättre, och det fick honom att tro att hans lilla historia med Gabbie visserligen hade varit trevlig så länge den varade men ändå ingenting annat än just en historia.

Och då hade han fått höra rykten om Fleming. Kens familjeförhållanden hade alltid varit underliga, men han – Mollison – hade trott att Fleming så småningom skulle gå tillbaka till sin fru bara han hade arbetat sig igenom vad det nu var som han behövde arbeta sig igenom. För det gjorde ju killar för det mesta, eller hur? Men när det började ryktas att Fleming hade anlitat en svindyr advokat för att få hjälp med att ordna upp sina affärer, och det dessutom sades att Hugh och Gabriella Patten inte längre levde under samma tak, och när han själv såg hur kärvänliga Fleming och Gabriella var mot varandra på gräsplanen vid Lord's, alldeles i närheten av Paviljongen där *vem som helst* kunde se dem... tja, Mollison var väl inte dum i huvudet?

"Jag blev svartsjuk", erkände han. Han hade dirigerat Lynley in på en trång stenlagd gata som låg i de södra utkanterna av Shepherd's Market. De parkerade framför en pub, som hette Ye Grapes och vars fasad var täckt med murgröna. De klev ut ur bilen och han lutade sig mot den, tydligen fast besluten att avsluta sin berättelse innan han lät dem träffa dess kvinnliga huvudrollsinnehavare. Assistent Havers fortsatte att föra anteckningar. Lynley lade armarna i kors och lyssnade tålmodigt.

"Jag kunde alltså själv ha fått henne – jag menar, gift mig med henne – och jag hade inte velat ha henne", sa Mollison. "Men nu när någon annan hade henne..."

"Ren och skär avundsjuka", sa Havers.

"Det var så det gick till. Det var tequilan och att jag blev påmind om hur det var när hon och jag var tillsammans. Och att jag tänkte på hur hon gjorde det med en annan kille. Särskilt som det var en kille jag kände. Jag började tycka att jag hade varit en idiot som hade saknat henne så mycket. Hon hade antagligen gått raka vägen från mig till någon annan. Jag hade nog bara varit en i raden av många älskare."

Dagen efter kricketmatchen hade han alltså påpekat det hela i form av en fråga. Det hade varit grymt och bortom allt tvivel visat hur intimt han kände Gabriella. Han ville helst inte säga vad han hade sagt, om de ursäktade honom. Han var inte speciellt stolt varken över de stormande känslor som hade fått honom att säga det eller över den bristande hänsynen i själva kommentaren.

"Först såg Ken alldeles oförstående ut", sa Mollison. "Det var som om vi hade talat om två olika personer." Sedan hade han förstått innebörden när Mollison hade sagt någonting om alla de kricketspelare som åtnjutit Gabriella Pattens gunst.

Fleming gick ut från baren, men han lämnade inte Lord's. När Mollison kom ut på parkeringsplatsen stod han där och väntade.

"Han kastade sig över mig", sa Mollison. "Jag vet inte om han försvarade hennes heder eller om han bara ville åt mig. Hur som helst var jag helt oförberedd. Om vakterna inte hade kommit och gått emellan, hade jag antagligen varit det mordfall ni hade hållit på att utreda.

"Och när ni talade med honom i onsdags kväll", undrade Lynley. "Vad handlade det egentligen om?"

"Jag var i alla fall uppriktig i fråga om orsaken till att jag ringde upp. Jag ville be om ursäkt. Vi skulle antagligen spela tillsammans under uttagningsmatcherna för landslaget, och jag ville inte ha något ont blod mellan oss."

"Hur reagerade han på det?"

"Han sa att det inte spelade någon roll, att det var glömt och att han hur som helst tänkte reda upp sina trassliga affärer med Gabbie samma kväll."

"Han verkade inte bekymrad då?"

"Jag tror han var jävligt bekymrad. Men jag var nog den sista människa han skulle anförtro sig åt." Mollison knuffade sig förbi bilen. "Gabbie kan berätta för er hur bekymrad han var. Hon kan visa er också."

Han gick före dem till Shepherd's Street, några meter från den plats där de hade parkerat Bentleyn. Där, mitt emot en blomsteraffär som hade fönstret fyllt med irisar, rosor, narcisser och nejlikor, ringde han på dörrklockan till en lägenhet som inte var markerad med någonting annat än siffran 4. Han väntade en liten stund och ringde sedan två gånger till. Sådan make, sådan hustru, tänkte Lynley sardoniskt.

Efter en liten stund började det skrapa ur den lilla metallhögtalaren bredvid raden med knappar. "Det är Guy", sade han in i högtalaren.

Det gick en liten stund innan det kom ett surrande ljud från dörren. Han öppnade den. "Var inte hård mot henne. Ni kommer att märka att det inte behövs", sa han till Havers och Lynley.

Han gick före dem nerför en korridor mot baksidan av byggnaden och uppför en kort trappa till en avsats. Här stod en dörr på glänt. Mollison knuffade upp den. "Gabbie", sa han.

"Här", svarade hon. "Jean-Paul håller på att avreagera sig på mig. Uff. Försiktigt! Jag är inte gjord av gummi."

Här var vardagsrummet strax innanför entrén. De tunga möblerna hade knuffats upp mot väggarna för att ge plats åt ett massagebord. På detta låg en solbränd kvinna på magen. Hon var nätt men kurvig och hennes nakna kropp doldes delvis av ett lakan. Hon hade huvudet vänt från dem mot fönstret som vette ut mot gården.

"Du ringde inte först", sa hon med sömnig röst samtidigt som Jean-Paul – vitklädd från turbanen ända till strumporna – knådade hennes högra lår. "Mmmm. Det känns skönt", viskade hon.

"Jag fick inte tillfälle."

"Inte? Varför inte det? Är det den där trista Allison som bråkar nu igen?" Mollison blev knallröd i ansiktet. "Jag kommer inte ensam", sa han. "Jag har med mig någon som du måste tala med. Jag är ledsen, Gabbie."

Huvudet som pryddes av ett vetefärgat hårsvall vändes långsamt mot dem. De blå ögonen som var kantade med tjocka mörka ögonfransar såg först på Mollison, sedan på Havers och stannade slutligen på Lynley. Hon gjorde en grimas då Jean-Pauls skickliga fingrar hittade en muskel i hennes lår som ännu inte hade blivit utsatt för behandling. "Och vilka är det som du tagit med dig?" sa hon.

"De har hittat Kens bil, Gabbie", sa Mollison. Hans tummar lekte nervöst med de övriga fingrarna. "De har letat efter dig. De har redan börjat söka genom Mayfair. Det är bäst för oss båda om..."

"Du menar att det är bäst för dig." Gabriella Patten betraktade fortfarande Lynley. Hon lyfte en fot och snurrade med den. Jean-Paul som kanske tolkade detta som ett önskemål, grep tag i den och började knåda den, tårna, fotsulan och hälen. "Underbart", mumlade hon. "Du får mig mjuk som smör, Jean-Paul."

Jean-Paul var mycket effektiv. Hans hand gled uppför hennes ben och sedan vidare mot låret. "Vous avez tort", protesterade han. "Känn här, madame Patten. "Musklerna har blivit spända igen. Hårda som sten. Mer nu än tidigare. Mycket mer. Och här, och här."

Lynley märkte att det ryckte i hans mungipor, men han gjorde sitt bästa för att dölja det. Jean-Paul var mera effektiv än en lögndetektor.

Gabriella Patten skakade hastigt av sig massörens hand. "Jag tror att det räcker för idag", sa hon. Hon vände sig, satte sig upp och svängde ner benen från bordet. Lakanet föll ner mot hennes midja. Jean-Paul svepte snabbt en stor vit handduk om hennes axlar. Hon tog god tid på sig att arrangera den som en sarong. Medan Jean-Paul fällde ihop massagebordet och började flytta tillbaka möblerna gick Gabriella bort till ett klaffbord alldeles i närheten av besökarna. På detta stod en stor glasskål med frukt. Hon valde ut en apelsin och grävde ner sina välmanikyrerade naglar i dess skal. Den friska apelsindoften spred sig i rummet. "Tack ska du ha, Judas", sa hon till Mollison medan hon började skala den.

Mollison stönade. "Men Gabriella, jag hade ju inget val. Vad skulle jag göra?"

"Jag vet inte. Varför frågar du inte din advokat? Jag är säker på att hon mer än gärna ger dig ett gott råd."

"Du kan inte stanna kvar här för alltid."

"Det tänkte jag inte heller."

"De måste få tala med dig. De måste få veta vad som hände. De behöver gå till botten med saker och ting."

"Verkligen? Och när bestämde du dig för att bli tjallare åt snuten?"

"Gabbie, du kan väl bara berätta för dem vad som hände när Ken kom ut till stugan. Berätta det du talade om för mig. Det är allt de behöver veta. Sedan ger de sig iväg."

Gabriella stirrade trotsigt en lång stund på Mollison. Slutligen böjde hon på huvudet och koncentrerade sig på apelsinen. Hon tappade en bit apelsinskal och hon och Mollison böjde sig samtidigt ner för att ta upp det. Han nådde först fram. Hon lade sin hand över hans. "Guy", sa hon nervöst.

"Det kommer att gå bra", sa han. "Jag lovar. Säg bara som det är. Lova det."

"Stannar du om jag talar med dem?"

"Det har vi ju redan diskuterat. Du vet att jag inte kan göra det."

"Jag menar inte efteråt. Jag menar nu. När de är här. Stannar du?"

"Allison tror att jag har gått till idrottsplatsen. Jag kunde ju inte tala om för henne vart... Gabbie, jag måste gå."

"Snälla", sa hon. "Tvinga mig inte att gå igenom detta ensam. Jag kommer inte att veta vad jag ska säga."

"Säg bara som det är."

"Snälla, hjälp mig att berätta." Hon flyttade fingrarna från hans handled upp mot armen. "Snälla", upprepade hon. "Det kommer inte att ta lång tid, Guy. Det lovar jag dig."

Det såg ut att krävas en viljeansträngning av Mollison att slita blicken från henne. "Jag kan inte stanna mer än en halvtimme", sa han.

"Tack", sa hon. "Jag ska sätta på mig lite kläder." Hon svepte förbi dem och försvann in i ett sovrum och stängde dörren efter sig.

Jean-Paul försvann diskret. De andra gick längre in i vardagsrummet. Assistent Havers valde en av de två stolarna som stod under fönstret mot gården. Hon slog sig ned, slängde sin axelväska på golvet och lade upp en sportskodd fot på motsatta knäet. Hon såg på Lynley och himlade med ögonen. Lynley log. Assistenten hade verkligen ansträngt sig att inte säga någonting hittills. Gabriella Patten var en kvinna som Havers säkert skulle ha velat knäppa på näsan.

Mollison gick bort till den öppna spisen där han ställde sig och fingrade på bladen till en konstgjord aspidistra. Han studerade sig själv i den spegel-klädda väggen. Så gick han bort till de inbyggda bokhyllorna och strök med fingrarna över pocketböckerna som till största delen var skrivna av Dick Francis, Jeffrey Archer och Nelson DeMille. Han bet på naglarna en stund innan han vände sig mot Lynley.

"Det är inte så som det ser ut att vara", sa han impulsivt.

"Vilket då?"

Han nickade bort mot dörren. "Den där killen. Att han var här. Det ställer henne i en dålig dager. Men det betyder inte det som ni tror."

Lynley undrade vilken slutsats Mollison trodde att han hade dragit av Gabriellas korta men effektfulla uppvisning. Han bestämde sig för att hålla tyst och se vad som skulle komma ut av Mollisons verbala ältande. Han gick fram till fönstret och studerade gården där två små fåglar hoppade runt på kanten till en springbrunn.

"Hon bryr sig."

"Om vad då?" frågade Havers.

"Om det som Ken råkade ut för. På grund av vad som hände i onsdags kväll uppför hon sig som om hon inte gör det. Hon är sårad, men hon vill inte visa det. Skulle ni göra det?"

"Jag tror att jag skulle vara försiktig med vad jag sa eller gjorde i en mordutredning", sa Havers, "särskilt om jag troligen var den sista människa som hade sett liket innan det var ett lik."

"Men hon har inte *gjort* någonting. Hon bara stack. Och om ni vill veta sanningen, så hade hon verkligen orsak att sticka."

"Det är sanningen vi försöker ta reda på."

"Bra. För jag tänker berätta som det är."

Gabriella Patten hade kommit tillbaka. Hon stod inramad av dörröppningen till vardagsrummet, klädd i svarta tights och en vid svart jacka som fladdrade när hon gick bort mot soffan. Hon knäppte upp spännena på sina eleganta svarta sandaler och tog dem av sig. När hon tog plats i soffhörnet kastade hon ett snabbt leende mot Mollison och drog upp fötterna – välpedikyrerade med samma färg på tånaglarna som på fingernaglarna – under sig.

"Vill du ha någonting, Gabbie?", sa han. "Te? Kaffe? Coca Cola?"

"Det räcker med att du är här. Det kommer att bli rena tortyren att behöva återuppleva alltsammans igen. Tack för att du stannade." Hon klappade på soffan bredvid sig. "Vill du inte sitta?"

Till svar slet sig Mollison från bokhyllan och satte sig ungefär två decimeter från henne, tillräckligt nära för att kunna inge henne stöd och trygghet men samtidigt precis utom räckhåll. Lynley undrade om dessa två deci-meter var en demonstration och i så fall mot vem den var riktad, mot poli-sen eller mot Gabriella Patten själv. Hon tycktes inte notera det utan räta-de på axlarna och ryggraden och skakade det blonda hårsvallet som föll ner över hennes axlar.

"Ni vill alltså veta vad som hände i onsdags kväll", sa hon.

"Det är inte fel att börja med det", svarade Lynley. "Men vi kanske även kommer att gå längre tillbaka."

"Det finns inte särskilt mycket att berätta. Ken körde ut till Spring-burns. Vi hade ett hemskt gräl. Jag gav mig iväg. Jag har ingen aning om vad som hände sedan. Med Ken alltså." Hon lutade huvudet mot handen – fingertopparna mot tinningen och överarmen utsträckt på ryggstödet till soffan – och betraktade assistent Havers som bläddrade i sin anteckning-bok. "Är det där nödvändigt?" undrade hon.

Assistent Havers fortsatte att bläddra. Hon fann den sida hon sökte, slickade på spetsen av blyertspennan och började skriva.

"Jag sa..." började Gabriella.

"Ni grälade med Fleming. Ni gav er iväg", mumlade Havers medan hon skrev. "Hur dags var det?"

"Måste ni anteckna?"

"Det är bästa sättet att hålla alla berättelser åtskilda."

Gabriella såg på Lynley för att han skulle ingripa. "Och hur dags var det, mrs Patten?" sa han.

Hon tvekade, rynkade ögonbrynen och hade fortfarande sin uppmärk-samhet riktad mot Havers som om hon ville göra klart hur olycklig hon blev av att man fäste hennes ord på papper. "Jag kan inte säga exakt när. Jag tittade inte på klockan."

"Du ringde till mig någon gång vid elvatiden, Gabbie", påpekade Molli-son. "Och det gjorde du från en telefonkiosk i Greater Springburn. Så grä-let måste ha ägt rum tidigare."

"Hur dags kom Fleming för att träffa er?" frågade Lynley.

"Var hon halv tio? Tio? Jag är inte riktigt säker, för jag hade tagit en liten promenad, och när jag kom tillbaka var han där."

"Ni visste inte om att han hade tänkt komma?"

"Jag trodde att han skulle till Grekland. Tillsammans med den där..." hon rätade omsorgsfullt till sin jacka, "med sin son. Han hade sagt att det var James födelsedag och att han försökte ställa saker till rätta med honom, så de skulle ge sig iväg till Athen. Och därifrån vidare till en båt."

"Försökte ställa saker till rätta med honom?"

"Det hade förekommit oenigheter mellan dem, kommissarien."

"Förlåt?"

"De kom inte överens."

"Aha." Lynley såg hur Havers läppar formade ordet *oenigheter*, när hon skrev ner det. Gud vete hur hon skulle få till det när hon senare sammanställde sin rapport. "Vad var det som orsakade dessa... *oenigheter?*" frågade han.

"James kunde inte finna sig i att Ken hade lämnat hans mor."

"Hade Fleming berättat det för er?"

"Det behövde han inte. James var mycket fientligt inställd till sin far, och man behövde inte vara utbildad barnpsykolog för att förstå varför. Barn klamrar sig alltid fast vid hoppet att deras separerade föräldrar ska bli vänner igen." För att understryka sina ord lade hon handflatan mot bröstet. "Jag representerade fridstörarna, kommissarien. James visste om min existens. Han visste vad min närvaro i Kens liv innebar. Han tyckte inte om det, och han lät på alla upptänkliga sätt fadern förstå att han inte tyckte om det."

"Jimmys mor säger att han inte visste om att Fleming hade tänkt gifta sig med er", sa Havers. "Hon påstår att inget av barnen visste om det."

"I så fall talar James mor inte sanning", sa Gabriella. "Ken berättade för barnen. Och för Jean också."

"Enligt vad ni vet."

"Vad är det som ni nu antyder?"

"Var ni närvarande när han berättade det för sin hustru och sina barn?" undrade Lynley.

"Jag hade verkligen inte lust att gå ut offentligt och avslöja att Ken bröt upp från sitt äktenskap på grund av mig. Och jag hade heller inget behov av att vara närvarande för att kontrollera att han informerade sin familj."

"Men privat?"

"Hur så?"

"Avslöjade ni det privat?"

"Fram till i onsdags kväll var jag galen i honom. Jag ville gifta mig med honom. Jag skulle själv göra mig skyldig till osanning om jag sade att jag inte var glad för att han på det personliga planet vidtog mått och steg för att vi skulle kunna vara tillsammans."

"På vad sätt förändrades detta i onsdags kväll?"

Hon vred på huvudet så att de fingrar som vilat mot tinningen nu vidrörde ögonbrynet. "Det finns vissa saker som en man och en kvinna kan säga till varandra och som ohjälpligt förstör ett förhållande. Jag är övertygad om att ni förstår det."

Mer fakta och mindre utsmyckning tänkte Lynley, men det sade han inte. "Jag måste be er vara mera exakt, mrs Patten. Fleming kom vid halv tio-, tiotiden. Började ni gräla med en gång, eller sa han någonting som utlöste grälet?"

Hon lyfte på huvudet. På båda kinderna hade hon cirkelrunda röda fläckar. "Jag inser inte på vad sätt en detaljerad redogörelse för vad som hände under kvällen skulle kunna påverka det som skedde efteråt."

"Överlåt åt oss att avgöra det", sa Lynley. "Började grälet omedelbart?"

Hon svarade inte. "Gabbie, berätta för honom", sa Mollison uppfordrande. "Det gör ingenting. Det kan inte kasta någon skugga över dig."

Hon skrattade till. "Det tror du eftersom jag inte berättade alltsammans för dig. Jag kunde inte göra det, Guy. Och om jag måste berätta det nu…" Hon drog fingrarna över ögonbrynen och hennes läppar darrade häftigt i skydd av handen.

"Vill du att jag går?" erbjöd sig Mollison. "Eller ska jag vänta i det andra rummet? Eller utanför…"

Hon böjde sig fram emot honom och sträckte sig efter hans hand. Han flyttade sig ett par centimeter närmare henne. "Nej", sa hon. "Du ger mig styrka. Stanna är du snäll." Hon drog efter andan. "Då så", sa hon.

Hon berättade att hon hade varit ute på en lång promenad. Hon brukade göra det, ta två långpromenader om dagen för att få bättre kondition, en på morgonen och en på kvällen. Den här speciella kvällen gick hon nästan runt hela Springburns, åtminstone tre kilometer i rask takt. När hon kom tillbaka till Celandine Cottage stod Ken Flemings Lotus på uppfarten.

"Som jag sa, trodde jag att han hade åkt till Grekland med James. Därför blev jag förvånad över att se hans bil. Men jag blev glad också, för vi hade inte träffats sedan förra lördagskvällen och fram tills jag insåg att han av en nyck hade åkt ut till Kent hade jag inte hoppats få se honom förrän han kom tillbaka från Grekland på söndagen."

Hon gick in i stugan och ropade på honom. Hon hittade honom en trappa upp på toaletten. Han låg på knä på golvet och höll på att söka igenom papperskorgen. Han hade redan gjort samma sak i köket och i vardagsrummet och lämnat sophinken och papperskorgarna omkullvälta efter sig.

"Vad letade han efter?" frågade Lynley.

"Det var precis vad Gabriella ville veta, och till att börja med ville Fleming inte säga det. Han ville faktiskt inte säga ett enda ord. Han rotade bara igenom skräpet, och när han var klar med det stormade han in i sovrummet och slet överkastet och filtarna från sängen. Han granskade laka-

337

nen. Sedan gick han ner till matrummet, tog fram spritflaskorna från den antika hylla där de stod och radade upp dem på bordet och tittade efter hur mycket som fanns kvar i dem. När han var klar – och Gabriella hela tiden hade frågat honom vad han letade efter, vad som var fel och vad som hade hänt – gick han tillbaka till köket och letade igenom soporna ännu en gång.

"Jag frågade honom om han hade tappat någonting", sa Gabriella. "Han upprepade vad jag sa och skrattade." Sedan reste han sig upp, sparkade undan skräpet och grep tag i hennes arm. Han ville veta vem som hade varit där. Han sa att om Gabriella hade varit ensam ända sedan i söndags morse, nu var det onsdag kväll, skulle hon säkert inte ha kunnat överleva utan en rejäl omgång manligt sällskap – det hade hon ju aldrig tidigare klarat av – så nu ville han veta vem som varit där. Innan hon hann svara eller protestera och säga att hon var oskyldig rusade han ut ur stugan och traskade genom trädgården till komposthögen som han också började gräva sig igenom.

"Han uppförde sig som en galning. Jag har aldrig sett dess like. Jag bad honom att åtminstone tala om för mig vad han letade efter så att jag kunde hjälpa honom att finna det, och han sa…" Hon lyfte upp Mollisons hand mot sin kind och slöt ögonen.

"Såja, Gabbie", sa Mollison.

"Nej", viskade hon. "Hans ansikte var så förvridet att jag inte skulle ha känt igen honom. Jag ryggade tillbaka. Jag sa: 'Ken, vad är det? Vad *är* det? Kan du inte tala om det för mig. Du måste tala om för mig', och han – han hoppade upp. Han flög upp från marken."

Fleming talade om hur länge de varit åtskilda och sa, söndag kväll, måndag kväll, tisdag kväll, Gabriella. För att inte tala om förmiddagarna och eftermiddagarna där emellan. De gav henne massor av tid, förklarade han. Gabriella frågade vad hon skulle ha tid för, för *vad då*? Han skrattade och sa att hon hade haft tillräckligt mycket tid för att underhålla hela Middlesex och dessutom halva Essex. Och var hon inte en slug en? Hon hade säkert förstört bevisen, om det nu hade funnits några bevis. För hon bad kanske inte andra att vidta samma försiktighetsåtgärder som hon bad Fleming göra. Kanske lät hon andra njuta av att sjunka in i hennes samarbetsvilliga inre utan att ha något latexhinder emellan. Var det så det var, Gabriella? Be Ken att använda kondom så att han tycker att Gabriella är en så försiktig liten käresta, samtidigt som hon släpper till andra utan att alls ha några sådana krav.

"Han hade alltså letat genom soporna… Han hade faktiskt *sökt* efter…

338

Som om jag…" Gabriella tvekade.

"Jag tror att vi har bilden klar för oss." Havers knackade pennan mot sin skosula. "Var ni utomhus när ni grälade?"

"Det var där det började", berättade Gabriella. Först anklagade Fleming och Gabriella nekade, men detta gjorde honom bara ännu mera rasande. Därför sa hon till honom att hon vägrade att diskutera sådana vansinniga anklagelser, och så gick hon tillbaka in i stugan. Han följde efter. Hon försökte låsa honom ute, men naturligtvis hade han en egen nyckel. Därför gick hon in i vardagsrummet och försökte förgäves blockera dörren genom att ställa en stol under dörrhandtaget. Ansträngningen var förgäves. Fleming knuffade med hjälp av axeln upp dörren så att stolen gled ut på golvet. Han var inne. Gabriella ryggade in i ett hörn med en eldgaffel i handen. Hon varnade honom och sa att han inte skulle komma närmare. Han brydde sig inte om henne.

"Jag trodde att jag skulle kunna slå till honom", sa hon. "Men när det kom till kritan kunde jag se blodet och skallbenet framför mig och hur han skulle se ut om jag verkligen gjorde det." Hon tvekade och Fleming kom närmare. Hon höjde eldgaffeln. "Och då blev han plötsligt alldeles lugn", talade hon om för dem.

Han bad om förlåtelse. Han bad att hon skulle ge honom eldgaffeln. Han lovade att han inte skulle göra henne illa. Han sa att han hade hört rykten. Man hade berättat saker för honom erkände han, saker som hade surrat runt som bålgetingar i skallen på honom. Hon frågade vad han hade hört, vad då för rykten? Hon ville få reda på det så att hon i alla fall kunde få försvara sig eller förklara. Han frågade om hon ville göra det, om hon ville förklara, om hon ville tala om sanningen för honom om han gav henne ett namn.

"Det var något så ömkansvärt med honom", sa Gabriella. "Han verkade så hjälplös och förkrossad. Så jag lade ifrån mig eldgaffeln, jag sa att jag älskade honom och att jag skulle göra vad som helst för att hjälpa honom igenom vad det nu var han hade för problem."

Då sa han att det var Mollison. Han ville ha reda på allt om Mollison först. Hon upprepade ordet *först*. Hon frågade vad han menade med *först*. Och det enda lilla ordet fick honom rasande igen.

"Han inbillade sig att jag hade en hel hop älskare. Jag tyckte inte speciellt mycket om att höra det. Därför sa jag en del elakheter, jag också. Om honom. Om Miriam. Och då tog det fyr på allvar. Efter det blev grälet värre och värre."

"Vad var det som fick er att ge er iväg?" frågade Lynley.

"Det här." Hon skakade bort hårsvallet från axlarna. På båda sidor om halsen hade hon blåmärken som såg ut som utspädda bläckfläckar mot huden. "Jag trodde faktiskt att han skulle döda mig. Han var alldeles galen."

"För att försvara mrs Whitelaw?"

Nej. Han hade skrattat bort Gabriellas anklagelser som någonting absurt. Det han verkligen brydde sig om var Gabriellas förflutna. Hur många gånger hon hade varit otrogen mot Hugh? Med vem? Var? Hur hade samlagen gått till? "För försök inte säga till mig att det bara var Mollison", varnade han henne. "Det svaret tror jag inte på. Jag har hållit på i tre dagar med att ställa frågor. Jag har fått reda på namn. Jag har fått reda på platser. Och det är säkrast för dig själv nu om du talar om hur de namnen och platserna hör ihop."

"Allt det där är mitt fel", sa Mollison. Med sin fria hand strök han Gabriellas hår på plats. Hans gest gjorde så att hennes blåmärken åter doldes.

"Mitt också." Gabriella lyfte åter Mollisons hand och talade till den. "För när det hade blivit slut mellan oss, Guy, var jag förtvivlad. Jag gjorde precis allt det som han anklagade mig för att ha gjort. Nå, inte allt, för vem skulle ha hunnit med att göra allt det han ville tro att jag hade lyckats göra. Men en hel del, ja. Och med mer än en älskare. För jag var desperat. För mitt äktenskap var rena skämtet. För jag saknade dig så mycket att jag ville dö, så det spelade i alla fall ingen roll vad som hände med mig."

"Gabbie", sa Mollison.

"Jag är ledsen." Hon lät händerna falla ner i knäet. Hon lyfte huvudet och log svagt mot honom. Mollison lyfte sin fria hand mot hennes kind. En ensam tår rullade nerför den. Han torkade bort den.

Havers avbröt den ömma scenen. "Stämmer det att han försökte strypa er? Ni slet er loss och sprang er väg."

"Ja, det var så det gick till."

"Varför tog ni hans bil?"

"För att den spärrade vägen för min."

"Han sprang inte efter er?"

"Nej."

"Hur fick ni tag på nycklarna?"

"Nycklarna?"

"Bilnycklarna."

"Han hade lagt dem på arbetsbänken i köket. Jag tog dem för att han inte skulle kunna följa efter mig. Och när jag sedan kom ut på uppfarten såg jag att Lotusen stod i vägen. Därför tog jag hans bil. Efter det hörde jag ingenting från honom, och jag såg honom heller aldrig mer."

"Och kattungarna?" frågade Lynley.

Hon såg undrande på honom. "Kattungarna?"

"Vad gjorde ni med dem. Jag har förstått att ni hade två stycken."

"Min Gud. Jag har alldeles glömt bort kattungarna. När jag gick ut tidigare på kvällen för att ta en promenad, låg de och sov i köket." För första gången såg hon verkligt tagen ut. "Det var meningen att jag skulle ta hand om dem. När jag fann dem i våras lovade jag mig själv det. Och sedan sprang jag min väg och…"

"Du var vettskrämd", sa Mollison till henne. "Du sprang ju för livet. Man kan inte kräva av dig att du skulle ha förutsett alla följder av vad du gjorde."

"Det är inte det. De var alldeles hjälplösa och jag lämnade dem för att jag inte tänkte på någonting annat än mig själv."

"De kommer att dyka upp på något sätt", sa Mollison. "Om de inte var i stugan är det säkert någon som har dem."

"Varthän åkte ni när ni hade gett er iväg?" frågade Lynley.

"Jag körde direkt till Greater Springburn", sa hon. "Jag ringde till Guy."

"Hur långt är det?"

"Femton minuter."

"Då varade ert gräl med Fleming mer än en timme?"

"Mer än…?" Gabriella såg förvirrad på Mollison.

"Om han kom halv tio eller tio och om ni inte ringde till Mollison förrän efter elva, har vi mer än en timme att redogöra för", sa Lynley.

"Då grälade vi väl så länge. Ja, jag tror nog att vi gjorde det."

"Ni gjorde ingenting annat?"

"Vad menar ni med det?"

"Det fanns ett paket Silk Cut i köksskåpet i stugan", sa Lynley. "Röker ni, mrs Patten?"

Mollison flyttade oroligt på sig i soffan. "Ni kan väl inte tro att Gabriella…"

"Röker ni, mrs Patten?"

"Nej."

"Men vems cigaretter var det då? Vi har fått reda på att Fleming inte rökte."

"Det var mina. Jag rökte tidigare, men jag har hållit upp i nästan fyra månader. Mest för Kens skull. För att han ville det. Men jag har alltid ett paket i närheten om jag skulle behöva dem. Jag tycker att det är lättare att låta bli om jag vet att jag har cigaretter i rummet intill. Det känns inte som en lika stor uppoffring då."

"Så ni hade inte ett paket till. Ett som redan var öppnat?"

Hon såg från Lynley till Havers. Så åter på Lynley. Hon verkade försöka sätta in frågan i sammanhanget. "Ni tror väl inte att jag dödade honom?" sa hon. "Ni tror väl inte att jag satte fyr på något vis? Hur skulle jag ha kunnat göra det? Han var ju där. Han var rasande. Tror ni att han tog en paus, gick åt sidan för att låta mig... Vad är det ni tror att jag har gjort?"

"Har ni ett paket cigaretter här också?" undrade Lynley. "För att det ska bli lättare att låta bli?"

"Jag har ett oöppnat paket. Vill ni se det?"

"Ja, innan vi går." Gabriella reagerade kraftigt när hon hörde det, men Lynley fortsatte. "Vad hände när ni hade ringt till Mollison och ordnat med att få bo i den här lägenheten?"

"Jag gick till bilen och körde hit."

"Fanns det någon som mötte er här?"

"I lägenheten. Nej."

"Då finns det alltså ingen som kan verifiera hur dags ni kom fram?"

Hennes ögon sköt ilskna blixtar när hon förstod innebörden. "Jag väckte portvakten och han gav mig nyckeln."

"Bor han ensam. Portvakten?"

"Vad har det med det hela att göra, kommissarien."

"Gjorde Fleming slut på ert förhållande i onsdags kväll, mrs Patten? Var det det grälet handlade om. Hade era privata planer på ett äktenskap blivit omkullkastade?"

"Vänta nu ett ögonblick", sa Mollison ilsket.

"Nej, Guy." Gabriella gjorde sig fri från Mollisons hand. Hon ändrade ställning. Hon hade fortfarande benen uppdragna under sig men hon satt med ansiktet vänt mot Lynley. Hennes röst var stel av indignation. "Ken gjorde slut på vårt förhållande. Jag gjorde slut på vårt förhållande. Vad spelar det för roll? Det var slut. Jag gav mig iväg. Jag ringde till Guy. Jag kom till London. Jag kom fram ungefär vid midnatt."

"Finns det någon som kan bekräfta det? Förutom portvakten", som, tänkte Lynley, säkert hellre än gärna skulle bekräfta vad än Gabriella påstod.

"Ja men visst. Det finns någon annan som kan bekräfta det."

"Vi måste ha ett namn."

"Och tro mig, jag ger er det hjärtans gärna. Miriam Whitelaw. Vi talades vid i telefon knappt fem minuter efter det att jag hade kommit in i den här lägenheten." Hennes ansikte sken upp av ett strålande leende när hon såg förvåningen i Lynleys.

Dubbelt alibi, tänkte han. Så praktiskt.

KAPITEL 13

Assistent Havers stod bredvid Bentleyn vid Shepherd's Market och delade ett blåbärsmuffin i två delar. Medan Lynley ringde till Yarden hade hon gått in på Express Café och kommit tillbaka med två ångande plastmuggar som hon ställde på motorhuven och en papperspåse ur vilken hon plockade fram sitt förmiddagsmål.

"Lite tidigt för elvakaffe, men strunt samma", anmärkte hon och räckte en halva till Lynley.

Han avfärdade henne genom att säga: "Akta bilen för guds skull!" Han höll på att lyssna till konstapel Nkatas rapport som än så länge bara bestod av en redogörelse för hur de kriminalkonstaplar som tilldelats Isle of Dogs och Kensington lyckats undvika att tala med pressen som, enligt Nkata, "hängde dem i hasorna som en flock kråkor i väntan på att någon skulle bli överkörd." För tillfället fanns det ingenting av brännande intresse att avslöja från någon av platserna, och inte heller från Little Venice där en annan grupp kriminalkonstaplar undersökte vad Olivia Whitelaw och Chris Faraday hade haft för sig under onsdagskvällen. "Men på Cardale Street är hela familjen hemma", sa Nkata.

"Pojken också?", undrade Lynley. "Jimmy?"

"Så vitt vi vet."

"Bra. Skugga honom om han ger sig iväg."

"Ska ske, kommissarien." Ett prasslande ljud hördes i luren, som om Nkata höll på att skrynkla samman ett papper i närheten av telefonen. Han sa: "Maidstone ringde alldeles nyss. En tjej som sa att du skulle ringa henne så fort som möjligt."

"Kommissarie Ardery?"

Mer prassel. "Just det. Ardery. Säg mig, är hon lika sexig som hon låter?"

"Hon är för gammal för dig, Winston."

"Fan. Det är jämt likadant."

Lynley lade på och gick ut till Havers på trottoaren. Han smakade på kaffet som hon hade hämtat till honom. "Havers, det här var riktigt äckligt."

Hans polisassistent svarade med munnen full av muffin: "Men det rinner ju ner."

"Det gör motorolja också, men det dricker jag helst inte."

Havers tuggade och höjde muggen mot stället där hon hade köpt dem. "Vad dricker ni då?"

"Det beror på tidpunkten på dygnet", sa Lynley. Han stod och funderade på deras förhör med Gabriella Patten.

"Vi kan kontrollera telefonsamtalet med mrs Whitelaw", sa Havers. "Om hon verkligen ringde till Kensington vid midnatt, så gjorde hon det från våningen eftersom portvakten bekräftar tidpunkten när hon hade hämtat nyckeln. Och då är hon inte intressant längre. För hon skulle väl inte ha kunnat vara på två ställen samtidigt, inte sätta fyr i Kent samtidigt som hon var i London och småpratade lite med mrs Whitelaw. Jag tror att det överskrider till och med Gabriellas förmåga."

Men som de båda två märkt hade hon annars en förmåga att åstadkomma ganska mycket. Och hon var inte speciellt rädd för att utnyttja den.

"Jag stannar här en stund", hade Guy Mollison helt ogenerat anförtrott dem när han vid slutet av förhöret följde Lynley och Havers ut och drog igen dörren bakom sig. "Hon har gått igenom en jobbig tid. Hon behöver en vän. Om jag kan vara åtminstone det... Tja, det här är ju mitt fel. Om jag bara inte från början hade startat det där bråket med Ken... Det är bara det att jag är skyldig att hjälpa henne... Ni förstår, va?" Han kastade en blick över axeln mot dörren. Han stack ut tungspetsen och fuktade läpparna. "Hon är helt förkrossad över hans död. Hon kommer att vilja ha någon att tala med. Det märker ni ju."

Lynley förundrade sig över människans förmåga till självbedrägeri. Det var underligt att tänka sig att de hade bevittnat samma föreställning. Från sin plats på soffan – med huvudet och axlarna tillbakalutade och händerna knäppta – hade Gabriella berättat för dem om sitt samtal med Miriam Whitelaw och vad det hade utmynnat i.

"Den där kvinnan är otroligt skenhelig", sa hon. "Hon var hur beskedlig som helst när hon träffade Ken och mig tillsammans. Men hon hatade mig, hon ville inte att han skulle gifta sig med mig för hon tyckte inte att jag var god nog åt honom. Enligt Miriam var inte någon god nog åt Ken. Ingen utom hon själv, förstås."

"Men hon förnekar att de hade ett förhållande."

"Det är klart att de inte hade något förhållande", försäkrade Gabriella.

"Men det berodde inte på att hon inte hade försökt, tro mig."

"Berättade Fleming det för er?"

"Han behövde inte säga någonting. Det räckte med att se på henne. Hur hon såg på honom, hur hon behandlade honom, hur hon lyssnade till allt han sa. Det var äckligt. Och bakom ryggen på honom höll hon alltid på att hacka på mig. På oss. Och påstod att hon bara tänkte på Kens bästa. Och hela tiden – vad hon än gjorde – hade hon det där söta lilla leendet på läpparna. 'Gabriella, du måste förlåta mig. Det är inte min mening att göra dig generad…' och så satte hon igång."

"Generad över vad då?"

"'Är du säker på att det är det ordet du menar, raring?'" Hon imiterade mycket skickligt mrs Whitelaws mjuka röst. "'Menar du inte *mig* istället för *jag*. En så intressant… hmm… åsikt du ger uttryck för. Har du studerat ämnet ingående? Ken läser orderhört mycket, ska du veta. En riktig ordslukare.'"

Lynley trodde knappast att Miriam Whitelaw skulle ha vågat sig på att skapa nya ord, men i stort sett förstod han innebörden. Gabriellas imitation fortsatte:

"'Jag är övertygad om att när du och Ken gifter er så vill du säkert att äktenskapet ska hålla, eller hur? Därför tar du väl inte illa upp att jag påpekar vikten av att en man och en kvinna kan mötas på ett intellektuellt plan och inte bara på ett fysiskt.'" Gabriella kastade tillbaka håret med en häftig rörelse som återigen blottade hennes blåmärken. "Hon visste att han älskade mig. Hon visste att han ville ha mig. Hon stod inte ut med tanken på att Ken kände någonting för en annan kvinna, alltså måste hon förringa det. 'Naturligtvis förstår du att en passion inte kan vara för alltid. Det måste finnas någonting mer mellan två älskande om förhållandet ska hålla för tidens tand. Men jag är förstås övertygad om att du och Ken redan har kommit underfund med det, raring? Han kommer säkert inte att göra om samma olyckliga misstag med dig som han gjorde med Jean.'"

Om hon hade kunnat säga det rakt i ansiktet på Gabriella, vad trodde polisen då inte att denna mrs Sursöt skulle kunna säga bakom hennes rygg? Till Ken. Och allt, förklarade Gabriella, hade säkert framförts så försiktigt och omsorgsfullt utan minsta antydan till att mrs Whitelaw kände någonting annat än moderlig omtanke för en ung man som hon hade känt sedan han var femton år gammal.

"Därför ringde jag upp henne när jag kom till London", sa Gabriella. "Hon hade lagt ner så mycket möda på att skilja oss åt, så jag trodde hon skulle vilja höra att hon äntligen hade lyckats göra det."

"Hur länge varade det samtalet?"

"Bara tillräckligt länge för att jag skulle hinna berätta för den där häxan att hon hade fått som hon ville."

"Hur dags var det?"

"Det har jag redan sagt. Runt midnatt. Jag tittade inte på klockan, men jag hade kört raka vägen från Kent, så klockan kan inte ha varit mycket mer än halv ett."

Något som Lynley visste att man skulle kunna få bekräftat om man frågade mrs Whitelaw. Han tog en klunk kaffe till, gjorde en grimas och hällde ut resten i rännstenen där det lade sig i en misstänkt oljig pöl. Han kastade muggen i en papperskorg och gick tillbaka till bilen.

"Nå?" sa Havers. "Om nu Gabriella går fri, vem skulle det då kunna vara?"

"Kommissarie Ardery hade någonting att berätta för oss", svarade Lynley. "Vi får tala med henne."

Han satte sig i bilen. Havers gjorde likadant och lämnade ett spår med muffinsmulor efter sig precis som sagans lilla Greta. Hon slog igen dörren och balanserade både kaffemuggen och muffinet i knäet medan hon satte på sig säkerhetsbältet. "En sak har jag i alla fall kommit underfund med", sa hon.

"Vad då?"

"Någonting som jag har funderat över ända sedan i fredags kväll. Jag tror jag har kommit på vad ni menade när ni sa att Flemings död varken var självmord, mord eller en olyckshändelse: Gabriella Patten som det tänkta mordoffret. Håller ni inte med om att hon är ute ur bilden nu?"

Lynley svarade inte med en gång. Han funderade över frågan medan han likgiltigt betraktade en välfriserad kvinna i en misstänkt åtsittande svart dräkt som gick förbi Bentleyn och nonchalant vandrade bort mot en gatlykta inte långt från Ye Grapes. Hon ordnade sina ansiktsdrag så att hon på en gång lyckades se sensuell, uttråkad och likgiltig ut.

Havers följde hans blick. "Helvete också", suckade hon. "Ska jag ringa upp sedlighetsroteln?"

Lynley skakade på huvudet och vred om nyckeln i tändningslåset, men han lade inte i någon växel. "Det är tidigt på dagen. Jag tvivlar på att hon får särskilt mycket kunder."

"Hon måste vara desperat."

"Det skulle jag tro att hon är." Han lät tankfullt handen vila på växelspaken. "Det är kanske desperation som är nyckeln till allt det här."

"Till Flemings död, menar ni? Och det är ju Flemings död – uppsåtlig eller ej – som vi ska utreda. Inte Gabriellas, eller hur, sir?" Havers tog en klunk kaffe och fortsatte sin tankegång, innan han hade någon möjlighet att komma med invändningar. "Så här är det. Det finns bara tre personer som kan ha önskat att Gabriella var död och som dessutom visste var hon befann sig i onsdags kväll. Problemet är emellertid att alla dessa tre tänkbara mördare har vattentätt alibi."

"Hugh Patten", sa Lynley fundersamt.

"Som med all säkerhet befann sig precis där han sa att han var, vid spelborden på Cherbourg Club."

"Miriam Whitelaw."

"Vars alibi Gabriella Patten helt omedvetet bekräftade för mindre än tio minuter sedan."

"Och den tredje?" undrade Lynley.

"Fleming själv, som kan ha brutit samman när han upptäckte hennes snaskiga förflutna. Men han råkar ju ha de bästa alibit av alla."

"Då räknar ni alltså inte med Jean Cooper? Eller pojken, Jimmy?"

"Som skulle ha velat ta livet av Gabriella? De visste ju inte var hon befann sig. Men om Fleming från början var tänkt att bli offret, då har vi en helt ny kricketmatch att spela. För Jimmy *måste* ha vetat om att hans far tänkte starta med skilsmässoförhandlingarna. Och han talade med sin far samma eftermiddag. Han visste kanske vart Fleming var på väg. Som jag ser det hade Fleming sårat pojkens mor, han hade sårat pojken själv, han hade skadat systern och brodern och han hade lovat saker som han inte tänkte hålla…"

"Ni vill väl inte påstå att Jimmy mördade sin far på grund av en inställd segeltur."

"Den inställda seglatsen var bara ett symtom. Den var inte själva sjukdomen. Jimmy tyckte att de alla hade blivit tillräckligt drabbade, så han tog sig ut till Kent i onsdags och delade ut den enda medicin han visste som skulle kunna bota sjukdomen. Samtidigt som han återföll till sitt invanda beteende. Han tuttade på."

"Tycker ni inte att det är en ganska sofistikerad mordmetod för en sextonåring?"

"Inte alls. Han har ju anlagt eldsvådor tidigare."

"En gång."

"En, som vi känner till. Och det faktum att det så tydligt syntes att branden i stugan var anlagd tyder på bristande finess, inte på motsatsen. Sir, jag tycker att vi borde lägga vantarna på den där ungen."

"Först behöver vi någonting att gå efter."

"Som vad då?"

"Som ett enda hållbart bevis. Till exempel ett vittne som har sett pojken på brottsplatsen i onsdags.

"Kommissarien…"

"Havers, jag förstår vad ni menar, men jag tänker inte förhasta mig när det gäller den här saken. Ni har rätt i fråga om Gabriella. De som möjligen kan ha önskat att hon vore död och som visste var hon fanns har alibi, medan de som hade motiv men inte alibi inte heller visste var hon befann sig. Allt det håller jag med om."

"Men då…"

"Det finns andra aspekter som ni inte har tänkt på."

"Som till exempel?"

"Blåmärkena på hennes hals. Var det Fleming som åstadkom dem? Eller skadade hon sig själv för att stödja sin historia?"

"Men det var ju någon – den där killen som var ute på en kvällspromenad, den där bonden – han hörde ju folk som grälade. Där har vi ju stöd för att hennes berättelse är sann. Och hon pekade ju själv på det allra starkaste argumentet. Vad skulle Fleming ha gjort medan hon smög omkring i stugan och satte fyr?"

"Vem var det som bar ut katterna?"

"Katterna?"

"Kattungarna då. Vem bar ut de där kattungarna? Var det Fleming? Och i så fall varför? Visste han att de fanns där? Och brydde han sig om dem?"

"Så ni vill alltså påstå att Fleming mördades av en människohatande djurvän?"

"Det ger oss väl i alla fall någonting att tänka på?" Lynley lade i en växel och styrde bilen i riktning mot Picadilly.

Från däcket på pråmen, där morgonsolens värmande strålar mjukade upp Chris Faradays värkande muskler, nu när den äntligen hade nått upp över trädtopparna, såg han de två poliserna och han blev alldeles kall inombords. De var civilklädda – en hade läderjacka och jeans, den andre bomullsbyxor och en skjorta som var uppknäppt i halsen – och under andra omständigheter skulle Chris Faraday kanske ha intalat sig att de kunde vara vilka som helst, allt från turister till Jehovas Vittnen som drog fram längs med kanalen med sitt budskap. Men som det var nu, och när han såg hur de klev ombord på den ena pråmen efter den andra och noterade hur pråmägarna nickade åt hans håll för att sedan snabbt vända bort blicken då de fick syn på honom, förstod Chris vilka de var och vad de sysslade med. Deras uppgift var att fråga ut hans grannar och samla in uppgifter som antingen stöttade eller kullkastade hans berättelse om vad han hade gjort i onsdags natt, och de gjorde detta både systematiskt och professionellt. Dessutom så öppet att han förstod att det var meningen att han skulle bli nervös om han fick syn på dem.

Det har ni verkligen lyckats med, tänkte han, för hans nerver var på helspänn.

Han borde vidta åtgärder, ringa en del telefonsamtal och avlägga rapport. Men han kunde inte förmå sig till att göra någonting. Han försökte intala sig att det inte gällde honom. Men sanningen var den att det i allra högsta grad gällde honom, han hade varit inblandad de senaste fem åren. Ända sedan den där kvällen när han plockade upp Livie från gatan och som en personlig utmaning åtog sig att omskola henne och få henne att rycka upp sig. Idiotiskt, tänkte han, ingenting annat än högmod, och nu hade han till slut trillat dit.

Han grävde ner fingrarna i de värkande musklerna vid skallbasen. De kändes som hårda knutar, spända som rep. Delvis berodde det på att han hade fått syn på poliserna, men också på att han haft ännu en sömnlös natt.

Elände och ironi är dåliga sängkamrater, tänkte Chris. Inte nog med att de hade hållit honom vaken, de höll på att förvandla hans liv till en enda lång väntan. Där de lurade i utkanterna av hans medvetande hade de i morse fått honom att öppna ögonen och stirra på kvisthålen i furutaket ovanför sängen och känna sig som en kättare anklagad för trolldom med ett skruvstäd omkring bröstkorgen. Han måste ha sovit men han kunde inte minnas att han hade gjort det. Både lakan och filtar – tilltrasslade så att det såg ut som om de kom direkt ur tvättmaskinen – vittnade stumt om hur han hade kastat sig hit och dit under sömnen.

Han hade stönat av smärta när han försökte röra sig. Både halsen och axlarna kändes stela, och fastän han var i så stort behov av att kasta vatten att hans snopp nästan av sig själv drog honom mot toaletten, var ryggen öm och benen svaga. Bara att ta sig ur sängen tycktes som ett företag han inte kunde hoppas på att fullfölja på minst en månad.

Det som till slut fick upp honom var tanken på Livie, att *så här måste hon känna det*, och den gav honom både energi och skuldkänslor. Han hade stönat, snurrat runt från ryggläge till sidan och stuckit ut fötterna för att ta reda på hur kallt det var i rummet. En mjuk tunga slickade hans tår. Det var Beans som låg på golvet och tålmodigt väntade på att få frukost och en promenad.

Chris lät handen hänga ner från sängen och beaglen kröp hjälpsamt

349

framåt och lade huvudet inom klappavstånd. Chris log. "Fin pojke", mumlade han. "Ska vi ta en kopp te? Har du kommit för att ta upp min frukostbeställning? Jag vill ha ägg, rostat bröd, en skiva bacon – inte för hårt stekt – och en skål med jordgubbar bredvid. Har du skrivit upp allt, Beans?"

Hunden viftade på svansen och gnydde glatt till svar. Livies röst hördes från korridoren: "Chris, är du uppe? Har du gått upp än, Chris?"

"Jag kommer", sa Chris.

"Du har sovit länge."

Hon hade inte låtit anklagande. Hon lät aldrig anklagande. Men han kände sig trots det skamsen.

"Förlåt", sa han.

"Chris, det var inte meningen att…"

"Jag vet. Det gör ingenting. Men jag har sovit dåligt." Han svängde benen över sängkanten, blev sittande en stund med huvudet lutat i händerna. Han försökte låta bli att tänka, men misslyckades, precis som han hade misslyckats nästan hela natten.

Vad ödesgudinnorna måtte skratta åt allt detta, tänkte han. Hittills hade han levt hela sitt liv utan att ge efter för några nycker. Bara en enda gång hade han gjort ett avsteg från den vägen. Och nu fick han betala för detta enstaka tillfälle, då när han för första gången hade fått syn på Livie där hon stod och väntade på sin stamkund en söndagseftermiddag med de där kassarna fulla med sexleksaker vid fötterna, bara för att han ett ögonblick hade frågat sig om det var möjligt att slipa av hennes hårda och vassa kanter. Om han inte kunde komma på något sätt att avleda polisens misstankar skulle han antagligen få ta konsekvenserna av sitt handlande på ett sätt som han aldrig hade kunnat föreställa sig. Och i grund och botten var det hela ju ett enda stort skämt, eftersom han, för allra första gången, inte hade gjort sig skyldig till någonting… men allting var hans skuld.

"Helvete", stönade han.

"Hur mår du, Chris?" ropade Livie. "Mår du bra?"

Han hade plockat upp sina pyjamasbyxor från golvet och tagit dem på sig. Sedan hade han gått in till henne. Han märkte på rollatorns placering att hon hade försökt ta sig ur sängen, och han kände sig åter skamsen. "Varför kallade du inte på mig, Livie?"

Hon log svagt mot honom. Hon hade lyckats sätta på sig alla sina smycken – utom näsringen som låg ovanpå en bok som hette *Hollywoodfruar*. Han rynkade ögonbrynen när han såg den och det var inte första gången han förvånades över hennes förmåga att gotta sig åt obetydliga smaklösheter. Som om hon hade läst hans tankar sa hon: "Jag får massor av tips. De ägnar sig timme efter timme åt gymnastiska, sexuella övningar."

"Jag hoppas de har trevligt", sa Chris.

Han satte sig på hennes sängkant och flyttade Panda åt sidan när hundarna trängde sig in i rummet. De gick rastlöst runt mellan sängen, byrån och klädskåpet som stod öppet så att en kaskad av svarta kläder vällde ut på golvet.

"De vill ut", sa Livie.

"Bortskämda små rackare. Jag ska snart ta ut dem. Är du beredd nu?"

"Visst."

Hon grep tag i hans arm och han knuffade undan filtarna, svängde upp hennes kropp och satte ner hennes ben på golvet. Han ställde rollatorn framför henne och hjälpte henne att ställa sig upp.

"Resten klarar jag själv", sa hon och började den plågsamma vandringen mot toaletten genom att luta sig framåt, skjuta rollatorn och släpa fötterna efter sig på det enda sätt hon numera lyckades gå. Han insåg att hon höll på att bli sämre, och undrade när det hade börjat. Nu kunde hon inte längre sätta ner hela fotsulan. Istället gick hon – om man nu kunde kalla hennes släpande rörelser för gång – på den del av foten som först råkade nå golvet, antingen det var vristen, hälen eller tårna.

Han hade fortfarande inte själv varit på toaletten. Han skulle ha hunnit göra det och blivit klar på den tid det tog henne att gå från sitt rum till badrummet. Men han höll sig och stannade kvar där han satt på sängkanten. Det var i alla fall en liten bestraffning, tänkte han.

Han hade lämnat henne i kabyssen där hon hjälpte till att laga frukost åt dem genom att hälla cornflakes i skålarna och spilla en fjärdedel av det på golvet medan han hade tagit ut hundarna och kommit tillbaka med The Sunday Times. Under tystnad hade hon doppat skeden i skålen och börjat läsa tidningen. Ända sedan i torsdags hade han hållit andan varje gång hon öppnade tidningen. Hon kommer att märka det, hade han tänkt, hon kommer att börja ställa frågor för hon är inte dum. Men hittills hade hon varken märkt någonting eller ställt några frågor. Hon var så upptagen av vad som stod i tidningen så hon märkte inte vad som inte stod där.

När han hade gått hade hon hållit på att läsa en notis om sökandet efter en bil. "Jag är uppe på däck", hade han sagt. "Ropa om du behöver mig", och hon hade mumlat svagt till svar. Han hade klättrat uppför trappan, fällt upp en blek solstol och med en grimas sjunkit ner i den, medan han både försökte tänka och låta bli att tänka. Tänka på vad han skulle göra. Inte tänka på vad han hade gjort.

När han fick syn på poliserna hade han hållit på i en timmes tid att älta olika möjligheter, samtidigt som han solade sina ömma muskler. De befann sig då på däcket till Scannels pråm, den som låg närmast Warwick Avenue-bron. John Scannel stod framför ett staffli. Hans fru poserade till hälften tillbakalutad, till sju åttondelar naken på taket till pråmens hytt. Längs med gångvägen hade Scannel redan radat upp tidigare avbildningar av hustruns vidlyftiga kurvor, som eventuella kunder skulle kunna köpa för en spottstyver, och han hade säkert hyst den felaktiga förhoppningen att de två männen som besökte honom var kännare av den kubistiska stil han ägnade sig åt.

Chris hade bara slött uppmärksamt iakttagit dem. Men när Scannel såg i riktning mot honom och sedan förtroligt lutade sig fram mot sina besökare hade Chris intresse vaknat till liv. Från och med den stunden hade han iakttagit hur männen gick från den ena pråmen till den andra. Han hade sett hur hans grannar hade talat, och han hade föreställt sig att han hörde dem och känt hur den ena spiken efter den andra slogs i hans kista.

Han visste att poliserna inte tänkte förhöra honom. De skulle skriva rapport och ta med till sin överordnade, den där välfriserade killen med skräddarsydd kostym. Sedan skulle kommissarien utan tvekan åter komma på besök. Men den här gången skulle han ha exakta frågor att ställa. Och om Chris inte kunde svara övertygande på dem skulle helvetet säkert bryta ut.

Snutarna fortsatte och fortsatte. Till slut gick de ombord på den pråm som låg precis bredvid den som Chris ägde, och nu var de så nära att Chris kunde höra hur en av dem harklade sig och hur den andre försiktigt knackade på den stängda hyttdörren. Paret Bidwell – en alkoholiserad romanförfattare och en före detta modell som fortfarande trodde hon kunde hamna på *Vogues* omslag om hon bara lyckades banta ett par kilo – skulle säkert inte vakna till liv av sig själva ännu på en timme. Och om de blev bryskt väckta av polisen eller av någonting annat, skulle de nog inte vara särskilt samarbetsvilliga. Det var i alla fall skönt. Kanske skulle paret Bidwell omedvetet ge honom lite tid. För tid var precis vad han behövde om han skulle lyckas klara sig ur de senaste fyra dagarnas träsk utan att sjunka ner ända till halsen.

Han väntade tills han hörde Henry Bidwell grymta från andra sidan hyttdörren: "Va i he... Vem e de?" Chris väntade inte på snutens svar, utan tog sin temugg – teet hade kallnat för länge sedan och var odrickbart. "Beans, Toast", sa han till hundarna, som även de låg och solade sig. De reste sig och skuttade ner från hyttaket. "Springa? Promenera? Äta? Vad ska vi göra?" frågade deras ivriga huvuden och de viftande svansarna visade att de var villiga att göra vad han än hade tänkt. "Ner", sa han. Toast linkade i stället bort till sidan av pråmen och Beans som alltid gjorde likadant som kompisen, följde efter. "Nej, inte nu", sa Chris. "Ni har redan varit ute en gång. Gå till Livie. Gå!" Trots Chris ord lade Toast tassen på pråmens reling beredd att hoppa upp på landgången och därifrån till gångvägen och sedan utan tvekan vidare till Regent's park. "Stopp där", sa Chris strängt och pekade mot hytten. Toast funderade en stund och bestämde sig sedan för att lyda. Beans gjorde likadant och Chris följde efter.

Livie satt där han hade lämnat henne vid bordet i kabyssen. Frukostskålarna stod fortfarande kvar bland bananskalen, tekannan, sockerskålen och mjölktillbringaren. Söndagstidningen låg utbredd framför henne, uppslagen på den sida som hon hade studerat för mer än en timme sedan, och hon såg fortfarande ut att vara fördjupad i den, för hon satt lutad över den med huvudet i ena handen och de ringprydda fingrarna på den andra knutna runt det första ordet i rubriken: *kricket.* Den enda förändring som Chris kunde se var faktiskt att Panda hade hoppat upp på bordet, slickat i sig det som fanns kvar av mjölk och svampiga flingor ur den ena skålen och nu var i full färd med att lapa upp resterna ur den andra. Katten satt nöjd hopkrupen framför den med ögonen slutna av lycka och en tunga som kämpade för att hinna med så mycket som möjligt innan någon kom på henne.

"Hör du du!" röt Chris. "Panda! Ner med dig!"

Livie ryckte till. Hennes händer flög fram och träffade porslinet så att en skål åkte i golvet och den andra vältes omkull. Det som fanns kvar i den av mjölk, flingor och bananer skvätte ut över kattens framtassar. Det tycktes inte bringa Panda ur fattningen, utan hon satte genast igång med att slicka.

"Förlåt", sa Chris. Han sträckte sig efter porslinet samtidigt som katten ljudlöst hoppade ner på golvet och for iväg bort genom korridoren utom räckhåll för eventuella bestraffningar. "Sov du?"

Det var någonting underligt med hennes ansikte. Hon fokuserade inte blicken och läpparna var bleka.

"Såg du inte Pan?" undrade Chris. "Jag tycker ju inte om att hon är på bordet, Livie. Hon slickar i tallrikarna och det är inte särskilt…"

"Förlåt, jag märkte det inte." Hon strök med handen som blev svart av trycksvärta över tidningen och började sedan vika ihop den så som den hade varit från början. Hon koncentrerade sig på vad hon gjorde, vek, rätade ut hörnen och lade den i en hög. Han betraktade henne. Hennes högra hand började darra så hon lade den i knäet och fortsatte vika med den vänstra.

"Jag kan göra det", sa han.

"Några sidor blev våta av mjölken. Förlåt mig, du har inte hunnit läsa tidningen ännu."

"Det gör ingenting, Livie. Det är ju bara en tidning. Vad spelar det för roll? Jag kan köpa en ny om det skulle vara så." Han tog hennes skål. Tidigare i morse hade hon nästan bara suttit och lekt med flingorna och efter vad han kunde se hade hon inte kommit längre än så på hela morgonen. Blöta flingor och mörknade bananskivor låg runt den frukostskål hon hade råkat välta. "Är du fortfarande inte hungrig?" frågade han. "Ska jag koka ett ägg till dig? Eller vill du ha en smörgås? Varför inte lite tofu? Jag skulle kunna göra en tofusallad."

"Nej."

"Livie, du måste äta."

"Jag är inte hungrig."

"Det spelar ingen roll. Du vet att du måste…"

"Vad måste jag? Hålla mig stark?"

"Till exempel, ja. Det skulle inte vara någon dum idé."

"Det är inte det du vill, Chris."

Långsamt vände han sig från soppåsen där han hade kastat kladdiga bananer och blöta flingor. Han studerade hennes spända ansiktsdrag och hennes glåmiga hy och han undrade varför hon hade valt just det här tillfället för att angripa honom. Visst hade han uppfört sig som en usling i morse, och hon hade fått lida för att han låg kvar i sängen – men det var inte likt Livie att komma med ogrundade anklagelser. Och den här gången hade hon inga fakta. Det hade han varit noga med att se till. "Vad handlar det om?" frågade han.

"När jag inte orkar längre är det slut med mig."

"Och du tror att det är det jag vill?"

"Och varför skulle du inte vilja det?"

Han satte ner skålarna i vasken, gick tillbaka till bordet och hämtade sockret och mjölktillbringaren som han ställde på diskbänken. Han gick bort till bordet och satte sig mitt emot henne. Hennes vänstra hand låg löst knuten på bordet och han sträckte sig för att lägga sin egen hand över den, men hon drog sig undan. Då märkte han det. För första gången skakade hennes högra arm, musklerna från handleden ända upp mot axeln darrade. Han blev alldeles kall när han såg det, det var som om ett moln inte bara hade skymt solen utan även hade trängt in i rummet hos dem och fyllt det med den där känslan av mörk tung luft. Skit också, tänkte han, och sa till sig själv att han måste försöka låta affärsmässig.

"Hur länge har det hållit på så där?" frågade han.

"Vad då?"

"…vet vad jag menar."

354

Hon flyttade sin vänstra hand och såg på den när fingrarna slöt sig runt den högra armbågen, som om hon skulle ha kunnat kontrollera musklerna med sin blick och med det otillräckliga tryck hon kunde åstadkomma. Hon höll blicken fäst på sin arm och på fingrarna och deras svaga försök att lyda budskapet som hennes hjärna sände ut till dem.

"Livie", sa han. "Jag vill veta."

"Det spelar väl ingen roll hur länge? Det gör ju ingen skillnad."

"Det angår mig också, Livie."

"Men inte länge till."

Han förstod hela innebörden av vad hon hade sagt. Det handlade om hans framtid, om hennes framtid, om vilka beslut hon hade fattat och dessutom om varför hon hade fattat dessa beslut. För första gången sedan hon kom in i hans liv kände Chris sig på allvar rasande. Och ilskan spred sig från bröstet till fingertopparna, och det var som om hans ande lämnade kroppen och flöt upp mot taket, stannade där och såg ner på dem. Då är det alltså därför, tänkte han. En sådan korkad idiot jag har varit.

"Du har alltså ljugit", sa han. "Då hade det ingenting alls med pråmen att göra. Med bredden på dörrarna eller med behovet av en rullstol."

Hon flyttade fingrarna från armbågen ner mot handleden.

"Hade det?" frågade han. "Det var inte den verkliga anledningen, eller hur? Han sträckte sig över bordet för att ta tag i henne, men hon drog sig undan. "Hur länge? Berätta nu, Livie. Hur länge har armen varit angripen?"

Hon såg en kort stund på honom, lika skyggt som de djur han hade räddat. Med vänstra handen lyfte hon upp den högra och tryckte båda mot bröstet. "Jag kan inte arbeta längre", sa hon. "Jag kan inte laga mat, inte städa. Jag kan inte ens knulla."

"Hur länge?" sa han.

"Inte för att du någonsin har brytt dig om det."

"Berätta nu."

"Fast jag tror nog att jag skulle kunna suga av dig om du lät mig göra det. Men förra gången jag försökte ville du inte, kommer du ihåg det? Inte med mig alltså."

"Sluta prata skit, Livie. Hur är det med vänsterarmen? Har det nått dit också? Du skulle ju för fan inte kunna använda den där jävla rullstolen, det vet du mycket väl. Men varför i helvete…"

"Jag är inte med i laget längre. Jag har blivit ersatt. Det är hög tid att jag ger mig iväg."

"Vi har redan haft den där diskussionen. Jag trodde vi hade avslutat den."

"Vi har haft många diskussioner."

"Och nu ska vi ha en till, men den ska bli kort. Du håller på att bli sämre. Det har du vetat om i flera veckor. Du litar inte på att jag skulle klara av det. Är det inte så det är?"

Fingrarna på hennes vänsterhand gnuggade den högra armen utan resultat, och den föll åter igen ner i hennes knä. Nu märktes det att hon började få kramp i musklerna, men hon hade inte längre någon kraft att lindra den. Hon lutade huvudet mot sin högra axel som om rörelsen på något sätt skulle kunna lindra smärtan. Hennes ansikte förvreds. "Chris", sa hon till slut med bruten stämma, "Chris, jag är så rädd."

Han märkte hur ilskan rann av honom. Hon var trettiotvå år och stod ansikte mot ansikte med sin egen död. Hon visste att döden kom allt närmare. Hon visste också exakt hur det skulle gå till.

Han reste sig från bordet, gick fram till henne och ställde sig bakom hennes stol. Han lade händerna på hennes axlar och lät dem sedan glida ner så att han kunde knäppa dem runt hennes beniga bröstkorg.

Han visste också hur det skulle bli. Han hade gått till biblioteket och letat fram varenda bok, varje vetenskaplig tidning och alla tidningsartiklar som gav den allra minsta lilla upplysning. Därför visste han att det började med att extremiteterna förtvinade, och att processen skoningslöst fortsatte uppåt och inåt liksom en invaderande armé som inte tog några fångar. Först drabbades händerna och fötterna, sedan följde benen och armarna snabbt efter. När sjukdomen till sist nådde andningsorganen skulle hon bli andfådd och få en känsla av att hon drunknade. Då kunde hon välja mellan att kvävas med en gång eller ett liv i respirator, men i båda fallen var resultatet detsamma. På ena eller andra sättet skulle hon dö. Antingen förr eller senare.

Han böjde sig framåt och tryckte kinden mot hennes kortsnaggade hår. Det luktade starkt av svett. Han borde ha hjälpt henne att tvätta det igår, men besöket från Scotland Yard hade fått honom att glömma allting som inte direkt hade att göra med hans egna personliga angelägenheter. Usling, tänkte han. Knöl, svin. Han ville säga åt henne att inte vara rädd, och att han skulle vara hos henne ända till slutet, men hon hade redan sett till att det inte skulle bli så. "Jag är också rädd", var därför det enda han kunde viska i hennes öra.

"Men du har inte lika stor anledning."

"Nej, det har jag inte."

Han kysste henne på håret. Han kände hur hennes bröstkorg höjdes under hans händer.

"Jag vet inte hur jag ska bära mig åt", sa hon. "Jag vet inte hur jag ska vara."

"Vi kommer på någonting. Det brukar vi ju göra."

"Inte den här gången. Det är för sent för det." Hon sa inte det som han redan visste. Att allting var för sent när man skulle dö. Istället slog hon sina darrande armar hårdare runt kroppen. Hon rätade på axlarna och sedan på ryggraden. "Jag måste åka till mor", sa hon. "Kan du köra mig dit?"

"Nu?"

"Nu!"

KAPITEL 14

Klockan var halv tre när Lynley och Havers för andra gången anlände till Celandine Cottage. Det enda som hade förändrats sedan föregående dag var att det inte längre fanns några nyfikna på ägorna. Istället blockerades stigen av fem unga kvinnliga ryttare – med ridstövlar, hjälmar och ridspön i händerna. Men de här flickorna tycktes inte vara det minsta intresserade av polisens avspärrningar runt Celandine Cottage som genom sin blotta närvaro talade om att man där höll på med en brottsutredning. De red rakt förbi utan att ens kasta en blick på dem.

Lynley och Havers stod bredvid Bentleyn och såg dem rida förbi. Havers rökte under tystnad och Lynley betraktade humlestörarna som höjde sig över häcken på andra sidan stigen. Snören som löpte från dessa störar mot marken skulle under kommande veckor ge stöd åt humleplantorna. Men för tillfället såg störarna och snörena ut som avklädda indiantält i en systematiskt planlagd – men icke desto mindre övergiven – amerikansk indianby.

De väntade på att kommissarie Ardery skulle komma. Efter fyra telefonsamtal medan de kryssade fram genom trafiken från Mayfair sydöst mot Westminster Bridge hade Lynley lyckats spåra henne till matsalen i ett landsortshotell inte långt från Maidstone. När han talat om vem han var hade hon sagt: "Jag är ute och äter lunch med min mor, kommissarien", som om blotta ljudet av hans röst hade fungerat som en outtalad och totalt oberättigad kritik, som hon ansåg att hon måste försvara sig emot. Hon tillade med ett irriterat tonfall: "Det är hennes födelsedag och jag har faktiskt sökt er på telefon."

"Jag vet det", svarade han, "det är därför jag ringer." Hon hade velat tala om i telefon vad hon visste. Han hade envisats. Han sa att han tyckte om att få rapporter personligen, det var en av hans egenheter. Dessutom ville han titta på brottsplatsen en gång till. De hade spårat upp och haft ett samtal med mrs Patten, och han ville kontrollera de upplysningar hon hade gett dem. Kommissarie Ardery hade frågat om hon inte kunde göra den kontrollen. Visst kunde hon det, men han skulle vara lugnare om han själv ännu en gång undersökte stugan med egna ögon. Om hon inte hade något emot det...

Lynley förstod att kommissarie Ardery hade en hel del emot det. Det kunde han inte klandra henne för. På fredagskvällen hade de gjort upp arbetsfördelningen, och nu försökte han ändra på den, kanske förändra den helt och hållet. Men det kunde inte hjälpas att han gjorde ett övertramp.

Även om Isabelle Ardery kanske hade blivit sårad, lyckades hon skickligt dölja det när hon bromsade in sin Rover och klev ur den tio minuter efter deras ankomst. Hon var fortfarande klädd för att luncha med sin mor: en tunn brun klänning med skärp i midjan, fem guldarmband som dinglade runt handleden och matchande örhängen. Men hon var mycket affärsmässig när hon ursäktade sig för att hon hade dröjt: "Jag fick ett samtal från labbet att de hade identifierat fotavtrycket. Jag misstänkte att ni ville kika på det också så jag tog vägen förbi för att hämta det. Och där blev jag inträngd i ett hörn av redaktören för *Daily Mirror*, mr Smarm. Kunde jag vara snäll att bekräfta det faktum att Fleming varit helt naken när man fann honom i Celandine Cottage, och att hans händer och fötter var fastbundna vid sängstolparna? Skulle jag också kunna styrka det faktum att Fleming hade varit starkt alkoholpåverkad? Om *Daily Mirror* antydde att Fleming vänstrade med två eller tre kvinnor som var gifta med sponsorer till kricketlandslaget, skulle den historien då vara oriktig? Allt vi behöver är ett enkelt ja eller nej, kommissarien." Hon slog igen bildörren och gick till bagageluckan som öppnades med ett gnissel. "Sådana sluskar", sa hon och tittade upp från bagageluckan. "Jag är ledsen att jag tjatar."

"Vi stöter på precis likadana typer i London", sa Lynley.

"Hur bemöter ni dem?"

"Vi berättar för det mesta sådant för dem som vi kan ha nytta av."

Hon plockade fram en pappkartong och stängde bagageluckan. Hon balanserade kartongen mot höften, tittade på honom med intresse eller kanske förundran. "Jaså det gör ni? Jag har aldrig sagt ett dugg till dem. Jag ogillar när pressen och polisen försöker samarbeta."

"Det gör jag också", svarade Lynley. "Men ibland kan vi ha nytta av det."

Hon kastade en skeptisk blick mot honom och gick fram mot avspärrningarna som hon kröp under. De följde efter henne genom den vita grinden och uppför uppfarten. Hon gick före dem till baksidan av stugan fram till bordet under bersån. Där satte hon ner kartongen. Lynley kunde se att den innehöll en bunt med papper, några fotografier och två gipsavgjutningar. En av dessa var ett helt fotavtryck, det andra en bit av ett.

"Jag skulle gärna vilja se mig omkring inne i stugan en gång till först, om ni inte har något emot det, kommissarien", sa han samtidigt som hon började packa ur kartongen.

Hon hejdade sig med det halva fotavtrycket i händerna. "Ni har ju fotografierna", påminde hon honom, "och dessutom rapporten."

"Som jag sa i telefon har jag fått nya uppgifter, som jag skulle vilja få bekräftade. Tillsammans med er, naturligtvis."

Han flyttade blicken till Havers. Ardery lade tillbaka gipsavgjutningen i kartongen. Det märktes tydligt att hon utkämpade en inre strid med sig själv om hon skulle göra en kollega till viljes eller om hon skulle fortsätta med sina protester. "Visst", sa hon och pressade samman läpparna som för att hindra sig själv från att säga någonting mer.

Hon avlägsnade polisens försegling från stugans dörr och tog ett steg tillbaka för att låta dem passera. Lynley nickade till tack. Först gick han bort till diskbänken där han genom att öppna underskåpet tillsammans med kommissarie Ardery kunde konstatera att brottsplatsundersökarna från Maidstone, precis som han hade misstänkt, hade tagit med sig soporna. Hon berättade för honom att de letade efter någonting som kunde sättas i samband med den anordning som använts för att starta elden. Alla soporna hade forslats bort. Vad skulle han ha soporna till?

Lynley återberättade Gabriella Pattens historia om hur Fleming hade letat genom soptunnorna. Ardery lyssnade tankfullt med ögonbrynen sammandragna och handen tryckt mot nyckelbenet. Nej, sa hon när han var klar, det hade inte funnits några sopor kvar någonstans på golvet. Inte i köket. Inte på toaletten. Inte i vardagsrummet. Om Fleming i ilska hade slängt soporna omkring sig hade han lagt tillbaka alltsammans när han hade lugnat ner sig. Och han hade varit mycket noggrann när han gjorde det, tillade hon. Det hade inte funnits den minsta smula kvar någonstans på golvet.

"Han lugnade kanske ner sig när Gabriella hade gett sig iväg", påpekade Havers. "Stugan tillhör ju mrs Whitelaw. Han hade väl inte lust att smutsa ner den hur ilsken han än var."

Lynley höll med om att detta var tänkbart. Han frågade om det hade funnits några fimpar bland soporna, och berättade för Ardery att Gabriella påstod att hon hade slutat röka. Detta kunde Ardery bekräfta. Det hade inte funnits några fimpar, och inte heller några avbrända tändstickor. Han gick in i spiselvrån där det stod ett furubord. Under det fanns en korg för djur. Han satte sig på huk för att undersöka den och plockade upp ett par pälshår från kudden i den.

"Gabriella Patten påstår att kattungarna fanns i stugan när hon gav sig iväg", sa han. "I korgen förmodar jag."

"Ja, men de tog sig tydligen ut på något sätt," sa Ardery.

Lynley gick genom matrummet och den korta korridor som ledde till vardagsrummet. Där undersökte han dörren. Gabriella hade använt ordet *galning* för att beskriva Fleming när han lyckades ta sig in i vardagsrummet där hon hade gömt sig för att undkomma hans vrede. Om beskrivningen stämde skulle det nog finnas bevis för det.

Dörren var vitmålad liksom alla andra i huset och den var nu i likhet med alla andra dörrar i huset patinerad av sot. Lynley borstade bort detta sot i axelhöjd. Han gjorde likadant runt handtaget. Det fanns ingenting som tydde på våld.

Ardery och Havers gick bort till honom och Ardery sa med en röst som hon tydligen medvetet försökte få att låta tålmodig: "Vi har fått fram överensstämmelser på nästan alla fingeravtrycken, kommissarien", samtidigt som Havers tittade mot den öppna spisen efter den eldgaffel som Gabriella påstod att hon hade använt för att försvara sig. Där fanns en hel uppsättning med redskap, en eldgaffel hängde från en ställning tillsammans med en borste och en liten skyffel och en tång. "På de här också?" undrade hon. "Har ni letat efter fingeravtryck på dem?"

"Vi har letat överallt efter fingeravtryck, assistenten. Jag tror att den information ni söker finns i den rapport som jag har tagit med mig."

Lynley höll på att stänga vardagsrumsdörren för att kunna granska dess andra sida. Han torkade bort sotet med sin näsduk. "Aha", sa han, "här är det, assistenten", och Havers gick bort till honom.

Under handtaget var det vita träet avskavt i en smal rand. Lynley drog med fingrarna över den, sedan vände han ryggen mot dörren och såg ut över rummet.

"Hon sa att hon hade använt en stol", sa Havers, och tillsammans undersökte de alla stolarna.

Stolen ifråga var ytterligare en av mrs Whitelaws länstolar, klädd i buteljgrön plysch och placerad bredvid ett väggskåp i ena hörnet där det fanns en samling viktorianska pillerburkar. Havers drog fram den från väggen, så att Lynley genast kunde se den ojämna vita randen mot stolens mörkare valnötskant. Han ställde stolen under dörrhandtaget. Den vita färgen passade ihop med den avskavda linjen. "Det stämmer", sa han.

Kommissarie Ardery stod framför eldstaden. "Om ni från början hade berättat för mig vad ni letade efter, kommissarien, hade ni sluppit göra den här resan", sa hon.

Lynley böjde sig ner för att undersöka mattan i närheten av dörren. Han fann ett svagt märke som stämde med riktningen stolen måste ha skjutits i om någon hade tvingat bort den från dörrhandtaget som den tryckts in under. Ytterligare en bekräftelse, tänkte han. Då hade Gabriella Patten åtminstone delvis talat sanning.

"Kommissarie Lynley", upprepade Ardery.

Lynley reste sig upp. Varje tum av kollegans kropp talade om protest. De hade inte haft några svårigheter att nå fram till en överenskommelse: hon skulle ta hand om Kent medan han koncentrerade sig på London. De skulle mötas intellektuellt – och även fysiskt om det visade sig nödvändigt – någonstans där emellan. Men att få fram sanningen bakom Flemings död var lättare sagt än gjort, det visste han. Utredningens beskaffenhet skulle göra att en av dem tvingades bli underordnad, och han insåg att Ardery inte tyckte om tanken på att det skulle bli hon.

"Kan assistenten lämna oss ett ögonblick?" sa han.

"Visst", svarade Havers med ett förstående ögonkast innan hon försvann i riktning mot köket. Han hörde hur ytterdörren stängdes efter henne när hon gick ut.

"Ni går lite för långt, kommissarie Lynley", sa Ardery. "Både igår och idag. Jag gillar det inte. Jag har tagit fram information till er. Jag har rapporterna. Jag tvingar labbet att arbeta övertid. Vad vill ni egentligen ha mer?"

"Jag är ledsen", sa han. "Det var inte min mening att tvinga mig på er."

"Det gick för sig att vara ledsen igår, men nu funkar det inte längre. Ni har tydligen för avsikt att köra hårt även i fortsättningen. Jag skulle vilja veta varför."

Han funderade en kort stund på om han skulle göra ett försök att stryka henne medhårs. Det kunde inte vara lätt för henne att försöka utöva sitt yrke på ett område som dominerades av män. Män som troligtvis hela tiden ifrågasatte henne och som var tveksamma till alla hennes åsikter och rapporter. Men det skulle kunna misstolkas om han försökte blidka henne nu. Han visste att om hon hade varit man skulle han inte ha brytt sig om det. Därför borde det, enligt hans åsikt, inte heller påverka deras diskussion nu.

"Det handlar inte om vem som gör vad eller vem som tar hand om vilken utredning", sa han. "Det som det handlar om är att finna en mördare. Och det är vi väl överens om?"

"Var inte så nedlåtande! Det vi kom överens om var en klar begränsning av ert ansvarsområde i förhållande till mitt. Jag har hållit min del av överenskommelsen. Vad har ni gjort med er?"

"Det går inte att arbeta efter sådana överenskommelser, kommissarien. Gränsdragningen mellan oss är inte lika klar som ni skulle vilja att den ska var. Vi måste samarbeta, annars kommer vi inte alls att kunna arbeta."

"Då måste ni kanske återigen fundera över vad ett samarbete kommer att innebära. För så vitt jag kan se för ögonblicket utför jag en mängd arbete enbart för ert höga nöjes skull. Och om det är på det sättet det ska fortsätta skulle jag uppskatta om ni ville klargöra det med en gång så att jag kan bestämma vilka åtgärder jag ska vidta för att ge er så högt i taket som ni tycks behöva."

"Det jag behöver är ert kunnande, kommissarie Ardery."

"Det har jag svårt att förstå."

"Och det kommer jag inte att kunna få om ni ber er polismästare om att bli avstängd från fallet."

"Jag sa inte att..."

"Vi vet båda två att det fanns ett outsagt hot om det." Han yttrade inte det andra ordet *oprofessionell*. Han hade alltid ogillat det sätt som man brukade slänga ur sig det ordet så fort en kriminalare kom i konflikt med en annan. Istället sa han: "Vi arbetar alla på olika sätt och vi måste anpassa oss efter varandras metoder. Mitt sätt är att spåra upp all information jag kan. Det är inte min avsikt att trampa människor på tårna när jag gör det, men ibland händer det. Det betyder inte att jag inte tror att mina kollegor kan göra sitt jobb. Det betyder bara att jag har lärt mig att lita på min egen instinkt."

"Tydligen mer än på någon annans."

"Ja. Men om jag har fel är det bara mig själv jag har att anklaga och jag behöver inte städa upp efter någon annan än mig själv."

"Jag förstår. Det verkar praktiskt."

"Vad då?"

"Ert sätt att ha ordnat era professionella åtaganden. Era kollegor får foga sig efter er. Ni fogar er inte efter dem."

"Det sa jag inte, KOMMISSARIEN."

"Det behövdes inte, kommissarien. Ni klargjorde det ändå. Ni tänker spåra upp information hur ni än väljer att göra det. Jag ska förse er med information när och om ni behöver det."

"Det skulle vara att undervärdera betydelsen av era insatser", sa Lynley. "Och det gör jag inte. Varför tycker ni det?"

"Dessutom", fortsatte hon som om han inte hade sagt någonting, "är det tydligen inte meningen att jag ska komma med några åsikter eller ha några

363

invändningar vad ni än gör. Och om ni slår in på en väg som tvingar mig att vara springflicka åt er, så är det naturligtvis meningen att jag ska acceptera det, tycka om det och hålla tyst som en duktig liten flicka bör göra."

"Det här handlar inte om jämställdhet", sa Lynley. "Det handlar om hur vi ska gå till väga. Jag har släpat iväg er en söndagseftermiddag för att jag behövde er och det ber jag om ursäkt för. Men vi har börjat komma underfund med saker som kanske leder till en öppning i fallet, och jag skulle vilja följa det spåret medan jag kan. Det faktum att jag väljer att följa upp det personligen har ingenting med er att göra. Det är inte någon kritik mot er kompetens. Om något är det kritik mot min. Jag har kränkt er fast det inte var min mening att göra det. Jag skulle vilja att vi klarade upp det så att vi kunde fortsätta med att ta en titt på vad ni fått fram sedan igår. Om jag får göra det?"

Medan de talade hade hon lagt armarna i kors över bröstet. Lynley såg hur hårt hon knöt händerna. Han väntade på att hon skulle avsluta vad det nu var för inre kamp hon utkämpade och han försökte se så neutral ut som möjligt och inte visa hur otålig han var. Det skulle inte tjäna någonting till att såra henne ytterligare. De visste båda två att han hade övertaget. Han skulle bara behöva ringa ett enda telefonsamtal för att Yarden skulle vidta alla tänkbara mått och steg för att neutralisera henne eller avlägsna henne från fallet. Och det tyckte han skulle vara slöseri eftersom hon verkade vara snabb, intelligent och kunnig.

Hon slappnade av. "Då säger vi så." Lynley visste inte vad det var hon gick med på, men han gissade att det bara var nästa steg som innebar att hon förde honom tillbaka genom stugan och ut genom köksdörren där assistent Havers satt och väntade i en av stolarna i bersån. Lynley såg att hon klokt nog inte hade rört någonting i kommissarie Arderys kartong med bevis och rapporter. Och när de kom fram till henne visade hon ingenting annat än den allra största likgiltighet.

Återigen plockade Ardery fram gipsavgjutningarna av fotavtrycken tillsammans med rapporterna och fotografierna från kartongen. "Vi har lyckats identifiera skon. Mönstret på sulan är ganska tydligt."

Hon räckte Lynley den hela avgjutningen. Den visade avtrycket av en hel skosula. Runt kanten fanns ett hundtandsliknande mönster. Eftersom det var fördjupningar i gipsen borde det vara upphöjningar på själva skosulan. Snett över sulan sträckte sig en rad fördjupningar från den ena kanten till den andra som såg ut som kommatecken. Samma motiv gick igen på klacken. Lynley såg att det var ett tydligt mönster.

"Doc Martens", sa Ardery. "Så heter fabrikatet. De tillverkas i Holland."

"Vad är det för slags skor?"

"De tillverkar allting från promenadskor till snörkängor. De är kraftiga, tunga och har oftast gummisula. Ibland är de också metallbeslagna."

"Är det arbetsskor? För byggnadsarbetare? Bönder? Gruvarbetare? Vad är det?" Lynley placerade avtrycket på bordet. Havers undersökte det. Han plockade upp det halva avtrycket och vände och vred på det.

"Det tror jag man skulle kunna använda dem till", sa Ardery. "De är i alla fall tillräckligt tunga. Antagligen ger de ganska bra stöd till en person som måste stå och gå hela dagen. Men för tillfället är de ett mode. Det är mest tonåringar som tycker om dem. Och punkare, skinheads och medlemmar i nynazistiska organisationer." När Lynley intresserad höjde huvudet tillade hon: "Det är för att de har ett militärt utseende. Särskilt kängorna."

"Då har de väl användning för metallskoningen?"

"Praktiskt om man vill utöva sin rättighet att vara främlingsfientlig", konstaterade Havers. "Man kan ta en liten promenad genom Bethnal Green. Stampa dem i ansiktet. Ni har säkert sett dem, kommissarien. Ni såg nog bara inte efter vad de hade på fötterna."

Lynley placerade den andra avgjutningen bredvid den första. Den avbildade tån och frampartiet av skon och kanske tio centimeter av sulan. Han såg att de var gjorda av samma känga. En bit av hundtandsmönstret på vänster sida var missformat som om det hade blivit ojämnt slitet eller delvis var bortskuret med en kniv. Detta missformade parti fanns på båda avtrycken, och Ardery upplyste dem om att den inte tillhörde mönstret på den normala skosulan.

"Den hela avgjutningen kommer från bortre delen av trädgården" sa Ardery. "Avtrycket visar platsen där någon kom över stängslet från hagen bredvid."

"Och det andra?" frågade Lynley.

Hon gjorde en gest mot väster. "Det finns en stig som löper ovanför källan. Den leder till byn som heter Lesser Springburn. Det finns en stätta när man har kommit ungefär tre fjärdedelar av vägen mot byn. Det var där avtrycket fanns."

Lynley var djärv nog att ställa en fråga som hon inte skulle tycka om. Trots att det inte sades rakt ut antydde han alltför tydligt att hon och hennes grupp hade missat någonting. "Skulle ni vilja visa oss var?"

"Kommissarien! Vi har finkammat hela byn. Vi har talat med varenda kotte där. Tro mig, rapporten..."

"Den är troligtvis mycket mer komplett än någonting som jag skulle kunna tänkas skriva", sa Lynley. "Men jag skulle i alla fall vilja se med egna ögon. Om ni inte har någonting emot det."

Hon var väl medveten om det faktum att de varken behövde hennes närvaro eller hennes tillåtelse om de bestämde sig för att ta en promenad längs en allmän väg. Lynley såg på hennes ansiktsuttryck att hon förstod det. Fastän hans fråga hade antytt att de var jämställda hade den ändå samtidigt inneburit att han tvivlade på hennes noggrannhet. Det var hennes sak att bestämma hur hon ville tolka den.

"Visst kan vi det", sa hon. "Vi kan gå ner till byn och se oss omkring. Det är bara tjugo minuters promenad härifrån."

Stigen började vid källan som var en bubblande pöl ungefär femtio meter från Celandine Cottage där det växte vattenkrasse och flöt näckrosor. Det var en väl upptrampad stig som gick svagt uppåt ovanför bäcken som rann upp i källan. På ena sidan om stigen fanns först hagen och längre bort en fruktträdgård med vanskötta mossbevuxna äppleträd – de blommade i vitt och rosa och såg ut som en snöstorm i solnedgång. På andra sidan trängdes nässlor med björnbärssnår och de vita kaskaderna av rölleka höjde sig över murgrönan som klättrade uppför ekarna, alarna och pilträden. De flesta av träden längs med bäcken hade slagit ut och ett tydligt *prree* som besvarades av en kraftig klar vissling tydde på att det både fanns lövsångare och trast där.

Trots sina skor – högklackade sandaler som gjorde att hon blev lika lång som Lynley – gick kommissarie Ardery snabbt framåt stigen. Hon knuffade undan häckar och snår, duckade under grenar och talade över axeln medan hon gick. "Vi har lyckats identifiera de fibrer vi fann på staketet i bortre delen av trädgården. Det är denim. Vanliga blå jeans. Levi Strauss."

"Det begränsar urvalet till sjuttiofem procent av befolkningen", noterade Havers stillsamt.

Lynley kastade ett varnande ögonkast mot sin assistent som följde honom i kölvattnet. Nu när han hade lyckats få kommissarien att bli samarbetsvillig, hur motsträvigt ett sådant samarbete än skulle kunna bli, så tänkte han inte riskera det på grund av en av Havers spontana men icke desto mindre olämpliga anmärkningar. Hon uppfattade hans blick och formade ordet *förlåt* med läpparna.

Antingen hade Ardery inte hört kommentaren eller så valde hon att ignorera den. "Det fanns även olja på fibrerna. För att vara säkra har vi skickat dem till analys, men en av våra killar tittade ordentligt på den i mikroskopet, och han säger att det är motorolja. Jag är benägen att hålla med honom. Innan vi hade kromatografen som ger oss svar på allt, arbetade han som kriminaltekniker och han vet för det mesta vad det är han ser."

"Cigarettfimparna då?" frågade Lynley. "Den som använts i stugan och dem som man fann i trädgården?"

"Vi har ännu inte lyckats identifiera dem." Ardery skyndade på stegen som om hon förutsåg att Lynley skulle sluta sig till att det förelåg något slags problem som gjorde att han kunde kräva att delar av hennes bevismaterial skulle skickas för analys hos någon mera kunnig person på New Scotland Yard. "Vår man är på väg tillbaka från Sheffield idag. Han är där för att hålla ett föredrag på en konferens. Han kommer att få fimparna i morgon bitti, och bara han fått dem kommer det inte att ta lång tid."

"Finns det inga preliminära slutsatser att arbeta efter så länge?" undrade Lynley.

"Han är den expert vi brukar anlita. Det vi kan säga skulle inte bli något annat än gissningar. Man brukar titta efter åtta olika punkter när man identifierar en cigarettfimp, men jag skulle absolut föredra att låta vår man bekräfta allihopa för oss istället för att själv tyda ett eller två, till exempel gissa märket, och kanske ta fel."

Hon hade nått fram till staketet som löpte tvärs över stigen. Hon hejdade sig. "Här är det", sa hon.

Jorden kring stättan var mjukare än på stigen. Där fanns en labyrint av fotavtryck, och de flesta hade suddats ut av andra. Arderys grupp hade verkligen haft tur som funnit något som passade ihop med fotavtrycket vid Celandine Cottage. Till och med delen av ett avtryck tycktes vara ett mirakel.

"Det var där borta vid kanten", sa Ardery, som om hon hade läst Lynleys tankar. "Här där det fortfarande finns gipsmärken."

Lynley nickade och tittade bort över staketet. Kanske hundra meter åt nordväst kunde han se taken på bebyggelsen i Lesser Springburn. Stigen syntes tydligt, ett upptrampat spår som svängde av från bäcken, korsade järnvägsspåren, gick genom en fruktträdgård och försvann in bland en liten klunga hus.

De klättrade över stättan. Framme vid husen tillät stigen dem äntligen gå alla tre i bredd, och på båda sidor hade de nu trädgårdarna som fanns bakom de prydliga husen. Slutligen kom de fram till själva byn, en klunga likadana fristående hus med tegelstensfasader, låga skorstenar, burspråk och tegelpannor på taken. Här väckte de tre poliserna viss uppmärksamhet, för det var liv och rörelse på gatan med barn som hoppade rep, två män som mekade med sina bilar och en skara småpojkar som spelade något slags kricketmatch. Även om de inte var några stjärnor gick de med liv och lust in för sin match.

"Vi har knackat dörr här", sa Ardery. "Ingen tycks ha sett något ovanligt i onsdags kväll. Men folk borde ha varit inomhus när han passerade."

"Ni är övertygad om att det var en *han*", sa Lynley.

"Skons fabrikat. Och storleken. Djupet hos avtrycket vid Celandine Cottage. Ja", sa hon. "Jag är säker på att det är en *han* vi letar efter."

Vid andra änden av byn kom de ut på Springburn Road. På höger hand slingrade sig den smala huvudgatan uppför en lätt sluttning mellan en rad gamla slitna villor och en rad butiker. Rakt fram ledde en mindre väg kantad av träklädda stugor fram till kyrkan. Till vänster öppnade sig en grusad infartsväg mot parkeringsplatsen bakom puben *Fox and Hounds*. Från sin utsiktspunkt kunde Lynley se en allmänning på andra sidan puben där ekar och askar kastade långa eftermiddagsskuggor över gräsmattan. Vid kanten av den fanns ett oklippt buskage. När Lynley både hade kastat en blick på huvudgatan och på vägen upp mot kyrkan bestämde han sig för att gå mot buskaget.

Buskaget utgjorde inte någon obruten linje. Det fanns öppningar mellan buskarna så att man kunde komma från parkeringsplatsen ut på allmänningen och poliserna gick genom en av dessa in under ett lövvalv som bildades av en stor ek.

Vid södra änden av gräsmattan pågick en annan kricketmatch. Det såg ut att vara en match i division fyra. Spelarna var vuxna, traditionellt klädda i vitt, och åskådarna satt på fällstolar runt vilka det sprang skrikande barn, något som fick en av utespelarna att titt som tätt hojta: "Donna, försök för guds skull hålla de där små odjuren borta från planen."

Lynley och hans följeslagare tilldrog sig ingen uppmärksamhet eftersom buskaget växte utmed allmänningens nordöstra gräns. Här var marken ojämn, hård jord med oregelbundna fläckar av murgröna som inte bara sträckte sina utlöpare längs med marken utan också klättrade uppför de sorgliga resterna av ett trasigt trästängsel. Längs detta blommade rhododendron, stänglarna böjde sig under tyngden av de enorma blommorna. En enstaka buske med järnek sträckte sparsamt ut grenar bland rhododendronen, och assistent Havers gick för att undersöka dem medan Lynley granskade marken och Ardery betraktade dem.

"En kille i vår undersökningsgrupp talade med Connor O'Neill", sa Ardery. "Det är han som äger puben. Han och hans son stod och sålde öl i onsdags kväll."

"Hade han någonting att komma med?"

"Han sa att de var klara omkring halv ett. Ingen av dem såg någon främmande bil på parkeringsplatsen när de stängde. Det fanns faktiskt inga bilar utom deras egen kvar."

"Det är ju inte så underligt."

"Vi gick igenom det här stället också", fortsatte Ardery bestämt. "Som ni själv kan se kommissarien är marken hårt tilltrampad. Det är inte möjligt att hitta fotavtryck här."

Lynley såg att hon hade rätt. De bara fläckar där det inte växte någon murgröna var täckta av föregående års multnande löv. Under dem var marken hårt packad, som cement. Det skulle inte vara möjligt att ta ett avtryck av någonting där, vare sig av ett fotavtryck, ett bildäck eller mördarens namnteckning.

Han rätade på sig och såg tillbaka mot den väg de kommit. Han trodde att buskaget var den mest logiska platsen för att dölja ett fordon, om det nu var så att ett fordon hade använts vid någon tidpunkt då brottet begicks. Buskaget vette mot parkeringsplatsen som i sin tur vette mot gräsmattan som vette mot stigen. Och stigen förde en fotgängare inom femtio meters räckhåll från Celandine Cottage. Det enda som den mördare de jagade hade behövt ha var god lokalkännedom.

Men å andra sidan var det inte absolut nödvändigt att dölja ett fordon om mördaren hade arbetat tillsammans med någon annan. En bilförare skulle ha kunnat stanna till ett ögonblick vid The Fox and Hounds, släppt av mördaren som försvann nerför vägen som ledde fram till stigen, och sedan kunde han helt enkelt kört runt under gott och väl en timme i trakten ända tills elden hade anlagts och mordbrännaren återvänt. Detta förutsatte inte enbart en långsiktig planering utan också en ingående kännedom om vad Fleming gjorde den dag han dog. Och då måste två personer istället för en ha haft stort intresse av hans frånfälle.

"Sir", sa assistent Havers. "Kom och titta på det här."

Lynley såg att Havers hade letat längs med rhododendronbuskarna och järneken. Hon satt på huk just där buskaget nådde fram till parkeringsplatsen. Hon höll på att försiktigt borsta bort några nedfallna löv och lyfte upp en kvist murgröna från det dussintal som slingrade sig ut över en avlång jordfläck.

Lynley och Ardery gick bort till henne. Över hennes axel såg Lynley vad det var hon hade funnit: en rund cirkel med hårdpackad jord, ungefär en decimeter i diameter. Den var mörkare än resten av marken, hade en färg av kaffe som stod i kontrast till de hasselnötsbruna omgivningarna.

Med fingrarna bröt Havers av den murgrönekvist som hon höll i och räckte fram den så att kommissarie Lynley kunde granska den. "Jag tycker det ser ut som något slags olja", sa hon. "Det har droppat på tre av de här bladen också. Se här. Här är lite. Och där är mer. Och där."

"Motorolja", mumlade Lynley.

"Det var ju det jag sa. Precis som oljan på jeansen." Havers pekade mot Springburn Road. "Han har kommit den vägen, stängt av motorn och lyktorna och glidit fram längs med kanten av gräsmattan. Här har han parkerat. Smitit genom buskaget och över parkeringen mot stigen. Följt den till stugan. Hoppat över muren till hagen bredvid. Väntat längst ner i trädgården tills kusten var klar."

"Tror ni inte att vi skulle ha hittat bilspår, assistenten", sa Ardery snabbt. "För om en bil hade kört tvärs över gräsmattan..."

"Inte en bil", sa Havers. "En motorcykel. Två däck, inte fyra. Väger inte lika mycket som en bil. Mindre troligt att den lämnar något spår. Lätt att manövrera. Lätt att gömma."

Lynley kände sig tveksam till att acceptera detta scenario. "En motorcyklist som sedan röker sex eller åtta cigaretter för att visa att han varit vid Celandine Cottage. Det stämmer inte, assistenten. Vilken mördare lämnar ett visitkort efter sig?"

"En mördare som inte tror att han ska bli fast."

"Men alla som vet det allra minsta om kriminalteknik skulle begripa hur viktigt det är att inte lämna några spår efter sig", sa Lynley. "Inte något slags bevis."

"Visst. Och därför måste vi leta efter någon som för det första var dum nog att tro att det här mordet inte skulle se ut som något mord. Vi letar efter någon som först och främst tänkte på slutprodukten: på Flemings död. Hur den skulle ske och vad man kunde tjäna på den, inte på hur den kanske skulle utredas efteråt. Vi letar efter någon som trodde att stugan – fullproppad med urgammal ved, kommissarien – skulle brinna som en fackla så fort cigaretten hade brunnit tillräckligt långt ner i fåtöljen. Enligt hans åsikt skulle det inte finnas några bevis. Det skulle inte finnas några fimpar. Det skulle inte finnas några tändstickor. Det skulle inte finnas någonting annat än skräp. Och om han hejdade sig för att tänka efter skulle han ändå inte kunna tro att polisen kunde hitta några spår i allt skräpet."

Ett jubel steg upp från åskådarna till kricketmatchen. De tre kriminalarna vände sig om. Slagmannen träffade bollen och rusade mot de andra målpinnarna. Utespelarna sprang huller om buller över gräsmattan. Kastaren vrålade. Målvakten kastade i avsky en av sina handskar i marken. Tydligen hade utespelarna glömt kardinalregeln för all kricket: Vad som än händer försök alltid att fånga bollen.

"Vi skulle behöva tala med den där pojken, kommissarien", sa Havers. "Ni ville ha bevis. Kriminalkommissarien har gett oss det. Cigarettfimpar..."

"Som ännu inte är undersökta."

"Fibrer av denim som är nedsölade med olja."

"Som måste granskas i laboratorium…"

"Fotavtryck som redan är identifierade. En skosula med tydliga märken i. Och nu detta." Hon gjorde en gest mot murgrönan som han höll i handen. "Vad mera vill ni ha?"

Lynley svarade inte. Han visste hur Havers skulle reagera på hans svar. Det var inte mer han ville ha. Det var mindre. Mycket mindre.

Han såg att kriminalkommissarie Ardery fortfarande stirrade på marken nedanför Havers där oljefläcken formade ett cirkelrunt märke. Hon såg arg ut. "Jag sa ju till dem att leta efter avtryck", sa hon tyst, mer till sig själv än till dem. "Vi hade ännu inte fått reda på någonting om olja på fibrerna."

"Det spelar ingen roll", sa Lynley.

"Jo, det gör det visst. Om ni inte hade envisats…"

Havers trötta blick frågade Lynley om hon skulle dra sig tillbaka en andra gång. Lynley höjde handen för att teckna åt henne att stanna där hon var. "Det krävs inte att man ska kunna förutse bevismaterial."

"Det är mitt jobb att göra det."

"Den här oljefläcken betyder kanske ingenting. Det är kanske inte samma sort som på fibrerna."

"Helvete," sa Ardery mer till sig själv än till dem. Hon betraktade kricketmatchen under nästan en minut – samme slagman fortsatte oförtröttligt att pröva motståndarsidans skicklighet – innan hennes ansiktsdrag återigen hade anpassat sig i någonting som liknade professionellt ointresse.

"När allt det här är över", sa Lynley leende när hennes ögon åter mötte hans, "ska jag be polisassistent Havers berätta om mina intressantare missbedömningar i arbetet."

Ardery höjde en smula på huvudet. "Vi gör alla våra misstag, kommissarien", svarade hon kallt. "Jag försöker lära av mina. Det kommer aldrig mer att hända någonting sådant här."

Hon gick bort från dem, i riktning mot parkeringsplatsen. "Finns det någonting annat i byn som ni vill se?" undrade hon. Hon inväntade inte hans svar.

Havers tog murgrönekvisten från honom. Hon stoppade ner bladen i separata påsar. "På tal om missbedömningar", sa hon menande och följde efter Ardery in på parkeringen.

KAPITEL 15

Jeannie Cooper hällde kokande vatten över tepåsarna och såg hur de flöt upp till ytan. Hon tog en sked, rörde om och satte locket på kannan. Hon hade medvetet valt just den teservisen idag, den där kannan hade formen av en kanin, kopparna såg ut som morötter och tefaten som salladsblad. Det var den kanna hon hade brukat använda för att muntra upp ungarna när de var sjuka och få dem att tänka på någonting annat än ett värkande öra och en mage som uppförde sig underligt.

Hon satte kannan på köksbordet där hon tidigare lagt en grön bomullsduk med violmönster istället för den gamla röda vaxduken som hon tagit bort. Hon hade redan dukat med resten av teservisen: salladsbladstallrikarna och den kaninformade mjölktillbringaren med tillhörande sockerskål. På fatet med en bild av hela kaninfamiljen som stod mitt på bordet hade hon lagt en hög med leverpastejsmörgåsar. Hon hade skurit bort kanterna, och lagt dit några utan pålägg och några med Custard Creme runt omkring.

Stan och Sharon var i vardagsrummet. Stan tittade på teve, och på skärmen såg man hur en jättestor ål simmade fram och tillbaka samtidigt som en sövande bakgrundsröst sa: "Murenaålen har sin bostad i…", medan Sharon satt böjd över sin fågelskissbok och med färgpennor fyllde i markeringarna på en mås som hon hade ritat föregående eftermiddag. Hennes glasögon hade glidit ner till nästippen och hon andades tungt som om hon var mycket förkyld.

"Teet är klart", sa Jeannie. "Shar, gå och hämta Jimmy."

Sharon lyfte huvudet och snörvlade. Med baksidan av handen knuffade hon glasögonen på plats. "Han kommer ändå inte ner", sa hon.

"Det kan du väl inte veta. Gå nu och hämta honom som jag sa."

Jimmy hade varit på sitt rum hela dagen. Tidigare, vid halv tolvtiden på förmiddagen hade han velat gå ut. Då hade han släntrat in i köket klädd i vindtygsjacka och öppnat kylskåpet och tagit fram det som var kvar av en pizza. Den hade han rullat ihop, svept in i metallfolie och stoppat i fickan. Jean studerade honom från diskbänken där hon hade avbrutit sig mitt i frukostdisken. "Vad tänker du hitta på, Jim?" sa hon och han svarade med ett enda ord: *ingenting*. Hon sa att hon tyckte det såg ut som om han hade tänkt gå ut. Han frågade vad det var med det då. Han hade inte tänkt sitta hemma hela dagen som en tvååring. Förresten hade han tänkt träffa en kompis vid Millwall Outer Dock. Vilken kompis då hade Jeannie velat ha reda på. En kompis bara, sa han. Det var ingen hon kände och ingen hon behövde känna heller. Sedan hade Jeannie frågat honom om det var Brian Jones. Då hade Jimmy undrat vilken jävla Brian Jones. Han kände inte någon Bri... Så hade han märkt fällan. Jeannie påpekade helt oskyldigt att nog kom han väl ihåg, Brian Jones, från Deptford. Honom som Jimmy brukade hänga ihop med på dagarna istället för att gå i skolan.

Jimmy hade knuffat igen kylskåpsdörren. Han hade gått mot köksdörren och sagt att han tänkte ge sig iväg. Då hade Jeannie sagt åt honom att det nog var bäst att han först kom och tittade ut genom fönstret. Hon hade sagt att hon menade det och visste han sitt eget bästa skulle han göra som hon sa.

Han hade stått där med ena handen på dörrhandtaget och nervöst tittat från henne till spisen och sedan på henne igen. Hon sa till honom att komma. Han skulle ta sig en ordentlig titt ut.

Hon märkte att pojken trodde att hon hade tänkt lura honom, så hon flyttade sig bort från fönstret för att lämna plats åt honom. Han gick sidledes över golvet som om han väntade sig att hon skulle kasta sig över honom och sedan tittade han ut genom fönstret som hon hade sagt åt honom.

Han hade sett reportrarna. Det var svårt att inte se dem där de stod lutade mot sin Escort på andra sidan gatan. Han hade undrat vad det gjorde, de var ju där igår också, men då hade hon svarat: "Inte där, Jim." Hon sa till honom att titta framför Coopers hus. Vad trodde han att det var för killar, de som satt där i en svart Nova? Han ryckte likgiltigt på axlarna. Hon hade sagt att det var polisen. Så visst kunde han gå ut om han ville, hade hon sagt. Men han skulle inte tro att han kunde gå ut på egen hand. Polisen skulle följa efter honom.

Han hade brottats med denna upplysning, både fysiskt och psykiskt och han hade knutit nävarna i sidorna. Han hade frågat vad polisen kunde vilja och hon hade svarat att de ville höra om hans pappa. Om vad som hade hänt med honom. Om vem som var tillsammans med honom i onsdags kväll. Då när han dog.

Sedan väntade hon. Hon såg hur han iakttog dem, poliserna och reportrarna. Han försökte se ut som om han inte brydde sig om det, men henne

373

kunde han inte lura. Det fanns detaljer som avslöjade honom, hur han hastigt flyttade tyngden från ena foten till den andra, med ena näven nerkörd i jeansfickan. Han kastade tillbaka huvudet, lyfte hakan och undrade vem som egentligen brydde sig, men så flyttade han ännu en gång nervöst tyngdpunkten till den andra foten, och Jeannie var säker på att han svettades om händerna och att han hade fjärilar i magen.

Hon märkte att hon önskade att hon hade kunnat behärska situationen, hon önskade att hon nonchalant hade kunnat fråga honom ifall han fortfarande hade lust att gå ut den här vackra söndagsmorgonen. Hon märkte att hon hade lust att tvinga fram ett svar, öppna dörren och be honom ge sig iväg, bara för att få honom att erkänna sin sorg, sin rädsla, sitt behov av hjälp, att erkänna sanningen hur den än var, att göra vad som helst. Men hon sa ingenting för hon kom i sista stund ihåg – och hennes minne var knivskarpt – precis hur det kändes att vara sexton år gammal och tvungen att möta ett verkligt problem. Hon lät honom gå ut ur köket och försvinna uppför trappan, och sedan dess har hon inte försökt lägga sig i hans privatliv.

När nu Sharon gick upp för att hämta honom sa Jeannie till Stan att han skulle gå ut i köket. "Skärp dig nu", sa hon, "det är tedags." Han svarade inte. Hon såg att han höll på att undersöka insidan av sin näsa med lillfingret. "Hör du Stan", sa hon, "det där är äckligt. Sluta upp med det!" och då drog han snabbt bort fingret. Han drog ner huvudet mellan axlarna och satte sig på sina händer. "Kom nu, raring", sa Jeannie med mildare röst. "Jag har gjort i ordning te åt oss."

Hon sade åt honom att han skulle tvätta händerna i vasken medan hon hällde upp te i deras morotskoppar. Han gick fram till henne. "Har du plockat fram fintallrikarna idag, mamma", mumlade han och stoppade sin nytvättade fuktiga hand i hennes.

"Ja", sa hon. "Jag tyckte vi behövde någonting som muntrade upp oss."

"Kommer Jimmy ner?"

"Jag vet inte. Vi får se."

Stan drog ut sin stol och satte sig. Han plockade till sig en dubbelsmörgås med Custard Creme, en enkel skiva bröd och en dubbel med leverpastej. Den senare öppnade han och höll en halva i var hand. "Jimmy grät i går kväll, mamma."

"Det är normalt att gråta", sa Jeannie och visade inte att hon ville veta mer. "Du får inte retas med din bror för det."

Stan slickade av leverpastejen från brödet. "Han tror inte att jag hörde honom, för jag sa ingenting. Men jag hörde honom. Han hade grävt ner huvudet i kudden och han bankade på madrassen och han sa 'fan också' om och om igen." Stan ryggade tillbaka när Jean lyfte handen för att tillrättavisa honom. "Det var bara vad jag *hörde*, mamma. Det är inte jag som säger det."

"Umm, se till att du inte gör det." Jeannie hällde upp te i de andra kopparna. "Och sen då?" undrade hon stillsamt.

Nu hade Stan slickat i sig leverpastejen och höll på att tugga på brödet. "Fler fula ord."

"Som vad då?"

"Skitstövel. Dra åt helvete din förbannade… Det var vad han sa. Och så grät han." Stan slickade av leverpastejen från brödskivan han hade i den andra handen. "Jag tror att han grät för pappas skull och jag tror det var pappa han pratade om. Han hade sönder sina segelbåtar också, vet du det?"

"Ja, jag har sett det, Stan."

"Och han sa 'Dra åt helvete, jävla skit' när han gjorde det."

Jeannie satte sig mitt emot sitt yngsta barn. Hon grep med fingrarna runt hans handled. "Du hittar väl inte på nu, Stan. Det är styggt om du gör det."

"Det skulle jag inte…"

"Bra. För Jimmy är din bror och det är meningen att du ska älska honom. Han mår inte alls bra just nu, men han kommer över det." Samtidigt som Jeannie sa det kände hon ett hårt tryck över bröstet. Kenny hade inte heller mått bra, och för honom hade det bara blivit värre.

"Jimmy säger att han inte vill ha något jäkla te. Fast han sa inte *jäkla*, han sa något mycket värre." Shar kom inflaxande i köket precis som en av sina fåglar, med ritpapper fladdrande omkring sig. Hon föste undan Jimmys tekopp och fat och bredde ut sina papper på bordet. Hon tog försiktigt en dubbelsmörgås och bet en liten tugga av den samtidigt som hon granskade det hon hade ritat, en örn som svävade ovanför en talldunge som var så liten att örnen såg ut att vara släkt med King Kong.

"Han sa väl *förbannat*, gjorde han inte?" Stan tog en brödskiva och började mumsa på den.

"Nu räcker det med fula ord", sa Jeannie. "Och torka dig om munnen, Shar, och se till att din bror äter ordentligt. Jag ska titta till Jim."

Hon letade i skåpet och plockade fram en nött plastbricka. Hon och Kenny hade fått den i bröllopspresent en gång för länge sedan, den var ljusgrön och dekorerad med förgätmigej. Den var som gjord för att skicka runt sandwiches på när man hade tebjudning. Det hade hon förstås aldrig använt den till utan bara för att bära upp otaliga måltider på övervåningen varje gång något av barnen var förkylt eller hade influensa. Hon satte Jimmys tekopp på den och hällde i så mycket socker och mjölk som hon visste att han ville ha. Så valde hon ut en skiva vitt bröd och en dubbelsmörgås med Custard Creme.

"Ska du inte säga åt han att komma ner, mamma?" undrade Stan när hon gick mot trappan.

"Säga åt honom", korrigerade Shar frånvarande samtidigt som hon lade mer färg på örnens vingar.

"För du säger jämt att vi måste äta här nere om vi inte mår dåligt", envisades Stan.

"Jo visst", sa Jeannie. "Men Jim mår dåligt, det sa du ju själv."

Shar hade inte stängt Jimmys sovrumsdörr ordentligt efter sig, så när Jeannie hade sagt hans namn knuffade hon upp den. "Jag har burit upp te till dig", sa hon.

Han satt på sängen med ryggen mot ena gaveln, och när hon kom in i rummet med brickan stoppade han in någonting under kudden och stängde snabbt igen nattygsbordslådan. Jeannie låtsades som om hon inte hade sett någonting. Hon hade letat igenom den där lådan ganska ofta på sista tiden och hon visste vad han hade där. Hon hade talat med Kenny om fotografierna och det hade gjort honom så bekymrad att han hade kommit hem en gång när Jimmy var i skolan. Han hade själv suttit på sin äldste sons sängkant med sina långa ben utsträckta mot den slitna mattan och gått igenom dem försiktigt så att de inte skulle hamna i oordning. Han hade skrattat till när han såg kvinnorna och vad de hade på sig, eller snarare vad de inte hade på sig, och deras utmanande ställningar, bredbenta med böjda ryggar, och deras perfekta, onaturligt stora bröst. Han hade sagt till Jean att det inte var någonting att bekymra sig för, men då hade hon undrat vad i helvete han menade med det. Om man inte skulle oroa sig för att ens son hade en hel låda full med snuskiga bilder, då undrade hon verkligen vad man skulle oroa sig för. "Men de här bilderna är inte snuskiga", hade Kenny sagt. "Det är inte pornografi. Han är bara nyfiken, det är allt. Vill du ha något att oroa dig för kan jag nog hitta lite hårdare grejor att visa dig." Han hade förklarat för henne att riktig pornografi avbildade flera varelser tillsammans – man och kvinna, man och man, vuxen och barn, barn och barn, kvinna och kvinna, kvinna och djur, man och djur. "Det här är oskyldigt, gumman", sa han. "Det här är vad unga pojkar tittar på medan de fortfarande fantiserar om hur det känns med en kvinna under sig. Det är naturligt, det tillhör ungdomen." Hon frågade honom om han själv hade haft sådana bilder – bilder som han gömt undan för sin familj som om det var en snuskig hemlighet – om det nu tillhörde den naturliga utvecklingen att ha det. Han

376

hade lagt tillbaka bilderna i lådan och stängt den efter sig. "Nej", sa han efter en stund och undvek att se henne i ögonen. "För jag hade ju dig. Jag behövde inte fundera över hur det skulle kännas när det verkligen hände. För det visste jag." Sedan hade han vänt på huvudet och lett mot henne och hon hade tyckt att det kändes som om hjärtat svämmade över. Den där Kenneth Fleming, han hade alltid kunnat få henne att känna sig så där.

"Jag har gjort några smörgåsar till dig. Flytta på benen, Jim, så att jag kan sätta ner brickan."

"Jag sa till Shar att jag inte ville ha nåt." Hans röst lät trotsig men ögonen var rädda. Fast han flyttade i alla fall på benen som hans mor hade sagt åt honom, och Jeannie tog det som ett gott tecken. Hon satte ner brickan på sängen, vid sidan om hans knän. Han var klädd i ett par smutsiga jeans och han hade varken tagit av sig jackan eller skorna, det var som om han fortfarande hoppades kunna gå ut när polisen hade tröttnat på att bevaka huset. Jeannie hade lust att säga åt honom att det knappast var troligt att polisen skulle tröttna på att hålla uppsikt över huset. Det fanns dussintals med poliser, kanske hundratals, så de kunde fortsätta att avlösa varandra hur länge som helst.

"Jag glömde bort att tacka dig för igår", sa Jeannie.

Jimmy drog fingrarna genom håret. Han tittade på brickan men tycktes inte märka att hon hade plockat fram finservisen. Han flyttade blicken till henne.

"Stan och Shar", sa hon. "För att du sysselsatte dem så fint. Det var snällt av dig, Jim. Din pappa…"

"Fan ta honom."

Hon tog ett djupt andetag och fortsatte. "Din pappa skulle ha varit stolt om han hade vetat hur snäll du var mot dina syskon."

"Jaså? Vad visste pappa om att vara snäll?"

"Nu kommer Stan och Shar att se upp till dig. Du kommer att bli som en pappa för dem, särskilt för Stan."

"Det är nog säkrast för Stan att han inte ser upp till någon. Om han litar på någon blir han bara lurad."

"Inte om det är dig han litar på."

Jimmy flyttade sig längre upp mot sänggaveln, antingen för att räta på ryggraden eller för att komma längre bort från henne. Han sträckte ut handen efter ett halvtomt cigarrettpaket och stoppade in en cigarett i munnen. Han tände den och en tunn rökslinga sipprade ut ur hans näsborrar.

"Han behöver inte mig", sa Jimmy.

"Jo, Jim, det gör han."

"Inte så länge han har en mamma som ser efter honom. Är det inte så?"

Han talade med ett trotsigt tonfall, som om det fanns ett dolt budskap i hans påstående och i den efterföljande frågan. Jeannie försökte räkna ut vad han syftade på, men misslyckades. "Små pojkar behöver en man att se upp till", sa hon.

"Jaså? Men jag tänker i alla fall inte stanna kvar här särskilt mycket längre. Så om Stan behöver någon som torkar honom om näsan och ser till att han håller händerna på täcket, så kommer det inte att vara jag. Fattar du det?" Jimmy lutade sig fram och askade i salladsbladstallriken under morotskoppen.

"Vart tänker du ta vägen då?"

"Jag vet inte. Någonstans. Vart som helst. Det spelar inte så stor roll bara jag kommer bort härifrån. Jag hatar det här stället. Det får mig att må illa.".

"Men din familj då?"

"Vad är det med den?"

"Nu när pappa är borta..."

"Snacka inte om honom. Spelar väl ingen roll var den där bocken är. Han hade ju redan stuckit, långt innan han kolade. Han hade aldrig tänkt komma tillbaka. Tror du att Shar och Stan hoppades på att han skulle stå i dörren en vacker dag och fråga om han fick komma hem?" röt han och förde cigaretten mot munnen. Hans fingrar var gulorange av nikotinfläckar. "Du var nog den enda som trodde det, mamma. Vi andra, vi visste att pappa aldrig hade tänkt komma hem. Och vi kände till om henne. Från första början. Vi har till och med träffat henne. Fast vi kom överens om att inte berätta det, för vi ville inte att du skulle bli ännu ledsnare."

"Har ni träffat pappas..."

"Visst. Jodå, nog har vi träffat henne alltid. Två eller tre gånger. Fyra. Jag minns inte. Pappa som tittade på henne och hon som tittade på pappa, samtidigt som de spelade oskyldiga båda två och kallade varandra för mr Fleming och mrs Patten, precis som om de inte skulle kasta sig över varandra så fort vi hade försvunnit." Han ägnade sig på nytt åt sin cigarett och blossade frenetiskt. Jeannie såg hur cigaretten darrade i hans hand.

"Det visste jag inte", sa hon. Hon reste sig upp från sängen och gick bort till fönstret. Utan att se någonting, såg hon ner mot trädgården. Hon grep efter gardinen. Smutsiga, tänkte hon. Jag måste tvätta dem. "Du borde ha berättat det för mig, Jim."

"Varför då? Skulle du ha burit dig annorlunda åt då?"

"Annorlunda?"

"Ja, du vet vad jag menar."

Jeannie vände sig motvilligt bort från fönstret. "Hur då annorlunda?" undrade hon.

"Du kunde ha tagit ut skilsmässa. Det kunde du i alla fall gjort för Stans skull."

"För Stans skull?"

"Han var ju bara fyra när pappa flyttade. Han skulle ha komma över det. Och om han inte hade gjort det skulle han i alla fall ha haft sin mamma. Varför tänkte du inte på det?" Han spillde mer aska på tefatet. "Du tyckte det var trassligt innan, mamma. Men nu är det fan så mycket trassligare."

Där, i det instängda rummet kände Jeannie en kall kåre, som om någon hade öppnat ett fönster i närheten. "Nu är det lika bra att du talar med mig", sa hon till sin son. "Nu får du berätta sanningen för mig."

Jimmy skakade på huvudet och fortsatte röka.

"Mamma?" Shar hade kommit upp och stod i sovrumsdörren.

"Inte nu", sa Jeannie. "Jag håller på att tala med din bror, kan du inte se det?"

Flickan tog ett halvt steg tillbaka. Bakom glasögonen var hennes ögon stora och utstående, nästan som om de höll på att ramla ut. När hon inte gick höjde Jeannie rösten. "Hörde du vad jag sa, Shar? Är du både döv och blind? Gå och drick upp ditt te."

"Jag…" Shar kastade en blick över axeln bort mot trappan. "Där är…"

"Fram med det nu, Shar", sa hennes bror.

"Polisen", sa hon. "I dörren. De vill träffa Jimmy."

Så snart Lynley och Havers stigit ut ur Bentleyn hade reportrarna störtat fram från den Ford Escort som de stått och hängt mot. De väntade bara tills de var säkra på att Lynley och Havers var på väg mot familjen Cooper-Flemings hus. Då hade de nästan automatiskt börjat avfyra sina frågor. De tycktes inte vänta sig att få något svar, utan hade bara ett behov av att ställa dem, vara i vägen och på så sätt göra att man märkte närvaron av den fjärde statsmakten.

"Har ni några misstänkta?" hade en av dem ropat.

"…hittat mrs Patten?" hade en annan sagt.

"…i Mayfair med nycklarna på sätet. Kan ni bekräfta det?" hade en tredje undrat samtidigt som kamerorna klickade och surrade.

Lynley hade struntat i dem och ringt på dörrklockan och Havers noterade att Novan stod där på gatan. "Våra killar är där borta", sa hon tyst, "det ser ut som om de försöker skrämma honom."

Lynley såg dem själv. "De har säkert gjort en del ganska nervösa", anmärkte han.

Dörren hade öppnats och de hade mötts av en ung flicka med tjocka glasögon på näsan, brödsmulor i mungiporna och finnar på hakan. Lynley hade visat henne sitt identitetskort och bett att få tala med Jimmy Fleming.

"Cooper, menar ni väl? Jimmy? Vill ni tala med Jimmy?" hade flickan sagt och utan att vänta på ett svar hade hon lämnat dem stående på yttertrappan och själv störtat upp till andra våningen.

De hade gått in och hamnat i ett vardagsrum där TV:n stod på och visade ett program med en stor vit haj som bankade sin nos mot gallret till en bur där en olycklig dykare flöt runt, gestikulerade och fotograferade djuret. TV:ns ljud var nedskruvat och ingen tycktes titta på programmet. När de stod där i tystnad och tittade hörde de en pojkröst: "Den är precis som *Hajen*, den där fisken. Den såg jag en gång på video hemma hos en kompis."

Lynley märkte att rösten kom från köket, där pojken hade skjutit fram sin stol så att han skulle komma mitt framför vardagsrumsdörren. Han höll på att dricka te, satt och dinglade med fötterna och mumsade på något slags kaka.

"Är du detektiv?" frågade han. "Precis som Spender? Det brukar jag titta på på TV."

"Jo", sa Lynley. "Någonting i stil med Spender. Är det du som är Stan?"

Pojken gjorde stora ögon, som om Lynley hade visat prov på övernaturliga kunskaper. "Hur kunde du veta det?"

"Jag har sett ett fotografi av dig. I din fars sovrum."

"Hemma hos mrs Whitelaw? Jo, där har jag varit många gånger. Hon låter mig dra upp hennes klockor. Utom den i vardagsrummet som inte ska dras upp. Visste du det? Hon sa att hennes farfar hade stannat den samma natt som drottning Viktoria dog och att han sen aldrig mer hade satt igång den."

"Tycker du det är skoj med klockor?"

"Inte särskilt. Men hon har alla möjliga prylar hemma hos sig. Överallt. När jag är där låter hon mig…"

"Nu räcker det, Stan." En kvinna hade kommit nerför trappan. "Ms Cooper", sa Havers, "det här är kriminalkommissarie…"

"Jag vill inte veta vad han heter." Hon kom in i vardagsrummet. "Stan, ta med dig ditt te upp till ditt rum", sa hon utan att se på honom.

"Men jag mår inte dåligt", sa han ängsligt.

"Gör nu som jag säger. Och stäng dörren efter dig."

Han reste sig upp från stolen och tog så många kakor och smörgåsar han kunde bära. Sedan rusade han uppför trappan och man hörde hur en dörr stängdes.

Jean Cooper gick tvärs över rummet och stängde av TV:n just som den stora vita hajen visade något som såg ut att vara ett halvt dussin vassa tandrader. Hon tog ett paket Embassy som låg ovanpå TV:n, tände en och vände sig om så att hon kunde se på dem.

"Vad betyder det här?" frågade hon dem.

"Vi skulle vilja tala med er son."

"Men det gjorde ni ju alldeles nyss, eller hur?"

"Er äldste son, ms Cooper."

"Och om han inte är hemma?"

"Det vet vi att han är."

"Jag är medveten om att jag har rätt att hindra er från att träffa honom. Om jag ville skulle jag kunna ringa till en advokat."

"Det får ni gärna lov att göra."

Hon nickade kort mot Havers. "Jag berättade ju allting för er, igår."

"Jimmy var inte hemma igår", sa Havers. "Det är en ren formalitet, ms Cooper."

"Ni har inte bett att få tala med Shar. Eller med Stan. Varför är det bara Jimmy ni är intresserade av?"

"Det var meningen att han skulle resa bort för att segla tillsammans med sin far", sa Lynley. "Han skulle ha gett sig iväg i onsdags kväll. Om resan blev inställd eller kanske uppskjuten, kan det hända att han talade med sin far. Vi skulle vilja fråga honom om det." Han såg hur hon rastlöst rullade cigaretten mellan fingrarna innan hon tog ett bloss till. "Som assistent Havers sa, är det en ren formalitet. Vi talar med alla som kanske vet någonting om er makes sista timmar."

Jean Cooper reagerade när han sa det, men det märktes bara som en blinkning att hon ryckte till av hans ord. "Det är nog mer än en formalitet", sa hon.

"Ni kan vara med när vi talar med honom", sa Havers. "Eller ringa efter en advokat. Ni har rätt att välja hur ni vill göra eftersom han är minderårig."

"Glöm inte bort det", sa hon. "Han är sexton år gammal. Sexton. Han är bara en pojke."

"Det vet vi", sa Lynley. "Vill ni vara snäll och hämta honom."

Hon kastade en blick över axeln. "Jimmy, det är bäst att du talar med dem, raring. Se till att det blir avklarat snabbt."

Pojken hade tydligen stått uppe i trappan och väntat, precis utom synhåll. Han kom långsamt ner, hopsjunken med hängande axlar och huvudet lutat åt ena sidan.

Han såg inte någon i ögonen utan gick fram till soffan och slängde sig ner i den. Han satt med benen utsträckta framför sig och hakan mot bröstet. När han satt så kunde Lynley titta på hans fötter. Han hade kängor på sig och mönstret på sulorna var identiskt med de avtryck kommissarie Ardery hade funnit i Kent, till och med den lilla biten med trasigt hundtandsmönster.

Lynley presenterade sig och assistent Havers. Han satte sig i en av fåtöljerna i soffgruppen och Havers satte sig i den andra. Jean Cooper slog sig ner bredvid sin son i soffan. Hon sträckte sig efter ett metallaskfat på soffbordet och placerade det i knäet.

"Vill du ha en cigarett?" frågade hon tyst sin son.

"Nä", sa han och strök bort håret från axlarna. Hon sträckte på handen som om hon velat hjälpa till, men tycktes sedan komma på andra tankar och drog till sig handen igen.

"Talade du med din far i onsdags?" sa Lynley.

Jimmy nickade, men höll fortfarande ögonen riktade mot en fläck någonstans mellan sina knän och golvet.

"Hur dags var det?"

"Kommer inte ihåg."

"På morgonen? Eftermiddagen? Det var ju meningen att ni skulle ha flugit till Grekland på kvällen. Han måste ha ringt tidigare."

"Tror det var på eftermiddagen."

"Strax efter lunch? Eller senare?"

"Jag var med Stan hos tandläkaren. Det måste ha varit då pappa ringde, Jim. Vid fyra-, halv fem-tiden."

"Verkar det att stämma?" frågade Lynley pojken, som inte svarade utan bara ryckte på axlarna. Lynley tog det som en bekräftelse. "Vad sa din far?"

Jimmy drog i en tråd som hade lossnat från fållen på hans T-shirt. "Hade någonting att ordna upp", sa han.

"Vad då?"

"Pappa sa att han hade någonting att ordna upp." Pojkens röst var klart otålig. *Idiot* sa tonfallet.

"Samma dag?"

"Ja."

"Och resan?"

"Vad är det med den?"

Lynley frågade pojken hur det hade gått med planerna att resa iväg för att segla. Hade de blivit ställda på framtiden? Eller hade resan ställts in helt och hållet?

Det såg ut som om Jimmy funderade på frågan. Det var i alla fall så Lynley tolkade skiftningarna i pojkens ögon. Till slut berättade han för dem att hans far hade sagt att de var tvungna att skjuta upp resan ett par dar. Han skulle ringa nästa morgon, hade han sagt. Det var meningen att de skulle bestämma ett nytt datum då.

"Och när han inte ringde nästa morgon", sa Lynley, "vad tänkte du då?"

"Jag tänkte ingenting. Det var ju pappa? Han sa alltid att vi skulle göra en massa saker som vi aldrig gjorde. Den här resan var en sån sak. Jag brydde mig inte. För egentligen ville jag ju inte resa." För att betona det sista grävde han ner klacken i den beige mattan. Han brukade nog göra så, för mattan var sliten och smutsig där han satt.

"Och hur var det med Kent?" frågade Lynley.

Pojken drog till hårt i tråden som hängde från fållen på tröjan. Den gick av. Hans fingrar sökte efter en ny.

"Du var där i onsdags natt", sa Lynley. "I närheten av stugan. Vi vet att du var i trädgården. Jag skulle vilja veta om du var inne i huset också."

Jean Cooper rätade på huvudet. Hon hade hållit på att knacka aska från sin cigarett, men hon hejdade sig och sträckte sig efter sonens arm. Han drog sig undan från henne men sa ingenting.

"Röker du Embassy precis som din mor, eller kom fimparna som vi hittade längs ner i trädgården från något annat märke?"

"Vad betyder det här?" frågade Jean.

"Dessutom är nyckeln som brukar finnas i trädgårdsskjulet borta", sa Lynley. "Kommer vi att hitta den om vi letar igenom ditt sovrum, Jimmy – eller om vi ber dig tömma dina fickor?"

Pojkens hår hade börjat glida fram över hans axel, som om det levde ett eget liv. Han lät det hänga kvar så att det ramlade ner i ansiktet.

"Följde du efter din far till Kent? Eller berättade han för dig att han hade tänkt åka dit? Du sa att han hade berättat att han hade saker att ordna upp. Berättade han för dig att det hade med Gabriella Patten att göra, eller gissade du dig till det?"

"Sluta nu!" Jean mosade sin cigarett i askfatet och ställde det med en duns på soffbordet. "Vad är det ni håller på och pratar om? Ni har ingen rätt att komma hit till mitt hem och prata på det där sättet med min Jim. Ni har inte det minsta bevis. Ni har inte…"

"Tvärtom", sa Lynley. Jean stängde munnen. Han lutade sig fram i stolen. "Vill du ha en advokat, Jimmy? Din mor kan ringa efter en om du vill."

Pojken ryckte på axlarna.

"Ms Cooper", sa Havers, "ni kan ringa efter en advokat. Ni kanske skulle vilja göra det."

Jeans tidigare hotelser att göra så hade tydligen dämpats av hennes ilska. "Vi behöver ingen jädrans advokat", väste hon. "Min Jim har inte gjort någonting. Ingenting! *Ingenting*. Han är sexton år gammal. Nu är det han som är mannen i familjen. Han passar sina syskon. Han har inget intresse av Kent. Han var här i onsdags natt. Han låg i sin säng. Det såg jag själv. Han..."

"Jimmy", sa Lynley, "vi har gjort avgjutningar av två fotavtryck som säkert kommer att passa ihop med de kängorna som du har på dig. Det är väl Doc Martens?" Pojken svarade inte. "Ett avtryck hittade vi längst ner i trädgården, där du hade hoppat över stängslet från hagen bredvid."

"Det här är skitsnack", sa Jean.

"Det andra fanns på gångstigen från Lesser Springburn. Nedanför den där stättan vid järnvägsspåren." Lynley berättade också för honom om denimfibrer som säkert skulle visa sig komma från de jeans han hade på sig, om oljan som fanns på de fibrerna, om oljefläcken i buskaget nära allmänningen i Lesser Springburn. Han ville förmå pojken att reagera på något sätt. Att sjunka ihop under orden, att försöka blåneka, ge dem någonting – även om det bara var lite – att arbeta med. Men Jimmy sa ingenting.

"Vad gjorde du i Kent?" frågade Lynley.

"Tala inte till honom på det där sättet!" skrek Jean. "Han var inte i Kent. Det var han absolut inte."

"Det stämmer nog inte, ms Cooper. Och jag skulle vilja påstå att ni vet det."

"Ge er iväg härifrån." Hon reste sig hastigt upp och ställde sig mellan Lynley och sin son. "Ge er iväg. Båda två. Ni har fått säga vad ni hade på hjärtat. Ni har fått ställa era frågor. Ni har träffat pojken. Ut!"

Lynley suckade. Han tyckte att han hade en dubbel börda – dels vad han visste, dels vad han måste ta reda på. "Vi kommer att behöva få svar, ms Cooper", sa han. Jimmy kan ge oss dem nu, eller så kan han följa med och ge oss dem senare. Men hur han än vill ha det så måste han tala med oss. Har ni lust att ringa till en advokat nu?"

"Vem är er chef, mr Pratkvarn. Jag vill veta vad han heter. Det är honom jag tänker ringa till."

"Webberly", sa Lynley. "Malcolm Webberly."

Det verkade som om Lynleys samarbetsvilja förvånade henne. Hennes ögon smalnade, hon granskade honom. Kanske vacklade hon mellan att hålla stånd eller gripa efter telefonen. Man såg att hon trodde det var en fälla. Om hon lämnade rummet för att ringa skulle de bli ensamma med hennes son, och det visste hon.

"Äger er son en motorcykel?" frågade Lynley.

"En motorcykel bevisar inte någonting."

"Kan vi få titta på den?"

"Den är gammal och rostig. Han skulle inte ens komma in till Towern med den. Han skulle aldrig kunna ta sig ända till Kent på den där cykeln, absolut inte."

"Den stod inte framför huset", sa Lynley. "Finns den på baksidan?"

"Jag sa att…"

Lynley reste sig upp. "Vet ni om den läcker olja, ms Cooper?"

Jean slog ihop händerna framför sig, i en gest som skulle ha kunnat tolkas som bönfallande. Hon började vrida dem mot varandra. När Havers också reste sig upp från sin stol såg Jean från den ene till den andra som om hon funderade på att springa sin väg. Bakom henne rörde sig hennes son, drog till sig benen och kom på fötter.

Han lufsade ut i köket. De hörde hur han öppnade en dörr som knarrade på dåligt smorda gångjärn. "Jim!" ropade Jean, men han svarade inte.

Lynley och Havers följde efter honom med Havers hack i häl. När de hann upp honom höll han på att öppna dörren till ett litet skjul längst ner i trädgården. Bredvid det fanns en grind ut mot något som såg ut att vara en gångstig som löpte mellan husen på Cardale Street och husen på gatan bakom den.

De såg på hur Jimmy Cooper rullade ut sin motorcykel ur skjulet. Han satte sig på den, startade motorn, lät den gå tomgång och stängde sedan av den. Han gjorde alltsammans utan att se på någon av dem. Sedan gick han åt sidan – han höll om vänstra armbågen med höger arm och lutade tyngden på vänster fot – medan Lynley satte sig på huk för att undersöka cykeln.

Precis som Jean Cooper hade sagt var det en rosthög. Det som inte var rostigt hade en gång i tiden varit rött, men med åren hade färgen ramlat av så att den bara fanns kvar i matta fläckar som liknade sårskorpor där den syntes under rosten. Men själva motorn fungerade fortfarande. När Lynley själv startade den satte den igång utan problem och gick sedan utan att hacka en enda gång. Han stängde av motorn och lutade cykeln mot dess ställ.

"Jag sa ju att det var en rosthög", sa Jean . Han kör runt i Cubitt Town med den. Han vet att han inte får köra någon annanstans med den. Han kör ärenden åt mig och åker för att hälsa på sin mormor nere vid Millwall Park. Han…"

"Sir." Assistent Havers hade satt sig på huk på andra sidan motorcykeln och undersökte den. Nu lyfte hon handen och Lynley såg att fingertoppen var oljig. "Den läcker", sa hon helt i onödan, och samtidigt föll en droppe olja ner från motorn på asfalten där Jimmy hade parkerat den.

Lynley borde ha trimuferat men han kände sig istället bara sorgsen. Först kunde han inte begripa varför. Pojken var butter, ovillig att samarbeta och smutsig, troligen en ung man som i åratal bara hade tiggt om problem. Nu hade han fått det, nu skulle han bli oskadliggjord, men detta faktum gjorde Lynley allt annat än glad. Efter en liten stund kom han på varför. Han hade själv varit i Jimmys ålder när han för första gången kom på kant med sina föräldrar. Han visste hur det kändes att lika starkt älska och hata en oförstående vuxen.

"Vill ni vara snäll och fortsätta, assistenten", sa han trött till Havers och gick bort mot grinden för att studera skogen medan hon talade om för Jimmy Cooper vilka rättigheter han hade.

KAPITEL 16

De förde ut honom genom huvudingången, vilket gav journalisterna och de fotografer som de hade i sällskap mycket material till morgondagens tidningar, där alltsammans skulle vara ordentligt tillrättalagt så att det genom antydningar avslöjade så mycket som möjligt fastän det samtidigt inte kränkte de inblandades rättigheter. I samma ögonblick som Lynley öppnade dörren och förde ut Jimmy Cooper framför sig – pojkens huvud hängde framför honom som på en marionettdocka och han höll händerna sammanpressade som om han redan hade handfängsel på sig – steg det upp ett upphetsat rop från den lilla skaran journalister. De knuffade sig fram mellan bilarna som stod parkerade vid trottoarkanten med bandspelare och anteckningsblock i händerna. Fotograferna började knäppa bilder och reportrarna skrek fram sina frågor.

"Har ni arresterat någon, kommissarien?"

"Är det den äldste pojken?"

"Jimmy! Hej, Jim, kan du göra ett uttalande, grabben?"

"Vad är det som ligger bakom? Svartsjuka? Pengar?"

Jimmy vred huvudet åt sidan. "Jävla pack", muttrade han och snubblade när hans fot slog mot en ojämn stenplatta i trädgården. Lynley grep tag om hans arm för att stötta honom. Kamerorna blixtrade för att fånga bilden.

"Nu försvinner ni allihopa!" Ropet kom från dörröppningen där Jean Cooper stod med sina andra barn som kikade fram under hennes skyddande armar. Kamerorna vändes mot henne. Hon knuffade in Stan och Sharon i vardagsrummet så att de kom utom räckhåll. Så sprang hon ut ur huset och grep tag i Lynleys arm. Kamerorna klickade och surrade.

"Nu låter ni honom vara", grät Jean. "Låt Jimmy vara ifred!"

"Det kan jag inte göra", sa Lynley tyst till henne. "Eftersom han inte vill tala med oss här har vi inget val. Vill ni också komma med? Det har ni rätt att göra ms Cooper. Han är minderårig."

Hon torkade av händerna på sin alltför stora T-shirt, kastade en blick

387

tillbaks mot huset där hennes båda andra barn stirrade på dem från vardags-rumsfönstret. Utan tvekan funderade hon på vad som skulle kunna hända om hon lämnade dem ensamma inom räckhåll för pressen. "Jag måste ringa till min bror först", sa hon.

"Jag vill inte att du följer med", sa Jimmy.

"Jim!"

"Det har jag sagt!" Han kastade tillbaks håret men när fotograferna omedelbart lyckades fånga hans oskyddade ansikte insåg han sitt misstag och sänkte åter huvudet.

"Du måste låta mig..."

"Nej!"

Lynley var medveten om hur mycket material de gav åt reportrarna som lyssnade lika ivrigt som de antecknade. Det var alltför tidigt för deras tid-ningar att ta in någon artikel som innehöll Jimmys namn, och deras chefre-daktörer skulle se till att man inte tryckte något foto på personer som gick att känna igen, eftersom det skulle kunna försvåra rättegången och göra att de hamnade i fängelse i två år. Men tidningarna skulle säkert ändå använda vad de kunde så fort de hade möjlighet att utnyttja materialet. "Ring till en advokat om ni vill, ms Cooper", sa Lynley därför. "Be honom möta oss vid Yarden."

"Vem tror ni egentligen att jag är? Någon höjdare från Knightsbridge? Jag *har* ingen jävla ... Jim! Nu låter du mig komma med, Jim!"

För första gången såg Jimmy på Lynley. "Jag vill inte att hon följer med. Jag tänker inte säga någonting om hon är där."

"Jimmy!" Hans mor uttalade namnet som ett klagorop. Hon vände på klacken och stapplade tillbaks in i huset.

Återigen spelade reportrarna upp körens roll i den grekiska tragedin.

"Advokat? Då är han alltså misstänkt."

"Kan ni bekräfta det, kommissarien? Kan man lugnt anta att..."

"Samarbetar ni med polisdistriktet i Maidstone i fråga om allting?"

"Har ni fått resultaten från obduktionen ännu?"

"Snälla kommissarien, säg då någonting för guds skull."

Lynley ignorerade dem, Havers öppnade grinden. Hon knuffade sig förbi dem och gjorde plats åt Lynley och pojken. Reportrarna och fotograferna följde efter dem nerför gatan till Bentleyn. När de fortfarande inte fick någ-ra svar på sina frågor höjde de endast volymen och bytte ämne. "Kan du göra ett uttalande?" hade plötsligt blivit: "Slog du ihjäl farsan, grabben?" Oväsendet fick grannarna att gå ut i sina trädgårdar. Hundar började skälla.

"Jesus", sa Havers tyst för sig själv. "Slå inte i huvudet där", tillade hon till Jimmy när Lynley öppnade bilens bakdörr. När pojken kröp in i bilen tryckte sig fotograferna mot rutorna för att försöka fånga varje nyans i hans ansikte. Plötsligt trängde sig Jean Cooper fram mellan dem. Hon viftade med en John Menzies-kasse som hon hade i handen. Lynley stelnade till. "Se upp, sir", sa Havers och tog ett steg framåt.

Jean vräkte en reporter åt sidan. "Förbannade knöl", väste hon till en av de andra. Sedan kastade hon kassen till Lynley. "Nu hör ni här. Om ni skadar min son… Om ni ens så mycket som rör vid honom…" Hennes röst darrade. Hon pressade knogarna mot munnen. "Jag vet vilka rättigheter jag har", sa hon. "Han är bara sexton. Ni får inte ställa en enda fråga till honom om det inte finns en advokat där. Inte ens fråga hur han stavar sitt namn." Hon lutade sig fram och skrek genom Bentleyns stängda fönster. "Jimmy, tala inte med någon förrän advokaten kommer. Hör du det, Jimmy? *Prata inte med någon!*"

Hennes son stirrade rakt framför sig. Jean skrek hans namn. "Vi kan ordna en advokat åt er, ms Cooper", sa Lynley. "Om det kan vara till någon hjälp."

Hon rätade på ryggen och kastade tillbaka huvudet i en rörelse som liknade sonens. "Jag bryr mig inte om någon hjälp från er." Hon trängde sig bort mellan reportrarna och fotograferna och började springa när de följde efter henne.

Lynley räckte John Menzies-kassen till Havers. Hon öppnade den inte förrän de var på väg norrut på Manchester Road. "Ett ombyte, två smörgåsar, något slags seglingsbok och ett par glasögon", sa hon medan hon grävde genom den. Hon vände sig om i sätet och räckte de sistnämnda till Jimmy. "Vill du ha dina brillor?"

Som svar stirrade han bara på henne och hans min sa henne att hon kunde dra åt skogen. Sedan vände han bort blicken.

Havers stoppade tillbaka glasögonen i kassen och ställde den på golvet. Samtidigt lyfte Lynley telefonluren och knappade in numret till New Scotland Yard. Han lyckades få tag på kriminalkonstapel Nkata i jourrummet, där bakgrundsljuden med samtal och telefonsignaler sade honom att åtminstone några av de poliser han hade kallat in för tjänstgöring för att arbeta under helgen hade återkommit från sina undersökningar av vad de misstänkta hade sysslat med under onsdagskvällen. "Har vi kommit nån vart?" undrade han.

"De har kommit tillbaka från Kensington", sa Nkata. "Man kom inte fram till något nytt där. Hon är fortfarande grön, er mrs Whitelaw."

"Vad står det i rapporten?"

"Staffordshire Terrace har flerfamiljshus på båda sidor. Känner ni till det, kommissarien?"

"Jag har varit där:"

"Varje hus har sex eller sju våningar och i var våning bor det tre eller fyra personer."

"Det börjar likna det vanliga gnället från konstaplarna."

"Det jag vill ha sagt är att damen är grön. Vi har talat med varenda Jack och Dick som vi hittat i varenda satans lägenhet. Ingen på hela Staffordshire Terrace säger sig ha sett henne gå någonstans under förra veckan."

"Men det säger ju inte mycket om deras iakttagelseförmåga? Eftersom hon åkte någonstans med oss i går morse."

"Men om hon drog iväg till Kent runt midnatt är det väl troligt att hon tog bilen för att köra dit? Hon tog knappast taxi och lät den vänta medan hon anlade elden, eller hur? Och inte kunde hon ta buss eller tåg heller vid den tiden på dygnet. Och det är därför som hon är grön."

"Fortsätt."

"Hennes bil står parkerad i ett garage bakom huset, i ett garage som heter – här har jag det – Phillips Walk. Och enligt vad våra grabbar som var där ute i morse säger, så finns det numera nio eller tio flerfamiljshus på Phillips Walk.

"Som ligger vid bakgatan?"

"Just det. Som står och trängs som hororna på King's Cross. Och fönster både uppe och nere. Och i onsdags hade alla människor fönsterna öppna 'för det var så fint väder'."

"Och vad jag kan förstå så såg ingen mrs Whitelaw ge sig iväg? Och ingen hörde att hon startade sin bil."

"Och i onsdags natt var det en baby i huset mitt emot garaget som var uppe till klockan fyra på morgonen, för han var sjuk och mamman gick runt och bar på honom. Mamman borde ha hört bilen för hon gick fram och tillbaka framför fönstret hela natten och försökte få ungen lugn. Men hon hörde ingenting. Så om inte mrs Whitelaw lyfte från taket är hon grön. Ledsen kommissarien, om det gör er besviken."

"Det spelar ingen roll", sa Lynley. "Och nyheten förvånar mig inte. Hon har redan ett alibi som en av de andra misstänkta gett henne."

"Skulle ni tycka det var bra om det var hon?"

"Inte speciellt. Men jag har alltid varit noga med att följa upp alla spår."

Han avslutade samtalet med att be Nkata göra i ordning en förhörslokal och säga åt informationschefen att en sextonårig pojke från East End skulle komma att hjälpa polisen i dess utredning.

Han lade på luren och företog resten av resan till New Scotland Yard under tystnad. De körde förbi Towern där en klunga med eftermiddagsturister fotograferade de tåliga vaktposterna. De körde nerför Lower Thames Street och därifrån slutligen till The Embankment. Här var floden fylld av båtar, söndagsseglare från St Katherine's Dock var på väg österut och färjor från Westminster Pier åkte mot väst. Journalisterna i Isle of Dogs hade tydligen ringt till varenda kollega de hade i trakten av Victoria Street, för när Lynley körde fram mot ingången till New Scotland Yard på Broadway blev bilen omedelbart omringad. I hopen som trängdes och skrek ut sina frågor och knuffade sig fram med kamerorna riktade mot baksätet fanns det också ett TV-team vars aggressiva kameramän banade sig väg fram förbi de andra.

"Helvetes jävlar", muttrade Havers och Lynley sa åt Jim att sänka ner huvudet samtidigt som han pressade fram bilen mot vaktburen vid infarten till det underjordiska garaget. När de nådde fram hade säkert ytterligare mer än hundra bilder och oräkneliga meter videofilm tagits, och de skulle troligen komma med i alla TV-kanaler framåt kvällen.

Jimmy Coopers reaktion på allt detta inskränkte sig till att han vände bort huvudet från kamerorna. Han visade varken nyfikenhet eller rädsla medan Lynley och Havers eskorterade honom till hissen och genom den ena korridoren efter den andra medan en pressofficer ett slag halvsprang efter dem med ett anteckningsblock i handen och helt i onödan, med tanke på det gatlopp de just löpt, talade om att pressmeddelandet hade gått ut. "En pojke. Sexton år gammal från East End", sa han med en snabb blick på Jimmy. "Finns det någonting annat vi kan släppa för närvarande? Vilken skola pojken går i? Hur många syskon han har? Beslöjade hänsyftningar på familjen? Någonting från Kent?"

Lynley skakade på huvudet. "Då så", svarade pressofficern. "Våra telefoner går varma. Jag får väl reda på mer så fort ni har något?"

Hon försvann utan att vänta på något svar.

Konstapel Nkata mötte dem i förhörsrummet, där det fanns en bandspelare, två stolar framsatta på var sida om ett bord med metallben och två stolar som stod med ryggstöden mot främre väggen. "Ska vi ta hans fingeravtryck?" frågade han Lynley. "Inte ännu", svarade denne och pekade på den stol där han ville att pojken skulle sätta sig. "Kan vi börja prata lite grann, Jimmy, eller vill du att vi ska vänta på den advokat som din mor ska skicka?"

Jimmy kastade sig ner på stolen och fingrade på kanten till sin T-shirt. "Spelar ingen roll."

Lynley såg på Nkatas ansiktsuttryck att denne hade förstått. De skulle försöka få ut vad de kunde ur pojken innan hans advokat kom och satte munkavle på honom.

Lynley satte igång bandspelaren, talade om datum, klockslag och vilka personer som var närvarande i förhörsrummet: han själv, assistent Barbara Havers och James Cooper, son till Kenneth Fleming. Han upprepade sin fråga: "Vill du ha en advokat närvarande, Jimmy? Ska vi vänta?" När pojken ryckte på axlarna sade Lynley att han måste svara.

"Jag behöver ingen jädra advokat, har du fattat det? Jag vill inte ha nån."

Lynley satte sig mitt emot pojken. Assistent Havers gick bort och satte sig på en av stolarna som stod borta vid väggen. Lynley hörde hur hon tände en tändsticka och en stund senare kunde han känna lukten av cigarettrök. Jimmys ögon gled förbi honom och såg för ett ögonblick lystet mot Havers innan han åter vände bort blicken. Ibland kunde de ha nytta av hennes vana. "Rök gärna om du vill", sa Lynley till pojken. Assistent Havers slängde sina tändstickor på bordet. "Vill du ha en cigg?" frågade hon Jimmy. Han skakade på huvudet, men fortsatte att röra nervöst på fötterna och fingra på sin T-shirt.

"Det var kanske jobbigt att prata när din mor var där", sa Lynley. "Hon menar väl, men mödrar är ju som de är. De vill gärna bestämma över sina barn, de vill vara med."

Jimmy gned sig under näsan med fingret. Han såg mot tändstickorna och vände sedan bort blicken.

"Man får aldrig vara i fred heller", fortsatte Lynley. "Det fick i alla fall inte jag. Och det tar en jäkla tid för dem att inse att man blivit vuxen."

Jimmy lyfte huvudet tillräckligt länge för att kunna stryka bort håret från ansiktet. Samtidigt passade han på att snegla mot Lynley.

"Det är begripligt att du inte vill tala när hon är med", fortsatte denne. "Jag borde ha insett det med en gång för det ska gudarna veta att jag inte skulle ha velat berätta någonting med min mamma i närheten. Du är ganska hårt hållen hemma, verkar det som."

Jimmy kliade sig på armen. Han kliade sig på axeln. Han fortsatte att plocka med sin tröja.

"Det som jag hoppas på", sa Lynley, "är att du ska hjälpa oss att klara upp ett par detaljer. Du är inte arresterad. Du är här för att hjälpa oss. Vi vet att du var i stugan i Kent. Vi antar att det var på onsdagskvällen som du var där, och vi skulle vilja veta varför. Vi skulle vilja veta hur du tog dig dit. Vi skulle också vilja veta hur dags du kom dit och när du gav dig av därifrån. Det är allt. Tror du att du kan hjälpa oss?"

Bakom sig hörde Lynley hur Havers drog ett djupt andetag, sedan drev ett rökmoln mot dem. Ännu en gång talade Lynley omsorgsfullt om vilka bevis de hade för att pojken hade varit i Kent. "Följde du efter din pappa dit?" sa han slutligen.

Jimmy hostade. Han gungade försiktigt på stolen.

"Var det en gissning från din sida att det var dit han skulle? Han sa ju att han hade en del saker att ordna upp. Lät han upprörd? Orolig? Berättade han för dig att han skulle åka dit för att träffa Gabriella Patten?"

Jimmy slutade gunga på stolen.

"För inte så länge sedan träffade han en advokat", sa Lynley. "Med anledning av att han ville skiljas från din mor. Det hade kanske gjort henne upprörd. Du kan ha sett henne gråta och undrat varför. Hon kanske talade med dig om det. Kanske hon berättade för dig…"

"Det var jag som gjorde det." Äntligen tittade Jimmy upp. Hans nötbruna ögon var blodsprängda, men han såg rakt på Lynley. "Det var jag som gjorde det. Jag hade ihjäl den förbannade knölen. Han förtjänade att dö."

Bakom dem hörde Lynley hur assistent Havers rörde på sig. Jim tog handen ur fickan och slängde en nyckel på bordet. "Det är väl den här ni vill ha", sa han när Lynley fortsatte att tiga. Han tog fram ett paket cigaretter ur sin andra ficka, ett skrynkligt paket med JPS, och lyckades plocka fram en nästan hel cigarett ur det. Han tände den med assistent Havers tändstickor, men inte förrän på fjärde försöket lyckades han få sina fingrar att gnida svavelklumpen mot tändplånet.

"Berätta om det för mig", sa Lynley.

Jimmy tog djupa drag på cigaretten som han höll mellan tummen och pekfingret. "Han trodde han var tuff, pappa. Han trodde han kunde göra vad som helst."

"Följde du efter honom till Kent?"

"Jag följde efter honom överallt. När jag hade lust."

"På motorcykeln, den natten?"

"Jag visste var han bodde. Jag hade varit där förut. Den dumbommen trodde han kunde säga vad som helst så att det blev bra. Spelade ingen roll hur mycket skit vi fick ta emot."

"Vad hände den där natten, Jimmy?"

Jimmy berättade att han åkte till Lesser Springburn för att hans far hade ljugit för honom, och han ville ta honom på bar gärning och ställa den förbaskade knölen till svars för vad han hade sagt. För han hade sagt att de var tvungna att skjuta upp semesterresan för att han måste ägna sig åt kricketen, det var någonting brådskande som inte gick att skjuta upp. Någonting som hade att göra med testmatchen, med Askan, hur man skulle planera laguppställningen, vilken kastare som skulle börja, en uppvisningsmatch någonstans... Jimmy kom inte ihåg allt och han brydde sig inte om det, för han hade inte för ett ögonblick trott på alla de där lögnerna.

"Det var hon", sa han. "Hon där i Kent. Hon hade ringt till honom och sagt att hon ville knulla som de aldrig gjort förut, att hon ville ge honom någonting att minnas medan han var i Grekland med mig, och han kunde inte vänta en sekund. För det var så han var när han kom dit. Kåt. Som en hund."

Han åkte inte raka vägen till Celandine Cottage, sa Jimmy, för han ville överraska dem. Han ville inte riskera att de skulle höra motorcykeln. Han ville inte ta risken att de skulle se honom på uppfartsvägen. Därför tog han genvägen från Springburn Road och fortsatte till byn. Han parkerade bakom puben och där kastade han cykeln i buskaget vid allmänningen. Han gick längs gångstigen.

"Hur kommer det sig att du kände till att det fanns en gångstig där?" frågade Lynley.

De hade ju varit där när de var små, alldeles i början, när deras pappa hade flyttat ut dit då han spelade för Kent. De hade åkt dit en weekend, och han och Shar hade gått på upptäcktsfärd. De kände till stigen båda två. Alla visste om att det fanns en stig där.

"Och vad hände den där natten?" frågade Lynley. "Där vid stugan?"

Han förklarade att han hade hoppat över muren bredvid stugan, den som gränsade till hagen som tillhörde bondgården öster om stugan. Han hade följt muren ända tills han kom till gränsen för den mark som hörde till Celandine Cottage. Där hade han klättrat över staketet och hoppat över häcken så att han hade landat längst ner i trädgården.

"Hur dags var det?"

Det visste han inte. Fast det var efter det att man hade slutat servera på puben i Lesser Springburn, för det hade inte funnits några bilar på parkeringen när han hade kommit dit. Han hade stått längst ner i trädgården, sa han, och tänkt på dem.

"På vilka då?" frågade Lynley.

På henne, sa han. Blondinen. Och på sin pappa. Han sa att han hoppades de njöt av att knulla, att de hade det riktigt skönt, och då hade han på stående fot bestämt sig för att de skulle bli sista gången de gjorde det.

Han visste att det fanns en extranyckel i trädgårdsskjulet under lergodsankan. Den hade han hämtat, och låst upp köksdörren. Han satte eld i fåtöljen, rusade tillbaka till motorcykeln och gav sig iväg hemåt.

"Jag hade tänkt att de skulle dö båda två." Han fimpade cigaretten i ask-fatet och spottade ut en tobaksflaga på bordet. "Jag kommer att få tag på den där kossan senare, det kan jag slå vad om."

"Hur visste du att din far var där? Följde du efter honom när han åkte från Kensington?"

"Det behövdes väl inte? Jag hittade ju honom."

"Såg du hans bil? Stod den parkerad framför stugan? Eller stod den på uppfarten?"

Jimmy såg förvånad ut. Faderns bil hade betytt mer för honom än hans egen jävla pitt, berättade Jimmy för dem. Han skulle absolut inte ha lämnat den utomhus, inte när det fanns ett garage alldeles i närheten. Pojken gräv-de i sitt cigarrettpaket och lyckades få fram ännu en nästan mosad cigarett. Han såg fadern genom köksfönstret, sa han, innan han släckte ljuset och gick upp för att dra över henne.

"Berätta om själva eldsvådan", sa Lynley. "Den i fåtöljen."

"Vad är det med den", ville Jimmy veta.

"Berätta hur du bar dig åt?"

Han sa att han hade använt en cigarett. Som han stoppade ner i den jävla stolen. Sedan hade han rusat ut i köket och gett sig av hemåt.

"Vill du vara snäll och berätta steg för steg hur du gjorde", bad Lynley. "Rökte du just då?"

Nej, det är klart att han inte rökte just då. Vad trodde snuten egentli-gen? Att han var någon sorts pundhuvud?

"Var det det här märket? JPS?"

Jo, det stämde. JPS.

"Tände du den sedan?" frågade Lynley. "Kan du visa mig hur du gjorde?"

Jimmy knuffade stolen längre bort från bordet. "Vad är det jag ska visa?" undrade han ilsket.

"Hur du bar dig åt när du tände cigaretten."

"Varför det? Har du aldrig tänt en cigg?"

"Jag skulle vilja se hur du bär dig åt när du gör det."

"Hur i helvete tror du att jag gör?"

"Jag vet inte. Brukar du använda tändare?"

"Naturligtvis inte. Tändstickor."

"Sådana här?"

Jimmy nickade i riktning mot Havers och såg ut som om han tänkte att-mig-kan-ni-inte-lura-så-lätt. "De är ju hennes."

"Det vet jag. Vad jag undrade var om du använde en tändsticksask eller ett sådant här plån?"

Pojken sänkte huvudet och tycktes koncentrera sig på askfatet.

"Var det sådana här stickor?"

"Din jävel!"

"Hade du dem med dig eller använde du stickor du hittat i stugan?"

"Han förtjänade vad han fick", sa Jimmy som om han talade för sig själv. "Han hade fan ta mig gjort sig förtjänt av det, och nästa gång är det hennes tur. Det kan ni vara säkra på."

Det hördes en knackning på dörren till förhörsrummet. Sedan mummel av röster. Lynley betraktade Jimmy Cooper under tystnad. Pojkens ansikte – det lilla Lynley kunde se av det, hade stelnat i ett likgiltigt uttryck som om det gjutits i cement. Lynley frågade sig hur mycket smärta, skuldkänslor och sorg som behövdes för att resultatet skulle bli en så utstuderad nonchalans.

"Sir?" Det var Havers som hade ställt sig vid dörren. Lynley gick fram till henne. Nkata stod ute i korridoren. "Killarna från Venice och Isle of Dogs har kommit för att avlägga rapport. De är i jourrummet. Ska jag låta dem vänta en stund?"

Lynley skakade på huvudet. "Fixa lite mat åt grabben. Ta hans fingeravtryck. Fråga om han frivilligt kan lämna ifrån sig skorna. Och dessutom behöver vi någonting för att kunna göra ett DNA-test."

"Lätt som en plätt", sa Nkata.

"Har hans advokat kommit?"

"Inte ännu."

"Försök då få honom att erkänna. För så fort advokaten dykt upp…"

"Då blir det besvärligare."

"Jobba snabbt. Men Nkata…" tillade Lynley samtidigt som poliskonstapeln lutade ryggen mot dörren, "se till att han håller sig lugn."

Nkata gick in i förhörsrummet medan Lynley och Havers begav sig till jourrummet. Det hade iordningställts inte långt från Lynleys kontor. På väggarna hängde kartor och fotografier. Olika mappar låg spridda över skrivborden. Sex kriminalkonstaplar – fyra manliga och två kvinnliga – hade placerat ut sig vid telefonerna, dokumentskåpet och ett runt bord som var översållat med tidningar.

"Isle of Dogs", sa Lynley samtidigt som han gick in i rummet och slängde sin kavaj över en stolsrygg.

"Pojken kommer och går när han vill hela nätterna under nästan hela veckan", sa en av de kvinnliga konstaplarna som satt med en telefonlur mot axeln och väntade på svar. "Han har en motorcykel. Han brukar gå ut genom bakdörren och ställa till med ett förskräckligt oväsen när han kör längs med gången mellan husen, för han brukar tuta och rusa motorn. Grannarna var inte säkra på om han var ute i onsdags, eftersom han nästan alltid är ute på kvällarna och det jämt låter likadant. Alltså var han kanske ute, kanske inte, men det troligaste är att han var ute."

"Han verkar vara en riktig gangster", sa hennes partner, en manlig konstapel klädd i blekta svarta jeans och sweatshirt med avklippta ärmar. "Bråkar med grannarna, klår upp småkillar och grälar med sin mamma."

"Vad sa de om mamman?" undrade Lynley.

"Hon jobbar på Billingsgate Market. Går hemifrån vid halvfyratiden på morgnarna. Kommer hem vid tolvtiden."

"I onsdags kväll? Och i torsdags morse?"

"Det enda man hör av henne är när hon startar bilen", sa den kvinnliga konstapeln. "Därför hade grannarna inte mycket att säga om henne när vi frågade om onsdagen. Fast Fleming brukar komma och hälsa på med jämna mellanrum. Det bekräftade alla som vi talade med."

"För att träffa barnen?"

"Nej. Han brukade dyka upp vid ettiden på eftermiddagarna, när ungarna inte var hemma och stannade för det mesta en eller två timmar. Han hade förresten varit där tidigare den här veckan. Kanske i måndags eller tisdags."

"Arbetade Jean i torsdags?"

Den kvinnliga konstapeln gestikulerade med telefonluren. "Jag håller på att undersöka det. Hittills har jag inte lyckats få tag i någon som kan säga det. Billingsgate är stängt tills i morgon."

"Hon sa att hon var hemma i onsdags kväll" sa Havers till Lynley. "Men det finns ingen som kan ge henne alibi, för hon var ensam med ungarna. Och de sov."

"Och hur går det i Little Venice?" frågade han.

"Utmärkt", sa en av de andra konstaplarna. Han satt vid bordet tillsammans med sin partner, och båda var klädda för sightseeing så att de skulle smälta in i omgivningarna. "Faraday lämnade pråmen någon gång runt halv elva i onsdags kväll."

"Det erkände han själv igår."

"Men det finns mer att tillägga. Olivia Whitelaw var tillsammans med honom. Två olika grannar såg när de gav sig iväg, för det är tydligen ett helt företag att få Whitelaw upp från pråmen till gatan."

"Talade de med någon?" frågade Lynley.

"Nej, men av två orsaker verkar det ha varit en underlig utflykt." Han visade först med tummen och sedan med pekfingret. "Ett, de tog inte med

sig hundarna, och det är mycket ovanligt enligt alla vi talat med. Två..."
och nu log han så att en stor glugg mellan framtänderna syntes, enligt en
typ vid namn Bidwell kom de inte hem förrän halv sex nästa morgon. För så
dags kom han själv hemstapplande från en konstutställning i Winsor som
hade övergått i fyllefest och som sen enligt Bidwell i sin tur övergått i 'en
jävla härligt underbar backanal, men säg inte ett knyst om det till frugan'."
    "Det var ju en intressant händelseutveckling", sa Havers till Lynley.
"Först en bekännelse. Och så en massa lögner där det inte skulle behövts
några lögner. Vad tror ni, menas med det här, sir?"
    Lynley sträckte sig efter sin kavaj. "Det är bäst att vi frågar dem", sa han.

Nkata och ytterligare en konstapel stannade kvar för att bemanna telefo-
nerna, med order att överlämna Jimmy Cooper till hans advokat så fort
denne dök upp. Pojken hade låtit Nkata få hans Doc Martens, hade funnit
sig i att man tog hans fingeravtryck och att han blev fotograferad. När man
hade bett honom om ett par hårstrån hade han utan ett ord ryckt på axlar-
na. Antingen förstod han inte hela innebörden av vad som hände med ho-
nom eller så brydde han sig inte om det. Därför fick man plocka några hår-
strån, som sedan lades i en märkt plastpåse.
    Klockan var en bra bit över sju när Lynley och Havers körde över War-
wick Avenue och svängde in på Blomfield Road. De hittade en parkerings-
plats nedanför en av de eleganta viktorianska villorna som hade utsikt mot
kanalen och de gick snabbt trottoaren fram och nerför trappan mot
Browning's Pool.
    På Faradays båt var det ingen uppe på däck men hyttdörren stod öppen
och där nerifrån hördes slammer från kabyssen och ljud från en TV eller en
radio. Lynley bankade på förstugan av trä och ropade Faradays namn. Radi-
on eller TV:n dämpades omedelbart, men innan dess hade man kunnat
höra kommentatorn säga: "...till Grekland med sin son, som fyllde sexton
år i fredags..."
    En stund senare visade sig Faradays ansikte i hyttdörren nedanför dem.
Han spärrade trappan med sin kropp. När han såg att det var Lynley smal-
nade hans ögon. "Vad gäller det?" sa han. "Jag håller på att laga mat."
    "Vi skulle behöva klarlägga vissa punkter", sa Lynley och gick oinbjuden
från däcket nerför trappan.
    När Lynley började gå neråt lyfte Faraday handen. "Hörni, kan det där
inte vänta?"
    "Det ska inte ta lång tid."
    Han pustade och steg åt sidan.

"Jag märker att ni har ägnat er åt heminredning", sa Lynley och syftade på en samling affischer som var slumpvis uppsatta på hyttväggarna. "De där var här visst inte igår? Det här är förresten min assistent, Barbara Havers." Han granskade affischerna och noterade särskilt en underlig karta där Storbritannien var indelat i olika sektorer.

"Vad är meningen?" sa Faraday. "Jag har mat på spisen som kommer att brännas vid."

"Då skulle ni kanske kunna dämpa värmen en smula. Är miss Whitelaw inne? Vi skulle vilja tala med henne också."

Faraday gjorde min av att vilja opponera sig, men vände så på klacken och försvann in i kabyssen. Där inifrån kunde de höra en dörr öppnas och mumlet av hans röst. Hon hördes tydligare. "Chris! Vad menar du? Chris!" Han sa någonting mer, och hennes svar drunknade i hundarnas skall. Det hördes mer buller, skramlet av metall, en kropp som släpades fram och klappret av hundtassar mot linoleummattan.

Två minuter senare hade Olivia Whitelaw förenat sig med dem. Hon hade släpat sig fram med hjälp av rollatorn och såg alldeles förstörd ut i ansiktet. Bakom henne rörde sig Faraday i köket, slamrade med kastruller och grytlock, schasade på hundarna med ilskna utrop. "Fy, flytta på er, jäkla djur", lät det. Utan att ta blicken från Havers som gick runt och läste affischerna på väggen, sa Olivia till honom att ta det lugnt.

"Jag låg och vilade mig", sa Olivia till Lynley. "Vad var det ni ville, som inte kunde vänta till senare?"

"Det ni berättade om vad ni gjorde i onsdags natt stämmer inte riktigt", sa Lynley. "Ni har tydligen glömt bort några detaljer."

"Vad fan nu då?" Faraday kom ut från kabyssen med hundarna hack i häl och en diskhandduk i händerna som han höll på att torka. Han kastade den från sig mot matbordet så att den landade på en av de framdukade tallrikarna. Han gick bort till Olivia och när han ville hjälpa henne att sätta sig på en av stolarna fräste hon bara åt honom. "Jag kan klara mig", sa hon och satte sig, kastade rollatorn åt sidan. Beagen hoppade med ett gnällande undan och lufsade bort till blandrashunden som höll på att undersöka Havers gymnastikskor.

"I onsdags natt?" sa Faraday.

"Ja, i onsdags natt."

Faraday och Olivia såg på varandra. "Jag har ju redan talat om att jag var på ett party i Clapham", sa han.

"Ja, berätta mer om det där partyt." Lynley lutade sig mot armstödet på den stol som stod mitt emot Olivias. Havers valde att sätta sig på en stol bredvid arbetsbänken. Hon bläddrade genom sitt anteckningsblock för att hitta en ren sida.

"Vad är det med det?"

"Vem var det fest för?"

"Inte för någon. Det var bara ett gäng killar som träffades för att koppla av."

"Vilka killar då?"

"Vill ni veta deras namn?" Faraday gned sig i nacken som om den var stel. Han suckade. "Visst." Han rynkade pannan och började långsamt räkna upp en rad namn. Då och då hejdade han sig och sa någonting i stil med: "Javisst, ja. En kille som hette Geoff var där visst också, men honom hade jag inte träffat förut."

"Och var i Clapham var det?" frågade Lynley.

Han berättade att det var på Wakehurst Road, gick bort till arbetsbänken och plockade ur en bunt stora nötta pärmar fram en adressbok. Han bläddrade genom sidorna och läste adressen. "Det bor en kille som heter David Prior där, vill ni ha hans telefonnummer?"

"Gärna."

Faraday läste det och Havers skrev. Han stoppade in adressboken bland pärmarna och gick tillbaka till Olivia och satte sig i stolen bredvid henne.

"Var det kvinnor också med på festen?" undrade Lynley.

"Det var en ungkarlsfest. Ingenting som kvinnor skulle ha gillat. Ni vet, det var en typisk grabbskiva."

"En typisk grabbskiva?"

Faraday tittade osäkert på Olivia. "Vi såg på lite film. Det var helt enkelt ett gäng grabbar som träffades, drack, bullrade och hade kul. Det var ingenting särskilt med det."

"Och det fanns inte en enda kvinna närvarande?"

"Nej. De skulle säkert inte ha gillat det."

"Pornografi?"

"Det kan man väl inte påstå. Lite mer artistiskt var det nog." Olivia betraktade honom oavvänt och han log. "Du vet. Livie, att det inte var någonting", sa han. *Den lystna lekskolefröken. Pappas flicka. Brudar i Bangkok.*

"Hette filmerna så?" undrade Havers med pennan i högsta hugg.

När han förstod att hon tänkte anteckna det upprepade Faraday filmtitlarna fastän han fick röda fläckar på kinderna när han gjorde det. "Vi fick tag på dem i Soho", sa han när han var klar. "I en videobutik på Berwick Street."

"Och ni är alldeles säker på att det inte var några kvinnor närvarande?" upprepade Lynley. "Inte någon gång under kvällen?"

"Visst är jag säker på det. Varför håller ni på och tjatar om det?"

"Hur dags kom ni hem?"

"Hem?" Faraday gav Olivia ett snabbt ögonkast. "Som jag sa förut var det sent. Jag vet inte riktigt. Någon gång efter fyra."

"Och under tiden var ni ensam här?" sa Lynley till Olivia. "Ni gick inte ut, och ni hörde inte när mr Faraday kom hem heller?"

"Det stämmer kommissarien. Så nu kanske ni skulle kunna låta oss äta vår middag?"

Lynley lämnade sin stol och gick bort till fönstret, rättade till fönsterluckorna och studerade Browning's Island som inte låg särskilt långt bort på andra sidan vattnet. "Det fanns alltså ingen kvinna med på festen?" sa han medan han såg ut.

"Vad menar ni egentligen? Jag har ju sagt det", sa Faraday.

"Så miss Whitelaw följde inte med?"

"Jag räknas nog fortfarande som kvinna, kommissarien", sa Olivia.

"Då undrar jag vart ni och mr Faraday skulle ta vägen halv elva i onsdags kväll? Och ännu hellre vill jag ha reda på varifrån ni kom när ni återvände hem vid femtiden nästa morgon? Om ni nu inte var på den där – vad var det ni sa? – ungkarlsfesten."

Ingen av dem yttrade sig på en stund. En av hundarna – den trebenta blandrashunden – hasade sig upp och linkade bort mot Olivia där den lade sitt vanskapta huvud i hennes knä och hon lade handen på den.

Faraday såg varken på poliserna eller på Olivia utan sträckte sig istället efter rollatorn som Olivia hade kastat åt sidan. Han ställde den upp och lät handen glida över aluminiumställningen innan han slutligen riktade blicken mot Olivia. Tydligen var det hon som skulle bestämma om de skulle fortsätta att ljuga eller klargöra hur allt låg till.

"Bidwell, han är en riktig orm", muttrade hon och vände ansiktet mot Faraday. "Jag har glömt cigaretterna vid min säng. Skulle du...?"

"Visst." Han verkade glad över att få lämna rummet, även för den korta stund det skulle ta att hämta cigaretterna. Han kom tillbaka med en ask Marlboro, en tändare och en tom konservburk där halva etiketten var borta som han placerade mellan hennes knän. Han skakade fram en cigarett som han tände åt henne. Utan att ta den ur munnen började hon tala, och askan lät hon falla rakt ner på sin svarta tröja.

"Chris tog mig med ut", sa hon. "Sedan fortsatte han till den där festen. När den var slut hämtade han mig."

"Ut", sa Lynley. "Från klockan tio på kvällen ända till fem nästa morgon?"

"Det stämmer. Ut. Från tio till fem nästa morgon. Antagligen närmare halv sex, vilket Bidwell säkert med förtjusning skulle ha berättat för er om han hade varit nykter nog för att kunna avläsa klockan ordentligt."

"Var ni också på någon fest?"

Hon skrattade tyst. "Medan karlarna satt och svettades över porrfilmer var kvinnorna någon annanstans och ägnade sig åt orgier med chokladtårta? Nej, jag var inte på någon fest."

"Kan ni då vara snäll att tala om var ni befann er?"

"Jag var inte i Kent, om det är det ni syftar på."

"Finns det någon som kan bekräfta att ni var där ni var?"

Hon tog ett djupt bloss och tittade på honom genom röken. Den beslöjade henne lika effektfullt som dagen innan, kanske till och med mer eftersom hon envisades med att inte ta cigaretten från munnen.

"Miss Whitelaw", sa Lynley. Nu var han både trött och hungrig och det började bli sent. De hade kretsat länge nog runt sanningen. "Det skulle kanske vara mera praktiskt för oss allihopa om vi förde det här samtalet någon annanstans?" Borta vid arbetsbänken slog Havers ihop sitt anteckningsblock.

"Livie", sa Faraday.

"Ja, ja." Hon släckte sin cigarett och fumlade en stund med paketet som gled ur hennes grepp och föll till golvet. "Låt det vara", sa hon till Faraday som böjde sig för att plocka upp det. "Jag var hos min mor", sa hon till Lynley.

Lynley visste inte vad han hade väntat sig att få höra, men det var i alla fall inte det här. "Hos er mor?" sa han.

"Ja. Ni har säkert träffat henne. Miriam Whitelaw, en fåordig kvinna som dock alltid uttrycker sig helt korrekt. Hon bor på Staffordshire Terrace nummer 8, en unken gammal viktoriansk relik. Jag menar förresten huset, inte min mor. Fast om man skulle diskutera unkenhet skulle hon komma in som god tvåa. Jag åkte för att träffa henne i onsdags kväll vid halv elvatiden när Chris gav sig iväg till sin fest. Han hämtade mig på hemvägen nästa morgon."

Havers öppnade sitt anteckningsblock om igen. Lynley kunde höra hur hennes penna raspade vilt över papperet.

"Varför berättade ni inte det tidigare?" frågade han. Den viktiga frågan varför Miriam Whitelaw själv inte hade berättat någonting ställde han inte.

402

"För att det inte hade någonting med Kenneth Fleming att göra. Varken med hans liv, hans död eller med någonting annat. Det gällde mig. Och det gällde Chris. Och min mor. Jag berättade det inte eftersom ni inte har med det att göra. Och hon sa ingenting för hon ville skydda mitt privatliv. Det lilla som finns kvar av det."

"När det gäller en mordutredning har ingen något privatliv, miss Whitelaw."

"Skitsnack. Arrogant, pompöst, trångsynt strunt. Gäller det alla? Jag kände inte Kenneth Fleming. Jag hade aldrig ens träffat honom."

"Då antar jag att ni är angelägen att befria er från misstankar. För när allt kommer omkring undanröjer hans död alla hinder för att ni skulle ärva er mors förmögenhet."

"Har ni alltid varit en sådan idiot, eller anstränger ni er bara för min skull?" Hon höjde huvudet och stirrade upp i taket. Han såg att hon blinkade och svalde. Faraday lade handen på armstödet till hennes stol, men han rörde henne inte. "Titta på mig", sa hon. Det lät som en väsning. Hon sänkte huvudet och såg Lynley rakt i ögonen. "Se på mig, för helvete, och använd hjärnan. Jag bryr mig inte ett förbannat dugg om min mors testamente. Jag struntar i hennes hus, hennes pengar, hennes företag, i allt hon har. Fattar ni inte att jag är döende? Kan ni inte inse att det är så, även om det påverkar ert viktiga fall. Jag är döende. *Döende.* Så vad skulle jag kunna vinna på att slå ihjäl Kenneth Fleming och tränga mig tillbaka in i min mors testamente? Inom arton månader kommer jag att vara död. Hon kommer att leva tjugo år till. Jag kommer inte att ärva någonting från någon. Inte ett dugg. Har ni förstått det?"

Hon hade börjat darra. Hennes ben skakade mot stolen. Faraday mumlade hennes namn. "Nej", fräste hon helt utan anledning. Hon höll vänster arm tryckt mot kroppen. Under förhöret hade hennes ansikte blivit glansigt och nu tycktes det gnistra klart. "Jag åkte för att hälsa på henne i onsdags eftersom jag visste om att Chris skulle bort och inte kunde följa med mig. För jag ville inte att Chris skulle följa med mig. För jag behövde träffa henne ensam."

"Ensam?" undrade Lynley. "Men fanns det inte risk att Fleming skulle ha varit där?"

"Jag tyckte inte att han räknades. Men jag kunde inte stå ut med tanken på att Chris skulle se mig kräla. Men jag trodde att om Kenneth såg det, till och med om han var i rummet, skulle jag ha större möjlighet att lyckas. Jag trodde att mor hellre än gärna skulle spela rollen av Den Förlåtande och Medkännande Modern om Kenneth var i närheten. Hon skulle inte komma på tanken att sparka ut mig på gatan om han var där."

"Och nu när han inte var där?" frågade Lynley.

"Jag märkte att det inte spelade någon roll. Mor såg..." Olivia vred huvudet mot Faraday. Han tycktes tro att hon behövde uppmuntran, för han nickade och hans ansiktsuttryck var milt. "Mor fick se mig. Så här. Kanske ännu värre, för det var senare på kvällen, och jag är sämre på nätterna. Och det visade sig att jag inte behövde kräla. Jag behövde inte be henne om någonting."

"Så det var därför ni hade åkt för att träffa henne? För att be om någonting?"

"Ja, det var därför."

"Vad då?"

"Det är inte någonting som har med det här att göra. Med Kenneth, eller med hans död. Inte med någonting annat än mig och min mor. Och min far också."

"Men det är i alla fall viktigt. Vi måste få veta. Jag är ledsen om det är svårt för er."

"Nej, ni är visst inte ledsen." Hon förde långsamt handen från ena sidan till den andra i en nekande rörelse. Hon såg ut att vara alltför trött för att kämpa emot längre. "Jag bad om en sak", sa hon. "Och mor gick med på det."

"Med på vad då, miss Whitelaw?"

"Att min aska skulle blandas med min fars, kommissarien."

KAPITEL 17

Barbara Havers tyckte verkligen att gud var god när hon nådde fram till serveringsfatet ett ögonblick före Lynley och kunde spetsa den sista ringen med *calamari fritti* på sin gaffel. Hon funderade vällustigt och länge över vilken sås hon skulle dränka in bläckfisken i: marinara, jungfruolja med örter eller en sås med vitlök och smör. Hon valde den andra och undrade om det var oljan eller oliverna som var jungfruliga. Och för den delen, hur den ena eller andra över huvud taget kunde vara jungfrulig.

När Lynley från början hade föreslagit att de skulle dela på en *calamari* hade hon sagt: "En bra idé, sir. Vi tar *calamari*", och tittade sedan på matsedeln medan hon försökte se lagom sofistikerad ut. Hennes tidigare erfarenheter av italiensk mat begränsade sig till någon enstaka tallrik *spaghetti bolognese* som hon kastat i sig på en barservering, där spaghettin som kom från ett paket och bolognesen från en burk hade hällts ut på en tallrik så att en ring av rostfärgad olja snabbt skildes från maten och gav en förvarning om dålig matsmältning.

Här hade man inte haft *spaghetti bolognese* på menyn. Inte heller hade någonting varit översatt till engelska. Antagligen skulle man ha kunnat få en engelsk meny om man hade bett om det, men det skulle ha varit att avslöja sin okunnighet inför en överordnad som efter vad Barbara visste talade minst tre främmande språk och som mycket intresserad studerade menyn och frågade kyparen om hur pass *stagionato* egentligen *cinghalen* var och på vilket sätt man hade låtit den åldras. Hon hade försökt verka världsvan och med knackigt uttal beställt utan att tänka sig för i hopp om att det inte var bläckfisk hon bad om.

Hon upptäckte att *calamari* var någonting i den stilen. Visserligen såg det inte ut som bläckfisk, och det fanns inga tentakler som vinkade sällskapligt till henne från tallriken. Men om hon hade vetat vad rätten som hon gått med på att dela med Lynley bestod av skulle hon nog ha hävdat att hon var allergisk mot allt som hade armar eller minsta antydan till sugmunnar.

Det första munsbiten lugnade henne emellertid. Den andra, tredje och fjärde övertygade henne – samtidigt som hon med stigande entusiasm provsmakade de droppande såserna – om att hon hittills levt i en alltför skyddad gastronomisk tillvaro. Hon hade redan angripit de konstfullt ordnade ringarna när hon blev medveten om att Lynley inte alls höll samma takt som hon. Hon kämpade på tills hon hade tagit den sista delikata tuggan och väntade sedan på att Lynley skulle fälla någon kommentar antingen om hennes dåliga bordsskick eller hennes goda aptit.

Det gjorde han inte. Han stirrade på sina händer medan han smulade sönder ett stycke *foraccia* med fingrarna som om han hade tänkt sprida ut brödsmulorna på kanten till de blomlådor som utgjorde gränsen för Capannina di Sante, en restaurang som låg ett par steg från Kensington High Street och som tillsammans med en dunkel men förmodad anknytning till ett matställe med samma namn i Florens gav gästerna den kontinentala känslan man får av att äta *al fresco*, de få gånger det nyckfulla vädret i London tillät det. I samma stund som Lynley hade tagit brödet från korgen och lagt det på sin tallrik hade sex små bruna fåglar kommit dit samlade som genom något slags luftburen telepati. Nu hoppade de, med sina klara tiggande ögon fästa på Lynley, förväntansfullt från kanten på blomlådan till de vältrimmade idegransbuskarna som växte i den, men han såg inte ut att märka dem.

Barbara stoppade den sista biten *calamari* i munnen, tuggade, njöt, svalde, suckade och väntade på *il secondo* som snart skulle komma. Den rätten hade hon valt bara för att den hade ett så tillkrånglat namn: *tagliatelle fagioli all'uccelletto*. Så många ord. Men hur man än skulle uttala dem var hon säker på att rätten skulle vara ett av kockens mästerverk. Och om det inte var det skulle hon sedan få *anatra albicocche*. Och om hon upptäckte att hon inte tyckte om det heller, vad det nu var, var hon nästan säker på att Lynley knappast skulle röra sin måltid utan låta henne få den. Det såg i alla fall ut så hittills.

"Nå", sa hon, "beror det på maten eller sällskapet?"

"Helen lagade mat åt mig i går kväll", sa han apropå ingenting alls.

Barbara tog ett stycke *foraccia* till och låtsades inte om fåglarna. Lynley hade satt på sig glasögonen så att han skulle kunna läsa etiketten på den vinflaska som kyparen höll fram, och nickade sedan åt denne att hälla i.

"Och käket var så underbart att ni inte klarar av att äta här? Den minsta smakbit skulle förstöra minnet? Ni har svurit på att aldrig mer stoppa någonting i munnen som hon inte har lagat? Hur är det?" frågade Barbara. "Hur mycket åt ni egentligen av den där bläckfisken. Det var ju meningen att vi skulle fira. Vi har fått ett erkännande. Vad vill ni mer ha?"

"Hon kan inte laga mat, Havers. Fast jag tror att hon kanske skulle klara av ett ägg. Om hon kokte det."

"Och?"

"Ingenting. Jag kom bara att tänka på det."

"På Helens matlagningskonst?"

"Vi blev oense."

"På grund av hennes matlagningskonst? Det låter jävligt diskriminerande. Vill ni att hon ska sy i knappar och stoppa strumpor också?"

Lynley lade ner sina glasögon i fodralet och lät det glida ner i fickan. Han lyfte sitt glas och betraktade vinets kulör innan han drack.

"Jag bad henne bestämma sig", sa han. "Antingen går vi vidare eller så avslutar vi det hela. Jag är trött på att tigga och trött på att leva i ett vakuum."

"Fattade hon något beslut?"

"Jag vet inte. Jag har inte talat med henne sedan dess. Jag har faktiskt inte ens tänkt på henne förrän nu. Vad tror ni att det betyder. Finns det någon möjlighet att jag tillfrisknar efteråt om hon krossar mitt hjärta?"

"När det handlar om kärlek tillfrisknar de allra flesta."

"Gör vi det?"

"Om man kommer över fysisk kärlek? Och romantisk kärlek? Ja, det tror jag. Men vad resten anbelangar tror jag aldrig att vi blir friska." Hon gjorde en paus medan kyparen bytte ut tallrikar och bestick. Han hällde upp mer vin till Lynley och mer mineralvatten till henne. "Han säger att han hatade honom, men det tror jag inte på. Jag tror att han dödade honom för att han inte kunde stå ut med att älska honom så mycket och se honom föredra Gabriella Patten. För det måste ha varit så Jimmy såg det hela. Det är så ungar ser saker och ting. Det är inte bara deras mammor som blir svikna, det är de själva också som förkastas. Gabriella tog hans pappa från honom..."

"Fleming hade ju inte bott hemma på många år."

"Men det var ju först nu som det var för alltid. Innan fanns hoppet hela tiden kvar. Nu fanns det inget hopp mer. Och för att förvärra allting, så att Jimmy kom att känna sig ännu mera sviken så sköt pappan på hans födelsedagsresa. Varför? Jo, för att träffa Gabriella."

"Enligt Gabriella för att göra slut på deras förhållande."

"Men det visste ju inte Jimmy. Han trodde att hans pappa rusade iväg till Kent för att knulla henne." Barbara lyfte sitt vattenglas och funderade på den bild hon hade målat upp. "Vänta lite! Tänk om det är så det är?" Hon ställde frågan mer till sig själv än till Lynley och han väntade snällt. Deras andra rätt kom in och de bjöds på färskost, Romano eller Parmesan. Lynley valde Romano och Barbara gjorde likadant. Sedan kastade hon sig över sin pasta med tomater och bönor. Det var inte vad hon skulle ha väntat sig av namnet, men det var inte alls dumt. Hon saltade lite.

"Han kände henne", sa hon och snurrade lite ovant upp sin *tagliatelle* mot kanten på tallriken. Kyparen hade varit omtänksam nog att förse henne med en stor sked, men hon hade ingen aning om hur hon skulle använda den. "Han såg henne. Han hade ju träffat henne ibland tillsammans med fadern. Men vid andra tillfällen… kanske inte. Pappan hade kanske gett sig iväg med de andra ungarna och lämnat Jimmy tillsammans med henne. För Jimmy var ju svår att handskas med. De andra två var kanske lätta att övertala, men inte Jimmy. Så hon kanske ansträngde sig. Fleming kanske till och med uppmuntrade henne att göra det. Hon skulle ju bli pojkens styvmor en vacker dag. Hon ville säkert att han skulle gilla henne. Fleming ville säkert att han skulle gilla henne. Det var viktigt att han tyckte om henne. Hon kanske till och med ville att han mer än tyckte om henne."

"Havers, ni sitter väl inte och antyder att hon förförde pojken?"

"Varför inte? Ni såg ju henne själv i morse."

"Det jag såg var att hon var tvungen att få över Mollison på sin sida och att hon inte hade särskilt mycket tid på sig för att göra det."

"Tror ni att det var för Mollisons skull som hon visade upp sig? Tänk om det var för er skull. En liten glimt av vad ni missar eftersom ni råkar vara en snut som har ett fall att lösa. Men om ni inte hade varit det? Eller om ni hade ringt henne senare i kväll och sagt att ni måste titta över för att klargöra en del fakta med en gång? Tror ni inte att hon skulle ha försökt pröva sin makt på er?" Lynley stack gaffeln i en scampi och åt utan att svara henne. "Hon gillar när män faller för henne, det berättade ju hennes make, det sa Mollison och själv har hon också antytt det. Skulle hon ha missat chansen att försöka med Jimmy om hon bara hade fått tillfälle?"

"Menar ni allvar?" undrade Lynley.

"Det gör jag."

"Han är ju motbjudande. Otvättad, ohygienisk, antagligen har han löss också och kanske sjukdomar. Herpes, syfilis, gonorré, vårtor och HIV. Det kan tänkas att Gabriella Patten tycker om att utöva sexuell makt över män, men jag fick inte intrycket av att hon var alldeles tom i huvudet. Jag skulle tro att hon i alla lägen först och främst ser till att ta mycket väl vara på

Gabriella Patten. Det har vi fått reda på, Havers, både av hennes man, av mrs Whitelaw, av Mollison och av Gabriella själv."

"Men ni tänker på hur Jimmy ser ut *nu*, kommissarien. Hur var han på den tiden? Han har antagligen inte alltid varit en likadan slusk. Det måste ha börjat någon gång."

"Och ni tror inte att det kan ha räckt som utlösande faktor att fadern flyttade hemifrån?"

"Räckte det för er egen del? Eller för er bror?" Barbara såg hur han hastigt lyfte på huvudet som om hon hade gått för långt. "Förlåt mig. Jag förivrade mig." Hon återgick till sin pasta. "Han säger att han hatade honom. Han säger att han dödade fadern för att han var en knöl som förtjänade att dö."

"Tycker ni inte att det räcker som motiv?"

"Jag säger bara att det antagligen ligger mer bakom, och att detta mer troligtvis är Gabriella. Hon skulle inte ha en aning om hur hon skulle bära sig åt för att vinna hans förtroende som blivande styvmor, men hon har massor av knep i rockärmen, eller i blusringningen. Om vi antar att hon gjorde det. Delvis för att hon fick en kick av att förföra en tonåring. Delvis för att det var enda sättet hon kunde komma på att vinna över Jimmy till sin sida. Men hon går lite för långt. Han vill in på sin pappas spelplan. Han är besatt av sexuell svartsjuka, och när han får möjlighet till det gör han sig av med pappa och hoppas få Gabriella för sig själv."

"Då glömmer ni bort det faktum att han trodde att Gabriella också var i stugan", påpekade Lynley.

"Det säger han, ja. Och det är precis vad han skulle kunna säga. Det skulle väl inte vara bra om vi fick reda på att han tog kål på sin far för att han ville hoppa i säng med sin blivande mamma. Men han *visste* att hans pappa var där. Han såg honom genom köksfönstret."

"Ardery har inte hittat några fotavtryck vid fönstret."

"Än sen då. Han var ju i trädgården."

"Längst ner i trädgården, ja."

"Han var i trädgårdsskjulet. Han kan ha sett sin far därifrån." Barbara gjorde en paus i sina försök att snurra upp pasta på gaffeln. Hon insåg nu hur svårt det måste vara att gå upp i vikt om man åt sådan här mat varje dag. Ansträngningen att få upp den från tallriken till munnen var alldeles för stor. Hon försökte tolka Lynleys ansiktsuttryck. Det var tillknäppt. Alldeles för slutet. Hon gillade det inte. "Ni håller väl inte på att ångra er i fråga om killen. Tänk på att vi har fått ett erkännande, kommissarien."

"Ett mycket ofullständigt erkännande."

"Vad hade ni väntat er av det första förhöret med honom?"

Lynley sköt in tallriken mot mitten av bordet. Han kastade en blick på blomlådan där fåglarna fortfarande väntade förhoppningsfullt. Han kastade en näve brödsmulor till dem.

"Kommissarien..."

"I onsdags kväll", sa Lynley. "Vad gjorde ni efter arbetet?"

"Vad jag gjorde...? Det vet jag inte?"

"Tänk efter. Ni lämnade Yarden. Var ni ensam? Tillsammans med någon? Körde ni bil eller tog ni tunnelbana?"

Hon funderade. "Winston och jag gick för att ta ett glas", sa hon. "Till *The King's Arms.*"

"Vad drack ni?"

"Lemonad."

"Och Nkata?"

"Jag vet inte. Det han brukar dricka väl?"

"Och sedan?"

"Jag åkte hem. Åt någonting. Såg en film på teve. Gick och lade mig."

"Det är bra. Vilken film var det? Hur dags tittade ni på den? När började den. När slutade den?"

Hon rynkade pannan. "Det måste ha varit efter nyheterna."

"Vilka nyheter? Vilken kanal?"

"Det vet jag inte."

"Vem spelade med i filmen?"

"Jag hann aldrig se förtexterna. Ingen särskild. Kanske någon av de många Redgraves, en av de yngre. Men det är jag inte säker på."

"Vad handlade den om?"

"Var det inte någonting med gruvor? Jag vet inte säkert, för jag somnade."

"Vad hette den?"

"Det minns jag inte."

"Så ni tittade på en film och kan varken komma ihåg titeln, intrigen eller någon av skådespelarna?" sa Lynley.

"Det stämmer."

"Häpnadsväckande."

Hon reagerade på hans tonfall, som både antydde medfödd överlägsenhet och förståelse. "Varför? Borde jag ha kommit ihåg det? Vad rör det sig om?"

Lynley gjorde ett tecken till servitören att ta bort hans tallrik. Barbara skyfflade in en sista gaffel full med hal *tagliatelle* i munnen och fick också sin tallrik undanplockad. Kyparen började göra i ordning bordet för huvudrätten och lade fram bestick.

"Alibi", sa Lynley. "Vem som har alibi och vem som inte har det. Han tog ett nytt stycke *focaccia* och började smula sönder det precis som han hade gjort med det första. Fem nya fåglar hade sällat sig till de ursprungliga sex som hoppade runt på kanten till blomlådan. Lynley kastade till dem brödsmulorna och tänkte inte på att han gjorde sig impopulär både hos de andra gästerna och hos restaurangägaren som kikade på honom från dörröppningen.

Huvudrätten kom in på bordet och Lynley lyfte kniv och gaffel. Men Barbara såg inte ens åt maten, utan fortsatte diskussionen medan en doftande ånga steg upp från hennes tallrik. "Nu har ni helt fel, kommissarien, och det vet ni om. Vi behöver inte kontrollera några alibin längre. Vi har pojken."

"Jag är inte övertygad."

"Men då får vi väl förhöra honom. Jimmy har erkänt, och vi får väl jobba på det."

"Ett ofullständigt erkännande", påminde henne Lynley.

"Ja men, låt oss se till att det blir fullständigt. Vi kan ju hämta det där ynglet och ta med honom till Yarden. Grilla honom. Gå hårt åt honom, pressa honom tills han berättar hela historien från början till slut."

Lynley tog upp en bit *cinghiale* med gaffeln. Han studerade fåglarna medan han tuggade. De var på en gång tålmodiga och envisa där de hoppade från kanten av blomlådan till idegransbuskarna. Deras blotta närvaro fick honom att ge med sig och han slängde ännu fler brödsmulor till dem. Han såg på när de kastade sig över dem. En av dem fångade en bit bröd av en tumnagels storlek och flög girigt iväg med den och satte sig på fönsterblecket ovanför ett fönster på andra sidan gatan.

"Ni uppmuntrar dem bara", sa Barbara till slut. Ni vet mycket väl att de kan hitta mat själva."

"Kan de?" undrade Lynley tankfullt.

Han åt. Han drack. Barbara väntade. Hon visste att han grubblade över fakta och personer och att det inte var någon idé att försöka diskutera mer med honom. En sak var hon ändå tvungen att tillägga. "Han var där", sa hon så lugnt hon kunde med tanke på hur starka hennes känslor i saken var. "I Kent. Vi har både tygfibrer, fotavtryck och oljefläckar från hans cykel. Nu är hans fingeravtryck på väg till Ardery. Det enda vi behöver veta är cigarettmärket."

"Och sanningen."

"Herre gud, kommissarien! Vad är det ni vill ha?"

Lynley nickade mot hennes tallrik. "Maten kallnar."

411

Hon såg ner på den. Något slags fjäderfä i någon sorts sås. Fågeln var knaprig. Såsen var gyllengul. Hon petade prövande på fågeln med gaffeln och undrade vad det var hon hade beställt.

"And", sa Lynley som om han hade läst hennes tankar. "Med aprikossås."

"Det är i alla fall inte kyckling."

"Absolut inte." Han fortsatte äta. Runt omkring dem pladdrade de övriga middagsgästerna. Servitörerna rörde sig ljudlöst, stannade då och då för att tända stearinljus eftersom kvällen mörknade. "Jag kunde ha översatt", sa han.

"Vad då?"

"Menyn. Ni hade bara behövt be mig om det."

Barbara skar i anden. Hon hade aldrig tidigare ätit and. Köttet var mörkare än hon hade väntat sig. "Jag tycker om att ta risker."

"Även när det inte behövs?"

"Det blir mer spännande på det sättet. En krydda i tillvaron och allt det där. Ni förstår säkert vad jag menar."

"Men bara på restauranger", sa han.

"Vad?"

"Som ni tar risker. Vågar någonting. Följer era instinkter."

Hon lade ner sin gaffel. "Då är jag alltså assistent Vanlig. Men det behövs, för ibland måste någon använda sunda förnuftet."

"Det håller jag med om."

"Men varför undviker ni då Jimmy Cooper? Vad i hela fridens namn är det för fel med Jimmy Cooper?"

Han koncentrerade sig åter på sin mat, tittade i korgen, tydligen på jakt efter mer bröd att ge till fåglarna, men de hade ätit upp alltsammans. Han drack sitt vin och kastade en blick i riktning mot servitören som snabbt kom fram till deras bord och hällde upp ett nytt glas åt honom innan han åter försvann. Barbara förstod att Lynley använde all den här tiden för att bestämma hur de skulle gå vidare med fallet. Hon ansträngde sig för att hålla tand för tunga, att hålla sig på sin plats och godta vilket beslut han än fattade. När han så talade hade hon svårt att tro att hon faktiskt hade segrat.

"Se till att han är på Yarden klockan tio i morgon bitti", sa Lynley. "Se till att han har en advokat med sig."

"Ska bli, sir."

"Och säg till pressofficern att vi tagit in samme sextonåring för ett andra förhör."

Barbara kände hur hon tappade hakan. Hon stängde snabbt munnen.

"Pressofficern? Men hon kommer att underrätta alla de där förbannade journalisterna..."

"Ja, det stämmer", sa Lynley tankfullt.

"Var är hans skor?" var det första Jeannie Cooper frågade när mr Friskin knuffade in Jimmy i huset. Hennes röst var hög och spänd när hon frågade det, för ända sedan kriminalarna från Scotland Yard hade kört iväg med hennes son var hon i uppror inombords och hennes hörsel kom och gick så att hon inte längre kunde avgöra hur hon lät. Hon hade skrämt både Stan och Sharon, som till att börja med hade klamrat sig fast vid hennes armar och sedan rusat ut ur vardagsrummet när hon hade skakat dem häftigt och inte sagt någonting annat än "Nej, Nej, *Nej*", med allt högre röst som de hade trott var riktad till dem. Stan hade lufsat uppför trappan och Shar hade flytt ut i trädgården på baksidan av huset. Jeannie hade låtit dem vara ifred i de gömställen de kanske hittat, och själv hade hon vandrat av och an.

Den enda handling i positiv riktning som hon hade klarat av att utföra under den första kvarten av Jimmys bortovaro, var att lyfta telefonluren och ringa upp den enda person hon visste som möjligen skulle kunna hjälpa dem nu. Och även om hon hade avskytt att göra det eftersom Miriam Whitelaw var upprinnelsen till all den ångest Jeannie hade känt under de senaste sex åren, ända sedan mrs Whitelaw hade kommit in i Kennys liv på nytt, så var hon så vitt Jeannie visste också den enda person som skulle kunna trolla fram en advokat ur tomma intet klockan halv sex en söndagseftermiddag. Frågan var bara om Miriam Whitelaw skulle gå med på att göra det för Jimmys skull.

Det hade hon gjort. "Jean, gode gud", var det enda hon med en röst som var bruten av sorg hade sagt när Jeannie hade presenterat sig i telefonen. "Jag kan inte tro..." Jeannie visste att hon inte skulle kunna stå ut med Miriam Whitelaws tårar eller ens med tanken på gråt, och allt vad det innebar av en hjärtslitande sorg som hon själv inte kunde känna, och därför sa hon kort: "De har tagit in Jimmy till Scotland Yard. Jag behöver en advokat", och så hade Miriam skaffat fram en.

Nu stod denne advokat framför henne, ett steg till vänster snett bakom Jimmy. "Var är hans skor?" upprepade hon. "Vad har de gjort med hans skor?"

I sonens högra hand dinglade Tesco-kassen, men den såg inte ut att innehålla hans Doc Martens. Hon såg ännu en gång på hans fötter utan annan orsak än för att övertyga sig själv om att hennes ögon inte hade bedragit henne, för att konstatera att han bara hade ett par strumpor på sig

413

som antingen var grå eller vita och mycket smutsiga.

Mr Friskin – som Jeannie hade väntat sig skulle vara medelålders, med sluttande axlar, skallig och klädd i grå kostym men som i själva verket var ung och slank och hade en bred blommig slips som satt lite snett mot hans vita skjorta och med en man av svart hår som var bakåtstruket från ansiktet och böljade ner över axlarna så att han såg ut som en romantisk romanhjälte – svarade i sonens ställe, men inte på den fråga hon hade ställt. "Mrs Cooper", sa han.

"Ms."

"Ursäkta. Jo, Jim hade talat med dem innan jag hann dit. Han har gett polisen ett erkännande."

Först såg det ut som ett ljussken, sedan svartnade det för hennes ögon, som om blixten hade slagit ner i rummet. Mr Friskin fortsatte att tala om vad som skulle inträffa härnäst, och att Jimmy inte fick sätta foten utanför huset och inte säga ett ord till någon, inte ens till familjen om inte advokaten var där vid hans sida. Han sa någonting om begriplig hårdhet, och använde ord som *ungdomsbrottsling* och *skrämseltaktik* och fortsatte med någonting som handlade om vad domstolen krävde, men hon förstod ingenting, för hon stod och undrade om hon hade blivit blind, precis som det där helgonet i bibeln, fast för honom hade det visst varit tvärtom. Han hade helt plötsligt drabbats av att få synen tillbaka. Hon var inte säker på hur det egentligen hade varit. Det hade antagligen ändå inte hänt på riktigt. Det mesta som stod i Bibeln var bara nonsens.

Från köket hörde hon hur en stol skrapade mot linoleumgolvet, och Jeannie förstod att det var hennes bror, som säkert hade smyglyssnat till allt som mr Friskin hade sagt, som reste sig upp. När hon hörde det ångrade hon att hon hade sprungit över till sina föräldrars lägenhet när Jimmy hade varit på Scotland Yard nästan två timmar. Hon hade rökt, hon hade gått fram och tillbaka i rummet, hon hade gått fram till köksfönstret och fått syn på hur Shar satt hopkrupen som en tiggare vid foten av fågelbadet i cement som stod där ute, och hon hade hört hur Stan hade kräkts tre gånger på toaletten, och till slut hade hon gett med sig så mycket som hon kunde tillåta sig.

Hon hade inte talat med någon av sina föräldrar, för de älskade Kenny så mycket att det skrämde henne, och i deras ögon hade det alltid varit hennes fel att Kenny över huvud taget hade bett om tid och möjlighet att fundera över saker i deras äktenskap som han tyckte att han behövde fundera över. Därför hade hon bett Der, och han hade genast kommit och spytt ut precis så mycket vrede, misstro och hämndgiriga tankar över den förbannade polisen som hon hade behövt höra.

"Vad menar du?" hörde hon Der säga. "Har du blivit alldeles galen, Jim? Har du snackat med de jävlarna?"

"Der", sa Jeannie.

"Ni där", sa Der till mr Friskin. "Jag trodde det var meningen att ni skulle vara där och se till att han höll tyst. Är det inte därför man skaffar en snofsig lagvrängare? Hur bär ni er egentligen åt för att tjäna era pengar?"

Mr Friskin som tydligen var van vid att handskas med upprörda klienter förklarade att Jimmy tydligen självmant hade velat tala. När mr Friskin hade envisats med att få lyssna till det band som polisen hade spelat in vid förhöret hade det till och med verkat som om han hade talat helt fritt. Där hade inte förekommit någon form av övertalning...

"Hur korkad kan du bli, Jim?" Der störtade in i vardagsrummet. "Menar du att du snackade med de där typerna och lät dem spela in det på band?"

Jimmy sa ingenting. Han stod framför mr Friskin och såg ut som om han höll på att falla ihop. Han hängde med huvudet och ryggen var krökt.

"Hör du, klantskalle, det är dig jag talar med", sa Der.

"Jim", sa Jeannie. "Jag har ju sagt till dig. Jag sa ju åt dig. Varför lyssnade du inte till mig?"

"Tro mig, ms Cooper", sa mr Friskin. "Det är inte för sent ännu."

"Inte för sent", röt Der. "Jag ska visa dig vad som är för sent. Det var meningen att du skulle se till att han höll käften, och nu får vi reda på att han har babblat utav bara fan. Vad hade vi för glädje av dig egentligen?" Han vände sig mot Jeannie. "Vad är det med dig, Pook? Var fick du tag på det där fåret? Och du...", nu vände han sig mot Jimmy, knuffade sig förbi sin syster och lutade sig över pojken, "Vad har du egentligen i skallen? Sågspån? Man snackar inte med snutar, förstår du. Aldrig! Vad hotade de dig med, din ynkrygg? Fängelse, eller ungdomsvårdsskola?"

Jeannie tyckte inte att Jimmy ens såg ut som en människa längre. Han såg ut som en smutsig uppblåsbar docka som någon stuckit hål på så att luften sipprade ut. Han stod bara där, alldeles stum och tog emot skäll som om han visste att det skulle ta slut fortare om han inte svarade.

"Har du ätit någonting, Jim?" sa hon.

"Äta! Äta! Äta!" sa Der, högre för varje gång. "Han ska minsann inte få nåt käk förrän vi fått svar. Och det ska vi få nu medesamma!" Han tog tag i pojkens arm. Jimmy vajade framåt som en trasdocka. Jeannie såg hur de kraftiga musklerna på broderns arm spändes. "Säg någonting, dumhuvud!" Der stirrade Jimmy rakt i ansiktet. "Du kunde ju snacka med snutarna, då ska du också snacka med oss!"

"Det här leder ingen vart", sa mr Friskin. "Pojken har gått igenom en svår pärs, de flesta vuxna skulle inte ha klarat av något sådant."

"Jag ska ge dig för *pärs*", väste Derrick och stack huvudet tätt intill mr Friskins ansikte.

Advokaten inte så mycket som blinkade. "Ms Cooper", sa han lugnt och ytterst artigt, "tala om för oss vem ni vill ska ta sig an er sons fall."

"Der", sa Jeannie tillrättavisande. "Låt Jim vara. Mr Friskin vet vad som är bäst."

Derrick släppte Jimmys arm som om den var gjord av någonting äckligt. "Dumma unge", fräste han så att spott stänkte på Jimmys kind. Pojken gjorde en grimas men brydde sig inte om att lyfta handen för att torka bort det.

"Gå upp till Stan", sa Jeannie till sin bror. "Han har spytt som ett fyllo ända sedan Jimmy for iväg." I ögonvrån såg hon hur hennes äldste son reagerade när han hörde det, men han hade sjunkit ihop igen när hon vände sig mot honom.

"Visst", sa Der och hånlog mot både Jimmy och mr Friskin innan han traskade uppför trappan. "Stan", skrek han, "ohoj, har du fortfarande huvudet i toalettstolen?"

"Jag är ledsen", sa Jeannie till mr Friskin. "Der tänker sig inte alltid för innan han får ett utbrott."

Mr Friskin mumlade lite som om det var vardagsmat för honom att de misstänktas morbröder flåsade honom i ansiktet som en tjur som fått vittring på matadorens cape. Han förklarade att Jimmy hade lämnat kvar sina Doc Martens eftersom polisen bad om det, och att han hade låtit dem ta hans fingeravtryck och fotografera honom och att han dessutom hade gett dem flera av sina hårstrån.

"Hår?" Jeannies ögon sökte sig till den smutsiga kalufsen på sonens huvud.

"Antingen ska de leta efter likheter med någonting de funnit i stugan, eller så ska de använda stråna för en DNA-bestämning. Om det gäller att leta efter likheter kan specialisterna bli klara på några timmar, om det är DNA man ska bestämma har vi ett par veckor på oss."

"Vad innebär allt detta?"

Mr Friskin berättade för henne att man höll på att bygga upp ett rättsfall, eftersom de ännu inte hade någon fullständig bekännelse.

"Men de har väl fått tillräckligt?"

"För att hålla kvar honom? Ja. För att anklaga honom? Ja." Mr Friskin nickade. "Om det är vad man vill."

"Men varför släppte de honom då? Är det över nu då?"

Nej, det var inte över berättade mr Friskin för henne. De visste någonting som de inte avslöjade. Hon kunde vara säker på att de skulle komma tillbaka. Men när det hände skulle han vara där med Jimmy. Polisen skulle inte få någon möjlighet att tala ensam med hennes son igen.

"Har du några frågor, Jimmy?" sa han, och när Jimmy skakade på huvudet istället för att svara räckte Jeannie sitt kort till mr Friskin . "Försök att inte oroa er, ms Cooper", sa han innan han lämnade dem.

"Jim", sa Jeannie när dörren hade stängts bakom mr Friskin. Hon sträckte sig efter Tesco-kassen, tog den och lade den mycket försiktigt på soffbordet, som om den hade innehållit handblåsta glasföremål. Jimmy stod kvar där han hade stått hela tiden, lutade kroppstyngden på ena höften och flyttade höger arm så att han kunde gripa tag om vänster armbåge. Hans tår var böjda in mot mattan som om han var kall om fötterna. "Ska jag hämta dina morgontofflor?" frågade hon honom. Han höjde ena axeln och lät den sedan sjunka igen. "Jag ska värma lite soppa åt dig. Jag har tomatsoppa med ris. Kom med mig nu."

Hon hade väntat sig att han skulle protestera, men han följde efter henne in i köket. Han hade just satt sig vid bordet då köksdörren knarrande gled upp och Shar kom in. Hon stängde dörren och blev stående med ryggen mot den och armen utsträckt bakom sig för att hålla i handtaget. Hon var röd om näsan och hennes glasögon var nersmutsade i stora halvcirklar längst ner. Hon såg storögt utan ett ord på sin bror. Hon svalde och Jeannie såg hur hennes underläpp darrade, såg hur hennes läppar formade ordet *pappa* utan att kunna säga det. Jeannie nickade i riktning mot trappan. Shar såg ut som hon hade tänkt vara olydig, men i sista stund, flydde hon med en snyftning ut ur köket och rusade upp på andra våningen.

Jimmy slängde sig i sin stol. Jeannie öppnade en burk soppa och hällde innehållet i en kastrull. Hon satte kastrullen på spisen, fumlade med knapparna så att hon två gånger misslyckades med att tända den. "Helvete", muttrade hon. Hon visste hur värdefull denna stund ensam med sonen var. Hon förstod att minsta antydan till att hon ville forcera någonting skulle räcka för att den skulle bli förstörd. Och den fick inte gå till spillo. Inte förrän hon visste.

Hon hörde hur han rörde sig. Stolen skrapade mot linoleummattan. "Jag får nog snart se till att skaffa en ny spis", sa hon snabbt i ett försök att hålla honom kvar. "Det är färdigt på ett kick, Jim" fortsatte hon när hon trodde att han tänkte gå. Men istället för att gå gick han fram till en låda. Han plockade fram en tändsticksask. Han tände en sticka, höll fram den mot gasspisen så att lågan tändes. Tändstickan brann ner mellan hans fingrar precis som den hade gjort i fredags kväll. Men till skillnad från i fredags stod hon närmare nu, så när lågan brann ner mot hans fingrar kunde hon blåsa ut den.

Hon märkte att han var längre än hon nu. Snart skulle han vara lika lång som sin pappa. Det verkade inte alls vara länge sedan hon hade kunnat se ner i hans uppåtvända ansikte, och strax därefter hade de varit lika långa. Och nu måste hon lyfta på hakan för att kunna se på honom. Nu var han bara till en del pojke och till en mycket stor del var han redan man.

"Snutarna gjorde dig väl inte illa?" frågade hon. "De bråkade väl inte med dig?" Han skakade på huvudet. Han vände sig om men hon tog tag i hans handled och när han försökte dra sig loss höll hon fast honom.

Det räckte med två dagars vånda tyckte hon. Två dagar när hon inombords hade upprepat: *nej, jag ska inte, nej, det kan jag inte göra* hade inte gett henne någonting, varken information, insikt eller sinnesro. Hur kom det sig att jag förlorade dig, Jimmy, tänkte hon. Var? När? Jag ville vara stark för oss alla men det slutade bara med att jag drev bort dig när du behövde mig. Jag trodde att om jag visade att jag kunde ta smällarna av allt det som hände och inte bryta ihop skulle ni tre också lära er att klara av smärtan. Men det blev inte så, Jimmy. Det blev inte så.

Och eftersom hon visste att hon nu förstod lite mer än hon hade gjort tidigare kunde hon ta mod till sig. "Berätta vad du sa till polisen?" bad hon.

Det såg ut som om hans ansikte blev hårdare, först runt ögonen, sedan munnen och käken. Han gjorde inga fler försök att dra sig undan men han såg inte på henne utan på väggen ovanför spisen där det i flera år hade hängt en inramad korsstygnstavla. Nu var den blekt och flottig men man kunde fortfarande läsa orden som stod tvärs över den grönvita bakgrunden med kricketspelare och grindmarkering: *matchen är inte över bara för att spelet är vunnet*, en present som Kenny hade fått av sin svärmor. Jeannie insåg att hon borde ha tagit ner den för länge sedan.

"Berätta", sa hon. "Säg någonting, Jimmy. Jag har burit mig dumt åt, men jag trodde det var för vårt bästa. Det vet du, min pojke. Och du måste förstå att jag älskar dig. Alltid. Men nu måste du tala med mig. Jag måste få veta vad som hände i onsdags kväll."

Han ryckte så häftigt på axlarna att det kändes som om han hade fått kramp. Hon grep prövande ännu fastare tag i hans handled. Den här gången drog han sig inte undan. Hon flyttade sin hand från hans handled uppför hans arm till axeln. Hon rörde försiktigt vid hans hår.

"Du kan berätta för mig, min pojke", sa hon. "Du kan tala med mig. Och så sa hon det hon måste säga, men som hon inte för en sekund trodde att hon skulle klara av att göra: "Jag tänker inte låta någon göra dig illa, Jim. På något sätt ska vi klara upp det här. Men jag måste veta vad du har berättat för dem."

Hon väntade sig att han skulle ställa den logiska frågan: *varför?* Men det gjorde han inte. Det steg upp en doft av mat från tomatsoppan på spisen och hon rörde i den utan att se vad hon gjorde, hon höll blicken fäst vid sin son. Inom henne kämpade rädsla, vetskap, förnekelse och misstro om övertaget, men hon försökte att inte visa någonting varken genom sitt ansiktsuttryck eller genom sin röst.

"När jag var fjorton började jag hänga ihop med din pappa", sa hon. "Jag ville vara som mina systrar, och de hängde ihop med killar, så varför skulle jag inte göra likadant? Jag var ju lika bra som de, tänkte jag." Jimmy tog inte blicken från korsstygnstavlan. Jeannie rörde i soppan och fortsatte: Vi hade vårt lilla roliga, visst hade vi det, men min pappa fick reda på det eftersom din faster Lynn skvallrade för honom. Därför, en kväll när jag kom hem efter att ha varit ihop med Kenny tog pappa av sitt bälte, och han tvingade mig att ta av alla kläderna och han slog mig medan familjen tittade på. Jag grät inte. Men jag hatade honom. Jag önskade att han hade varit död. Jag skulle ha blivit glad om han hade dött där på fläcken. Jag kanske själv skulle ha kunnat göra någonting för att det skulle gå fortare."

Hon sträckte sig efter en skål i skåpet. Hon kastade en blick på sin son medan hon hällde upp soppa från kastrullen i skålen. "Det här luktar gott. Vill du ha lite rostat bröd till, Jim?"

Han såg ut som om han var på sin vakt samtidigt som han kände sig förvirrad. Hon kunde inte beskriva det på det sätt som hon hade velat, den där blandningen av raseri och förödmjukelse som hade gjort att hon för ett kort ögonblick hade önskat att hennes far var död tusen gånger om. Jimmy förstod inte vad hon menade. Kanske berodde det på att de hade känt olika sorters raseri, hon hade upplevt en kort eldstorm medan hans ilska var ett enda glödande kol som brände och brände.

Hon bar fram soppan till bordet, hällde upp ett glas mjölk åt honom och rostade en skiva bröd. Hon dukade och gjorde en gest att han skulle sätta sig. Han stannade kvar borta vid spisen där han stod.

Då sa hon det enda som fanns kvar att säga, någonting som hon inte trodde på men som hon måste övertyga honom att godta om hon någonsin skulle få veta sanningen. "Det som betyder någonting nu", sa hon, "är vi som finns kvar. Du och jag, Stan och Shar. Det är så det är, Jim."

Han såg från henne till soppan. Hon pekade inbjudande på skålen och satte sig själv vid bordet, så att han skulle hamna mitt emot henne om han bestämde sig för att slå sig ner. Han gned händerna längs med sömmarna på jeansen. Hans fingrar krökte sig.

"Den knölen", sa han i normal samtalston. "Han började knulla henne i oktober förra året, och hon fick honom verkligen att hålla på. Han sa att de bara var vänner eftersom hon var gift med den där rike killen, men jag visste hur det låg till. Det hände att Shar frågade honom när han skulle flytta hem och då svarade han 'snart, om en månad eller två, när jag vet vem jag är, när jag vet hur jag vill ha det'. Han sa till henne att hon inte skulle bekymra sig om någonting. Men hela tiden ville han vara tillsammans med den där så ofta han kunde. Han tog henne på rumpan när han trodde att ingen såg på. Om han kramade henne gned hon sig mot hans kuk. Och hela tiden förstod man att det som de egentligen ville var att vi skulle ge oss iväg så att de kunde få göra det."

Jeannie hade lust att hålla för öronen. Det var inte det här hon hade velat höra. Men hon tvingade sig till att lyssna. Hon försökte se nollställd ut och intalade sig att hon inte brydde sig om det. För hon hade ju redan vetat, och den här biten av sanningen kunde inte skada henne mer.

"Han var inte vår pappa längre", sa Jimmy. "Han brydde sig bara om henne, bara hon ringde så rusade han iväg till henne. Om hon sa till honom att hon ville vara ifred, slog han knytnävarna i väggen. Hon behövde bara säga att hon behövde eller ville ha något för att han skulle komma rusande dit och göra vad som helst för att hon skulle bli lycklig. Och när han var klar med det kunde han…" Jimmy hejdade sig men fortsatte att stirra ner i sin skål, som om han kunde se hela den trista historien utspelas där nere i skålen.

"Och när han var klar med det kunde han…" Jeannie talade trots att den gamla vanliga smärtan borrade sig genom hennes bröst.

Hennes son fnös föraktfullt. "Du förstår säkert mamma." Nu kom han äntligen tvärs över köket och satte sig vid bordet mitt emot henne. "Han var en lögnare. Han var en jävla knöl. Och en förbannad bedragare." Han doppade skeden i soppan, lyfte sedan upp den i höjd med sin haka. För första gången sedan han kom hem såg han henne i ögonen. "Och du önskade livet ur honom. Mer än någonting annat önskade du att han skulle vara död. Det vet vi ju båda två."

OLIVIA

Från min plats kan jag se Chris läslampa lysa. Jag hör hur han då och då vänder sidorna. Han borde ha gått och lagt sig för länge sedan, men han är i sitt rum och väntar på att jag ska bli klar med mitt skrivande. Hundarna är hos honom. Jag hör hur Toast snarkar. Beans tuggar på ett tuggben. För en halvtimme sedan kom Panda in för att hålla mig sällskap. Först låg hon i mitt knä, men nu ligger hon hoprullad på toalettbordet ovanpå dagens post som hon har sorterat enligt sin smak – det är hennes favoritplats. Hon låtsas sova men mig lurar hon inte. Varje gång jag vänder ett blad i skrivboken riktas hennes öron som en radar åt mitt håll.

Jag lyfter muggen som jag drack mitt Gunpowderte ur och undersöker de teblad som lyckades ta sig genom silen. De ligger i ett mönster som liknar en regnbåge med en blixt ovanför. Med blyertspennan petar jag på blixten för att räta ut den, och jag undrar vad en spåman skulle kunna få ut av en sådan kombination av lyckosamma och otursamma tecken.

När Max och jag spelade poker förra veckan – vi använde hundgodis som insats – lade han ner sina kort upp och ner på bordet och strök sig över sitt kala huvud. "Det är mest skit, flicka lilla. Det är ingen tvekan om det."

"Hmm. Det stämmer."

"Men det finns vissa fördelar med skit också."

"Som jag förstår att du tänker avslöja för mig."

"Om man använder skit på rätt sätt kan det få blommor att växa."

"Precis som guano, men jag vill helst inte vara i närheten av det heller."

"För att inte tala om andra grödor. De berikar marken där livet uppstår."

"Jag ska glädja mig åt den tanken." Jag sorterade mina kort som om ett par fyror skulle bli bättre om de kom i en annan ordning.

"Att veta när, min flicka. Har du tänkt på vilken makt det ger en om man vet när?"

Jag gjorde min insats genom att slänga två bitar hundgodis mellan oss på bordet. "Jag vet inte när", sa jag. "Jag vet hur, men inte när. Det är stor skillnad."

"Men du vet mer bestämt än de flesta av oss."

"Det är väl ingen glädje med det? Jag skulle gladeligen byta ut den kunskapen mot den välsignade okunnigheten."

"På vad sätt skulle du handla annorlunda om du hade svävat i okunnighet precis som alla vi andra?"

Jag gjorde en solfjäder av mina kort och grubblade över hur stor den statistiska sannolikheten var att få en kåk genom att slänga tre av dem. Så gott som ingen kom jag fram till. Jag förkastade tanken. Max gav. Jag sorterade mina kort. Jag bestämde mig för att bluffa. Jag slängde ytterligare sex hundgodis på bordet mellan oss. "Ska vi inte spela nu, raring?" sa jag.

"Nå?" frågade han. "Vad skulle du göra? Om du visste lika lite som alla vi andra?"

"Ingenting", svarade jag. "Jag skulle vara kvar här. Men allt skulle vara annorlunda eftersom jag kunde vara med och tävla."

"Mot Chris? Varför skulle du ha något behov av att..."

"Inte mot Chris. Mot henne."

Max sköt fram läpparna. Han tog upp sina kort. Han sorterade dem. Till slut tittade han på mig över kanten på dem, och hans enda öga var ovanligt klart. Han försökte i alla fall inte låtsas som om han inte kände till någonting. "Jag är ledsen", sa han. "Jag visste inte att du hade reda på det. Han menar inte att behandla dig illa."

"Han behandlar mig inte illa. Han är diskret. Han har aldrig ens nämnt hennes namn."

"Chris tycker om dig, min flicka."

Jag kastade en blick på honom. "Truten, fårskalle!" sa mina ögon.

"Du vet att jag talar sanning", sa han.

"Det gör inte precis min förtvivlan lättare att bära. Chris tycker om djuren också."

Max och jag stirrade länge och ilsket på varandra. Jag visste vad han tänkte. Om han hade talat sanning, så hade jag också gjort det.

Jag hade aldrig trott att det skulle bli på det här sättet. Jag hade trott att jag skulle sluta upp med att vilja ha. "Tja, det var det det", trodde jag att jag skulle säga samtidigt som jag accepterade den där urusla pokergiven utan att försöka blanda bort korten. Men jag har inte lyckats med någonting annat än att dölja min hunger och min vrede. Jag inser att det är mer än jag skulle ha klarat av en gång i tiden, men det är verkligen ingenting att fira.

Ett enda felsteg. Det var sedan det började gå utför. Ett litet felsteg för exakt ett år sedan när jag klev ur minilastbilen. Till att börja med trodde jag att det hade berott på att jag hade bråttom. Jag öppnade lastbilsdörren, tog ett steg och snubblade när jag försökte bedöma avståndet mellan bilens fotsteg och gatan. Innan jag förstod vad som hade hänt låg jag pladask på gatan med ett skärsår i hakan och blodsmak i munnen eftersom tänderna hade grävt sig in i läppen. Beans sniffade oroligt i mitt hår och Toast nosade på apelsinerna som hade rullat ut från min kasse ner i rännstenen.

"Klumpiga idiot", tänkte jag och tog mig upp på knä. Jag kände mig sönderslagen överallt men det verkade inte som om någonting var brutet. Jag tryckte tröjärmen mot hakan och när jag tog bort den var den blodfläckad. "Helvete!" Jag samlade ihop apelsinerna, sa till hundarna att komma med och gick försiktigt nerför trappan till gångstigen längs med kanalen.

"Vad har du gjort, Livie?" sa Chris när jag samma kväll gick genom arbetsrummet med hundarna ivrigt hoppande omkring mig eftersom de ville få sin kvällspromenad.

"Gjort?"

"Du haltar."

Jag berättade för honom att jag hade ramlat. Att det inte var någonting allvarligt. Jag måste ha sträckt en muskel.

"Då har du nog inte lust att gå ut med hundarna. Vila dig så tar jag ut dem när jag är klar med det här."

"Jag klarar det."

"Är du säker?"

"Annars skulle jag inte säga det."

Jag gick uppför trappan och ut. Först värmde jag upp försiktigt ett par minuter. Det gjorde faktiskt inte ont någonstans, och det verkade konstigt, för om jag hade sträckt en muskel, skadat en sena eller brutit ett ben skulle jag ju ha känt av det. Jag kände ingenting mer än att jag haltade var gång jag försökte röra höger ben.

Jag måste ha sett ut som Toast den där kvällen då jag försökte jogga längs med kanalen med hundarna framför mig. Jag klarade inte av mer än den korta sträckan fram till bron. När hundarna som vanligt rusade uppför trappan för att ge sig av nerför Maida Avenue i riktning mot Lisson Grove och Gran Union Canal, kallade jag på dem.

"Kom nu här båda två", sa jag. "Inte i kväll."

Och inte någon kväll i fortsättningen heller. Nästa dag fungerade inte min högra fot riktigt som den skulle. Jag hjälpte till på zoo med att flytta ultraljudanläggningen in i en tapirbur, där man skulle undersöka en gravid tapirhona. Jag bar hinken med äpplen och morötter. De andra drog vagnen med själva anläggningen. "Vad är det för fel på dig, Livie?" sa en av dem, och det var första gången jag blev medveten om att jag släpade foten efter mig.

Det som gjorde mig orolig var att jag inte vid något tillfälle – varken när jag haltade eller när jag släpade foten efter mig – hade märkt att jag gjorde det.

"Det kan vara en nerv som har kommit i kläm", sa Chris samma kväll. "Så att du tappat känseln." Han tog min fot och vred den till höger och till vänster.

Jag såg på när han kände med fingrarna. "Skulle det inte kännas värre om det hade varit en nerv. Skulle det inte sticka, eller värka eller någonting i den stilen?"

Han satte ner min fot på golvet. "Det skulle förstås kunna vara någonting annat."

"Vad då?"

"Ska vi inte fråga Max?"

Max knackade på min ankel och min fotsula. Han drog ett litet taggigt hjul över skinnet och bad mig beskriva vad jag kände. Han kliade sig på näsan och strök sig över hakan. Han föreslog att vi skulle gå till en läkare.

"Hur länge har det varit så här?" sa han.

"Nästan en vecka", sa jag.

Han talade om Harley Street, en specialist där och att vi behövde få definitiva svar.

"Vad är det?" frågade jag. "Du vet vad det är eller hur, men du vill inte tala om det. Herre gud, har jag fått cancer? Tror du att det är en tumör?"

"En veterinär har ingen erfarenhet av sjukdomar hos människor, flicka lilla."

"Sjukdomar. *Sjukdomar*. Vad är det?" sa jag.

Han sa att han inte visste. Han sa att han tyckte det verkade som om det var någonting med nervsystemet.

"En nerv som har kommit i kläm?" undrade jag för jag kom ihåg Chris lekmannadiagnos.

"Det centrala nervsystemet, Livie", mumlade Chris.

Väggarna tycktes komma närmare mig. "Vad då?" frågade jag. "Centrala nervsystemet? Hur menar ni?"

"Neuronerna är celler", sa Max. "De har cellkärna och utskott som axon och dendriter. Dessa leder impulserna till hjärnan. Om de…"

"En hjärntumör?" Jag grep tag i hans arm. "Max, tror du att jag har en hjärntumör?"

Han kramade min hand. "Just nu har du drabbats av panik", sa han. "Det som behövs är några prover och att du lugnar ner dig. Hur var det egentligen med det där schackpartiet som vi aldrig hann avsluta, Christopher?"

Max lät munter, men när han gick den kvällen hörde jag att han pratade med Chris när de stod uppe på gångstigen. Jag kunde inte höra orden, bara att han en gång nämnde mitt namn. "Han vet vad det är för fel, eller hur?" sa jag när Chris kom in för att hämta hundarna för deras kvällspromenad. "Han vet att det är någonting allvarligt. Varför vill han inte berätta någonting för mig? Jag hörde att han talade om mig. Berätta nu, Chris. För om du inte gör det..."

Chris kom bort till mig där jag satt, och tryckte en kort stund mitt huvud mot sin mage. Hans hand kändes varm mot mitt öra. Han rufsade lekfullt i håret på mig. "Varulv", sa han. "Du har blivit lättretlig. Det han sa var att han kan ringa upp en vän som kan ringa en vän för att snabbt få en tid åt dig hos den här killen på Harley Street. Jag sa till honom att göra det. Jag tror det blir bäst så, om du är med på det."

Jag drog mig bort från honom. "Se på mig, Chris."

"Vad nu då?" Han hade ordnat ansiktsdragen.

"Han sa någonting mer också."

"Vad får dig att tro det?"

"För han kallade mig Olivia."

Chris skakade uppgivet på huvudet. Han böjde på mitt huvud. Han lutade sig fram och tryckte en snabb kyss på mina läppar. Han hade aldrig tidigare kysst mig. Han har aldrig kysst mig efter det. Den snabba, torra beröringen av hans mun mot min sa mig mer än jag ville veta.

Så började jag min första rundvandring med provtagningar hos olika läkare. De började med det allra enklaste, blod- och urinprov. Sedan gick man vidare till en allmän röntgenundersökning. Därefter gav man mig en futuristisk upplevelse genom att låta mig glida in i något som såg ut som om det var hämtat ur en science fiction-roman, för att de skulle göra en datortomografi. När man hade studerat resultatet – medan jag satt i en stol på andra sidan skrivbordet på ett kontor som var så elegant inrett att det såg ut som om det var hämtat ur en film och Chris väntade i receptionen eftersom jag inte ville ha honom där när jag fick reda på det värsta – sa doktorn ingenting annat än att de måste göra ett ryggmärgsprov också, och så undrade han när det passade mig.

"Varför. Hur kommer det sig att ni inte vet någonting redan nu? Varför kan ni inte berätta för mig vad det är. Jag vill inte gå igenom fler provtagningar. I alla fall inte det. Det lär vara hemskt. Jag vet hur det går till. Med nålar och vätska. Jag vill inte. Inte mer nu."

Han förde samman fingertopparna och lät händerna vila mot den allt tjockare pärmen med mina provresultat. "Tyvärr är det nödvändigt", sa han.

"Men vad *tror* ni att det är?"

"Jag tror att ni måste gå igenom de här provtagningarna. Och sedan kan vi se vad vi kommer fram till."

Förmöget folk går antagligen igenom den här sortens provtagningar på tjusiga privatkliniker med blommor i korridoren, mattor på golvet och musik som spelar. Mina betalades av försäkringskassan. Det var en medicine studerande som utförde dem, och det gjorde mig inte mycket lugnare, kanske för att hans handledare stod bredvid och gav honom instruktioner på medicinskt fikonspråk som även omfattade sådana frågor som: "Ursäkta mig, men kan ni säga mig, Harris, exakt vilken ryggkota det är ni siktar på där?" Efteråt låg jag som man hade sagt åt mig att ligga – platt på rygg med huvudet lågt – och försökte låta bli att tänka på de snabba pulsslagen som jag kände längs med ryggraden och den föraning jag hade fått samma morgon när musklerna i mitt högerben hade börjat skaka som om de hade en egen vilja.

Jag sade mig att det berodde på att jag var nervös.

Den sista provtagningen ägde rum flera dagar senare i doktorns undersökningsrum. Där satte han mig på en brits som var klädd med skinn, lika mjukt som en babyhand, och lade sin hand på min högra fotsula.

"Tryck", sa han.

Jag gjorde så gott jag kunde.

"En gång till."

Det gjorde jag.

Han höll fram sin hand och sa till mig att trycka med handen mot den.

"Det är inte händerna jag har fel på."

"Tryck."

Det gjorde jag.

Han nickade, skrev någonting på ett papper i min mapp och nickade en gång till. "Följ med mig", sa han och tog mig med in på sitt kontor. Så försvann han och kom tillbaks i sällskap med Chris.

Jag kände hur nackhåren reste sig på mig. "Vad betyder det här?" sa jag men istället för att svara gjorde han en gest, inte mot stolarna som stod mitt emot skrivbordet, utan mot en soffa som var placerad under en landskapsmålning i mörka nyanser: stora kullar, en flod, dystra träd och en flicka som vallade kor med hjälp av en käpp. Bland allt det som hände den där morgonen på Harley Street är det underligt att jag fortfarande kommer ihåg just den målningen som jag ju bara kastade en hastig blick på.

Läkaren drog fram en fåtölj och satte sig hos oss. Han hade tagit med sig min mapp men han läste inte i den. Han satt med mappen i knäet och hällde upp lite vatten från en karaff som stod på soffbordet mellan oss. Han höll upp karaffen och undrade om vi ville ha. Chris tackade nej, men jag var törstig och sa ja tack.

"Det ser ut som om det är en åkomma som heter amyotrofisk lateralscleros", sa doktorn.

All spänning rann av mig som när vattnet bryter genom en vall. En åkomma. Halleluja. En åkomma. En *åkomma*. Ingen sjukdom alltså. Ingen tumör. Inte cancer. Tack gode gud. Tack gode gud.

Bredvid mig på soffan rörde Chris på sig och lutade sig fram. "Amyo... vad då?"

"Amyotrofisk lateralscleros. Det är en åkomma som påverkar det motoriska nervsystemet. Vanligen förkortas det ALS."

"Vad ska jag ta mot det?" frågade jag.

"Ingenting."

"Ingenting?"

"Jag är rädd att det inte finns någon medicin."

"Nåja, det förstår jag. Inte mot en åkomma. Vad ska jag göra då för att bota den. Motion. Sjukgymnastik?"

Doktorn lät fingrarna löpa längs med mappens kanter som om han försökte rätta till papperna i den trots att de redan låg i en prydlig bunt. "Det finns faktiskt ingenting ni kan göra", sa han.

"Menar ni att jag kommer att halta och släpa fötterna efter mig resten av livet?"

"Nej, sa han, "det kommer ni inte att göra."

Det fanns någonting i hans röst som gjorde att min mage ville pressa upp frukosten mot halsen. Jag fick dålig smak i munnen. Det fanns ett fönster alldeles bredvid soffan, och genom de tunna gardinerna kunde jag se konturerna av ett träd. Det var fortfarande naket trots att det var sent i april. Plataner, tänkte jag, dröjer alltid längst med att slå ut. Det finns inga övergivna fågelbon i det, det skulle vara fint att klättra i det på sommaren, jag hade aldrig haft någon trädkoja, jag tänkte på hästkastanjerna som växte bredvid bäcken i Kent... och på hur man kunde leka med kastanjer och svänga vidjorna så att de ven som en lasso över huvudet.

"Det gör mig mycket ont att behöva berätta detta för er", sa doktorn, "men det är..."

"Jag vill inte veta."

"Livie." Chris sträckte sig efter min hand. Jag knuffade undan honom.

"Jag är rädd att prognosen är dålig", sa doktorn.

Jag var säker på att han såg på mig, men jag tittade på trädet.

"Det är en åkomma som angriper ryggraden", sa han långsamt för att jag skulle kunna förstå, "och nedre delen av hjärnbarken och det stora motoriska centrat i hjärnbarken. Den gör att dessa nervceller så småningom förstörs och dessutom försvagas musklerna med tiden, för att till slut helt förtvina."

"Ni vet inte att det är det jag har", sa jag. "Ni kan inte vara alldeles säker."

Han sa att jag kunde be någon annan läkare undersöka mig också. Han föreslog faktiskt att jag skulle göra det. Han fortsatte sedan med att tala om resultatet från ryggmärgsprovet, om att jag hade förlorat muskelmassa och att mina muskler försvagats. Han sa att åkomman oftast först drabbar händerna för att flytta sig uppför armarna mot axlarna och att de nedre extremiteterna vanligen angrips senare. I mitt fall tycktes det emellertid som om utvecklingen gick i motsatt riktning.

"Då kan det alltså vara någonting annat", påpekade jag. "Ni är inte riktigt säker." Han höll med om att ingen medicinsk diagnos någonsin var hundraprocentigt säker. "Får jag fråga er en sak?" sa han sedan. "Har ni noterat några muskelfibrillationer i benen?"

"Fib... vad då?"

"Hastiga sammandragningar. Ryckningar."

Jag vände mig mot fönstret. Vi brukade trä upp kastanjerna på snören och vi svängde dem i luften och det lät *whsst... whsst... whsst*, och vi låtsades att vi var amerikanska cowboys som kastade lasso efter kalvar med kastanjesnören istället för rep.

"Livie?" sa Chris. "Har dina muskler..."

"Det betyder ingenting. Och förresten kan jag besegra det. Jag kan bli frisk. Men jag måste motionera mer."

Så det gjorde jag till att börja med. Snabba promenader, jag gick uppför trappor och jag lyfte skrot. Jag trodde att det bara var svaga muskler. Jag kommer att klara av det. Jag hade ju klarat av så mycket annat. Ingenting hade fått ner mig för räkning, och det skulle inte detta heller få.

Jag fortsatte att följa med Organisationen på uppdrag, upptänd både av ilska och rädsla. Jag sa till mig själv att jag skulle bevisa att de hade fel. Jag skulle få min kropp att fungera som en maskin.

Under fem månader lät Chris mig vara kvar som befriare, ända tills enheten en kväll arbetade alltför långsamt på grund av mig. Då lät han mig bli vaktpost istället. "Inga invändningar, Livie", sa han när jag skrek åt honom att han inte fick göra så. "Du får alla att skratta åt mig", sa jag. "Du ger mig inte tillfälle att bli starkare. Jag vill vara med, tillsammans med dig och med de andra. *Chris!*" Han sa att jag måste se sanningen i vitögat och jag sa att jag skulle visa honom sanningen och så gick jag till universitetssjukhuset för att få fram sanningen genom en andra provomgång.

Det blev samma resultat. Men jag fick reda på dem i en helt annan miljö. Den här gången var det inte något tjusigt kontor, utan en liten skrubb vid en hårt trafikerad korridor där bårar rullades fram och tillbaka. När doktorn stängde dörren och vände sin stol så att hon kunde se mig i ögonen och så att hennes knän nästan nuddade vid mina, då visste jag.

Hon uppehöll sig vid de få ljuspunkter som fanns, men hon kallade ALS för sjukdom och använde inte det mera sympatiska ordet *åkomma*. Hon sa att jag skulle bli sämre, men att det skulle gå långsamt. *Långsamt*, betonade hon. Först skulle mina muskler bli svaga, därefter skulle de förtvina. Allt eftersom nervcellerna i hjärnan och ryggraden blev angripna skulle de börja sända oregelbundna signaler till musklerna i mina armar och ben så att de skulle drabbas av fibrillationer. Sjukdomen skulle först angripa fötterna och benen, sedan händerna och armarna och fortsätta inåt tills jag var helt förlamad. Men, sa hon med sin moderliga röst, jag skulle alltid få behålla förmågan att kontrollera blåsan och tarmen. Och min intelligens och mitt medvetande skulle aldrig angripas, inte ens under sjukdomens slutstadier, när ALS hade nått mina lungor och gjort att även de förtvinade.

"Så ni menar att jag kommer att vara medveten om hur äcklig jag är", sa jag.

"Vet du, Olivia, jag tvivlar verkligen på att Stephen Hawking uppfattar sig själv som äcklig", sa hon och lade händerna på mina knän. "Du vet väl vem han är?"

"Stephen Hawking? Vad har han med det här att göra?" Jag sköt tillbaka stolen. Honom hade jag sett i tidningarna och på teve. Han hade elektrisk rullstol, vårdare och talade med datoriserad röst. "Är det ALS?" sa jag.

"Ja", sa doktorn. "Det är fantastiskt att tänka sig hur han levt alla dessa år mot alla odds. Du får inte glömma bort att allting är möjligt."

"Möjligt? Hur så?"

"Att överleva. Överlevnadstiden ligger för det mesta mellan arton månader och sju år. Säg det till Hawking. Han har levt mer än trettio år med ALS."

"Men... så där. I en stol. Fastspänd... Det kan jag inte. Jag vill inte..."

"Du kommer att bli förvånad över dig själv och över vad du vill och kan. Vänta och se."

Nu när jag visste, var jag tvungen att lämna Chris. Jag skulle inte kunna klara mig på egen hand på pråmen och jag ville inte stanna kvar och bli omhändertagen. Jag återvände till Little Venice och började skyffla ner mina saker i ryggsäckar. Jag skulle försöka hitta ett inackorderingsrum i Earl's Court. Jag skulle behålla mitt arbete på zoo så länge som möjligt, och när det inte gick längre skulle jag nog kunna hitta någonting annat. Bryddte sig en kille om ifall ludret han knullade inte kunde slingra fast benen runt häcken på honom? Och om hon inte kunde gå i högklackat? Hur hade det egentligen gått för Archie och hans piskor och hans läderkläder. Det var flera år sedan. Skulle han fortfarande gilla att den obefläckade Maria slog honom extatisk, även om hon var dödsdömd. Skulle han kanske till och med tycka ännu mer om det? Det skulle visa sig.

Jag satt i kabyssen och höll på att skriva ett meddelande till Chris, när han kom hem. "Jag har fått ett vettigt uppdrag i Fulham som gör att vi kan hålla oss flytande ganska bra ett tag", sa han. "En sån där herrgård, ombyggd till lägenheter. Du skulle se rummen, Livie. De är…" Han hejdade sig i kabyssdörren. Han lade ner en rulle med skisser på bordet. "Vad ska detta betyda?" Han satte sig bak och fram på en stol och petade med tån på en av mina ryggsäckar. "Har du börjat ta emot tvätt, eller någonting…"

"Jag ska ge mig iväg", sa jag.

"Varför?"

"Det är dags för det. Vi har utvecklats i olika riktningar. Det har vi gjort länge. Det är ingen idé att hålla liv i något som borde vara dött och begravet." Jag satte punkt efter den sista meningen jag hade skrivit och stoppade ner blyertspennan bland de andra i deras nya konservburk. Jag sköt över lappen till honom och kämpade mig upp på fötter.

"Då är det alltså sant", sa han.

"Vad då?" sa jag och hivade upp den första ryggsäcken på axeln. "Vad menar du?"

"ALS."

"Vad är det med det?"

"Du måste ha fått reda på det idag. Det är därför som… det här." Han läste lappen. Han vek ihop den ordentligt. "Du har stavat fel till *oundviklig*. Det ska vara ett *d* också."

"Spelar väl ingen roll." Jag hivade upp den andra ryggsäcken också. Ett *d* mer eller mindre förändrar väl inte fakta? En kille och en tjej kan inte leva tillsammans så här utan att det så småningom spricker."

"Det är *oundvikligt*, det skrev du på lappen."

"Du har ditt arbete och jag har…"

"ALS. Det är därför du tänker ge dig av." Han stoppade lappen i fickan. "Konstigt, Livie. Jag har aldrig betraktat dig som en person som ger upp."

"Jag ger inte upp. Jag ger mig bara iväg. Det har inte med ALS att göra. Det handlar om mig. Vad jag vill. Och vad du vill. Vem jag är. Och vem du är. Det kommer inte att fungera."

"Det har fungerat i mer än fyra år."

"Jag tycker inte det. Det är…" Jag hängde den andra ryggsäcken på ena armen och den tredje på den andra. Jag fick syn på min spegelbild i kabyssspegeln. Jag såg ut som en puckelrygg med sadelpåsar. "Hör på mig! det är inte normalt att leva så här. Du och jag. Det är onaturligt. Nästan perverst. Kom och titta på dem som lever i celibat. Det känns som om jag var i ett kloster eller någonting. Jag klarar inte av det, förstår du."

Han räknade på fingrarna för att få med allt när han svarade. "Onaturligt. Perverst. Celibat. Kloster. Har du läst *Hamlet?*"

"Vad har *Hamlet* med det här att göra?"

"Där finns någon som säger någonting om att protestera alltför mycket."

"Jag protesterar inte mot ett jävla dugg."

"Någon som räknar upp alldeles för många argument eller förnekanden", förklarade han. "Och det stämmer inte. Särskilt inte om man betänker att du aldrig har levt mer än en vecka i celibat."

"Det var en förbannad lögn!" Jag släppte ryggsäckarna. Jag hörde hur det klickade mot linoleummattan när Beans kom in från arbetsrummet för att sniffa på dem.

"Är det?" Chris sträckte sig efter ett äpple i skålen på byrån och polerade det slött mot sin slitna flanellskjorta. "Och på zoo då?"

"Vad *menar du* med zoo?"

"Du har varit där nu – låt se – nästan två år. Hur många av killarna där har du haft ihop det med?"

Jag kände hur jag blev knallröd i ansiktet. "Du är inte lite fräck, du."

"Då har du alltså inte levt i celibat. Då kan vi stryka det argumentet. Och samtidigt det med klostret."

Jag skakade av mig den tredje ryggsäcken och släppte den bredvid de andra. Beans stoppade in nosen under ryggsäckens lock. Det lät som *blubber-snarf* när han hittade någonting han gillade. Jag knuffade bort honom. "Hör nu på mig", började jag, "hör efter riktigt noga. Det är väl inget fel med att gilla sex. Det är väl inget fel med att vilja ha det? Jag gillar det och jag vill ha det…"

"Då har vi kvar onaturligt och perverst", sa han.

Jag hade tappat hakan, men stängde nu munnen.

"Hänger du inte med?" undrade han. "Vi håller på att eliminera dina argument, Livie."

"Säger du att jag är onaturlig?"

"Du sa celibat, kloster, onaturligt och perverst. Vi har kunnat stryka de första två. Nu ska vi granska de andra. Vi ska försöka få fram sanningen."

"Ja, jag kan tala om sanningen för dig, herr Vissenkuk Faraday. När jag träffar en kille som tycker lika mycket om det som jag gör och som dessutom vill, ja, då gör vi det. Vi har det bra. Och om du vill fördöma mig för någonting som är lika naturligt som att andas, varsågod, fördöm du om du tycker det är trevligt. Men du får göra det utan publik, för jag är dödstrött på ditt skenheliga svammel, så jag ger mig iväg."

"För att du inte kan stå ut med att leva tillsammans med någon som är onaturlig?"

"Halleluja! Grabben har äntligen fattat vad det handlar om."

"Eller för att du är rädd för att själv bli konstig, och upptäcka att *jag* kan klara av det?"

Jag bemötte det argumentet med ett skratt. "Omöjligt. Det är inget fel på mig. Det har vi ju redan kommit överens om. Jag är en fullblodskvinna som tycker om att göra det med en fullblodsman. Så har det varit från allra första början, och det skäms jag inte för att erkänna för vem som helst."

Han bet i äpplet. Toast dök upp och lade sitt huvud i Chris knä. Beans knuffade en av mina ryggsäckar över golvet.

"Bra replik om det hade varit sex jag talat om", sa Chris. "Men det var det inte, så du missade poängen."

"Det här handlar inte om ALS", sa jag tålmodigt. "Det handlar om dig och mig. Och att vi är så olika."

"Delvis beroende på ALS, det måste du hålla med om."

"Fan också!" Jag satte mig på huk för att knäppa spännet på ryggsäcken där Beans hade varit och snokat. "Du kan tro vad du vill. Välj det som passar din självkänsla bäst."

"Du projicerar dina känslor, Livie."

"Och vad ska det betyda då?"

"Att det är bra mycket lättare för din självkänsla att ge dig iväg nu, och inte riskera att behöva uppleva vad som händer mellan oss när din sjukdom börjar förvärras."

Jag reste mig stapplande upp. "Det är ingen sjukdom. Det är en jävla åkomma."

Han vände och vred på äpplet som han hade tagit tre tuggor av. Jag såg att det var lite ruttet på ett ställe. Fruktköttet var brunfärgat. Det såg oätligt ut. Han tog en tugga rakt över det dåliga stället. Jag rös till. Han tuggade.

"Varför kan du inte ge mig en chans?" frågade han.

"Till vadå?"

"Att visa att jag duger. Att jag kan vara din vän."

"Snälla! Bli inte mesig nu. Det ger mig gåshud." Jag krängde på mig ryggsäckarna en gång till, gick bort till bordet där min axelväska låg, tappade den i golvet och skyfflade in innehållet igen. "Du får hitta någon annan att leka helgon med", sa jag. "Gå tillbaka till Earl's Court. Leta reda på en ny hora. Men låt mig vara ifred." Jag började lyfta upp axelväskan från bordet. Han lutade sig fram och grep tag i min arm.

"Du fattar visst fortfarande inte."

Jag försökte slita mig loss, men han höll stadigt. "Vad menar du?"

"Ibland händer det att människor älskar varandra bara för att kunna älska varandra, Livie."

"Och ibland blir folk brända av att spotta på månen."

"Har det aldrig hänt att någon älskat dig utan att kräva någonting? Utan att vilja ha någonting i gengäld?"

Jag drog mig bort från honom, men kunde fortfarande inte komma loss från hans grepp. Jag skulle få ett blåmärke där hans fingrar höll fast i mig.

"Jag älskar dig", sa han. "Jag erkänner att det inte är på det sättet, som du vill bli älskad. Och det är inte så som du tror att det är, när män och kvinnor som älskar varandra är tillsammans. Men det är i alla fall kärlek. Och den är sann och den finns. Framför allt finns den. Och som jag ser det räcker det med den sortens kärlek för att vi ska klara upp det. Vilket är mycket mer än man kan vänta sig att du får av någon kille som du hittar på gatan."

Han släppte mig. Jag drog upp armen mot bröstet. Jag gnuggade stället där han hållit fast mig. Jag stirrade på honom och min rygg började värka under tyngden av ryggsäckarna och det började rycka i musklerna på mitt högra ben. Han fortsatte med sitt äpple, åt upp resten i tre tuggor. Han lät Toast lukta på kärnhuset innan han kastade det tvärs över kabyssen bort mot diskbänken.

"Jag vill inte att du ger dig iväg", sa han. "Du utmanar mig. Du går mig på nerverna. Du gör att jag blir bättre än jag är."

Jag gick bort till diskbänken, fiskade upp äppelskrotten och kastade den i soppåsen.

"Livie. Jag vill att du stannar."

Genom fönstret kunde jag se hur gatlyktorna kastade sitt ljus på poolens vatten. Träden från Browning's Island reflekterades i de flytande ovalerna av ljus. Jag såg på min klocka. Hon var nästan åtta. Innan jag var framme vid Earl's Court skulle klockan nästan ha hunnit bli nio. Mitt högra ben började darra.

"Jag kommer att bli som en trasdocka", mumlade jag. "Som en överkokt pumpa med armar och ben."

"Skulle du ge dig iväg om det hade varit jag?"

"Jag vet inte."

"Men det vet jag."

Jag hörde hur han reste sig från bordet och gick tvärs över kabyssen. Han tog av mig ryggsäckarna. Han släppte dem på golvet. Han lade armen om mina axlar och sin mun mot mitt hår.

"Det är skillnad på kärleken", sa han, "men resultatet är detsamma."

Alltså stannade jag kvar. Jag fortsatte mitt träningsprogram med att lyfta skrot. Jag träffade kvacksalvare som sa att jag led av en cysta, att jag inte kunde tillgodogöra mig energin och att jag reagerade mot negativa joner i luften. När sjukdomen under det första året inte hade drabbat mer än benen intalade jag mig att jag på mitt eget underliga sätt skulle komma att besegra den precis som Stephen Hawking gjort. Jag kände stor tillförsikt och gladde mig åt detta faktum ända tills jag en dag tittade på en inköpslista och såg vad mina fingrar gjorde med min handstil.

Jag berättar inte allt detta för er för att vinna sympati. Jag berättar det för att även om det är en förbannelse att vara drabbad av ALS är det samtidigt orsaken till att jag vet vad jag vet. Det är orsaken till att jag vet vad ingen annan vet. Utom min mor.

Det skvallrades en hel del när Kenneth Fleming flyttade in hos min mor i Kensington. Om Kenneth inte hade börjat sin karriär som landslagsspelare med en så förödmjukande uppvisning skulle det kanske ha tagit lång tid för kvällspressen att snoka reda på hans levnadsförhållanden. Men när han fick motta den minnesvärda och kränkande gyllene ankan, koncentrerades hela kricketvärldens uppmärksamhet på honom. Och när det hände, hamnade även mor i rampljuset.

Det blev bra rubriker av det: en åldersskillnad på trettiofyra år mellan kricketspelaren och hans hyresvärdinna. Man ville veta i vilket förhållande de stod till varandra. Var hon i själva verket hans mor som hade adopterat bort honom när han föddes, men som sedan hade spårat upp honom när hon hade blivit gammal och ensam? Var hon en faster som hade valt ut just honom bland massor av syskonbarn i East End för att bli hennes arvtagare? Var hon en god fe med gott om pengar, en kvinna som hade letat igenom

Londons alla stadsdelar för att hitta en lovande yngling som hon skulle kunna svänga sitt magiska trollspö över? Var hon en av det engelska landslagets nya gynnare som tog så allvarligt på sina skyldigheter att hon engagerade sig personligen i spelarnas uppenbart problematiska liv? Eller var det kanske någonting lite snuskigt? Ett oidipuskomplex hos Kenneth Fleming som bemöttes med mer entusiasm än visdom av Miriam Whitelaws Iokaste?

Tidningarna ville veta var de båda sov. Bodde de ensamma i huset? Fanns det tjänstefolk som skulle kunna avslöja sanningen? Kanske en städerska som fick bädda en säng istället för två? Om de hade skilda sovrum, låg de i så fall på olika våningar också? Och vad innebar det att Miriam Whitelaw aldrig missade en match när Kenneth Fleming spelade?

Eftersom sanningen säkert inte kunde vara lika intressant som spekulationerna fortsatte kvällspressen med sina spekulationer. Det höjde lösnummerförsäljningen. Vem hade lust att läsa om en före detta engelsklärare och hennes favoritelev, vars vägar åter hade korsats? Det var inte på långt när lika spännande som de kittlande antydningarna hos ett fotografi av Kenneth och mor där de kom ut genom Grace Gate under samma paraply och han höll armen om hennes axlar och hon log upp mot honom.

Och hur reagerade Jean. Det vet ni kanske redan. Till att börja med talade hon nog mer med pressen än hon borde ha gjort. Hon var en lätt match både för *Daily Mirror* och *Sun*. Jean ville att Kenneth skulle flytta tillbaka hem, och hon trodde att pressen skulle hjälpa henne att uppnå det. Alltså fanns det bilder av henne på hennes arbete i caféet i Billingsgate Market och bilder av barnen på väg till skolan, bilder av hur familjen en lördagskväll sitter runt det vaxdukstäckta köksbordet utan pappa och äter korv och mos, bilder av hur Jean klumpigt kastar bollen till Jimmy som – anförtrodde hon tidningen – drömde om att bli som sin pappa. "Var är Ken?" frågade några av tidningarna medan andra skrev: "Kvarlämnad med krossat hjärta." "För fin för henne nu?" undrade *Women's Own* medan *Women's Realm* diskuterade "Vad du ska göra när han lämnar dig för någon som ser ut att kunna vara hans egen mor."

Hela tiden förblev Kenneth tyst och koncentrerade sig på att spela kricket. Han besökte Isle of Dogs då och då, men vad han än sa till Jean om hennes sätt att handskas med pressen så gjorde han det i enrum. Han levde kanske okonventionellt, men hans enda uttalande var att "det är det bästa för tillfället".

Jag kan bara gissa mig till hur förhållandet under den här perioden var mellan Kenneth och min mor. Naturligtvis kan jag fylla ut tomrummen i kvällspressens spekulationer med detaljer om deras sovrum: de hade skilda rum men på samma våning och med en dörr mellan, för Kenneth övertog det som hade varit farfars fars klädkammare eftersom det faktiskt var det näst största sovrummet i hela huset. Det är ingenting underligt med det. De få gånger vi hade gäster fick de alltid sova i det rummet. Och detaljer om vilka som bodde i huset tillsammans med dem: ingen, med undantag för en kvinna från Sri Lanka som kom två gånger i veckan för att städa och tvätta. Men för övrigt kan jag, liksom alla andra, endast gissa.

De måste ha haft mycket att samtala om. När mor skulle fatta något beslut angående tryckeriet frågade hon säkert Kenneth om råd, lade fram sina åsikter och fakta och lyssnade till vad han hade att säga. När Kenneth träffat Jean och barnen talade han säkert om dem, om sitt beslut att även i fortsättningen leva skild från dem och om varför han inte hade bett om att få skilsmässa ännu. När landslaget reste utomlands berättade han säkert allt om resorna för henne, om folk han hade träffat och om vad han hade sett. Om hon hade läst en bok eller sett en teaterpjäs talade hon säkert om vad hon tyckte om den. Om han blev intresserad av inrikespolitik delade han nog det intresset med henne.

Hur det än gick till kom de varandra nära, Kenneth Fleming och min mor. Han kallade henne sin allra bästa kompis, och de månader han bodde hos henne blev till ett år, och det året blev två, och under tiden låtsades de inte om att folk skvallrade och spekulerade.

Det var genom tidningarna som jag först fick reda på om dem. Jag bryde mig inte särskilt mycket om det för just då var jag så engagerad i Djurens räddningsorganisation och Organisationen hade fullt upp med att ställa till med fanstyg vid universitetet i Cambridge. Ingenting skulle ha kunnat glädja mig mer än om jag kunde sätta käppar i hjulet för det där trångsynta stället, så när jag läste om mor och Kenneth struntade jag i det och använde tidningen till att lägga potatisskal i.

När jag senare tänkte på det förstod jag att mor höll på med att försöka ersätta folk. Först verkade det som om hon försökte ersätta mig. Hon och jag hade inte haft någon kontakt på flera år, så hon använde Kenneth som ett surrogatbarn, ett barn där hennes moderliga omsorger skulle bära frukt. Senare, när spekulationerna tog fart eftersom de inblandade själva inte yttrade sig, började jag uppriktigt sagt fundera på om hon inte försökte ersätta min far. Till att börja med verkade det helt vansinnigt, tanken på att mor och Kenneth skulle göra det i skydd av mörkret, hur han försökte bortse från hur slapp och sladdrig hon var överallt och hon som försökte hålla honom tillräckligt hård för att akten skulle kunna slutföras till ömsesidig tillfredsställelse. Men efter en tid när man aldrig såg Kenneths namn i samband med någon annan var det den enda förklaring som verkade vettig. Så länge han var gift med Jean kunde han värja sig mot uppmärksamhet från jämnåriga kvinnor genom att säga: "Tyvärr, jag är en gift man." Något som fredade honom från förhållanden som skulle ha kunnat hota hans verkliga relation till min mor.

Hon var, som han själv uttryckte det, hans bästa kompis. Skulle det då ha varit så konstigt om en god kamrat förvandlades till en sängkamrat en kväll då deras nära samtal pockade på ett annat slags närhet?

Han kanske såg på henne tvärs över vardagsrummet och kände både lust och fasa inför den lusten. Herre gud, hon skulle kunna vara min mamma, tänkte han kanske.

Hon kanske mötte hans blick med ett leende som mjukade upp hennes ansikte och fick hjärtat att bulta så att hon kände pulsen i fingertopparna. "Vad är det?" frågade hon kanske. "Varför har du blivit så tyst?"

"Ingenting", kunde han ha sagt och snabbt strukit med handen över pannan. "Det är bara…"

"Vad då?"

"Ingenting. Absolut ingenting. Det är så dumt."

"Jag tycker inte att någonting du säger är dumt, kära du."

"Kära du", skämtade han kanske. "Det får mig att känna mig som ett barn."

"Förlåt mig, Ken. Jag betraktar dig verkligen inte som något barn."

"Men hur…? Hur betraktar du mig då?"

"Naturligtvis som en man."

Hon såg kanske på klockan. "Jag tror jag ska gå upp", kan hon ha sagt. "Tänker du sitta uppe en stund till?"

Han kan ha rest sig. "Nej, om det inte stör dig går jag också upp… Miriam."

Den där lilla tveksamheten innan han sa Miriam kunde inte missförstås. Mor gick kanske förbi honom, stannade till en kort stund, grep tag om hans fingrar. "Det stör mig inte alls, Ken", sa hon kanske. "Tvärtom."

Bäste kompis, själsfrände, trettioårig sängkamrat. För första gången hade mor fått vad hon ville ha.

OLIVIA

Det var Max som först började tala om att jag skulle berätta allt för mor. Det var tio månader efter det att diagnosen hade ställts, och vi satt och åt på en italiensk restaurang i närheten av Camden Lock Market. Max hade tillbringat en hel timme i den enorma lagerlokalen, där allt från tuggummimaskiner till plyschsoffor fanns utställt, med att rota genom lådor som verkade fyllda av skräp som utgav sig för att vara antika kläder. Han hade letat efter ett par lagom fläckiga golfbyxor som skulle användas i en amatörteaterpjäs han regisserade, men han ville inte berätta om de skulle användas som rekvisita eller som kostym. "Ni förstår väl, pojkar och flickor, att jag inte kan avslöja företagshemligheter", förklarade han. "Ni får själva gå och titta på uppsättningen." Vid det laget hade jag redan en tid använt käpp – något som jag inte tyckte om – och jag blev trött mycket fortare än jag ville. När jag blev det började mina muskler darra, och dessa skakningar övergick sedan i kramper. Och det var precis vad jag råkade ut för just som min spenatlasagne, som doftade ljuvligt och bubblade av smält ost, sattes framför mig.

När den första krampen gjorde att det bildades en stenhård knuta precis nedanför baksidan av mitt högra knä kved jag lite grann, lade handen över ögonen och bet ihop tänderna hårt. "Gör det ont?" sa Chris.

"Det går över", svarade jag.

Lasagnen fortsatte att dofta men jag lade fortfarande inte märke till den. Chris sköt tillbaka sin stol och började massera mig, vilket var det enda som någonsin hade hjälpt.

"Ät din mat", sa jag.

"Den finns kvar när jag är färdig."

"Men för guds skull, jag klarar mig." Kramperna blev värre. De var de svåraste kramper jag någon gång haft. Det kändes som om hela mitt högra ben var knotigt. Och sedan började mitt vänstra ben också för allra första gången skaka. "Fan också", viskade jag.

"Vad är det?"

"Ingenting."

Hans händer rörde sig skickligt. Skakningarna i det andra benet började tillta. Jag stirrade ner i bordet. Besticken glänste. Jag försökte tänka på någonting annat.

"Känns det bättre?" sa han.

Skämtade han? "Tack ska du ha", sa jag. "Det räcker nu."

"Är det säkert? Om du har ont…"

"Lägg av nu! Fattar du? Ät!"

Chris lät händerna sjunka men han vände sig inte bort. Jag kunde föreställa mig hur han tyst räknade till tio.

Jag ville be om ursäkt. "Jag är rädd", ville jag säga. "Det är inte dig jag är arg på, men jag är rädd. Så förskräckligt rädd." Istället koncentrerade jag mig på att sända signaler från hjärnan ner till benen. Min senaste kvackare hade kallat det för att visualisera. Knepet är att framställa inre bilder. Mina inre bilder bestod av två ben, klädda i svarta strumpor och högklackade skor som med en mjuk rörelse korsades. Kramperna och fibrillationerna fortsatte. Jag tryckte mina knutna nävar mot pannan. Jag hade knipit ihop ögonen så hårt att det sipprade fram tårar ur ögonvrårna. Förbannat skit, tänkte jag.

Mitt emot mig kunde jag höra hur Max hade börjat äta. Chris hade inte rört sig. Jag tolkade hans tystnad som en anklagelse. Jag förtjänade det antagligen, men det kunde inte hjälpas.

"För helvete, Chris, sluta stirra på mig", väste jag mellan tänderna. "Du får mig att känna mig som en baby med två huvuden."

Då vände han sig om. Han tog sin gaffel och stack ner den i trasslet av pasta och svamp. Han snurrade gaffeln alldeles för häftigt och fick upp ett jättenysta med pasta som han förde mot munnen. Så släppte han ner röran på sin tallrik igen.

Max tuggade snabbt och flyttade blicken från Chris till mig och från mig till Chris. Det var en försiktig, fågelaktig blick. Han lade ner sin gaffel och torkade sig om munnen med en servett där det efter vad jag minns stod tryckt *Evelyn's Eats*, vilket verkade underligt med tanke på att restaurangen hette Black Olive.

"Har jag förresten talat om för dig, gumman", sa han, "att jag i förra veckan läste om din mamma igen i vår lokala blaska."

Jag tog mig samman och tog tag i gaffeln som jag körde ner i lasagnen. "Och?"

"Det verkar vara en särdeles kvinna, din mamma. Visst är situationen en

439

smula ovanlig – hon och den där kricketspelaren – men hon tycks vara en riktig dam, om du vill veta min åsikt. Fast det är konstigt."

"Vad då?"

"Du har aldrig talat särskilt mycket om henne. Med tanke på att hon håller på att bli en riktig kändis, tycker jag det är lite… låt oss säga, egenartat."

"Det är inte alls underligt, Max. Vi har inte träffats på länge."

"Jaså? Hur länge då?"

"Mycket länge." Jag tog ett djupt andetag. Darrningarna fortsatte men krampen började ge med sig. Jag såg på Chris. "Förlåt mig", sa jag med låg röst. "Chris, jag menar verkligen inte att vara… så där som jag är. Så här." Han ryckte på axlarna, men sa ingenting. "Fan också, Chris", fortsatte jag. "Snälla…"

"Glöm det."

"Jag menar inte… När det blir… Då är jag inte mig själv längre."

"Det är bra. Du behöver inte förklara någonting. Jag…"

"Förstår. Var det vad du hade tänkt säga? För guds skull, Chris. Du behöver inte uppföra dig som ett helgon hela tiden. Jag skulle önska att du…"

"Vad då? Att jag gav dig på käften? Gick min väg? Skulle det få dig att känna dig bättre? Vad i helvete är det du försöker driva mig till?"

Jag slängde från mig gaffeln. "Jösses, vi kommer ingenstans."

Max höll på att dricka det glas rödvin som han unnade sig varje dag. Han tog en klunk, höll kvar den på tungan några sekunder och svalde sedan uppskattande. "Ni försöker göra det omöjliga, ni två", noterade han.

"Det har jag sagt i åratal."

Han låtsades som om han inte hade hört mig. "Du kommer inte att kunna klara av det här ensam", sa han till Chris. "Ni är idioter om ni tror det", tillade han vänd mot oss båda. "Det är dags nu", sa han till mig.

"Dags för vad då? Vad menar du?"

"Hon måste få reda på det."

Det var inte särskilt svårt att förstå att han syftade på det som han talat om tidigare. Jag lade band på mig. "Hon behöver absolut inte få reda på någonting av mig."

"Sluta upp att leka nu, gumman. Det klär dig inte. Det är någonting dödligt allvarligt vi talar om nu."

"Skicka henne ett telegram när jag har lämnat in."

"Tänker du behandla din mor på det sättet?"

"Betalt kvitterat. Hon kommer över det, det har jag gjort."

"Inte det här."

"Jag vet att jag kommer att dö. Du behöver inte påminna mig om det."

"Jag talade inte om dig, utan om henne."

"Du känner henne inte. Tro mig, den kvinnan har en styrka som du och jag bara kan drömma om. Mitt frånfälle kommer att rinna av henne som regnvattnet hon skakar från sitt Burberryparaply."

"Kanske det", sa han. "Men det utesluter inte möjligheten att hon kanske kan vara till hjälp."

"Jag behöver ingen hjälp från henne. Och jag vill inte ha någon heller."

"Och Chris då?" frågade Max. "Tänk om han behöver hjälp? Inte nu, men längre fram, när det börjar bli riktigt besvärligt. För det vet du att det kommer att bli."

Jag tog min gaffel, stack in den i lasagnen och såg hur osten sipprade fram som vaniljkräm runt den.

"Nå?" sa Max.

"Chris?" frågade jag.

"Jag klarar av det", svarade han.

"Då så." Men när jag skulle föra gaffeln till munnen såg jag att Chris och Max såg på varandra och förstod att de redan hade talat om mor.

Jag hade inte träffat henne på över nio år. Under den perioden när jag gick på sporten i närheten av Earl's Court, skulle det inte ha varit troligt att vi stött på varandra. Trots att mor var känd för att syssla med välgörenhetsarbete skulle hon aldrig ha fått för sig att höja moralen hos dem som slet på köttmarknaden, och därför hade jag alltid vetat att jag inte behövde riskera att stöta ihop med henne. Inte för att det skulle ha bekommit mig särskilt mycket om jag hade gjort det. Men det skulle ha varit dåligt för affärerna att ha en medelålders harpya hängande i hälarna.

Sedan jag lämnade livet på gatan hade jag emellertid hamnat i en mera osäker situation i förhållande till mor. Hon var där i Kensington, och mindre än femton minuters väg därifrån fanns jag, i Little Venice. Helst skulle jag ha velat glömma bort att hon existerade, men sanningen var den att vissa veckor kunde jag inte lämna pråmen i dagsljus utan att undra om jag skulle stöta ihop med henne när jag var på väg till zoo, till affären, på väg för att titta på någon lägenhet som Chris skulle renovera eller till brädgården för att skaffa material till att färdigställa pråmen.

Jag kan inte förklara varför jag fortfarande tänkte på henne. Jag hade inte trott att jag skulle göra det. Istället hade jag trott att banden mellan oss skulle vara ordentligt avklippta. Och rent fysiskt var de avklippta. Jag för min del hade klippt av dem den där kvällen vid Covent Garden. Hon hade klippt av sin del av banden genom att skicka telegrammet som informerade mig om att pappa var död och kremerad. Hon hade inte ens låtit mig få en grav att besöka i hemlighet, och i mitt tycke var det lika oförlåtligt som sättet att informera mig om hans död. Därför hade jag verkligen inte tänkt att våra vägar skulle korsas någon mer gång.

Det var bara det att jag inte kunde sudda ut mor från mina tankar eller mitt minne. Jag är inte säker på att någon kan det när det rör sig om en förälder eller ett syskon. Man kan klippa av banden till den allra närmsta familjen, men de lösa bitarna har en benägenhet att fladdra upp och vifta en i ansiktet när man minst anar det.

Naturligtvis började de där lösa bitarna fladdra mig i ansiktet oftare än jag tyckte om när mor och Kenneth Fleming för ungefär två år sedan blev föremål för massor av tidningsskriverier. Det är svårt att förklara hur jag kände det när jag om och om igen såg bilder av dem i Daily Mail som en av laboratorieassistenterna envist varje dag tog med sig till djursjukhuset på zoo för att läsa till elvakaffet. Ibland såg jag en skymt av rubrikerna. Då brukade jag titta åt ett annat håll och ta med mitt kaffe till ett bord i närheten av fönstret. Där skyndade jag mig att dricka kaffet med blicken fäst på trädtopparna och jag undrade varför jag mådde så dåligt.

Från början trodde jag bara att det hela var bevis för att hon hade tagit de logiska konsekvenserna av sitt välgörenhetsarbete och i sann socialvetenskaplig anda förvandlat teorier till verklighet. Hon hade alltid hävdat hypotesen att de mindre lyckligt lottade kunde nå lika långt som de mera gynnade, bara de fick de rätta möjligheterna. Det hade ingenting med födelse, blod, genetiska förutsättningar eller rollmodeller inom familjen att göra. Homo sapiens hade en vilja att bli framgångsrik bara för att hon var just Homo sapiens. Kenneth Fleming hade varit föremål för hennes studier, och Kenneth Fleming hade bevisat att hennes teori stämde. Vad hade det med mig att göra?

Jag hatar att behöva erkänna det. Det tycks verkligen både barnsligt och tvivelaktigt. Jag kan inte ens skriva om det utan att bli generad.

Genom att låta Kenneth Fleming bo hemma hos sig hade mor bekräftat det som jag länge trott, nämligen att hon föredrog honom framför mig och att hon alltid hade önskat att han var hennes barn. Inte bara vid den tidpunkten när man skulle kunna tro att hon mer än gärna ville försöka hitta en ersättare för det där ludret hon hade mött i närheten av Covent Garden Station. Utan redan långt dessförinnan, när jag fortfarande bodde hemma och både Kenneth och jag gick i våra respektive skolor.

När jag första gången såg deras fotografi i tidningen och läste historierna om dem, låtsades jag säga mig: vad-har-den-gamla-kossan-hittat-på-nu-då, men det var bara en skör yta som dolde hudlösheten hos den som blivit avvisad. Under den ytan jäste det, och känslan av att ha blivit förkastad var som en varböld.

Jag var både sårad och svartsjuk. Och jag förstår att ni undrar varför. Mor och jag hade ju varit främlingar för varandra i så många år, varför skulle jag nu bry mig om att hon hade tagit till sig och upplåtit sitt hem för någon som kunde fungera som hennes vuxna barn. Jag hade ju själv inte velat ta på mig den rollen. Eller hade jag det?

Ni tror visst inte riktigt på mig. Precis som Chris, tycker ni säkert att jag överdriver mina protester. Ni är säkert övertygad om att jag varken var sårad eller svartsjuk. Ni tror att jag var rädd. Ni resonerar som så, att Miriam Whitelaw kommer ju inte att leva för alltid, och när hon kilar vidare måste det bli ett rejält arv: huset i Kensington och allt vad det innehåller, tryckeriet, stugan i Kent och gud vet hur många andra investeringar... Ni undrar om inte det är den egentliga orsaken till att Olivia Whitelaw mådde illa när hon insåg vad Kenneth Flemings närvaro i moderns liv i själva verket skulle kunna innebära. För sanningen är den att Olivia inte skulle ha så lätt att hävda några lagliga rättigheter om modern bestämde sig för att testamentera allt hon ägde till Kenneth Fleming. För när allt kom omkring hade ju Olivia på ett ganska definitivt sätt försvunnit ut ur moderns liv för rätt länge sedan.

Kanske tror ni mig inte men jag kan faktiskt inte påminna mig att det bekymrade mig det minsta. Min mor var bara sextio när hon för andra gången engagerade sig i Kenneth Flemings framtid på tryckeriet. Hon var fullt frisk. Jag hade aldrig tänkt på att hon kunde dö så jag hade aldrig funderat över vad hon skulle göra med sina ägodelar.

När jag väl vant mig vid tanken på att mor och Kenneth Fleming levde tillsammans – snarare när folk började tycka att deras förhållande var underligt eftersom Kenneth inte brydde sig om att göra något för att ändra på sitt civilstånd – övergick mina sårade känslor i misstro. Hon är ju över sextio, tänkte jag. Vad inbillar hon sig ska hända mellan dem? Men misstron bleknade snabbt och blev till hån. Hon gör sig till allmänt åtlöje.

Med tiden började jag förstå att det arrangemang som mor och Kenneth hade passade dem fint, och jag gjorde mitt bästa för att strunta i dem. Vem brydde sig det minsta om ifall de levde som mor och son, som kamrater, som älskande eller om de var mänsklighetens största kricketfantaster? Vad mig anbelangade kunde de få göra precis vad de ville. De kunde få ha sitt lilla roliga. Jag skulle inte brytt mig om ens om de hade dansat nakna framför Buckingham Palace.

Därför sa jag nej, när Max föreslog att jag skulle berätta för mor om att jag hade ALS. Lägg in mig på sjukhus. Hitta ett vårdhem till mig. Sätt ut mig på gatan. Men berätta ingenting om mig för den där gamla haggan. Har ni förstått det. *Förstått?*

Efter det talades det inte mer om mor. Men Max hade sått ett frö, och det hade kanske varit hans avsikt från början. Om det var så hade han planterat ut fröet mycket skickligt: "Det är inte för din mors skull som du ska berätta det för henne, gumman. Det är inte det som är meningen. Om du ska berätta något för henne så ska du göra det för Chris skull."

Chris. Och när allt kom omkring, vad skulle jag inte kunna göra för Chris skull?

Motionera. Motionera. Promenera. Lyfta skrot. Gå uppför oändliga trappor. Jag *tänkte* verkligen bli en av de mycket få som övervann sjukdomen. Jag skulle övervinna den på det mest fantastiska sätt. Jag skulle inte bli som Stephen Hawking, ett knivskarpt intellekt fånget i en förlamad kropp. Jag tänkte ta fullständig kontroll över mina tankar, och låta tankarna styra kroppen så att jag kunde triumfera över kvackarna, kramperna, svagheten och darrningarna.

Till att börja med framskred sjukdomen långsamt. Jag brydde mig inte om det faktum att man hade sagt mig att det skulle vara så, utan uppfattade det istället som ett tecken på att mitt självläkningsprogram var effektivt. Se bara, tänkte jag där jag linkade fram, mitt högra ben har inte blivit värre och mitt vänstra är inte angripet. Jag har grepp om den här förbannade sjukdomen och jag tänker inte släppa taget. Men egentligen förändrades mitt tillstånd inte alls. Det var snarare en mellanperiod, då jag inbillade mig att jag kunde stoppa tidvattnet från att dra sig tillbaka genom att gå ut i havet och hövligt fråga vattnet om det inte hade lust att stanna kvar.

Skinnet hängde slappt från skelettet på det högra benet, och under det fanns musklerna som vred sig, spändes och bråkade, blev till hårda knutar som sedan löstes upp till senor och brosk. Jag frågade mig varför? Om nu musklerna fortfarande kan röra sig, om de kan spännas i kramp och vrida sig, varför gör de inte som jag vill när jag ber dem om det? Men man sa mig att sjukdomen uppförde sig på det sättet. Det är som en högspänningsledning som har blivit skadad av stormen. Det finns fortfarande elektricitet i den, det skjuter ut gnistor på måfå, men man har ingen nytta av energin som finns i den.

Och så började mitt vänstra ben försämras. Från det att jag kände de första darrningarna där på restaurangen i närheten av Camden Lock fortsatte försämringen i jämn takt. Visst gick det långsamt, en svaghet som bara blev lite mer uttalad allteftersom veckorna gick. Men jag kunde inte förneka att sjukdomen förvärrades. Skakningarna blev värre och byggdes upp ända tills de förvandlades till smärtsamma kramper. Nu var det inte längre fråga om att kunna motionera. Man kan inte promenera, gå i trappor eller lyfta skrot samtidigt som man koncentrerar sig på att uthärda smärtan utan att banka huvudet i närmasta vägg för att förvandla det till en rutten grapefrukt.

Under hela denna tid sa Chris ingenting. Jag menar inte att han teg. Han höll mig underrättad om hur enheten klarade sig utan mig, han talade om de reparationer han utförde, han bad om råd hur han skulle klara av knepiga situationer inom ledningen för Organisationen, han pratade om sina föräldrar och om sin bror, och han planerade att vi skulle åka till Leeds igen för att träffa dem.

Jag vet att Chris aldrig skulle vara den som förde ALS på tal. Jag hade bestämt mig för att börja använda käpp. Jag förstod att nästa steg skulle vara en rollator så att jag mera effektivt skulle kunna släpa mig från sovrummet till toaletten, från kabyssen till arbetsrummet och sedan tillbaka till mitt sovrum. Men efter det, när jag inte längre orkade med att skjuta rollatorn framför mig skulle jag bli tvungen att sitta i rullstol. Och det var rullstolen jag fruktade – och jag är fortfarande vansinnigt rädd för rullstolen – och allt vad det innebär. Men allt detta skulle Chris aldrig vilja tala om, för det var min sjukdom och inte hans, och de beslut som måste fattas i samband med den var mina, inte hans. Och om vi därför skulle kunna diskutera alla dessa framtida beslut var det jag som måste ta upp ämnet.

När jag började använde rollatorn av aluminium för att kunna ta mig fram från arbetsrummet till kabyssen visste jag att det var dags. Det var så ansträngande att gå med hjälp av den att jag fick stora svettfläckar på ryggen och under armarna. Jag försökte intala mig att enda problemet var att jag måste vänja mig vid detta nya sätt att röra sig på. Om jag skulle kunna vänja mig vid det, måste jag emellertid bygga upp styrkan i överkroppen samtidigt som just styrkan sakta men säkert rann av mig. Det stod snart klart att jag måste ha ett samtal med Chris.

Jag hade haft min rollator i mindre än tre veckor när Max en kväll kom för att hälsa på oss. Det var en söndagskväll tidigt i april i år. Vi hade ätit middag tillsammans och satt nu uppe på däck och tittade på hur hundarna höll på uppe på hyttaket och bråkade på skoj med varandra. Chris hade burit mig uppför trappan. Max hade tänt min cigarett, båda två hade strukit sin obefintliga lugg ur pannan, bugat djupt och försvunnit ner för att hämta filtar, brandy, glas och en skål med frukt. Jag kunde höra deras mumlande röster. "Nej, egentligen ingenting", sa Chris. "Hon verkar svagare", sa Max.

Jag försökte så gott jag kunde att låta bli att lyssna till dem och koncentrerade mig istället på kanalen, sjön och Browning's Island.

Det var svårt att tro att jag hade varit här fem år redan, kommit och gått, skaffat mig ett arbete på zoo, flyttat djur hit och dit och omväxlande älskat och bråkat med Chris. Det hade funnits stunder då jag insett hur tryggt och fridfullt det var här, men aldrig tidigare hade livet i Little Venice betytt mer för mig än det gjorde i kväll. Jag insöp alltsammans i djupa drag tillsammans med luften. Den där ensamma konstiga pilen på Browning's Island som till skillnad från de andra lutar sig ut över vattnet som en odygdig skolpojke och doppar sina grenar ett par centimeter från piren. Raden med citrongula pråmar vars ägare brukar sitta på däck när det är sköna kvällar och nicka och vinka till oss när vi springer förbi med hundarna. Det röda och gröna smidesjärnet på Warwick Avenue-bron och den långa raden med vita hus som kantar avenyn fram till bron. Och framför dessa hus står de sirliga körsbärsträden i blom och vinden får blommorna att vaja som änglahår och i rosa drivor falla ner på trottoaren. Fåglar skvätter runt i blomsterdrivorna och kastar sig sedan från Warwick Avenue ner mot kanalen. Där fladdrar de runt bland träden vid gångstigen på jakt efter trådbitar, kvistar och hårstrån att bygga sina bon av... Hur skulle jag kunna lämna den här platsen?

Så hörde jag rösterna igen.

"...det är svårt, förstår du... Hon kallar det ett eldprov... gör sitt bästa för att förstå..."

"... när du någon gång behöver komma iväg, så..." svarade Max.

"Tack, jag vet det", sa Chris. "Det gör det lättare att stå ut."

Jag iakttog vattenytan, såg hur konturerna av träden vid kanalen och husen bakom dem blev taggiga av vattnets krusningar, såg hur gässen som dök från ön ner i vattnet åstadkom cirklar som blev allt större och till slut nådde fram till vår pråm utan att rubba den. Jag tyckte inte att Chris och Max svek mig genom att tala om mig eller om henne vars namn jag fortfarande inte kände till och om den eländiga situation som vi alla hade hamnat i. Det var hög tid att jag själv började tala.

De kom tillbaka med brandy, glas och frukt. Chris svepte en filt om mina ben och klappade mig leende på kinden. Beans blev ivrig vid tanken på mat och hoppade från hyttaket ner på däck. Toast balanserade gnällande på kanten till taket och väntade på att någon skulle lyfta ner honom.

"Han uppför sig som en baby", sa Chris när Max gjorde en rörelse för att lyfta ner Toast. "Han kan mycket väl klara sig själv."

"Jo, men han är ett så gulligt litet odjur", sa Max när han satte ner Toast bredvid Beans. "Och bara därför gör jag mig gärna besvär."

"Bara han inte vänjer sig vid att bli uppassad", sa Chris. "Han blir alldeles för beroende om han vet att det finns någon som är villig att göra sådant som han mycket väl kan klara själv. Och det, förstår du, leder bara till fördärv."

"Vad då?" undrade jag. "Att bli beroende?"

Max tog lång tid på sig för att skära upp ett äpple. Chris hällde upp brandy och satte sig vid mina fötter. Han drog till sig Beans och kliade beaglen strax under de fladdrande öronen på det där mjuka stället han kallade "platsen för den yttersta valpglädjen".

"Det stämmer", sa jag.

"Vad talar du om", undrade Chris. Max gav Toast en bit äpple.

"Du har rätt. Det är aldrig bra att bli totalt beroende av någon."

"Jag babblade ju bara om ingenting alls, Livie."

"Det är som ett fisknät", sa jag. "Du har säkert sett dem. Sådana där som man lägger ut på vattenytan från båtarna för att fånga makrillstim eller någonting annat. Beroendet fungerar på det sättet. Det nöjer sig inte med att snärja och förstöra den som är beroende. Det fångar alla andra också. Alla de små fiskarna simmar tanklöst med den enda fisken som från början var beroende."

"Det där var en ganska tänjbar metafor, gumman." Max stack sin kniv i en äppelklyfta och sträckte den mot mig. Jag skakade på huvudet.

"Den stämmer in", sa jag. Jag såg på Chris. Han fångade min blick. Hans hand slutade klia beaglens öron. Beans knuffade på hans fingrar. Chris vände bort blicken.

"Om alla de där fiskarna simmade långt ifrån varandra skulle de aldrig bli fångade", sa jag. "Jo, kanske en eller två, eller kanske en elva-tolv stycken. Men inte hela stimmet. Det är därför det är så sorgligt att de håller ihop."

"Det är rent instinktivt", sa Chris. "Det fungerar på det sättet. Fiskstim, fågelflockar, hjordar med hovdjur. Det är på samma sätt."

"Men det gäller inte människor. Vi är inte tvungna att följa våra instinkter. Vi kan diskutera genom saken och göra vad som är bäst för att skydda våra likar från fördärvet. Håller du inte med mig Chris?"

Han började skala en apelsin. Jag kunde känna den starka, oljiga doften på tungan när jag tog ett djupt andetag. Han började dela upp apelsinen i klyftor. Han räckte mig en. När jag tog den nuddade våra fingrar vid varandra. Han vände på huvudet och började studera vattenytan som om han sökte efter drivved.

"Det ligger någonting i vad du säger, gumman." sa Max.

"Max", sa Chris varnande.

"Det är en fråga om ansvar", sa Max. "Hur mycket ansvar vi har för de människoliv som är insnärjda tillsammans med våra."

"Och för att de liven kan bli ödelagda", sa jag. "Särskilt om vi blundar för vad vi kan göra för att hindra den ödeläggelsen."

Max gav hundarna resten av äpplet – en fjärdedel till Beans och en fjärdedel till Toast. Han gav sig på ett nytt med sin skalkniv. Den här gången skalade han det, han började högst upp och försökte få fram en sammanhängande spiral. Vi iakttog honom, Chris och jag. När han hade kommit till tre fjärdedelar av äpplet slant kniven och skar av skalet som föll ner på däcket. Vi såg alla tre på det där det låg på bräderna, ett rött band som symboliserade ett misslyckat försök att uppnå perfektion.

"Alltså kan jag inte", sa jag. "Det förstår ni väl."

"Vad då?" sa Chris.

Vi såg hur hundarna luktade på äppleskalet och sedan förkastade det. De ville ha äkta vara, Beans och Toast. Det söta fruktköttet, inte den skarpa smaken på skalet.

"Vad då?" upprepade Chris. "Vad är det du inte kan?"

"Ta på mig ansvaret."

"För vad då?"

"Det vet du. Skärp dig nu, Chris!"

Jag studerade honom ingående. Han måste ha känt sig lättad av mina ord. Jag var inte hans hustru, jag var inte hans käresta, och jag hade aldrig ens varit det, och hade heller aldrig fått några löften om att jag skulle bli det. Jag var den där horan som han för fem år sedan hade plockat upp på gatan mitt emot Earl's Court Exhibition Center när han råkade gå förbi med en eländig hund i koppel. Jag hade levt som hans pråmkamrat. Jag hade bidragit till vår försörjning men nu skulle jag snart inte längre kunna göra det. Det visste vi båda två. Alltså iakttog jag honom och väntade för att se ett tecken på att han förstod att hans befrielse var inom räckhåll.

Men visst, jag antar att jag ville att han skulle protestera. Jag föreställde mig att han skulle säga att han kunde klara av det. "Vi kan klara av det. Det har vi alltid gjort. Det kommer vi alltid att kunna göra. Vi hör ihop, du och jag, Livie. Det ska vi göra ända till slutet."

För så ungefär hade han sagt tidigare fast med andra ord, då när det var lättare, när ALS inte var så svår som den nu höll på att bli. Då kunde vi tala tappert om hur det skulle bli, men vi behövde inte se sanningen i vitögat, för så illa var det ännu inte. Nu däremot, nu sa han ingenting. Han drog till sig Toast och granskade en skrovlig fläck mellan hundens ögon. Toast njöt av uppmärksamheten och viftade lyckligt med svansen mot däcket.

"Chris?" sa jag.

"Du drar inte ner mig i fördärvet", svarade han. "Det är jobbigt, det är allt."

Max drog korken ur brandyflaskan och fyllde på våra glas fast ingen av oss ännu hade rört en droppe. Han lät sin stora hand vila en kort stund på mitt knä. Han kramade det. Det betydde att jag skulle ta mod till mig och fortsätta.

"Mina ben håller på att bli svagare. Det räcker inte längre med rollatorn."

"Du måste vänja dig vid den. Bygga upp din styrka."

"Mina ben är som kokt spaghetti, Chris."

"Du tränar inte tillräckligt mycket. Du använder inte rollatorn så mycket som du skulle kunna."

"Om två månader kommer jag inte att kunna stå upp."

"Om dina armar är starka så…"

"För helvete, *lyssna på mig!* Jag kommer att behöva en rullstol."

Chris svarade inte. Max reste sig och lutade sig mot hyttaket. Han tog en klunk av sin brandy. Han ställde ifrån sig glaset på hyttaket och letade i fickan efter en cigarettfimp. Han stoppade den i munnen utan att tända den.

"Men då skaffar vi väl en rullstol", sa Chris.

"Och sen då?" frågade jag.

"Vad då?"

"Var ska jag bo?"

"Vad menar du? Här, var annars?"

"Var inte så korkad? Det kan jag ju inte. Det vet du. Det är ju du som har byggt pråmen."

Chris såg tomt framför sig. "Jag kan inte bo här", sa jag. "Jag skulle inte kunna förflytta mig."

"Naturligtvis kan du…"

"Dörrarna, Chris."

Jag hade sagt så mycket jag kunde. Rollatorn. Rullstolen. Han behövde inte veta mer än det. Jag kunde inte tala om de svaga darrningar som hade börjat i mina fingrar. Jag kunde inte tala om hur kulspetspennan hade börjat glida iväg över papperet, precis som lädersulor på ett nypolerat golv, när jag försökte skriva. För det hade talat om för mig att till och med den rullstol som jag fruktade och avskydde bara skulle kunna fungera några dyrbara månader, innan ALS gjorde så att mina armar blev lika obrukbara som mina ben höll på att bli.

"Jag är inte tillräckligt sjuk för en institution ännu", sa jag till honom.

"Men jag håller på att bli alltför sjuk för att stanna kvar här."

Max kastade sin cigarettfimp – som han fortfarande inte hade tänt – i konservburken. Han klev över hundarna som låg utsträckta på var sin sida om Chris och gick runt min stol och ställde sig bakom mig. Jag kände hur han lade sina händer på mina axlar. Värmen och beröringen antydde att han ville få mig att förstå någonting. Max, han tyckte att jag var ädel och storsint, en god engelsk kvinna på väg att tyna bort, en plågad sjukling som ger sin älskade fri att leva sitt eget liv. Ett sådant skitsnack. Jag hängde ju och svävade någonstans mellan avgrunden och ingenting.

"Men då flyttar vi då", sa Chris. "Vi skaffar oss någonstans att bo där du lätt kan förflytta dig i rullstol."

"Inte iväg från ditt hem", sa jag. "Det gör vi inte."

"Det är hur lätt som helst för mig att hyra ut pråmen, Livie. Antagligen skulle jag få mer för den än vad vi skulle behöva betala för en lägenhet. Jag vill inte att du…"

"Jag har redan ringt till henne", sa jag. "Hon vet om att jag vill träffa henne. Hon vet bara inte varför."

Chris höjde huvudet och såg över axeln på mig. Jag satt alldeles stilla. Jag manade fram bilden av Liv Whitelaw, den fredlösa, så att hon skulle hjälpa mig att ljuga utan att det märktes.

"Det är redan gjort", sa jag.

"När ska du träffa henne?"

"När jag tror att det är dags. Jag sa inte mer än att jag skulle vilja träffa henne om hon kan tänka sig att stå ut med det."

"Och det ville hon?"

"Hon är trots allt min mor, Chris." Jag fimpade min cigarett och skakade ut en ny i knäet. Jag ville inte röka, men jag ville ha något att göra tills han hade svarat. Men han sa ingenting. Det var Max som svarade.

"Det var ett riktigt beslut, gumman. Hon har rätt att veta om det. Och du har rätt att få hennes hjälp."

Jag ville inte ha hennes hjälp. Jag ville arbeta på zoo, springa längs kanalen med hundarna, jag ville smyga som en skugga in i laboratorierna tillsammans med befriarna, fira segern med Chris på en pub, jag ville kunna stå i fönstret i den där lägenheten nära Wormwood Scrubs där enheten brukar träffas och titta på fängelset och tacka gud för att jag inte längre var fånge.

"Det är gjort, Chris", upprepade jag.

Han lade armarna runt benen och lutade huvudet mot sina knän. "Om du har bestämt det så", sa han.

"Ja, jo, det har jag", ljög jag.

KAPITEL 18

Lynley valde Bachs *Brandenburgischen Konzerte* nummer ett för att den musiken påminde honom om hans barndom, om när han sorglöst sprang genom parken till familjegodset i Cornwall, och tävlade med sin bror och sin syster om vem som skulle komma först fram till den gamla skogen som skilde Howenstow från havet. Lynley tyckte att Bach var mera kravlös än de ryska kompositörerna. Bach var luft och bubblor, ett perfekt sällskap när man tänkte på sådant som inte alls hade med musiken att göra.

Lynley snurrade runt de sista whiskydropparna i glaset och lade märke till hur den bruna färgen förvandlades till guld när vätskan träffades av ljuset. Han svalde ner den, njöt av hettan i strupen och ställde glaset bredvid karaffen på bordet av körsbärsträ bredvid sin stol. Violiner och valthorn jagade varandra i Bachs konsert. Lynleys tankar uppförde sig ungefär likadant i hans huvud.

Han och assistent Havers hade skilts åt efter middagen i Kensington. Havers tog tunnelbanan för att åka tillbaka till New Scotland Yard där hon hade sin bil, medan Lynley gick för att än en gång besöka Staffordshire Terrace. Nu tjänade musiken som bakgrund både för hans egen nervositet och för hans funderingar över detta besök.

Miriam Whitelaw hade än en gång fört honom uppför trappan och in i vardagsrummet där en enda golvlampa i mässing spred en triangel av ljus över en öronlappsfåtölj. Lampan lyckades inte skingra vardagsrummets djupa skuggor och Miriam Whitelaw, som var klädd i svart tunika och svarta långbyxor, smälte in i mörkret. Det verkade emellertid inte som om hon medvetet hade planerat att föra honom till denna del av huset för att kunna sitta och gömma sig i mörkret när han förhörde henne. Tvärtom hade hon tydligen själv suttit där innan han kom, för hon mumlade något om att hon inte längre stod ut med ljus. "Så fort ljuset träffar mina ögon", sa hon, "börjar det bulta i huvudet, sedan kommer migränen och så är jag helt utslagen. Och det vill jag absolut inte vara."

Hon hade rört sig långsamt men hon visste exakt var alla möblerna var placerade i rummet och hon tände den fransprydda lampan som fanns precis bakom pianot och sedan en till som stod på ett slagbord. Båda glödlamporna var så svaga att belysningen förblev dämpad, lamporna glödde endast svagt som gaslyktorna måste ha gjort på hennes farfars tid. "Mörkret hjälper mig att låtsas", sa hon. "Jag har suttit här och lyssnat till ljud som inte finns." Det var som om hon hade uppfångat frågan som ordlöst kom ur skuggorna där Lynley stod. "Jag brukade alltid höra Ken långt innan jag såg honom", fortsatte hon lugnt. "Garagedörren som slog igen. Hans fotsteg mot stenläggningen i trädgården. Köksdörren som öppnades. Jag har suttit och tänkt på det. På alla de där ljuden. Jag nästan hörde hur han kom. Han var ju naturligtvis inte här på riktigt, inte i rummet tillsammans med mig, inte ens i huset, för det är ju omöjligt. Men ljuden han frambringade när han kom. För om jag åter kan tvinga fram alla de där ljuden inuti mitt huvud har jag en känsla av att han inte är borta."

Hon hade återvänt till en stol och Lynley såg att i den låg en gammal kricketboll bredvid en kudde i persiskt mönster. Hon satte sig och kupade händerna runt bollen och det såg så naturligt ut att Lynley förstod att hon måste ha suttit där i halvmörkret innan han kom med bollen i händerna.

"Jean ringde mig idag, sent på eftermiddagen. Hon sa att ni hade tagit Jimmy. Jimmy." Hennes händer darrade och hon kramade bollen ännu hårdare. "Jag upptäcker att jag till slut har blivit för gammal, kommissarien. Jag förstår ingenting längre. Män och kvinnor. Äkta män och fruar. Föräldrar och barn. Jag förstår ingenting av det."

Lynley hade passat på att utnyttja tillfället till att fråga henne varför hon inte hade berättat för honom att hennes egen dotter hade besökt henne samma natt som Fleming dog. Till att börja med sa hon ingenting. Tystnaden framhävde det tickande ljudet från farfarsklockan. "Då har ni tydligen talat med Olivia", mumlade hon till slut, och det lät som om hon kapitulerade.

Han sa att han hade talat två gånger med Olivia och eftersom hon hade ljugit första gången om var hon hade varit den natten då Fleming dog, undrade han vad mer hon kunde ha ljugit om. Eller modern, för den delen, eftersom det ju visade sig att även hon hade ljugit.

"Jag förteg medvetet en sak", sa mrs Whitelaw. "Men jag ljög inte." Hon sa vidare precis som dottern, men mycket mera lugnt och mera resignerat, att besöket inte hade någonting alls med fallet att göra och att det skulle ha kränkt Olivias rätt till privatliv att diskutera det med honom. Och mrs

Whitelaw betonade att Olivia måste få ha rätt till ett privatliv. Det var en av de få saker hon hade kvar.

"Jag har förlorat båda två. Ken... nu Ken. Och Olivia..." Hon tryckte kricketbollen mot bröstet som om den gav henne kraft att fortsätta. "Och snart Olivia. Och på ett så grymt sätt så när jag tänker på det... jag kan knappast förmå mig till att göra det... att bli berövad möjligheten att kontrollera sin kropp, att bli berövad sin stolthet, men att hela tiden, ända tills hon tar sitt sista andetag vara helt *medveten* om vad hon berövats... För hon var så stolt, min Olivia, hon var så högmodig, hon var vild och under många år drev hon mig till vansinne ända tills jag inte stod ut längre. Därför välsignade jag den dag hon drev mig så långt att jag slutgiltigt kunde klippa av alla band." Hon tycktes vara på gränsen att förlora självbehärskningen, men samlade sig åter. "Nej, jag berättade inte för er om Olivia, kommissarien. Jag kunde inte göra det. Hon är döende. Det var svårt nog att tvingas tala om Ken. Att dessutom vara tvungen att tala om Olivia... Jag kunde inte stå ut med det."

Hon måste stå ut med det nu, hade Lynley tänkt. Och sedan hade han frågat henne varför Olivia hade kommit för att träffa henne. För att sluta fred, sa mrs Whitelaw till honom. För att be om hjälp.

"Som hon naturligtvis kommer att kunna få mycket lättare nu, när Fleming är borta", påpekade Lynley.

Då hade hon vänt huvudet in mot fåtöljens ryggstöd. "Varför kan ni inte tro mig?" hade hon sagt trött. "Olivia hade ingenting med Kens död att göra."

"Kanske inte Olivia själv", sa Lynley och väntade på hennes reaktion. Hon rörde sig inte, utan satt orörlig med huvudet vänt in mot stolen och kricketbollen pressad mot bröstet. Det gick nästan en minut då ingenting annat än farfarsklockans tickande hördes, innan hon frågade honom vad han menade.

Då hade han talat om för henne det som han fortfarande satt och grubblade över i sitt vardagsrum på Eaton Terrace, det som han hade grubblat över ända sedan sin middag med assistent Havers: Chris Faraday hade liksom Olivia varit borta hela den där onsdagsnatten. Visste mrs Whitelaw om det?

Nej, det visste hon inte.

Lynley hade inte talat om Faradays alibi för mrs Whitelaw. Men det var Faradays alibi som hade oroat Lynley ända sedan han och Havers lämnade pråmen.

Det hade alltför mycket liknat en utantilläxa, det som Faraday hade berättat om vad han gjort under onsdagsnatten. Han hade redogjort för alltsammans nästan utan att tveka. Räknat upp vilka som varit med på festen, vilka filmer de hade hyrt, namn och adress till videobutiken. Faradays redogörelse för vad han hade haft för sig hade flutit så lätt att den tycktes vara inlärd på förhand. I synnerhet att han hade kommit ihåg filmerna som inte hade varit några stora Hollywoodproduktioner med välkända filmstjärnor, utan enkel pornografi som *Betty lär känna Bangkok* eller *Vild och galen* eller vad det nu var Faraday hade kallat dem. Och hur många var det egentligen han hade räknat upp utan problem? Tio? Tolv? Assistent Havers skulle ha sagt att om Lynley hade svårt att tro på Faradays historia skulle de ju alltid kunna kontrollera med videobutiken. Men Lynley var övertygad om att butikens anteckningar skulle visa att filmerna faktiskt hade hyrts ut den kvällen, antingen av Faraday själv eller av någon av de kumpaner som han hade sagt var med på festen. Och det var det som bekymrade Lynley: alibit var alldeles för perfekt.

"Olivias pojkvän?" hade mrs Whitelaw sagt. "Men varför har ni tagit Jimmy? Jean berättade för mig att ni hade tagit Jimmy."

Lynley talade om för henne att det bara var för att förhöra honom. Ibland hjälpte det folk att minnas saker om man blev förhörd på New Scotland Yard. Hade det hänt någonting annat i onsdags natt som mrs Whitelaw nu skulle vilja berätta? Någonting som hon hade utelämnat vid deras tidigare samtal?

Nej, hade hon sagt. Absolut ingenting. Nu hade han fått reda på allt.

Han hade inte sagt någonting mer förrän de stod vid ytterdörren där ljuset över entrén sken rakt på hennes ansikte. Han hejdade sig med handen på dörrhandtaget, som om han plötsligt hade kommit ihåg någonting. Han hade vänt sig mot henne. "Gabriella Patten. Har ni hört någonting från henne?"

Jag har inte talat med Gabriella på flera veckor. Har ni hittat henne?"

"Ja."

"Är hon… Hur mår hon?"

"Inte som jag hade trott att en kvinna som just förlorat sin blivande man skulle må."

"Tja", sa hon. "Det är väl typiskt Gabriella."

"Jag vet inte det", sa Lynley. "Är det typiskt för henne?"

"Gabriella var inte ens värd att putsa skorna åt Ken, kommissarien", sa mrs Whitelaw. "Jag önskar bara att Ken själv hade kunnat inse det."

"Skulle han fortfarande ha varit i livet om han hade gjort det?"

"Det tror jag."

I det klara ljuset vid entrén hade han sett att hon nyligen hade skurit sig högt uppe på pannan. Hon hade ett plåster strax under hårfästet. En bloddroppe – levrad och mörkbrun som ett illavarslande födelsemärke – hade sipprat fram genom det. Hon förde fingrarna mot det. "Det var lättare", sa hon.

"Vad då?"

"Att göra mig själv illa på det här sättet. Istället för att tvingas möta det andra."

Lynley nickade. "Det är oftast det."

Han sjönk djupare ner i fåtöljen i vardagsrummet på Eaton Terrace. Han sträckte ut benen och kastade en fundersam blick mot whiskykaraffen som stod bredvid hans glas. Han motstod frestelsen, i alla fall för stunden, och strök sig om hakan medan han studerade mönstret på Axminstermattan. Han tänkte på sanningen, halvsanningen och lögnen, det som vi envist tror på, det som vi offentligt hävdar och den skrämmande förödande kraft som kärleken kan förvandlas till när den är alltför häftig, när den en gång ömsesidiga passionen tar slut eller när den är totalt obesvarad.

I vanliga fall brukade den blinda kärleken inte kräva blodsoffer. Denna totala kapitulation inför någon annans vilja tog sig många andra uttryck. Men när man gett efter för besattheten kunde följderna bli katastrofala om den inte besvarades.

Om detta var orsaken till att Kenneth Fleming mördats så hade den som utförde mordet älskat och hatat honom lika mycket. Och genom att döda honom hade mördaren skapat ett oupplösligt band mellan kropp och kropp, mellan själ och själ så att de i döden för evigt förenades så som de aldrig skulle ha kunnat förenas i livet.

Lynley insåg att allt detta ledde till frågan om Gabriella Patten. Och han kunde inte bortse från Gabriella Patten – vem hon var, vad hon gjorde och vad hon sa – om han någonsin skulle få reda på sanningen.

Vardagsrumsdörren öppnades och Denton kikade in. När han mötte Lynleys blick gled han in i rummet och traskade i sina morgontofflor fram till Lynleys stol. Han lyfte karaffen från bordet med ett frågande ansiktsuttryck. Lynley nickade. Denton hällde upp whiskyn och ställde tillbaka karaffen bland de andra. Lynley log åt detta subtila sätt att styra hans alkoholintag. Denton var smidig, det var inte tu tal om den saken. Så länge han fanns i närheten löpte Lynley knappast någon risk att bli alkoholist.

"Någonting annat, ers nåd?" Denton höjde rösten så att han skulle höras. Lynley tecknade åt honom att sänka volymen på stereon. Bach dämpades till ett angenämt bakgrundsbrus.

"Lady Helen har inte ringt?" sa Lynley helt i onödan, eftersom betjäntens tystnad redan hade gett honom svaret.

"Inte sedan hon gick i morse." Denton gned ihärdigt på en fläck han hade fått på ärmen.

"Hur dags var det?"

"Hur dags?" Han funderade på frågan och lyfte blicken mot taket som om svaret fanns där. "Ungefär en halvtimme efter det att ni och assistenten hade gett er av."

Lynley lyfte glaset och snurrade runt whiskyn medan Denton plockade fram en näsduk ur fickan och helt i onödan började polera översidan på ett skåp. Han fortsatte med att polera en av karafferna. Lynley harklade sig och försökte få nästa fråga att låta likgiltig. "Hur tyckte ni att hon verkade då?"

"Vem?"

"Helen."

"Verkade?"

"Ja, nu tror jag ni förstår frågan. Hur verkade hon?"

Denton rynkade tankfullt ögonbrynen, men han gick till överdrift i sina försök att se fundersam ut. "Hur hon verkade. Tja… låt mig tänka…"

"Denton, kläm fram med det nu."

"Jo, det är bara det att jag inte precis kan…"

"Det räcker nu. Ni vet att vi grälade. Jag anklagar absolut inte er för att smyglyssna, men eftersom ni kom när det var som värst så vet ni att vi grälade. Svara därför på min fråga. Hur verkade hon?"

"Tja, hon verkade faktiskt precis som vanligt."

Han hade i alla fall vänligheten att se beklagande ut när han berättade det, tänkte Lynley. Men Denton var inte en man som förstod sig på de finare nyanserna i det kvinnliga beteendet, det visade om inte annat hans eget brokiga privatliv. Därför envisades Lynley. "Var hon på dåligt humör? Verkade hon…" undrade han och hejdade sig. Vilket ord var det han sökte? Tankfull? Modfälld? Bestämd? Förargad? Djupt olycklig? Ängslig? Vilket som helst skulle kunna passa in.

"Hon var sig lik", sa Denton. "Hon var som Lady Helen brukar vara."

Och det var det samma som att verka oberörd, det visste Lynley. Något som i sin tur var Helen Clydes starka sida. Hon behärskade sitt temperament så skickligt som om det hade varit ett jaktgevär. Hon hade mer än en gång låtit honom hamna i skottlinjen, och hennes envisa vägran att visa humör gjorde honom rasande.

Nu skiter jag i det, tänkte han och svepte sin whisky. Han önskade att han kunnat säga att han skiter i henne också, men det var omöjligt.

"Var det allt, Ers Nåd?" frågade Denton. Han såg totalt uttryckslös ut och hans röst var irriterande inställsam.

"Låt för helvete Jeeves stanna kvar i köket", sa Lynley. "Och förresten, det var allt."

"Då så, Ers…"

"Denton", sa Lynley.

Denton log. "Visst." Han gick fram till Lynley och fyllde flinkt på whiskyglaset. "Jag går och lägger mig nu. Hur vill ni förresten ha era frukostägg?"

"Kokta", sa Lynley.

"Ingen dum idé."

Denton skruvade åter upp volymen på Bachkonserten och lämnade Lynley med sin musik och sina tankar.

Lynley hade brett ut alla morgontidningarna framför sig på skrivbordet och han satt böjd över dem för att få ett grepp om deras innehåll när överkommissarie Malcolm Webberly kom in. Han föregicks av en sur cigarrdoft. Innan hans överordnade ens hade hunnit öppna munnen mumlade Lynley: "Sir", till hälsning utan att se upp från tidningarna, där han höll på att jämföra *Daily Mails* förstasidesartikel om mordutredningen med placeringen i *The Times* (sidan tre), i *Guardian* (sidan sju) och i *Daily Mirror* (första sidan med ett foto över halva sidan av Jeannie Cooper som kastar sig in i Lynleys bil med Tesco-kassen i handen). Han hade ännu inte gått igenom *Independent*, *Observer* och *Daily Telegraph*, och Dorothea Harriman var ute för att försöka få tag på exemplar av *Sun* och *Daily Express*. Hittills hade ingen av tidningarna överskridit de gränser tryckfrihetslagstiftningen ställde upp. Ingen tydlig bild av Jimmy Cooper. Inte heller nämndes hans namn i anknytning till den fram till nu oidentifierade sextonårige pojke som "hjälpte polisen i deras undersökningar". Endast en noggrann redogörelse för detaljerna, presenterade i en sådan ordning att vem som helst med normal intelligens skulle kunna få reda på sanningen genom att läsa mellan raderna.

Webberly ställde sig bredvid Lynley. Det gjorde cigarrdoften också. Hans kavaj var genomsyrad av den och den strömmade från honom i vågor. Lynley var övertygad om att överkommissarien fortfarande luktade cigarr även när han hade badat, borstat tänderna, gurglat sig med munvatten och tvättat håret.

"Vem håller ett öga på informationsflödet?" undrade Webberly.

"Det gör jag", svarade Lynley.

"Trassla bara inte till det." Webberly tog *Daily Mirror* och kastade en blick i den. "Asgamar", muttrade han och slängde den åter på Lynleys skrivbord. Han drog eld på en tändsticka. När Webberly förde den mot den halvrökta cigarr som han plockat fram ur kavajfickan lyfte Lynley på huvudet. Med en plågad min fortsatte han sedan att arbeta.

Webberly vankade rastlöst fram och tillbaka i rummet. Han fingrade på en bunt mappar. Han grep en kopia på en rapport från arkivskåpet, lade tillbaka den och suckade. "Du förstår, grabben, jag är bekymrad", sa han till slut. Lynley lyfte åter huvudet. "Du har en hop murvlar som står och gastar på informationsavdelningen och ett annat gäng som smyger omkring utanför huset. Vill du veta min åsikt, så tror jag att det är planlagt. Men vad är meningen med alltsammans? Du ska veta att orsaken till att jag frågar, är att om Hillier råkar komma in måste han veta om det där patrasket fortfarande är på jaktstigen. Då kanske de ger sig på honom också, förstår du grabben, och jag behöver väl inte påminna dig om att vi helst vill undvika en sådan situation."

Det var så sant som det var sagt. Sir David Hillier var högste chef och han ville att hans avdelning skulle fungera som ett väloljat maskineri; kostnadseffektivt och så tyst som möjligt. Om pressen fanns i närheten skulle Hillier misstänka att det inte fungerade som det skulle, och han skulle inte bli glad.

"Det är bara vad man kunde vänta sig", sa Lynley, vek ihop The Times och tog istället upp Independent. "Fleming var idrottsman, känd över hela landet. Man kunde inte vänta sig annat än att den här mordutredningen skulle bli föremål för stort intresse från pressens sida."

Ett stinkande rökmoln svävade mellan honom och tidningarna. Lynley hostade diskret, men Webberly låtsades inte lägga märke till det.

"Menar ni att jag ska säga det till Hillier?" sa överkommissarien.

"Om han frågar." Lynley öppnade Independent och gav till ett utrop när han fick syn på fotot på sidan tre. Konturen av Jimmy Coopers huvud som syntes genom Bentleyns fönster. Och i rutan reflekterades tydligt silverbokstäverna från den roterande skylten framför Yarden.

Webberly suckade när han kikade över Lynleys axel. "Jag gillar inte det här, grabben. Om du inte är försiktig kommer du att spoliera ditt eget fall innan det ens hinner upp i rätten."

"Jag vet vad jag gör", svarade Lynley. "Men det är en fråga om grundläggande kemi om man tycker om det eller ej."

"Vad menar du med det?"

"Om man ökar trycket förändras temperaturen", sa Lynley.

"När det handlar om vätskor, ja. Men här gäller det människor, Tommy. De kokar inte."

"Det har ni rätt i. De krossas."

458

Dorothea Harriman fladdrade in i rummet med den sista tidningsbunten under armen. "Jag lyckades få tag på alla", sa hon andfådd. "*Sun, Express*, gårdagens *Telegraph* och gårdagens *Mail*. Sigmund Freud rökte förresten tolv cigarrer om dagen, visste ni det?" tillade hon med en vass blick på Webberly. "Det slutade med att han fick cancer i munhålan."

"Men jag kan svära på att han dog med ett leende på läpparna", svarade Webberly.

Harriman rullade menande med ögonen. "Var det något annat ni önskade, kriminalkommissarie Lynley?"

Lynley funderade en kort stund på att be henne låta bli att använda hela hans titel, men insåg att det inte skulle tjäna något till. "Tack, det är bra, Dee", sa han.

"Pressavdelningen vill veta om ni tänker hålla presskonferens idag på morgonen. Vad ska jag säga till dem?"

"Säg dem att jag låter mina överordnade ha det nöjet idag."

"Sir?" Assistent Havers dök upp i dörröppningen, klädd i en skrynklig brun dräkt som såg ut som om den hade använts som disktrasa. Kontrasten mellan henne och Webberlys sekreterare var slående – den senare prydligt ekiperad i cremefärgad crèpe med svarta skoningar och utan den minsta fläck av trycksvärta trots hennes utflykter helt nyligen för Lynleys räkning. "Vi har pojken här."

Lynley kastade en blick på klockan. Fyra minuter över tio. "Bra", sa han och tog av sig glasögonen. "Jag kommer med en gång. Är hans advokat med honom?"

"En kille som heter Friskin. Han säger att den käre Jimmy inte har något nytt att berätta för polisen den här gången."

"Verkligen?" Lynley tog sin kavaj som hängde över en stolsrygg och mappen med Flemingfallet som fanns under tidningarna. "Vi får väl se?"

De gav sig iväg mot förhörsrummet och krockade i korridorerna både med kriminalkonstaplar, tjänstemän, sekreterare och budkillar, medan Havers snabbt pladdrade på där hon gick vid Lynleys sida. Hon läste från sitt anteckningsblock och prickade av punkterna allteftersom hon läste upp dem för honom. Nkata kontrollerade videobutiken på Berwick Street och en annan kriminalkonstapel snokade runt i Clapham där det muntra onsdagspartyt skulle ha ägt rum. Man hade fortfarande inte hört något från kommissarie Ardery om vad hennes rättsmedicinare hade fått fram av sitt material. Tyckte han att Havers skulle ringa upp Maidstone och jaga på dem en smula?

"Ja, om vi inte har hört någonting vid middagstid", sa Lynley.

"Bra", sa Havers och skyndade iväg mot jourrummet.

I förhörsrummet reste sig Friskin upp så fort Lynley kom in. "Jag skulle vilja tala med er, kommissarien", sa han samtidigt som han gick fram mot Lynley och ut i korridoren där han nästan blev omkullsprungen av en kontorist. "Jag har allvarliga invändningar mot ert förhör med min klient i går. Enligt lagtexten bör en civil vuxen vara närvarande. Varför följde man inte de reglerna?"

"Ni har fått lyssna till bandupptagningen, mr Friskin. Pojken erbjöds en advokat."

Friskins grå ögon smalnade. "Ärligt talat, hur stor vikt tror ni att en domstol kommer att fästa vid den där löjliga bekännelsen?"

"För ögonblicket bekymrar jag mig inte om domstolen. Mitt problem är att få klarhet i hur Kenneth Fleming dog. Hans son är knuten till dödsfallet…"

"Indicier. Ingenting annat än indicier. Ni har inte tillstymmelse till bevis som säger att min klient var inne i den där stugan i onsdags kväll, och det vet ni mycket väl."

"Jag skulle vilja veta vad han har att förtälja om vad han gjorde, och var han befann sig i onsdags kväll. Hittills har vi bara en ofullständig historia. Så fort han har fyllt i luckorna vet vi i vilken riktning vi ska fortsätta. Kan vi få fortsätta nu eller har ni mer att diskutera?"

Friskin spärrade dörren genom att lägga handen på handtaget. "Säg mig en sak, kommissarien? Är det ni som är skuld även till dagens gatlopp? Se inte på mig som om ni inte förstod. Journalisterna följde som hungriga hajar efter min bil. De hade fått reda på att vi skulle komma. Vem hade gett dem det köttbenet?"

Lynley plockade fram sin fickklocka och fällde upp boetten. "De kommer inte att trycka någonting som kan ge dem själva problem."

Friskin sköt fram ett finger mot Lynleys ansikte. "Inbilla er inte att jag är dum, kommissarie Lynley. Om ni fortsätter på det sättet ska jag se till att ni inte får ett ord till ur pojken. Ni kanske kan försöka skrämma upp en tonåring, men tro mig, ni kan inte skrämma mig. Har ni förstått det?"

"Alldeles klart, mr Friskin. Kan vi få börja nu?"

"Som ni vill, då." Friskin knuffade upp dörren och gick bort till sin klient.

Jimmy satt hopsjunken på samma ställe där han hade suttit föregående dag och plockade på den fransiga fållen till samma T-shirt som han hade haft på sig då. Han såg precis likadan ut som dagen innan bortsett från skorna. Nu bar han ett par osnörda gymnastikskor istället för sina Doc Martens, som man hade behållit som bevis.

Lynley frågade om han ville ha något att dricka. Kaffe, te, mjölk eller juice. Jimmy vände nekande bort huvudet. Samtidigt som Lynley satte sig startade han bandspelaren och talade om klockslag, datum och vilka som var närvarande.

Mr Friskin tog tillfället i akt. "Låt mig förklara en sak", sa han. "Du behöver inte säga någonting mer, Jim. Polisen vill få dig att tro att det är de som bestämmer eftersom de har fört dig hit. De gör så för att skrämma dig. Det är för att få dig att tro att de har övertaget. Sanningen är den att du inte har blivit arresterad, man har inte anklagat dig för någonting, man har bara gett dig en varning. Och det finns en klar juridisk skillnad mellan dessa olika begrepp. Vi är här för att hjälpa polisen och samarbeta så långt vi finner lämpligt, men vi är inte här på deras villkor. Förstår du det? Om du inte vill tala behöver du inte göra det. Du behöver inte berätta någonting för dem."

Jimmy satt med huvudet nerböjt, men han gjorde en antydan till nickning. Nu när Friskin hade sagt vad han skulle, lossade han på sin blommiga slips och lutade sig tillbaka i stolen. "Sätt igång då, kommissarie Lynley", sa han men hans ansiktsuttryck visade att kommissarien inte borde ha för höga förväntningar.

Lynley repeterade allt som Jimmy hade berättat för dem föregående dag. Telefonsamtalet från fadern, vilka förklaringar Fleming hade kommit med, motorcykelfärden ut till Kent, den tomma parkeringsplatsen vid puben, gångstigen till Celandine Cottage, nyckeln i trädgårdsskjulet. Han gick igenom historien som Jimmy hade berättat om hur han hade anlagt elden. "Du påstod att cigarettmärket var JPS", sa han till slut. "Du sa att du la cigaretten i en fåtölj. Så långt hade vi kommit. Minns du det, Jim?"

"Jo."

"Då går vi tillbaks till när du tände cigaretten", sa Lynley.

"Vad är det med det?"

"Du sa att du tände den med en tändsticka."

"Jo."

"Berätta om det."

"Om vad då?"

"Tändstickan. Var kom den från. Hade du tagit med dig tändstickor? Eller fanns de i stugan?"

Jimmy gned sig under näsan med fingret. "Vad spelar det för roll?" sa han.

"Jag är inte säker på att det spelar någon roll alls", sa Lynley lätt. "Troligtvis gör det inte det. Men jag försöker göra mig en klar bild av vad som hände. Det ingår i mitt jobb."

"Försiktigt, Jim", sa Friskin. Pojken knep ihop munnen.

"I går", sa Lynley, "när du hade en cigarett här, använde du fyra stickor för att tända den. Minns du det? Jag undrar om du hade samma problem där i stugan i onsdags kväll. Tände du den med en sticka eller använde du flera stycken?"

"Klart jag kan tända med en sticka. Jag är väl inte darrig, heller?"

"Då använde du alltså bara en tändsticka. Kom den från ett plån eller från en ask?" Pojken ändrade ställning i stolen men brydde sig inte om att svara. Lynley försökte på ett annat sätt. "Vad gjorde du med tändstickan när du hade tänt JPS:en? För det var väl en JPS?" Jim nickade. "Bra. Och tändstickan. Vad hände med den?"

Jimmy fladdrade med blicken. Lynley kunde inte avgöra om han försökte minnas fakta, om han ändrade på dem eller om han hittade på allteftersom. "Jag tog den med mig", sa pojken till slut med en antydan till leende i mungipan. "Det gjorde jag. I fickan."

"Tändstickan."

"Javisst. Jag ville ju inte lämna kvar några spår förstår ni."

"Du tände alltså cigaretten med en enda tändsticka och stoppade den använda tändstickan i fickan. Men vad gjorde du med cigaretten?"

"Är du säker på att du vill svara på det, Jim?" avbröt mr Friskin. "Det är inte nödvändigt. Du har rätt att tiga."

"Nä. Jag kan berätta för han. För han vet väl i alla fall."

"Han vet inte någonting som du inte berättar för honom."

Jimmy begrundade detta. "Kan jag få tala en kort stund i enrum med min klient", sa mr Friskin. Lynley böjde sig fram för att stänga av bandspelaren.

Innan Lynleys hand hade nått fram till avstängningsknappen utbrast Jimmy: "Hör nu här. Jag tände ju den förbannade ciggen och stoppade den i stolen. Det sa jag ju igår."

"Vilken stol var det?"

"Jim, ta det lugnt", varnade mr Friskin.

"Vad menar du med vilken stol?"

"Jag undrar vilken stol i vilket rum?"

Jimmy rullade in händerna i T-shirtens fåll och gungade bakåt på stolen. "Förbannade snutar", muttrade han. "Vi har köket, matrummet, vardagsrummet och sovrummet att välja på. I vilket rum fanns stolen som du satte eld i, Jim?" fortsatte Lynley.

"Du vet ju vilken stol det var. Du såg den själv. Varför frågar du mig om sånt jävla skit?"

462

"På vilken sida i stolen placerade du cigaretten?"

Han svarade inte.

"Placerade du den på höger eller vänster sida? Eller längst bak? Eller mellan dynorna?"

Jimmy fortsatte att gunga på stolen.

"Och vad hände förresten med mrs Pattens djur? Såg du dem i stugan? Tog du dem med dig?"

Pojken satte ner stolen på golvet med en duns. "Hör ni ni!" sa han. "Det va ja som gjorde det. Jag gjorde så farsan kola, och sen e det hennes tur. Det har ja ju sagt. Och nu säjer ja inte mer."

"Ja, det berättade du igår." Lynley lade upp mappen som han burit med sig från kontoret på bordet och öppnade den. Bland de fotografier som kommissarie Ardery hade sänt till honom hittade han en förstoring av den aktuella fåtöljen. Den fyllde upp hela bilden och man kunde endast se kanten av den langettsydda gardinen som hängde ovanför den. "Här", sa Lynley. "Kan det här friska upp ditt minne?"

Jimmy kastade buttert en blick på bilden. "Jo, det e den", sa han och skulle precis till att vända bort blicken då han fick syn på hörnet av ett annat foto som sköt fram under de andra. Det föreställde en hand som hängde slappt ner från en säng. Lynley märkte hur Jimmy svalde och att han inte kunde slita blicken från handen.

Lynley plockade sakta fram fotot ur högen och iakttog pojkens skiftande ansiktsuttryck när faderns kropp långsamt blev synlig. Handen först, sedan armen, axeln och halva ansiktet. Man skulle ha trott att Kenneth Fleming sov om det inte hade varit för den starka hudrodnaden och den tunna rödaktiga fradga som bubblade från hans mun.

Jimmys ögon var klistrade vid bilden som om det hade varit en kobra som stirrade på honom. Hans händer hade på nytt börjat vrida sig runt fållen på T-shirten.

"Vilken stol var det, Jim?" sa Lynley stillsamt.

Pojken sa ingenting och hans blick var fångad av bilden. Från korridoren utanför kunde man höra ljuden från människor som arbetade. Inne i rummet brummade bandspelaren mjukt vidare.

"Vad hände egentligen i onsdags kväll?" frågade Lynley. "Berätta nu från början till slut. Vi måste få veta sanningen."

"Jag har ju berättat."

"Men du talar inte om alltsammans, eller hur? Varför inte, Jimmy? Är du rädd?"

"Det är klart att han är rädd", sa mr Friskin ilsket. "Lägg undan det där fotografiet. Och stäng av bandspelaren. Förhöret är avslutat. Nu. Och det menar jag."

"Vill du att vi ska sluta, Jimmy?"

Till slut lyckades pojken vända blicken från bilden. "Jo", sa han. "Jag har sagt vad jag har sagt."

Lynley tryckte på avstängningsknappen. Han tog god tid på sig när han samlade ihop fotografierna igen, men pojken ville inte titta på dem en gång till. "Vi kommer att höra av oss", sa Lynley till Friskin och lät advokaten leda sin klient förbi de journalister och fotografer som säkert vid det här laget låg i beredskap vid alla ingångar till New Scotland Yard.

På väg till sitt kontor mötte han assistent Havers som bar en rostad te- kaka i ena handen och en plastmugg i den andra. "Jag har fått bekräftelse från Billingsgate att Jean Cooper var på sitt arbete i tid, torsdag morgon."

"Hur dags?"

"Klockan fyra på morgonen."

"Intressant."

"Men hon är inte där idag."

"Inte? Var är hon då?"

"Här nere, enligt vad jag fått reda på från receptionen. Hon för ett för- baskat liv och försöker ta sig förbi vakterna. Är ni klar med ungen?"

"Ja, för den här gången."

"Är han fortfarande här?"

"Han har precis gått tillsammans med Friskin."

"Synd", sa Havers. "Ardery ringde nyss."

Hon berättade inte vad kommissarie Ardery hade sagt förrän de hade kommit in på hans kontor. Oljan som man hade hittat på murgrönan i Les- ser Springburn var identisk med den som fanns på fibrerna man hittat vid stugan. Och båda passade in på oljan i Jimmys motorcykel.

"Bra", sa Lynley.

Havers berättade vidare att Jimmy Coopers fingeravtryck hade hittats på ankan i redskapsskjulet men – och detta var intressant – man hade inte lyckats hitta hans fingeravtryck inne i stugan och inte heller på fönster- blecken eller på dörrarna. Men däremot massor av andra.

Lynley nickade. Han kastade Flemingmappen på skrivbordet, öppnade den bunt tidningar han ännu inte hunnit gå igenom och sträckte sig efter sina glasögon.

"Ni ser inte ut att vara förvånad", noterade Havers.

"Nej, det är jag inte."

"Då antar jag att ni inte heller kommer att bli förvånad över resten."

"Och vad är det?"

"Cigaretten. Deras expert kom in klockan nio i morse. Han hade lyckats bestämma den, tagit fotografierna och slutfört sin rapport."

"Och?"

"B och H."

"Benson and Hedges?" Lynley snurrade sin stol mot fönstret. Framför sig hade han inrikesdepartementets trista arkitektur, men det han såg var snarare hur en eldslåga fördes mot ett pappersrör fyllt med tobak, följt av det ena ansiktet efter det andra som sedan försvann i ett rökmoln.

"Det är helt säkert att det var Benson and Hedges", sa Havers. Hon satte ifrån sig sin plastmugg på hans skrivbord och passade på att slå sig ner i en av stolarna framför det. "Det trasslar visst till det ordentligt för oss."

Han svarade inte utan började istället fundera över vad de visste om tillfälle, motiv och tillvägagångssätt, och försökte få allt att passa ihop.

"Nå?" sa Havers när nästan en minut hade gått utan att han hade svarat. "Gör det inte? Trasslar till saker, menar jag?"

Lynley betraktade en flock duvor som lyfte från inrikesdepartementets tak. De formerade sig till en pilspets och for som en enda varelse iväg mot St James's Park. Det var matdags. Bron som gick över den lilla sjön i parken var säkert packad med turister som hade händerna fulla av frön åt småfåglarna. Duvorna tänkte se till att de fick sin beskärda del.

"Visst", sa Lynley samtidigt som han såg hur fåglarna flög rakt mot sitt mål eftersom de alltid bara hade ett enda motiv för sina flygturer. "Det förändrar förvisso det mesta, assistenten."

KAPITEL 19

Jeannie Cooper följde efter mr Friskins Rover i den blå Cavalier som Kenny hade köpt till henne förra året, den första och enda present hon hade tagit emot som var köpt för hans kricketinkomster. Han hade kommit över med den en torsdagseftermiddag, och när hon envist vägrade ta emot den sa han: "Jag vill inte att du kör runt med ungarna i den där Morrisen, Jean. Den kan gå sönder när som helst, och om det händer på motorvägen kommer ni att bli strandsatta där allihopa."

"Vi klarar oss även om vi blir strandsatta", svarade hon stelt. "Du ska inte behöva oroa dig för att telefonen ska ringa mitt i natten hemma hos mrs Whitelaw, och det är jag som vill att du ska komma och hämta oss." På det svarade han så där lugnt som han brukade, samtidigt som han bollade med bilnycklarna från ena handen till den andra och såg henne så djupt i ögonen att hon inte förmådde vända bort blicken hur mycket hon än ville: "Jean, det här med bilen, det handlar inte om dig och mig. Det handlar om dem. Ungarna. Därför ska du ta emot den. Du kan berätta vad du vill för dem om hur du har fått den. Jag bryr mig inte om vad du säger till dem. Nämn inte mitt namn om du inte vill det. Jag vill bara att de ska vara trygga."

Trygga, tänkte hon och ett hårt, bittert skratt på gränsen till hysteri bubblade upp ur hennes strupe som ett förebud om ett allvarligare utbrott. Visst, Kenny ville att de skulle vara trygga. Hon hejdade gråten som trängde sig på efter skrattet. Nej, sa hon till sig själv. Hon skulle inte ge någon tillfredsställelsen av att se henne bryta samman en gång till. Inte efter gårdagseftermiddagen med alla de där kamerorna som klickade rakt i ansiktet på henne och reportrarna som cirklade runt likt sjakaler och väntade på några svaghetstecken att rapportera. Nåja, de fick sin föreställning och de visade upp den tvärs över tidningens förstasida, men det var allt hon tänkte ge de där knölarna.

Vid New Scotland Yard hade hon kämpat sig fram igenom dem, tillknäppt som en mussla. De hade skrikit fram sina frågor och avfyrat sina kamerablixtar och hon hade inte sagt någonting fast hon anade att de hade skrattat gott för sig själva åt hennes rock från Crissys, hennes mössa och det fläckiga förkläde hon i hastigheten inte hade brytt sig om att ta av när hon fick bråttom iväg för att mr Friskin hade ringt till henne i Billingsgate Market och berättat att polisen om igen ville ha tag på Jimmy. De hade bara fått se den kvinna hon var på utsidan, hon som gick till sitt arbete och kom hem till sina ungar. Vem hon egentligen var fick reportrarna och fotograferna inte se. Och det de inte såg kunde de inte röra.

De navigerade genom den täta trafiken vid Parliament Square, och Jeannie höll sig så tätt efter mr Friskins Rover hon kunde i en outtalad och endast till hälften formulerad känsla av att hon på något sätt kunde skydda sin son genom att göra det. Jimmy hade vägrat åka med henne. Istället hade han kastat sig in i mr Friskins bil innan vare sig hans advokat eller hans mor hade fått någon möjlighet att tala med honom eller med varandra. "Vad är det som har hänt?" frågade Jeannie. "Vad tänker de göra med honom?"

Mr Friskin svarade bara med en grimas: "Vi får följa polisens spelregler för tillfället. Det är det normala förloppet."

"Vilket spel?" hade hon frågat. "Vad har hänt? Vad menar ni?"

"De kommer att försöka krossa oss", sa han. "Och vi ska försöka hålla ställningarna."

Det var allt han ville säga för sedan kom hela hopen med journalister störtande mot dem. "De kommer att försöka få fast Jim igen", muttrade han. "Nej, inte media…" tillade han när hennes uppmärksamhet riktades mot de anstormande reportrarna. "De kommer också att vara efter honom, men nu menade jag polisen."

"Vad har han sagt?" undrade hon, och kände hur svetten bröt fram i nacken. "Vad har han berättat för dem?"

"Inte nu." Mr Friskin hade hoppat in i bilen och den hade startat med ett vrål. Han susade iväg och lät henne ensam armbåga sig fram genom hopen till Cavaliern. Hon hade öppnat dörren och låst den när hon väl hade satt sig i den. Kamerorna registrerade alla hennes rörelser, men bilderna skulle varken avslöja ett ord eller någon antydan till svar på frågorna. Hennes ansikte visade inte någon reaktion över att tidningarna intresserade sig för att hennes son skulle bli förhörd angående mordet på sin far.

Och hon visste fortfarande inte mer om vad han hade berättat för polisen än det han hade sagt föregående kväll under deras samtal i köket.

Mer än någonting annat ville du att han skulle vara död, mamma. Det vet vi ju båda två.

En lång stund, efter det att han hade lämnat henne, hade hon suttit där mitt emot hans soppskål och sett hur det hade bildats skinn på den, och hon hade tvingat sig själv till att fundera över hur det kunde komma sig att det blev skinn på tomatsoppa men inte på någon annan soppa när den kallnade, och samtidigt hade ekot av Jimmys två frågor studsat runt som gummibollar i hennes huvud. Hon gjorde vad hon kunde för att jaga bort dem, men ingenting – inga böner, inte försöket att framkalla minnet av sin man och deras barn när de en gång i tiden var en hel familj och satt och åt stek på söndagarna – kunde hindra henne från att höra Jimmys frågor, hans slugt konspiratoriska tonfall eller svaren som omgående inställde sig och som var totalt motstridiga.

Nej, jag önskade inte att han skulle dö, Jimmy. Jag ville ha honom hos mig för resten av mitt liv. Jag ville höra hans skratt, känna hans andedräkt mot min axel när han sov, hans hand på min höft om kvällarna när vi talade om vad som hänt under dagen. Jag ville se honom gripa tidningen och kasta sig över någon artikel som när en fallskärmshoppare kastar sig ut i tomma luften. Jag ville känna doften av hans hud, höra honom ropa: "Sätt fart på bollen, Jimmy! Se så, tänk som en kastare, grabben." Jag ville känna hur han kramade min nacke som han alltid brukade göra på kvällarna när han kom hem från tryckeriet, se honom vid kusten med Stan på axlarna och Shar vid sin sida när de lät kikaren gå runt mellan sig för att titta efter fåglar, och jag ville känna smaken av honom. Jag ville ha honom, Jimmy. Och att vilja ha honom så mycket betydde att jag ville ha honom levande, inte död.

Men hon var ju där. Hon såg detsamma som jag såg. Slickade i sig det som var mitt, liksom en katt slickar i sig grädde. Hon stod mellan oss och hur det borde ha varit – Kenny som kommer hem, Kenny som varje morgon sjunger som en hyena i badet, Kenny som på kvällarna lämnar sina byxor i en hög och sina skor och strumpor nedanför trappan, Kenny som kommer ner i sängen och drar mig till sig och pressar våra ben och våra magar mot varandra. Så länge som hon stod mellan mig och Kenny, mellan Kenny och hans familj, mellan Kenny och allt som var äkta, så fanns det inget hopp, Jimmy. Och så länge hon fanns där önskade jag att han hade varit död. För om han hade varit död – död på riktigt – skulle jag aldrig mer ha behövt tänka på Kenny tillsammans med henne.

Jeannie undrade hur hon skulle kunna förklara det för honom. Hennes son ville ha ja eller nej. Raka besked. Det gjorde livet begripligt. Det redde ut härvorna. Om hon skulle försöka förklara allt det här för honom skulle det innebära att hon tvingade honom att se på livet som en vuxen, och det kunde han ännu inte göra. Det var mycket enklare att bara säga, Nej, jag önskade aldrig det, Jim. Mycket lättare att inte vara så noga med fakta.

Men där hon körde efter Rovern längs med Themsen och förgäves försökte gissa sig till vad som utspelades mellan advokaten och hennes son i den andra bilen där de körde hemåt, visste Jeannie att hon inte skulle kunna ljuga för Jimmy lika lite som hon skulle kunna tala om sanningen för honom.

På Cardale Street hade journalisterna äntligen försvunnit och det verkade åtminstone för ögonblicket som om ingen av dem hade tänkt åka hela vägen tillbaka till Isle of Dogs igen. Det var tydligen större chans att komma över nyheter om man hängde kvar runt Scotland Yard. Jeannie tvivlade dock inte på att de skulle komma tillbaka med sina block och sina kameror så fort det skulle kunna löna sig att åka så långt. Knepet var att se till att det inte lönade sig. Det enda sättet att lyckas med det tycktes vara att hålla sig inomhus och inte gå i närheten av fönsterna.

Mr Friskin följde efter Jeannie in i huset. Jimmy trängde sig förbi dem och gick mot trappan. Han stannade inte när Jeannie sa hans namn. ”Det är bäst att låta honom gå, ms Cooper”, sa advokaten vänligt.

Hon kände sig dödstrött, onyttig som en uttorkad svamp och fruktansvärt ensam. Hon hade skickat Stan och Shar till skolan på morgonen, men nu önskade hon att hon inte hade gjort det. Om de hade varit hemma hade det i alla fall funnits någon att laga lunch till. Utan att hon riktigt visste hur hon kunde veta det, var hon säker på att Jimmy inte skulle äta någon lunch, även om hon lagade den. Av någon anledning gjorde detta henne förtvivlad. Hon kunde inte ge sin son någonting av det han behövde eller ville ha. Ingen mat för att ge honom styrka, ingen familj som stöttade honom, ingen far som uppfostrade honom.

Hon visste att hon borde ha handlat annorlunda. Men när hon såg Jimmys gymnastikskor försvinna uppför trappan kunde hon inte säga på vad sätt.

”Han ville inte tala om något för mig i går kväll”, sa hon till mr Friskin. ”Vad har han berättat för dem?”

Mr Friskin redogjorde för alltsammans, det som hon redan visste och hade försökt förneka ända sedan de två poliserna i fredags eftermiddag hade kommit in på Crissys, och talat om att de kom från Kent. Varje upplysning träffade henne som ett dödligt slag trots att mr Friskin försökte förmedla dem skonsamt. ”Han bekräftade alltså en mängd av deras misstankar”, sammanfattade advokaten.

”Vad betyder det?”

”Att de kommer att pressa honom ytterligare för att se vad de kan få ur honom ytterligare. Han berättar inte allt de ville ha reda på, så mycket är säkert.”

”Vad är det som de vill veta?”

Han slog ut med händerna för att visa hur tomma de var. "Om de skulle berätta för mig vad de vill ha reda på måste de få över mig på sin sida, och jag är inte på deras sida. Jag är på er sida. Och på Jims. Det är inte slut än, fast jag tror att de kanske väntar tjugofyra timmar eller ännu längre för att låta pojken oroa sig för vad som ska hända sen."

"Då kommer det alltså att bli ännu värre?"

"De gillar att pressa folk, ms Cooper, och det kommer de att göra. Det ingår i deras jobb."

"Och vad ska vi göra då?"

"Vi sköter vårt jobb lika bra som de gör sitt. Vi spelar med."

"Men han har berättat mer för dem nu än han gjorde när de var här hemma", sa Jeannie. "Kan ni inte hejda honom?" Hon kunde höra desperationen i sin röst och hon försökte dölja den, inte så mycket av stolthet nu längre som av rädsla för hur advokaten skulle tolka hennes desperation. "För om han fortsätter att berätta för dem... Om ni bara låter honom prata... Kan ni inte få tyst på honom?"

"Det går inte till på det sättet. Jag har gett honom en del råd och jag kommer att fortsätta ge honom råd, men vid en viss punkt är det Jim själv som bestämmer. Jag kan inte sätta munkavle på honom om han vill prata. Och..." Nu tvekade mr Friskin. Han såg ut som om han försökte välja sina ord med omsorg och det var inte vad Jeannie trodde att en advokat skulle behöva göra. Orden skulle ju flyta lätt och enkelt ur dem, precis som ålar ur en bur. "Det verkar som om han *vill* berätta för dem, ms Cooper", sa mr Friskin. "Kan ni komma på varför?"

Han vill berätta för dem, vill berätta för dem, vill berätta. Hon kunde inte höra någonting annat. Avslöjandet hade gjort henne yr och hon trevade sig fram till teven där hennes cigaretter låg. Hon plockade fram en och framför hennes ansikte slog det upp en låga som om mr Friskin hade avfyrat en raket med sin tändare.

"Kan ni det?" undrade han. "Kan ni komma på varför han vill tala med dem?"

Hon skakade på huvudet och använde cigaretten och rökningen som en ursäkt för att inte säga någonting. Mr Friskin såg lugnt på henne. Hon väntade på att han skulle ställa en ny fråga eller att han själv som expert skulle säga sin åsikt om Jimmys oförklarliga beteende. Han gjorde ingetdera. Han höll bara fast hennes blick och hans ögon sa: Kan ni kan ni kan ni det, ms Cooper, lika tydligt som om han själv hade sagt det. Hon förblev ändå tyst.

"De får ta nästa steg", sa han slutligen. "Och när det händer kommer jag att vara där. Till dess..." Han plockade upp sina bilnycklar ur byxfickan och gick mot dörren. "Ring mig om det är någonting som ni tycker att vi måste diskutera."

Hon nickade. Han var borta.

Hon stod kvar som en robot vid teven. Hon tänkte på Jimmy i förhörsrummet. Hon tänkte på Jimmy som vill tala.

"Ungar är lite konstiga", hade Kenny sagt till henne en eftermiddag i sovrummet, där han låg utslängd på sängen med det högra benet böjt så att det tillsammans med vänsterbenet bildade siffran fyra. Gardinerna var fördragna för att stänga ute solskenet som ändå sipprade in genom dem och förändrade färgen på deras kroppar. Kennys var solbränd, senig med muskler som syntes under huden och han låg på kudden med ena armen böjd under huvudet och såg ut som om han tänkte bli kvar där för alltid. Han lät sin hand glida uppför hennes ryggrad och masserade med mjuka cirkelrörelser hennes nacke. "Minns du hur vi var i den åldern?"

"Du talade med mig på den tiden", svarade hon. "Det gör inte han."

"Det är för att du är hans mamma. Killar talar inte med sina mammor."

"Vem talar de då med?"

"Med sina tjejer", sa han och lutade sig fram för att kyssa henne på axeln. "Och med sina kompisar också", mumlade han medan hans mun förflyttade sig från hennes axel till halsen.

"Jaså? Och med sina pappor?"

Hans mun stannade till. Den varken talade eller kysste henne längre. Hon lade handen på hans ben och drog med tummen längst muskeln som sträckte sig i en båge upp från knäet.

"Han behöver sin pappa, Kenny."

Hon kunde känna hur han drog sig undan henne trots att hans kropp var lika stilla som vattnet i en brunn. Han var så nära henne att hans andetag kändes som en spökkyss mot hennes hud, men den Kenny hon kände drog sig undan som tidvattnet.

"Han har sin pappa."

"Du vet vad jag menar", sa hon. "Här, hemma."

Han satte sig upp och svängde ut benen över sängkanten. Han sträckte sig efter sina kalsonger och byxorna och började klä på sig. Hon lyssnade till hur tyget gled över hans hud och tänkte att klädesplaggen skyddade honom bättre än en rustning. Att han klädde på sig just då innebar ett svar på hennes outtalade bön. Hon stod inte ut med smärtan.

"Jag älskar dig", sa hon. "Mitt hjärta svämmar över när du är här." Hon kände hur sängen gungade till när han reste sig upp. "Vi behöver dig, Kenny. Och jag tänker inte bara på mig själv utan också på dem."

"Jean", sa han. "Det är svårt nog för mig att…"

"Och du vill alltså att jag ska göra det lätt för dig?"

"Det har jag inte sagt. Vad jag säger är att det inte bara är att helt enkelt packa mina väskor och flytta hem."

"Det skulle vara enkelt om du hade velat det."

"För dig, kanske. Inte för mig."

Hon drog efter andan.

"Gråt inte, gumman. Se så, Jean."

Hon böjde huvudet och hickade så att snyftningen inte nådde ut. "Varför kommer du hit, Kenny", sa hon. "Varför fortsätter du att komma hit? Varför kan du inte bara försvinna?"

Han kom och ställde sig framför henne. Han sträckte fram handen och lyfte en av hennes hårlockar. Han svarade inte på frågan. Hon krävde inte något svar. Det som han behövde fanns här, innanför de här fyra väggarna. Men vad han ville ha fanns någon annanstans och han hade inte funnit det ännu.

Jeannie fimpade sin cigarett i snäckaskkoppen och tömde ut askan och fimparna i slaskhinken. Hon tog av sin Cryssismössa och förklädet och lade mössan på bordet mellan pepparburken i form av en panter och servetthållaren som såg ut som ett palmblad. Förklädet hängde hon över en stol och slätade ut alla veck som om hon hade tänkt ha det på sig nästa dag.

Hennes huvud var fyllt av saker hon *borde ha gjort*, och hon insåg tydligt hur annorlunda allting skulle ha varit nu, om hon bara hade varit förutseende nog att handla annorlunda. Det hon först och främst *borde ha gjort* handlade om Kenny. Det var mycket enkelt. Hon hade tänkt på det dag och natt de senaste fyra åren. Hon borde ha kunnat hålla kvar sin man.

Alla deras problem hade börjat i och med att Kenny flyttade från Cardale Street. Först hade det bara varit små problem, som när Jimmys mångfärgade byracka dog efter att ha sprungit iväg och krossats under hjulen på en lastbil på Manchester Road mindre än en vecka efter det att Kenny hade packat sina väskor. Men problemen hade växt som en cancersvulst. Och när hon nu tänkte på alla dessa bekymmer – från det att Bouncer hade dött till att Jimmy hade försökt sätta fyr på skolan, att Stan hade börjat kissa på sig och masturbera på nätterna, att Shar hade blivit nästan förhäxad av sina fåglar, att alla barnen hade skrikit efter uppmärksamhet utan att få det, så att de till slut varken ville ha det längre eller behövde det – hon ville kasta skulden på Kenny för allt detta. För han var deras far. Han hade skyldigheter här. Han hade frivilligt varit med om att skapa tre liv och nu hade han inte rätt att överge dessa liv eller svika sin plikt att skydda dem.

Men även om hon ville lägga skulden på sin man påmindes Jeannie gång på gång om vad hon *borde ha gjort* och vem som i själva verket hade den största skulden och ansvaret. Hon skulle ha vetat hur hon skulle bära sig åt för att få behålla sin man. För om hon hade vetat det, skulle de senaste fyra årens alla bekymmer och problem över huvud taget inte ha drabbat familjen.

Hon kände sig äntligen redo att gå uppför trappan. Jimmys dörr var stängd och hon öppnade den utan att först knacka. Jimmy låg på sin säng med ansiktet begravt i kudden som om han försökte kväva sig själv. Hans ena hand vilade mot sänggaveln medan den andra höll i den korta säng-stolpen. Hans arm var böjd som om den ville dra honom upp mot sängga-veln och krossa hans skalle och tårna grävde ner sig i sängen först den ena sedan det andra som om han låtsades springa.

"Jim", sa hon.

Han blev stilla. Jeannie tänkte på vad hon ville säga och på vad hon måste säga. "Mr Friskin säger att de kommer att vilja tala med dig igen", var allt hon fick fram. "Kanske i morgon, säger han. Men han säger också att de kanske tänker låta dig vänta. Sa han det till dig också?"

Hon såg hur hans händer kramade sängstolparna.

"Det verkar som om mr Friskin vet vad han talar om", sa hon. "Tycker inte du det också?"

Hon gick in i rummet, hejdade sig för att plocka upp en av Stans teddy-björnar och sätta den bland de andra på hans säng. Sedan gick hon bort till Jimmys säng. Hon satte sig på kanten och märkte hur hennes sons kropp plötsligt stelnade till som av en elektrisk stöt. Hon var noga med att inte nudda vid honom.

"Han sa..." Jeannie strök med handen över framsidan på sitt förkläde och tryckte handen mot ett veck som löpte från midjebandet ner mot fål-len. Hon trodde att hon hade strukit det här förklädet klockan två i morse när hon till slut hade gett upp hoppet om att kunna sova, men hon hade kanske inte gjort det. Det var kanske ett annat förkläde som hon hade stru-kit. Det skulle vara typiskt för hennes nuvarande tillstånd att bara helt au-tomatiskt göra saker utan att lägga märke till det.

"Jag var sexton år gammal", sa hon, "när du föddes. Visste du det, Jim? Jag trodde på den tiden att jag visste allting. Jag trodde jag skulle kunna bli en bra mor utan att någon berättade för mig hur man skulle bära sig åt. Jag trodde att det kom av sig självt. En kille gör en flicka med barn och hennes kropp förändras och jag trodde att resten också förändrades. Jag ville inte att någon skulle berätta för mig hur jag skulle bära mig åt för att vara mam-ma åt min lille pojke, för du förstår, jag trodde att jag visste det. Jag var övertygad att det skulle bli precis som i annonserna, att jag skulle mata dig med välling och din pappa skulle finnas i bakgrunden för att ta foton av hur lyckliga vi var. Jag bestämde mig för att snabbt skaffa ännu ett barn för jag tyckte inte att barn skulle växa upp ensamma och jag ville göra allting på det sätt som jag trodde att en riktig mamma skulle göra. Så vi fick dig, och så fick vi Shar och då var vi arton år, jag och din pappa."

Jimmy gav ifrån sig ett ljud i kudden, men det var oartikulerat, det lät mera som ett jamande än som ett ord.

"Men du förstår, jag visste ju inte. Det var det som var problemet. Jag trodde att man fick en baby och älskade den och den växte upp och fick egna barn. Jag tänkte inte på allt det andra: att man måste tala med honom och lyssna på honom, banna honom när han gör något dumt men inte flyga i taket när man får lust att skrika och daska honom i stjärten bara för att han gör någonting som man sagt åt honom hundra gånger att inte göra. Jag tänkte på jultomten och på hur mitt barn skulle stå med tindrande ögon vid elden på Guy Fawkes Day. Jag trodde vi skulle få det så fint. Jag skulle bli en så bra mamma. Och jag visste ju allting redan, jag hade min mamma och pappa som förebilder så jag visste exakt hur jag inte skulle bära mig åt."

Hon sträckte ut handen tvärs över sängöverkastet och lät den vila strax bredvid hans kropp. Hon kunde känna värmen från honom fastän hon inte rörde vid honom.

"Vad jag försöker säga, Jim, är att jag inte gjorde rätt. Jag trodde jag visste allting så jag ville inte lära mig någonting. Det jag menar är att jag har misslyckats, Jim. Men jag vill att du ska veta att jag inte menade det."

Hans kropp var fortfarande spänd, men den verkade inte lika stel som den hade varit förut. Och hon tyckte att hon såg hur han vände en smula på huvudet.

"Mr Friskin talade om för mig vad du hade berättat för dem. Men han säger att det är fler saker som de vill veta. Och han frågade mig också om en sak, mr Friskin…" Hon märkte att det inte var lättare nu än första gången hon hade försökt säga det. Men den här gången fanns det ingenting annat att göra än att fortsätta och sedan lyssna till det svar hon fruktade. "Han sa att det var du som ville tala med dem, Jim. Han sa att du ville berätta någonting för dem. Kan du inte… Jim, kan du inte berätta för mig vad det är? Kan du inte lita så mycket på mig?"

Hans axlar började darra.

"Jim?"

Så darrade hela hans kropp. Han drog i sängstolparna. Han krafsade i sängöverkastet. Han grävde ner tårna i sängen.

"Jimmy", sa hans mor. "Jimmy. Jim!"

Han vände på huvudet för att hämta andan. Det var då Jeannie såg att hennes son skrattade åt henne.

Barbara Havers lade på luren, stoppade in den sista konjakskransen i munnen, tuggade energiskt och svalde en klunk ljummet Darjeeling. Det var inte mycket till eftermiddagste, tänkte hon. Att vara anställd vid New Scotland Yard var verkligen ett kulinariskt äventyr.

Hon tog sitt anteckningsblock och styrde stegen mot Lynleys kontor. Han satt emellertid inte bakom sitt skrivbord. Istället mötte hon Dorothea Harriman som kom med en ny tidning. Det var dagens *Evening Standard*. Hennes ansiktsuttryck visade både avsmak och avsky för arbetsuppgiften, men det tycktes mera åsyfta själva tidningen än att hon hade fått på sin lott att hämta den åt Lynley. Hon höll två andra kvällstidningar på en armslängds avstånd från sig. Hon placerade dem på golvet bredvid Lynleys stol och fortsatte trava de andra tidningarna hon hade hämtat samma morgon ovanpå dem tills endast *Evening Standard* låg kvar på hans skrivbord.

"Förskräckliga tingestar." Harriman knyckte på nacken när hon talade, som om hon inte varenda dag själv girigt bläddrade igenom samma tidningar på jakt efter det senaste och mest snaskiga skvallret om kungafamiljen. "Jag förstår verkligen inte varför han vill ha dem."

"Det gäller fallet", sa Barbara.

"Fallet?" Harrimans ton antydde hur absurd hon tyckte att denna tanke var. "Nåja, jag hoppas att han vet vad han gör, kriminalassistent Havers."

Barbara delade hennes inställning. Medan Harriman rusade bort eftersom hon hört Webberlys vrålande röst på avstånd: "Harriman! Dee! Var är den där satans Snowbridgemappen någonstans?" gick Barbara bort till Lynleys skrivbord för att kika. På första sidan såg man Jimmy Cooper med hängande huvud så att ansiktet doldes av håret och armarna dinglade vid sidorna. Bredvid honom stod mr Friskin och viskade ivrigt någonting i pojkens öra. Det var omöjligt för henne att avgöra om bilden var tagen vid dagens eller gårdagens besök på Yarden, eftersom Jimmys T-shirt och jeans verkade vara för evigt fastväxta vid hans kropp och Barbara inte vid något av tillfällena hade sett mr Friskin och därför inte kunde avgöra frågan genom att se hur han var klädd. Hon läste bildtexten och såg att tidningen knöt bilden till dagens besök och använde den för att illustrera en artikel vars rubrik löd: "Kricket-mordet! Yarden gör framsteg."

Barbara skummade de två första meningarna. Hon såg att Lynley med elegant skicklighet läckte information till pressen. Det var gott om *det på-*

stås och åtskilliga antydningar om *en obekräftad uppgift* och *vanligtvis välunderrättade källor*. Barbara bet sig i underläppen när hon läste detta, och undrade över hur effektivt detta tillvägagångssätt egentligen var. Liksom Harriman hoppades hon verkligen att Lynley visste vad han gjorde.

Hon hittade honom i jourrummet där kopior av fotografierna som föreställde Flemings kropp och brottsplatsen hade placerats på anslagstavlan. Han stod och betraktade dem, en kriminalkonstapel höll på att tala i telefon om utökad bevakning av bostaden på Cardale Street och en sekreterare satt och skrev vid en ordbehandlare. En annan konstapel höll på att tala med Maidstone på telefon. "Om ni kan be henne ringa kriminalkommissarie Lynley så fort som.... Visst... Bra... Okay... Uppfattat!" sa han.

Barbara gick bort till Lynley som med ett oöppnat paket Jaffakakor i handen stod och smuttade på en mugg kaffe. Hon såg längtansfullt på kakorna men bestämde sig för att hon inte behövde lägga ytterligare hekton på sin figur just i kväll, utan sjönk istället ner i en stol.

"Q som i Quentin Melvin Abercrombie", sa hon. "Flemings advokat. Jag har precis talat med honom." Lynley höjde på ögonbrynen men tog inte blicken från fotografierna. "Ja, ja, jag vet. Ni hade inte bett mig ringa. Men när Maidstone nu lyckats identifiera de där cigaretterna... Jag vet inte, sir, men jag tycker det ser ut som om vi snart måsta helgardera oss."

"Och?"

"Och jag tror jag fått reda på en sak som ni kanske skulle vilja veta."

"Om skilsmässan mellan makarna Fleming, förstår jag."

"Enligt Abercrombie blir det på onsdag tre veckor sedan Fleming tillsammans med honom skrev under skilsmässoansökan. Abercrombie lämnade in ansökningshandlingarna till myndigheterna på torsdagen och Jean borde ha fått ett exemplar av någonting som kallas underrättelse om delgivning följande tisdag. Abercrombie säger att Fleming hoppades kunna få skilsmässa på grund av att de levt separerade i två år, fastän de förstås, som vi redan vet, egentligen hade levt på skilda håll i fyra år. Det enda som krävs rent juridiskt är två års separation. Hänger ni med?"

"Absolut."

"Om Jean hade gått med på skilsmässa hade Fleming kunnat ha hela skilsmässoproceduren klappad och klar på fem månader, och sedan skulle han ha varit fri att gifta om sig, något som han enligt Abercrombie var mycket ivrig inför. Fleming ville personligen lämna över skilsmässohandlingarna till Jean, men eftersom han inte kunde göra det – de måste komma från myndigheterna – sa han till Abercrombie att han ville ha med sig en kopia för att kunna förbereda henne på vad som skulle komma. För att framföra det skonsamt skulle jag kunna tro. Hänger ni fortfarande med?"

"Gjorde han det?"

"Om han tog med en kopia av skilsmässohandlingarna med sig till henne?" Barbara nickade. "Abercrombie tror det, men eftersom han är jurist vill han inte svära på något, eftersom han inte med egna ögon såg hur Fleming överlämnade handlingarna till henne. Men på torsdagskvällen fick han ett meddelande från Fleming på sin telefonsvarare som sa att Jean hade fått handlingarna och att det såg ut som om hon tänkte motsätta sig."

"Skilsmässan?"

"Just det."

"Var han beredd att dra det hela inför domstol?"

"Abercrombie säger att han inte tror det, för i sitt meddelande antydde Fleming att han kanske skulle behöva vänta ett år till – det skulle bli sammanlagt fem års separation – för att kunna få skilsmässa utan Jeans medgivande. Fast han ville helst inte vänta, för som Abercrombie säger var han ivrig som fan på att kunna få gå vidare med sitt liv…"

"Som ni redan har antytt."

"Just det. Men han var ännu mera angelägen om att slippa behöva dra det inför domstol så att deras namn och smutsiga byk skulle komma i tidningarna."

"I synnerhet inte hans eget, naturligtvis."

"Och Gabriella Pattens."

Lynley snurrade på sin kaffemugg som stod på bordet. "På vad sätt gör allt detta att vi måste helgardera oss, assistenten?"

"För att bitarna passar ihop. Är ni bekant med skilsmässolagstiftningen, sir?"

"Eftersom jag inte ens har lyckats bli gift…"

"Just det. Men jag fick en snabbkurs av Q. Melvin på telefon." När hon återgav den betonade hon varje steg. Allra först skrev advokaten och klienten ut en ansökan om att äktenskapet skulle upplösas. Därefter registrerades denna ansökan hos berörda myndigheter som skickade en kopia av den tillsammans med en delgivning till svaranden. Svaranden hade sedan åtta dagar på sig att erkänna mottagandet av skilsmässoansökan genom att fylla i delgivningsblanketten och returnera den till rätten. Då började resten av hjulen i processen att snurra.

"Och det är detta som är intressant", sa Barbara. "Jean mottog sin kopia av skilsmässoansökan den ifrågavarande tisdagen, och hon hade åtta dagar på sig att bekräfta att hon hade fått den. Men som saker och ting utvecklade sig blev hon aldrig tvungen att bekräfta att hon hade fått den, så själva skilsmässoproceduren kunde aldrig komma igång."

"Eftersom Fleming dog i Kent samma dag som handlingarna skulle ha varit tillbaka i rätten", sa Lynley.

"Just det. Precis den dagen. Vad tycker ni om det sammanträffandet?" Barbara reste sig för att gå och studera fotografierna, särskilt en närbild av Flemings ansikte. Mordoffer, tänkte hon, ser aldrig ut som om de sover. Det är bara i historierna som polisen kan betrakta dem och fundera över den slående skönheten hos ett liv som släckts alltför tidigt. "Borde vi inte ta in henne för förhör?" undrade hon. "För det förklarar ju varför..."

"En sådan dag, en sådan dag." Kriminalkonstapel Winston Nkata kom in i rummet med kavajen slängd över axeln och en ångande lammkotlett i handen. "Har ni någon aning om hur många videobutiker det finns i Soho? Och ni förstår, jag har varit i varenda en, kollat dem inifrån och ut, uppifrån och ner." Han tog en enorm tugga av sin lammkotlett och så fort han hade fått deras odelade uppmärksamhet svängde han runt stolen, satte sig bak och fram på den med armbågarna på ryggstödet och använde kotletten för att understryka det han sa. "Men jag hittade inte ett dugg, hur många kataloger jag än tvingade de här oskyldiga ögonen att granska. Och ni ska veta, kommissarien, att min kära mamma skulle nog ha ett och annat att tala med er om ifall hon hade vetat vad ni fått hennes yngste pojk att titta på idag."

"Jag trodde ni hade fått namnet på butiken", sa Lynley torrt. "Det var väl inte nödvändigt att företa så djupa pornografiska studier, eller hur?"

Nkata tog en ny tugga på sin lammkotlett. Barbara kände ett sug i magen när köttdoften nådde henne. Gud, vad det skulle vara skönt att få börja patrullera igen, tänkte hon, och ha tillgång till all denna goda men säkerligen onyttiga mat.

"Man måste vara noggrann, gosse. När det blir dags för befordran ska ni se hur fint det låter med assistent Nkata." Hans käkar bearbetade köttet som när en hydraulisk borrmaskin bryter upp gatan. "Så här ligger det alltså till, fast det var knepigt att dra hela historien ur killen i butiken, för, som han viskade i mitt öra när han inte försökte slicka i det – en historia jag spar till en annan gång..."

"Det är vi tacksamma för", sa Lynley snabbt.

"...det verkar alltså som om de flesta killar inte har lust att öppet visa att de hyr porrfilmer. Inte för att det är olagligt förstås men de är rädda om sitt rykte. I det här fallet fanns förstås ingenting att bekymra sig för, eftersom killarna i fråga aldrig hyrde filmerna." Nkata tog en sista tugga och slickade sina fingrar. "Fast jag har en underlig känsla av att ni inte blir förvånad av att höra det."

"Existerar filmerna i verkligheten?" frågade Barbara.

"Visst. Varenda en av dem, och enligt killen i butiken har *Livat i busken* varit uthyrd så ofta att det är som att titta på gymnastik i snöstorm."

"Men om Faraday eller någon av hans kompisar inte hyrde de där filmerna förra onsdagen, så...", sa Barbara till Lynley. Hon kastade återigen en blick mot fotografiet av Fleming. "Vad har allt detta med Jimmy Cooper att göra, sir?"

"Nu har jag ju inte sagt att Faradays kompis inte hyrde dem", tillade Nkata snabbt. "Det jag sa var att han inte hyrde dem just den kvällen. Andra kvällar däremot..." nu plockade han fram en anteckningsbok ur kavajfickan och torkade fingrarna på en oklanderligt ren vit näsduk innan han började bläddra igenom den. Han slog upp den på en sida som var markerad med ett smalt rött band och ögnade igenom en lista som gick mer än fem år tillbaka i tiden. Varje datum var knutet till en speciell videobutik, men listan var cyklisk på så sätt att den började om när alla butikerna använts en gång. Det var emellertid inga bestämda intervaller mellan de olika tidpunkterna. "Spännande, sånt här snokande, tycker ni inte?"

"Bra initiativ, Winston", sa Lynley berömmande. Konstapeln böjde på nacken för att spefullt demonstrera sin ödmjukhet.

En av telefonerna ringde och någon svarade. Konstapeln som lyft luren talade med dämpad röst. Barbara funderade på vad Nkata hade sagt och Nkata själv fortsatte.

"Om de inte var särskilt förtjusta i just de här filmerna, tycker jag det ser ut som om killarna hade fixat sig ett ständigt alibi för hela gruppen. Man lär sig en lista filmtitlar för att kunna rabbla upp när snuten kommer och ställer frågor. Det enda som växlar från gång till annan är i vilken butik man hyrt filmerna, och det är en lätt sak att komma ihåg bara man fått veta namnet."

"Så att någon som går genom noteringarna från en enda butik, kommer inte att märka att samma filmer hyrs om och om igen", sa Barbara tankfullt.

"För då skulle det ju märkas att det var ett alibi, och det var det som skulle undvikas."

"De", sa hon.

"Faradays ungkarlskompisar", sa Nkata. "Jag tycker det ser ut som om de här killarna hittat på någonting tillsammans, vad det nu är."

"Men inte förra onsdagen."

"Nej, just det. Vad det nu var som Faraday hittade på i onsdags så gjorde han det ensam."

"Sir?" Den konstapel som hade svarat i telefon vände sig från sitt skrivbord in mot rummet. "Maidstone faxar över obduktionsprotokollet, men det fanns inte mycket att tillägga. Kvävning på grund av koloxid. Tillräckligt mycket alkohol i blodet för att klubba ner en tjur."

"Det fanns en flaska Black Bush på nattygsbordet." Barbara pekade på fotografiet. "Och ett glas också."

"Om man betänker alkoholhalten i blodet är det troligt att han var så gott som medvetslös en lång stund innan elden började. Han sov rakt in i den, så att säga."

"Om man nu är tvungen att dö", sa Nkata, "är det inte något dumt sätt."

"Det är bara det att han inte var det", sa Lynley.

"Vad då?"

"Tvungen att dö." Lynley tog sin tömda kaffemugg och sitt oöppnade paket Jaffakakor. Den förra slängde han i papperskorgen. Det senare tittade han obeslutsamt på innan han bestämde sig och kastade det till Havers. "Vi letar rätt på honom", sa han.

"Faraday?"

"Låt oss ta reda på vad han kan komma dragande med nu angående onsdagsnatten."

Barbara skyndade efter honom. "Men Jean Cooper då? Vad säger ni om skilsmässan?"

"Hon finns kvar när vi är klara med Faraday."

KAPITEL 20

Med hjälp av ett telefonsamtal fick man tag på Chris Faraday. Han var inte i Little Venice utan arbetade i Kilburn, i en verkstad halvvägs in på en bakgata som hette Priory Walk. Den var inte mycket mer än en gränd, kantad av övergivna byggnader med trasiga fönster och smutsiga graffititäckta tegelstensväggar. Bortsett från en tvättinrättning på hörnet och en kinesisk restaurang vid namn Dump-Ling's Exotic Foods tycktes det enda verkligen blomstrande företaget i trakten vara Platinum Gym & Aerobic Studio, vars "specialdesignade madrasserade golvbeklädnad som dämpar stötarna mot knän och vrister" för ögonblicket belastades av vikten och studsningarna från en sannskyldig hord aerobic-entusiaster som kommit dit efter arbetet. Varje gång deras instruktör måste göra en paus i sitt evinnerliga räknande för att hämta andan drevs de vidare med hjälp av Cyndi Laupers sång.

Faradays verkstad låg mitt emot gymet. Dess korrugerade plåtdörr var till två tredjedelar neddragen men en dammig, grön lastbil stod framkörd bredvid den, och när Lynley och Havers närmade sig kunde de se hur ett par fötter i gymnastikskor rörde sig från ena sidan av verkstaden till den andra.

Lynley bankade med handflatan mot plåtdörren. "Faraday", ropade han och böjde sig ner för att komma in. Havers följde honom i hälarna.

Chris Faraday vände sig om från sin plats vid en arbetsbänk vid ena väggen. På den låg flera olika gummiformar, påsar med gips och metallverktyg. Fem detaljerade blyertsskisser utförda på smörpapper satt uppnålade ovanför den. Dessa föreställde kassettak, olika gjutna friser och andra former av takdekorationer. De var så gracila att de skulle kunnat vara utförda av bröderna Adam, men samtidigt djärvare än någonting dessa berömda arkitekter någonsin gjorde. Det såg ut som om skisserna var tecknade av någon som inte hade en tillstymmelse av hopp om att någonsin få ett tak att dekorera.

Faraday noterade Lynleys värderande blick. "Efter ett slag har man fått nog av Taylor, Adam och Nash", sa han. "Då intalar man sig att det ser lätt ut och att man själv skulle kunna frossa i gipsdekorationer. Inte för att det är särskilt stor efterfrågan på nya mönster, men folk letar alltid efter någon som kan reparera deras gamla stuckaturer."

"De här är bra", sa Lynley. "Kreativa."

"Det räcker inte med kreativitet om man inte har ett namn. Och jag har inget namn."

"Som vad då?" undrade Lynley.

"Som någonting annat än fixare."

"Det finns alltid plats för fixare, det har ni säkert noterat."

"Ingen plats som jag vill ha hela livet." Med pekfingret prövade Faraday konsistensen på gipset som höll på att stelna i en av formarna. Han torkade av fingret på sina fläckiga jeans och lyfte upp en plasthink från golvet, bar bort den till cementkaret som fanns i bortre änden av verkstaden och började ösa upp vatten i den. "Ni har säkert inte kommit hit för att diskutera tak", sa han över axeln. "Vad kan jag göra för er?"

"Ni kan berätta för mig vad ni gjorde i onsdags natt. Och gärna sanningen den här gången."

Faraday öste vatten i hinken. Han skrubbade den med en metallborste som han tog från en hylla ovanför karet, hällde sedan ut vattnet och sköljde hinken. Han bar tillbaka den till arbetsbänken och ställde den bredvid en påse med gips. Hans fötter lämnade ett spår efter sig i det vita dammet på verkstadsgolvet. Fotavtryck som blandades med dem som redan fanns där.

"Båda gångerna vi har träffats har jag fått det bestämda intrycket att ni inte är dum", sa Lynley. "Ni måste ha vetat att vi kunde kontrollera er historia, så därför har jag funderat över varför ni över huvud taget bryde er om att berätta den."

Faraday lutade sig mot arbetsbänken. Han sög in luft i munnen och blåste ut den igen medan han tycktes överväga de olika svar han nu skulle kunna komma med. "Jag hade inget val", sa han till slut. "Livie var där."

"Och för henne hade ni berättat att ni var på en herrbjudning?" undrade Lynley.

"Hon trodde jag skulle säga att jag hade varit på en herrbjudning."

"Skillnaden är förbryllande, mr Faraday."

Under arbetsbänken stod en hög hjulförsedd stol. Faraday rullade fram den och satte sig grensle på den. Assistent Havers hittade en sittplats på den översta stegpinnen till en låg stege och slog sig ner där med anteckningsblocket i handen, medan Lynley stannade kvar där han var. Den här gången gynnade ljuset i verkstaden Lynleys intressen till skillnad från hur det hade varit de gånger han besökt pråmen. Det föll dels in från gatan och dels kom det från ett lysrör över arbetsbänken och föll rakt på Faradays ansikte.

"Det är tydligt", sa Lynley, "att vi måste få en förklaring. För om ni inte var på någon herrbjudning, och bara använde den som täckmantel för någonting annat, skulle det verka troligare om ni hade hittat på någonting som inte var lika lätt för polisen att kontrollera. Och som jag redan har sagt måste ni ha vetat att vi skulle kontrollera det så fort ni hade gett oss namnet på filmerna och på videobutiken."

"Om jag hade sagt någonting annat..." Faraday gned sig i nacken med fingrarna. "En sån röra", muttrade han. "Ni förstår, det jag gjorde rör bara mig och Livie. Det har ingenting med Fleming att göra. Jag kände honom inte ens. Jag menar, det är klart att jag visste att han bodde i Kensington, tillsammans med Livies mor. Men det var allt. Jag hade aldrig träffat killen. Och det hade inte Livie heller gjort."

"Då tror jag inte att ni kommer att ha några svårigheter att berätta vad ni egentligen gjorde i onsdags kväll. Om det inte hade med Flemings död att göra."

Assistent Havers prasslade uppfordrande med sidorna i sitt anteckningsblock. Faraday såg bort mot henne.

"Livie trodde att historien om herrbjudningen skulle hålla", sa Faraday. "Och under andra omständigheter skulle den också ha gjort det. Därför väntade hon sig att jag skulle berätta om festen, och hade jag inte gjort det skulle hon ha kunnat få reda på saker som kanske skulle ha gjort henne illa. Jag ville inte såra henne, därför berättade jag den historia hon väntade sig att få höra. Det är hela saken."

"Efter vad jag har förstått använder ni regelbundet historien om en herrbjudning som alibi."

"Det har jag inte sagt."

"Assistenten?" frågade Lynley. Havers började läsa upp hela listan med videobutiker som Nkata hade gett dem, tillsammans med de datum under de senaste fem åren när filmerna hade hyrts. Faraday hejdade henne.

"Jag förstår vad ni menar. Men det är ingenting jag tänker tala om. De påhittade herrbjudningarna har absolut ingenting att göra med det som ni från början kom för att fråga mig om."

"Vad har den då att göra med?"

"Ingenting med onsdagskvällen och ingenting med Fleming, om det är det ni hoppas på. Vill ni att jag ska berätta vad jag gjorde i onsdags eller ej? För det tänker jag göra, kommissarien – och det jag kan berätta är sanningen – men jag gör det bara om ni går med på att inte rota i resten." När Lynley började svara avbröt Faraday honom. "Och kom nu inte och säg att polisen inte gör bytesaffärer när det gäller att få reda på sanningen. Både ni och jag vet att ni jämt gör det."

Lynley funderade över vad han hade att välja på, men insåg att det inte var någon idé att släpa med Faraday till New Scotland Yard för att demonstrera sin makt och för att få en bandupptagning i förhörsrummet. Allt den andre behövde göra var att hålla tyst och ringa till sin advokat, och då skulle Lynley inte få reda på mer än han hade fått vid de tidigare förhören med Faraday.

"Fortsätt", sa han lugnt.

"Så ni tänker inte fråga om resten då?"

"Jag har sagt att jag är intresserad av vad som hände i onsdags natt, mr Faraday."

Faraday lade händerna på arbetsbänken och hans fingrar sökte sig till en av gjutformarna av gummi. "All right", sa han. "Livie trodde jag var ute i onsdags natt och gjorde någonting, som jag behövde ett vattentätt alibi för. Det var vad jag berättade för henne, och eftersom hon redan kände till alibit hade jag inget annat val än att dra det för er när ni kom. Men saken är den…" Han började leka med gjutformen. Han bytte ställning på stolen. "Saken är den att jag var tillsammans med en kvinna i onsdags. Hon heter Amanda Beckstead. Jag sov över i hennes lägenhet i Pimlico." Han såg en smula trotsigt på Lynley, som om han hade väntat sig ett fördömande och förberedde sig på att försvara sig. Det verkade som om han kände sig tvungen att tillägga någonting. "Livie och jag har inte något förhållande, om ni tror att jag bedrar henne. Och det har vi aldrig haft. Jag har bara inte lust att såra henne genom att få henne att tro att jag behöver någonting som hon själv skulle vilja ge mig men inte kan. Jag väntar mig inte att ni ska förstå vad jag talar om, men jag säger som det är."

Faraday var knallröd i ansiktet när han hade talat färdigt. Lynley påpekade inte för honom att man kunde bedra en person på mer än ett sätt. "Kan jag få Amanda Becksteads adress och telefonnummer", sa han bara.

Faraday talade om det och Havers klottrade ner det i sina anteckningar. "Hennes bror bor också där", tillade Faraday. I Pimlico. Han vet att jag var tillsammans med henne, han kan bekräfta det. Antagligen kan grannarna också göra det."

"Ni gick ganska tidigt på morgonen, om vi har rätt uppgifter om när ni kom hem igen."

"Livie väntade sig att jag skulle dyka upp vid femtiden för att hämta henne hemma hos hennes mor. Så jag gjorde det. Men det visade sig att jag inte hade behövt ha så bråttom. Hon och hennes mor var fortfarande i full gång vid frukosten."

"Grälade de?"

Faraday såg förvånad ut. "Absolut inte. Man skulle nog kunna säga att de höll på att gräva ner stridsyxan. De har knappast träffats sedan Livie var tjugotvå, så de hade mycket att ta igen och inte så lång tid på sig för att göra det. Vad jag förstod hade de suttit uppe hela natten och pratat."

"Om vad då?"

Faraday koncentrerade sig på gjutformen som stod bredvid hans hand och strök med tummen över dess sida.

"Jag förmodar", sa Lynley, "att de diskuterade även andra ämnen än var Olivias aska slutligen ska placeras."

"Det hade ingenting med Fleming att göra", sa Faraday.

"Då borde det inte göra er någonting att berätta det för oss."

"Det är inte riktigt så, kommissarien." Han höjde huvudet och fäste blicken på Lynley. "Det är saker som berör Livie, och det borde komma från henne, inte från mig."

"Jag tycker att man lägger ner väldigt mycket energi på att skydda Olivia Whitelaw. Hennes mor skyddar henne. Ni skyddar henne. Hon skyddar sig själv. Varför tror ni att det är så?"

"Jag lägger inte ner någon energi på att skydda Livie."

"Det krävs energi för att förneka saker, mr Faraday. Och för att hitta på undanflykter och rena lögner."

"Vad i helvete är det ni antyder nu då?"

"Att ni är långt ifrån uppriktig när det gäller vissa fakta."

"Jag berättade för er var jag befann mig i onsdags kväll. Jag berättade vem jag var tillsammans med. Jag talade så gott som om för er vad vi gjorde. Det är min bit av historien, och resten får ni fråga någon annan om."

"Då vet ni alltså vad de talade om. Hela natten."

Faraday svor tyst för sig själv. Han reste sig upp och gick tvärs över rummet. Utanför hade man på Platinum Gym bytt ut Cyndi Lauper mot Metallica på högsta volym. Faraday gick bort till dörren och drog med en duns ner den mot cementgolvet. De vrålande gitarrerna dämpades något.

"Jag klarar inte av det mycket längre. Det vet Livie. Och jag är också medveten om det. Att jag har orkat med så här länge beror till stor del på att jag då och då har kunnat få ett par timmar över för att träffa Amanda. Hon har varit... Jag vet inte. Jag antar att hon har varit min räddning. Utan henne tror jag att jag skulle ha gett upp för länge sedan."

"Gett upp?"

"Att försöka klara av Livie och ALS. Det är det hon lider av. En sjukdom i det motoriska nervsystemet. Från och med nu kommer hon ganska snabbt att bli sämre." Han gick rastlöst från arbetsbänken till en hög med gamla gjutformar som låg mot den bortre väggen i verkstaden. Han sparkade på dem med tåspetsen, och när han fortsatte att tala vände han sig snarare mot golvet än mot Lynley. "När hon inte längre kan använda rollatorn måste hon ha en rullstol. Och sedan en respirator och en sjukhussäng. Och när det gått så långt kan hon inte längre bo kvar på pråmen. Hon skulle kunna flytta till ett vårdhem, men det vill hon inte och jag vill inte att hon ska behöva göra det. Ju mer vi tänkte igenom situationen och funderade över olika lösningar desto oftare kom hennes mor på tal. Och att hon skulle flytta hem till sin mor. Det var därför som Livie åkte för att träffa henne i onsdags kväll."

"För att fråga sin mor om hon kunde få flytta hem?"

Faraday nickade. Han sparkade på högen med gamla gjutformar. Tre av dem gick sönder så att ett moln av damm virvlade upp mot hans jeans. Han borstade bort dammet, men det var en onödig gest för det vita pulvret fanns redan överallt.

"Varför berättade ni två inte helt enkelt det här från början?" frågade Lynley honom.

"Det har jag ju redan sagt", sa han. "Eller jag har i alla fall försökt. Förstår ni inte vad som håller på att ske. Hon lever med vetskapen om att hon är döende. Hon blir allt sämre för var dag som går. Hon och hennes mor hade under många år ingen kontakt alls, och nu måste Livie komma krypande tillbaka till sin mor för att be om hjälp. Tror ni att det var så lätt för Livie? Hon är en mycket stolt person. Det var ett rent helvete för henne. Hon hade helt enkelt inte lust att berätta för er om varenda detalj från den där natten. Och jag tänkte absolut inte tvinga henne att göra det. Jag tycker det verkar som hon i vilket fall som helst berättade tillräckligt mycket för er. Vad mer vill ni att hon ska göra?"

"Tala om sanningen", sa Lynley. "Det är vad jag vill att alla de inblandade ska göra."

"Ja, nu har ni ju fått höra sanningen."

Lynley funderade. Inte så mycket över om han hade fått höra sanningen eller ej som över Faraday själv. Han hade visserligen verkat vara uppriktig när han väl hade bestämt sig för att samarbeta, men det gick inte att bortse från att förhöret med honom hade varit något svävande. Så länge han hade talat om vad han själv hade gjort under onsdagsnatten hade han stannat kvar i skenet från lysröret. Så fort han hade börjat tala om Olivia hade han emellertid sökt sig bort mot skuggorna. Ljus och skugga tycktes vara återkommande teman i Lynleys möten med Faraday och damerna Whitelaw. Han märkte att han inte kunde bortse från den irriterande frågan varför dessa tre personer hela tiden ville hålla sig i mörkret.

Lynley insisterade på att få köra henne hem. När Barbara hade berättat för honom att hon samma morgon hellre hade valt att plågas på Norra Linjen än att utsätta sig för alla trafikstockningar, hade han noterat att Kilburn inte låg särskilt långt från Belsize Park, och strax nedanför den låg Chalk Farm inklämt mellan Camden Lock och Haverstock Hill. När hon protesterade sa han att det skulle vara idiotiskt att köra henne tillbaka till Yarden när det inte skulle ta mer än tio minuter att köra henne ända hem. När hon ändå opponerade sig sa han att han inte ville lyssna på några dumma invändningar, och om hon inte visade honom vägen till sitt hus skulle han bli tvungen att köra runt i blindo i hopp om att råka på det av en slump.

Under de tre och ett halvt år som de hade arbetat tillsammans hade Barbara lyckats hålla honom borta från den dystra verklighet som utgjordes av hennes hem i Acton. Men av det bestämda draget kring hans käke insåg hon att hon inte skulle lyckas få honom att sätta av henne vid närmsta tunnelbanestation i kväll. Särskilt inte som närmsta tunnelbanestation låg på fel linje, och hon då skulle bli tvungen att åka tillbaka för att byta tåg vid Baker Street och sen göra en ännu längre omväg för att kunna byta vid King's Cross. Det skulle ta gott och väl fyrtio minuter med tåg mot tio med bil. Hon grumsade över det men för att visa sin goda vilja talade hon om hur han skulle köra.

I Eaton Villas förvånade Lynley henne genom att köra in Bentleyn på en tom parkeringsplats och stänga av motorn. "Tack för skjutsen, sir. Vad ska vi ta itu med i morgon?" sa hon och öppnade bildörren.

Det gjorde han också. Han gick ut på gatan och granskade som hastigast de omgivande husen. Bäst som han stod där och såg sig omkring tändes gatubelysningen, så att de edwardianska byggnaderna belystes på ett fördelaktigt sätt. Han nickade. "Sympatisk trakt, assistenten. Lugnt."

"Stämmer. Hur dags vill ni att..."

"Nu vill jag se ert nya hem." Lynley slog igen bildörren.

Se, tänkte hon. Hon var på vippen att protestera men lyckades hejda sig. "Uh, sir", sa hon och tänkte på hans hem i Belgravia. Oljemålningar i guldram, porslin på spiselkransen, silver i vitrinskåpen. Eaton Terrace var långt från Eton Villas, trots att namnen hade en viss likhet. Jösses Amalia, tänkte hon. "Men det är absolut ingenting att se", skyndade hon sig att säga. "Absolut ingenting. Jag tror inte att ni..."

"Nonsens", sa han och började gå uppför uppfarten.

Hon följde efter honom. "Sir…?" sa hon, men när han knuffade upp grinden och började gå mot yttertrappan insåg hon att det var lönlöst. "Det är bara en stuga", försökte hon i alla fall säga. "Nej, det stämmer inte, det är inte ens en stuga, det är mer som ett skjul. Sir, det är inte tillräckligt högt i tak för er. Faktiskt! Om ni går in kommer ni snart att känna er som Quasimodo."

Han följde stigen i riktning mot ytterdörren. "Äh, fan", sa hon uppgivet till sig själv. "Kommissarien, sir? Det är åt det här hållet. På baksidan."

Hon förde honom längs med huset och försökte minnas i vilket tillstånd hon hade lämnat stugan när hon gav sig iväg samma morgon. Underkläder slängda på diskbänken? Hade hon bäddat eller ej? Dukat av bordet? Fanns det smulor på golvet? Hon kunde inte minnas och fumlade med nycklarna.

"Ovanligt", sa Lynley bakom henne när hon letade genom sin axelväska. "Är det medvetet, Havers? Som en del av den genomtänkta utformningen av ett bekvämt modernt boende?"

Hon såg upp och märkte att hennes lilla granne Hadiyyah till slut hade sett till att hålla sitt löfte. Det rosadraperade kylskåpet som så sent som samma morgon fortfarande hade stått på stenläggningen framför lägenheten i bottenvåningen hade nu flyttats och stod bredvid Barbaras egen ytterdörr. Det fanns ett meddelande fasttejpat ovanpå det. Lynley räckte det till Barbara och hon slet upp det. I det svaga ljusskenet från ett av fönstren på baksidan av huset såg hon någonting skrivet med elegant handstil som mer liknade kalligrafi än skrivstil. Någon hade skrivit: *Kan tyvärr inte ställa in kylskåpet i er stuga eftersom dörren är stängd. Mycket ledsen*, och sedan signerat med två namn där bara de första bokstäverna var läsliga. T-a-y började det första. A-z det andra.

"Ja, tack så hemskt mycket, Tay Az", sa Barbara. Hon berättade för Lynley om sina problem med det felplacerade kylskåpet. "Därför antar jag att Hadiyyahs far flyttade hit det åt mig. Det var väl vänligt av honom?" sa hon. "Fast jag misstänker att han inte har tyckt att det har varit så skoj att ha det stående utanför dörren som samtalsämne de sista två dagarna. När jag får tillfälle…" Hon tände ljuset och kastade en snabb blick in i stugan. En rosa behå och ett par grönprickiga trosor hängde på ett snöre som var uppspänt mellan två skåp över diskbänken. Hon stoppade snabbt ner dem i en knivlåda innan hon tände lampan bredvid soffan och återvände till dörren. "Det är faktiskt inte särskilt mycket. Ni kommer antagligen… Sir, vad håller ni på med?"

Det var en onödig fråga, för Lynley hade lutat axeln mot kylskåpet och höll på att flytta det. Barbara kunde föreställa sig hur hans eleganta kostym fick oljiga smutsfläckar. "Jag kan klara av det där", sa hon. "Faktiskt. Jag gör det i morgon bitti. Om ni nu… Hör nu, kommissarien. Vill ni inte ha en drink, eller någonting. Jag har en flaska…"Vad i helvete hade hon egentligen att bjuda på, undrade hon samtidigt som Lynley fortsatte att lyfta kylskåpet från det ena benet till det andra så att det långsamt kom allt närmare dörren.

Hon gick för att hjälpa honom och ställde sig på andra sidan. De flyttade det utan svårighet tvärs över hennes lilla altan och hade en kort diskussion om hur de bäst skulle häva det över tröskeln och in i köket utan att behöva lyfta bort ytterdörren. Till slut stod kylskåpet på plats och kontakten satt i urtaget så att motorn surrade med ett mystiskt väsande ljud. "Fantastiskt. Tack så hemskt mycket för hjälpen, sir", sa Barbara. "Om vi får sparken på grund av den här Fleminghistorien kan vi alltid få jobb som flyttkarlar."

Lynley betraktade hennens hopplockade ägodelar, en del hade kommit från Camden Lock, något från Acton och det allra mesta från loppmarknaden. Som den hängivne bokälskare han var gick han bort till bokhyllan, plockade på måfå ut en volym och så en annan. "Skräplitteratur", sa hon snabbt. "För att skingra tankarna efter jobbet."

Han ställde tillbaka volymen och plockade upp pocketboken som låg på bordet bredvid hennes säng. Han satte på sig glasögonen och läste baksidestexten. "Lever folk alltid lyckliga i alla sina dagar i slutet av sådana här böcker, assistenten?"

"Jag vet inte. Historierna slutat tvärt när de fått varandra. Men sexscenerna är underhållande. Om man nu tycker om den sortens läsning." Barbara gjorde en grimas när han läste titeln – *Söderns ljuva tröst* – och tittade på bokens övertydliga omslagsbild. "Sir, vill ni inte ha någonting att äta", sa hon. "Jag vet inte hur det var för er, men jag hann aldrig få någon ordentlig lunch idag. Vad säger ni om lite mat?"

Lynley bar med sig romanen till en av de två stolarna som stod vid matbordet. "Det skulle jag inte ha någonting emot", sa han medan han fortsatte läsa. "Vad har ni hemma?"

"Ägg. Och – ägg."

"Då tror jag att jag tar ägg."

"Bra", sa hon och plockade fram hinken som stod under diskbänken.

Hon var inte särskilt bra på att laga mat för hon hade aldrig vare sig tid eller ork att ägna åt det. Så medan Lynley bläddrade genom *Söderns ljuva tröst*, och hejdade sig på var och varannan sida för att läsa, harkla sig och en gång för att utbrista "Gode tid!", svängde hon ihop någonting som hon hoppades skulle kunna kallas omelett. Den blev lite vidbränd och lite sned men hon fyllde den med ost och lök och en ensam tomat som hade legat i hinken ovanpå majonnäsburken, och hon rostade fyra ganska torra – men lyckligtvis inte mögliga – skivor vitt bröd.

Hon höll på att hälla hett vatten i tekannan när Lynley reste sig upp. "Förlåt mig. Jag är verkligen en dålig gäst. Jag borde hjälpa till. Var förvarar ni bestick, assistenten?"

"I lådan bredvid diskbänken, sir", sa hon och ställde tekannan på bordet. Hon började precis säga: "Det här är inte mycket, men det får..." när hon plötsligt kom ihåg och ställde ner tekannan med en duns. Hon störtade ut i köket precis som Lynley öppnade lådan, och hon sträckte sig förbi honom och nappade åt sig sin behå och sina trosor.

Han höjde på ena ögonbrynet. Hon stoppade underkläderna i fickan. "Det är så ont om utrymme här", sa hon. "Jag hoppas ni dricker P.G. Tips. Jag har inte Lapsang Souchong hemma."

Han tog två knivar, två gafflar och två skedar från röran med metallföremål i lådan. "Det blir bra med P.G. Tips", sa han och tog med sig besticken till bordet. Hon följde efter honom med tallrikarna.

Omeletten hade blivit ganska gummiartad, men Lynley skar en bit, tog den på sin gaffel. "Det här ser utsökt ut, assistenten", sa han och åt. Medan hon låtsades syssla med dukningen passade hon på att flytta *Söderns Ljuva Tröst* till andra änden av stugan, men det verkade inte som om han märkte att romanen var borta. Han tycktes försjunken i tankar. Eftersom långdraget tänkande inte var hennes stil började Barbara efter att ha ätit, tuggat och svalt under tystnad känna sig otålig. "Vad då?" sa hon.

"Hur sa?" frågade han.

"Är det maten, sällskapet eller atmosfären? Eller åsynen av mina underkläder. De var förresten nytvättade. Eller var det boken. Gjorde Flint Southern det med Star Vadhonhette? Jag minns inte?"

"Det verkade inte som om de tog av kläderna", sa Lynley efter en stunds funderande. "Hur är det möjligt?"

"Redaktionellt fel. Då gjorde de det alltså?"

"Jag antar det."

"Bra, då behöver jag inte läsa slutet. Och det är lika bra det, för Flint började gå mig på nerverna."

De fortsatte äta. Lynley bredde björnbärssylt på en rostad brödskiva och låtsades inte om att det fanns smörklimpar från tidigare måltider i syltburken. Barbara iakttog honom, illa till mods. Det var inte likt Lynley att försjunka i djupa tankar när han var i sällskap med henne. Hon kunde faktiskt inte påminna sig något enda tillfälle medan de samarbetat som han inte hade låtit henne ta del av alla tänkbara kombinationer han kommit att tänka på medan de arbetade på ett fall. Hans villighet att dela med sig av alla sina infall och uppmuntra henne att göra likadant var en egenskap som hon först hade beundrat och sedan börjat ta för given. Att han nu skulle sluta upp med det som var så viktigt i deras arbetsgemenskap var olikt honom och gjorde henne nedstämd.

När han inte fullföljde den öppning hon hade gett honom åt hon mer omelett, bredde smör på sin rostade brödskiva och hällde upp ännu en kopp te åt sig. "Gäller det Helen, kommissarien?" sa hon slutligen.

Omnämnandet av Helen tycktes väcka honom tillräckligt mycket för att säga: "Hur så, Helen?"

"Ja, ni minns väl Helen. Ungefär en och sjuttio lång. Kastanjefärgat hår. Bruna ögon. Vacker hy. Väger ungefär femtiofem kilo. Ni har haft ett förhållande sedan november förra året. Kommer ni ihåg henne?"

Han bredde mer sylt på sin brödskiva. "Det är inte Helen", sa han. "Mer än att det alltid på ena eller andra sättet är Helen."

"Det var ju upplysande. Och om det inte är Helen, vad är det då?"

"Jag satt och tänkte på Faraday."

"På vad då? Hans historia?"

"Den stämmer så väl att det bekymrar mig. Den tigger om att bli trodd."

"Om han inte dödade Fleming, måste det ju finnas någon som kan ge honom alibi, eller hur?"

"Det är underligt att hans är så solitt när alla andra har verkligen svaga alibin."

"Pattens är lika vattentätt som Faradays", invände hon. "Och det är för den delen även Mollisons. Och mrs Whitelaws. Och Olivias. Ni kan väl inte tro att Faraday fått den här Amanda Beckstead, hennes bror och deras grannar att gå med på att svära falskt bara för hans skull. Och förresten, vad tjänade han på att Fleming dog?"

"Direkt tjänade han ingenting alls på det."

"Vem gör det då?" Barbara besvarade sin egen fråga en liten stund efter det att hon ställt den. "Olivia."

"Om de lyckades få Fleming ur vägen skulle de kunna vara ännu säkrare på att Olivias mor skulle låta henne flytta hem. Håller ni inte med om det?"

Barbara stoppade ner kniven i syltburken och bredde sedan ett tjockt lager sylt på sitt rostade bröd. "Visst", sa hon. "När mrs Whitelaw förlorat Fleming skulle hon troligen falla som en mogen frukt."

"Alltså..."

Barbara höjde sin syltfläckiga kniv för att hejda honom. "Fakta är i alla fall ändå fakta hur mycket vi än knådar dem för att de ska passa in i våra teorier. Ni vet lika väl som jag att Faradays historia kommer att hålla. Jag ska göra min plikt och spåra upp Amanda & Co i morgon bitti, men jag sätter en slant på att alla jag kommer att tala med har en historia som punkt för punkt stämmer överens med vad Faraday berättade. Kanske Amanda och hennes bror dessutom kommer att tala om någon vi kan ringa för att ytterligare få historien bekräftad. Som till exempel en pub med en pratsam bartender, där Amanda och Faraday satt och drack öl ända till stängningsdags. Eller en granne som hörde en av dem låsa upp i trappan. Eller någon som bankade i taket och klagade över att sängen gnisslade när de knullade nonstop från midnatt till gryningen. Det är klart att Faraday inte sa som det var från början, men han förklarade ju varför. Ni har ju också sett Olivia. Hon har inte särskilt långt kvar. Om ni var i Faradays kläder skulle ni säkert inte heller vilja såra henne mer än nödvändigt. Det verkar som om ni sätter in honom i något slags dystert mönster där allt som sker syftar till att skydda en döende människa."

Barbara lutade sig tillbaka i stolen och tog ett djupt andetag. Hon hade aldrig tidigare talat så länge i hans närvaro. Hon väntade på hans reaktion.

Lynley drack upp sitt te. Hon fyllde på hans kopp. Han rörde tankspritt om i det utan att hälla i vare sig socker eller mjölk, och med gaffeln flyttade han runt den sista tomatbiten på sin tallrik. Hon märkte tydligt att han inte höll med henne, och hon undrade varför.

"Ni måste inse att Faradays alibi kommer att visa sig vattentätt, kommissarien", sa hon. "Visst kan vi fortsätta att misstro honom om vi vill. Vi kan till och med sätta tre eller fyra kriminalkonstaplar på att ta reda på vad Faraday egentligen hittar på när han använder sitt herrbjudningsalibi. Men det kommer inte att föra oss ett dugg närmare Flemings mördare än vi är nu. Och det är ju Flemings mördare vi ska ha fast. Eller har målsättningen förändrats medan jag vände bort huvudet?"

Lynley lade kniv och gaffel på sin tomma tallrik. Barbara gick ut i köket och hämtade en skål med till hälften upplösta druvor, räddade dem som fortfarande såg ätliga ut och bar in dem till bordet tillsammans med en bit cheddarost från vilken hon skalat bort ett tunt lager mögel.

"Jag tror att det är så här", sa hon. "Jag tror vi måste ta in Jean Cooper för förhör. Vi måste fråga henne varför hon inte har varit speciellt hjälpsam när det gäller att ge oss information. Om hennes äktenskap. Om Flemings besök hos henne. Om skilsmässoansökningen som hamnade så lägligt i tiden. Vi måste hämta henne och behålla henne på Yarden minst sex timmar och för en gångs skull grilla henne ordentligt. Vi måste se till att hon bryter ihop."

"Hon kommer aldrig att komma in till Scotland Yard utan advokat, Havers."

"Vad gör det för skillnad? Vi kan säkert klara av Friskin eller vem hon nu tänker släpa med sig. Det som gäller är att skaka om henne, kommissarien. Och jag tror att det är enda sättet för oss att få reda på sanningen. För om hon inte blivit tillräckligt omskakad redan – med sonen uthängd som ett offerlamm i tidningarna – då är det ingenting annat att göra än att sätta tumskruvarna på henne själv." Barbara skar en bit ost till sig och åt den tillsammans med det sista av sitt rostade bröd. Hon tog en näve druvor. "Blää!" sa hon när den sura smaken träffade hennes tunga och strupe. Hon flyttade undan skålen. "Tyvärr, de är oätliga. Så var det med det."

Lynley skar en skiva cheddar, men istället för att äta den började han perforera den med sin gaffel så att den blev full av små hål i ett geometriskt mönster. Barbara hade nästan slutat hoppas att han skulle svara på hennes förslag – vilket enligt henne var det enda logiska steget att ta härnäst i utredningen – när han nickade som om han i sina tankar kommit fram till en kompromisslösning.

"Ni har rätt, assistenten", sa han. "Och ju mer jag tänker på det desto mera övertygad blir jag. Skaka om dem är precis vad vi måste göra."

"Bra", sa hon. "Då ska vi alltså hämta Jean och få hennes..."

"Inte Jean", sa han.

"Inte... Men vem då?"

"Jimmy."

"Jimmy. *Jimmy?*" Barbara kände att hon måste göra någonting för att inte resa sig upp av ren ilska. Hon grep tag om stolsitsen. "Sir, Jimmy kommer inte att få henne att bryta ihop. Friskin har säkert redan berättat för henne att Jimmy inte tänker ge oss de upplysningar vi vill ha. Hon kommer att säga åt Jimmy att hålla fast vid den linjen. Om han fortsätter att knipa käft varje gång vi kommer i närheten av någonting som kan fälla honom, så kommer han att klara sig och det vet han om. Och det gör hon också. Ni måste förstå, kommissarien, att Jean Cooper inte kommer att skakas om på grund av Jimmy. Och hon kommer inte heller att bryta samman för hans skull."

"Se till att han är där vid middagstid", sa Lynley.

"Men varför slösa bort tid på att hämta in honom igen? Tidningarna kommer att kasta sig över oss som hökar, för att inte tala om hur Webberly och Hillier kommer att reagera. Vi kommer inte att vinna ett dugg på det. Och på köpet förlorar vi en massa tid. Lyssna nu på mig, sir. Om vi syr in

Jean är vi inne på rätt spår igen. Då får vi någonting att jobba på. Men om vi envisas med Jimmy kommer det inte att göra Jean ett enda dugg."

"Det har ni rätt i", sa Lynley. Han skrynklade ihop sin pappersservett och kastade den på bordet.

"Rätt ifråga om vad?"

"Om att skaka om Jean Cooper."

"Toppen. Så om jag…"

"Men det är inte Jean Cooper jag vill skaka om. Se till att Jimmy är där vid middagstid i morgon."

Lynley tog medvetet en omväg hem. Han hade inte bråttom. Han hade ingen anledning att tro att det skulle finnas något meddelande från Helen Clyde som väntade på honom – numera kände han henne tillräckligt väl för att förstå hur illa hon hade tagit vid sig av hans försök att tvinga henne att acceptera hans frieri samma morgon – och även om så inte hade varit fallet hade han ibland märkt att han tänkte klarare om han avlägsnade sig från den plats där det var meningen att han skulle tänka. Av den anledningen hade han vid mer än ett tillfälle gett sig iväg från New Scotland Yard mitt i en utredning och tagit en genväg genom tunnelbanestationen för att gå den korta sträckan bort till St. James's Park. Där kunde han följa stigen som gick runt sjön, beundra pelikanerna och lyssna till den kvackande befolkningen på Duck Island medan han väntade på att hans tankar skulle klarna. Alltså körde han i kväll ner genom Regent's Park istället för att köra sydöst genom Belgravia. Han körde runt yttre ringleden och därefter den inre ringleden tills han slutligen hamnade på Park Road där en vänstersväng gjorde att han omedvetet hamnade vid ingången till Lord's kricketplan.

Det var tänt över idrottsplatsen, tillfälliga strålkastare som byggnadsarbetarna hade satt upp för att kunna reparera avloppsledningarna utanför Paviljongen. När Lynley gick genom Grace Gate och började promenera i riktning mot läktaren blev han stoppad av en säkerhetsvakt. Han visade sin legitimation och nämnde namnet Kenneth Fleming och det tycktes vakten nöja sig med.

"Kommer ni från Scotland Yard?" sa han. "Har ni snart löst fallet? Och vad händer när det är uppklarat? Vill ni veta min åsikt så borde vi återinföra galgen. Ta ordentligt hand om killen som gjorde det. Offentligt tycker jag." Han nöp sig i näsan och spottade på marken. "Det var en sympatisk kille, Fleming. Hade alltid något vänligt att säga. Frågade hur frugan och ungarna mådde. Visste vad alla hette. Sådana människor träffar man inte ofta. Det är klass det."

"Verkligen", mumlade Lynley, och vakten tycktes ta det som en uppmaning att fortsätta. När han såg ut som om han skulle börja igen frågade Lynley honom om läktarna var öppna.

"Det finns inte mycket att se där", svarade vakten. De flesta lamporna är släckta. Vill ni att jag tänder dem?"

Nej, det ville inte Lynley och nickade när vakten visade åt vilket håll han skulle gå.

Han visste att det skulle tjäna mycket lite till att låta idrottsplanerna och läktarna bada i ljus. Både gårdagskvällen och dagen hade fått honom att inse att gåtan med Kenneth Flemings död inte skulle lösas genom några ledtrådar – ett hårstrå, en tändsticka, en anteckning eller ett fotavtryck – som man kunde granska i det artificiella ljuset på en kricketplan eller i ett laboratorium och därefter presentera i rättssalen som ett hundraprocentigt bevis på vem som var mördaren. Tvärtom skulle nyckeln till lösningen på fallet bli någonting mycket mera flyktigt, en bekräftelse på skulden som sprang fram ur någons bristande förmåga att hålla tyst och samma persons oförmåga att orka ta ansvar för en orättvisa.

Lynley gick in på läktaren och nerför en mörk gång till det plank som skilde åskådarna från spelplanen. Han lutade armbågarna mot detta plank och lät blicken vandra från Paviljongen på vänster hand till det dunkla cirkustält som på höger hand ruvade över utslagsplatsen, från den fyrkantiga asfaltplanen längst bort på fältet som förde över till övningsplanerna bort mot själva spelplanen, en nästan inte urskiljbar sluttning. I mörkret såg resultattavlan ut som en rektangulär skugga med spöklika bokstäver och den mjukt böjda raden med vita stolar såg ut som spelkort utlagda på ett ebenholtsbord.

Här hade Fleming spelat, tänkte Lynley. Här på Lord's, hade han fått se sin dröm gå i uppfyllelse. Han hade slagit med en kombination av skicklighet och spelglädje och utan ansträngning gjort hundrapoängare som om han trodde att han hade hundra varv innestående var gång han tog sats. Hans slagträ, hans namn och även hans porträtt skulle mycket väl en dag ha kunnat hamna i Långa Rummet och placerats tillsammans med reliker efter andra stora spelare. Men den möjligheten lika väl som alla förhoppningar att hans skicklighet skulle kunna påverka sportens framtid hade dött tillsammans med Fleming i Kent.

Det var det perfekta brottet.

Efter att ha utrett mord i åratal visste Lynley att det perfekta brottet inte var ett brott där det inte fanns några ledtrådar, eftersom något sådant inte skulle kunna existera i en värld där det fanns gaskromatografi, elektronmikroskop, DNA-bestämning, datasökningar, laser och lampor med fiberoptik. Istället var det perfekta brottet idag ett brott där ingen av alla de ledtrådar man samlat in på brottsplatsen kunde – som lagen krävde utan varje skugga av tvivel – knytas till mördaren. Det kunde finnas hårstrån på liket, men de skulle lätt kunna bortförklaras. Det fanns kanske fingeravtryck i rummet där man fann liket, men de skulle visa sig komma från någon annan. Att någon som inte borde ha befunnit sig i trakten hade gjort det, ett tillfälligt yttrande som någon fällt före eller efter brottet, att någon inte med säkerhet kunde redogöra för var han befann sig i mordögonblicket... Allt detta var bara indicier och i händerna på en skicklig försvarsadvokat vägde de inte tyngre än dammråttor.

Varje tänkande mördare visste detta. Och Flemings mördare var inget undantag.

Där i det stilla mörkret på Lord's kricketplan erkände Lynley för sig själv exakt hur långt utredningen hade kommit efter sjuttiotvå timmar. De hade inga tunga oemotsägliga bevis som kunde knytas till någon av de misstänkta och som samtidigt var nära knutna till själva mordet. Å andra sidan hade de cigarettfimpar, fotavtryck, fibrer, två omgångar med oljefläckar – en på fibrerna och en på marken – och ett erkännande. För det tredje hade de en till hälften utbrunnen fåtölj, ett halvt dussin brända tändstickor och det som fanns kvar av en enda Benson and Hedges-cigarett. Dessutom hade de en viktig nyckel till köksdörren som de funnit hos Jimmy Cooper, ett gräl som en bonde på kvällspromenad råkat få höra, ett bråk på parkeringsplatsen vid kricketplanen, en skilsmässoansökan som skulle skrivas under och en kärleksaffär som fått ett olyckligt slut. Varje konkret föremål som de hade och alla vittnesmål de hittills fått ihop var emellertid bara bitar i den mosaik som såg ut att för evigt bli ofullbordad.

Och det var vad de inte hade som gav Lynley en andningspaus, som förde honom genom tiden tillbaka till biblioteket i hans barndomshem i Cornwall där elden kastade ett brandgult sken mot bokhyllorna och regnet slog mot de blyinfattade fönstren. Han låg på golvet med armarna under huvudet. Hans syster satt hopkrupen på en kudde i närheten. Deras far satt i en öronlappsfåtölj och läste den berättelse som båda barnen redan kunde utantill: om hur en vinnande kapplöpningshäst hade försvunnit, om hur dess tränare hade dött och om Sherlock Holmes slutledningsförmåga. Det var en berättelse som de hade hört oräkneliga gånger, den första de bad om vid de sällsynta tillfällen då deras far erbjöd sig att läsa högt för dem. Varje gång earlen närmade sig berättelsens höjdpunkt växte deras förväntningar. Lynley brukade sätta sig upp. Judith brukade pressa kudden mot magen.

Och när earlen klarade strupen och med kommissarie Gregorys vördnads-fulla röst sa: "Finns det någon speciell sak som ni vill fästa min uppmärk-samhet på?" kunde Lynley och hans syster fylla i resten. Lynley sa då: "På den underliga händelsen med hunden på natten", och Judith svarade med låtsad förvirring: "Men hunden gjorde ju ingenting på natten", och båda två skrek ut den fantastiska slutledningen: "Det var det som var underligt."

Fast i fallet med Kenneth Fleming skulle dialogen mellan Holmes och Gregory ha varit annorlunda. Det skulle inte ha handlat om någon hund nattetid utan om vad den misstänkte hade sagt. För det var det som Lynley hade lagt märke till: den underliga händelsen med vad den misstänkte sagt.

En av dem som han misstänkte hade inte sagt någonting alls.

Och det var just det som var så underligt.

KAPITEL 21

"Låt oss återvända till det ögonblick då du öppnade dörren till stugan", sa Lynley. "Vilken dörr var det nu igen?"

Jimmy Cooper lyfte upp handen till munnen och tuggade på fingret. De hade varit i förhörsrummet mer än en timme, och under den tiden hade pojken lyckats bita sönder sitt finger två gånger utan att det verkade som om han någon av gångerna hade känt smärta.

Lynley hade låtit pojken och Friskin vänta fyrtiosju minuter i förhörsrummet. Han ville att pojken skulle vara så nervös som möjligt när han till slut träffade honom, så han hade låtit advokaten och hans klient bygga upp sina onda aningar medan de tvingades lyssna till det effektiva, vardagliga polisarbetet som försiggick utanför i korridoren. Det var inte tu tal om att Friskin var tillräckligt smart för att ha kunnat upplysa sin klient om att polisen lät dem vänta med flit för att göra dem nervösa, men Friskin hade ingen möjlighet att påverka pojkens rädsla. När allt kom omkring var det Jimmys nacke som stod på spel, inte advokatens. Lynley hoppades på att pojken skulle kunna inse det.

"Har ni för avsikt att väcka åtal mot min klient?" Mr Friskin lät vresig. Han och Jimmy hade återigen fått löpa gatlopp bland mediafolket mellan Victoria Station och Broadway, och det verkade inte som om advokaten uppskattade det. "Som vår närvaro här från första början har utvisat, vill vi gärna samarbeta med polisen, men om ni inte har för avsikt att väcka åtal måste ni hålla med om att det skulle vara bättre för Jimmy att vara i skolan."

Lynley bryddde sig inte om att påpeka för Friskin att ansvaret för Jimmy under höstterminen av George Green-gymnasiet hade överlåtits till de sociala myndigheterna och till skolkuratorn. Han visste att advokatens protest mera var en formsak, ett sätt att öppet visa sitt stöd för att kunna vinna klientens förtroende.

"Vi har gått igenom samma fakta åtminstone fyra gånger", fortsatte Friskin. "De kommer inte att bli annorlunda den femte gången."

"Kan du berätta för mig vilken dörr det var?" frågade Lynley en gång till.

Friskin suckade demonstrativt. Jimmy vred sig på stolen. "Det har jag redan sagt. Köket."

"Och då använde du nyckeln…"

"Från skjulet. Det har jag också redan sagt."

"Ja. Så mycket har du sagt. Jag vill bara vara säker på att vi har uppfattat allting riktigt. Du stoppade in nyckeln i låset. Du vred om nyckeln. Vad hände sedan?"

"Vad menar du med vad som hände sen?"

"Detta är ju löjligt", sa Friskin.

"Vad är det som skulle hänt?" frågade Jimmy. "Jag öppnade den där jädra dörren och gick in."

"Hur öppnade du dörren?"

"Skit!" Jimmy knuffade bort sin stol från bordet.

"Kommissarien", insköt Friskin. "Är det nödvändigt att uppehålla sig vid det exakta tillvägagångssättet vid dörröppnandet? Vad tjänar det till? Vad är det ni vill ha reda på av min klient?"

"Svängde dörren upp med en gång när du hade vridit om nyckeln?" undrade Lynley. "Eller var du tvungen att knuffa upp den?"

"Jim", sa Friskin varnande, som om han plötsligt hade insett vad Lynley syftade på.

Jimmy drog sig en bit bort från advokaten, kanske som ett sätt att säga åt Friskin att lägga av. "Visst knuffade jag upp den. Hur öppnar man annars en dörr?"

"Bra. Tala nu om hur du gjorde."

"Hur då?"

"Hur du knuffade den."

"Jag gav den en puff helt enkelt."

"Under handtaget? Ovanför handtaget? På handtaget? Var?"

"Vet inte." Pojken sjönk ihop i sin stol. "Ovanför skulle jag tro."

"Du gav alltså dörren en knuff ovanför handtaget. Dörren öppnades. Du gick in. Var ljuset tänt där inne?"

Jimmy rynkade pannan. Det var en fråga som Lynley inte hade ställt tidigare. Jimmy skakade på huvudet.

"Tände du ljuset?"

"Varför skulle jag göra det?"

"Jag skulle tro att du kan ha haft behov av att kunna hitta. Du behövde se var fåtöljen fanns. Hade du någon ficklampa med dig? Tände du en tändsticka?"

Jimmy såg ut att fundera över de olika alternativen – att tända ljuset, ha med sig en ficklampa, tända en tändsticka – och över vad de skulle kunna innebära. Till slut bestämde hans sig. "Jag kunde ju inte ha med någon ficklampa när jag kom på motorcykel."

"Då använde du alltså en tändsticka?"

"Det har jag inte sagt."

"I så fall tände du ljuset."

"Det kan jag ha gjort. En kort stund."

"Bra. Och sen då?"

"Sen gjorde jag det jag redan har sagt att jag gjorde. Jag tände den jävla ciggen och stoppade ner den i stolen. Sen gick jag."

Lynley nickade eftertänksamt. Han satte på sig glasögonen och plockade fram fotografierna från brottsplatsen ur den bruna mappen. Han bläddrade genom dem. "Du träffade alltså inte din far?" sa han medan han studerade dem.

"Jag har ju redan sagt…"

"Du talade inte med honom?"

"Nej."

"Du hörde honom inte röra sig i sovrummet ovanför?"

"Allt det där har jag *redan* sagt."

"Ja. Det har du gjort. Lynley bredde ut bilderna. Jimmy höll blicken bortvänd. Lynley gjorde stor affär av att studera dem. Till slut höjde han huvudet. "Gick du på samma sätt som du hade kommit. Ut genom köket?"

"Ja."

"Hade du lämnat dörren öppen?"

Jimmys högra hand gled upp mot munnen. Hans pekfinger åkte in mellan framtänderna och innan han tycktes medveten om det hade han börjat tugga på det. "Antar det."

"Var den öppen?" frågade Lynley skarpt.

Jimmy ändrade sig "Nej."

"Var den stängd?"

"Ja. Den var stängd. Stängd."

"Är du säker på det?"

Friskin lutade sig framåt. "Hur många gånger ska han behöva…"

"Och du lyckades smita in och ut igen utan besvär?"

"Hur så?"

"Utan svårighet? Du mötte inte någon? Ingen alls?"

"Det sa jag ju. Det har jag sagt tie gånger."

"Men vad hände då med djuren?" undrade Lynley. "Mrs Patten sa att det fanns djur i stugan när hon for därifrån."

"Jag såg inga djur."

"Var de inte i stugan då?"

"Det har jag inte sagt."

"Du har sagt att du stod längst ner i trädgården och tittade på stugan. Du har sagt att du såg din far genom köksfönstret. Du har sagt att du såg när han gick upp för att lägga sig. Såg du honom också öppna dörren? Såg du hur han släppte ut kattungarna?"

Det syntes i Jimmys ansikte att han förstod att frågan var någon form av fälla. Men han kunde inte riktigt komma på vad för sorts fälla. "Jag vet inte, förstår du. Jag kommer inte ihåg."

"Din far släppte kanske ut dem innan du kom. Märkte du om kattungarna var någonstans i trädgården?"

"Vem bryr sig om några jävla kattungar?"

Lynley flyttade om bland fotografierna. Jimmys ögon sökte sig till dem och sedan vände han snabbt bort blicken.

"Det här är slöseri med tid för oss alla", sa Friskin. "Vi gör inga framsteg, och vi kan inte hoppas på att kunna göra några framsteg förrän och om ni får någonting mera att arbeta efter. När ni har det kommer Jimmy hellre än gärna att samarbeta med er och era frågor, men till dess…"

"Hur var du klädd den där kvällen, Jimmy?" undrade Lynley.

"Kommissarien, han har redan berättat för er…"

"Jag vill minnas att det var en T-shirt", sa Lynley. "Stämmer det? Jeans. En tröja. Doc Martens på fötterna. Någonting mer?"

"Kalsingar och strumpor", flinade Jimmy. "Samma som jag har på mig nu."

"Och det är allt?"

"Det är allt."

"Ingenting annat?"

"Kommissarien…"

"Ingenting annat, Jimmy?"

"Det sa jag ju. Ingenting annat."

Lynley tog av glasögonen och lade dem på bordet. "Då är det konstigt."

"Vad då?"

"För jag antar att du måste ha burit handskar, eftersom du inte lämnade några fingeravtryck efter dig."

"Jag rörde inte vid någonting."

"Men du har ju precis förklarat hur du rörde vid dörren för att knuffa upp den. Ändå fanns inte dina fingeravtryck på den. Varken på trävirket, på handtaget, på insidan eller på utsidan. Och på strömbrytaren i köket fanns det heller inga fingeravtryck."

"Jag glömde säga att jag torkade bort dem. Det stämmer. Jag torkade bort dem."

"Du torkade bort dina egna fingeravtryck men lyckades lämna kvar alla andra. Hur klarade du av det?"

Friskin rätade på sig i stolen och såg skarpt på pojken. Sedan vände han sin uppmärksamhet mot Lynley. Han sa heller ingenting.

"Och om du nu lyckades torka bort dina fingeravtryck samtidigt som du lät alla andra vara kvar, varför lämnade du då dina avtryck på anden i redskapsskjulet?"

"Jag gjorde det som jag gjorde."

"Kan vi få ett ögonblick, kommissarien?" sa Friskin.

Lynley gjorde en ansats till att resa sig.

"Jag behöver inte något ögonblick!" sa Jimmy. "Jag har sagt vad jag gjorde. Jag tog nyckeln. Jag gick in. Jag lade ciggen i stolen."

"Nej", sa Lynley. "Det var inte så det gick till."

"Jo, det var det. Jag berättade för dig och jag sa…"

"Du har berättat för oss hur du tror att det gick till. Kanske har du berättat hur du skulle ha burit dig åt om du hade fått möjlighet till det. Men du har inte sagt oss vad som hände."

"Det har jag!"

"Nej." Lynley stannade bandspelaren. Han tog ut kassetten och lade i en från ett tidigare förhör. Den var förinställd på ett ställe som han hade valt ut tidigare samma morgon, så han tryckte på startknappen och lät den gå igång. Deras röster hördes från högtalaren.

"Rökte du vid den tidpunkten?"

"Vad tror du? Att jag är korkad?"

"Var det en sådan här? En JPS?"

"Ja, det stämmer. Det var en JPS."

"Och du tände den. Vill du vara snäll och visa mig hur?"

"Visa dig vad då?"

"Hur du tände cigaretten."

Lynley stängde bandspelaren, tog ut bandet och ersatte det med bandet från dagens förhör. Han tryckte på *record*.

"Så?" sa Jimmy. "Jag sa vad jag sa, jag gjorde det jag gjorde."

"Med en JPS?"

"Det hörde du väl."

"Ja, jag hörde det." Lynley strök sig över pannan, sänkte sedan handen och såg på pojken. Jimmy satt och gungade på stolens bakben. "Varför ljuger du, Jimmy?"

"Jag har aldrig…"

"Varför vill du inte att vi ska veta?"

Pojken fortsatte att gunga. "Men jag berättade ju för er…"

"Inte sanningen. Den har du inte berättat."

"Jag var där, det sa jag ju."

"Ja, du var där. Du var i trädgården. Du var i redskapsskjulet. Men du var inte inne i stugan. Du dödade inte din far mer än jag gjorde det."

"Det gjorde jag. Den skitstöveln. Han fick vad han var värd."

"Din far mördades samma dag som det var meningen att din mor skulle ha skrivit på skilsmässohandlingarna. Visste du det, Jim?"

"Han förtjänade att dö."

"Men din mor ville inte gå med på skilsmässa. Om hon hade velat det skulle hon själv ha begärt skilsmässa två år efter det att han hade lämnat familjen. Då skulle hon haft laglig grund till det."

"Jag ville att han skulle dö."

"Men istället för att göra det höll hon ut i fyra år. Och hon trodde kanske att hon skulle kunna få tillbaka honom en dag."

"Jag skulle ha dödat honom en gång till om jag hade kunnat."

"Kunde hon ha haft anledning till att hoppas på det tror du Jim? Er far hade i alla fall fortsatt att hälsa på henne under alla år. Visste du det?"

"Jag *gjorde* det!"

"Jag kan tänka mig att hon kanske fortfarande hade stora förhoppningar. Om han fortsatte att hälsa på henne."

Jimmy slutade gunga på stolen. Han hade snott in händerna i sin T-shirt och sträckte tyget mot knäna. "Jag har sagt det!" sa han. Och det var tydligt vad han menade: Lägg av nu. Jag tänker inte säga någonting mer.

Lynley reste sig. "Vi kommer inte att väcka något åtal mot er klient", sa han till mr Friskin.

Jimmy såg upp.

"Men vi kommer att vilja tala med honom igen. Så fort han har haft tillfälle att dra sig till minnes exakt vad som hände i onsdags natt."

Två timmar senare rapporterade Barbara Havers till Lynley vad Chris Faraday och Amanda Beckstead hade gjort på onsdagsnatten. Hon berättade att Amanda bodde i ett hyreshus på Moreton Street. Det fanns grannar både under och över, ett trevligt gäng som uppförde sig som om de använde all sin vakna tid till att hålla reda på varandra. Amanda bekräftade att Chris Faraday hade varit tillsammans med henne.

"Det är en ganska besvärlig situation på grund av Livie", hade hon sagt med mjuk, samlad röst och den högra handen lätt kupad över den vänstra. Hon hade haft lunchpaus från den djurtrimnings- och fotografistudio som hon och hennes bror drev i Pimlico, och hon hade gått med på att tala med kriminalassistenten om hon bara fick lov att äta sin ostsmörgås och dricka sin flaska mineralvatten samtidigt. De hade gått till Pimlico Garden and Shrubbery vid kanten av floden, där de hade satt sig inte långt från statyn av William Huskisson, en artonhundratalspolitiker avbildad i sten och klädd i toga och någonting som såg ut att vara ridstövlar. Amanda tycktes inte lägga märke till det absurda i Huskissons kläder, och hon tycktes inte heller vara besvärad av vinden som kom från floden eller bullret från trafiken på Grosvenor Road. Hon satt bara i en enkel lotusställning på träbänken och talade uppriktigt medan hon åt sin lunch.

"Livie och Chris har bott tillsammans i några år", sa hon, "och Chris har inte tyckt att det var riktigt att gå vidare nu när Livie är så sjuk. Jag har föreslagit att vi skulle kunna försöka bo i ett kollektiv, min bror, Chris, Livie och jag, men det vill inte Chris. Han säger att Livie inte skulle klara av det om hon visste att han och jag ville vara tillsammans. Då skulle hon insistera på att få flytta till ett vårdhem, säger Chris, för hon är sådan. Han vill inte det. Han känner ett ansvar för henne. Så därför har vi det så här."

De hade försökt träffas så mycket som möjligt de senaste månaderna, berättade hon för Barbara, men de hade aldrig lyckats vara ensamma med varandra mycket mer än fyra timmar i sträck. I onsdags hade de för första gången haft möjlighet att tillbringa en hel natt tillsammans, för Livie hade ordnat så att hon skulle träffa sin mor, och hon väntade inte att Chris skulle komma och hämta henne förrän på morgonen. "Det var bara det att vi ville sova tillsammans", sa Amanda uppriktigt. "Och vakna tillsammans. Det handlade inte bara om sex. Det var att höra ihop på allvar, det var viktigare än bara sex. Förstår du vad jag menar?"

Hon hade sett så uppriktig ut att Barbara hade nickat, som om det där att sova med en man verkligen var någonting hon kände till. Visst, hade hon tänkt. Att höra ihop med en kille. Jag förstår hur det känns. Jag förstår jävligt väl hur det skulle kunna kännas.

"Därför tror jag att det är så här", sa Barbara till Lynley när hon hade sammanfattat sin rapport. "Antingen är mordet på Fleming en sammansvärjning som omfattar de flesta av invånarna på Moreton Street eller så talar Amanda Beckstead sanning. Jag röstar för det senare. Vad tror ni?"

Lynley stod vid fönstret på sitt kontor med händerna i fickorna och uppmärksamheten riktad mot gatan. Barbara undrade om reportrarna och journalisterna hade gett sig iväg. "Och vad fick ni ut av den där gangstern den här gången?" sa hon.

"Ännu mer oavsiktlig bekräftelse på att han inte dödade sin far."

"Håller han tätt om allting annat?"

"För närvarande."

"Fan också." Hon plockade fram ett Juicy Fruit och vek ihop det innan hon stoppade det i munnen. "Varför kan vi inte hämta henne direkt?" sa hon. "Vad är det för vits med att gå bakvägen på det här sättet?"

"Det handlar om bevisning, assistenten."

"Vi kommer att få fram bevis. Vi har ju redan motivet. Vi vet tillvägagångssättet och att det fanns tillfälle. Vi vet tillräckligt mycket för att sy in henne och fråga ut henne rejält åtminstone en gång. Sedan kommer resten av bitarna att falla på plats."

Lynley skakade långsamt på huvudet. Han stod länge och tittade på gatan nedanför, sedan upp mot himlen som var grå som ett krigsfartyg, som om våren plötsligt hade bestämt sig för att utebli. "Pojken måste säga att det var hon", sa han slutligen.

Barbara försökte intala sig att hon hade hört fel. Hon blåste en bubbla med sitt tuggummi av ren utmattning. Det var så olikt Lynley att tassa runt på tå på det här viset att hon, en liten smula illojalt, undrade om hans ständiga obeslutsamhet i fråga om sin egen framtid tillsammans med Helen Clyde till slut hade börjat påverka hans arbete. "Sir", sa hon och försökte låta kamratligt tålmodig. "Är det inte orealistiskt att förvänta sig att en sextonårig pojke ska göra det? Hon är ju när allt kommer omkring hans mor. Kanske kommer de inte överens, men om han pekar ut henne som faderns mördare förstår ni väl vad han gör mot sig själv. Och tror ni inte att han *vet* hur det skulle drabba honom själv?"

Lynley strök sig tankfullt över hakan. Barbara kände sig tillräckligt uppmuntrad av det för att fortsätta.

"Det skulle betyda att han på mindre än en vecka förlorade båda sina föräldrar. Tror ni verkligen att han skulle göra det? Tror ni att han skulle göra sin bror och syster – för att inte tala om sig själv – till föräldralösa barn i lagens mening? Som samhället skulle ta hand om? Är det inte begära för mycket av honom? Är det inte att försöka krossa honom mer än nödvändigt?"

"Kan så vara, Havers", sa Lynley.

"Bra. Då…"

"Men tyvärr är det så att för att få reda på sanningen måste vi få Jimmy Cooper att tala."

Barbara skulle just fortsätta sin argumentation när Lynley såg förbi henne mot dörröppningen. "Ja, Dee. Vad är det?"

505

Dorothea Harriman rättade till en av volangerna i sitt silkeskrås.

Den här eftermiddagen gick hon helt i blått. "Överkommissarie Webberly vill tala med er och med assistent Havers", sa Harriman. "Ska jag säga åt honom att ni redan hunnit gå?"

"Nej. Vi kommer med."

"Sir David är tillsammans med honom", tillade Harriman. "Det var egentligen Sir David som ville ha mötet."

"Hillier", stönade Barbara. "Fräls oss gode gud. Sir, det kan ta minst två timmar om han får upp ångan ordentligt. Ska vi inte smita härifrån medan vi fortfarande kan? Dee kan säkert hitta på en ursäkt."

Harriman log. "Det gör jag hellre än gärna, kriminalkommissarien. Han är förresten klädd i svart."

Barbara sjönk ännu djupare ner i sin stol. Sir David Hilliers svarta kostymer var ökända över hela New Scotland Yard. De var ytterst välskräddade, rakknivsvassa pressveck överallt där det skulle vara pressveck, för övrigt inte den minsta skrynkla eller dammkorn och Hillier klädde sig i dem när han ville demonstrera sin makt som chef. Man talade alltid om honom som "Sir David" när han kom till Victoria Street klädd i svart. Alla andra dagar var han bara "Bossen".

"Är de på Webberlys kontor?" undrade Lynley.

Harriman nickade och gick före.

Både Hillier och Webberly satt vid det runda bordet mitt i rummet, och det som Hillier tydligen ville tala om täckte varje centimeter av bordsskivan, utspridda som om de nyss blivit frenetiskt genomletade av någon oerfaren skådespelare som sökt efter positiva recensioner dagen efter premiären. Morgontidningarna. Och efter vad Barbara med en hastig blick kunde se, medan Hillier gjorde en ansats till att resa sig upp i närvaro av någon av det motsatta könet, hade chefen lyckats få tag på gårdagens dessutom.

"Kommissarien, assistenten", sa Hillier.

Webberly reste sig från sin plats och gick bakom dem för att stänga dörren. Överkommissarien hade avnjutit mer än en god cigarr hittills under dagen, och luften på hans kontor var tjock, hela rummet var fyllt av ett rökmoln.

Hillier höll en guldpenna i handen och med den gjorde han en svepande gest mot tidningarna på bordet. Bilderna i morgonens skörd föreställde allt från mr Friskin som med armen skyddar Jimmys ansikte mot fotografen till Jean Cooper som banar sig väg genom en hop knuffande reportrar när hon försöker komma fram till sin bil. Dessutom hade läsarnas nyhetshunger idag stillats även med andra bilder än de som avbildade de inblandade i fallet. I Daily Mail fanns någonting som tycktes vara en bildberättelse över

Kenneth Flemings liv och den innehöll bland annat fotografier av hans tidigare hem på Isle of Dogs, av hans familj, av stugan i Kent, av tryckeriet i Stepney, av Miriam Whitelaw och av Gabriella Patten. *The Guardian* och *The Independent* anlade med hjälp av en skiss över brottsplatsen ett mera intellektuellt synsätt. I *Daily Mirror, Sun* och *Daily Express* fanns intervjuer med landslagets sponsorer, med Guy Mollison och med lagkaptenen för Middlesex. Men de allra flesta spaltmillimeterna – i *The Times* – ägnades åt en diskussion om den ökande tonårsbrottsligheten, så att läsarna själva fick tolka de beslöjade antydningar som tidningen gjorde genom att ta in en sådan artikel i anslutning till nyhetsstoff om Fleming-mordet. Man sade sig inte ha några förutfattade meningar, men trots att man mycket flitigt använde ordet *påstådd* lutade sig historien tungt på möjligheten att en anonym sextonåring var skyldig.

Med pennan pekade Hillier på två stolar som stod mitt emot hans egen. När Lynley och Barbara satte sig gick han till anslagstavlan i andra delen av rummet och studerade demonstrativt de internmeddelanden som hängde där. Webberly gick bort till sitt skrivbord, men istället för att slå sig ner lutade han sin omfångsrika rumpa mot fönsterbrädet och tog bort papperet från en cigarr.

"Förklara", sa Hillier. Det var Webberlys anslagstavla han vände sig till.

"Sir", sa Lynley.

Barbara kastade en blick bort mot Lynley. Hans tonfall var lugnt men inte undfallande. Hillier skulle inte gilla det.

Chefen fortsatte med dämpad röst som för att antyda att han tänkte högt. "Jag tillbringade min morgon på ett mycket underligt sätt. Halva tiden försökte jag undkomma journalister från alla de stora dagstidningarna. Halva tiden talade jag i telefon med tidigare eller framtida sponsorer till Englands landslag i kricket. Jag hade ett mycket otillfredsställande möte med ställföreträdande polismästaren och åt sedan en svårsmält lunch på restaurangen vid Lord's kricketplan tillsammans med sju medlemmar från uttagningskommittén. Kan ni kanske se ett visst mönster i dessa aktiviteter, lord Asherton?"

Barbara kunde känna hur Lynley som satt bredvid henne reste ragg när han hörde sin titel användas. Hon märkte hur han ansträngde sig för att inte nappa på det utlagda betet.

"Alla parter är självklart mycket angelägna om att vi löser det här fallet", sa han stillsamt. "Men så är nästan alltid fallet när en känd person blivit mördad, det håller ni säkert med mig om... Sir David."

Touché, tänkte Barbara samtidigt som hon hukade sig inombords i väntan på Hilliers svar.

När han vände sig mot dem var Hilliers ansikte ännu rosigare än vanligt, nästan mörkrött mot det stålgrå håret. Om de skulle börja bolla med titlar var han den givne förloraren och det visste alla om. "Jag behöver väl inte påminna er om, kommissarien, att det har gått sex dagar sedan Fleming mördades", sa han.

"Men endast fyra sedan vi fick hand om fallet."

"Efter vad jag förstår", fortsatte Hillier, "har ni använt största delen av den tiden till att åka fram och tillbaka till Isle of Dogs för att helt i onödan jaga en sextonårig pojke."

"Sir, det där stämmer inte riktigt", sa Barbara.

"Tala då om för mig vari skillnaden ligger", sa Hillier med ett leende som om han väntade sig få höra lögner. "För även om jag brukar läsa tidningarna, är det inte genom dem jag vill bli underrättad om vad mina underordnade gör."

Barbara började leta genom sin axelväska efter sina anteckningar. Hon såg hur Lynleys hand rörde sig på armstödet och förstod att han inte tyckte hon skulle bry sig om det. En stund senare när Hillier fortsatte, förstod hon varför.

"Enligt dessa", sa han och visade med en välmanikyrerad hand på tidningarna, "har ni fått en bekännelse, kommissarien. Idag på morgonen har jag fått reda på att man vetat om det i hela huset och att informationen även läckt ut till gatan. Jag föreställer mig att ni inte bara kände förbannat väl till det, utan att ni också från början ville att det skulle läcka. Har jag rätt?"

"Jag skulle inte vilja bestrida det påståendet", sa Lynley.

Hillier blev tydligen inte nöjd med svaret. "Lyssna då på mig", sa han. "Från många håll har man uttalat allvarliga tvivel på att utredningen sköts på ett kompetent sätt. Och inte utan anledning."

Lynley såg på Webberly. "Sir?"

Webberly tuggade på sin cigarr. Han stoppade in pekfingret innanför sin nötta skjortkrage. Precis som det var Hilliers arbete att sköta kontakten mellan kriminalpolisen och alla de avdelningar som eventuellt skulle kunna komma i vägen för dess arbete, var det Webberlys arbete att underlätta kontakterna mellan Hillier och Webberlys kriminalare. Detta hade han misslyckats med idag och han tyckte tydligen inte om att bli påmind om det, inte ens genom det lilla ordet *sir*. Dessutom visste han vad den enstaviga frågan innebar: På vems sida står ni? Tänker ni hålla mig om ryggen? Är ni villig att ta ställning även om det är knepigt?

"Jag står bakom dig, grabben", sa Webberly buttert. "Men chefen..." –

Webberly hade aldrig någonsin kallat Hillier för Sir David – "behöver lite kött på benen om vi ska kunna be honom om hjälp att både lugna ner allmänheten och höjdarna."

"Varför har ni inte väckt åtal mot pojken?" frågade Hillier som tydligen var nöjd med Webberlys inställning.

"Vi är inte mogna för det ännu."

"Men varför i helvete har ni då låtit pressofficern släppa upplysningar som kan tolkas som att ett anhållande är nära förestående? Är det något slags lek som bara ni kan reglerna för? Är ni medveten om hur alla, från generaldirektörer till biljettförsäljare i tunnelbanan, tolkar alla fakta i den här utredningen, kommissarien? 'Om polisen har fått en bekännelse och har bevis, varför gör man då ingenting?' Hur vill ni att jag ska svara på det?"

"Genom att förklara det som ni redan vet, nämligen att en bekännelse inte behöver betyda att personen är skyldig. Vi har fått en bekännelse av pojken men har inte kunnat bevisa att han är skyldig."

"Ni tar in honom till Yarden. Ni kommer ingen vart med honom. Ni kör hem honom igen. Ni upprepar proceduren en andra och en tredje gång till ingen nytta. Och under tiden följer reportrarna er i hälarna som spårhundar. Resultatet blir att ni – och därmed även alla vi andra – tycks vara inkompetent eftersom ni inte kan – eller kanske inte vill, kommissarien? – slå till. Det ser ut som om en efterbliven sextonåring som skulle behöva ett bad lyckas göra narr av er."

"Det kan inte hjälpas", sa Lynley. "Och uppriktigt sagt bekymrar det mig inte överkommissarie Hillier, och jag kan inte förstå varför det bekymrar er."

Barbara sänkte huvudet för att dölja sitt minspel. Nu har han gått för långt, tänkte hon. Det må så vara att Lynley stod över Hillier i fråga om börd, men på New Scotland Yard fanns en hierarki som inte hade någonting att göra med hur blått ens blod var eller på vilket sätt man hade fått sin titel: genom arv eller utdelad av drottningen på nyårsdagen.

"Det är ju för helvete jag som är ansvarig", sa Hillier och hans ansikte blev mörkrött. "Det är därför det bekymrar mig. Och om ni inte snart kan lösa det här fallet måste vi kanske sätta en annan kriminalkommissarie på det."

"Det beslutet måste naturligtvis fattas av er", sa Lynley.

"Det skulle jag mer än gärna göra."

"Om ni inte bryr er om att det kommer att försena utredningen tycker jag att ni ska göra det."

"David", försökte Webberly medla med en röst som både var bönfallande och tillrättavisande. Han ville säga åt Hillier att stiga åt sidan så att Webberly själv kunde ta hand om situationen. Hillier visade med en snabb blick att han hade uppfattat budskapet. "Det har absolut inte varit tal om att byta ut dig, Tommy. Din kompetens har inte ifrågasatts. Men tillväga-gångssättet har gjort folk oroliga. Ni har gått regelvidrigt tillväga i ert sätt att handskas med pressen, och sådant går inte oförmärkt förbi."

"Exakt min avsikt", sa Lynley.

"Får jag påpeka att man aldrig har tjänat någonting på att använda sig av massmedia i en mordutredning."

"Det är inte det jag gör."

"Vill ni då vara så vänlig att ge oss en förklaring till vad det är ni håller på med. För efter vad jag förstår" – han gjorde ännu en gest med guldpen-nan mot tidningarna – "får pressen reda på om kriminalkommissarie Lynley skulle råka nysa, bara så att man kan säga 'prosit'."

"Det har vi fått på köpet när…"

"Jag vill inte höra några undanflykter. Jag vill ha fakta. Ni kanske trivs med att vara i rampljuset, men glöm inte bort att ni bara är en mycket liten kugge i det här maskineriet, och att ni är mycket lätt att ersätta. Tala nu om för oss vad det är som är på gång."

Barbara såg i ögonvrån att Lynleys hand vilade lugnt på stolens armstöd. Han visade bara genom att pressa ner ringfingret och lillfingret i det slitna tyget att han reagerade på Hilliers påhopp.

Med fast stämma och utan att flytta blicken från sin högste chef redo-gjorde Lynley för alla fakta i fallet. När det var behov av en kommentar från Barbara sa han bara: "Havers", utan att se åt hennes håll. När han var klar – då hade han talat om allting från att Hugh Patten varit på Cherbourg Club under mordnatten fram till att Amanda Beckstead hade bekräftat vad Chris Faraday hade hittat på – utdelade han nådastöten på ett sätt som Bar-bara aldrig hade kunnat tro honom om.

"Jag vet att Yarden skulle vilja se fallet löst", sa han, "men sanningen är den att vi kanske aldrig kommer att kunna lösa det hur mycket vi än an-stränger oss och hur mycket folk vi än sätter in."

Barbara trodde att Hillier skulle få slag. Det tycktes emellertid inte för-orsaka Lynley några samvetsbetänkligheter, för han fortsatte:

"Jag är rädd att vi inte har någonting konkret att ge till åklagaren."

"Förklara er", sa Hillier. "Under fyra dagar har ni använt gud vet hur mycket personal till att spåra upp misstänkta och samla ihop bevismaterial. Ni har just nu hållit på att redogöra för det i tjugo minuter."

"Men efter att ha spårat upp misstänkta och ha samlat in bevismaterial kan jag ändå inte med säkerhet peka ut någon mördare för det finns ingen-ting som knyter bevisen till en mördare. Jag kan inte be åklagaren väcka ett åtal mot någon som jag inte kan bevisa har begått något brott. Om jag försökte göra det skulle man bara skratta åt mig. Och även om jag hade kunnat göra det skulle jag inte kunna leva med vetskapen om att ha skickat någon i fängelse vars skuld jag inte var övertygad om."

Hillier hade blivit allt stelare medan Lynley talade. "Ja, vi får ju absolut inte be er göra någonting som skulle kunna ge er dåligt samvete, kommissarie Lynley."

"Precis", svarade Lynley lugnt. "Jag skulle inte uppskatta om man bad mig om det. Ännu en gång. En gång i livet räcker, håller ni inte med om det?"

Är han alldeles galen? tänkte Barbara. "Nu räcker det, Tommy", sa Webberly och tände sin cigarr. Han blåste ut så mycket rök att det nästan blev riskabelt att andas. "Vi har alla skelett i våra kontorsgarderober och vi inte behöver ta fram och lufta just nu." Han gick runt sitt skrivbord och satte sig hos dem vid bordet och använde sin cigarr att peka med ungefär på samma sätt som Hillier hade använt sin penna. "Med det här", sa han till Lynley och syftade på tidningarna, "har ni överskridit gränsen. Vem mer än ni själv kommer att drabbas av det?"

"Ingen."

"Se till att det blir så." Han nickade mot dörren till tecken på att de kunde gå.

Barbara gjorde sitt bästa för att inte störta upp ur stolen. Lynley gick i sakta mak efter henne. När de båda två var ute i korridoren och dörren höll på att glida igen bakom dem fräste Hillier så högt att de säkert skulle höra det: "En talför liten jäkel, gud vad jag skulle tycka om att..."

Barbara såg att Lynley inte tycktes bry sig om Hilliers utbrott. Han tittade på sin fickklocka. Hon såg på sin egen. Den var halv fem.

"Varför sa ni så där, kommissarien?" undrade hon.

Han fortsatte i riktning mot sitt kontor. "Varför sa ni till Hillier att vi kanske inte skulle kunna lösa fallet?" upprepade hon när han inte svarade.

"För att han ville höra sanningen."

"Men hur kan ni säga så?" frågade Barbara. Lynley fortsatte att gå, gick åt sidan för en kontorist som rullade en vagn med tekannor och kaffekannor i riktning mot ett av jourrummen. Det verkade inte som om han brydde sig om hennes fråga. "Vi har ju inte talat med henne ännu", envisades Barbara. "Jag menar, vi har ju inte *förhört* henne. Vi har inte klämt åt henne. Vi vet ju mer nu än vi visste när vi hade henne i enrum i lördags, så det skulle vara klokt att prata med henne igen. Fråga henne vad Fleming ville alla de gånger han kom för att besöka henne. Fråga henne om skilsmässohandlingarna. Fråga henne vad det innebär att hon nu inte behöver skriva på dem. Fråga henne om Flemings testamente, och hur det ser ut nu då han dog medan hon fortfarande var hans enda lagliga hustru. Vi kan få tillstånd att leta igenom hennes hus och hennes bil. Hålla utkik efter tändstickor. Titta efter Benson and Hedges. Sir, vi behöver inte ens en hel cigarett, det skulle räcka med en bit av asken till att börja med."

Lynley kom fram till sitt kontor. Barbara gick efter honom in. Han bläddrade genom Flemingmappen, som nu började bli mycket tjock.

Barbara blev allt mer otålig. Hon hade lust att gå fram och tillbaka. Hon ville röka. Hon ville slita papperna ur händerna på honom och tvinga honom att lyssna när hon talade förstånd med honom. "Om ni inte talar med henne nu, kommissarien", sa hon, "spelar ni ju Hillier i händerna. Han skulle tycka det var härligt att få stämpla *pliktförsummelse* tvärs över ert nästa tjänstgöringsintyg. Han har allvarliga problem med er, för han vet om att en vacker dag kommer ni att gå om honom i karriären och han skulle aldrig klara av att kalla er *Boss*. Det skulle han aldrig göra." Hon körde fingrarna genom håret och gnuggade sig i hårbottnen. "Vi slösar med tid", sa hon. "För var dag som vi inte gör någonting blir det allt svårare. Folk hinner koka ihop alibin, de får tillfälle att bättra på sina historier. Och vad värre är, de får tid att tänka."

"Och det är precis det jag vill", sa Lynley.

Barbara gav upp sina försök att respektera hans rökfria omgivning. "Ledsen, sir", sa hon, "men jag skulle kunna banka armen rakt genom väggen." Hon tände en cigarett och ställde sig i dörröppningen så att hon kunde blåsa ut röken i korridoren. Hon funderade på vad han hade sagt.

I hennes ögon hade kommissarie Lynley tänkt alldeles för mycket på det här fallet. Trots allt vad han hade sagt när de åt middag i lördags kväll hade han frångått sitt vanliga handlingsmönster, slutat tro på sin instinkt just vid den tidpunkt då instinkten skulle ha hjälpt honom vidare. På något konstigt sätt var det nu ombytta roller, Barbara tyckte att det var hon som handlade instinktivt medan han var den som knogade på och inte ens ville börja lyfta ena foten förrän den andra stod fast på marken. Hon förstod inte vad som hade gjort honom så förändrad. Han var inte rädd för att bli stoppad av sina överordnade. Egentligen behövde han inte alls arbeta. Om de bestämde sig för att ge honom sparken, kunde han städa sitt skrivbord, ta ner tavlorna från väggarna på sitt kontor, samla ihop sina böcker, lämna in sin ID-bricka och ge sig iväg till Cornwall utan att se sig om en enda gång. Varför tvekade han då nu? Vad ända in i glödheta helvetet fanns det kvar att grubbla över?

Hon svor tyst för sig själv. "Hur mycket mer tid behöver ni då?" sa hon.

"Till vad då?" Han höll på att samla ihop tidningarna i en låda.

"För att tänka. Hur mycket längre behöver ni tänka?"

Han lade ett exemplar av The Times ovanpå Sun. En blond lock föll ner i pannan och han strök tillbaka den med pekfingret. "Ni har missförstått alldeles", sa han. "Det är inte jag som behöver tänka."

"Vem är det då, kommissarien?"

"Det trodde jag var självklart. Vi väntar på att få reda på mördarens namn. Och det tar tid."

"Hur mycket tid, för guds skull?" undrade Barbara. Hennes röst slog över men hon försökte behärska den. Han har misslyckats, tänkte hon. Den här gången har han verkligen gjort en blunder.

"Kommissarien, jag vill visserligen inte lägga mig i sådant som inte angår mig, men finns det inte en liten risk att Jimmys" – hon letade efter ett neutralt ord men när hon inte kunde hitta det bestämde hon sig för att säga – "att Jimmys konflikt med sin mor berör er själv alltför djupt personligen. Finns det inte risk att ni ger honom och Jean Cooper så många chanser för att... tja, för att ni vet hur det känns, så att säga?" Hon tog ett djupt bloss på sin cigarett, askade på golvet och gned ut askan i dammet.

"Så att säga?" undrade Lynley muntert.

"Ni och er mamma. Jag menar, under en period så var ni..." Hon suckade och så sa hon det. "Ni var ju ovänner under flera år, var ni inte det? Och därför känner ni kanske igen situationen när ni nu ser Jimmy och hans mamma. Jag menar..." Hon sparkade med sin vänstra känga mot den högra. Hon höll på att gräva sin egen grav, men fastän hon var medveten om det kunde hon inte riktigt bestämma sig för var hon skulle sticka ner spaden. "Kanske är det för att ni så småningom har lyckats göra någonting som Jimmy Cooper inte kan, sir?"

"Jaså?" sa Lynley. Han slutade samla ihop tidningarna i en hög. "Men där har ni fel."

"Då håller ni alltså med om att till och med ni skulle ha haft svårt att ange er egen mor när det gällde ett mord?"

"Även om det antagligen stämmer var det inte det jag sa. Jag sa att ni har fel i fråga om vad jag funderar över. Och angående vem det i det här fallet är som måste klara av vad."

Han lyfte lådan med tidningar. Hon tog bunten med mappar. Han gick mot dörren och hon följde efter, osäker på vart de skulle gå med allt detta, men beredd att följa efter för att ta reda på det.

"Men vem?" frågade hon. "Vem är det som behöver klara av vad?"

"Inte Jimmy", sa Lynley. "Det har aldrig handlat om Jimmy."

KAPITEL 22

Jeannie Cooper tog god tid på sig att vika ihop det sista nytvättade plagget. Det berodde inte på att det var särskilt svårt att vika en åttaårings pyjamas-överdel. Det var istället så att när hon väl var klar med tvätten skulle hon inte längre ha någon ursäkt att inte gå in till barnen i vardagsrummet, där de den senaste halvtimmen hade tittat på ett caféprogram på teve.

När Jeannie stod i köket och stoppade in smutstvätt i sin kombinerade tvättmaskin och torktumlare ansträngde hon sig för att höra vad de pratade om. Men de var tysta som sörjande under en likvaka.

Jeannie kunde inte påminna sig att hennes barn tidigare brukade vara så tysta när de tittade på TV. Hon trodde inte det. Hon tyckte sig komma ihåg de enstaka protesttjuten när någon av dem bytte kanal eller då och då ett skratt åt någon gammal Monty Pyton-sketch. Hon mindes de frågor som Stan brukade ställa och som Jimmy besvarade medan Shar gjorde still-samma invändningar. Men även om hennes minne var fördunklat insåg Jeannie att alla dessa meningsutbyten och reaktioner hade ägt rum utanför hennes eget medvetande ungefär som drömmar hon iakttog men inte del-tog i. Och hon började långsamt förstå att det var på det sättet hon hade fungerat som mor ända sedan Kenny hade lämnat henne.

Under de senaste åren hade hon använt tvånget att få saker gjorda som en ursäkt för att slippa umgås med barnen. Att få saker gjorda betydde att hon som vanligt gick till sitt arbete på Crissys café, steg upp kvart över tre, gick hemifrån före fyra, kom hem vid middagstiden så att hon hann med att utföra sina moderliga plikter, som till exempel att fråga om de hade läst läxorna till nästa dag. Hon såg till att deras kläder var ordentligt tvättade. Hon lagade mat. Hon städade. Hon intalade sig att hon genom att göra sin plikt var en god mor. Att det räckte att sätta fram varm mat på bordet, att då och då gå med dem i kyrkan, att klä julgranen med kulörta lyktor, att låta dem fira påsk tillsammans med mormor och att ge dem pengar till vi-deospel. Men hon insåg nu att hon, samtidigt som hon ansträngde sig för att ge dem detta normala liv, hade övergivit dem liksom Kenny hade gjort. Det var bara det att hon gjort det på ett mera försåtligt sätt. För trots att hennes kropp hade stannat kvar hemma på Cardale Street – så att barnen skulle kunna tro att de fortfarande hade en förälder där hemma, vars kärlek var orubblig – hade hennes själ och hjärta fladdrat bort som fjädrar för vinden i samma stund som Kenny gav sig av.

Det var Jeannies skamliga och länge väl dolda hemlighet att hon älskade sin make högre än hon älskade de tre barn som var frukten av denna kärlek. För det mesta tänkte hon inte på det. Det berodde först och främst på att hon inte kunde klara av den brännande smärta av längtan som spred sig från hennes bröst ner mellan hennes ben varje gång hon hörde hans namn nämnas eller talade med honom i telefon. För det andra var det för att hon visste att det var en synd att älska mannen mer än de barn hon hade fött honom, en synd så svår att hon inte kunde hoppas på förlåtelse för den hur länge hon än försökte betala av sin skuld.

Hon trodde att det minsta hon kunde göra var att se till att barnen inte fick reda på det. Hon lovade sig själv att de aldrig skulle få reda på att hon varje dag kände sig som en nyligen tömd mjölkflaska. Hon var alldeles tom invärtes men hade fortfarande en tunn hinna kvar som påminde henne om vad som varit innehållet i hennes liv. Därför kämpade hon vidare med att vara en god mor och lovade sig själv att hon aldrig skulle svika sina barn och göra dem illa, så som deras far hade gjort.

Men trots att hon hade ansträngt sig att spela den roll hon ålagt sig, insåg Jeannie nu att hon till slut hade gjort barnen lika illa som deras far, eftersom hennes envishet att fortsätta som om ingenting hade hänt hade krävt att de också gjorde det. Om hon kunde klara av att vara mamma utan att ge efter för den förtvivlan hon hade känt när Kenny lämnade dem, då skulle barnen också klara av sina roller som barn på samma sätt. Och de hade allihopa kämpat vidare på det sättet och – trots sina känslor – genom sitt uppträdande visat att om pappa hade gett sig iväg och om han inte tänkte komma tillbaka så struntade de i honom.

Hon lade Stans pyjamas överst i den sista högen med tvätt och lyfte upp den. Nedanför trappan hejdade hon sig. Stan satt på golvet mellan soffan och soffbordet och lutade sin kind mot Jimmys knä. Shar satt tätt bredvid sin bror och höll med fingrarna fast i hans T-shirt. De höll på att förlora honom, de visste att de skulle förlora honom, och när Jeannie såg hur de klamrade sig fast vid honom, som om de genom att göra det skulle kunna hålla honom kvar, fick hon tårar i ögonen. Hon skulle ha velat fräsa åt dem att sära på sig.

"Barn", sa hon men rösten var alltför hård.

Shar tittade precis som Stan stillsamt åt hennes håll. Stan grep hårdare fast i Jimmys ben. Jeannie visste att de gjorde sig förberedda och hon undrade när de hade lärt sig att så klart tolka ljudet av hennes röst. Hon ändrade tonfallet. "Jag har fiskpinnar och chips i kväll. Och Coca Cola", sa hon med en mildhet som tydde på utmattning och förtvivlan.

Stan sken upp. "Coca Cola", sa han och tittade förväntansfullt upp mot sin bror. Det var fest att få Coca Cola, men Jimmy reagerade inte när han hörde det. Shar gjorde dock sitt bästa för att vara artig. "Coca Cola är verkligen gott, mamma. Vill du att jag ska duka?"

"Gör du det, raring", sa Jeannie.

Hon gick upp med den rena tvätten och där tog hon god tid på sig att lägga allt i sina respektive lådor.

I pojkarnas rum ordnade hon alla Stans teddybjörnar. Hon ställde in deras böcker och seriemagasin i bokhyllan, plockade upp ett skosnöre och vek ihop en tröja. Hon buffade upp kuddarna på båda pojkarnas sängar. Det gällde att ha någonting att syssla med. Hålla sig i rörelse, sysselsatt, inte tänka, inte ifrågasätta och framför allt inte undra varför.

Jeannie satte sig hastigt ner på Jimmys säng.

"Polisen påstår att han ljuger för dem", hade mr Friskin sagt henne. "De säger att han aldrig var inne i stugan, men tro mig, det kommer att ändra sig. Jag är övertygad om att de kommer att hålla fast vid honom."

Jeannie hade ivrigt gripit efter detta svaga halmstrå. "Men om han ljuger…"

"De *påstår* att han ljuger. Det är skillnad mellan vad de säger till oss och vad de egentligen vet när vi inte är där. Polisen har massor av knep för att få folk att prata, och vi måste vara medvetna om att detta kan vara ett knep."

"Men om det inte är det? Tänk om det är sant att han ljög från första början och att de vet om det. Varför skulle de då vilja hålla fast vid honom?"

"Det finns en enda logisk förklaring till det. Jag antar att de tror att han kan tala om vem som är mördaren."

Hon kände skräcken gripa tag i sig som ett illamående som steg från magen upp mot halsen.

"Det är vad jag tror att de håller på med", sa mr Friskin. "Det är ett rimligt antagande ur deras synpunkt sett. Eftersom han var på platsen i onsdags, antar de att han måste ha sett brottslingen. De drar nog ut konsekvenserna av det och misstänker att han vet vem som är mördaren. Troligtvis drar de vidare den slutsatsen att han har tagit på sig skulden så att han inte ska vara tvungen att ange någon annan."

Hon kunde bara säga ett enda ord: "Ange?"

"Men ser ofta att tonåringar är motspänstiga på det här sättet, mrs... ms Cooper. Fast jag måste medge att det ofta beror på att de är ovilliga att svika någon av sina kamrater. Men hos Jimmy kan kanske denna tendens hos unga människor att hålla tyst ha gått lite till överdrift. För på grund av hans – förlåt mig att jag uttrycker mig så här – men på grund av hans familjeförhållanden kan man inte vara säker på vem han är lojal mot."

"Vad menar ni med det?" frågade hon. "På grund av hans familjeförhållanden?"

Advokaten studerade sina skor. "Om vi antar att pojken bara ljuger på grund av att han inte vill skvallra, måste vi ta reda på vilka sådana sociala band som gör att han lärt sig att hålla tyst kosta vad det kosta vill. Band som man knyter med nära kamrater i skolan. Men om det inte finns några starka sociala band och han alltså inte kan ha fått sin inställning därifrån, måste vi anta att pojkens lögner har en helt annan förklaring."

"Som vad då?" frågade Jeannie fast hon kände sig torr i munnen när hon sa det.

"Som till exempel att han skyddar någon." Mr Friskin slutade studera sina skor och vände blicken mot hennes ansikte. Sekunderna tickade iväg och blev till en minut och Jeannie kände hur hennes puls slog mot tinningen.

Mr Friskin talade om för henne att polisen säkert skulle komma tillbaka. Det bästa hon kunde göra för sin son just nu var att uppmana honom att berätta sanningen när de kom. Det insåg hon väl? Förstod hon inte att sanningen var enda möjligheten för dem att bli kvitt polisen och uppmärksamheten från massmedia? För Jimmy förtjänade verkligen inte att ha dem efter sig på det här sättet i all oändlighet, insåg hon inte det? Naturligtvis måste väl pojkens egen mor hålla med om det?

Jeannie strök med handen över det bruna sicksackmönstret på Jimmys sängöverkast. Hon kunde fortfarande höra mr Friskins allvarliga röst: *Det är faktiskt det enda sättet, ms Cooper. Uppmuntra pojken att tala om sanningen.*

Och även om han talade om sanningen, vad skulle det hjälpa? undrade hon. Hur skulle någonsin detta helvete som de genomlevde kunna utplånas av att han berättade sanningen?

Föregående kväll hade hon berättat för sin son hur hon hade misslyckats som mor, men nu insåg Jeannie att det inte var någonting annat än självupptaget svammel, för inte ens medan hon gjorde det hade hon trott på det innerst inne. Hon hade snarare sagt det för att få pojken att tala med henne, samtidigt som hon hade hoppats på att han skulle säga: Nej, mamma, du har inte varit någon dålig mor, du har haft det besvärligt precis som vi och jag förstår det, det har jag alltid gjort. Och sedan skulle de ha kunnat fortsätta sitt samtal. För det var så barn borde göra. Om de hade riktiga mödrar kunde de tala med dem. Men till och med advokaten som bara hade känt Jeannie och hennes barn två dygn hade förstått hur förhållandet var mellan modern och detta speciella barn. För han hade sagt att hon måste uppmuntra sin son att berätta sanningen för polisen, men han hade inte antytt att hon skulle försöka få Jimmy att berätta sanningen för henne.

Berätta sanningen för din advokat, Jimmy. Tala om för polisen hur det förhåller sig. Berätta för journalisterna som hänger dig i hälarna. Tala om det för främlingar. Men bry dig inte om att berätta sanningen för mig. Och när du berättar det, Jimmy… Och när du berättar vad du såg och allt vad du vet för folk som inte bryr sig ett dugg om att du lider, för folk som bara vill klara upp det här fallet så att de kan gå raka vägen hem och stoppa mat i magen…

Nej, tänkte hon. Det skulle inte bli så. Hon var hans mor. Trots allt – och på grund av allt – fanns det ingen mer än hon som hade några skyldigheter mot pojken.

Hon gick nerför trappan igen. Shar var i köket. Hon höll på att byta ut vaxduken mot deras julduk som var kantad med järnek och hade en krans i mitten och jultomtar i alla fyra hörnen. Stan och Jimmy höll fortfarande på att titta på teve där en spetsnäst och orakad man som talade som om han hade en varm potatis i munnen höll på att tjata om en film han precis hade gjort.

"Har du sett en sån jäkla tönt, Jim?" Stan fnissade och knuffade sin bror på knäet.

"Tala vårdat. Och hjälp din syster att duka fram", sa Jeannie och gick för att stänga av teven. "Kom med mig", sa hon till Jimmy, och när hon såg hur han sjönk ihop i soffan tillade hon med mjukare röst: "Kom här, raring. Vi ska bara gå ut ett slag." När de gick höll Shar på att noggrant lägga ut fiskpinnar på en plåt medan Stan skakade ut djupfrysta pommes frites i en stekpanna.

"Tycker du jag ska göra en sallad också, mamma?" undrade Shar när Jeannie öppnade dörren mot trädgården.

"Kan vi inte få vita bönor?" sa Stan.

"Gör vad ni vill", sa Jeannie till dem. "Och ropa på oss när ni är färdiga."

Jimmy gick före henne nerför yttertrappan mot trädgården. Han gick mot fågelbadet och Jeannie kom efter honom och lade sina cigaretter och tändstickor på den trasiga kanten.

"Ta en cigg om du vill", sa hon till sin son.

Han stod och plockade på den spruckna kanten till fågelbadet där en bit för länge sedan hade ramlat bort. Han gjorde ingen ansats till att ta någon cigarett.

"Fast jag skulle förstås önska att du inte rökte", sa Jeannie, "men om du vill får du göra det nu. För egen del önskar jag att jag aldrig hade börjat. Kanske kommer jag att kunna sluta när allt det här är över."

Hon såg sig omkring i den eländiga trädgården: ett söndrigt fågelbad, en cementplatta kantad med rabatter av taniga penséer. "Tycker du inte det skulle vara trevligt med en riktig trädgård, Jim?" sa hon. "Vi kanske skulle kunna göra något riktigt fint av den här dynghögen. När allt det här är över. Om vi tar bort den här cementen och anlägger en gräsmatta, planterar lite vackra blommor och ett träd så skulle vi kunna sitta här ute när det är fint väder. Det skulle jag tycka om. Fast jag skulle behöva din hjälp med jobbet. Jag skulle inte kunna klara av det ensam."

Jimmy stoppade händerna i sina jeansfickor. Han plockade fram sina egna cigaretter och tändstickor, tände en och lade paketet och tändstickorna bredvid hennes.

När Jeannie kände lukten blev hon röksugen. Det var som om hennes nerver spändes. Men hon sträckte sig inte efter sina egna cigaretter. "Tack ska du ha, Jim, det var snällt", sa hon och tog en av hans. Hon tände den och hostade till. "Fast vi måste försöka sluta båda två. Tänk om vi skulle göra det tillsammans. Jag kan hjälpa dig, och du hjälper mig. Sen. När allt det här är över."

Jimmy askade i det tomma fågelbadet.

"Jag kommer att behöva hjälp", sa hon. "Det kommer du säkert också att göra. Och så vill vi väl inte att Shar och Stan ska börja röka. Vi måste föregå med gott exempel. Vi skulle till och med kunna bestämma att detta var våra sista cigaretter, om vi ville. Vi måste ta hand om Shar och Stan."

Han blåste ut röken. Det lät som en fnysning. Som om han hånade henne.

"Shar och Stan behöver dig", sa hon, som för att bemöta hans förakt.

Han hade vänt huvudet mot muren som skilde deras trädgård från grannens, så fastän hon kunde höra hans röst kunde hon inte se hans ansiktsuttryck när han sa: "De har ju dig."

"Det är klart att de har mig", sa Jeannie. "Jag är deras mor, och jag kommer alltid att finnas här. Men de behöver sin storebror också. Det förstår du väl? De behöver ha dig här, nu mer än någonsin. De kommer att se upp till dig nu då…" Hon insåg fallgropen, och tvingade sig till att fortsätta. "De kommer att behöva dig, särskilt nu då er pappa…"

"Jag sa ju att de hade dig." Jimmys röst var spänd. "Det har sin mamma."

"Men de kommer att behöva en man också."

"Morbror Der."

"Det är inte samma sak med morbror Der som med dig. Visst älskar han dem, men han känner dem inte som du gör. Och de ser inte upp till honom på samma sätt som de ser upp till dig. Det är skillnad på en bror och en morbror. En bror är närmare. En bror finns där hela tiden så att han kan se efter dem. Det är viktigt. Att man ser efter dem. Stan. Och Shar." Hon slickade sig om läpparna och drog in den sura tobaksröken. Hennes förråd av ofarliga ord höll snabbt på att ta slut.

Hon gick runt fågelbadet så att hon stod mitt emot honom. Hon tog ett sista bloss på cigaretten och mosade vad som var kvar under sin skosula. Hon såg att han tittade försiktigt i hennes riktning och när deras ögon möttes frågade hon till slut försiktigt: "Varför ljuger du för polisen, raring?"

Han gjorde en rörelse med huvudet. Han tog ett så djupt bloss på sin cigarett att Jeannie trodde han skulle röka upp hela på ett enda bloss.

"Vad var det du såg den där kvällen?" frågade hon mjukt.

"Han förtjänade att dö."

"Säg inte så."

"Jag säger vad jag vill. Det har jag rätt till. Jag bryr mig inte om att han är död."

"Du bryr dig om. Det gör du visst. Du älskade din pappa mer än något annat på jorden, och ingen av dina lögner kan ändra på det, Jimmy."

Han spottade ut en tobaksflaga på marken. Sedan spottade han ut en stor grågrön loska. Jeannie vägrade att låta sig distraheras.

"Du ville lika mycket som jag att pappa skulle vara hemma", sa hon. "Kanske mer än jag, för det fanns inte någon blond slyna mellan dig och honom på samma sätt som hon stod mellan honom och mig. Ingenting som gjorde dig kluven i fråga om du verkligen ville ha honom tillbaka. Det är kanske därför som du ljuger nu, Jim. För mig, för mr Friskin och för polisen." Hon såg hur hans käkmuskler hastigt spändes. Hon kände hur de vacklade på kanten till det som måste bli sagt och hon fortsatte. "Du kanske helt enkelt ljuger för att det är enklare att göra det. Har du tänkt på det? Du kanske ljuger för att det är lättare än att behöva gå igenom smärtan av att veta att den här gången är pappa borta för alltid."

Jim kastade sin cigarett på marken och lät den slockna. "Visst", sa han.

"Det har du jävligt rätt i, mamma." Men han lät alltför lättad för att Jeannie skulle tycka om det.

Han sträckte sig fram efter sitt JPS-paket. Jeannie tog cigaretterna och slöt sin hand både runt hans paket och runt sitt eget. "Då är det kanske som mr Friskin sa", sa hon.

"Mamma", ropade Shar från köksdörren.

Jim skymde Jeannies utsikt mot huset. Hon brydde sig inte om dottern. "Hör nu på mig, Jim", sa hon med dämpad röst.

"Mamma", ropade Shar en gång till.

"Du måste tala om för mig varför du ljuger. Du måste berätta sanningen för mig nu med en gång."

"Det har jag redan gjort."

"Du måste berätta för mig precis vad du såg." Hon sträckte ut handen mot honom tvärs över fågelbadet, men han ryggade tillbaka. "Om du berättar det för mig, Jim, så kan vi fundera på vad vi ska göra härnäst, du och jag."

"Jag sa sanningen. Hundra gånger. Men ingen vill tro på det."

"Inte hela sanningen. Men nu måste du berätta det för mig. Så att vi kan fundera över vad vi ska göra. För vi kan inte bestämma vad vi ska göra så länge du…"

"Mamma", ropade Shar.

"Jimmy!" gnällde Stan.

Jimmy snurrade runt mot dörren och Jeannie gick förbi fågelbadet och grep tag i hans armbåge.

"Helvete", sa Jim.

"Nej", sa Jeannie.

Och kommissarie Lynley gjorde sig milt fri från Shar och Stan som hängde fast vid hans armar. "Vi har ett par frågor till", sa han från köket.

Och Jimmy störtade iväg.

Lynley skulle inte ha trott att pojken kunde röra sig så snabbt. Innan Lynley hade avslutat meningen hade Jimmy slitit sig loss från moderns grepp och rusat ner genom trädgården. Han brydde sig inte om grinden utan kastade sig mot muren och hoppade över den. Hans fotsteg hördes från stigen mellan husen.

"Jimmy", skrek hans mor och gav sig iväg efter honom.

"Han är på väg mot Plevna Street", ropade Lynley över axeln till assistent Havers. "Försök att genskjuta honom." Han knuffade sig förbi de två andra barnen och började jaga pojken samtidigt som Havers sprang tillbaka

521

genom vardagsrummet och ut genom ytterdörren.

När Lynley hann fram till Jean Cooper hade hon hunnit öppna grinden, och hon grep tag i hans arm. "Låt honom vara!" skrek hon, men Lynley slet sig fri och sprang efter pojken. Hon följde efter och ropade sonens namn.

Jimmy sprang längs med den smala asfalterade stigen mellan husen. Han kastade en blick över axeln och ökade sedan farten. En cykel stod lutad mot en trädgårdsgrind vid det näst sista huset och när han sprang förbi den slängde han den på stigen bakom sig och svingade sig över stängslet som fanns ovanpå tegelstensmuren som utgjorde gräns mellan stigen och Plevna Street. Han kom över och försvann ur sikte.

Lynley hoppade över cykeln och slet i en trägrind i muren som pojken inte brytt sig om. Den var låst. Han hoppade upp för att få ett grepp om stängslet. Från andra sidan muren hörde han Havers ropa. Sedan ljudet av fotsteg som trummade mot trottoaren. Alldeles för många fotsteg.

Han hävde sig upp och hoppade ner på trottoaren i tid för att hinna se Havers springa uppför Plevna Street i riktning mot Manchester Road, följd av tre män av vilka den ene bar på två kameror. "Helvete", sa han och tog upp förföljandet, rusade förbi en pensionär med käpp och en flicka med skärt hår som stod i rännstenen och åt någon sorts indisk mat.

Det tog honom tio sekunder att springa förbi journalisterna. Efter ytterligare fem sekunder var han ikapp Havers.

"Åt vilket håll?" frågade han.

Hon pekade samtidigt som hon fortsatte att springa och Lynley fick syn på honom. Han hade hoppat över ett nytt staket vid en park i hörnet av Plevna Street. Han rusade nu fram på en svängd stenlagd gång i riktning mot Manchester Street.

"Han är en idiot som springer åt det hållet", flämtade Havers.

"Varför då?"

"Manchester tunnelbanestation. Mot floden till."

"Ring dem."

"Varifrån?"

Lynley pekade framåt mot hörnet av Plevna Street och Manchester Road där en fyrkantig tegelstensbyggnad hade två röda kors och ordet *läkarmottagning* skrivet på en vit tavla. Havers sprang dit och Lynley rusade runt parken.

Jimmy kom ut genom parkgrindarna mot Manchester Road och sprang söderut. Lynley ropade hans namn och samtidigt som han gjorde det kom Jean Cooper och journalisterna runt svängen på Plevna Street och fram mot honom.

"Vem…" och "Varför?" skrek journalisterna medan fotografen lyfte sin ena kamera och började ta bilder. Lynley fortsatte efter pojken. "Jimmy, stanna", vrålade Jean Cooper.

Jimmy sprang vidare ännu mera beslutsamt än tidigare. Vinden kom från öster och eftersom Manchester Road böjde av en aning mot väst kunde han lätt öka avståndet mellan sig och sina förföljare. Han sprang nu som en galning med huvudet nerböjt. Han passerade en övergiven lagerbyggnad och när han närmade sig en blomsterhandel, där en äldre kvinna i grönt förkläde höll på att flytta in hinkar fyllda med blommor från trottoaren, svängde han ut i gatan. Kvinnan skrek förvånat till när Jimmy störtade förbi henne och då rusade en schäferhund ut ur affären. Hunden skällde ilsket och kastade sig mot pojken och bet sig fast i ärmen på hans T-shirt.

Tack gode gud, tänkte Lynley och saktade farten. En bit bakom sig hörde han hur pojkens mor skrek Jimmys namn. Blomsterförsäljaren tappade en hink med narcisser på trottoaren och skrek: "Caesar! Ner!" och började dra i schäferns halsband. "Nej! Håll fast honom där!" skrek Lynley men i samma ögonblick släppte hunden Jimmy. Och när kvinnan vände sig om med ena handen nedgrävd i hundens päls och ett skrämt och förvånat uttryck i ansiktet störtade Jimmy iväg.

Lynley plöjde fram genom narcisserna medan pojken svängde av mot höger ungefär tjugofem meter framför honom. Han hoppade över ännu ett staket och försvann in på skolgården till Cubitt Towns lågstadieskola.

Han verkar inte ens andfådd tänkte Lynley häpet. Antingen drevs pojken av sin rädsla eller så var han långdistanslöpare på fritiden.

Jimmy störtade över skolgården. Lynley följde efter honom över staketet. Man höll på att bygga till den gulbruna tegelstensskolan och Jimmy rusade förbi byggnadsställningarna, svängde runt högar med tegelstenar, travar med virke och berg av sand. Skoldagen hade slutat för minst två timmar sedan så det fanns ingen på skolgården som kunde hejda hans framfart, men när han närmade sig den borttersta byggnaden precis framför bollplanen kom en figur ut genom de väderbitna dubbeldörrarna, fick syn på honom och skrek till. Jimmy hade sprungit förbi mannen innan denne hade hunnit reagera. Sedan fick mannen syn på Lynley. "Var gäller det?" skrek han och ställde sig mitt på gången där Jimmy hade sprungit.

"Stanna nu, mister." Nattvakten spärrade vägen med utbredda armar. Han såg förbi Lynley mot Manchester Road där Jean Cooper höll på att klättra över stängslet med journalisterna inte långt bakom sig. "Ni där", ropade han. "Stanna där ni är. Det här området är stängt."

"Polisen", sa Lynley.

"Bevisa det", sa mannen.

Jean släpade sig fram till dem. "Ni..." Hon grep tag i Lynleys kavaj. "Nu låter ni honom vara..."

Lynley knuffade undan nattvakten. Under tiden hade Jimmy fått ytterligare tjugo meters försprång. Han var halvvägs över bollplanen i full fart mot ett hyreshuskomplex. Lynley gav sig iväg efter honom.

"Hallå där", skrek nattvakten. "Jag ska ringa till polisen."

Lynley önskade att han ville göra det.

Bakom honom kämpade Jean Cooper vidare. Hon snyftade, inte så mycket av gråt som för att hon var andfådd. "Han kommer... hem. Han kommer hem. Förstår ni inte det?"

Jimmy höll faktiskt på att svänga tillbaka i riktning mot Cardale Street, men Lynley hade svårt att tro att han var så dum att han skulle springa rakt i en fälla. Pojken hade mer än en gång tittat bakom sig och han hade säkert märkt att assistent Havers inte fanns med bland förföljarna.

Han nådde fram till bortre sidan av bollplanen som var kantad med en häck. Han rusade rakt igenom den men förlorade flera sekunder när han snavade på andra sidan om den och föll på knäna.

Lynley kände en brännande smärta i bröstet. Han hoppades att pojken skulle stanna där han var. Men samtidigt som Lynley minskade avståndet mellan dem reste sig Jimmy upp och fortsatte.

Han rusade tvärs över en obebyggd tomt där det bland tomma vinflaskor och skräp stod en utbränd bil med trasiga däck. Därifrån störtade han upp på Ferry Road och rusade norrut i riktning mot hemmet. Lynley hörde hur Jimmys mor ropade: "Jag sa ju det!" men samtidigt som hon gjorde det störtade Jimmy tvärs över gatan, knuffade till en motorcyklist som sladdade undan för att inte köra på honom och sprang uppför trappan till Crossharbour Station där ett blått tåg från Docklands Railway just höll på att sakta in för att stanna på spåret en bit upp.

Lynley hade ingen chans. Tågdörrarna hade stängts och tåget med pojken ombord höll på att köra ut från stationen när Lynley störtade ut på East Ferry Road.

"Jimmy!" skrek hans mor.

Lynley försökte hämta andan. Jean Cooper stannade bredvid honom. Bakom dem höll journalisterna på att kämpa sig genom häcken. De skrek lika mycket till varandra som till Lynley.

"Vart är han på väg?" frågade Lynley.

Jean skakade på huvudet. Hon flämtade.

"Hur många stationer finns i den riktningen?"

"Två." Hon strök sig över pannan med handen. "Mudchute. Island Gardens."

Lynley såg att järnvägsspåret löpte rakt fram jämsides med East Ferry Road. "Hur långt är det till Mudchute?"

Jean tryckte knogarna mot kinden.

"Hur långt?" undrade han.

"Ett par kilometer? Nej, inte så långt. Mindre."

Lynley kastade en sista blick på tåget när det försvann. Han skulle inte kunna springa ikapp det till fots. Men femtio meter norrut mynnade Cardale Street ut på East Ferry Road och Bentleyn stod på Cardale Street. Det fanns en liten chans.

Han sprang i riktning mot bilen. Jean Cooper följde honom tätt i hälarna. "Vad tänker ni göra?" snyftade hon. "Lämna honom ifred. Han har inte gjort någonting. Han har ingenting mer att berätta."

På Cardale Street stod assistent Havers och lutade sig mot Bentleyn. Hon tittade upp när hon hörde Lynley närma sig.

"Tappat honom?" frågade hon. "Bilen. *Spring!*" flämtade Lynley.

Hon klev in och Bentleyn vrålade när Lynley startade den. Shar och Stan rusade ut ur huset med munnarna formade till skrik som inte hördes genom motorbullret. Samtidigt som Shar fumlade med handtaget till grinden kom Jean Cooper runt hörnet och schasade in dem igen. Lynley tryckte på gaspedalen och svängde ut från trottoarkanten. Jean Cooper rusade fram och ställde sig i vägen för bilen. "Se upp!" skrek Havers och grep tag i instrumentbrädan när Lynley ställde sig på bromsen och svängde åt sidan för att inte köra på henne. Jean bankade med knytnäven mot biltaket, stapplade sedan runt bilen och öppnade bakdörren. Hon ramlade in. "Varför?" flämtade hon. "Varför låter ni honom inte vara ifred? Han har inte gjort någonting. Det vet ni ju. Ni…" Lynley körde iväg.

De sladdade runt hörnet och susade söderut på East Ferry Road. De svischade förbi journalisterna som andfådda haltade i motsatt riktning, mot Cardale Street. Strax ovanför dem, precis väster om vägen löpte järnvägsspåren i rät linje mot Mudchute.

"Fick ni tag på polisstationen på Manchester Road?" Lynley talade stötvis.

"De är på gång", sa Havers.

"Polisen?" skrek Jean Cooper. "Fler poliser?"

Lynley tutade på en lastbil framför dem. Han svängde ut i högra körbanan och susade förbi den. De eleganta husen vid Crossharbour och Millwall Outher Dock ersattes av de fallfärdiga tegelstenshusen i Cubitt Town där tvätten fladdrade från tvättlinor som var spända kors och tvärs över de trånga bakgårdarna.

Jeans händer kramade ryggstödet till Lynleys stol när de körde förbi en gammal Vauxhall som puttrade fram längs vägen som en igelkott. Hennes röst lät envis. "Varför ringde ni till polisen?" frågade hon. "Ni är ju polis själv. Vi behöver inte dem. Han är bara..."

"Där!" Assistent Havers arm pekade i riktning mot Mudchute, där landskapet höjde sig ovanför vägen i kullar som under generationer skapats av den uppmuddrade leran från hamnen i Millwall. Jimmy Cooper höll på att springa uppför en av dessa kullar i sydöstlig riktning.

"Han är på väg hem till sin mormor", försäkrade Jean samtidigt som Lynley körde in till vägkanten. "Hon bor i Schooner Estate. Min mamma. Han är på väg dit. Det är söder om Millvall Park." Lynley slängde upp bildörren. "Jag talade ju om för er vart han skulle. Vi kan..." sa Jean.

"Kör", sa Lynley till Havers, och satte iväg efter pojken samtidigt som hans assistent klättrade över till förarplatsen. När han nådde fram till den första kullen och började springa uppför den hörde han motorn dra igång bakom sig. Jorden var fuktig efter aprilregnen och han hade läderskor så han halkade och gled på den ojämna marken. En gång snavade han och föll på knä, två gånger grep han efter de vitplister som blommade i det oklippta gräset. Högt uppe på kullen ven vinden över den öppna landytan utan att hejdas av någonting. Den grep tag i hans kavaj och fick hans ögon att tåras, så att han måste hejda sig för att blinka innan han kunde se att fortsätta. Han förlorade fyra sekunder, men han såg pojken.

Jimmy hade fördelen av att vara klädd i gymnastikskor. Han hade tagit sig över kullarna och var på väg ner mot bollplanerna på andra sidan. Men det verkade som om han antingen trodde att han hade blivit kvitt sina förföljare eller hade gett upp av utmattning, för han hade saktat ner till en långsam lunk och han höll sig i sidan som om han hade fått håll.

Lynley sprang söderut på toppen av den första kullen. Han höll blicken fäst på pojken så länge som möjligt innan han blev tvungen att springa neråt för att kunna komma upp på nästa kulle. Härifrån såg han att Jimmy hade saktat in så att han nu gick. Det gjorde han rätt i. En man och en pojke i likadana röda vindtygsjackor höll på att rasta två Grand Danois och en Irländsk varghund nere på bollplanen, och hundarna sprang runt i vida cirklar, skällde, gläfste och försökte fånga bollar, skräp och allt annat som rörde sig i vinden. Eftersom Jimmy redan hade stött på en schäferhund på Manchester Road hade han nog inte lust att träffa ännu en jättehund.

Lynley utnyttjade övertaget. Han klättrade uppför den tredje kullen, halkade nerför den på andra sidan och började springa över bollplanen. Han sprang så långt bort från hundarna som möjligt, men när han var tjugofem meter från dem fick varghunden syn på honom och började skälla. De båda Grand Danois instämde och alla tre satte av mot honom. Deras ägare ropade. Det var tillräckligt.

Jimmy såg sig om över axeln. Hans långa hår blåste i ögonen på honom. Han viftade undan det och började springa.

Han störtade tvärs över bollplanen och in i Millwall Park. När Lynley såg åt vilket håll pojken sprang saktade han in. För på andra sidan parken låg Schooner Estate med sina tvåvåningshus som löpte ända ner mot Themsen, och Jimmy var på väg rakt mot dem. Han kunde inte veta att assistent Havers och hans mor hade förstått vart han var på väg och att de nu måste ha nått fram till husen. Det skulle inte bli svårt att fånga in honom om han gav sig in på parkeringsplatsen.

Jimmy sprang rakt genom parken, rusade tvärs över gräsmattan och klampade genom alla blomsterrabatter som låg i hans väg. Inte förrän han hade nått fram till parkeringsplatsen gjorde han en ansats att först springa mot husen på östra sidan för att i sista stund svänga runt och ge sig av söderut.

Lynley kunde genom vinden höra hur assistent Havers ropade och Jean Cooper skrek. Han sprang in på parkeringsplatsen lagom för att se Bentleyn köra efter pojken. Jimmy hade emellertid övertag över bilen och rusade in på den plan som utgjorde Manchester Roads sydligaste del. Där fick en lastbil tvärbromsa för att inte köra på honom. Han sprang runt den, kom fram till trottoaren på andra sidan och kastade sig över det meterhöga stängslet som utgjorde gränsen för skolgården till den fängelselika George Greenskolan.

Havers körde upp Bentleyn på trottoaren. Hon var på väg ut ur bilen när Lynley hann ifatt henne. Pojken hade sprungit längs med hela framsidan av skolan och höll nu på att runda dess västliga hörn.

Jimmy hade fri väg tvärs över skolgården och han utnyttjade det. När Havers och Lynley nådde fram till hörnet var pojken redan på andra sidan. Han klättrade upp på en soptunna för att komma upp på den bortre muren och han var över den innan de hade sprungit tjugo meter.

"Ta bilen", sa Lynley till Havers. "Kör runt till andra sidan. Han är på väg mot floden."

"Floden. Fan också. Vad tänker han…"

"Spring!"

Bakom sig hörde han hur Jean Cooper skrek något oartikulerat när assistent Havers störtade tillbaka mot bilen. Hennes rop blev svagare när han rusade vidare mot muren. Han grep tag om dess krön, tog stöd mot soptunnan och hoppade över.

Bakom skolan fanns en annan väg. På norra sidan kantades den av muren. På södra sidan fanns moderna bostäder, eleganta tegelstenshus med elektriskt bevakade säkerhetsgrindar. Dessa hus löpte i nästan obruten linje längs med vägen ända bort till en liten gräsmatta med några träd som kantade floden. Detta var enda möjligheten. Lynley sprang dit bort.

Han passerade en grind med en skylt som talade om att detta var Island Gardens. Vid dess västra kant fanns ett runt tegelstenshus med en stor glaskupol. En rörelse av någonting vitt mot den röda tegelväggen. Lynley såg hur Jimmy prövade dörren till byggnaden. Det var en miss tänkte Lynley. Varför skulle pojken...? Han såg till vänster, över vattnet, och så förstod han. De hade sprungit hela vägen ända fram till Greenwichs gångtunnel. Jimmy tänkte ta sig till andra sidan floden.

Lynley ökade hastigheten. Samtidigt som han gjorde det kom Bentleyn körande runt hörnet längst bort. Jean Cooper och assistent Havers klev ut. Jean ropade sin sons namn. Jimmy slet i handtaget på dörren till tunneln. Dörren rörde sig inte ur fläcken.

Lynley närmade sig snabbt från nordöst. Assistent Havers och Jean Cooper närmade sig från nordväst. Pojken såg först åt ena hållet sedan åt andra. Han satte av i östlig riktning längs med muren mot floden.

Lynley började springa tvärs över gräsplanen för att hejda honom. Havers och Jean Cooper gjorde likadant. Jimmy gjorde en sista kraftansträngning, hoppade över en bänk och upp på muren. Han hävde sig över det citrongula järnstängslet som skilde parken från floden där nere.

Lynley ropade pojkens namn.

Jean Cooper skrek.

Med flaxande armar hoppade Jimmy ner i Themsen.

KAPITEL 23

Lynley var den som först nådde fram till muren vid floden. Jimmy fäktade med armar och ben i vattnet nedanför honom. Högvattnet höll fortfarande på att komma in, så strömmen drev från öster mot väst.

När Jean Cooper nådde fram skrek hon sin sons namn, kastade sig mot muren och började klättra upp på den.

Lynley drog henne tillbaka och vräkte henne mot Havers. "Ring flodpolisen." Han slet av sig sin kavaj och sparkade av sig skorna.

"Det är ju Waterloo Bridge", protesterade Havers och kämpade för att hålla Jean Cooper tillbaka. "De hinner aldrig fram i tid."

"Gör det." Lynley klättrade upp på muren och hävde sig över räcket. I floden kämpade pojken förgäves, hindrad av strömmen och av sin egen utmattning. Lynley föll ner på andra sidan räcket samtidigt som Jimmys huvud försvann bland de virvlande vattenmassorna.

Lynley kastade sig i och samtidigt som han träffade vattenytan hörde han Havers skrika: "För helvete, Tommy!"

Det var kallt som i Nordsjön och vattnet rörde sig snabbare än han skulle ha trott när han betraktade det från andra sidan skyddsvallen vid Island Gardens. Vinden piskade vattenytan och tidvattnet gjorde att strömmarna blev starka. I samma stund som Lynley kom upp till ytan efter sin dykning kände han hur han sveptes åt sydväst ut mot flodfåran, men inte mot den motsatta stranden.

Han piskade med armarna mot vattenytan i ett försök att hålla sig flytande samtidigt som han letade efter pojken. På andra sidan floden kunde han se fasaden på krigshögskolan och väster om den masterna på *Cutty Sark*. Han kunde till och med se den välvda öppningen till gångtunneln mot Greenwich. Men han kunde inte se Jimmy.

Han lät sig drivas med strömmen precis som pojken måste ha drivit med den. Han hörde sina egna hjärtslag och sin tunga andning. Armar och ben kändes blytunga. Han hörde svaga rop från Island Gardens men genom vinden och bultandet av sitt eget hjärta kunde han inte urskilja vad de försökte tala om för honom.

Samtidigt som vattnet förde honom vidare snurrade han runt. Han trampade vatten och försökte lokalisera Jimmy. Det syntes inga båtar på väg för att undsätta honom. Inga nöjesbåtar skulle riskera att ge sig ut i det dåliga vädret och de sista turistbåtarna hade försvunnit för dagen. De enda farkosterna i området var två pråmar som långsamt kämpade sig uppför floden. Och de befann sig minst tvåhundrafemtio meter bort, alltför långt borta för att kunna uppfatta hans rop även om de skulle ha kunnat öka farten och nått fram till Lynley i tid för att hitta pojken.

En flaska guppade förbi honom. Hans högra fot nuddade vid någonting som kändes som ett nät. Han började simma med tidvattnet i riktning mot Greenwich, eftersom Jimmy borde driva åt det hållet.

Han höll huvudet lågt, rörde armar och ben och försökte hinna med att andas.

Vattnet slet i hans kläder och drog honom neråt. Han kämpade men ansträngningen gjorde snabbt slut på hans krafter. Han hade redan sprungit, klättrat och hoppat alldeles för mycket. Och tidvattnet var envist och lika starkt som tidigare. Han fick i sig vatten, hostade och kände hur han sjönk.

Under ytan fanns det nästan ingenting. Mörker. Luftbubblor sipprade ut ur hans lungor. En virvel där en massa skräp sveptes runt i vansinnig fart. Oändligt grönt och vitt och grått och brunt.

Han tänkte på sin far, kunde nästan se honom framför sig på däcket till *Daze* när den seglade ut från Lamorna Cove. "Lita aldrig någonsin på havet, Tom", sa han. Hon är en älskarinna som kommer att bedra dig så fort hon får en möjlighet till det." Lynley ville protestera och säga att detta inte var havet utan en flod, en flod. Vem kunde vara så förbaskat dum att han drunknade i en flod? "Men det är en flod med tidvatten", sa hans far. "Och tidvattnet kommer in från havet. Det är bara dårar som litar på havet." Och sedan drogs han ner i vattnet.

Det svartnade för ögonen på honom, och det dånade i hans öron. Han hörde sin mors röst och broderns skratt. "Tommy, jag vet inte riktigt", sa sedan Helen mycket tydligt: "Jag kan inte ge dig det svar du vill ha bara för att du vill ha det."

Gode gud, tänkte han. Hon tvekar fortfarande. Till och med nu. Till och med nu när det inte spelar någon roll längre. Hon skulle aldrig kunna bestämma sig. Hon skulle aldrig vilja göra det. Förbannat också! *Förbannat!*

Han saxade i raseri med benen. Han slogs med armarna mot floden.

Han kom upp till ytan. Han skakade bort vattnet från ögonen, hostade och kippade efter andan. Han kunde höra pojken.

Ungefär femton meter väster om honom skrek Jimmy efter luft. Hans armar slog mot ytan. Han svängde runt, runt som ett stycke drivved. Samtidigt som Lynley satte fart mot honom sjönk pojken igen.

Lynley dök efter honom och bad en bön om att hans lungor måtte hålla. Den här gången var strömmen på hans sida. Han stötte mot pojken och grep tag i hans hår.

Han simmade upp mot ytan, Jimmy slog mot honom, piskade i vattnet som en fångad fisk. När de kom upp till ytan sparkades pojken och slogs. "Nej, nej, nej", skrek han och försökte kämpa sig fri.

Lynley släppte pojkens hår och grep istället tag i hans skjorta. Han trädde in en arm under pojkens armar och runt hans bröstkorg. Han kunde knappast tala för han hade nästan inte någon luft kvar. "Du kan drunkna eller leva", lyckades han i alla fall säga. "Vilket vill du?"

Pojken sparkade som en galning.

Lynley grep hårdare tag om honom. Med hjälp av benen och sin fria arm försökte han hålla dem flytande. "Om du slåss så drunknar vi, men om du hjälper mig att simma kanske vi kan klara oss. Hur vill du ha det?" Han skakade pojkens kropp. "Bestäm dig nu!"

"Nej!" Men pojkens protest var svag och när Lynley började bogsera honom in mot flodens norra strand hade han inga krafter kvar för att kämpa emot.

"Sparka", sa Lynley. "Jag klarar inte det här på egen hand."

"Jag kan inte", flämtade pojken.

"Visst kan du. Hjälp mig nu!"

Men de senaste fyrtio sekundernas kamp hade tömt pojken på alla hans krafter. Lynley kunde märka hur utmattad han var. Han använde sina allra sista krafter för att vända sig själv och pojken i riktning mor flodens norra strand. Han började slåss mot vattnet i den riktningen.

Han hörde hur folk ropade men orkade inte försöka ta reda på varifrån ljudet kom. Någonstans i närheten hörde han signalhornet från en båt, men nu vågade han inte stanna upp för att försöka lokalisera den. Han visste att deras enda chans hängde på hans mekaniska simmande. Därför simmade han på, andades, räknade simtagen, en arm och två ben, mot den totala utmattningen och längtan att sjunka så att det tog slut.

Svagt såg han en strandremsa fylld med småsten rakt framför sig, en plats där man kunde släpa upp båtar. Han siktade mot den, men blev allt svagare för varje gång han sparkade från och det blev allt svårare att behålla greppet om pojken. När han kände att han inte orkade längre sparkade han en enda gång till och kände hur hans ben slog i botten. Först sand, sedan småsten och sedan större stenar. Han fick fotfäste drog efter andan i en snyftning och släpade upp pojken ur det djupa vattnet bakom dem. Två meter från en pollare sjönk de ner på händer och knän i det grunda vattnet.

Sedan följde rop och skrik. Någon grät vid hans sida. Så hörde han hur hans assistent svor vilt. Armar grep tag i honom, och han drogs upp ur vattnet och placerades på bryggan till den roddklubb som han hade simmat mot.

Han hostade och kände hur det sved i magen. Han rullade över på sidan, reste sig upp på knä och spydde på assistentens skor.

En av hennes händer grep tag i hans hår. Den andra tog ett fast grepp om hans panna.

Han förde upp handen mot munnen. Det smakade hemskt. "Ursäkta mig", sa han.

"Det gör ingenting. Ni har bättre färg nu."

"Pojken?"

"Hans mamma tar hand om honom."

Jeannie knäböjde i vattnet och kramade sin son. Hon grät med huvudet lyft mot himlen.

Lynley försökte resa sig upp. "Gode gud. Han är väl inte…"

Havers tog tag i hans arm. "Han kommer att klara sig. Ni fick upp honom. Han lever. Han lever."

Lynley sjönk tillbaka ner på marken. Hans sinnen började vakna till liv ett efter ett. Han blev medveten om att han satt på en avskrädeshög. Han hörde en ivrig konversation bakom sig och tittade över axeln. Där upptäckte han att den lokala polisen äntligen hade lyckats komma och nu var i färd med att hålla tillbaka en grupp åskådare, däribland samma journalister som hade följt efter honom ända sedan han lämnade New Scotland Yard. Fotografen de hade med sig jobbade på för fullt och dokumenterade hela dramat över axeln på polisen från Manchester Road. Den här gången skulle inte tidningarna behöva hemlighålla pojkens identitet. Ett drunkningstillbud i floden var en nyhet som kunde rapporteras utan att det behövde sättas i samband med mordet på Kenneth Fleming. Lynley förstod av deras frågor och av ljudet från kamerorna att de faktiskt hade för avsikt att skriva om det.

"Vad hände med flodpolisen?" frågade han Havers. "Jag sa ju åt er att ringa efter dem."

"Jag vet, men…"

"Ni hörde väl vad jag sa?"

"Jag hann inte."

"Vad är det ni säger? Ni brydde er inte om att ringa. Det var en order, Havers. Vi kunde ha drunknat där ute. Gode tid, om jag någon mer gång måste ha med er att göra i en nödsituation, skulle jag ju lika gärna kunna förlita mig på..."

"Kommissarien, sir." Havers röst var bestämd, trots att hon var blek i ansiktet. "Ni var inte i vattnet mer än fem minuter."

"Fem minuter?" sa Lynley matt.

"Jag hann inte." Hon snörpte på munnen och såg bort. "Dessutom, jag... ja, jag greps av panik. Ni sjönk två gånger. I snabb följd. Jag såg det och insåg att killarna från flodpolisen inte skulle hinna hit i tid, och om de kom hit..." Hon torkade sig med fingret under näsan.

Lynley såg hur hon blinkade och försökte låtsas som om hon hade fått blåsten i ögat. Han reste sig upp. "I så fall gick jag för långt, Barbara. Skyll på att jag också greps av panik och försök förlåta mig."

"Visst", sa hon.

De gick ut i vattnet där Jean Cooper fortfarande kramade sin son. Lynley knäböjde bredvid dem.

Jean tryckte sonens huvud mot sitt bröst. Hans ögon var matta men inte glasartade och när Lynley sträckte sig fram för att röra vid Jeans arm så att han skulle kunna hjälpa dem båda på benen, rörde Jimmy på sig och såg upp i moderns ansikte.

"Varför?" upprepade hon gång på gång.

Han rörde på munnen som om han försökte samla tillräckligt mycket kraft för att kunna tala. "Jag såg", viskade han.

"Vad då?" frågade hon. "*Vad såg du?* Varför vill du inte tala om det?"

"Dig", sa han. "Jag såg dig ju, mamma."

"Såg du mig?"

"Där." Han tycktes sjunka ihop i hennes armar. "Jag såg dig där. Den där natten."

Lynley hörde Havers dra efter andan. "Okay", sa hon och han såg hur hon gjorde en rörelse i riktning mot Jean Cooper. Han gjorde tecken åt henne att stanna där hon var.

"Mig? Var såg du mig?" sa Jean Cooper.

"Den där natten. Pappa."

Lynley märkte hur insikt och fasa på samma gång drabbade Jean Cooper. "Talar du om Kent?" skrek hon. "Vid stugan?"

"Du. Du hade parkerat på uppfarten", mumlade han. Du gick för att hämta nyckeln i skjulet. Du gick in. Du kom ut. Det var mörkt, men jag såg det."

Hans mor kramade honom. "Har du trott att jag... Att jag..." Hennes grepp om honom hårdnade. "Jim, jag älskade er pappa. Jag älskade honom, *älskade* honom. Jag skulle aldrig kunnat... Jim, jag trodde att du..."

"Jag såg dig", sa Jimmy.

"Jag visste inte ens om att han var där. Jag visste inte att någon över huvud taget var i Kent. Jag trodde att du och han skulle åka bort på ferie. Sen sa du att han hade ringt. Du sa att det gällde kricket, någonting han måste fixa. Du sa att semesterresan hade blivit uppskjuten."

Han skakade stumt på huvudet. "Du kom ut. Du hade någonting som rörde sig i händerna."

"Som rörde sig? Jim..."

"Kattungarna", sa Havers.

"Kattungar", ekade Jean. "Vilka kattungar. Vad är det du pratar om?"

"Du satte ner dem på marken och schasade bort dem. Där vid stugan."

"Jag var inte vid stugan. Jag var aldrig vid stugan. Aldrig."

"Men jag såg", sa Jim.

Det började höras fotsteg på båtbryggan. "Låt oss i alla fall få tala med någon av dem", ropade någon bakom dem. Jean vände sig om för att se efter vem det var som kom. Jimmy såg också i samma riktning. Han kisade för att kunna fokusera blicken. Och då förstod Lynley äntligen vad som hade hänt och hur det hade gått till.

"Dina glasögon, Jimmy, i onsdags kväll. Hade du dina glasögon på dig?"

Barbara Havers traskade fram längs med stigen till sin stuga i bortre delen av trädgården. Hennes fötter klafsade inuti skorna. Hon hade skrubbat dem ordentligt under kranen på New Scotland Yards damtoalett så de luktade inte längre spya. Men de var ganska illa åtgångna. Hon suckade.

Hon var dödstrött. Hon längtade bara efter att få en dusch och tolv timmars sömn. Det var hemskt länge sedan hon åt, men maten kunde få vänta.

De hade lotsat Jimmy och hans mor förbi åskådarna och den enda fotografens kamerablixtar och sedan kört dem hem. Jean Cooper hade sagt att det inte behövdes någon läkare för hennes son, och hon hade tagit upp honom på övervåningen och spolat i ett varmt bad åt honom. Under tiden hade de två yngre barnen hängt i kjolarna på henne och skrikit "mamma" och "Jim" ända tills Jean sa till flickan att värma upp lite soppa och till pojken att han skulle bädda sin storebrors säng. Då hade de lufsat iväg för att göra som de blivit tillsagda.

Jean hade protesterat när Lynley hade sagt att han ville tala med hennes son. "Det har pratats tillräckligt mycket nu", hade hon sagt, men han hade lugnt envisats, så när pojken hade badat och krupit i säng gick Lynley i sina blöta kläder uppför trappan och satte sig vid fotändan av Jimmys säng. "Berätta nu vad det var du såg den där natten", sa han och Barbara som satt bredvid honom kände hur han skakade i hela kroppen. Det enda torra han hade på sig var kavajen och skorna, och adrenalinet som hittills hade hållit honom igång började nu ge vika för kylan. Hon bad Jean att få låna en filt, men Lynley ville inte använda den utan bad istället pojken att berätta allting den här gången. "Du kommer inte att sätta din mor i klistret", sa han, "för jag vet att hon inte var där."

Barbara skulle ha velat fråga Lynley hur han kunde godta ett enkelt nekande. Hon hade visserligen märkt att Jean inte visste någonting om kattungarna, men Barbara ville inte frita henne från misstankar bara för att hon hade uppfört sig som om hon inte kände till några djur. Mördare var ofta mycket skickliga på att låtsas, och därför förstod hon inte hur eller varför Lynley hade bestämt sig för att Jean var oskyldig.

Jimmy berättade för dem vad han hade sett: den blåa bilen som körde in på uppfarten, de skugglika konturerna av en ljushårig kvinna som gick in i trädgården och försvann in i trädgårdsskjulet, samma kvinna som gick in i stugan mindre än fem minuter senare och därefter lade tillbaka nyckeln i trädgårdsskjulet innan hon gav sig iväg. Han hade stått och bevakat stugan i ungefär en halvtimme till, och sedan gått till trädgårdsskjulet och tagit nyckeln.

"Varför då?" undrade Lynley.

"Vet inte", sa pojken. "Jag gjorde det bara för att jag ville." Han fingrade nervöst på sängkläderna.

Lynley skakade nu så kraftigt att Barbara var övertygad om att hon kunde känna hur golvbräderna skakade. Hon ville tvinga honom till att byta kläder, svepa in sig i filten, äta lite soppa, dricka lite konjak, göra någonting för att sköta om sig själv. Men precis när hon skulle till att säga att de säkert hade fått reda på tillräckligt för den här kvällen – pojken kom ju inte på något nytt, eller hur, sir? De skulle kunna komma tillbaka nästa dag om de behövde ytterligare upplysningar – lutade Lynley båda händerna mot sängens fotända och vände sig mot pojken. "Du älskade väl din far? Var inte han den siste du skulle ha velat skada?" sa han.

Jimmys mun darrade – det var den milda tonen och den outtalade förståelsen – och han slöt ögonen. Ögonlocken var purpurröda av trötthet.

"Vill du hjälpa mig att hitta hans mördare? Du har redan sett henne,

Jimmy. Vill du inte hjälpa mig att avslöja henne? För du är den enda som kan göra det."

Pojken öppnade ögonen. "Men jag hade ju inga brillor. Jag trodde... Jag såg bilen och henne. Jag trodde att mamma..."

"Du behöver inte försöka identifiera henne. Du ska bara göra som jag säger. Men det kommer inte att bli trevligt för dig. För jag tänker låta massmedia få reda på ditt namn. Men jag tror att det kommer att fungera. Vill du hjälpa mig?"

Jimmy svalde och nickade tyst. Han vände huvudet på kudden och såg på sin mor som satt på sängkanten. Han fuktade läpparna. "Jag såg", mumlade han. "En dag... en dag när jag hade skippat skolan såg jag..."

Det rann tårar nerför Jean Coopers kinder. "Vad var det du såg, Jim?"

Om igen berättade han med svag röst att han hade skolkat från skolan. Han hade köpt fish and chips åt sig i den kinesiska matbutiken, och suttit på en bänk i St. John's Park och ätit. Och då hade han kommit att tänka på att det fanns sprit i kylskåpet där hemma och att ingen skulle vara hemma så dags på dagen och att han skulle kunna dricka hälften och fylla flaskan med vatten eller kanske dricka allt och blåneka när modern anklagade honom. Så han gick hem. Han gick bakvägen, genom köksdörren. Han öppnade kylskåpet, korkade upp spritflaskan och det var då han hörde ljudet.

Han gick uppför trappan. Hennes dörr var inte riktigt stängd och han lyssnade till knarrandet och plötsligt insåg han vad det var. Då är det därför tänkte han, och kände en klump i halsen av ilska. Det var därför han stack. Därför. Då var det därför.

Han knuffade till dörren med tån. Först såg han henne. Hon klamrade sig fast vid sängens missfärgade mässingsgavel och hon skrek. Men hon njöt av det också, och hade böjt kroppen så att killen kunde komma åt. Och killen knäböjde mellan hennes uppdragna lår. Han var naken, han höll huvudet sänkt och kroppen glänste som om den var inoljad.

"Ingen", grymtande han. "Ingen... någonsin."

"Ingen", flämtade hon.

"Min." Så upprepade han det – min, min, och rörde sig allt häftigare, ända tills hon snyftade, ända tills han lutade sig bakåt och kastade upp huvudet. "Jeannie", skrek han. "Jean!" och då såg Jim att det var hans far.

Han smög sig nerför trappan. Han ställde spritflaskan på arbetsbänken i köket utan att ha rört den och vände sig mot bordet där det låg ett öppet kuvert. Han tog det, drog fram arken som hade Q. *Melvin Abercrombie, Esq.* tryckt högst upp. Han ögnade genom de svåra orden och de klumpiga meningarna. När han fick syn på det enda ordet som hade någon betydelse

– *skilsmässa* – stoppade han tillbaka papperna i kuvertet och gick hemifrån.

"Gode gud", viskade Jean, när hennes son hade talat färdigt. "Jag älskade honom, Jim, jag slutade aldrig att älska honom. Jag försökte, men jag kunde inte. Jag hoppades hela tiden att han skulle komma tillbaka om jag bara var snäll nog mot honom. Om jag hade tålamod och var vänlig. Om jag gjorde som han ville. Om jag lät honom få tid på sig."

"Det hjälpte inte", sa Jimmy. "Det var ju ingen mening med det."

"Men det skulle ha fungerat", sa Jean. "Jag visste att det skulle hjälpt så småningom, för jag kände din pappa. Han skulle ha kommit tillbaka om…"

Jimmy skakade svagt på huvudet.

"…om han inte hade träffat henne. Det är sant, Jim."

Pojken slöt ögonen.

Gabriella Patten. Hon var nyckeln till det hela. Till och med när Barbara fortfarande ville gå vidare med allt det som talade mot Jean Cooper – "Hon har ju inget alibi, sir. Tror ni verkligen att hon var hemma med ungarna? Att hon sov? Vem kan bevisa det? Inte någon, och det vet ni" – så förde Lynley in hennes tankar på Gabriella Patten. Men han lade förstås inte fram några självklara fakta för henne. "Det pekar på Gabriella", var det enda han med utmattad röst sa när de körde tillbaka mot Yarden. "Bra. Men ironiskt. Att det ska sluta där vi började."

"Om det är så tycker jag vi ska hämta henne", sa Barbara. "Vi har ingen användning för ungen. Vi kan ta in henne för förhör. Fast naturligtvis inte nu", tillade hon snabbt när Lynley korrigerade Bentleyns värmereglage för att få bukt med frossbrytningarna som skakade honom, som om han led av malaria. "Men i morgon bitti. Med en gång. Hon är säkert fortfarande kvar i Mayfair och rullar runt i sänghalmen med Mollison, om inte Claude-Pierre, eller vem det nu var, ger hennes muskler en rejäl genomkörare."

"Det ska vi inte göra", sa Lynley.

"Varför inte? Ni sa ju alldeles nyss att Gabriellas…"

"Vi skulle inte komma någon vart genom att förhöra Gabriella en gång till. Det här är det perfekta brottet, Barbara."

Det var allt han ville säga. "På vad sätt perfekt? Vi har ju Jimmy, vi har ett vittne som såg…" undrade Barbara. "Ja, vad då?" avbröt henne Lynley. "Vem? En blå bil som han trodde var Cavalieren. En ljushårig kvinna som han trodde var hans mor. Ingen åklagare skulle vilja pröva ett mål mot någon på ett sådant vittnesmål. Och inte någon jury i hela världen skulle någonsin döma."

Barbara hade velat fortsätta sin argumentering. För de hade ju bevis. Hur svaga de än var hade de bevis. Benson and Hedges-cigaretterna. Tändstickorna som hade använts till att starta eldsvådan. De måste väl vara värda någonting. Men hon insåg att Lynley var alldeles utpumpad. De krafter han hade kvar behövde han för att inte skaka när han körde Bentleyn genom kvällstrafiken tillbaka till New Scotland Yard. När de hade kört upp bredvid hennes Mini i det underjordiska parkeringshuset upprepade han det som han redan hade talat om för Hillier. Hur gärna hon än ville det, fick hon nog ändå vara förberedd på att de aldrig skulle kunna lösa fallet.

"Till och med om vi får hjälp av pojken, kommer det att handla om dåligt samvete", sa han. "Och jag kan inte påstå att det räcker med att ha dåligt samvete."

"Till vad då?" undrade hon, eftersom hon kände lika stort behov av att argumentera som av att förstå.

Men det var allt han ville säga. "Inte nu. Jag behöver få bada och byta kläder", sa han innan han gick.

Nu, när hon var hemma i Chalk Farm och höll på att kränga fötterna ur de genomblöta skorna, försökte hon förstå vad han hade menat med samvete. Men hur hon än vände och vred på det som skett de senaste dagarna pekade fakta ändå i samma riktning, och det avslöjade inte någon som behövde ha samvetsbetänkligheter i fråga om någonting.

När allt kom omkring visste de ju att det var mordbrand, och alltså visste de att det var mord. De hade en cigarett och från den kunde man få salivprov. Det spelade ingen roll hur lång tid det skulle ta för Arderys folk att bli klara med proven, om den som anlade elden bara hade lämnat tillräckligt mycket saliv på cigaretten – ja, Gabriella Patten, för det var tydligt att Lynley från början hade siktat in sig på att det var hon och inte Jean Cooper – så skulle provresultaten tala om ABH antigener, ABO genotyp och förhållandena i Lewis-reaktionen för dem. Förutsatt förstås att Gabriella Patten hade slaskat ner cigaretten tillräckligt mycket. Om hon inte hade gjort det skulle de vara tvungna att börja om från början. Och då fick de förlita sig på... vad då? Samvetet? Gabriella Pattens samvete? Det verkade inte rimligt. Väntade sig Lynley verkligen att hon skulle bekänna att hon hade mördat Kenneth Fleming bara för att han hade övergett henne? Och när skulle hon göra det? När hon inte knullade Guy Mollison för att glömma Flemings illa planerade frånfälle och ännu sämre planerade avståndstagande från henne? Fan också, tänkte Barbara. Inte så konstigt att Lynley sa att de kanske aldrig skulle kunna lösa fallet.

Alla människor råkade ut för den här sortens misslyckanden. Men det hade aldrig hänt Lynley. Och eftersom han var den kriminalkommissarie som hon hade arbetat längst med hade det således aldrig heller hänt henne.

Det här var dessutom det sämsta tänkbara fallet att misslyckas med. Inte nog med att massmedia var intresserade av brottet och gjorde att allmänhetens intresse blev större än det skulle ha blivit om någon mindre välkänd person hade mördats, dessutom var deras överordnade på New Scotland Yard lika bekymrade över utredningen som skolpojkar över skrubbsår på knäna. Och detta kombinerade intresse från både massmedia och från deras överordnade var varken bra för Lynley eller för Barbara. Det skulle säkert skada Lynley eftersom han nästan från starten hade följt en linje som stred mot en vedertagen grundregel för effektivt polisarbete: Han hade bestämt sig för att samarbeta med massmedia och han fortsatte att på eget bevåg samarbeta med dem för att uppnå ett resultat, något som han helt klart hittills inte hade lyckats med. Och det skulle alldeles säkert skada Barbara, eftersom hon var medskyldig till detta. Och Hillier hade klargjort det genom att se till att hon var närvarande vid det enda möte han hade haft med Lynley om fallet.

Hon kunde nästan höra den skarpa kritik som skulle komma vid nästa utvärdering av hennes arbetsinsatser. *Invände ni en enda gång, assistent Havers? Visserligen är ni den av er två som är den underordnade, men sedan när har det blivit förbjudet för en underordnad att säga sin åsikt när det gäller en etisk fråga?* Hillier skulle inte bry sig om att hon faktiskt hade sagt sin åsikt till Lynley under utredningen. Hon hade inte gjort det öppet, hon hade med andra ord inte gjort det under det möte som Hillier hade kallat dem till.

Hillier hade velat att hon skulle påpeka för Lynley att det kunde vara förödande att liera sig med pressen. Journalister var i bästa fall trolösa, och jagade oförtrutet föremålet för sitt intresse tills de hade fått nog. I sämsta fall var de giriga och tog vad de ville ha och lämnade inte kvar någonting när de var färdiga.

Men hon hade inte sagt någonting sådant. Skeppet höll på att sjunka och hon var på väg att gå under tillsammans med besättningen.

Visserligen skulle inte någon av dem förlora sitt jobb på det. Men att misslyckas när offentlighetens strålkastare lyste så obarmhärtigt på dem, en offentlighet som Lynley själv inte gjorde någonting för att kväva utan som han faktiskt helt öppet uppmuntrade... Det var inte troligt att någon skulle glömma det i brådrasket, allra minst de höjdare som hade Barbaras framtid i sina händer.

"Jävla knölar allihopa", muttrade Barbara medan hon rotade runt i sin axelväska efter sin dörrnyckel. Hon var nästan för trött för att ens bli ledsen.

Men inte tillräckligt trött i alla fall. När hon kommit in i stugan tände hon ljuset och såg sig omkring. Herre gud, så hemskt det såg ut. Kylskåpet fungerade, och det var i alla fall skönt, för nu hade hon åtminstone lyckats bli av med hinken, men i övrigt var rummet ingenting annat än ett bevis på personligt misslyckande, och hon visste om det. Överallt stod det med stora bokstäver *ensam*. En enkelsäng. Ett matbord med bara två stolar – och två var nog att hoppas på för mycket, eller hur Barb? Ett gammalt skolkort av en sedan länge död bror. Ett fotografi av två föräldrar, en död och en mer än lite dement. En samling billiga romaner – lagom att läsa på två timmar – där oändligt motsträviga män föll till föga för kärleken och för evigt blev beundrade av fantastiska kvinnor som samma män tog i famnen och förde till sängen eller till någon höstack. Och levde de sedan lyckliga, när de efter allt snyftande och trånande hade nått fram till målet? Fanns det folk som gjorde det?

"Lägg av", sa Barbara bryskt till sig själv. "Du är trött, du är genomblöt från midjan och neråt, du är hungrig och bekymrad, du mår pyton. Du behöver en dusch, och det ska du ta med en gång. Du behöver en skål med soppa som du ska äta direkt efter duschen. Du måste ringa till din mamma och berätta för henne att du ska åka till Greenford på söndag och ta en promenad med henne eller göra någonting annat hon har lust till. Och när du har gjort det ska du gå och lägga dig och tända läslampan och vältra dig i det tveksamma och skamliga nöjet av kärlek i andra hand."

"Just det!" fastslog hon.

Hon skalade av sig kläderna, lät dem ligga i en hög på golvet och gick in i badrummet där hon satte på duschen och lät den rinna tills den var ångande varm och gick sedan in i duschen med en flaska hårschampo i handen. Hon lät vattnet forsa ner över sig medan hon gnuggade hårbottnen och hon sjöng. I kväll valde hon gamla godingar, som en tribut till Buddy Holly. Och när hon kommit genom både "Peggie Sue", "That'll Be the Day", "Raining in my Heart", och "Rave on" övergick hon till en falsk hyllning till den store, med en mycket dålig version av "American Pie". Hon stod där i sin gamla frottébadrock med en handduk runt huvudet och skränade "The daaay the muuuusic died", när hon blev medveten om att det knackade på dörren. Hon slutade tvärt att sjunga. Samtidigt tystnade knackningarna, för att sedan börja igen. Fyra kraftiga bankningar. Det kom från ytterdörren.

"Vem…?" sa hon och gick barfota ut ur badrummet samtidigt som hon knöt skärpet till badrocken. "Ja?" ropade hon genom den stängda dörren.

"Hej, det är jag", hördes en liten röst.

"Är det du?"

"Jag var och hälsade på dig häromkvällen, minns du inte det? Pojken hade av misstag lämnat ditt kylskåp hos oss och du stod och tittade på det när jag kom ut och du bjöd med mig för att titta på din stuga och jag lämnade en lapp till min pappa och..."

Bjöd med var inte precis det uttryck som Barbara skulle ha valt. "Hadiyyah?"

"Då kommer du ihåg mig! Jag visste att du skulle göra det. Jag såg när du kom hem för jag satt och tittade ut genom fönstret, och jag frågade pappa om jag fick gå och hälsa på dig. Pappa gav mig lov eftersom jag sa att du var min vän..."

"Jösses, jag är faktiskt alldeles slut", sa Barbara, som fortfarande inte hade öppnat dörren. "Jag kom ju nyss hem. Kan du inte komma och hälsa på en annan gång? I morgon kanske?"

"Oj, jag borde ha... Det är bara det att jag ville att du..." Den späda rösten dog modfälld bort. "Jo, kanske senare", sa hon sedan lite muntrare. "Fast jag har med någonting till dig. Ska jag lämna det på tröskeln? Blir det bra? Det är någonting mycket speciellt."

Vad spelar det för roll, tänkte Barbara. "Kan du vänta en liten stund?" sa hon och plockade upp sina utspridda kläder från golvet slängde in dem i badrummet och gick sedan tillbaka till ytterdörren som hon öppnade. "Nå, vad har du nu hittat på då?" sa hon. "Vet din pappa om..." Hon hejdade sig när hon såg att Hadiyyah inte var ensam.

Hon hade sällskap av en man. Han var mörkhyad, mörkare än barnet, mager och prydligt klädd i en mörkgrå kostym. Hadiyyah själv var klädd i sin skoluniform, den här gången var flätorna hopknutna med rosa band och hon höll mannen i handen. Barbara lade märke till att han hade en dyrbar guldklocka.

"Jag tog med mig pappa", förklarade Hadiyyah stolt.

Barbara nickade. "Det var väl inte honom du hade tänkt lämna på tröskeln?"

Hadiyyah fnittrade och ryckte i faderns arm. "Hon är näsvis, pappa, jag sa ju att hon var det."

"Du sa det." Mannen iakttog Barbara med dystra mörka ögon. Hon i sin tur iakttog honom. Han var inte särskilt lång, och hans finskurna ansiktsdrag gjorde honom snarare vacker än stilig. Hans tjocka svarta hår var bakåtkammat och ett födelsemärke på ena kinden var så perfekt placerat att Barbara skulle ha kunnat svära på att det var konstgjort. Han kunde vara vad som helst mellan tjugofem och fyrtio, det var svårt att avgöra hans ålder eftersom hans hy var alldeles slät. "*Taymullah Azhar*", hälsade han henne hövligt.

Barbara undrade vad hon skulle svara. Var det något slags muslimsk hälsning? Hon nickade så att hennes handduk lossnade. "Bra", sa hon och rätade till handduken runt huvudet.

Ett leende krusade mannens läppar. "Jag är Taymullah Azhar, Hadiyyahs far."

"Jaså? Barbara Havers." Hon sträckte fram handen. "Ni flyttade mitt kylskåp. Jag fick ert meddelande. Det var bara det att jag kunde inte tyda underskriften. Tack så mycket. Det var trevligt att träffa er, mr..." Hon rynkade ögonbrynen och försökte komma ihåg hur de här människorna använde sina namn.

"Ni kan säga Azhar, eftersom vi är grannar", sa han. Barbara såg att han under kostymen hade en skjorta som var så vit att den såg självlysande ut i skymningen. "Hadiyyah envisades med att vi skulle hälsa på hennes goda vän så fort jag hade kommit hem, men jag förstår att vi har kommit lite olämpligt."

"Nåja. På sätt och vis." Varför babblade hon så här? "Jag har just badat halva mig i Themsen, det är därför som jag ser ut så här. Annars skulle jag inte det. Jag menar, det är ju inte dags att lägga sig ännu. Vill ni inte komma in?"

Hadiyyah drog i hans hand och skuttade till. Hennes far lade sin hand på hennes axel och hon stannade genast upp. "Nej. Vi skulle vara till besvär ikväll. Men tack i alla fall."

"Har du ätit middag?" frågade Hadiyyah muntert. "För det har inte vi. Och vi ska ha curry. Pappa ska laga den. Han har köpt lamm. Vi har så att det räcker. Vi har massor. Pappa lagar så god curry. Om du inte har ätit middag."

"Hadiyyah", sa Azhar stillsamt. "Lugna dig." Barnet hejdade sig omedelbart, fast hennes ögon sken fortfarande. "Hade du inte någonting som du skulle lämna till din vän?"

"Jo visst!" Hon skuttade till igen. Hennes far plockade fram ett klargrönt kuvert ur kavajfickan och räckte det till Hadiyyah som högtidligt sträckte fram det mot Barbara. "Det var det här som jag skulle lämna på tröskeln", sa hon. "Du behöver inte öppna det nu. Men du får om du vill. Om du hemskt gärna vill."

Barbara öppnade kuvertet och drog fram ett stycke gult ritpapper som blev till en solros när hon vecklade upp det. I mitten på den stod ett meddelande prydligt textat. "Ni är hjärtligt inbjuden till Khalidah Hadiyyahs födelsedagskalas på fredag kväll klockan sju. Vi kommer att leka skojiga lekar. Goda förfriskningar serveras."

"Hadiyyah gav sig inte förrän hon hade fått lämna inbjudan redan ikväll", förklarade Taymullah Azhar artigt. "Jag hoppas ni har möjlighet att komma, Barbara. Det blir bara..." tillade han med en försiktig blick på barnet, "en liten enkel tillställning."

"Jag fyller åtta", sa Hadiyyah. "Vi ska få smultronglass och chokladtårta. Och du måste inte ta med någon present. Jag tror nog att jag kommer att få andra. Mamma kommer att skicka någonting från Ontario. Det ligger i Kanada. Hon är på semester, men hon vet om att det är min födelsedag och hon vet vad jag önskar mig. Det berättade jag innan hon reste, visst gjorde jag väl det, pappa?"

"Det gjorde du verkligen." Azhar tog hennes hand. "Och nu när du har lämnat inbjudan till din vän är det kanske bäst att du säger god natt?"

"Kommer du?" undrade Hadiyyah. "Det ska bli så skojigt." Barbara såg från det ivriga barnet till den samlade fadern. Hon undrade hur det egentligen förhöll sig.

"Chokladtårta", sa flickan. "Smultronglass."

"Hadiyyah." Azhar sa stillsamt hennes namn.

"Visst kommer jag", sa Barbara.

Hon blev belönad av ett leende. Hadiyyah gick bakåt, drog i faderns hand för att dra honom i riktning mot deras lägenhet. "Klockan sju", sa hon. "Du glömmer väl inte bort det?"

"Jag ska inte glömma det."

"Tack, Barbara Havers", sa Taymullah Azhar enkelt.

"Barbara. Bara Barbara", svarade hon.

Han nickade och förde milt tillbaka dottern till stigen. Hon rusade framför honom så att flätorna svängde omkring henne. "Födelsedagskalas, födelsedagskalas, födelsedagskalas", sjöng hon.

Barbara såg efter dem tills de hade försvunnit runt hörnet på huvudbyggnaden. Hon stängde dörren, såg på solrosinbjudan och skakade på huvudet.

Tre veckor och fyra dagar, tänkte hon, utan ett ord och utan ett leende. Vem skulle ha trott att hennes första vän i det nya området skulle visa sig vara en åttaårig flicka?

OLIVIA

Jag har vilat nästan en timme. Jag borde gå och lägga mig, men jag har börjat tro att om jag går till mitt rum utan att avsluta detta, nu när jag har så lite kvar, kommer jag att tappa modet.

Chris kom ut från sitt rum för en stund sedan. Han var rödögd precis som han alltid brukar vara när han vaknar, så jag förstod att han hade tagit sig en tupplur. Han hade ingenting annat än sina randiga pyjamasbyxor på sig. Han stod i dörren till kabyssen och blinkade för att kunna se bättre. Han gäspade.

"När jag låg och läste somnade jag som en stock. Jag börjar bli gammal." Han gick bort till diskbänken och hällde upp ett glas vatten åt sig, men han drack det inte. Istället böjde han sig fram och skvätte vattnet på halsen och i håret som han rufsade om häftigt.

"Vad läste du?" frågade jag honom.

"*Atlas Shrugged*. Talet."

"Igen?" Jag rös till. "Inte undra på att du slocknade."

"Det jag alltid har velat få reda på är…" Han gäspade en gång till och sträckte upp armarna över huvudet. Han kliade sig frånvarande i det glesa håret som växte i solfjädersform från naveln och upp mot bröstet. Han såg magrare ut än någonsin.

"Vad är det du har undrat?" upprepade jag.

"Hur lång tid det skulle ta för en kille att hålla ett tal på sextiotre sidor?"

"En kille som behöver sextiotre sidor på sig för att tala om vad han menar är inte värd att lyssna till", sa jag. Jag lade blyertspennan på bordet och koncentrerade mig på att knäppa händerna. "Det är inte frågan om vem John Galt är, utan 'Vem bryr sig?'"

Chris skrattade. Han gick fram till min stol och sa: "Nu masar vi oss framåt här", och så flyttade han mig mot kanten och gled in bakom mig.

"Jag kommer att falla", sa jag.

"Jag håller i dig. Luta dig bakåt." Han drog mig mot sig, låste armarna runt min midja och lutade hakan mot min axel. Jag kunde känna hur han andades mot min hals. Jag nuddade med huvudet vid hans. "Gå och lägg dig", sa jag. "Jag klarar mig."

Han behöll ena armen runt mig så att han höll fast mig i stolen. Han smekte mig på halsen med andra handen. "Jag drömde", mumlade han. "Jag gick i skolan igen tillsammans med Lloyd-George Marley."

"Är det en avlägsen släkting till Bob?"

"Han påstod det. Vi hade drabbat samman med ett gäng gangsters som brukade hålla till vid taxistolpen i närheten av vårt plugg. Nynazister var det. Järnskodda stövlar, hela köret." Hans röst var mjuk. Hans fingrar masserade de stela musklerna längst ner på min hals. "Vi rundade ett hörn – Lloyd-George och jag – och då fick vi syn på det där gänget, förstår du. Och jag förstod att de ville ha bråk. Inte med mig, utan med Lloyd-George. De ville märka honom, så att hans rasfränder skulle förstå budskapet. 'Åk tillbaka dit där ni kom ifrån, era fula krullskallar. Ni förorenar vårt rena engelska blod.' De var utrustade med knogjärn. De svängde med cykelkedjor. Jag förstod att det var kört."

"Vad gjorde du?"

"Jag försökte skrika åt Lloyd-George att springa, så som man gör i drömmen. Men ingenting hände. Han bara fortsatte att gå rakt mot dem. Och de kom allt närmre. Jag hann ifatt honom och grep tag i honom. Jag sa till honom att vi skulle sticka. Jag ville springa min väg men han ville slåss."

"Och?"

"Jag vaknade."

"Tur för dig."

"Det är inte det."

"Varför inte?"

Jag kände hur hans arm kramade mig ännu hårdare. "Jag var glad för att jag inte behövde fatta något beslut, Livie."

Jag vände mig om för att se på honom. Så här dags på kvällen var hans skäggstubb kanelfärgad mot huden. "Det spelar ingen roll", sa jag. "Det var bara en dröm. Du vaknade ju."

"Jo, det spelar visst roll."

Jag kände mot min kropp hur hans hjärta bultade. "Det är bra nu", sa jag.

"Jag är ledsen", sa han. "Allt det här. Vad det kostar."

"Allting har sitt pris."

"Men inte så här högt."

"Jag är inte så säker på det." Jag klappade honom på handen och lät mina ögonlock falla igen. Kabysslampan lyste klart som en fyrbåk mot ögonlocken. Ändå somnade jag.

Under tiden höll Chris om mig. När jag vaknade av kramperna gled han upp från stolen och pysslade om mina ben. Ibland brukar jag säga till honom att han skulle kunna få jobb som professionell massör när allt det här är över. Han säger att han antingen ska göra det eller bli bagare. "För jag är bra på att knåda, det är jag", säger Chris. Och det ligger en gnutta sanning i det. Sjukdomar gör att man blir medveten om behoven. Det raderar ut alla tankar på oberoende, på att jag minsann ska visa dem, på att jag sköter mig minsann själv.

Vilket får mig att tänka på mor.

Det var en sak att bestämma sig för att berätta för mor om ALS. Det var en helt annan att verkligen tala om det för henne. När jag den där kvällen på pråmen tillsammans med Chris och Max hade bestämt mig för att göra det, sköt jag ändå upp det en hel månad. Jag vacklade mellan olika alternativ. Jag tänkte att jag skulle be henne träffa mig på en offentlig plats, kanske på den där italienska restaurangen på Argyll Road. Jag skulle beställa risotto – en rätt som inte är så besvärlig att föra från tallriken till munnen – och dricka två glas vin för att kunna slappna av. Kanske skulle jag beställa en hel flaska som vi kunde dela på. När hon hade blivit lätt berusad skulle jag tala om det för henne. Jag skulle ha kommit dit tidigt, före henne, och bett kyparen att ställa undan min rollator. Hon skulle bli irriterad över att jag inte reste mig upp när hon kom, men när hon sedan hade förstått varför skulle hon förlåta oartigheten.

Eller kanske skulle jag kunna bjuda henne till pråmen när Chris och Max var där, så att hon skulle få se hur mitt liv hade förändrats de senaste åren. Max skulle börja diskutera kricket med henne, tala om det betungande ansvaret att sköta en fabrik, om den viktorianska arkitekturen och en passion för antikviteter som han skulle ha lagt sig till med just för det tillfället. Chris skulle vara sig själv, han skulle sitta där på det nedersta trappsteget och mata Panda med ett stycke banan som Panda skulle tugga i sig samtidigt som hon undrade över varför hon plötsligt fick en sådan godbit. Jag skulle ha Toast på min ena sida och Beans på den andra. De skulle hellre vilja vara hos Chris, men jag skulle ha lagt hundgodis i fickorna som jag då och då, när mor såg bort, lät glida ner på golvet mellan deras framtassar. Vi skulle framstå som en bild av den sanna harmonin: vänner, kompisar, kamrater. Vi skulle få henne att stötta oss.

Eller kanske skulle jag be min doktor ringa till henne. "Mrs Whitelaw", skulle han säga, "detta är Stewart Alderson. Jag ringer till er angående er dotter, Olivia. Skulle vi kanske kunna träffas?" Hon skulle vilja veta vad det rörde sig om. Han skulle säga att han inte ville gå in på det i telefon. När hon kom skulle jag redan vara på hans mottagning. Hon skulle få syn på rollatorn som stod bredvid min stol. "Gode gud. Olivia. Vad betyder detta, Olivia?" skulle hon säga. Doktorn skulle tala medan jag satt med sänkt blick.

I min fantasi gick jag igenom alla dessa återföreningar ända fram till det logiska slutet. Men varje gång blev slutet likadant. Mor vann och jag förlorade. Omständigheterna kring själva mötet var till min nackdel. Det enda sättet för mig att avgå som segrare var att träffa mor under omständigheter då hon kände sig tvingad att utstråla medlidande, kärlek och förlåtelse. Hon måste *vilja* göra ett gott intryck. Eftersom jag inte hade någon anledning att tro att hon skulle vilja göra ett gott intryck på mig, visste jag att när hon och jag till slut träffades måste även Kenneth Fleming vara närvarande. Därför var jag tvungen att åka till Kensington.

Chris ville göra mig sällskap, men eftersom jag hade ljugit för honom när jag sagt att jag redan hade talat med mor i telefon kunde jag inte låta honom vara med när mor och jag träffades första gången. Därför väntade jag tills jag visste att han hade planerat att enheten skulle göra ett tillslag, och vid middagen just den kvällen valde jag att tala om att mor väntade mig klockan halv elva. Han skulle kunna släppa av mig i Kensington, sa jag, på väg till forskningslaboratoriet i Northampton. Jag skyndade mig att tillägga att det inte gjorde någonting om han inte kunde komma och hämta mig förrän framåt morgonen, eftersom han inte skulle kunna göra det om han var ute på uppdrag för Djurens räddningsorganisation. Mor och jag hade mycket att tala om, och jag sa att hon var lika angelägen som jag att ställa allt tillrätta mellan oss. Det var inte ett möte man skulle kunna klara av på en eller två timmar. Vi hade ju faktiskt tio år att ta igen.

"Jag vet inte riktigt, Livie", sa han tveksamt. "Jag tycker inte om tanken på att du är fast där. Tänk om det inte fungerar?"

Jag sa till honom att jag ju redan hade brutit isen. Vad var det som inte skulle kunna fungera? Det var knappast läge för mig att starta ett gräl med mor. Jag skulle komma till henne med mössan i handen. Det var jag som tiggde. Det var hon som bestämde. Och så vidare, och så vidare…

"Och om hon får för sig att vara elak?"

"Det är föga troligt att hon sätter igång att bråka med en krympling. Inte när hennes gullpojke finns i närheten."

Men Chris påpekade att Fleming kanske skulle uppmuntra henne att göra det. Han ville kanske inte att någonting skulle störa deras förhållande, och det var säkert just vad som skulle hända om mor och jag slöt fred med varandra.

"Om Kenneth ger sig till att bråka med en krympling kan jag ju bara ringa till Max och be honom komma för att hämta mig. Blir inte det bra?"

Chris gick motvilligt med på det hela.

Tjugofem minuter över tio skramlade vi in på Staffordshire Terrace. Som vanligt fanns det inte någon ledig parkeringsplats i närheten, så Chris lät motorn vara igång medan han gick ur bilen för att hjälpa mig. Han ställde rollatorn på gatan och lyfte fram mig till den. "Står du stadigt?" undrade han och jag ljög glatt: "Stadigt som Gibraltar i full storm."

Det fanns sju trappsteg innan man kom upp till dörren. De klarade vi av tillsammans. Vi stod på tröskeln. Det var tänt i vardagsrummet. Det lyste från fönstret över dörren. I våningen ovanför var ännu fler lampor tända. Chris sträckte sig förbi mig för att ringa på klockan.

"Vänta", sa jag och log mot honom. "Låt mig hämta andan." Och ta mod till mig. Vi väntade.

Jag kunde höra musik från ett öppet fönster någonstans ovanför mig alldeles i närheten. Mor hade planterat en stjärnjasmin i blomlådan precis utanför matrummet och en gardin av långa blommande stänglar hängde ner över fönstret på bottenvåningen under den. Jag tog ett djupt andetag och drog in blomdoften. "Hör på mig, Chris", sa jag. "Nu klarar jag resten själv. Ge dig iväg nu."

"Jag vill bara se till att du kommer in."

"Du behöver inte bekymra dig. Mor kommer att ta hand om mig."

"Var nu inte så besvärlig, Livie." Han klappade mig på axeln, sträckte sig förbi mig och ringde på dörrklockan.

Så var det med det, tänkte jag. Jag undrade vad jag skulle hitta på att säga för att mildra mors chock när hon fick syn på mig där, oinbjuden och oväntad. Och Chris skulle inte tycka om att jag hade ljugit för honom.

Det gick en halv minut. Chris ringde på dörrklockan ännu en gång. Efter ytterligare trettio sekunder sa han: "Jag tyckte du sa att…"

"Hon är antagligen på dass", sa jag. Jag tog fram nycklarna ur fickan och bad en bön att hon inte skulle ha bytt ut dörrlåset. Det hade hon inte gjort.

Så fort jag hade kommit in i entrén och Chris stod bakom mig i dörröppningen ropade jag: "Mor? Det är Olivia. Nu är jag här."

Musiken som vi hade hört kom från övervåningen. Det var Frank Sinatra som sjöng "My Way". Den gamle gubbens brölande gjorde att någon som var där uppe varken skulle hört dörrklockan eller min röst.

"Hon är där uppe", sa Chris. "Ska jag hämta henne?"

"Hon har aldrig träffat dig, Chris. Du skulle skrämma livet ur henne."

"Om hon vet att du ska komma…"

"Hon tror att jag kommer ensam. Nej, Chris, gör inte det", sa jag när han började gå i riktning mot trappan längst bort i korridoren.

"Mrs Whitelaw", ropade han och började gå uppför trappan. "Det är Chris Faraday. Jag har kommit hit med Livie. Mrs Whitelaw, jag har kommit hit med Livie."

Han försvann på första avsatsen där trappan svängde. Jag stönade och släpade mig in i matrummet. Nu fanns det ingenting annat att göra än att se vad som hände, och det skulle inte bli särskilt roligt.

Jag måste sätta mig in i något slags maktposition så jag vacklade in genom dörren till vardagsrummet på andra sidan, där min farmorsmors förskräckliga antika soffa i all sin plysch- och valnötselegans hade stått ända sedan 1850-talet. Den fick duga.

När jag hade slagit mig ner i den med rollatorn ordentligt utom synhåll på golvet bredvid kom Chris tillbaka.

"Hon är inte här", sa han. "I alla fall inte där uppe. Herre gud, det här stället ger mig stora skälvan, Livie. Det känns som ett museum. Prylar precis överallt."

"Har du tittat i sovrummet? Var dörren stängd?" Han skakade på huvudet. "Titta i köket, då", sa jag. "Nerför trappan på andra sidan dörren i korridoren. Hon kan inte ha hört oss om hon är där."

Men därifrån skulle hon naturligtvis ha kunnat höra dörrklockan, fast det sa jag inte när Chris gav sig iväg för att fortsätta sitt sökande. Det gick en minut och Frank Sinatra fortsatte med "Luck be a Lady".

Från våningen under hörde jag hur bakdörren mot trädgården öppnades och tänkte att nu kommer hon. Jag tog ett djupt andetag, satte mig tillrätta i soffan och hoppades att Chris inte skulle skrämma livet ur henne när de möttes utanför köket. Men en stund senare hörde jag hur Chris ropade "Mrs Whitelaw" där ute och förstod att det hade varit han som öppnade dörren. Jag spände öronen men hörde ingenting mer. Det verkade som om han gick genom trädgården. Jag väntade otåligt på att han skulle komma tillbaka.

När han några minuter senare kom tillbaka in i vardagsrummet berättade han för mig att hon inte fanns någonstans. Men det stod en bil i garaget, en vit BMW, kunde det vara hennes?

"Det är det säkert", sa jag eftersom jag inte hade någon aning om vad hon hade för bil. "Hon har antagligen bara kilat över till grannen."

"Och Fleming då?"

"Jag vet inte. Han har kanske gått med henne. Det spelar ingen roll, hon kommer snart. Hon vet att jag skulle komma." Jag koncentrerade min uppmärksamhet på den orientaliska schalen som låg slängd över soffans ryggstöd. "Du lämnade motorn igång", påminde jag honom så vänligt jag kunde med tanke på hur angelägen jag var om att han gav sig iväg innan mor kom tillbaka. "Ge dig iväg nu. Jag klarar mig fint."

"Jag gillar inte att lämna dig ensam så här."

"Jag är inte ensam, Chris. Var inte besvärlig nu. Jag är inte någon barnunge. Jag kan klara mig."

Han lade armarna i kors där han stod i dörröppningen och studerade mitt ansikte. Jag visste att han koncentrerade sig på att försöka avgöra om jag talade sanning eller ej, men när det gällde att bluffa hade jag aldrig haft några problem med Chris Faraday.

"Gå", sa jag. "Gruppen väntar på dig."

"Lova att du ringer till Max om det blir några problem."

"Det blir inga problem."

"Men om ifall."

"Jag lovar att ringa till Max. Ge dig iväg nu. Du har saker att göra."

Han kom bort till soffan ock kysste mig på kinden. "Då så", sa han. "Då ger jag mig iväg." Han tvekade ändå och jag trodde att han höll på att gissa sig till sanningen, och att han skulle fråga mig om min mamma verkligen visste om alltsammans. Istället bet han sig i överläppen och tvekade. "Jag har svikit dig", sa han.

"Dummer", sa jag och knuffade till hans fingrar med knytnäven. "Var nu snäll och ge dig iväg. Det som mor och jag har att säga varandra lämpar sig inte för dina öron."

Det hjälpte. Jag höll andan tills jag hörde hur ytterdörren stängdes bakom honom, lutade mig sedan mot den tjocka valnötslisten som fanns högst upp på den gamla soffan och försökte höra när motorn i den lilla lastbilen fick gas. Frank Sinatra överröstade alla ljud från gatan. Men allt eftersom minuterna tickade iväg kände jag hur min kropp slappnade av mot soffans plyschklädsel, och jag visste att jag lyckats genomföra åtminstone en del av min plan utan att bli avslöjad.

Chris hade sagt att bilen stod i garaget. Lamporna var tända. CD:n stod på och spelade. De måste finnas någonstans i närheten, Kenneth Fleming och min mor. Jag hade fördelen av att vara inne i huset utan att de visste om det, så jag tänkte dra nytta av att de blev överraskade. Nu måste jag räkna ut hur det skulle ske på bästa sätt.

Jag började smida planer. Hur jag skulle hålla mig själv tillbaka, vad jag skulle säga, var jag skulle be dem sätta sig, om jag skulle berätta om ALS eller bara svävande tala om mitt tillstånd. Frank Sinatra fortsatte, från "New York, New York" till "Cabaret" och "Anything Goes". Sedan blev det tyst. Jaha, tänkte jag, då fanns de alltså i huset hela tiden. Chris tittade nog inte efter på översta våningen, de var i mitt gamla rum och nu kommer de snart nerför trappan. Vilket ögonblick som helst kommer vi att vara ansikte mot ansikte, jag måste…

Nu började en tenor sjunga. Det var en italiensk opera, och sångaren klättrade dramatiskt uppför skalorna. Varje nummer utsatte sångaren för sådana enorma påfrestningar att jag var övertygad om att jag lyssnade till operaversionen av någon kompositörs allra största verk. Kanske Verdi. Vem annars fanns det som skrev opera på italienska? Jag funderade över detta och försökte komma på fler namn. Så småningom blev det åter tyst. Sedan började Michael Crawford och Sarah Brightman sjunga Fantomen på Stora Operan. Jag tittade på klockan. Sinatra och tenoren hade sjungit i mer än en timme. Klockan var kvart i tolv.

Plötsligt slocknade lamporna i matrummet. Jag ryckte till. Hade jag slumrat till utan att märka det och inte noterat när mor kom hem? "Mor? Är det du? Hej?" ropade jag, men fick inget svar. Mitt hjärta började banka. Jag höll precis på att säga: "Mor? Det är Olivia. Jag är i vardags…" när även lampan i vardagsrummet slocknade. Den stod på bordet i burspråket som vette mot trädgården. Den hade varit tänd när jag kom in i rummet, och jag hade inte tänt någon annan, så nu satt jag där i totalt mörker och undrade vad i helvete det var som pågick.

Under de följande fem eller tio minuterna – som kändes långa som månader – hände ingenting mer. Crawford och Brightman avslutade duetten "All I ask of you" och Crawford kastade sig in i "The Music of the Night". Efter ungefär tio takter tystnade musiken mitt i ett ackord, som om någon hade sagt: "Nu räcker det med gnällande", och dragit kontakten ur väggurtaget. När musiken hade avstannat svepte tystnaden in över mig som när höstlöven blåser från träden ner till marken. Jag lyssnade efter nya ljud – fotsteg, dämpade skratt, en suck, knarrandet från möbler – som tydde på mänsklig närvaro. Ingenting. Det var som om mors och Kenneth Flemings spöken hade gått och lagt sig.

"Mor", ropade jag. "Är du där? Det är Olivia." Min röst tycktes försvinna in bland schalarna som hängde ner från spiselkransen och över skärmen i järn och brons som stod framför eldstaden och som var prydd med enbenta pelikaner som stirrade på varandra, in bland de hundratals etsningarna på väggarna och bland de monstruösa torkade blomsterarrangemangen på borden, den studsade mot allt det viktorianska krimskramset i detta instängda rum som av någon anledning tycktes bli ännu mera klaustrofobiskt där jag satt i mörkret och intalade mig själv att jag måste andas lugnt. Andas, Livie, andas, andas.

Naturligtvis berodde det på huset. Vem som helst skulle kunna förlora förståndet av att helt oväntat befinna sig i totalt mörker i detta skrämmande mausoleum.

Jag försökte påminna mig vilken lampa som stod närmast soffan. Ljuset som silade in i matrummet från gatlyktorna på Staffordshire Terrace bildade ett upplyst mönster mot mattan i vardagsrummet. Föremålen omkring mig började ta form: en gitarr på väggen, en klocka på spiselkransen, de två pseudogrekiska statyerna på sina marmorpiedestaler i två av rummets hörn, den gräsliga golvlampan med sin franskantade skärm...

Jo, där stod den på andra sidan soffan. Jag drog mig bort mot den, lutade mig framåt och talade om för mina armar att de skulle gripa tag om den. Och det gjorde de. Jag tände den.

Jag drog mig tillbaka till min ursprungliga plats, sträckte på halsen för att kunna se över en hög fåtölj mot bordet borta i burspråket där lampan stod. Jag följde sladden med ögonen. Den hängde ner mot mattan och bort mot ett vägguttag nedanför gardinerna. Där kunde jag se att kontakten inte satt fast i urtaget utan i en timer som satt i urtaget.

"Bra jobbat, Sherlock", gratulerade jag mig själv och lutade mig sedan mot soffans ryggstöd och funderade på vad jag skulle göra härnäst. Trots att BMW:n stod i garaget hade de tydligen gett sig iväg och tänkte inte komma tillbaka i natt eftersom de hade kopplat CD-spelaren och lamporna till timers för att eventuella inbrottstjuvar skulle tro att de var hemma. Fast jag tänkte att om någon gjorde inbrott här skulle han nog bli tvungen att forsla prylarna direkt till ett museum. Om det hade varit jag som hade gett mig iväg på ett romantiskt äventyr med min unge älskare, tänkte jag, skulle jag faktiskt ha lämnat ytterdörren öppen och hoppats på att någon kom och tömde huset så att jag själv slapp ha besvär med det.

För första gången undrade jag nu hur jag skulle kunna lotsa runt en rullstol i de här rummen, om jag nu skulle bli tvungen till det. Till skillnad från pråmen var dörrarna här tillräckligt breda, men resten av huset var en riktig hinderbana. Jag började känna mig illa till mods. Det kändes nu som om min framtid inte alls skulle utspela sig på Staffordshire Terrace hos mor och hennes kille utan på ett vårdhem eller något sjukhus där korridorerna var breda, rummen kala och de döende patienterna satt och stirrade på teve medan de väntade på slutet.

Än sen då, tänkte jag. Inte bryr jag mig om det. Det som är viktigt nu är att mor ska få hela bilden klar för sig så att hon är beredd att hjälpa till på vad sätt hon anser bäst, när Chris och jag känner att vi behöver hjälp. Sjukhus, vårdhem, en egen handikappanpassad våning, ett bankkonto där jag kan ta ut de pengar jag behöver för att klara mig eller en in-blanco-check på posten varje månad. Hon skulle inte bli tvungen göra om denna gravkammare så att den passade mig. Hon behövde bara hjälpa oss att klara upp det hela. Och visst skulle hon väl göra det när hon hade fått reda på hur saker och ting låg till.

Det betydde att jag skulle bli tvungen att berätta för henne om ALS och inte nöja mig med några beslöjade antydningar om mitt tillstånd. Alltså var jag tvungen att röra hennes hjärta och hennes medlidande och för att jag skulle kunna göra det måste Kenneth Fleming vara närvarande i rummet när jag talade med henne. Var fanns han någonstans? Och hon? Jag såg på klockan. Nästan halv ett.

Jag lutade huvudet mot soffans armstöd och stirrade upp mot taket som precis som väggarna var tapetserat med William Morris-tapeter. Liksom i matrummet var de mönstrade med granatäpplen, den magiska frukten. Ät ett rubinrött frö och... vad hände då? Önska någonting? Få dina drömmar uppfyllda? Jag kunde inte komma ihåg, men nog skulle jag ha behövt ett granatäpple eller två.

Så gick det alltså med den planen, tänkte jag. Nu måste jag ringa och be att Max kom och hämtade mig. Jag måste hitta på någonting att berätta för Chris. Måste göra upp en reservplan. Måste...

Telefonen ringde och gjorde mig med ens klarvaken. Den fanns mitt emot mig på bordet vid fönstret. Jag lyssnade till signalerna och funderade på om jag skulle... Ja, varför inte. Det kunde mycket väl vara Chris eller Max som undrade hur jag hade det i lejonkulan. Jag måste lugna dem. Ett perfekt tillfälle för en lögn. Jag sträckte mig efter rollatorn, hävde mig upp på fötter, släpade mig förbi fåtöljen och nådde telefonen när den just hade ringt för tolfte gången. Jag lyfte luren: "Hallå?"

Jag hörde avlägsen musik i bakgrunden, en snabb spansk gitarr och någon som sjöng på spanska. Sedan var det någonting som slamrade mot telefonen. Jag hörde ett djupt andetag.

"Hallå?" sa jag.

"Jävla satmara", sa en kvinnoröst. "Din förbannade apa!" Hon lät lätt berusad. "Men det är inte slut än. Det... är... inte... slut. Förstår du det? Din jävla kärringfitta. Vad tror du egentligen..."

"Vem är det jag talar med?"

Skratt. Ett djupt andetag. "Du vet förbannat väl vem det är. Men vänta du, mormor. Lås både fönster och dörrar. Vänta… du… bara…"

Den som ringt upp lade på luren och jag gjorde likadant. Jag gned handen mot byxbenet och stirrade på telefonen. Hon måste ha varit full. Hon måste ha behövt lufta sina känslor. Hon måste ha… jag visste inte. Jag ryckte på axlarna och undrade varför jag skakade. Jag hade ingenting att oroa mig för. Trodde jag i alla fall.

Men jag borde kanske ändå ringa efter Max. Åka hem till pråmen. Komma tillbaka en annan gång. För det var tydligt att mor och Kenneth hade gett sig av för natten, kanske skulle de stanna borta länge. Jag fick komma tillbaka en annan gång.

Men när, *när*? Hur många veckor hade jag egentligen på mig innan jag behövde rullstolen och mitt liv på pråmen var slut? Hur många fler tillfällen skulle jag få innan dess, med Chris ute på ett tillslag så att jag än en gång kunde påstå att jag hade gjort upp med mor att vi skulle träffas ensamma. Ingenting gick som jag planerat. Det gjorde mig förtvivlad att tänka på att jag skulle behöva gå igenom hela denna charad med Chris ännu en gång.

Jag suckade. Om plan A inte fungerade, fick jag pröva plan B. Nära dörren till matrummet fanns mors sekretär. Hon hade säkert papper och pennor i den. Jag skulle skriva ett brev till henne. Det skulle inte innebära samma överraskning, men det kunde inte hjälpas.

Jag fann vad jag letade efter och satte mig ner för att skriva. Jag var trött och mina fingrar ville inte samarbeta. Efter varje mening var jag tvungen att göra en paus för att vila. Jag hade hunnit fyra sidor när jag började vila mina ögon samtidigt som jag vilade fingrarna och jag lutade huvudet mot sekretärens sluttande skrivskiva. Fem minuter, tänkte jag. Bara fem minuter, sedan ska jag fortsätta.

I drömmen gick jag upp till översta våningen i huset, in i mitt gamla sovrum. Jag hade med mig mina ryggsäckar, fast när jag öppnade dem för att packa upp fanns det inga kläder i dem utan istället kropparna efter de kattungar som vi för länge sedan hade räddat från ryggradsexperimentet. Jag trodde de var döda, men det var de inte. De började krypa runt och kravlade över sängöverkastet med sina små förvridna oanvändbara bakben släpande efter sig. Jag försökte samla ihop de där kattungarna för jag visste att jag måste få undan dem innan mor kom in. Men så fort jag hade fångat en kattunge dök det upp en ny. De fanns under kuddarna och på golvet. När jag öppnade en byrålåda för att gömma dem fanns de redan där också och Richie Brewster var där. Nu var vi i mors rum. I hennes säng. Richie spela-

554

de saxofon med en orm på axeln. Den slingrade sig över hans bröstkorg ner under täcket. Richie log och gjorde en gest med saxofonen. "Blås, baby", sa han. "Blås, Liv." Jag visste vad han ville men jag var rädd för ormen och för vad som skulle hända när min mor kom in och hittade oss i sin säng, men jag kröp i alla fall ner under täcket och gjorde som han ville. "Huh huh huh", stönade han och då lyfte jag huvudet och såg att det var min far. Han log och öppnade munnen för att säga någonting. Ormen slank undan, jag flämtade till och vaknade.

Mitt ansikte var fuktigt. Min mun hade öppnats medan jag sov och jag hade dreglat på arket som jag höll på att skriva på. Tack gode gud att man kan vakna av sig själv när man drömmer, tänkte jag. Tack gode gud att drömmar inte betyder någonting. Tack gode gud... och då hörde jag det.

Jag hade inte alls vaknat av mig själv. Det var ett ljud som hade väckt mig. En dörr stängdes någonstans nedanför mig, det var dörren till trädgården.

Jag tänkte genast på telefonsamtalet. Därför sa jag ingenting men mitt hjärta började banka. Fotsteg gick uppför trappan från köket. Jag hörde hur dörren längst bort i korridoren öppnades. Den stängdes. Fotstegen kom närmre. De stannade. Sedan fortsatte de snabbt.

Telefonsamtalet, tänkte jag. Oh, herre gud. Jag såg bort mot telefonen och försökte få min kropp att kasta sig tvärs över rummet så att jag skulle kunna slå tre nior och skrika på polisen efter hjälp. Men jag kunde inte röra mig. Jag hade aldrig tidigare varit så medveten om vad nuet innebar och vad som väntade i framtiden.

KAPITEL 24

Lynley avslutade sitt möte med överkommissarie Webberly genom att samla ihop sina mappar och tidningsartiklarna från de senaste tre dagarna. Dessa handlade till att börja med om hur Jimmy Cooper i tisdags kväll hade kastat sig i Themsen. De fortsatte med redogörelser för hur han i onsdags morse hade omhändertagits – hur han med hängande huvud och axlar där han gick mellan två uniformerade poliskonstaplar hade förts från George Green-skolan. På torsdagen talade rubrikerna om att Kenneth Flemings son skulle anhållas för mordet och artiklarna handlade om allt från grafiska framställningar av hur ungdomsdomstolarna fungerade till intervjuer med den allmänne åklagaren som uttryckte sina åsikter om vid vilken ålder barn precis som vuxna kunde ställas inför rätta, och i dagens tidning fanns det slutligen en sammanfattning av själva brottet tillsammans med en ingående skildring av Flemings familj och en genomgång av den framstående slagmannens karriär. Innebörden i alla artiklarna var densamma: fallet var löst och det skulle snart bli rättegång. Lynley kunde inte ha önskat sig bättre.

"Är ni säker på att kvinnan Whitelaws historia håller?" frågade Webberly honom.

"På alla punkter. Det har den gjort från första början."

Webberly reste sig upp från den stol vid det runda bordet där han hade suttit vid början av deras eftermiddagssammanträde. Han gick bort till sitt arkivskåp och plockade upp en bild av sitt enda barn, Miranda. Hon poserade lyckligt, med sin trumpet instucken under armen, på terrassen mot floden vid St. Stephens College i Cambridge. Webberly betraktade henne tankfullt. "Det är mycket du ber om, Tommy", sa han utan att lyfta blicken.

"Det är vår enda chans, sir. Under de senaste tre dagarna har jag låtit hela styrkan gå igenom varje gnutta bevismaterial och vartenda förhör. Havers och jag har varit ute i Kent två gånger. Vi har träffat brottsplatsundersökarna från Maidstone. Vi har talat med varenda granne inom synhåll från Celandine Cottage. Vi har finkammat stugan och trädgården. Vi har varit i hela Springburn och snokat runt där. Vi har inte kommit fram till någonting annat än vad vi redan visste. Så vitt jag kan se finns det bara en väg kvar att ta, och det är den vi har slagit in på nu."

Webberly nickade men han såg inte ut att bli speciellt lycklig över Lynleys svar. Han ställde tillbaka fotografiet av Miranda och torkade bort en dammfläck från dess ram. "Allt det här har fått Hillier att bli fullkomligt rasande", sa han med samma eftertänksamma ton.

"Det förvånar mig inte. Jag har låtit pressen få fria händer. Jag har frångått de vedertagna spelreglerna. Vad det än beror på så gillar han det inte."

"Han har sammankallat till ett nytt möte. Jag har lyckats få det uppskjutet till måndag eftermiddag." Han kastade en blick på Lynley och den uttryckte tydligt den underförstådda meningen i det han sagt: Allra senast på måndag måste Lynley ha löst fallet. Om inte skulle Hillier visa vem det var som bestämde och lämna över fallet till en annan kriminalkommissarie.

"Jag förstår", sa Lynley. "Tack för att ni har hållit honom ur vägen för mig, sir. Det kan inte ha varit lätt."

"Jag kommer inte att kunna göra det mycket längre. Och absolut inte längre än till måndag."

"Jag tror inte att det ska behövas, sir."

Webberly höjde ena ögonbrynet. "Är du så säker på din sak?"

Lynley stoppade in mapparna och tidningarna under armen. "Inte så länge jag inte har någonting annat att jobba med än ett enda telefonsamtal som inte går att spåra. Det kan jag knappast bygga upp ett fall på."

"Sätt åt henne, då." Överkommissarien gick bort till sitt skrivbord och plockade fram en ny rapport bland allt skräpet som låg där. Han nickade åt Lynley att han kunde gå.

Lynley gick till sitt eget kontor där han lade ifrån sig mapparna men inte tidningarna. På väg mot hissen mötte han assistent Havers. Hon höll med rynkade ögonbryn på att skumma igenom ett maskinskrivet pappersark. "Helvete, helvete, helvete", muttrade hon, och när hon fick syn på honom hejdade hon sig, ändrade riktning och började gå bredvid honom. "Är vi på väg någonstans?" sa hon.

Lynley plockade fram sin fickklocka och öppnade den. Kvart i fem. "Sade ni inte att det var fest på gång i kväll. 'Underbara lekar kommer att lekas, utsökta förfriskningar serveras.' Borde ni inte skynda er för att göra er klar?"

"Säg mig, sir? Vad ska jag kunna hitta på att köpa till en åttaårig flicka? En docka? Ett spel? Den lille hemmakemisten? Nintendo? Rullskridskor? En fällkniv? Vattenfärger?" Hon rullade med ögonen för att understryka det hon sa. Lynley märkte att hon njöt av problemet. "Jag skulle kunna köpa en diabolo till henne", fortsatte hon och tuggade på blyertspennan som hon hade använt för att klottra på det maskinskrivna papperet. "I Camden Lock finns en affär som säljer sådana. Trolleriutrustning också. Jag undrar... Vad tror ni om en trollerilåda till en åttaåring? Eller en fantasikostym? Ungar tycker om att klä ut sig. Jag skulle kunna skaffa henne en festlig dress."

"Hur dags är kalaset?" frågade Lynley medan han tryckte på hissknappen.

"Klockan sju. Vad anser ni om krigsleksaker? Modellbilar. Flygplan. Rock'n roll. Tror ni att hon är för ung för Sting? För David Bowie?"

"Jag tror det är bäst att ni börjar handla med en gång", sa Lynley. Hissdörren gled upp. Han gick in.

"Ett hopprep?" sa hon. "Eller ett schackspel? Backgammon? En krukväxt? Store tid så dumt. En krukväxt till en åttaåring. Vad tror ni om böcker?" fortsatte hon medan hissdörren stängdes.

Lynley undrade hur det skulle kännas att ha så lite att bekymra sig för en fredagskväll.

Chris Faraday gick långsamt längs med Warwick Avenue, från tunnelbanestationen mot Blomfield Road. Beans och Toast sprang framför honom. De satte sig lydigt ner vid vägkorsningen, och väntade på att han skulle ropa en befallning till dem: "Gå", som skulle tillåta dem att korsa Warwick Place och fortsätta hem mot pråmen. När han inte sa någonting störtade de tillbaka till honom och cirklade gläfsande runt benen på honom. De var vana vid att få springa hela vägen, från början till slut. Det var han som alltid hade envisats med det. Om de hade fått välja skulle de hellre sprungit runt, sniffat i soptunnor och jagat katter om de fick chansen. Men han hade dresserat dem så bra att detta avsteg från rutinen gjorde dem förvirrade. De uttryckte ljudligt sin förvåning genom att bjäbba och de knuffade på varandra och buffade mot hans ben.

Chris visste att de fanns där och han visste vad de ville: springa fort så att den sena eftermiddagsbrisen fick deras öron att fladdra. De skulle inte heller ha tackat nej till middag eller om han hade kastat en boll i luften som de kunde fånga. Men *Evening Standard* hade gett Chris bekymmer.

Han hade köpt tidningen på vägen och den hade en artikel med ännu en variation på det tema som den hade sysslat med ända sedan mitten av veckan. Man hade lyckats ha en fotograf på plats på Isle of Dogs precis när pojken smet iväg från polisen och det utnyttjade redaktören. Idag – fredag – ägnade tidningen en helsida med rubriken "Drama i East End" åt mordet på Kenneth Fleming, utredningen som hade följt, hur polisen hade jagat efter Flemings son på Isle of Dogs med påföljd att pojken nästan drunknat men att han hade räddats av en ensam man. Fotografierna från floden var korniga eftersom de var kraftigt uppförstorade, men de talade trots det sitt tydliga språk: lagens långa arm sträcktes ut för att fånga in de skyldiga hur mycket de än ansträngde sig för att undkomma.

Chris vek ihop tidningen. Han stack in den under armen tillsammans med de andra. Sedan vadade han fram genom körsbärsblommorna som täckte trottoaren vid Warwick Avenue och tänkte på det samtal han hade haft med Amanda sent föregående kväll efter det att han hade stoppat Livie i säng. "Jag tror inte det kommer att fungera så som vi hade hoppats", var det enda han uppriktigt hade kunnat säga henne.

Trots att hon hade ansträngt sig för att låta samlad hade han kunnat höra rädslan i hennes röst. "Varför? Har det hänt någonting?" hade hon sagt. "Har Livie ändrat sig?" Och av hennes tonfall förstod han att det inte var så mycket sanningen hon var rädd för, som att bli sårad av att få höra sanningen. Han visste vad hon menade, trots att hon inte sa det. "Väljer du Livie framför mig?"

Han hade velat tala om för henne att det inte handlade om att välja någon. Det var mycket enklare än så. Den utväg som tidigare hade förefallit logisk och till största delen okomplicerad hade nu inte bara blivit smärtsam utan även så gott som omöjlig. Men det kunde han inte säga till henne för det skulle innebära att han inbjöd till ännu flera frågor, frågor som han skulle vilja svara på även om han visste att han inte kunde.

Alltså hade han sagt att Livie inte hade ändrat sig, men att omständigheterna som hade att göra med hennes beslut hade förändrats. Och när hon frågade på vad sätt och sa: "Hon har blivit bättre, eller hur? Och min gud så gräsligt av mig att fråga så, det låter ju som om jag önskade att hon skulle dö, och det gör jag verkligen inte, Chris", svarade han: "Det vet jag väl. Det är förresten inte det. Det är bara så att Livies…"

"Nej", sa hon då. "Du ska inte berätta något för mig, inte på det här sättet när jag sitter i telefon och försöker pressa dig, som om jag var en tonåring. När du är redo, Chris, och när Livie vill, då kan du berätta för mig."

När hon sa så fick han bara ännu större lust att tala om alltsammans för henne och be henne om råd. "Jag älskar dig", var dock det enda han sa. "Det har i alla fall inte förändrats."

"Jag önskar att du var här."

"Det gör jag också."

Det fanns ingenting mera att säga. De hade i alla fall fortsatt telefonsamtalet ytterligare en timme, och klockan var över ett på natten när hon slutligen sa: "Jag måste lägga på nu, Chris."

"Visst", sa han. "Du ska ju arbeta klockan nio. Jag är egoistisk som håller på så här."

"Du är inte egoistisk. Och förresten vill jag att du ska hålla på."

Han var inte förtjänt av henne, det visste han. Ändå var det endast tanken på henne som höll honom uppe dag efter dag.

Hundarna hade sprungit tillbaka till hörnet av Warwick Place och Warwick Avenue. Med viftande svansar satt de och väntade på hans kommandorop. Han sprang ifatt dem och såg efter att det inte kom några bilar. "Gå!" sa han och de störtade iväg.

Livie satt kvar på däck där han hade lämnat henne, nedsjunken i en av solstolarna med en filt runt axlarna. Hon såg bort mot Browning's Island, där pilträdens grönskande grenar släpade mot vattnet och mot marken. Han hade aldrig sett henne se så hopsjunken ut tidigare, det var som ett förebud om vad de närmsta månaderna skulle föra med sig.

När Beans och Toast kravlade upp på däck och började sniffa på hennes vänstra hand som hängde slappt ner från stolen ryckte hon upp sig. Hon reste på huvudet och blinkade.

Chris lade tidningen på däcket bredvid henne. "Det har inte hänt någonting, Livie", sa han. Medan hon började läsa gick han ner för att hämta hundarnas skålar.

Han gav hundarna friskt vatten. Han hällde upp foder åt dem och Beans och Toast började äta. Medan de höll på att glufsa och sörpla lutade sig Chris mot hyttaket på pråmen och riktade sin uppmärksamhet mot Livie.

Ända sedan i lördags hade hon fått honom att skaffa hem varenda tidning. Hon läste allihopa, men hon hade inte låtit honom kasta någon av dem. När polisen hade varit hos dem i lördags hade hon istället fått honom att bära in tidningarna i hennes rum och lägga dem i en hög bredvid hennes smala säng. Varje natt sedan dess hade han, när han låg och försökte somna, sett den smala ljusstrimma som hennes läslampa kastade mot den öppna dörren till hans rum och han hade hört hur hon försiktigt vände bladen i tidningarna medan hon läste dem en andra eller tredje gång. Han visste vad det var hon läste. Men han hade inte vetat varför.

Hon hade tigit längre än han hade trott var möjligt. Hon hade alltid varit en människa som sa vad som föll henne in och sedan ångrade det när hon skulle tala om vad hon egentligen tyckte, och därför hade han först trott att hennes ovanliga tystnad bara var ett tecken på att hon begrundade de händelser som hade drabbat dem alla i och med att Kenneth Fleming dog. Till slut hade hon berättat alltsammans för honom eftersom hon inte hade haft något annat val. Han hade varit i Kensington på söndagseftermiddagen. Han hade sett och hört. Det enda som behövdes nu var att han lugnt insisterade på att hon skulle dela den börda sanningen innebar med honom. När hon gjorde det förstod han att de planer han gjort upp för sitt eget liv skulle förändras. Och han antog också att det var därför hon från början inte hade velat tala om någonting för honom. För hon visste att om hon berättade skulle han uppmana henne att träda fram och avslöja allt. Och om han gjorde det, visste de båda två att de skulle vara bundna vid varandra tills hon dog. Ingen av dem nämnde emellertid att hennes bekännelse skulle få denna konsekvens. De hade inte något behov av att diskutera det som var självklart.

Beans och Toast avslutade sin måltid och gick bort till Livies solstol. Beans lade sig ner vid hennes sida, med huvudet tillräckligt nära för att hon skulle kunna klappa honom om hon fick lust. Toast lade sig försiktigt framför henne och vilade hakan mot hennes tjocksulade sko. Livie lutade sig över tidningen. Chris hade redan läst artikeln på första sidan så han visste att hon lade märke till de viktiga orden *huvudmisstänkt för brottet, anhållande kommer att ske, störd yngling med brottsligt förflutet.* Hon lyfte upp handen mot fotografierna och lade ner den på den största bilden som fanns i mitten. Den visade hur pojken låg som en våt fågelskrämma i sin mors armar med flodvattnet plaskande runt fötterna och en genomblöt kriminalkommissarie från Scotland Yard böjd över dem. Livies hand kramade ihop bilden. Han kunde inte avgöra om det var en medveten rörelse eller resultatet av en muskelspasm.

Han ställde sig bredvid henne, lade handen mot hennes kind och tryckte hennes huvud mot sitt ben.

"Det betyder inte att de faktiskt kommer att väcka åtal", sa hon. "Det betyder det inte, Chris. Eller gör det?"

"Livie." Hans tonfall var lätt tillrättavisande som om han ville säga: "Ljug om det är nödvändigt, men inte för dig själv."

"De kommer inte att väcka åtal." Hon skrynklade samman fotografiet i handflatan. "Och även om de gör det, vad kan hända med honom? Han har ju nyss fyllt sexton. Vad gör man med ungar som bryter mot lagen när de bara är sexton år gamla?"

"Det är inte det det handlar om, eller hur?"

"Man skickar dem till Borstal eller någon annan uppfostringsanstalt. Man tvingar dem att gå i skolan. I skolan får de utbildning. De får en examen. Eller lär sig ett yrke. I tidningen står det att han inte går i skolan, så om någon *twingade* honom att göra det, om han inte hade något val eftersom det inte fanns någonting annat för honom att göra där…"

Chris brydde sig inte om att argumentera. Livie var inte dum. Hon skulle snart inse att hon hade mycket dålig grund för sina antaganden, även om hon inte ville erkänna det.

Hon släppte tidningen och tryckte högra armen mot sin mage som om hon hade ont. Sakta lyfte hon upp sin vänstra arm och lade den runt Chris ben och lutade sig mot honom. Han smekte hennes kind med tummen.

"Han har erkänt", sa hon, men hennes ord hade inte samma övertygelse som när hon hade talat om Borstal. "Chris. Han erkände. Han var där. Det stod i tidningen att han var där. De säger att polisen har bevis för det. Om han var där och om han har erkänt så måste det vara han som har gjort det. Inser du inte det? Kanske är det jag som har missförstått allt som hänt."

"Det tror jag inte", sa Chris.

"Men *varför?*" Hon kramade hårt om hans ben när hon sa det. "Varför har polisen varit efter honom. Varför har han erkänt? Varför säger han till polisen att han dödade sin pappa? Det stämmer inte. Han måste veta att han är skyldig till någonting. Så är det. Det måste vara så. Han är skyldig till någonting. Han säger bara inte till vad. Tror du inte att det var så det gick till?"

"Jag tror att det som har hänt beror på att han har mist sin pappa, Livie. Han har förlorat honom helt och hållet när han minst av allt hade väntat sig att göra det. Tror du inte att det kan få honom att bära sig konstigt åt. Känslan att ha sin pappa livs levande ena dagen och sedan inte ha honom alls, utan att ens ha fått tillfälle att säga adjö."

Hennes arm föll ner från hans ben. "Det är inte rättvist", viskade hon.

Han gav sig inte. "Vad gjorde du själv, Livie? Gick i säng med någon kille du hade plockat upp på puben, eller hur? Du fick en hundring om han fick knulla dig, och du var ju berusad den där kvällen och du var så deppig att du struntade totalt i vad som hände med dig. För din pappa var död och du hade inte ens fått komma till hans begravning. Var det inte så det gick till? Var det inte så du började på sporten? Bar du dig inte alldeles vansinnigt åt? För att din pappa hade dött. Även om du inte har lust att erkänna det?"

"Det är inte samma sak."

"Smärtan är densamma. Det är hur man handskas med smärtan som är olika."

"Han säger inte det han säger för att handskas med sin smärta."

"Det kan du inte veta. Och även om, är det inte vad han säger eller vad han gör som det handlar om."

Hon flyttade sig så att hennes huvud inte längre lutades mot hans hand. Hon slätade till tidningen och började vika ihop den. Hon lade den ovanpå de andra som han hade köpt samma morgon, men hon brydde sig inte om att titta i dem. Istället lyfte hon huvudet i riktning mot Browning's Island och satte sig precis som hon hade suttit när han kom tillbaka med hundarna.

"Livie, du måste berätta för dem", sa han.

"Jag är inte skyldig dem någonting. Jag är inte skyldig någon någonting."

Hennes ansikte var hårt, som alltid när hon ville byta samtalsämne. Det skulle inte tjäna någonting till att argumentera just nu. Han suckade. Han lät fingrarna nudda hennes hjässa där det kortsnaggade håret växte vilt som ogräs.

"Men även om du inte gillar det så handlar det om att du är skyldig…"

"Jag är för fan inte skyldig dem…"

"Inte dem. Dig själv."

Lynley åkte först hem. Denton höll precis på att dricka eftermiddagste, han satt med en kopp i handen, fötterna på soffbordet i vardagsrummet, ögonen slutna och huvudet lutat mot soffans ryggstöd. Andrew Lloyd Webbers musik strömmade ut ur stereon och Denton brölade tillsammans med Michael Crawford. Lynley undrade vagt när *Fantomen på Stora Operan* skulle bli omodern. Det kunde inte ske snart nog, tänkte han.

Han gick bort till stereon och sänkte volymen så att Denton hördes yla "…the music of the niiiiight", i ett nästan tyst rum.

"Ni sjunger falskt", sa Lynley torrt.

Denton hoppade upp. "Ursäkta mig, jag bara…"

"Tro mig eller ej, men jag vet", avbröt Lynley.

Denton ställde snabbt ifrån sig tekoppen på soffbordet. Han borstade några obefintliga smulor från bordet ner i handen, tömde dem på brickan där han hade dukat fram smörgåsar, kex och druvor åt sig själv. "Vill ni ha te, Ers Nåd?" sa han fåraktigt.

"Jag är på väg ut."

Denton såg från Lynley till dörren. "Kom ni inte nyss in?"

"Jo. Jag är tacksam för att jag bara fick njuta av de sista tjugo sekunderna av ert oljud." Han gick ut från rummet. "Fortsätt utan mig. Men gärna på lägre volym. Middag halv nio. För två."

"Två?"

"Lady Helen ska göra mig sällskap."

Denton sken upp. "Det betyder alltså att det är goda nyheter? Jag menar, har ni och hon...? Vad jag tänkte fråga var..."

"Halv nio", sa Lynley.

"Visst. Bra." Denton gjorde stor affär av att samla ihop tekannan, tallrikarna och sin kopp.

När Lynley gick uppför trappan tänkte han på att han egentligen inte hade några nyheter om Helen att berätta för Denton eller för någon annan heller för den delen. Bara ett sent telefonsamtal på onsdagskvällen när hon hade läst i tidningarna om hans språngmarsch tvärs över Isle of Dogs på tisdagen. "Herre gud, Tommy", hade hon sagt. "Mår du bra?" Han hade svarat att han mådde fint men att han saknade henne. Men när hon försiktigt hade fortsatt: "Tommy, ända sedan i söndags morse har jag tänkt, precis som du bad mig att göra", upptäckte han att han inte just då kunde klara av en konversation som kanske skulle bli avgörande för deras liv, så han sa: "Kan vi inte diskutera det till helgen, Helen?" och de hade kommit överens om att äta middag.

När han kom till sitt sovrum öppnade han garderoben och började plocka fram kläder. Jeans, polotröja, ett par slitna gymnastikskor och ett par gamla vita strumpor. Han bytte om från kostym och kastade sin kavaj, byxorna och västen på sängen. Han studerade sin bild i spegeln ovanför byrån. Frisyren var fel. Han drog handen genom håret och rufsade till det medan han hämtade bilnycklarna ur byxfickan och gick.

Eftersom det var sent på fredagseftermiddagen gjorde rusningstrafiken att det tog lång tid för honom att köra från Belgravia till Little Venice. Det var särskilt besvärligt i närheten av Hyde Park där en turistbuss hade fått motorstopp på Park Lane så att en lång rad fordon stod bakom den.

På andra sidan parken, på Edgware Road flöt det mycket bättre. Det tycktes som om alla människor tänkte ge sig iväg från stan under helgen. Han kunde inte klandra dem för det. Det var strålande majväder som inbjöd till att resa till landet eller kusten. Han önskade att han också hade varit på väg dit. Han njöt inte av tanken på de timmar som skulle komma och på vad som skulle kunna ske efteråt, på hur mycket som berodde på det.

Han parkerade på den södra sidan av Little Venice och när han hade stuckit in tidningen under armen tog han den långa vägen runt Warwick Crescent till bron över Regent's Canal. Där stannade han till. Han tittade på det mörka vattnet där fem kanadagäss simmade i riktning mot The Pool och Browning's Island.

Härifrån såg han tydligt Faradays pråm. Fastän det fortfarande var ljust ute och inte skulle bli mörkt än på ett par timmar fanns det inte någon ute på däck och inne i pråmen var lamporna tända. De kastade ett guldgult sken mot glaset. Medan han stod där såg han ljuset skifta som om någon hade passerat mellan lampan och fönstret. Det var Faraday, tänkte han. Lynley skulle ha föredragit att träffa Olivia ensam, men han visste att hon troligen inte skulle ha gått med på att träffa honom utan att ha sin kamrat närvarande.

Faraday mötte honom i hyttdörren redan innan Lynley hade hunnit knacka. Han var halvvägs uppe i trappan, klädd i träningsoverall och med hundarna svansande runt benen. En av dem krafsade på trappsteget som Faraday stod på, den andre gläfste.

Faraday sa ingenting. Han gick bara nerför trappan och tillbaka in i hytten och när hundarna började klättra uppför trappan mot Lynley för att komma ut sa han: "Nej!"

Lynley gick ner. Faraday iakttog honom med bister min. Han kastade en blick på tidningen som Lynley hade under armen och sedan såg han honom i ansiktet.

"Är hon här?" sa Lynley.

Ljudet av metall mot linoleumgolvet i kabyssen var svar nog. "Fan också", hördes Olivias röst. "Jag tappade riset. Det är överallt nu. Jag är ledsen."

"Låt det vara", ropade Faraday över axeln.

"Ska jag *låta det vara*? För helvete, Chris, sluta behandla mig som…"

"Kommissarien är här, Livie."

Det blev med ens tyst. Lynley kunde nästan känna hur Olivia hade tagit ett djupt andetag och nu höll andan medan hon försökte komma på hur hon skulle kunna undvika den slutgiltiga konfrontationen. Faraday såg i riktning mot kabyssen, hundarna traskade dit för att se vad som hade hänt och en stund senare hörde man åter ljudet av någon som rörde sig. Rollatorn av aluminium knakade när hon lutade sin tyngd mot den. Skosulor släpade sig över golvet. Olivia grymtade. "Chris", sa hon sedan, "Jag sitter fast här. Det är riset. Jag kommer inte förbi det."

Faraday gick in till henne. "Beans! Toast! Ligg!" sa han och ljudet av deras klor mot linoleummattan dog bort när de lydigt gick till fören av pråmen.

Lynley tände de lampor som var släckta i rummet. Om Olivia vill undvika honom kunde hon spela på sin sjukdom, men han tänkte inte låta henne leka med ljus och skuggor en gång till. Han såg sig omkring efter ett bord där han skulle kunna lägga upp den tidning han hade haft med sig, men bortsett från Faradays arbetsbord vid den bortre väggen fanns det ingenting utom en av länstolarna som han kunde använda, och den var inte bra. Han lade tidningen på golvet.

"Nå?"

Han vände sig om. Olivia hade kämpat sig fram till dörröppningen mellan kabyssen och rummet. Hon hängde mellan handtagen på sin rollator så att hennes axlar bar upp hela hennes vikt. Hennes ansikte var blekt och blankt och hon undvek hans blick medan hon hasade sig framåt.

Faraday gick bakom henne med ena handen beredd ungefär en decimeter från hennes rygg. Hon hejdade sig då hon fick syn på tidningen och grymtade till igen – ett ljud fyllt av både löje och avsky – och kämpade sig runt dem för att sätta sig i en av de manchesterklädda fåtöljerna. När hon hade satt sig behöll hon rollatorn framför sig som ett slags försvar. "Nej", sa hon när Faraday började flytta undan den. "Vill du vara snäll och hämta mina cigaretter, Chris."

Hon skakade ut en cigarett ur paketet, tände den och blåste ut röken i ett tunt grått moln. "Ska du gå på maskerad eller någonting?" sa hon till Lynley.

"Jag är inte i tjänst", sa han.

Hon tog ett bloss och blåste ut ett nytt grått moln. Hon sköt fram läpparna så att hon såg arg ut. Kanske var det avsiktligt, kanske var hon verkligen arg. "Försök inte. Snuten är alltid i tjänst."

"Kanske det. Men jag har inte kommit hit i egenskap av snut."

"I vilken egenskap har du då kommit? Som privat medborgare? Går du på sjukbesök på dina lediga stunder? Få mig inte att skratta. En snut är alltid en snut, vare sig han är i tjänst eller inte." Hon vände huvudet från honom mot Faraday, som hade gått ut i köket och satt sig vid bordet på en stol som han vänt mot dem. "Har du burken där ute, Chris. Jag behöver burken."

Han kom med den till henne och drog sig sedan åter undan. Hon placerade burken mellan knäna och knackade bort en smula aska från cigaretten. Hon hade en silverring i ena näsborren och en rad med silverknappar i ena örat, men hon hade bytt ut de ringar hon brukade ha på fingrarna mot en rad armband på vänstra armen. Dessa skramlade när hon rökte.

"Nå, vad vill ni den här gången?"

"Faktiskt bara tala med er."

"Har ni inte tagit plitarna med er? Har ni inte ordnat plats åt mig i Holloways kvinnofängelse ännu?"

"Det kommer inte att behövas, det ser ni väl."

Hon pekade klumpigt med foten på tidningen som han hade lagt på golvet. "Då är det ungdomsfängelse som gäller då. Borstal. Säg mig kommissarien, vad får en sådan där bandit i dagens samhälle för straff när han tagit livet av sin farsa? Ett år?"

"Det är domstolen som bestämmer hur långt straffet ska bli. Och så beror det på hur duktig advokat han har."

"Då är det alltså sant?"

"Vad då?"

"Att det var ungen som gjorde det."

"Ni har säkert läst tidningarna."

Hon förde cigaretten till munnen och tog ett bloss medan hon betraktade honom över glöden. "Men varför har ni då kommit hit? Ni borde väl fira segern nu?"

"Det är aldrig mycket att fira i en mordutredning."

"Inte ens när man får tag på boven?"

"Inte ens då. Jag har upptäckt att bovarna sällan är så bovaktiga som jag skulle önska att de var. Folk mördar av en mängd olika skäl, men ren elakhet är mycket sällsynt."

Hon tog ett nytt bloss. Han märkte både i hennes ögon och av hennes ställning att hon var på sin vakt. Varför är han här? undrade hon, och han förstod av hennes ansiktsuttryck att hon försökte komma underfund med honom.

"Folk mördar på grund av hämnd", sa han i lätt ton, som om han höll en föreläsning i kriminologi och ingenting stod på spel. "De mördar på grund av plötsliga raseriutbrott. De mördar av girighet. Eller i självförsvar."

"Då är det väl inte mord?"

"Ibland blir folk inblandade i gränstvister. Eller försöker bevara rättvisan. Eller så kanske de måste dölja ett annat brott. Ibland händer det att folk mördar i ren desperation, när de till exempel försöker förhindra slaveri."

Hon nickade. Bakom henne ändrade Faraday ställning på sin stol. Lynley märkte att medan han talade hade den svart-vita katten smitit in i kabyssen och hoppat upp på bordet där den balanserade mellan två tomma glas. Det verkade inte som om Faraday lade märke till djuret.

"Ibland mördar människor av svartsjuka", sa Lynley. "På grund av snedvriden passion, besatthet eller kärlek. Ibland händer det till och med att de mördar av misstag. De siktar åt ett håll men skjuter åt ett annat."

"Ja. Det kan nog hända." Olivia knackade askan av sin cigarett, stoppade den åter i munnen och drog med hjälp av händerna benen närmre stolen.

"Det var vad som hände i det här fallet", sa Lynley.

"Vad menar ni?"

"Någon gjorde ett misstag."

Olivia såg en kort stund mot tidningen, tycktes sedan ångra att hon undvikit Lynley och fäste åter blicken på honom. Hon såg stadigt på honom när han fortsatte.

"Inte någon visste om att Fleming skulle åka till Kent förra onsdagen. Är ni medveten om det, miss Whitelaw?"

"Eftersom jag inte kände Fleming har jag inte funderat särskilt mycket över det."

"Han hade sagt till er mor att han skulle till Grekland. Han hade sagt ungefär samma sak till sina lagkamrater. Han hade sagt till sin son att han måste ordna upp någonting som gällde kricket. Men han hade inte sagt till någon att han skulle till Kent. Inte ens till Gabriella Patten, som bodde i stugan och som han troligtvis ville överraska. Tycker ni inte att det är underligt?"

"Hans unge visste att han var där. Det stod i tidningen."

"Nej. Det stod i tidningen att Jimmy erkände."

"Det är en logisk kullerbytta. Om han erkände att han hade mördat honom måste han ha vetat att han var där för att kunna göra det."

"Det stämmer inte", sa Lynley. "Flemings mördare…"

"Ungen."

"Förlåt mig. Ja. Pojken – Jimmy, mördaren – visste att någon var i stugan. Och att det var meningen att någon skulle bli mördad. Men mördaren trodde…"

"Jimmy trodde."

"… inte att denna någon i stugan var Fleming, utan att det var Gabriella Patten."

Olivia fimpade cigaretten i burken. Hon kastade en blick på Faraday. Han gav henne en ny cigarett. Hon tände den och drog in röken. Lynley kunde föreställa sig hur den rusade genom hennes blod och snurrade runt i hennes huvud.

"Hur har ni kommit fram till det här?" frågade hon slutligen.

"Genom att ingen visste att Fleming skulle till Kent. Och hans mördare…"

"Pojken", sa Olivia kort. "Varför envisas ni med att säga Flemings mördare när ni vet att det var pojken?"

"Förlåt mig. Det är en ovana. Jag uttrycker mig som en polis."

"Ni sa att ni inte var i tjänst."

"Det stämmer. Men jag blir inte kvitt mina ovanor. Flemings mördare – Jimmy – älskade honom men hade all anledning att hata Gabriella Patten. Hon hade dåligt inflytande på honom. Fleming var kär i henne, men förälskelsen gjorde honom olycklig och det kunde han inte dölja. Dessutom kunde deras historia medföra stora förändringar i Flemings liv. Om han gjorde allvar av att gifta sig med Gabriella Patten skulle han hamna i en helt annan situation."

"Med andra ord skulle han aldrig återvända hem." Det lät som om Olivia var nöjd med denna slutsats. "Och det var ju det som pojken ville, eller hur? Han ville väl att hans pappa skulle komma tillbaka hem?"

"Ja", sa Lynley. "Jag skulle kunna tro att det var motivet till brottet. Att hindra Fleming från att gifta sig med Gabriella Patten. Men när man betänker situationen är det emellertid ironiskt."

Hon undrade inte vilken situation. Hon höjde bara cigaretten och studerade honom genom röken.

"Ingen skulle ha behövt dö över huvud taget om Fleming hade haft lite mindre manlig stolthet."

Olivia kunde inte låta bli att rynka ögonbrynen.

"Hans stolthet var det som från början utlöste brottet", förklarade Lynley. "Om Fleming inte hade varit så stolt, om han bara hade kunnat erkänna att han skulle åka till Kent för att göra slut på historien med mrs Patten eftersom han hade upptäckt att han bara var en i raden av alla hennes älskare, då hade hans mördare – ursäkta mig, nu gör jag det igen, Jimmy, pojken – inte behövt röja kvinnan ur vägen. Då skulle ingen ha misstagit sig på vem som var i stugan den där natten. Fleming själv skulle fortfarande ha varit i livet. Och mörd... och Jimmy skulle inte under resten av sitt liv ha behövt plågas av tanken att han av misstag mördade någon som han älskade så mycket."

Olivia studerade innehållet i plåtburken innan hon släckte cigaretten mot dess kant. Sedan satte hon ner burken på golvet och knäppte händerna i knäet. "Ja", sa hon. "Vad är det man säger om att man alltid skadar den man älskar? Livet är hemskt, kommissarien. Och det får den här ungen lära sig tidigt."

"Jo. Det får han visst lära sig. Hur det är att bli brännmärkt för fadermord, bli anklagad, få sina fingeravtryck tagna och bli fotograferad, bli ställd inför rätta. Och sedan..."

"Han borde ha tänkt sig för."

"Men det gjorde han ju inte? För han – mördaren, pojken – trodde att det var det perfekta brottet. Och det var det nästan."

Hon var på sin vakt. Lynley tyckte att han kunde höra hur hennes andhämtning förändrades.

"Det var bara en liten detalj som spolierade det", sa han.

Olivia sträckte sig efter sin rollator. Hon tänkte resa sig upp, men Lynley insåg att det var svårt för henne att göra det utan hjälp eftersom stolen var så djup. "Chris", sa hon, men Faraday rörde sig inte. Hon vände huvudet mot honom. "Chris, ge mig ett handtag."

Faraday såg på Lynley och ställde så den fråga som Olivia hade undvikit: "Vilken detalj var det som spolierade det hela?"

"Chris, för guds skull…"

"Vilken detalj?" upprepade han.

"Ett telefonsamtal som Gabriella Patten ringde."

"Vad var det med det?" frågade Faraday.

"Chris, hjälp mig nu då."

"Det var någon som svarade", sa Lynley. "Men den person som antas ha svarat, vet inte ens om att det förekom ett telefonsamtal. Jag tycker det är underligt när…"

"Ja visst ja", fräste Olivia. "Kommer ni själv ihåg alla telefonsamtal ni får?"

"… när jag tänker på klockslaget och på vad som sades i telefonen. Det var efter midnatt. Och det som sades var inte trevligt."

"Det förekom kanske inte något telefonsamtal", sa Olivia. "Har ni aldrig tänkt på det? Hon ljuger kanske när hon säger att hon ringde."

"Nej", sa Lynley. Gabriella Patten hade ingen orsak att ljuga. Inte när hennes lögn innebär att hon gav Flemings mördare ett alibi." Han lutade sig fram mot Olivia och vilade armbågarna mot knäna. "Jag är inte här i egenskap av polis, miss Whitelaw. Jag är bara här som en man som skulle vilja se rättvisa skipad."

"Den kommer ju att bli skipad. Ungen har erkänt. Vad mer vill ni ha?"

"Den riktige mördaren. Den mördare som ni kan ange."

"Struntprat." Men hon såg inte på honom.

"Ni har läst tidningarna. Jimmy har erkänt. Han har arresterats. Han har anklagats. Han kommer att ställas inför rätta. Men han dödade inte sin far, och jag tror att ni vet det."

Hon sträckte sig efter burken. Det märktes vad hon ville göra. Men Faraday ville inte göra henne till viljes.

"Tycker ni inte att pojken har fått gå igenom tillräckligt mycket nu, miss Whitelaw?"

"Om han inte gjorde det kan ni väl släppa honom."

"Det fungerar inte på det sättet. Hans framtid bestämdes i samma ögonblick han sa att han hade mördat sin far. Det som nu kommer att ske är en rättegång. Sedan blir det fängelse. Det enda sättet för honom att komma undan är att den verklige mördaren blir fast."

"Det är ert ansvar, inte mitt."

"Det är allas ansvar. Det ingår i priset vi betalar när vi väljer att leva tillsammans med andra i ett organiserat samhälle."

"Jaså, är det på det sättet?" Olivia knuffade undan burken. Hon grep efter rollatorn och drog sig framåt. Hon grymtade av ansträngning när hon försökte lyfta och flytta sin omedgörliga muskelmassa. Svettpärlor började tränga fram på hennes panna.

"Livie." Faraday reste sig upp från sin stol och gick fram till henne.

Hon ryggade bort från honom, "Nej. Glöm det." När hon hade lyckats ta sig på fötter skakade hennes ben så kraftigt att Lynley undrade om hon skulle kunna hålla sig upprätt mer än en minut. "Se på mig", sa hon. "Se… på… mig. Förstår ni vad det är ni ber om?"

"Jo, det vet jag", sa Lynley.

"Då så. Jag gör det inte. Jag *gör det inte*. Han betyder ingenting för mig. De betyder ingenting för mig. Jag bryr mig inte om dem. Jag bryr mig inte om någon."

"Det tror jag inte på."

"Försök. Ni kommer att göra det."

Hon knuffade rollatorn åt sidan och släpade kroppen efter den. När hon kom förbi bordet i kabyssen hoppade katten ner på golvet, smet in mellan hennes ben och följde med henne utom synhåll. Det gick mer än en minut innan de hörde en dörr stängas bakom henne.

Faraday såg ut som om han hade lust att följa efter henne, men han stannade där han var, stående bredvid hennes tomma stol. Fastän han fortfarande såg i den riktning hon hade försvunnit var det Lynley han talade med: "Miriam var inte där den där kvällen", sa han hastigt med låg röst. "Inte när vi kom dit. Men hennes bil var där och lamporna var tända och hon hade låtit musiken stå på och spela så vi antog… Jag menar det logiska var att tro att hon bara hade kilat över till en granne en liten stund."

"Och det var just det som var meningen att man skulle tro om någon råkade knacka på hennes dörr."

"Fast vi knackade inte. För Livie hade en nyckel. Vi gick in. Jag… Jag såg mig omkring i huset för att tala om för henne att Livie hade kommit. Men hon var inte där. Livie sa åt mig att ge mig iväg, så det gjorde jag." Han vände sig mot Lynley. Han lät desperat när han frågade: "Räcker det?

För pojkens skull."

"Nej", sa Lynley. "Tyvärr", tillade han när Faraday såg besviken ut.

"Vad kommer att hända. Om hon inte säger som det är?"

"Det är en sextonårig pojkes framtid som står på spel."

"Men om han inte gjorde det?"

"Vi har fått hans erkännande. Det är vattentätt. Det enda sättet för oss att ogiltigförklara det, är att ta reda på vem som gjorde det."

Lynley väntade sig att Faraday skulle svara på något sätt. Han ville få reda på vad som skulle kunna hända nu. Han hade spelat ut alla kort han hade. Om Olivia inte gav med sig hade han smutskastat en oskyldig pojke och förstört hans liv för ingenting.

Men Faraday svarade inte. Han gick bara bort till bordet i kabyssen, satte sig ner och lutade huvudet i händerna. Han tryckte fingrarna så hårt mot skallbenet att de blev alldeles vita.

"Herre gud", sa han.

"Tala med henne", sa Lynley.

"Hon är döende. Hon är rädd. Jag vet inte vad jag ska säga."

I så fall hade de alla misslyckats, tänkte Lynley. Han tog sin tidning, vek ihop den och gick ut i kvällen.

OLIVIA

Fotstegen kom närmre. De var mycket självsäkra, bestämda. Jag blev torr i munnen när de närmade sig vardagsrumsdörren. De stannade plötsligt. Jag hörde hur någon drog efter andan. Jag vände mig om i stolen. Det var mor.

Vi stirrade på varandra. "Gode gud", sa hon, förde handen mot bröstet och blev kvar där hon var. Jag väntade på att få höra Kenneth komma efter henne. Jag väntade på att få höra hans röst säga: "Vad står på, Miriam?" eller "Älskling, har det hänt någonting?" Men det enda jag hörde var mina egna andetag och farfarsklockan i korridoren som slog tre slag. Den enda rösten som hördes var mors: "Olivia? *Olivia?* Gode gud, vad i hela världen..."

Jag trodde att hon skulle komma in i rummet men det gjorde hon inte. Hon stannade kvar i den mörka korridoren precis i dörröppningen, och sträckte ut ena handen mot dörrposten medan den andra grep efter dräktkragen som hon nöp tag i. Hon stod nästan dold bland skuggorna, men jag kunde urskilja henne tillräckligt bra för att se att hon inte var klädd i någon av sina Jackie Kennedy-fodral. Istället bar hon en ljusgrön vårklänning mönstrad med påskliljor som slingrade sig uppåt från fållen mot midjan där hon hade ett skärp. Den såg ut som någonting man skulle kunna se i ett varuhusskyltfönster där den annonserade den nya årstiden. Den såg inte ut som någonting mor hade brukat klä sig i, och den markerade hennes höfter på ett föga smickrande sätt. Det kändes konstigt att se henne klädd så där, och jag funderade på om hon hade hängt en pigg stråhatt med långa band på kroken just innanför dörren mot trädgården. Jag väntade mig halvt om halvt att få se gulliga små vita skor med T-sleif när jag tittade på hennes fötter. Jag tyckte det var pinsamt. Man behövde inte ha någon akademisk examen i psykologi för att kunna förstå vad som fanns bakom kostymeringen och vad som var meningen med den.

"Jag höll på att skriva ett brev till dig", sa jag.

"Ett brev."

"Jag måste ha somnat."

"Hur länge har du varit här?"

"Sedan halv elva. Ungefär. Chris – den killen som jag lever tillsammans med – körde mig hit. Jag satt och väntade på dig. Sen bestämde jag mig för att skriva. Han kommer snart, Chris. Jag somnade."

Jag kände mig som en tjockskalle. Det här gick inte alls som jag hade planerat. Det var meningen att jag skulle vara lugn och samlad, men när jag såg på henne märkte jag att jag inte visste hur jag skulle kunna fortsätta. Sätt igång nu, sa jag ilsket till mig själv, vem bryr sig ett dugg om hur hon spökar ut sig för att hålla sin lilla lammunge intresserad? Visa nu att det är du som håller i piskan. Du har överraskningsmomentet på din sida, precis som du hade planerat.

Men även jag hade blivit överraskad, och hon gjorde ingenting för att lätta upp stämningen mellan oss. Inte för att hon var skyldig att hjälpa mig tillbaka till hennes lilla värld, jag hade redan för några år sedan avstått från rätten till kamratliga mor-och-dotter-samtal.

Mors ögon höll fast mina. Hon tycktes ha bestämt sig för att inte se på mina ben, och inte lägga märke till rollatorn i aluminium som stod bredvid sekretären och inte fråga vad mina ben, rollatorn och framför allt vad min närvaro i hennes hem klockan tre på morgonen betydde.

"Jag har då och då läst om dig i tidningarna", sa jag. "Om dig och Kenneth."

"Ja", sa hon som om det var precis vad hon hade väntat sig att jag skulle säga.

Jag kände att mina armhålor var fuktiga. Jag längtade efter att få torka dem med en näsduk eller någonting annat. "Han verkar vara en ganska trevlig kille. Jag kommer ihåg honom från den tiden när du undervisade."

"Ja", sa hon.

Jävla förbannat helvete, tänkte jag. Vad skulle det här leda till? Hon borde säga: Vad har du råkat ut för, Olivia? Och jag borde säga: Jag har kommit för att prata med dig, jag måste ha hjälp, jag ska dö.

Istället satt jag i en stol framför sekretären, till hälften vänd mot henne. Hon stod i korridoren så att golvlampan kastade sitt sken på fållen till hennes löjliga skjortblusklänning. Jag kunde inte gå fram till henne utan att det skulle kännas genant. Och hon hade helt klart inte en tanke på att gå fram mot mig. Hon var klipsk nog för att förstå att jag hade kommit för att be henne om någonting. Och hon var tillräckligt hämndgirig för att tvinga mig att kräla i stoftet för att be om det.

All right, tänkte jag. Du kan väl få din lilla seger, då. Om du vill att jag ska kräla så ska jag också göra det. Jag ska bli en mästare på att kräla.

"Jag har kommit för att tala med dig, mor", sa jag.

"Klockan tre på morgonen?"

"Jag visste inte att klockan skulle hinna bli tre."

"Du sa att du hade skrivit ett brev."

Jag såg ner mot pappersarken som jag hade fyllt. Jag kunde inte skriva med kulspets längre och hon hade inte haft några blyertspennor i sekretären. Handstilen såg ut att tillhöra ett sexårigt barn. Jag lade handen på papperna och mina fingrar skrynklade samman dem.

"Jag måste få tala med dig", upprepade jag. "Det här uttrycker det inte så som… Jag behöver tala. Det här har jag gjort pannkaka av, som du ser. Jag är ledsen att klockan är så mycket. Om du vill så kan jag komma tillbaka i morgon. Jag kan be Chris…"

"Nej", sa hon. Jag hade tydligen förödmjukat mig tillräckligt mycket för att hon skulle vara nöjd. "Låt mig byta om. Sedan kan jag laga te."

Hon lämnade mig hastigt. Jag hörde hur hon gick uppför trapporna till sitt rum. Det dröjde mer än fem minuter innan hon kom ner igen. Hon gick förbi dörren till vardagsrummet utan att titta in till mig. Hon gick ner i köket. Ytterligare tio minuter släpade sig fram. Hon ville tydligen hålla mig på halster ett slag. Det tyckte hon om. Jag hade lust att ge igen, men jag visste inte på vilket sätt.

Jag reste mig upp från stolen vid sekretären, ställde mig vid rollatorn och började släpa mig i riktning mot soffan. Jag gjorde en riskabel sväng innan jag kunde sätta mig på den gamla plyschklädseln och när jag såg upp stod mor i dörröppningen med en tebricka i händerna. Vi stirrade på varandra tvärs över rummet.

"Det var länge sedan sist", sa jag.

"Tio år, två veckor och fyra dagar", sa hon.

Jag blinkade och vände ansiktet mot väggen. Den var fortfarande överfylld med en blandning av japanska tryck, små porträtt av döda anfäder och en av de obetydligare gamla flamländska mästarna. Jag satt och stirrade på allt detta medan mor gick in i rummet och satte ner tebrickan på spelbordet bredvid öronlappsfåtöljen.

"Mjölk och två sockerbitar, som vanligt?" frågade hon mig.

Fan ta henne, tänkte jag. Fan ta den jävla kärringen. Jag nickade. Jag tittade på den flamländska målningen: en centaur som hade en kvinna på ryggen och sparkade med frambenen i luften och av någon anledning formade hans vänstra och hennes högra arm en båge i luften. De såg båda ut som om de ville ha det så här, både det hemska odjuret och den barbenta kvinnan som var hans byte. Hon kämpade inte ens för att försöka undfly honom.

"Jag har fått någonting som kallas ALS", sa jag.

Bakom mig hörde jag det trygga välkända ljudet av varm vätska som hälldes ner i en porslinskopp. Jag hörde slamret när koppen och fatet sattes ner på bordet. Sedan kände jag henne tätt bredvid mig. Jag kände att hon hade lagt handen på rollatorn.

"Sätt dig ner", sa hon. "Här är ditt te. Ska jag hjälpa dig?" Andedräkten, tänkte jag. Hon luktade sprit, och jag insåg att medan hon bytte kläder och lagade te hade hon styrkt sig inför detta möte. Jag tyckte det var trösterikt. "Behöver du hjälp. Olivia?" upprepade hon.

Jag skakade på huvudet. När jag hade sjunkit ner på soffan flyttade hon rollatorn åt sidan. Hon räckte mig tekoppen, placerade tefatet i knäet på mig och höll fast det tills jag själv tog det. Hon hade bytt till en marinblå morgonrock. Nu såg hon mer ut som en mor. Hon liknade mera den mor jag kunde känna igen.

"ALS", sa hon.

"Jag har haft det ungefär ett år."

"Det gör att du har svårt att gå?"

"För tillfället."

"Tillfället?"

"För närvarande är det så."

"Och sen?"

"Stephen Hawking."

Hon hade lyft tekoppen för att dricka. Över dess kant möttes våra ögon. Hon satte långsamt ner koppen på tefatet utan att ha druckit. Hon ställde både koppen och fatet på bordet. Hennes rörelser var så försiktiga att det inte hördes ett ljud. Hon satt på kanten till öronlappsfåtöljen. Våra kroppar var i rät vinkel mot varandra, och avståndet mellan våra knän var inte mycket mer än en decimeter.

Jag önskade att hon skulle säga någonting. Men hennes enda reaktion var att hon höjde sin högra hand och pressade den mot tinningen.

Jag funderade på att säga att jag kunde komma tillbaka en annan dag. Men jag ändrade mig. "Mellan två och fem år. Sju om jag har tur."

Hon lät handen sjunka. "Men Stephen Hawking…"

"Han är undantaget. Men det spelar egentligen ingen roll för jag har i alla fall inte lust att leva på det här sättet."

"Det kan du inte veta nu."

"Tro mig, jag vet."

"Sjukdomar brukar få en att se annorlunda på livet."

"Nej."

Jag berättade för henne om hur det hade börjat med att jag snavade på gatan. Jag berättade för henne om alla läkarundersökningar och provtagningar. Jag berättade om mitt meningslösa motionsprogram och om alla kvackare. Slutligen förklarade jag för henne hur sjukdomen skulle komma att utveckla sig. "Den håller på att angripa armarna", sa jag. "Mina fingrar börjar bli svagare. Om du ser på brevet som jag försökte skriva till dig…"

"Helvete också", sa hon, men hennes ord var helt känslolösa. "Ett sådant helvete, Olivia."

Nu hade tiden kommit för förmaningar. Jag hade velat vara den som höll i piskan. Jag hade velat segra. Men hur skulle jag kunna vänta mig att göra det. Jag hade ju inte kommit tillbaka till Staffordshire Terrace i triumf. Jag hade kommit som den förlorade dottern, inte ekonomiskt men väl fysiskt ruinerad, och jag hade litat till sådana aforismer som till exempel "blod är tjockare än vatten", som om någonting sådant skulle kunna reparera de broar jag med glädje hade raserat. Jag väntade mig nu att få höra saker som: Så går det när man… Hur känns det nu när din kropp sviker dig… du som krossade din fars hjärta… Du förstörde livet för oss allihopa.

Jag tänkte att jag kan nog överleva det. Det var ju bara ord. När hon var klar med det skulle vi kunna övergå från anklagelser för vad som hänt i det förgångna till planer på hur vi skulle arrangera framtiden. Lika bra att få föreläsningen överstökad så fort som möjligt. Jag gav henne en öppningsreplik.

"Jag har gjort en del dumheter, mor… Jag var inte så smart som jag trodde. Jag handlade fel och jag är ledsen för det."

Nu var det hon som hade bollen. Jag väntade resignerat. Skäll på mig nu då, tänkte jag.

"Det är jag också, Olivia. Ledsen menar jag."

Sedan sa hon inte mer. Jag hade inte sett på henne utan hade suttit och plockat på en lös tråd i mina jeans. Jag höjde blicken. Hennes ögon var fuktiga, men jag kunde inte avgöra om det var tårar, om det berodde på att hon var trött eller på att hon ansträngde sig för att inte få migrän. Hon såg ut att åldras snabbt. Även om hon hade sett yngre ut där hon stod i dörröppningen för en halvtimme sedan kunde man nu tydligt se hur gammal hon var.

"Varför sände du mig det där telegrammet?" frågade jag utan att ens vara medveten om att jag gjorde det.

"För att såra dig."

"Vi skulle ha kunnat stötta varandra."

"Inte då, Olivia."

"Jag hatade dig."

"Jag kastade skulden på dig."

"Gör du fortfarande det?"

Hon skakade på huvudet. "Gör du?"

Jag funderade en stund. "Jag vet faktiskt inte."

Hon log hastigt. "Det verkar som om du har blivit uppriktig."

"Det blir så när man ska dö."

"Du får inte säga…"

"Det hänger samman med att vara uppriktig." Jag började försöka ställa tekoppen på bordet. Koppen skallrade mot tefatet. Hon tog den från mig, lade sedan handen över min högra knytnäve. "Du uppför dig annorlunda", sa jag. "Inte som jag hade väntat mig."

"Kärleken har den effekten."

Hon sa det utan att verka ett enda dugg generad. Hon lät varken stolt eller skamsen. Det lät bara som om hon konstaterade fakta.

"Var är han?" frågade jag.

Hon rynkade pannan och såg förvånad ut.

"Kenneth", sa jag. "Var är han?"

"Ken. I Grekland. Jag har just vinkat av honom när han reste till Grekland." Hon tycktes inse att det måste ha låtit underligt klockan halv fyra på morgonen, för hon bytte ställning i stolen innan hon fortsatte. "Flyget var försenat."

"Du kom direkt från flygplatsen?"

"Ja."

"Du har varit bra för honom, mamma."

"Jag? Nej. Han har gjort det allra mesta själv. Han är en drömmare och en arbetsmyra. Jag har inte gjort annat än att lyssna till hans drömmar och uppmuntra honom till att arbeta."

"Men ändå…"

Hon log förtjust som om hon inte hört vad jag sa. "Ken har alltid kunnat skapa sin egen värld, Olivia. Han kan ta damm och vatten och förvandla det till marmor. Jag tror du kommer att tycka om honom. Du vet, ni är jämngamla, du och Ken."

"Jag hatade honom." Jag rättade mig. "Jag var svartsjuk på honom."

"Han är en bra människa, Olivia. Det är sant. Tänk allt vad han har gjort för mig av ren generositet…" Hon höjde armen en liten bit från fåtöljens armstöd. "Han brukar alltid fråga vad han kan göra för att förgylla mitt liv. Han säger att han vill återgälda det som jag har gjort för honom. Han undrar om han ska laga mat, ta hand om vardagsbestyren. Dela min värld. Lindra smärtan i mitt huvud. Göra så att jag kan bli stolt över honom."

"Jag har inte gjort någonting av allt det där."

"Det spelar ingen roll. För nu är allting annorlunda. Nu är livet annorlunda. Jag trodde aldrig att livet kunde förändras så mycket som det har gjort. Men det kan det om man är öppen för det, älskling."

Älskling. Vad var det vi höll på med. Jag fortsatte rakt på sak: "Pråmen där jag bor. Det är så att… Jag kommer snart att behöva en rullstol, men pråmen är alldeles för… Dr Alderson har talat om för mig att det finns privata vårdhem."

"Och så finns det hem", sa mor. "Som det här, och det är ditt hem."

"Du kan inte på allvar vilja…"

"Det vill jag", sa hon.

Och det var allt. Hon reste sig upp och sa att vi måste ha någonting att äta. Hon hjälpte mig in i matrummet, satte mig vid bordet och lämnade mig där medan hon själv gick ner i köket. En kvart senare kom hon tillbaka med ägg och rostat bröd. Hon hade tagit med sig jordgubbsmarmelad och nybryggt te. Hon satte sig inte mittemot mig utan vid min sida. Och fastän det var hon som hade föreslagit mat, åt hon nästan ingenting själv.

"Det kommer att bli hemskt, mamma", sa jag. "Det här. Jag. ALS."

Hon lade handen på min arm. "Vi kan tala om allt det där i morgon", sa hon, "och dagen därpå."

Jag fick en klump i halsen och lade från mig gaffeln.

"Du har kommit hem", sa mor, och jag visste att hon menade det.

KAPITEL 25

Lynley fann Helen i trädgården bakom hans hus i stan, där hon vandrade runt bland rosenbuskarna med en sekatör i handen. Men hon höll varken på att plocka knoppar eller utslagna blommor utan var i färd med att avlägsna de vissna resterna av rosor som redan var utblommade, och hon lät dem falla till marken.

Han såg på henne från matrumsfönstret. Det höll på att skymma och det bortdöende ljuset sken svagt på henne. Det gjorde att hennes hår skimrade i konjaksfärgade slingor, att hennes hy tycktes lysa som gyllene elfenben. Hon var klädd i en aprikosfärgad tunika och matchande tights, som om hon trodde att det fina vädret skulle hålla i sig, och på fötterna hade hon tunna sandaler.

Medan han såg henne gå från buske till buske funderade han återigen på hennes fråga om kärleken. Han undrade hur man skulle kunna förklara det. Inte bara för henne utan också så att han själv blev nöjd med svaret.

Hon ville att han skulle analysera någonting som inte lät sig analyseras, i alla fall inte av honom. För honom var kärleken ett av livets stora mysterier. Det var lika svårt för honom att förklara varför han i sitt hjärta hade bestämt sig för henne som att tala om varför månen tvingar fram ebb och flod, varför jorden snurrar kring sin lutande axel så att årstiderna skiftar eller varför inte allting på denna vansinnigt roterande planet kastades ut i glömskan. En del saker måste förklaras som naturkrafter. Kärleken var en av dem.

Om han skulle ha kunnat göra ett rationellt val skulle han troligen inte ha fastnat för Helen Clyde. Då skulle han ha valt någon som kanske kunnat uppskatta en sväng ut till Chysauster Village och en klättring bland stenarna från de förhistoriska bosättningarna där utan att säga: "Himmel Tommy, kan du tänka dig så den här förskräckliga vinden måste ha förstört hyn för de arma kvinnorna på den tiden?" Han skulle ha valt någon som antagligen hade sagt: "Ashby de la Zouch? *Ivanhoe*, naturligtvis. Den store tornerspelaren. Och så Lord Hastings också, men honom vet vi ju hur det gick för, eller hur älskling?" Det skulle ha varit någon som kunde promenera rakt genom de murkna resterna av Alnwick Castle samtidigt som hon tänkte på Hotspur, och vad han hade gått miste om genom att ge efter för sin egen äregirighet. Men denna någon som kanske skulle ha mediterat över Chysauster, blivit lyrisk över Ashby och visat lagom mycket sorg över allt det blod som Northumberland hade spillt, hon skulle inte ha varit Helen. Med Helens hopplösa likgiltighet för historiens vingslag, med hennes obekymrade förmåga att njuta av livet här och nu, med hennes låtsade ytlighet. Hon kom från en annan plats och en annan epok, hon var helt och hållet av en annan sort och från ett annat århundrade än han. Han skulle inte ha tillstymmelsen till en chans att lyckas hålla ihop ett äktenskap mer än ett år om de gifte sig. Och ändå ville han ha henne.

Kanske kommer min själ att gå under, tänkte han med den irländske poeten Moor, och log skevt. Sedan började han skratta högt när han kom ihåg vad just denna speciella förälskelse hade fört med sig. Det bådade inte väl att han kom att tänka på just Moors kärleksförklaring när han betraktade Helen. Men å andra sidan skulle de kanske inte behöva ha någonting att bekymra sig för, bara de inte hade några kuddar i sängen och han inte lät Helen använda näsdukar.

Handlar det inte alltid om ett risktagande? frågade han sig. Handlar det inte om att hoppas på att en annan själ ska kunna lindra vår smärta? Det är det som är pudelns kärna, Helen. Kärlek handlar inte om likadan uppfostran, samma bakgrund och liknande erfarenheter. Kärlek uppkommer ur intet och skapar något nytt. Och utan kärlek skulle allt vara kaos.

Utanför fönstret slutade hon sitt arbete med sekatören, böjde sig ner och började plocka upp de nerfallna döda blommorna. Hon hade glömt bort att ta en skräppåse med sig ut i trädgården, så hon använde framsidan av sin tunika som ett förkläde och lade resterna av den vissna rosorna där. Han gick ut till henne.

"Det är mycket som behöver göras i trädgården", sa hon. "Om man lämnar kvar de vissna rosorna på buskarna, går det åt så mycket kraft att bilda frön att rosen inte orkar blomma lika rikt. Visste du inte det, Tommy?"

"Nej, det gjorde jag inte."

"Men det är så. Om man istället klipper bort alla vissna blommor kommer kraften att användas till att sätta nya knoppar." Hon skyndade framåt, till hälften böjd över sin sysselsättning. Hon hade inga trädgårdshandskar och hade blivit smutsig om händerna. Men han såg att hon fortfarande bar hans ring. Det gjorde honom hoppfull. Och det var lovande. Kanske skulle hans kaos upphöra.

Plötsligt såg hon upp och märkte att han tittade på hennes händer. "Berätta", sa hon.

Han letade efter ord. "Tror du också", sa han, "att Elizabeth Barrett älskade Robert Browning?"

"Jag antar det, men jag vet inte så mycket om dem."

"Hon rymde tillsammans med honom. Övergav sin familj för resten av livet – i synnerhet fadern – för att få lov att leva med honom. Hon skrev en hel rad kärleksdikter till honom."

"De portugisiska sonetterna?"

"Ja, just det."

"Och?"

"Och ändå, i den mest berömda av dessa sonetter kan hon inte förklara varför, Helen. Hon säger det, hon säger att hon älskar honom – av fri vilja, rent och med barnsligt förtroende – men hon förklarar aldrig varför. Alltså måste Browning lita på hennes ord. Han var tvungen att acceptera vad och hur utan att få reda på varför."

"Och det är vad du vill att jag ska göra, är det inte så?"

"Jo, så är det."

"Nu förstår jag." Hon nickade tankfullt, och plockade upp ytterligare några av de vissna, bortklippta blommorna. När hon tog tag i den ramlade blombladen loss från skaften. Ärmen på hennes tunika fastnade på en tagg i en av buskarna och han tog loss den åt henne. Hon tog hans hand mellan sina. "Tommy", sa hon och väntade tills han såg henne i ögonen. "Berätta för mig."

"Det var allt, Helen. Jag är ledsen, men jag har gjort mitt bästa."

Hennes ansikte blev mjukare. Hon pekade på dem båda två. "Men jag menar inte det här, älskling, oss, den här kärlekshistorien. Jag menar att du ska berätta för mig vad som hände. Tidningarna sa att det var uppklarat, men det är inte över än. Det märker jag när jag ser på dig."

"Hur då?"

"Berätta nu", upprepade hon, lite försiktigare den här gången.

Han satte sig ner på gräsmattan som kantade rosenrabatten. Och medan hon kröp omkring bland växterna, plockade upp det hon hade klippt bort, smutsade ner både kläderna och händerna så berättade han för henne. Han berättade om Jean Cooper och hennes son. Om Olivia Whitelaw och hennes mor. Om Kenneth Fleming och tre kvinnor som älskade honom och vad som hände på grund av den kärleken.

"Jag kommer att ha slutfört fallet på måndag", sa han till slut. "Och ärligt talat, Helen, är det lika bra det, för jag känner mig alldeles tom nu."

Hon kom och satte sig på gräsmattan bredvid honom med benen i kors under sig och knäet fullt av avklippta rosor. "Det finns kanske ett annat sätt", sa hon.

Han skakade på huvudet. "Jag har ingenting annat att hålla mig till än Olivias berättelse. Det enda hon behöver göra är att hålla fast vid sin historia, och hon har all anledning att göra det."

"Utom den orsak hon verkligen behöver", sa Helen.

"Vilken då?"

"Att det är det rätta att göra så."

"Jag har inte fått intrycket att vad som är rätt eller fel spelar så särskilt stor roll i Olivias liv."

"Kanske inte. Men ibland blir man förvånad över människor, Tommy."

Han nickade och insåg att han inte hade lust att tala mer om fallet. Det var för mycket för honom och det såg ut att förbli så även de närmaste dagarna. Åtminstone just nu och för i kväll kunde han unna sig att glömma bort det. Han sträckte ut sin hand efter hennes och gned bort smutsfläckarna från hennes fingrar.

"Det var förresten därför", sa han.

"Vad då därför?"

"När du bad att jag skulle berätta och jag missförstod dig. Det var därför."

"För att du missförstod?"

"Nej. För att du bad mig att berätta. Du såg på mig, du visste vad som var fel och du bad mig. Det är därför, Helen, och det kommer alltid att vara så."

Hon satt tyst en stund. Hon tycktes studera hans sätt att hålla hennes hand. "Ja", sa hon med lugn och bestämd röst.

"Då förstår du alltså?"

"Jag förstår. Ja. Men egentligen var det ett svar."

"Ett svar?"

"Frågan som du ställde förra fredagen. Fast det var inte någon riktig fråga, eller hur? Det lät mera som en anhållan. Tja, anhållan är kanske inte heller rätt ord. Mera som en bön."

"Förra fredagen?" Han försökte minnas. Dagarna hade gått så fort att han inte ens kunde komma ihåg var han hade varit och vad han hade gjort förra fredagen. Mer än att de hade planerat att lyssna till Strauss, och att kvällen hade blivit förstörd och han hade gått hem till henne framåt morgonen och... Han såg hastigt upp och märkte att hon log.

"Jag sov inte", sa hon. "Jag älskar dig, Tommy. Jag tror att jag alltid har gjort det på ett eller annat sätt, till och med när jag trodde att du aldrig skulle bli något annat än min bäste vän. Alltså, ja. När du vill, när du har lust."

OLIVIA

Jag har suttit och tittat på Panda som ligger på köksskåpet i en konstfärdigt arrangerad hög av räkningar och brev. Hon ser så fridfull ut. Hon har rullat ihop sig till en rund boll, hennes huvud nuddar vid bakdelen och tassarna är instoppade under svansen. Hon försöker inte längre förstå varför hennes kvällsvanor har blivit rubbade. Hon undrar inte varför jag har suttit i kabyssen timme efter timme istället för att i sällskap med henne flytta mig till mitt rum och buffa ihop filtarna till ett litet rede åt henne vid fotändan av min säng. Jag skulle vilja ta ner henne från köksskåpet och lägga henne en liten stund i mitt knä. Det ligger en viss tröst i att en katt finner sig i att man håller den och klappar den. Jag säger kiss-kiss-kiss för att fånga hennes uppmärksamhet. Hennes öron rör sig i min riktning, men hon ändrar inte ställning. Jag vet vad det betyder. Det är samma sak som jag har sagt mig själv. Det som jag ska gå igenom, det måste jag gå igenom ensam. Det är som en generalrepetition inför döden.

Chris är inne i sitt rum. Det låter som om han håller sig vaken med hjälp av en hederlig vårrengöring. Jag hör hur han öppnar lådor och stänger skåpdörrar. Jag ropar till honom att han ska gå och lägga sig. "Alldeles strax", svarar han. "Jag letar efter någonting." Jag frågar honom vad det är. "En bild av Lloyd-George Marley", svarar han. "Jag berättade ju för dig att han hade polisonger. Och persiska tofflor med spetsiga tår." Jag svarar att det låter som om Lloyd-George Marley var en riktigt sprätt. "Det var han", säger Chris. "Har du förlorat kontakten med honom på något vis?" undrar jag. "Varför har han aldrig kommit hit till pråmen för att hälsa på?" Jag hör hur en låda öppnas och innehållet hälls ut över Chris säng. "Chris, varför har han aldrig...?" säger jag. "För att han är död, Livie", svarar Chris. Jag upprepar ordet *död* och frågar hur det gick till. "Knivstucken", säger Chris. Jag frågar inte om Chris var med när det hände. Jag vet redan.

Jag anser inte att världen har så särskilt mycket att erbjuda i fråga om lycka och välbefinnande, vad tycker ni? Det finns alldeles för mycket smärta och sorg. Och orsaken till det är kunskap, känslor och engagemang.

Det tjänar ingenting till, men jag undrar ändå vad som hade hänt om jag inte hade gått till Julips en gång för många år sedan och träffat Richie Brewster. Om jag hade tagit min universitetsexamen, skaffat mig ett yrke så att mina föräldrar hade varit stolta över mig... Hur många av andra människors behov måste vi tillfredsställa under våra liv? Hur mycket skuld måste vi ta på oss när vi misslyckas med att ge andra tillräckligt mycket tillfredsställelse? Det enkla svaret på båda frågorna är ingen alls, det kan vilken egocentriker som helst berätta för dig. Men livet är inte så enkelt som egoisterna skulle vilja att det var.

Mina ögonlock svider. Jag vet inte vad klockan är men jag tycker det ser ut som om det håller på att ljusna utanför kabyssfönstret. Jag säger till mig själv att jag har skrivit tillräckligt för den här gången och att jag kan gå och lägga mig nu. Jag behöver vila. Det är ju precis vad alla läkare säger åt mig. ”Håll dig stark, spara på dina krafter”, säger de.

Jag ropar på Chris. Han sticker ut huvudet i korridoren. Han har hittat en fez i rött och guld i sitt skåp och han har satt den på sig. ”Ni ropade, memsahib”, säger han med händerna knäppta framför bröstet. ”Fel land, klantskalle”, säger jag. ”Du skulle ha turban. Kan du inte komma och sitta hos mig, Chris?” ”Är du där då?” säger han. ”Ja”, svarar jag. ”Bra”, säger han och skakar på huvudet så att fezen flyger in i hans rum. Han kommer in i kabyssen och lyfter ner Panda från köksskåpet och sätter henne på sina axlar. Sedan sätter han sig mitt emot mig. Katten reagerar inte. Hon vet att det är Chris som har tagit henne. Hon ligger som en hösäck över hans axlar och hon börjar spinna.

Chris sträcker fram sin andra hand över bordet. Han öppnar min vänstra handflata och trär försiktigt in sina fingrar mellan mina. Jag ser hur mina fingrar drar ihop sig innan jag kan förmå dem till att sluta sig över hans. Och fast jag lyckas märker jag att mitt grepp inte längre är fast. Han sluter sin hand runt min. ”Fortsätt”, säger han.

Det gör jag.

Frampå småtimmarna talade mor och jag om den där morgonen i Kensington. Vi talade ända tills Chris kom för att hämta mig. ”Han är min vän”, sa jag. ”Jag tror att du kommer att tycka om honom.”

”Det är bra att ha vänner”, svarade hon då. ”Det är faktiskt viktigare än någonting annat att ha en enda riktigt god vän.” Hon sänkte huvudet. ”Det är i alla fall vad jag har kommit fram till”, tillade hon lite osäkert.

Chris kom in och såg ut som om han hade gått genom en stenkross. Han drack en kopp te tillsammans med oss. ”Gick det bra”, sa jag. ”Jodå”, svarade han utan att se på mig. Mor tittade nyfiket från den ena till den andre, men hon frågade ingenting. "Tack för att ni tar hand om Olivia, Chris", sa hon. "Livie brukar kunna ta hand om sig själv", sa han. "Pyttsan", sa jag. "Du vet om att det är du som håller mig igång." "Det är som det ska vara", sa mor. Jag förstod att hon trodde att det var någonting annat än vänskap mellan Chris och mig. Liksom de flesta andra förälskade kvinnor ville hon att alla andra också skulle få lite av den känslan. Jag ville säga till henne att det inte var någonting sådant mellan oss, men jag kände ett styng av avundsjuka över att hon skulle ha lyckats få det som var utom räckhåll för mig.

Chris och jag gick strax efter soluppgången. Han sa att han redan hade träffat Max. De räddade djuren hade redan blivit omhändertagna. "Jag har fått några nya medlemmar i gruppen", sa han. "Jag vet inte om jag har nämnt det? Jag tror att de kommer att fungera bra." Jag föreställer mig att han försökte berätta för mig om Amanda. Han måste ha känt ett visst mått av lättnad. Jag skulle bli omhändertagen, och det betydde att han inte längre skulle behöva ta hand om mig när sjukdomen blev värre. Om han ville fortsätta med Amanda trots reglerna inom Organisationen, skulle han kunna göra det utan att behöva bekymra sig för att han kanske sårade mig. Han satt antagligen och tänkte på allt detta, men jag märkte inte hur tyst han var medan vi körde tillbaka till Little Venice. Jag var alltför upptagen med att fundera över vad som hade hänt mellan min mor och mig själv.

"Hon är förändrad", sa jag. "Det verkar som om hon har slutit fred med sig själv, märkte du det, Chris?"

Han påminde mig om att han ju aldrig hade träffat henne förut, och att han därför inte kunde säga på vad sätt hon hade förändrats. Men hon var den första kvinna han hade träffat som klockan fem på morgonen efter en sömnlös natt fortfarande var alldeles knivskarp. Var fick hon all sin energi ifrån, ville han veta. För egen del var han utslagen och jag såg också sliten ut.

Jag sa att det nog berodde på teet, koffeinet i det, och de underliga och upphetsande händelserna under kvällen. "Och kärlek", sa jag, och förstod själv inte riktigt hur sant det var.

Vi åkte hem till pråmen. Chris tog ut hundarna medan jag lade upp mat åt dem och fyllde deras vattenskålar. Jag gav katten mat. Jag njöt av alla de småsysslor som jag fortfarande kunde uträtta. Allting kommer att bli bra, tänkte jag.

Min kropp reagerade häftigt mot den långa natten i Kensington. Dagen efteråt bekämpade jag darrningar och svaghet genom att försöka intala mig att det berodde på utmattning. Chris som själv sov ända till eftermiddagen och bara lämnade pråmen två gånger för att rasta hundarna trodde som jag.

Halvt om halvt väntade jag mig att mor skulle höra av sig under dagen. Jag hade tagit det första steget för att närma mig henne. Nu skulle hon säkert ta det andra steget mot mig. Men varje gång telefonen ringde var det till Chris.

Men mor och jag hade förstås inte lämnat något outsagt så att hon behövde ringa. Och precis som vi hade hon varit uppe hela natten, så även hon sov antagligen. Och om hon inte sov hade hon nog begett sig till tryckeriet för att titta till affärerna. Jag bestämde mig för att vänta några dagar. Sedan skulle jag ringa upp henne och bjuda henne till pråmen för att äta middag med oss. Jag kanske till och med skulle vänta tills Kenneth hade kommit tillbaka från Grekland. Jag skulle använda det som en ursäkt för att ringa upp. Jag skulle önska honom välkommen hem och bjuda över dem på middag. Det skulle nog vara det bästa sättet att övertyga mor om att jag inte bara var angelägen om att göra slut på alla år av fiendskap mellan oss utan att jag inte heller fördömde hennes förhållande till en yngre man. Det skulle kanske inte vara så dumt om jag försökte ta reda på vad som hände inom kricketvärlden, för då skulle jag ju ha någonting att tala med Kenneth om när jag äntligen träffade honom.

När Chris nästa morgon tog ut hundarna bad jag honom köpa tidningen med hem. När han kom tillbaka hade han både The Times och Daily News med sig. Jag bläddrade fram till sportsidorna som var fyllda av artiklar om boxning, rodd och kricket. Jag började läsa.

Nottinghamshire låg överst i tabellen. Tre av slagmännen från Derbyshire hade var och en tagit hundra poäng under den sista av de fyra speldagarna mot Worcestershire. Universitetslaget från Cambridge hade haft problem med laget från Surrey ända till efter tepausen men sedan hade de vunnit. Kricketförbundet skulle ha ett extra styrelsemöte på Lord's för att diskutera kricketens framtid på hemmaplan. Bortsett från i tabellerna och poängställningarna nämndes inte engelska landslaget och de förestående testmatcherna mellan England och Australien någonstans utom i en artikel om skillnaderna i spelstil hos de respektive lagledarna. Englands Guy Mollison – sällskaplig och lättillgänglig för massmedia till skillnad från Australiens Henry Church – hetlevrad och tvär. Jag lade namnet Church på minnet. Han var ett lämpligt samtalsämne. "Säg mig, Kenneth, är det sant att Australiens lagkapten är så besvärlig som tidningarna säger?" skulle jag kunna säga.

Jag skrattade inom mig när jag tänkte på hur jag skulle bryta isen. Vad var det som höll på att ske med mig? Här satt jag och funderade på hur jag skulle få någon att känna sig väl till mods. Hade det någonsin tidigare i livet bekymrat mig? Trots att han hade förpestat min ungdom ända fram tills han föll i onåd tillsammans med Jean Cooper, märkte jag att jag ville tycka om Kenneth Fleming och att jag ville att han skulle gilla mig. Jag ville att vi skulle komma överens allihopa. Vad var det egentligen som höll på att *hända*? Vart hade allt mitt agg, min illvilja och min misstro tagit vägen?

Jag släpade mig bort till toaletten och såg mig i spegeln, för jag trodde att om jag inte längre kokade över inombords vid blotta tanken på min mor så måste jag säkert se annorlunda ut även på utsidan. Men det gjorde jag inte och ändå blev jag förvånad över mitt utseende. Håret såg likadant ut liksom ringen i näsan, ringarna i öronen och de tjocka svarta strecken som jag fortfarande lyckades måla runt ögonen varje morgon. Till det yttre var jag samma person som hade ansett att Miriam Whitelaw var en kossa. Men jag var förändrad även om mitt yttre var sig likt. Det var som om någonting hade försvunnit.

Jag kom fram till att förändringen hos mig berodde på att mor hade blivit annorlunda. Hon hade inte påpekat att hon tog sina händer ifrån mig för tio år sedan. Inte heller hade hon i något försök att återuppliva det förflutna sagt: "Efter allt vad du har gjort mig, Olivia." Tvärtom hade hon accepterat mig utan att ställa några krav. Och det fordrade att jag accepterade henne på samma villkor. Jag antog att denna förändring hos henne berodde på hennes förhållande till Kenneth Fleming. Och om han i så hög grad kunde påverka hennes beteende skulle jag mer än gärna acceptera honom.

Jag minns nu att jag i förbigående undrade över Jean Cooper, hur hon förhöll sig och när och hur mor hade tagit itu med henne. Men jag tänkte att triangeldramat mellan mor, Kenneth och Jean var deras sak och att det inte angick mig. Om mor inte bekymrade sig för Jean Cooper, varför skulle jag då göra det?

Jag plockade ner Chris samling vegetariska kokböcker från hyllan över spisen och bar dem en i taget till bordet. Jag öppnade den första och funderade över vad Chris och jag skulle bjuda mor och Kenneth på. Entré, huvudrätt, dessert och ost borde det vara. Vi skulle till och med bjuda på vin. Jag började läsa och sträckte ut handen efter en penna i burken för att kunna göra anteckningar.

Medan jag planerade och funderade höll Chris på att studera en gjutform i arbetsrummet. Under en stor del av eftermiddagen satt vi båda två och gjorde noteringar. Bortsett från ljudet från stereon var det ingenting som störde oss förrän Max senare samma eftermiddag kom för att hälsa på.

När han med en grymtning klev ombord på prämen annonserade han sin ankomst genom att med låg röst ropa: "Chris, tjejen, är ni där nere?"

"Dörren är öppen", svarade Chris och Max klev försiktigt nerför trappan.

Han kastade lite hundgodis tvärs över arbetsrummet och log när Toast och Beans kastade sig efter det. Jag hade suttit och dåsat i den orange fåtöljen och Chris hade legat utsträckt på golvet vid mina fötter. Vi gäspade båda två.

"Tjenare Max", sa Chris. "Har det hänt något?"

Max höll en vit matkasse i ena handen och han lyfte lite på den. En stund såg han konstigt bortkommen ut som om han var osäker på något sätt. "Jag har tagit med lite käk."

"Vad är det vi firar?"

Max plockade upp blå vindruvor, ett stycke ost, kex och en flaska italienskt vin. "Jag gör som man brukade förr i tiden när det hade hänt någonting. När en familj i byn drabbades av olycka kom grannarna med mat. Det är en sedvänja i stil med att laga te."

Max gick ut i kabyssen. Chris och jag såg häpna på varandra. "Olycka?" sa Chris. "Vad menar du, Max. Mår du inte bra?"

"Jag?" sa han och kom tillbaka med tallrikar, glas och en korkskruv som han ställde ifrån sig på arbetsbänken innan han vände sig mot oss. "Har ni inte hört på nyheterna i kväll?"

Vi skakade på huvudet. "Vad har hänt?" undrade Chris. Och sedan förändrades hans ansiktsuttryck. "Fan också! Har snuten fått fast någon av grupperna, Max?"

"Det gäller inte Organisationen", sa Max och såg på mig. "Det är din mor."

Gode gud, tänkte jag. Hjärtattack. Stroke. Bilolycka. Överfall. Det kändes som om en iskall hand kramade min strupe.

"Och den där killen hon har", fortsatte Max. "Så ni har inte hört om Kenneth Fleming?"

"Kenneth", sa jag fånigt. "Vad då, Max. Vad har hänt?" Tankarna blixtrade förbi i min hjärna. Flygplansolycka. Men det hade inte stått någonting om det i morgontidningen, och om planet hade störtat på väg till Grekland skulle det väl ha stått i varenda tidning. Och jag hade ju läst tidningarna, till och med två stycken, och gårdagens också. Men inte i någon av dem hade det stått...

Jag hörde bara spridda delar av vad Max berättade. "Död... eldsvåda... i Kent... i närheten av Springburns."

"Men han kan inte vara i Kent", sa jag. "Mor sa att..." Jag hejdade mig. En tanke slog mig. Jag märkte att Chris såg på mig. Jag gjorde vad jag kunde för att inte visa någonting. Jag började i tankarna försöka komma ihåg alla detaljer från de timmar jag varit ensam och sedan tillsammans med mor i Kensington. För hon hade sagt... hon hade *sagt*... Det var Grekland.

Flygplatsen. Hon hade kört honom dit. Var det inte det hon hade sagt?

"... på nyheterna", sa Max, "...man vet ännu inte mycket... alldeles förstört för alla."

Jag tänkte på hur hon hade stått i den mörka korridoren. Den där konstiga skjortblusklänningen, hur hon hade sagt att hon behövde byta om, gindoften från hennes andedräkt innan hon försvann och stannade borta alltför länge bara för att byta om från skjortblusklänning till morgonrock. Och vad var det som Chris hade lagt märke till när han kom. Hur energisk hon hade verkat klockan fem på morgonen, underligt vid hennes ålder. Vad var det som höll på att hända?

Det kändes som om ett rep drogs åt omkring min hals. Jag hoppades att Max skulle ge sig iväg så fort som möjligt, för jag visste att om han inte gjorde det skulle jag bryta ihop och börja pladdra som en idiot.

Men vad var det jag skulle kunna babbla om? Jag tänkte att jag måste ha missförstått henne. När allt kom omkring hade jag ju varit nervös. Hon hade väckt mig ur en orolig slummer. Jag hade inte så noga lagt märke till hennes ord. Jag hade bestämt mig för att klara av detta första möte utan att förfalla till beskyllningar och anklagelser. Därför måste hon ha sagt någonting som jag hade misstolkat.

När jag hade lagt mig den kvällen gick jag igenom alla fakta. Hon sa att hon hade kört honom till flygplatsen... Nej, hon sa ju att hon hade kommit från flygplatsen. Hon sa att hans flyg hade blivit försenat. Så var det. Visst. Vad hände sedan? Hon hade säkert inte velat lämna honom där vind för våg. Därför hade hon stannat kvar och de hade tagit en drink. Till slut hade han sagt åt henne att köra hem. Och sedan... vad hade sedan hänt? Då skulle han ha kört från flygplatsen och störtat iväg till Kent. Varför? Även om flyget hade varit försenat borde han redan ha checkat in och suttit i den internationella vänthallen, eller i en av de där speciella vänthallarna dit folk utan biljett inte ens fick komma in... men man fick ju faktiskt inte heller komma in i den internationella vänthallen utan biljett, så hur kunde jag tro att mor och Kenneth hade suttit där och tagit en drink tillsammans medan han väntade på sitt plan? Det stämde inte. Jag fick börja om igen.

Kanske hade hela flygningen blivit inställd. Han hade kanske åkt från flygplatsen till Kent för att vara i stugan under sin semester. Han hade inte berättat det för mor eftersom han inte från början hade vetat om att han skulle göra det, för när hon lämnade honom vid flygplatsen hade han inte vetat att flyget skulle bli inställt. Ja, så var det naturligtvis. Alltså åkte han till Kent. Ja, han reste till Kent. Och i Kent dog han. Ensam. En eldsvåda. Fel på elledningarna, en gnista, en matta som tog eld och sedan flammorna,

flammorna som förtärde hans kropp. En fruktansvärd olycka. Javisst, så måste det ha gått till.

Jag kände en enorm lättnad när jag hade kommit fram till den här slutsatsen. Vad hade jag egentligen inbillat mig? undrade jag. Och varför hade jag trott det?

När Chris kom in med mitt morgonte satte han ifrån sig muggen på hyllan bredvid sängen. Han satte sig på sängkanten. "När ska vi åka?" frågade han.

"Åka?" sa jag.

"För att hälsa på henne. För du vill väl hälsa på henne?"

Jag mumlade *visst* och frågade om han ville vara snäll och skaffa en tidning åt mig. "Jag vill veta vad som har hänt", sa jag. "Innan jag talar med henne, så att jag kan välja mina ord."

Han köpte *Times* till mig. Och *Daily Mail*. Medan han lagade frukost satt jag vid bordet och läste. Det fanns inte många detaljer denna första morgon efter det att man hade hittat Kenneths kropp: offrets namn, namnet på stugan där man hade funnit honom, vem som ägde stugan, namnet på mjölkbudet som hade gjort upptäckten, hur dags kroppen hade hittats, namnen på brottsutredarna. Sedan kom en redogörelse för Kenneth Flemings liv. Och till slut räknade man upp olika teorier som kanske skulle bekräftas av obduktionen och den efterföljande polisutredningen. Detta avsnitt läste jag om och om igen och dröjde kvar vid orden *specialister på mordbrand* och vid den förmodade tidpunkten för dödsfallet. Jag stirrade på en mening: "Redan innan obduktionen har medicinsk expertis kunnat fastställa tidpunkten för dödsfallet till mellan trettio och trettiosex timmar före upptäckten av kroppen." Jag gjorde en matematisk uträkning i huvudet. Det betydde att dödsfallet hade inträffat runt midnatt i onsdags natt. Jag fick ont i bröstet. Vad än mor hade sagt till mig tidigt i torsdags morse om var Kenneth Fleming hade hållit hus så kvarstod ändå ett faktum: Han hade inte kunnat vara på två platser samtidigt, både på flygplatsen i sällskap med henne och i Celandine Cottage i Kent. Antingen hade den medicinska expertisen totalt fel eller så ljög min mor.

Jag sa till mig själv att jag måste få veta. Jag ringde till henne, men det var ingen som svarade. Jag fortsatte att ringa hela dagen ända tills det blev kväll. Och nästa eftermiddag bröt jag ihop.

Jag frågade Chris om vi inte kunde åka till Kensington med en gång. Jag sa att jag helst ville träffa min mor ensam om han inte hade något emot det. För, som jag sa, det hade varit så spänt mellan mor och mig under så lång tid. Och hon måste säkert sörja, och ville nog inte ha någon där som inte tillhörde familjen.

Chris sa att han förstod. Han sa att han skulle köra mig dit. Han skulle vänta tills jag ringde för att tala om att jag ville bli hämtad.

Jag brydde mig inte om att ringa på dörrklockan när jag med mycket möda hade gått de sju stegen upp till dörren. Jag öppnade istället med min egen nyckel. Jag stängde dörren bakom mig och noterade att dörren till matrummet var stängd liksom dörren längre bort som gick till vardagsrummet. Gardinerna var fördragna framför fönstret längst bort, de som vette mot trädgården på baksidan av huset. Alltså var det halvskumt i entrén där jag stod. Jag lyssnade till den djupa tystnaden i huset.

"Mor?" ropade jag så självsäkert jag kunde. "Är du hemma?" Precis som i onsdags fick jag inget svar. Jag gick fram mot matrummet och öppnade dörren. Ljuset föll in från entrén på stolpen till ledstången vid foten av trappan. På den hängde en axelväska. Jag gick bort till den och lät fingrarna glida över det mjuka lädret. Någonstans ovanför mig knarrade en golvbräda. Jag höjde huvudet. "Mor", ropade jag och tillade sedan, "Chris är inte med mig. Jag har kommit ensam."

Jag tittade uppför trappan. Den försvann in i mörker. Det var fortfarande tidigt på eftermiddagen men med hjälp av gardiner och dörrar hade hon lyckats göra hela huset mörkt som en grav. Jag såg bara suddiga former och skuggor.

"Jag har läst tidningen." Jag riktade min röst åt det håll där hon måste vara, uppe på tredje våningen strax utanför sin sovrumsdörr lutad mot dörrkarmen och med händerna hårt kramade runt dörrhandtaget. "Jag vet om Kenneth. Jag är så ledsen, mor." Förställ dig, tänkte jag. Låtsas som om ingenting har hänt. "När jag läste om eldsvådan kände jag att jag måste komma hit", sa jag. "Så fruktansvärt för dig. Mor, mår du bra?"

Jag tyckte att jag hörde en suck, men det kan ha varit en vindpust som fick gardinerna vid fönstret i andra änden av korridoren att fladdra till. Sedan hördes hur någonting rasslade. Och så började trappan knarra som om hundra kilo flyttades från trappsteg till trappsteg.

Jag flyttade mig bort från ledstången. Jag väntade och undrade vad hon skulle säga. Hur ska jag klara av detta hyckel, undrade jag. Hon är din mor, intalade jag mig sedan, så jag måste göra det. Jag letade frenetiskt efter någonting att säga medan hon tog sig nerför den översta trappan. När hon gick över trappavsatsen ovanför mig öppnade jag dörren till vardagsrummet. Jag drog undan gardinerna från fönstret längst bort i korridoren och gick sedan tillbaka för att möta henne nedanför trappan.

Hon stannade på trappavsatsen. Hennes vänstra hand var hårt knuten runt ledstången. Hon höll högra handen knuten mellan brösten. Hon var klädd i samma morgonrock som hon hade satt på sig klockan tre på tors-dagsmorgonen. Men till skillnad från klockan tre i torsdags morse verkade hon vara helt tömd på den energi som jag nu insåg måste ha berott på mycket spända nerver.

"När jag läste om honom kände jag att jag var tvungen att komma", sa jag. "Hur mår du, mor?"

Hon gick nerför den sista halvan av trappan. Samtidigt som hon gjorde det började telefonen i vardagsrummet ringa. Hon antydde inte med en rö-relse att hon hade hört ljudet. Det fortsatte envist. Jag såg bort mot var-dagsrummet och funderade på om jag skulle svara.

"Journalister", sa mor. "Åsgamar som sliter i kroppen."

Hon stod nedanför trappan, och i ljuset som jag hade släppt in genom att öppna dörren och dra ifrån gardinerna kunde jag se hur förändrad hon hade blivit den senaste dagen. Även om hon hade nattkläder på sig hade hon säkert inte sovit. Linjerna hade blivit till djupa fåror i hennes ansikte. Hon hade stora påsar under ögonen.

Jag märkte att hon höll någonting i sin knutna näve, mahognyfärgat mot hennes askgrå hud. Hon lyfte upp sin knutna hand och pressade kin-den mot det som hon höll i den.

"Jag visste inte", viskade hon. "Jag svär att jag inte hade en aning om det, älskling."

"Mor", sa jag.

"Jag visste inte att du var där."

"Var?"

"I stugan. Jag visste inte, det gjorde jag inte."

Plötsligt kändes min mun som om jag hade gått en månad i öknen, för hon spolierade alla möjligheter vi hade att förställa oss inför varandra.

Jag insåg att enda sättet att undvika att svimma var att koncentrera mig på någonting utanför mina egna surrande tankar, så jag ägnade mig åt att räkna de dubbla signalerna från telefonen som fortfarande stod och skrällde i vardagsrummet. När de till slut tystnade koncentrerade jag mig istället på det som mor fortfarande höll tryckt mot kinden. Jag såg att det var en gam-mal kricketboll.

"Efter din första hundrapoängare." Hon viskade med blicken fäst mot någonting som bara hon kunde se. "Vi gick för att äta middag. Vi var några stycken. Så fantastisk du var den där kvällen. Strålande. Full av liv och skratt, tyckte jag. Så vacker och så ung." Hon förde bollen mot sina läppar. "Du gav den här till mig. När alla såg på. Din fru. Dina barn. Dina föräldrar. 'Äras den som äras bör', sa du. 'Jag höjer mitt glas för Miriam. Det var hon som gav mig modet att fullfölja mina drömmar.'"

Mors ansikte förvreds. Hennes händer darrade. "Jag visste inte", sa hon om igen med munnen mot den slitna läderbollen. "Jag visste inte."

Hon gick förbi mig som om jag inte hade varit där. Hon gick genom korridoren och in i vardagsrummet. Jag följde efter henne och såg henne stå vid fönstret och slå pannan mot glasrutan. För varje gång bankade hon allt hårdare. Det enda hon sa var: "Ken."

Jag kände mig stel av skräck och av min egen oförmåga. Jag undrade vad jag skulle göra. Vem skulle jag kunna tala med? Hur skulle jag kunna hjälpa till? Jag kunde ju inte ens ta mig ner i köket och göra en så enkel sak som att laga lite mat åt henne, något som hon säkert så väl behövde. För jag kunde inte bära upp maten till henne när jag hade lagat den, och även om jag hade kunnat det vågade jag absolut inte lämna henne ensam.

Telefonen började åter ringa. Samtidigt började hon banka huvudet ännu hårdare mot glaset. Jag kände att jag började få kramp i benen och att mina armar höll på att bli allt svagare. Jag måste sätta mig ner men jag ville springa min väg.

Jag gick bort till telefonen, lyfte av luren och lade sedan tillbaka den igen. Innan det hann börja ringa en gång till slog jag in numret till pråmen och bad en stilla bön att Chris måtte ha åkt raka vägen hem när han hade lämnat av mig. Mor fortsatte att banka huvudet mot fönstret. Glasrutorna skallrade. Samtidigt som telefonsignalerna började ringa i andra änden gick första rutan sönder. "Mor", sa jag men hon fortsatte att banka i huvudet ännu hårdare. "Skynda dig tillbaka, fort", skrek jag när jag hörde Chris svara och slängde på luren innan han hade hunnit svara. Glasrutan krossades och splittret rasade ut över fönsterbrädet och golvet. Jag gick bort till mor. Hon hade skurit sig i pannan, men hon tycktes inte märka blodet som rann ner i hennes ögonvrå och sedan nerför kinden så att hon liknade en gråtande martyr. Jag tog tag i hennes arm och drog milt i den. "Mor", sa jag. "Det är jag, Olivia. Jag är här. Sätt dig."

"Ken", var det enda hon sa.

"Du får inte göra så här med dig själv. För guds skull. Snälla!"

Ännu en glasruta gick sönder. Glasskärvor klirrade mot golvet. Jag kunde se hur det började sippra fram blod ur det nya såret.

Jag drog henne mot mig. "Sluta nu!"

Hon slet sig loss, gick tillbaka till fönstret och fortsatte att banka.

"För helvete", skrek jag. "Sluta nu!"

Jag kämpade för att komma närmre. Jag slog armarna runt henne och tog tag i hennes händer. När jag fick tag på kricketbollen slet jag den ifrån henne och slängde den på golvet. Den rullade iväg in bakom en urna. Då vände hon på huvudet. Hon följde bollen med ögonen. Hon förde upp handleden mot pannan så att den blev nedsmetad med blod. Så började hon gråta.

"Jag visste inte att du var där. Hjälp mig, älskling. Jag visste inte att du var där."

Så gott jag kunde förde jag henne mot soffan. Hon sjönk ner i ett hörn med huvudet mot armen och blodet droppande på de gamla spetsantimakasserna. Jag betraktade henne hjälplöst. Blodet. Tårarna. Jag släpade mig in i matrummet och hittade en karaff med sherry. Först hällde jag upp ett glas åt mig själv som jag svalde. Så ett till. Det tredje glaset kramade jag i handen och med ögonen fästa på det för att inte spilla gick jag tillbaka in till henne.

"Drick det här, mor", sa jag. "Lyssna på mig. Du måste hålla det själv för mina händer fungerar inte så bra att jag kan hålla det åt dig. Hör du mig, mor. Det är sherry. Du måste dricka det."

Hon hade slutat tala. Det verkade som om hon satt och stirrade på silverspännet i mitt skärp. Hennes ena hand plockade med antimakassen hon hade bakom huvudet. Den andra var knuten om skärpet till hennes morgonrock. Jag sträckte fram handen och höll glaset mot henne.

"Snälla mor", sa jag. "Ta det."

Hon blinkade. Jag satte ifrån mig sherryglaset på spelbordet bredvid henne. Jag torkade av hennes panna med antimakassen. Skärsåren var inte djupa. Bara ett av dem blödde fortfarande. Jag satt och tryckte spetsduken mot det när dörrklockan ringde.

Chris tog snabbt över med sin vanliga effektivitet. Han kastade en enda blick på henne, gned hennes händer mellan sina egna och höll sherryglaset mot hennes mun tills hon hade tömt det.

"Hon behöver en läkare", sa han.

"Nej!" Jag kunde inte föreställa mig vad hon skulle kunna säga, vilka slutsatser en doktor skulle kunna dra och vad som sedan skulle kunna hända. Jag försökte uttrycka mig tydligt. "Vi klarar av det. Hon har fått en chock. Vi måste se till att hon äter och sedan får vi försöka få henne i säng."

Mor rörde sig. Hon lyfte sin ena hand och såg på handleden som var kletig av blod, som nu hade torkat och blivit rostfärgat. "Oj", sa hon. "Jag har skurit mig." Hon förde upp handleden mot munnen och började slicka sig ren.

"Kan du ordna lite mat åt henne?" bad jag Chris.

"Jag visste inte att du var där", viskade mor.

Chris såg i riktning mot henne. Han började säga någonting.

"Frukost", sa jag snabbt. "Flingor. Te. Vad som helst. Snälla Chris, hon behöver mat."

"Jag visste inte..." sa mor.

"Vad säger..."

"Chris, för guds skull. Jag kan inte ta mig ner i köket."

Han nickade och lämnade oss ensamma.

Jag satte mig bredvid henne. Jag höll fast rollatorn med ena handen bara för att känna någonting fast och oföränderligt under mina fingrar. "Var du i Kent i onsdags kväll?" sa jag med låg röst.

"Jag visste inte att du var där, Ken, jag visste det inte." Det rann tårar från hennes ögonvrår.

"Var det du som anlade elden?"

Hon förde upp sin knutna näve mot munnen.

"Varför?" viskade jag. "Varför gjorde du det?"

"Allting är mitt. Mitt hjärta. Mina tankar. Ingenting kan skada dig. Ingenting. Ingen." Hon bet sig i pekfingret och började snyfta. Hon tog ett stadigt tag i fingret med tänderna medan hon fortsatte att gråta.

Jag lade min hand över hennes knutna näve. "Mor", sa jag och försökte dra den bort från hennes mun. Hon var mycket starkare än jag hade trott.

Telefonen började ringa igen. Plötsligt tystnade den så jag förstod att Chris hade tagit den nere i köket. Han kunde hålla journalisterna på avstånd. Dem behövde vi inte frukta någonting ifrån. Men medan jag betraktade min mor insåg jag att det inte var telefonsamtal från journalisterna som jag fruktade. Jag var rädd för polisen.

Jag försökte lugna ner henne genom att lägga min hand på sidan av hennes huvud, genom att stryka henne över håret. "Vi ska tänka igenom det här", sa jag. "Allt kommer att bli bra."

Chris kom tillbaka med en bricka som han bar in i matrummet. Jag hörde ljudet av tallrikar och bestick som slamrade mot matbordet. Han kom in i vardagsrummet och lade armen runt mors axlar. "Mrs Whitelaw," sa han. "Jag har lagat lite äggröra till er", och sedan hjälpte han henne att resa sig.

Hon klamrade sig fast vid hans arm. Hon lade sin ena hand på hans axel och studerade hans ansikte noggrant som om hon försökte pränta in det i minnet. "Tänk vad hon gjort med dig. All smärta hon gett dig. Jag led tillsammans med dig. Jag stod inte ut med det, älskling. Det var inte meningen att hon skulle ge dig mera lidande. Förstår du det?"

Jag förstod att Chris sneglade på mig, men jag höll ansiktet bortvänt genom att koncentrera mig på att ta mig upp ur soffan och ställa mig så att jag var skyddad på tre sidor av min rollator. Vi gick in i matrummet och satte oss på var sin sida om mor. Chris tog upp en gaffel och lade den i hennes hand. Jag drog tallriken närmare henne.

"Jag kan inte", gnällde hon.

"Försök att äta lite nu", sa Chris. "Ni behöver era krafter."

Hon lät gaffeln falla ner mot tallriken. "Du sa att du skulle åka till Grekland. Låt mig göra det här för din skull, älskade Ken. Jag trodde ju. Låt mig lösa det här problemet."

"Mor", sa jag hastigt. "Du måste försöka äta någonting. Du kommer att bli tvungen att tala med folk. Med journalister, försäkringstjänstemän och med polisen." Jag vände bort blicken. Stugan. Försäkringen. Vad var det hon hade gjort. Varför? Gode gud, så hemskt. "Prata inte mer nu så att maten blir kall. Ät först, mor."

Chris tog lite ägg på gaffeln och placerade den i mors hand. Hon började äta. Hennes rörelser var långsamma och sömngångaraktiga.

När hon hade ätit tog vi henne tillbaka in i vardagsrummet. Jag berättade för Chris var han kunde hitta filtar och kuddar och vi bäddade till henne på soffan. Medan vi höll på med det började telefonen på nytt att ringa. Chris lyfte luren. "Tyvärr finns hon inte här", sa han och lät den sedan ligga bredvid telefonen. Jag hittade kricketbollen där jag hade slängt den, och när mor låg på soffan och Chris lagt en filt på henne, räckte jag henne bollen. Hon grep den och tryckte den mot hakan. Hon började säga någonting, men jag sa till henne att vila. "Jag sitter kvar här hos dig." Hon slöt ögonen och jag undrade hur länge sedan det var som hon hade sovit.

Chris gav sig iväg och jag stannade kvar. Jag satt på den sammetsklädda soffan. Jag betraktade min mor och räknade klockslagen när farfarsklockan slog en gång i kvarten. Skuggorna flyttade sig med solen över rummet. Jag försökte komma på vad jag skulle göra.

Hon måste ha behövt försäkringspengarna, tänkte jag. Jag fortsatte i de tankebanorna: Hon hade inte lyckats sköta tryckeriet så bra som hon borde ha gjort. Hon ville inte berätta någonting för Kenneth för hon ville inte oroa honom eller störa hans karriär. Han hade själv problem. Han hade en familj att underhålla. Barnen höll på att bli större. De ekonomiska kraven på honom ökade. Han hade skulder. Han var jagad av fordringsägare. De hade bestämt sig för att strunta i vad folk tyckte och gifta sig, men Jean hade krävt en stor engångssumma för att hon skulle gå med på skilsmässa. Den äldste pojken ville studera vid Winchester. Kenneth hade inte råd med det om han samtidigt skulle köpa sig fri från Jean. Mor ville hjälpa honom så att de skulle kunna gifta sig. Hon hade cancer. Ett av barnen hade cancer. Han hade cancer. De behövde pengarna till läkarbehandlingen. Utpressning. Någon hade fått reda på någonting och tvingade henne att betala…

Jag lutade huvudet mot ryggstödet. Jag kunde inte komma på vad jag

597

skulle göra för jag kunde inte förstå vad som hade skett. De föregående nätternas dåliga sömn började göra sig påmind. Jag kunde inte fatta några beslut om någonting. Jag kunde inte göra upp några planer. Jag kunde inte tänka. Jag somnade.

När jag vaknade hade ljuset bleknat. Jag lyfte på huvudet och grimaserade av smärta eftersom jag hade suttit i en obekväm ställning. Jag tittade mot soffan. Mor var försvunnen. Jag började tänka. Vart hade hon tagit vägen? Varför? Vad hade hon gjort? Tänk om...

"Har du sovit gott, älskling?" Jag vände huvudet mot dörren.

Hon hade tagit ett bad. Hon var klädd i en lång svart tunika och svarta långbyxor. Hon hade målat läpparna. Hon hade kammat sig. I pannan där hon hade skurit sig hade hon ett plåster.

"Är du hungrig?" undrade hon. Jag skakade på huvudet. Hon kom in i rummet, gick bort till soffan och vek ihop filtarna som vi hade använt för att lägga över henne. Hon slätade ut dem och lade dem i en hög. Hon vek ihop den nedsölade antimakassen och placerade den ovanpå filtarna. Sedan satte hon sig exakt där hon hade suttit tidigt i torsdags morse, i det soffhörn som var närmast soffan där jag satt.

Hon såg rakt på mig utan att blinka. "Mitt öde ligger i dina händer, Olivia", sa hon och jag insåg att till slut hade jag fått makt.

Det kändes konstigt. Jag kunde inte känna någon triumf över det, bara fruktan, skräck och ansvar. Jag ville inte ha det, absolut inte ansvaret.

"Varför?" undrade jag. "Det måste du tala om för mig. Jag måste kunna förstå."

Hon såg bort ett ögonblick, bort mot den flamländska målningen på väggen ovanför mig. Sedan tittade hon åter på mitt ansikte. "Jag tycker det är ganska ironiskt", sa hon.

"Vad då?"

"Att tänka på att efter all den smärta som du och jag har gett varandra genom åren, slutar båda våra liv med att vi behöver hjälp." Hon såg på mig med fast blick. Hon rörde inte en min. Hon såg alldeles lugn ut, inte resignerad utan redo.

"Det har slutat med att någon har dött", sa jag. "Och om det är någon som behöver någonting så är det polisen. De behöver svar. Vad tänker du säga till dem?"

"Vi har kommit att behöva varandra", sa hon. "Du och jag, Olivia. Det är så det är. Här. När allt kom till kritan."

Hon höll fast mig med blicken som en orm håller fast en mus strax innan den ska äta upp musen. Jag tvingade mig till att se på den öppna spisen, på klockan i massivt ebenholts som stod där, vars urverk hade stannats för alltid den natt när drottning Victoria dog. För min farfars far hade det varit ett symboliskt sätt att sörja slutet av en epok. För mig hade det länge varit ett bevis för att det förflutna fortfarande håller oss i ett fast grepp.

Mor började åter tala med låg röst. "Om du inte hade varit här när jag kom hem, om jag inte hade fått reda på din..." Hon hejdade sig och sökte tydligen efter en omskrivning. "Om jag inte hade sett ditt tillstånd – det som den här sjukdomen gör med dig nu och i framtiden – så skulle jag ha tagit livet av mig. Utan att tveka det minsta skulle jag ha gjort det i fredags kväll när jag fick reda på att man hade funnit Kenneth död i stugan. Jag hade rakbladen här. Jag fyllde badkaret så att jag lättare skulle förblöda. Jag satt i vattnet och höll rakbladet mot min handled. Men jag kunde inte skära. För att lämna dig nu, att tvinga dig möta den där fasansfulla döden utan att vara här för att hjälpa dig aldrig så lite..." Hon skakade på huvudet. "Vad gudarna måtte skratta åt oss båda två, Olivia. I åratal har jag längtat efter att min dotter skulle komma hem."

"Och jag kom", sa jag.

"Det gjorde du."

Jag lät min hand glida över den gamla plyschklädseln och kände hur den slitna stoppningen steg och sjönk. "Jag är ledsen", sa jag. "Det var fel tidpunkt", sa jag. "Herre gud vad jag har ställt till allting." Hon svarade inte utan tycktes vänta på att jag skulle säga någonting mer. Hon satt alldeles stilla i det bortdöende eftermiddagsljuset och såg på mig medan jag formulerade frågan och samlade mina krafter för att kunna framställa den. "Varför? Mor, tala om varför du gjorde det. Har du... Behöver du pengar eller någonting? Tänkte du på försäkringspengarna för stugan?"

Hennes högra hand letade sig fram till vigselringen som hon hade på den vänstra. Fingrarna slöts runt den. "Nej", sa hon.

"Men i så fall, varför?"

Hon reste sig och gick fram till fönstret där hon lade tillbaka telefonluren på dess plats. Hon stod ett ögonblick där med sänkt huvud och vilade fingertopparna mot bordsskivan. "Jag måste sopa upp glassplittret", sa hon.

"Berätta sanningen för mig, mor!" sa jag.

"Sanningen?" Hon lyfte huvudet, men vände sig inte om. "Kärlek, Olivia. Det är upprinnelsen till allt, eller hur? Men det jag inte förstod var att det också är slutet på allt."

OLIVIA

Jag har lärt mig två saker. För det första, att det finns en sanning. För det andra att man varken kan bli fri genom att få reda på sanningen eller genom att erkänna den.

Jag har också lärt mig att vad man än gör kommer någon att bli lidande av det.

Först trodde jag att jag kunde dölja sanningen. Alla de lösa trådar som hade att göra med den där onsdagskvällen och torsdagsmorgonen hängde inte riktigt ihop, och mor ville inte förklara vad hon menade med kärlek mer än att hon hade gjort det för hans skull, och jag visste inte – och jag ville heller inte veta – vad det var för en *hon* som mor hade talat om i samband med Kenneth. Det enda jag säkert visste var att det var en olyckshändelse att Kenneth Fleming hade dött den där kvällen i stugan. Det *var* en olyckshändelse. Och att mors straff – om hon nu måste straffas – var att hon skulle bli tvungen att leva med vetskapen att hon hade anlagt den eldsvåda som dödade den man hon älskade. Skulle inte det vara straff nog? Jo, jag tyckte nog det.

Jag bestämde mig för att hålla tyst om det jag visste. Jag skulle inte ens berätta det för Chris. Vad skulle det tjäna till?

Men sedan fortskred utredningen. Jag försökte få reda på så mycket som möjligt genom tidningarna och radionyheterna. En eldsvåda hade blivit medvetet anlagd men polisen ville inte avslöja hur. Men det var tydligen sättet att anlägga elden och inte bara att den blivit anlagd som gjorde att man började använda ord som *mordbrand* och *mord*. Och när myndigheterna väl hade börjat tala i de termerna fortsatte massmedia i samma stil: *misstänkt, mördare, offer, motiv.* Intresset steg och rykten spreds. Sedan kom Jimmy Coopers erkännande.

Jag trodde att mor skulle ringa upp mig. Jag sa mig själv att hon är en kvinna som har ett samvete. Nu måste hon träda fram. Vilken minut som helst. Vilken timme som helst. För det handlade ju om Kenneth Flemings son. Det var Kenneths son.

Jag försökte intala mig att händelseutvecklingen var positiv för oss alla. Han är ju bara en pojke, tänkte jag. Om han blir åtalad och man kommer fram till att han är skyldig så kan ändå inte vårt rättssystem göra särskilt mycket med en sextonåring, dömd för mord. Han kommer bara att bli skickad till någon uppfostringsanstalt i stil med Borstal för att få några års välbehövlig vård. Det skulle man väl till och med kunna tycka var bra. Där skulle man ta hand om honom, han skulle få en utbildning och få lära sig ett yrke, något som han tydligen var i desperat behov av. Han skulle troligen bara må bra av den erfarenheten.

Men sedan såg jag ett fotografi, när polisen hämtade honom i hans skola. Han gick mellan två poliskonstaplar och gjorde sitt bästa för att se ut som om han inte brydde sig ett dugg om vad som hände med honom. Han försökte se oberörd ut. Han spelade tuff och man förde bort honom till ett förhör där han bara skulle fnysa åt alla frågor. Jo, jag känner igen det där ansiktsuttrycket. Det talade om att han hade slutit sig inom sitt skal. "Jag struntar i allting", sa det. Man såg på honom att det inte spelade någon roll vad som hade hänt eftersom han inte hade någon framtid.

Då ringde jag upp mor. Jag frågade henne om hon visste vad som hänt med Jimmy. Hon sa att polisen bara talade med honom. Jag frågade vad hon tänkte göra. Hon sa att hennes öde låg i mina händer.

"Olivia", sa hon. "Vilket beslut du än fattar, så kommer jag att förstå dig."

"Vad kommer att hända med honom? Mor, vad kommer de att göra med honom?"

"Jag vet inte. Jag har redan sett till att han har fått en advokat. Han ska tala med pojken."

"Vet advokaten? Vad som egentligen... Jag menar...?"

"Jag kan inte tänka mig att det kommer att bli någon rättegång, Olivia. Han var kanske i närheten den där kvällen, men han var inte inne i stugan. De kan inte bevisa det."

"Vad hände egentligen?" frågade jag henne. "Den där kvällen. Mor, du kan väl i alla fall tala om för mig vad som hände."

"Älskade Olivia. Det vill du inte veta. Den bördan vill du inte bära."

Hennes röst var så mjuk och så sansad. Det var inte en röst som tillhörde den Miriam Whitelaw som en gång i tiden hade ägnat all sin kraft åt välgörenhetsarbete i London, utan en förändrad kvinnas röst.

"Jag måste få veta", sa jag till henne. "Du måste tala om det för mig." Så att jag skulle kunna veta hur jag borde handla, vad jag från och med nu skulle göra och vad jag skulle tro.

Då berättade hon det för mig. Och egentligen var det förskräckligt enkelt. Hon hade lämnat huset så att det skulle se ut som om hon var hemma – både lamporna och musiken som spelade hade hon kopplat till timers – och sedan hade hon i skydd av mörkret tyst smugit ut genom trädgården och bort mellan husen. Hon hade inte tagit bilen för hon skulle inte behöva någon bil.

"Men hur?" frågade jag. "Hur kom du dit? Hur bar du dig åt?"

Det var hur enkelt som helst. Tunnelbanan till Victoria Station, varifrån det går tåg hela dygnet till Gatwick där man kan hyra en bil vid vilket klockslag som helst, så att man utan svårighet kan hyra en blå Cavalier för en färd – faktiskt inte särskilt lång färd – till Kent, där man lätt kan hämta nyckeln till stugan strax efter midnatt eftersom ljusen är släckta och den enda som bor i stugan sover så att hon inte hör när någon kommer in. Sedan tar det mindre än två minuter att gå in i stugan och lägga en cigarett som är sammanbunden med tändstickor i en fåtölj, en cigarett som man tagit ur ett nyss inköpt paket, en alldeles vanlig cigarett, den vanligaste man kan tänka sig. Och sedan tillbaka ut genom köket – där man stannar för att ta med sig de två kattungarna, för kattungar är ju så oskyldiga, de hade inte valt att vara där och det var inte meningen att de skulle dö i eldsvådan tillsammans med henne, ett stort offerbål där stugan måste offras men det spelade inte så stor roll, ingenting annat än Kenneth spelade någon roll, och möjligheten att få slut på det lidande hon förorsakade honom.

"Var det meningen... Då var det ju ingen olycka." Jag undrade vad jag nu hade kvar att tro på.

Olycka? Nej, det var inte alls någon olycka. Man kan inte planera en olycka så här noga och sedan försvinna bort i natten, bort till flygplatsen varifrån tågen fortfarande går tillbaka till London, där en ensam kvinna kan ta en taxi på gatan precis utanför Victoria Station, som kör henne till ett mörkt hus halvvägs in på Argyll Road. Sedan är det inte långt att promenera till Phillipa Walk och tyst smyga sig in tidigt på morgonen – ingen bilmotor som någon kan lägga märke till. Det var faktiskt mycket lätt. För vem skulle kunna tro att Victoria Station, Gatwicks flygplats och en bil som hyrts för kvällen hade något samband med en eldsvåda i Kent?

Men mitt öde ligger i dina händer, Olivia.

Vad har jag egentligen med det att göra, tänkte jag, men nu var jag skakad och inte längre lika övertygad. Jag känner inte den där ungen. Jag känner inte hans mor. Jag känner inte hans släktingar. Jag har aldrig träffat hans far. Om grabben nu var så korkad att han tog sig till Kent samma kväll som hans far dog var det väl hans problem? Det var det väl?

Och sedan kom ni till pråmen, kommissarien.

Först försökte jag intala mig att det gällde Organisationen. Ni ställde frågor om Kenneth Fleming, men i själva verket hade ni kommit för att kolla läget. Ingen hade någonsin tidigare satt oss i samband med Organisationen, men risken fanns där alltid. Chris hade ju inlett ett förhållande med Amanda i strid med Organisationens regler. Kanske var hon polisspion. Hon hade samlat information och lämnat vidare till sina överordnade, och nu hade ni kommit för att reda ut allting. Det verkade helt logiskt. Visserligen höll ni på att tala om en mordutredning, men egentligen hade ni kommit för att leta efter bevis som kunde sätta oss i samband med Organisationen.

Och dem har ni fått. Här i denna berättelse. Undrar ni varför, kommissarien? Ni som är så övertygad om att jag ska tala om sanningen... Vill ni veta varför?

Tja, en gata går alltid åt två håll. Gå på den. Känn efter hur det känns. Och fatta sedan ett beslut. Som jag.

Vi satt på pråmens däck när jag till sist berättade för Chris vad jag visste. Jag hade hoppats kunna övertyga honom om att ni bara höll på att snoka reda på saker om Organisationen, men Chris är inte dum. Redan när han träffade min mor i Kensington visste han att någonting var fel. Han hade varit i huset, sett hennes tillstånd, hört vad hon sagt. Han hade sett mig kasta mig över tidningarna, han hade sett mig försöka låta bli att läsa dem och sedan ändå göra det. Han frågade om jag ville att han skulle veta vad som höll på att hända.

Jag satt i min fällstol. Chris satt på durken med knäna uppdragna så att jeansen åkt upp samtidigt som de vita sockorna kasat ner och man kunde se ett band av blek hud på varje ben. Den ställningen gjorde att han såg ömtålig ut. Ung. Han hade slagit armarna runt benen och man såg hans knotiga handleder sticka ut ur kavajärmarna. Lika knotiga som hans armbågar, hans knän och anklar.

"Vi måste tala", sa han.

"Jag tror inte att jag kan", sa jag.

"Det handlar om din mor." Han formulerade det inte som någon fråga och jag brydde mig inte om att förneka det i form av ett svar. "Jag kommer snart att vara ett hjälplöst paket", sa jag. "Jag kommer antagligen att bli rullstolsbunden. Det kommer att bli syrgastuber och respirator. Tänk på hur hemskt det kommer att bli. Och när jag dör…"

"Du kommer inte att vara ensam." Han sträckte sig fram och grep tag om min ankel. Han drog lätt i mitt ben. "Det är inte det som det här har handlat om, Livie. Jag ger dig mitt ord på att jag ska ta hand om dig."

"Som du tar hand om hundarna", viskade jag.

"Jag ska ta hand om dig."

Jag kunde inte se på honom. Istället tittade jag bort mot ön. Sälgbuskarnas grenar täckte marken och bildade ett skydd som om några veckor skulle bli en tät häck. Där bakom skulle älskande par kunna ligga i den där gropen i marken där otaliga älskande par hade legat före dem. Men jag skulle inte vara en av dem.

Jag sträckte ut handen mot Chris. Han tog den, flyttade sig så att han satt bredvid mig och kunde se bort över ön precis som jag. När jag berättade för honom vad som hade hänt den där natten i Kensington, lyssnade han på mig. "Du har inte mycket att välja på, Livie", sa han när jag var klar.

"Vad skulle de kunna göra honom? Om det går till rättegång har han stora möjligheter att bli frikänd."

"Hur tror du att resten av hans liv kommer att bli om det går till rättegång – skyldig eller ej?"

"Be mig inte att göra det här. Snälla, be mig inte om det."

Jag kände hur han tryckte sina läppar mot min hand. "Det börjar bli kallt", sa han. "Jag börjar bli hungrig. Kom så går vi ner."

Han lagade middag. Jag satt i kabyssen och såg på honom. Han dukade fram våra tallrikar på bordet, satte sig på sin vanliga plats mitt emot mig men för en gångs skull kastade han sig inte entusiastiskt över maten. Han sträckte sig fram över bordet och nuddade vid min kind.

"Vad då?" sa jag.

"Det är så", sa han och lade upp ett berg av squash på gaffeln, "att ibland finns det inte någon riktig lösning, Livie. Hur man ska vara. Hur man ska göra. Ibland är allting bara förvirrat."

"Jag bryr mig inte om vad som är rätt", sa jag. "Jag vill bara göra det lätt för mig."

"Precis som alla andra i hela världen."

"Du också?"

"Ja, jag är likadan."

Men det hade verkat vara annorlunda för Chris. Han hade alltid tyckts vara så säker på vad han gjorde och vart han var på väg. Till och med nu, där han satt mitt emot mig vid bordet och höll min hand verkade han säker. Jag lyfte huvudet.

"Och?" säger han.

"Jag har gjort det", säger jag. Jag känner hur hans grepp hårdnar om min hand. "Om jag skickar det här till honom, Chris, kan jag inte flytta hem igen. Då är vi fast här. Du och jag. Eländiga jag. Då kan du inte… Du och… Du kommer inte att kunna…" Jag kan inte fortsätta. Själva orden är så enkla – du och Amanda kan inte vara tillsammans som ni skulle vilja så länge jag är kvar här, så länge jag fortfarande lever, Chris. Har du tänkt på det? – men jag kan inte förmå mig till att säga dem. Jag kan inte uttala hennes namn. Jag kan inte säga hennes namn i samma mening som hans.

Han rör sig inte. Han ser på mig. Utanför blir det allt ljusare. Jag hör en and flyga upp från kanalens vattenyta, det är omöjligt att säga om den lyfter eller landar.

"Det är inte lätt", säger Chris tonlöst. "Men det är det rätta, Livie, det är jag övertygad om."

Vi ser på varandra och jag undrar vad det är han ser. Jag vet vad det är jag ser och det känns som om mitt bröst skulle sprängas av behovet att säga allt det som finns inom mig. En sådan lättnad det skulle vara. Att låta Chris bära den här bördan ett slag. Men han reser sig upp, går runt bordet och lyfter mig upp och jag vet att han har tillräckligt med bördor.

KAPITEL 26

"Lita på mig, älskling. Det är det bästa för oss. Jag lovar dig att du inte ska behöva ångra dig", sa Helen när hon släpade med sig Lynley till Hyde Park på söndagsmorgonen. De var klädda i de joggingkläder hon hade köpt åt dem föregående vecka, och hon envisades med att om de verkligen tänkte försöka komma i form måste de börja med en rask promenad från Eaton Terrace till Hyde Park Corner, där hon hade tänkt att de skulle starta. När hon tyckte att de var "tillräckligt varma i kläderna" satte hon av norrut med Marble Arc som ett fjärran mål.

Hon såg till att de höll god fart. De passerade utan problem åtminstone ett dussintal andra joggare. Bakom henne lufsade Lynley på och koncentrerade sig på att inte alltför fort bli andfådd. Hon var verkligen någonting i särklass, tänkte han. Hon sprang mycket vackert med huvudet tillbakakastat, armarna böjda i armvecken och det mörka håret fladdrande. Han började faktiskt precis misstänka att hon hade tränat i smyg för att kunna imponera på honom, när hon började sacka efter just där man kunde börja skymta Dorchester på andra sidan Park Lane. Han sprang upp bredvid henne. "Springer vi för fort, älskling?" sa han.

Hon flåsade. "Nej, visst inte." Hon svängde med armarna. "Är det inte underbart? ...luften... motionen."

"Jo, men du håller på att bli ganska röd i ansiktet."

"Gör jag?" Hon sprang beslutsamt vidare. "Men det är nyttigt... visst är det väl det? För... blod... cirkulationen. Och sånt."

De fortsatte ytterligare nästan femtio meter.

"Jag.. skulle tro... att..." Hon kippade efter andan som ett drunkningsoffer. "Att det är... mycket nyttigt."

"Visst", sa han. "En kardiovaskulär workout är säkert den bästa motion man kan tänka sig. Jag är glad att du föreslog det, Helen. Det var verkligen hög tid för oss att försöka bättra på vår kondition. Ska vi sakta ner en smula?"

"Nej… inte alls." Det började sippra fram svettpärlor på hennes panna och överläpp. "Det här… är verkligen härligt."

"Visst." De sprang runt fontänen Joy of Life och Lynley frågade henne om de skulle springa mot Speaker's Corner eller inåt parken. "Hon höjde armen i riktning mot norr. "Corner", väste hon.

"Bra. Mot Speaker's Corner. Långsammare? Snabbare?"

"Det här är… bra. Underbart."

Lynley log för sig själv. "Jag vet inte riktigt", sa han. "Jag tror att vi måste lägga på lite mera krut om vi verkligen menar allvar med att motionera regelbundet. Vi skulle kunna bära vikter samtidigt."

"Vad säger du?"

"Vikter. Har du inte sett dem, älskling? Man bär dem runt handlederna så att man tränar armmusklerna samtidigt som man springer. Du förstår, problemet med att löpa – om man nu kan kalla det ett problem eftersom det ju gör att man mår så härligt, tycker du inte det?"

"Jo… jo."

"Men problemet, förstår du – ska vi inte öka farten lite, jag tror vi håller på att sacka efter – det är att man motionerar hjärtat, och musklerna i den nedre delen av kroppen blir tränade medan det kan gå åt skogen med överkroppen. Men om vi hade tyngder runt armarna och tränade dem medan vi sprang, då skulle vi…"

Hon snubblade till och stannade plötsligt. Hon stod med händerna mot knäna och kippade efter andan.

"Hur är det, Helen?" Lynley joggade på stället. "Att springa runt hela parken skulle bara ta oss… Jag vet inte riktigt hur stor omkretsen är. En halv mil?"

"Gode tid", flämtade hon. "Detta… mina lungor…"

"Vi kanske borde vila. Blir det bra med två minuter? Vi får ju inte stelna till. Man kan sträcka musklerna om man blir kall och sedan börjar igen. Och det vill vi ju inte ska hända."

"Nej, visst." Det tog henne två minuter att hämta andan där hon hade slängt sig på gräset med ansiktet mot himlen. När hon till slut andades normalt reste hon sig emellertid inte upp. Istället låg hon kvar och slöt ögonen. "Skaffa mig en taxi", sa hon.

Han lade sig bredvid henne och lutade sig på armbågarna. "Dumheter, Helen. Vi har ju precis börjat. Du måste jobba med det. Du måste vänja dig. Om jag ställer väckarklockan på fem varje morgon, och vi verkligen stiger upp när den ringer, då är jag övertygad om att du på mindre än ett halvår kommer att kunna springa två varv runt parken. Vad säger du om det?"

Hon öppnade ett öga och såg på honom. "Taxi. Och du är ett odjur, Lord Ashton. Berätta nu hur länge du har hållit på att motionera i smyg utan att tala om det för mig."

Han log och fingrade på en lock av hennes hår. "Sedan november."

Hon vände bort huvudet i avsky. "Ditt egoistiska kräk. Då har du hållit på och skrattat åt mig hela veckan."

"Absolut inte, älskling." Han började plötsligt hosta så att det inte skulle märkas att han skrattade.

"Brukar du gå upp klockan fem?"

"Sex, för det mesta."

"Och du joggar?"

"Hmmm."

"Och det tänker du fortsätta med?"

"Naturligtvis. Du har ju själv sagt att det är den allra bästa formen av motion, och vi måste se till att hålla oss i form. "

"Visst." Hon gjorde en gest i riktning mot Park Lane. "Taxi", sa hon. "Jag motionerar senare."

Denton granskade dem när de var på väg uppför trappan för att duscha av sig morgonens övningar. Han var på väg ut med en bukett blommor i ena handen och en flaska vin i den andra, och orden *lady killer* mer eller mindre inristade på pannan. Han hejdade sig, vände om och gick in i vardagsrummet. "En kille tittade in, tio minuter efter det att ni hade gett er iväg", sa han till Lynley. Han kom tillbaka med ett stort brunt kuvert under armen. Lynley tog det från honom. "Han hade med det här till er", sa Denton. "Han ville inte stanna. Sa bara att jag skulle ge det till kommissarien så fort han kom tillbaka."

Lynley öppnade kuvertet. "Ska ni ut?" sa han.

"Picknick i Dorking. Box Hill", svarade Denton.

"Aha. Har ni träffat någon liten dam?"

"Hursa, Ers Nåd?"

"Det var ingenting. Ta hand om er bara."

Denton log. "Det ska jag." De kunde höra hur han visslade när han stängde ytterdörren bakom sig.

"Vad är det, Tommy?" Helen gick bort till honom medan han drog fram innehållet ur kuvertet: en bunt gula randade block, alla fullskrivna med ojämn blyertsskrift. Han läste de första orden på det översta blocket – *Chris har tagit ut hundarna på en promenad* – och tog sedan ett djupt andetag.

"Tommy?" sa Helen.

"Olivia", svarade han.

"Då nappade hon alltså?"

"Det ser ut så."

Men Lynley märkte snart att även Olivia hade lagt ut krokar. Medan Helen duschade, tvättade håret, klädde sig och gjorde allt annat som kvinnor tycker är nödvändigt att lägga ner en och en halv timme på, satt han vid fönstret i vardagsrummet och läste. Och han förstod vad Olivia hade velat att han skulle förstå. Och dessutom kände han det hon hade velat att han skulle känna. När hon avslöjade allting om Organisationen – det hade hon inte alls behövt göra för att han framgångsrikt skulle kunna slutföra utredningen av Kenneth Flemings död – tänkte han först – men vänta nu, vad är det här, varför? Men sedan insåg han vad hon höll på med och han visste att det berodde på den ilska och förtvivlan hon måste ha känt när hon var tvungen att göra sig skyldig till det svek som han hade bett henne göra.

Han höll på att läsa det sista blocket när Helen kom tillbaka till honom. Hon tog de andra blocken och började även hon att läsa. Hon sa ingenting när han hade läst färdigt och kastade ifrån sig blocket och lämnade rummet. Hon bara fortsatte och bläddrade tyst igenom sidorna med sina bara fötter och slanka ben utsträckta på soffan och en kudde bakom ryggen.

Lynley gick för att duscha och byta om. Han tänkte på hur ironiskt livet kunde vara: när man träffar rätt person vid absolut sämsta möjliga tidpunkt, när man bestämmer sig för hur man ska handla och sedan märker att det leder till ens egen undergång, när en omhuldad tanke visar sig vara vilseledande, när man uppnår det man vill bara för att inse att man faktiskt inte vill det. Och så den slutliga ironin. När man har kastat ut halvsanningar, lögner och medvetet missledande fakta bara för att få en bunt med fakta i retur.

Fatta ett beslut! Han kunde höra hur hon retades med honom. Fatta nu ett beslut, kommissarien. Ni kan göra det. Bestäm er.

När han kom tillbaka till Helen hade hon kommit halvvägs genom bunten med block. Medan hon läste gick han till det lilla skåp som stod vid väggen och började rastlöst titta igenom hyllan med CD-skivor. Han visste inte vad han letade efter men han skulle veta det när han hade funnit det.

Helen fortsatte att läsa. Han valde på måfå Chopin. Opus 53 i A-dur. Det var ett av hans favoritstycken av en icke-rysk kompositör. När musiken började strömma ut ur stereon gick han bort till soffan. Helen drog till sig fötterna och ändrade ställning. Han satte sig bredvid henne och kysste henne på håret.

De sa ingenting förrän hon hade läst färdigt, och då hade ett annat musikstycke börjat.

"Då hade du alltså rätt", sa hon. Han nickade. "Då visste du det?" fortsatte hon.

"Nej. Jag visste inte hur hon hade burit sig åt. Och jag visste inte vem hon hade hoppats skulle få skulden om det gick så långt."

"Vem?" undrade Helen.

"Jean Cooper."

"Frun? Jag förstår inte…"

"Hon hyrde en blå Cavalier. Hon klädde sig på ett sätt som hon aldrig annars skulle ha gjort. Om någon hade sett henne eller bilen vid stugan den där kvällen skulle vittnenas beskrivning passa in på Jean Cooper."

"Men pojken… Tommy, sa inte pojken att kvinnan hade ljust hår?"

"Ljust hår eller grått hår. Han hade inga glasögon på sig. Han kände igen bilen, och han skymtade bara kvinnan svagt. Resten gissade han. Han trodde att hans mor hade kommit för att träffa hans far. Och hon hade anledning att träffa honom. Hon hade dessutom motiv att döda Gabriella Patten."

Helen nickade tankfullt. "Om Fleming hade berättat för Miriam Whitelaw att han tänkte bege sig till Kent för att göra slut med Gabriella…"

"Då skulle han fortfarande ha varit i livet."

"Men varför talade han inte om det för henne?"

"Stolthet. Han hade redan en gång trasslat till livet för sig. Han ville inte att hon skulle få reda på hur nära han hade varit att trassla till det en gång till."

"Men hon skulle ju ha fått reda på det så småningom."

"Visst. Men han kunde ha sagt att han hade vuxit ifrån Gabriella, att han hade fått nog av henne, att han hade insett vad för sorts kvinna hon var. Det är nog vad han med tiden hade tänkt säga till Miriam. Han kände sig bara ännu inte redo att göra det."

"Då handlade det bara om dålig 'timing'?"

"På sätt och vis, ja." Lynley sträckte ut sin hand mot henne och såg hur väl hennes fingrar passade ihop med hans när de flätade sig om varandra. Han blev oväntat rörd av detta, av vad det utlovade och vad det avslöjade.

"Och det andra", sa Helen tveksamt. "Historien om de räddade djuren?"

"Vad är det med den?"

"Vad tänker du göra åt det?"

Han satt tyst och funderade på frågan, vägde följderna av de olika svaren mot varandra.

"Kommer Miriam att skickas till Holloway, Tommy?" fortsatte hon när

610

han inte svarade.

"Ja."

"Känner du till vem det är som har hand om det? Det andra fallet. Det med de räddade djuren?"

"Det kan jag lätt ta reda på."

Han kände hur hennes grepp om hans fingrar hårdnade. "Men om du anger Chris Faraday till vem det nu är som arbetar med fallet med de räddade djuren... Tommy, då kommer hon inte att ha en enda människa kvar. Då kommer hon att hamna på något hem eller på sjukhus. Allt det här – som du bad henne göra – kommer att vara till ingen nytta."

"Det kommer att få en mördare dömd, Helen. Det kan man inte kalla ingen nytta."

Han såg inte på henne, men han kände att hon studerade hans ansikte, och försökte tyda det för att få reda på hur han tänkte handla. Och det visste han inte själv. Inte ännu. Inte ännu.

Jag skulle vilja att allting var enkelt, tänkte han. Jag vill att allt ska gå på rutin. När jag gör upp planer vill jag inte att någon ska korsa dem. Jag vill att historier ska ha ett slut, trots att slutet ibland bara är början till själva handlingen. Det är den sorgliga sanningen om mitt liv.

Fatta nu ett beslut, kommissarien. Han kunde nästan höra Olivias röst. Bestäm. Bestäm någonting. Och lev sedan vidare med det beslutet. Som jag kommer att göra. Som jag gör.

Ja, tänkte Lynley. På något konstigt sätt var han i alla fall skyldig henne så mycket. Han var skyldig henne att själv bära bördan av beslutet han skulle fatta och under hela livet leva med ansvaret.

"Det här är en mordutredning", sa han slutligen till Helen. "Den började som en mordutredning, och den slutar som en sådan."

Författarens tack

Jag skulle vilja uttrycka mitt varma tack till de personer i England som har hjälpt mig att samla bakgrundsmaterial till denna roman. Jag tackar Alex Prowse för hans tid, för samtalen och för fotografierna av hans pråm på den konstgjorda sjön Little Venice; John Gilmore för en rundvandring på Clermont Club, Susan Monson för att hon visat mig East End; docenterna vid Linley-Sanbourne för att de ställde upp på att besvara mina frågor om den viktorianska tiden; Sandy Shafernich för att ha försett mig med bakgrundsmaterial om protestorganisationerna mot plågsamma djurförsök; Ruth Schuster för att hon riskerat sitt liv, sin hälsa och satsat hela sin fritid på att kontrollera fakta; David Crane, John Blake och John Lyon för det enorma arbete de lagt ner på att inviga en amerikanska i kricketens mysterium – detta den elegantaste av alla idrotter; John och Colin Randall för deras gästfrihet och vänlighet under timmar och dagar i Kent. Jag är även mycket tacksam mot Tony Mott och Vivienne Schuster för allt de gör för att förenkla livet för mig.

I Förenta Staterna tackar jag brandutredaren i Orange County John McMasters och utredaren Gary Bale på sheriffkontoret för alla upplysningar de gett mig om mordbrand och arresteringsförfarande; Ira Toibin för att återigen tålmodigt ha uthärdat fjorton månaders kreativ process; Suzanne Forster och Roger Angle för att de funnits där och kunnat skrapa ihop resterna när allting kärvat till sig; Julie Mayer för att hon läst ännu ett utkast; Kate Miciak för ständigt redaktionellt stöd; Deborah Schneider för hennes trofasta vänskap och för att hon trott på mig.

Fastän alla de platser i London som omnämns i denna roman existerar i verkligheten har de använts i en helt uppdiktad historia. Ingen annan än jag kan anklagas för alla eventuella felaktigheter och misstag som kan finnas i denna bok.

Alice Adams	Dessa suveräna döttrar
Douglas Adams	I stort sett menlös
Douglas Adams	Liftarens guide till galaxen
Lars Ahlin	Det florentinska vildsvinet
Marianne Ahrne	Och tänk den fagra prinsessan...
Hans Alfredson	Avbrott
Hans Alfredson	Tiden är ingenting
Inger Alfvén	Arvedelen
Inger Alfvén	En moder har fyra döttrar
Isabel Allende	Eva Luna
Lars Andersson	Vattenorgel
Virginia Andrews	Fallna hjärtan
Virginia Andrews	Flickan som försvann
Virginia Andrews	Hemligheter i gryningen
Virginia Andrews	Paradisets portar
Bosse Angelöw	Träna mentalt och förbättra ditt liv
Evelyn Anthony	Avslöjandet
Evelyn Anthony	Ett nät av lögner
Gerda Antti	Bara lite roligt...
Gerda Antti	Fjärrvärme
Jeffrey Archer	Tjuvars heder
Werner Aspenström	Dikter i urval
Margaret Atwood	Kattöga
Margaret Atwood	Rövarbruden
Jean M Auel	Hästarnas dal
Jean M Auel	Mammutjägarna
Jane Austen	Stolthet och fördom
Sun Axelsson	Tystnad och eko
Elisabeth Badinter	X Y. Om mannens identitet
Frans G Bengtsson	De långhåriga merovingerna
Frans G Bengtsson	Karl XII:s levnad
Frans G Bengtsson	Röde Orm
Nina Berberova	Diamantsjuka
Nina Berberova	Följeslagerskan
Ingmar Bergman	Den goda viljan
Matti Bergström	Den gröna teorin
Maeve Binchy	Glassjön
Maeve Binchy	I blodbokens skugga
Maeve Binchy	När ödets stjärnor faller

Louise Boije af Gennäs	Ingen mänska en ö
Louise Boije af Gennäs	Ju mer jag ser dig
Louise Boije af Gennäs	Ta vad man vill ha
William Boyd	Den blå eftermiddagen
Terry Brooks	Shannaras alvdrottning
Terry Brooks	Shannaras druid
Terry Brooks	Shannaras ättlingar
Joyce Brothers	Vad varje kvinna bör veta om män
Suzanne Brøgger	Transparence
Anthony Burgess	Död man i Deptford
John le Carré	Den ädle spionen
John le Carré	Nattjänst
Raymond Carver	Short Cuts
Charlotta Cederlöf	Och likväl rör hon sig
Vera Celander/Maria Hörnfeldt	Förspel
Patrick Chamoiseau	Texaco
Henri Charrière	Papillon - räddningens öar
Deepak Chopra	Tidlös till kropp och själ
Stig Claesson	Den extra milen
Hugo Claus	Skam
Jenny Cockell	Sökandet efter mina barn från ett tidigare liv
Paulo Coelho	Alkemisten
Jackie Collins	Hollywoodfruar
Sigrid Combüchen	Korta och långa kapitel
Jilly Cooper	Mannen som gjorde de äkta männen svartsjuka
Jilly Cooper	Polo
Jilly Cooper	Ryttare
Josephine Cox	Gråt aldrig ensam
Martin Cruz Smith	Röda torget
Johan Cullberg	Skaparkriser
George Dawes Green	Den edsvurna
Charlotte Davis Kasl	Gör dig fri
Len Deighton	Mamista
Sven Delblanc	Agnar
Sven Delblanc	Homerisk hemkomst
Sven Delblanc	Kära farmor
Nelson DeMille	Generalens dotter

Nelson DeMille	Vid Babylons stränder
Colin Dexter	Kains döttrar
Unni Drougge	Jag, jag, jag
Marguerite Duras	Sommarregn
Betty J. Eadie	Omsluten av ljuset
Inger Edelfeldt	Den förunderliga kameleonten
Johannes Edfelt	Dikter
Anna Ehn	Vårfrost
Carl-Göran Ekerwald	Nietzsche - liv och tänkesätt
Kerstin Ekman	Händelser vid vatten
Kerstin Ekman	Häxringarna
Margareta Ekström	Olga om Olga
Anne Karin Elstad	Maria, Maria...
Ingalill Enbom	Våga leva tvärtom
Annie Ernaux	Kvinnan
Giovanni Falcone	Cosa Nostra
Maj Fant	De sista åren
Täppas Fogelberg	Blindstyre. En snubblares berättelse
Täppas Fogelberg	Halli, Hallå!
Per Anders Fogelström	Hem, till sist
Per Anders Fogelström	Mödrar och söner
Ken Follett	Maktens skördar
Ken Follett	Stormarnas tid
Colin Forbes	Häxdansen
Colin Forbes	Ondskans makt
Janne Forsell	Bilder från jordklotet
E.M. Forster	Howards End
JohnFowles	Den franske löjtnantens kvinna
Marilyn French	Det eviga kriget mot kvinnan
Nancy Friday	Kvinnors sexuella fantasier
Jonas Gardell	Frestelsernas berg
Elizabeth George	Aska och ära
Elizabeth George	En högst passande hämnd
Elizabeth George	För hennes eget bästa
Elizabeth George	Gamla synder
Elizabeth George	Pappas lilla flicka
Elizabeth George	Saknaden efter Josef
Elizabeth George	Till minnet av Edward
Pernilla Glaser	Robson
Gail Godwin	Den gode maken

Gail Godwin	Under ytan
Olivia Goldsmith	Före detta fruars klubb
Vígdís Grimsdóttir	Flickan i skogen
John Grisham	Firman
Beth Gutcheon	Kärlek klockan tre på eftermiddagen
Lars Gyllensten &	Hack i häl på Minerva
Georg Klein	
Cecilia Hagen	Kulla-Gulla i övergångsåldern
Per Hagman	Volt
Carola Hansson	Andrej
Robert Harris	Faderland
Maarten 't Hart	Om så hela världen rasar
Jonellen Heckler	Under oklara omständigheter
Alf Henrikson	Biblisk historia
Alf Henrikson	Det västliga Hellas
Alf Henrikson	En skandinavisk historia
Alf Henrikson	Ödets fingrar
Carl Hiaasen	Striptease
Jack Higgins	Dödligt hot
Alice Hoffman	Flickorna Owens
Alice Hoffman	Sjunde himlen
Carin Holmberg	Det kallas kärlek
Göran Hägg	Money, money
John Irving	Cirkusens son
Roy Jacobsen	Segerherrarna
Eva Jaeggi	Jag säger god morgon till mig själv
Erica Jong	Henry Miller och jag
Theodor Kallifatides	Det sista ljuset
Robert Kangas	Oskuld
Jonathan Kellerman	Ond kärlek
Thomas Keneally	Schindler's list
Peter Kihlgård	Strandmannen
Andrew Klavan	Säg inte ett ord
Georg Klein	Den sjunde djävulen
Bengt af Klintberg	Den stulna njuren
Michael Korda	De odödliga
Tim Krabbé	De förvunna
Milan Kundera	Varats olidliga lätthet
Tomas Lappalainen	Maffia
Nina Lekander (redaktör)	Födda. Berättelser om att föda

Harriet G. Lerner	Kvinnors vrede
Doris Lessing	Under huden
Sven-Eric Liedman	Från Platon till kommunismens fall
Alan Lightman	Einsteins drömmar
Birgitta Lillpers	Medan de ännu hade hästar
Sisela Lindblom	Lisa för själen
Torgny Lindgren	Hummelhonung
Herman Lindqvist	Brödrafolkens fel
Herman Lindqvist	Europa är vi allihopa
Herman Lindqvist	Japaner, japaner
António Lobo Antunes	Förklara fåglarna för mig
Rauni-Leena Luukanen	Det finns ingen död
Ulf Lundell	Saknaden
Alastair MacNeill	Djävulsporten
Betty Mahmoody	Kärleken till ett barn
Bodil Malmsten	Samlade dikter
Henning Mankell	Leopardens öga
Valerie Martin	I doktor Jekylls tjänst
Ana Martinez	Trösta mig aldrig med en karamell
Gabriel García Márquez	Om kärlek och andra demoner
Ed McBain	Mary, Mary
Ed McBain	Trubbel
Cormac McCarthy	Dessa vackra hästar
Cormac McCarthy	Övergången
Terry McMillan	Hålla andan
Ib Michael	Vaniljflickan
Manuel Vázquez Montalbán	Mord i Madrid
Raymond A Moody	Återföreningar
Mary Morris	En mammas kärlek
Melvin Morse/Paul Perry	Förvandlad av ljuset
Zana Muhsen	Såld
Jan Myrdal	När morgondagarna sjöng
Jan Mårtenson	Vinprovarna
Anaïs Nin	Incest
Anaïs Nin	Venusbarn
Ingrid Noll	Den lömska apotekerskan
Ingrid Noll	Mina älskades huvuden
Ingrid Noll	Tuppen är död
Lawrence Norfolk	Lemprières lexikon
Howard Norman	Fågelmålaren

Tor Nørretranders	Märk världen
Michael Ondaatje	Den engelske patienten
Michael Ondaatje	Resan hem
Joyce Carol Oates	Foxfire
Arto Paasilinna	Den ljuva giftkokerskan
Arto Paasilinna	Livet är kort, Rytkönen lång
Anna-Karin Palm	Utanför bilden
Orhan Pamuk	Den svarta boken
Kristian Petri	Resor (Djungeln, Resan till Sachalin, Den sista ön)
Rosamunde Pilcher	Snäcksamlarna
Rosamunde Pilcher	Snön som föll i april
Robert M. Pirsig	Zen och konsten att sköta en motorcykel
Agneta Pleijel	Fungi
Nancy Price	Nattkvinnan
Kenneth Purvis	Mannen mitt i livet
Mario Puzo	K
Björn Ranelid	Mitt namn skall vara Stig Dagerman
Björn Ranelid	Synden
Lotta Reberg	Mammas kille och pappas fru
Anne Rice	Mumien
Nora Roberts	Framgångens pris
Nancy Taylor Rosenberg	Förmildrande omständigheter
Henry Roth	Kalla det sömn
Niklas Rådström	Den ansvarsfulla lättjan
Niklas Rådström	Medan tiden tänker på annat
Niklas Rådström	Vad du vill
Niklas Rådström	Ängel bland skuggor
Béatrice Saubin	Dödsdömd
Erika Schwarze	Kodnamn Onkel
Staffan Seeberg	Aprilfloden
Luis Sepúlveda	Den gamle mannen som läste kärleksromaner
Tom Sharpe	Bestsellern
Tom Sharpe	En ryslig historia
Tom Sharpe	Tjuvnyp och skamgrepp
Ray Shell	Isad
Carol Shields	Kärlekens republik
Bernie S. Siegel	Kärlek, medicin och mirakel

Leif Silbersky/	Den stora tystnaden
Olov Svedelid	
Leif Silbersky/	Skrivet i blod
Olov Svedelid	
Judith Sills	Rubba dina cirklar
Isaac Bashevis Singer	Trollkarlen från Lublin
Staffan Skott	Sovjet - Från början till slutet
Robin Skynner/John Cleese	Livet och hur man överlever det
Diana Souhami	Gertrude och Alice
LaVyrle Spencer	Familjeband
LaVyrle Spencer	Kärleksgåvan
LaVyrle Spencer	November i mitt hjärta
Robert Stone	Vrakudden
Peter Straub	Koko
Margareta Strömstedt	Församlingen under jorden
Bo Strömstedt	Löpsedeln och insidan
Jean Stubbs	Det stora julkalaset
Olov Svedelid	De giriga
Olov Svedelid	Den Gyllene Kedjan
Olov Svedelid	Facklorna
Olov Svedelid	Kejsarbrevet
Per Svensson	Den leende mördaren
Torbjörn Säfve	Dygden har jag platt försummat
Torbjörn Säfve	Ivan Aguéli
Donna Tartt	Den hemliga historien
Craig Thomas	Slaghöken
Anne Tyler	Utan bagage
John Updike	Brasilien
Karl Vennberg	Dikter. 1944-1960
Karl Vennberg	Dikter. 1971-1990
Barbara Vine	Astas bok
Barbara Voors	När elefanter dansar
Barbara Voors	Tillit till dig
Robert James Waller	Stilla vals i Cedar Bend
Herbjorg Wassmo	Dinas bok
Herbjorg Wassmo	Lyckans son
Fay Weldon	Presidentens son
Fay Weldon	Röksvamp
Bernard Werber	Myrorna
Jacques Werup	Dikter

Edith Wharton	Oskuldens tid
Anders Widén	Månskensligisten
Maria Wine	Minnena vakar
Jeanette Winterson	Det finns annan frukt än apelsiner
Stuart Woods	Det här gäller i Santa Fé
Stuart Woods	Döden i New York
Georg Henrik von Wright	Humanismen som livshållning
Georg Henrik von Wright	Vetenskapen och förnuftet
Margaret Yorke	Nästan sant
Helen Zahavi	En jävla helg
Charlotta von Zweigbergk	Den andra munnen
Klas Östergren	Gentlemen
Karin Österling	Älskade Verner!
	Katten som kunde flyga
	Kvinnornas svarta bok
	Nilecity 105,6 manuskript
	Sex kvinnors lusta
	Sex mäns lusta